Keah Rieger

Die Prophezeiung von Lumina

Drachenmond Verlag

Drachenmond Verlag GmbH
Auf der Weide 6
50354 Hürth
https://www.drachenmond.de
E-Mail: info@drachenmond.de

Lektorat: Nina Bellem
Korrektorat: Michaela Retetzki
Satz & Layout: Astrid Behrendt

Umschlagdesign: Christin Thomas – Giessel Design
Bildmaterial: Shutterstock

Druck: Booksfactory

ISBN 978-3-95991-952-4

Für alle,
die sich hin und wieder
fremd in dieser Welt fühlen

Für Andrea! ♡

Ich wünsche Dir
eine magische
Zeit in Lumina.

Deine Leah

1

Alle halten mich für verrückt, weil ich davon überzeugt bin, dass Conny noch lebt.

Aber sie irren sich. Ich bin nicht verrückt. Und je häufiger ich sie mit ihren sanften, beruhigenden Stimmen auf mich einreden höre wie auf ein unvernünftiges kleines Kind oder einen senilen Alten, je öfter ich ihnen in die mitleidigen Gesichter blicke, desto wütender machen sie mich. Es ist verzweifelte, hilflose Wut. Eine von der Art, wie sie einem unwillkürlich die Tränen in die Augen treibt, weil man weiß, dass man im Recht ist und dennoch nichts gegen das Unrecht ausrichten kann.

Weil ich weiß, dass Conny nicht tot ist, wie sie mir einzureden versuchen, sondern etwas noch Schlimmeres geschehen sein muss. Doch egal was sie sagen, ich bin wild entschlossen, meine Freundin wiederzufinden.

Es gießt nun bereits seit Wochen fast durchgehend wie aus Eimern, und das mitten im Sommer. Lediglich an meinem Geburtstag vor knapp zwei Wochen hatte sich der Regen für kurze Zeit verzogen und es gab ein paar Stunden zarten Sonnenschein, fast so, als wäre die Sonne ein Vorzeichen gewesen, ein böses Omen – eine Warnung.

Auf der Straße unter mir sammeln sich braune Pfützen. Die Bäume im Garten biegen sich im Wind und ihre Äste schlagen wild um sich. Die Fensterläden im Erdgeschoss krachen erbarmungslos gegen die pastellgelben Außenwände des Mietshauses. In der Ferne durchzuckt ein Blitz den dunkelgrauen Himmel. Wenn ich es nicht besser wüsste, würde ich denken, es sei November und nicht August. Die Straße ist wie ausgestorben.

Es ist jetzt fast zwei Wochen her, seit das schlimmste Erlebnis meines Lebens passiert ist. Seltsamerweise kommt es mir sehr viel länger vor. Zwölf Tage. Gefühlt sind es mindestens zehnmal so viele. Wenn etwas Schlimmes passiert, geschieht was Eigenartiges mit der Zeit. Irgendwie bleibt sie stehen und läuft zugleich schneller, dehnt sich aus. Auf einmal ist Zeit nicht mehr linear.

Und die Welt dreht sich einfach weiter, als würde sie überhaupt nicht merken, dass etwas Entscheidendes fehlt, dass etwas schiefläuft.

Oder vielleicht kümmert es sie auch einfach nicht.

Es war der Tag vor meinem achtzehnten Geburtstag. Wir machten Pläne für den Abend. Auf dem Stadtfest wollten wir in meinen Geburtstag reinfeiern.

»Es ist schließlich dein Achtzehnter«, hatte Conny empört gerufen, als ich absagen wollte. »Der wichtigste Tag im Leben eines Heimkindes! Ab morgen bist du endlich frei, es wäre eine Schande, diesen Tag nicht ordentlich zu feiern!«

Ich hatte über ihren Enthusiasmus, den ich so gut kenne und gleichzeitig liebe und hasse, gelacht und schließlich zugestimmt. Wir hatten uns am Abend schick gemacht und das Heim verlassen. Wir hatten getrunken und getanzt … Und plötzlich hört meine Erinnerung auf – und setzt erst am nächsten Tag wieder ein. Conny ist fort und in meiner Tasche nur ein Zettel mit kryptischen Nachrichten.

Die offizielle Version der Geschichte lautet, dass sie in jener Nacht von der Klippe gestürzt sei. Ich stand womöglich dabei und habe alles mit angesehen, was auch erklären soll, warum ich nun unter Schock stehe und das Geschehene nicht wahrhaben will. Ein Trauma.

Im Meer fand man am nächsten Tag ihre Tasche. Alles spricht dafür, dass diese Version der Geschichte stimmt, und trotzdem bin ich nicht bereit, sie zu glauben.

Conny lebt. Es muss einfach so sein.

Ich öffne die kleine Schublade an meinem Schreibtisch und ziehe den zerknitterten Einkaufszettel hervor. Meine Finger zittern ein wenig, als ich ihn auseinanderfalte und zum gefühlt millionsten Mal die wenigen Worte lese, die auf seiner Rückseite stehen. Sie wurden in

Eile hingekritzelt, die Schrift ist krakelig und wirkt irgendwie fremd auf dem dünnen Papier. Trotzdem kann ich erkennen, dass es meine eigene Handschrift ist, und wie jedes Mal, wenn mir diese Tatsache bewusst wird, jagt mir ein eisiger Schauer über den Rücken.

Ich habe das geschrieben. Ganz sicher. Wie kann es dann sein, dass ich mich nicht daran erinnere? Dass ich mich an *nichts* erinnere, was an diesem Abend geschehen ist?

Mein Magen verkrampft sich, während mein Blick über die drei kurzen Zeilen gleitet.

Blitz.

Klippe.

War das Magie?

Mehr nicht. Ich wende das Papier in meinen Händen hin und her und werde nicht schlau aus den Worten, die ich selbst aufgeschrieben habe. Ich suche nach einem weiteren Hinweis, nach irgendwas, aber ich werde nicht fündig. Außer den paar wenigen hingeschmierten Fetzen, die keinen Sinn ergeben, und der Liste aus gekauften Drogerieartikeln auf der Vorderseite hat der Zettel nichts zu bieten. Natürlich nicht. Inzwischen hatte ich das Ding oft genug in der Hand, und würde darauf noch irgendwas Sinnvolles stehen, hätte ich es längst gefunden.

Ein leises Klopfen löst mich aus meinen Gedanken und schnell lasse ich den Zettel wieder in meiner Schublade verschwinden. Eine Sekunde später ertönt Dagmars warme Stimme durch die geschlossene Tür.

»Mina, bist du da?«

»Klar, komm rein.« Ich schiebe die Schublade zu und wende mich ab. Einen Moment später wird die Tür geöffnet und meine neue Mitbewohnerin steckt ihren dunklen Lockenkopf durch den Spalt.

»Ich fahr noch mal schnell einkaufen, brauchst du was?«

Ihr Blick huscht kurz über das Chaos in meinem Zimmer und die Umzugskartons, die noch immer gepackt hier herumstehen. Seit über einer Woche wohne ich jetzt hier, und bisher habe ich nichts unternommen, um mich häuslich einzurichten. Ich muss nicht Gedankenlesen können, um zu kapieren, dass sie sich Sorgen um mich macht. Innerlich nehme ich mir vor, mich heute Abend endlich mal darum zu kümmern, immerhin sind es nicht besonders viele Kisten. Das Auspacken und Aufräumen sollte in zwei Stunden erledigt sein.

»Ich brauch nichts, danke.« Ich werfe einen kurzen Blick auf die Uhr. »In einer Stunde muss ich auch schon los. Schade, dass du heute freihast. Wäre irgendwie leichter, wenn ich schon jemanden kennen würde.«

»Ich glaube, wir würden uns da sowieso nicht zu Gesicht kriegen«, entgegnet sie. »Aber du brauchst nicht nervös zu sein, die Leute sind alle supernett, auch in der Küche. Ehrenwort!« Sie kreuzt zwei Finger vor ihrem Gesicht.

»Na gut.« Ich zwinge ein schiefes Lächeln auf meine Lippen. »Danke noch mal. Dafür, dass du mir den Job besorgt hast, meine ich.«

»Na ja, es ist nicht unbedingt die Traumkarriere, die du dir wahrscheinlich vorgestellt hast.« Sie grinst. »Aber vermutlich besser als nichts.«

»Allerdings.« Ich seufze und erhebe mich vom Stuhl. Die Rollen hinterlassen ein kratzendes Geräusch auf den Dielen. »Die staatlichen Förderungen in allen Ehren, aber besonders große Sprünge kann man davon nicht machen.«

»Wem sagst du das!«

»Außerdem kriege ich so zumindest schon mal ein bisschen was vom Klinikflair ab.« Es dauert zwar noch eine Weile, bis ich mit meinem Medizinstudium starten kann, trotzdem hoffe ich, dass ich durch den Minijob in der Krankenhausküche schon mal ein paar Einblicke in den Klinikalltag bekomme.

»Ich weiß ehrlich nicht, ob das was Gutes ist.« Dagmar runzelt die Stirn. »Am Ende schreckt es dich eher ab und du überlegst dir das mit deinem Studium doch noch mal anders.«

»Ganz sicher nicht.«

»Wenn du willst, kann ich dich auch fahren, dann musst du bei dem Dreckwetter nicht bis zur Bushaltestelle laufen.« Sie wirft einen skeptischen Blick zu meinem Fenster, gegen das noch immer der Regen trommelt. »Ich treffe mich nur vor der Arbeit noch mit einer Freundin und komm nach dem Einkaufen nicht mehr nach Hause, wir müssten also gleich los. Du könntest ja in der Cafeteria warten, bis deine Schicht anfängt.«

Ich winke ab. »Ist schon in Ordnung, wirklich. So weit ist es ja nicht.«

»Na gut, wie du meinst. Falls du doch noch was brauchst, schick mir eine kurze Nachricht, dann bring ich es dir nach meiner Schicht mit. Ansonsten viel Spaß bei deinem ersten Tag als neue Catinulogin.«

»Catinulogin?« Ich runzle die Stirn.

»Du weißt schon, von lateinisch Catinus wie …«

»… Teller.« Ich lache. »Verstehe. Ja, das klingt irgendwie sehr viel wichtiger als *Spülhilfe,* das merke ich mir.«

»Hey, angeblich ist es von der Tellerwäscherin bis zur Millionärin nur ein kleiner Schritt!«

»Das glaube ich erst, wenn ich es selbst erlebt hab.«

Dagmar winkt zum Abschied und verschwindet aus der Tür. Und ich fange an, mich für meinen neuen Job fertig zu machen.

Eine Stunde später kämpfe ich draußen gegen den Sturm an. Der Regen hat mir nicht den Gefallen getan aufzuhören, ganz im Gegenteil. Wenn das überhaupt noch möglich ist, hat er eher noch an Fahrt aufgenommen. Nach wenigen Minuten ist mein Schirm bereits zu nichts mehr zu gebrauchen, die Streben sind gebrochen und ich werfe ihn in den nächsten Mülleimer. Die Tropfen schlagen mir nun hart ins Gesicht, und obwohl ich renne, bin ich völlig durchnässt, als ich endlich an der Bushaltestelle ankomme. Das winzige Dach über dem Glashäuschen richtet gegen das Wetter überhaupt nichts aus, und als der Bus endlich kommt und ich zwanzig Minuten später an der Klinik aussteige, bin ich kein Stückchen trockener, dafür aber komplett durchgefroren.

Das fängt ja wirklich super an.

Bibbernd betrete ich das Krankenhaus und lasse mir von dem Mitarbeiter an der Anmeldung den Weg zur Küche beschreiben. Dagmar hatte nur zum Teil recht. Natürlich ist die Stelle als Spülhilfe nicht der Höhepunkt meiner Karrierewünsche, aber ich hätte es auch schlechter treffen können. Außerdem ist es gar nicht so einfach, einen Minijob zu finden, der sich mit der Schule vereinbaren lässt. Zusammen mit dem BAföG und dem Kindergeld wird es sich so ganz gut leben lassen, und mehr erwarte ich erst mal überhaupt nicht.

»Hey, du musst Mina sein«, begrüßt mich eine Frau mittleren Alters, als ich in den Raum linse, hinter dem ich die Küche vermute. Sie hat helle, fast durchscheinende Haut, hellblondes Haar, das unter einer durchsichtigen Plastikhaube hervorblitzt, einen silbernen

Ring in der Nase und unzählige Sommersprossen im Gesicht. Um ihre Augen liegen feine Lachfältchen, was sie mir direkt sympathisch macht. »Ich bin Emilia. Dagmar hat total viel von dir erzählt! Komm erst mal rein, du bist ja komplett durchnässt!«

»Ja, das Wetter ist die Hölle«, entgegne ich. Ich schiebe mich in den Raum, der sich als Lagerraum für Lebensmittel entpuppt, und verkneife mir die Frage, was Dagmar so alles erzählt haben könnte – immerhin kennen wir uns erst ein paar Tage.

»Du kommst aus Gertrudis, oder?«, fragt Emilia, und somit erübrigt sich die Frage. Irgendwie ist dieses Detail immer das, was die Leute am meisten interessiert. Sie öffnet eine weitere Tür und bedeutet mir, ihr zu folgen.

»Ja«, sage ich, während ich ihr einen kurzen Flur hinterherlaufe, bis wir an einer weiteren Tür ankommen. »Ich habe aber jetzt ein Zimmer in einer WG, seit ein paar Tagen. Dagmar ist meine Mitbewohnerin.«

Emilia öffnet die Tür und bugsiert mich in eine Art Kleiderkammer. »Dagmar ist eine Nette. Da hast du Glück gehabt. Welche Größe hast du? Vierunddreißig?« Sie mustert mich prüfend.

»Sechsunddreißig«, sage ich, und Emilia beginnt auf einem der Regale nach den passenden Klamotten zu wühlen.

»Und, wie war das so?«, fragt sie über ihre Schulter hinweg. »Ich meine, in Gertrudis aufzuwachsen. Man hört ja die schlimmsten Horrorgeschichten aus dem Heim.«

»Ach, echt? Was für Horrorgeschichten hört man denn so?«

Endlich hat sie gefunden, was sie sucht, dreht sich wieder zu mir herum und drückt mir einen Stapel weißer Kleidung in die Hand.

»Na ja, das Übliche eben.« Sie zuckt die Achseln. »Wahrscheinlich die gleichen Gruselstorys, wie sie über alle Waisenhäuser erzählt werden. Sorry, ich wollte nicht übermäßig neugierig sein, wenn ich dir zu aufdringlich bin, sag es einfach. Ich weiß, dass ich immer zu viele Fragen stelle. Aber das ist ziemlich spannend. Ich habe noch nie jemanden kennengelernt, der dort aufgewachsen ist.«

»Ist schon in Ordnung. Es war … okay, denke ich. Die Leiterin konnte ein ziemliches Biest sein, und wahrscheinlich war es ein bisschen einsamer als mit einer echten Familie, aber irgendwie haben wir uns schon alle unsere Nische gesucht. Ich meine, man hat immer Freunde um sich. Das ist auch irgendwie schön, oder?«

Ein schmerzhafter Stich zuckt durch meine Brust, als ich erneut an Conny denken muss. Mich fröstelt noch ein wenig mehr, und unwillkürlich verschränke ich die Arme vor der Brust.

»Das kann ich mir vorstellen.« Emilia lächelt und wir verlassen den Raum wieder. »Jedenfalls schön, dass du hier gelandet bist! Dagmar hat auch erzählt, dass du nach dem Abitur Medizin studieren willst. Da bist du ja immerhin schon mal an der richtigen Stelle, vielleicht kannst du ein paar Kontakte knüpfen. Umziehen kannst du dich übrigens dort drüben.« Sie zeigt auf eine weitere Tür. »Wenn du deine nassen Klamotten über die Heizung hängst, sind sie vielleicht nach deiner Schicht schon wieder trocken. Du kannst deine Tasche in einem freien Fach in einem der Spinde verstauen, danach kommst du zu mir in die Küche. Einfach den Flur wieder zurück, die letzte Tür links, gegenüber der Speisekammer. Wir können dann gleich anfangen, das Essen zu verteilen.«

Ich bedanke mich und verschwinde in die Garderobe. Dort schäle ich mich aus den nassen Klamotten, die mir inzwischen wie eine zweite Haut am Körper kleben. Ich gehe zu dem kleinen Waschbecken in der Ecke und versuche mich notdürftig mit ein paar Blättern Handtuchpapier abzutrocknen, bevor ich in die frische Arbeitskleidung schlüpfe.

Ein Blick in den Spiegel zeigt mir, dass sich mehrere weißblonde Strähnen aus meinem Zopf gelöst haben, und ich öffne ihn. Mein Haar ist immer noch nass und fällt mir wie frisch gekochte Spaghetti bis zu den Schultern. Ich binde es neu und stopfe den Zopf unter die dünne Plastikhaube, die bei meinem Arbeitsoutfit dabei ist.

Die riesigen schwarzen Augen, die in meinem blassen Gesicht so deplatziert wirken, lassen mich immer aussehen wie eine Figur aus einem Tim-Burton-Film – ein Eindruck, der durch die vom Regen leicht verschmierte Wimperntusche und die komplett weißen Klamotten jetzt noch verstärkt wird. Notdürftig wische ich mit einem der Papiertücher die dunklen Ränder unter den Augen weg, dann wende ich mich ab und mache mich auf den Weg zur Küche.

Eine Viertelstunde später hat mich Emilia sämtlichen anwesenden Mitarbeitern der Krankenhausküche vorgestellt und ich versuche krampfhaft, mir alle Namen zu merken. In Zweiergruppen machen wir uns auf den Weg, das Abendessen auf den einzelnen Stationen zu verteilen. Ich bin froh, dass Emilia mich unter ihre Fittiche genommen hat und ich sie begleiten darf. Gemeinsam schieben wir den Geschirrwagen durch die Innere, klopfen an jedem Zimmer und bringen den Patienten die mit Frischhaltefolie bedeckten Teller. Emilia trägt ein Klemmbrett mit einer Liste bei sich und hakt die Namen ab, während ich das Essen verteile. Ein paarmal müssen wir den leeren Wagen zurück zur Küche schieben und neu beladen, nach einer knappen Stunde sind wir mit der Ausgabe fertig.

»Traust du dir zu, das Einsammeln allein zu übernehmen?«, fragt sie mich, als unsere erste Runde beendet ist. Sie streckt den Arm aus und wirft einen Blick auf die Uhr an ihrem Handgelenk. »Wir können schon wieder von vorn starten, die gleiche Runde, einfach das leere Geschirr wieder abholen. Dann bringst du den Wagen zur Küche zurück. Ich geh schon mal vor und fange mit dem Spülen der Töpfe an.«

»In Ordnung«, sage ich. Emilia verschwindet und ich schiebe den leeren Wagen zurück zum ersten Zimmer der Station, wo ich mit meiner Runde von vorn anfange. Der zweite Durchgang geht schneller, weil ich das Geschirr stapeln kann und nicht zwischendurch in die Küche muss, um Nachschub zu holen. Um kurz nach sieben habe ich schon die Hälfte meiner Tour geschafft. Erleichtert stelle ich fest, dass die Zeit hier wie im Flug vergeht. Auch wenn es nicht mein Traumjob ist, wie Dagmar richtig bemerkt hat, ist das hier wirklich leicht verdientes Geld.

Nur kurze Zeit später bin ich beim letzten Zimmer der Station angekommen. Dort ist eine ältere Dame untergebracht, die zuvor geschlafen hat. Ich öffne die Tür und trete in den Raum, doch die Patientin ist nicht mehr allein. An ihrem Bett sitzt ein Mann und liest aus einem Buch vor, doch als er hört, dass ich den Raum betrete, verstummt er. Im ersten Moment denke ich, dass sie Besuch bekommen hat, dann jedoch registriere ich die blaue Pflegekleidung am Körper des Mannes.

Und dann dreht er sich zu mir herum. Sein dunkler Blick bohrt sich in meinen und ich erstarre.

2

Mein Puls rast und mir wird ein wenig übel. Sekundenlang starren wir uns nur an, wortlos, und obwohl etwas in mir lauthals danach schreit, schaffe ich es nicht, den Blick abzuwenden. Das Ticken der Uhr über mir ist übertrieben laut in der Stille. Ich möchte umkehren, aus dem Zimmer taumeln, die Tür ins Schloss werfen, doch ich stehe da wie festgefroren. Ich habe Biologie im Leistungskurs und weiß, dass es anatomisch nicht möglich ist, aber bei Gott, ich bin kurz davor, mein wummerndes Herz auszukotzen.

Draußen ertönt ein lauter Donnerschlag und ich zucke heftig zusammen. Im nächsten Augenblick räuspert sich der Mann und der merkwürdige Moment ist endgültig vorbei.

»Wie geht's dir?«, fragt er mich. Seine Stimme ist tief, angenehm. Aber sein Blick hält meinen noch immer gefangen und die Frage irritiert mich.

»Wie es mir … geht?«

Noch immer stehe ich da wie eine Idiotin und kann einfach nicht aufhören, ihn anzustarren. Was stimmt denn nicht mit mir?

»Du bist neu, oder?« Er lächelt. »Zumindest hab ich dich hier noch nie gesehen. Gefällt dir der Job?«

Sein Blick ist wachsam, irgendwie … lauernd? Als würde da noch etwas anderes mitschwingen, etwas Unausgesprochenes. Als würde er mit seinen Fragen nur etwas zu kaschieren versuchen, was darunterliegt. Innerlich rufe ich mich zur Vernunft. Was denke ich denn da für albernes Zeug? Er ist einfach nur höflich und möchte Small Talk führen. *Ich* bin hier diejenige, die sich eigenartig verhält.

Ich balle meine zitternden Hände zu Fäusten und reiße endlich meinen Blick von ihm los. Es kostet mich mehr Kraft als erwartet.

»Stimmt, heute ist mein erster Tag«, sage ich und versuche dabei zu ignorieren, dass meine Stimme bebt. Ich setze mich endlich in Bewegung und gehe zum Tisch. Dabei vermeide ich es, den Pfleger ein zweites Mal anzusehen, allerdings kann ich nicht verhindern, dass mir sein Duft in die Nase steigt und sich mit dem allgegenwärtigen Geruch von Desinfektionsmitteln vermischt. »Ist ein Nebenjob, eigentlich bin ich noch Schülerin.«

»Hier am Albert-Einstein-Gymnasium?«

»Jap.« In Sekundenschnelle räume ich das Tischchen ab und schenke der Patientin ein Lächeln, das möglicherweise ein wenig verkniffen wirkt. Dabei stelle ich allerdings fest, dass sie gar nicht wirklich anwesend ist. Ihre Augen sind geöffnet, doch ihr Blick ist leer, starrt an die Decke. »Also dann, man sieht sich.«

Ich stürze fast aus dem Zimmer, und als hinter mir die Tür ins Schloss fällt, lasse ich mich dagegen sinken und atme tief durch. Was um Himmels willen war das denn? Was ist nur los mit mir, wieso hat mich diese Begegnung derart aus der Fassung gebracht? Fahrig wische ich mir mit dem Handrücken über die Stirn, auf der sich feine Schweißperlen gebildet haben. Als aus dem Inneren des Zimmers ein Geräusch ertönt und sich Schritte der Tür nähern, packe ich meinen Geschirrwagen, drehe um und haste über den Gang zurück zum Aufzug. Die Tellerstapel klirren und wackeln bedrohlich, aber ich halte nicht an. Ich höre, dass hinter mir die Tür ins Schloss fällt, höre Schritte auf dem Linoleum, aber ich widerstehe dem Impuls, mich noch einmal umzudrehen, und dann ist es mit einem Mal still. Vorsichtig luge ich über die Schulter zurück, doch der Pfleger ist verschwunden.

»Wie sah er denn aus?«, fragt Emilia, als ich sie beim Spülen unauffällig auszufragen versuche.

»Ziemlich groß, ungefähr in meinem Alter … vielleicht ein wenig älter. Dunkles Haar, dunkle Augen, hellbraune Haut …«

Emilia grinst. »Hat er dir gefallen?«

»Was?« Hitze schießt mir in die Wangen. Das ist nun wirklich nicht das, was ich gedacht habe, als ich den Kerl gesehen habe. Er war höflich, und vermutlich sieht er auch ganz gut aus mit seinen markanten Gesichtszügen und den breiten Schultern, und irgendwie riecht er gut, nach Minze und Kaffee und … das spielt eigentlich keine Rolle. Was ich gefühlt habe, war definitiv was anderes. Eine Art Nervosität. Aber nicht von der guten Sorte. Glaube ich.

Mir fällt auf, dass ich Emilia immer noch nicht geantwortet habe, und ihr Grinsen wird breiter.

»Nein«, würge ich hervor. »Ich meine, ich kenne den doch gar nicht. Ich war nur neugierig.«

Ich senke den Blick auf das Spülbecken und schrubbe die Töpfe brutaler ab als nötig. Meine Gedanken rasen. Etwas an dem Typ hat mich völlig aus dem Konzept gebracht, aber das war mit Sicherheit nicht nur sein Aussehen.

»Und deswegen wirst du so rot?«, bohrt Emilia nach.

Ich stöhne auf und sie lacht.

»Schon gut, ich ärgere dich doch nur ein bisschen. Nach deiner Beschreibung muss das Siath gewesen sein. Und ich versteh deine Reaktion, er ist süß. Zu jung für mich, aber süß.«

»Wie alt ist er denn?«, frage ich und möchte mir noch im selben Moment auf die Zunge beißen.

»Einundzwanzig«, sagt Emilia. »Arbeitet seit bald drei Jahren hier als Pfleger, und er ist verdammt gut in seinem Job. Er brennt dafür, das merkt man. Kümmert sich um die Patienten, auch abseits seiner Verpflichtungen. Soviel ich weiß, hat er auch keine Freundin. Ich kann ja mal dafür sorgen, dass ihr zwei zusammen in der Garderobe eingesperrt werdet.«

Sie wackelt mit den Augenbrauen und ich werfe den Spüllappen nach ihr.

»Untersteh dich!«

Eine halbe Stunde später ist meine Schicht vorbei. Emilia hatte recht, die Heizungsluft hat es geschafft, meine durchnässten Klamotten zu trocknen, und als ich die Klinik um kurz nach acht verlasse, ist mir wohlig warm, obwohl mir kühler Wind ins Gesicht weht. Der Regen hat endlich aufgehört und der Himmel klart ein wenig auf. Ich schließe für einen kurzen Moment die Augen und atme einmal tief durch.

Der Gedanke daran, jetzt in mein Zimmer zurückzukehren, erfüllt mich nicht gerade mit Vorfreude. Dagmar ist nicht da und zu Hause wartet nichts auf mich als ein Stapel Umzugskisten, den ich mir vorgenommen habe auszupacken. Unschlüssig stehe ich ein paar Minuten vor der Klinik herum, bis ich beschließe, zu den Klippen rauszufahren. Seit Conny Verschwinden war ich schon mehrmals dort, und ich weiß selbst nicht, was ich mir davon erhoffe. Aber irgendwas muss ich tun, ich kann nicht einfach rumsitzen und darauf warten, dass sich das Rätsel von allein löst. Die Klippen sind der Ort, an dem sich die Spur verläuft. Ich habe sie auf meinem Zettel notiert und unten im Meer wurde Connys Tasche gefunden, sie hatte sich an einem Felsen verfangen. Auch wenn ich mich nicht erinnern kann, wir müssen in dieser Nacht dort gewesen sein.

Wenn ich irgendwo noch einen Hinweis finden kann, dann da.

Ich steige in den nächsten Bus und an der letzten Haltestelle vor der Innenstadt aus. Restaurants und Bekleidungsgeschäfte erstrecken sich links von mir, rechts davon liegt der Hafen, noch ein Stück dahinter das Waisenhaus, kurz bevor es in die Wohnsiedlungen geht. Der Stadtpark befindet sich rechts von mir. Von dort aus sind es nur etwa zwanzig Minuten Fußmarsch hinaus aus der Stadt und hoch zu den Klippen. Da vor zwei Wochen das Sommerfest in diesem Park stattgefunden hat, ist es immerhin nicht völlig abwegig, dass Conny und ich von dort aus zu den Klippen rausgelaufen sind.

Aber warum?

In Gedanken versunken mache ich mich auf den Weg. Von der Party ist fast nichts mehr zu sehen. Tische und Bänke sind längst abgebaut, die Bühne ebenso. Ein paar vereinzelte Reste von Luftschlangen und Girlanden hängen noch zwischen den Bäumen, sie wurden beim Aufräumen wohl übersehen. Nur wenige Menschen sind heute im Park unterwegs – eine ältere Dame mit Hund, ein Pärchen, eng aneinandergeschmiegt.

Die Luft ist nach dem Sturm frisch und klar, und ich atme tief durch, inhaliere den Duft von Erde und feuchtem Gras und der feinen Note des Ozeans, die zu mir herunterweht. Verzweifelt lasse ich meinen Blick schweifen, nehme jedes Detail meines Weges in mir auf, in der stillen Hoffnung, dabei etwas zu finden oder vielleicht irgendeine Erinnerung auszulösen, doch … nichts.

Viel zu schnell habe ich den Park durchquert und die Klippen erreicht. Hier oben ist es kälter, der Wind schärfer. Einzelne Strähnen lösen sich aus meinem Zopf und wehen mir ins Gesicht, mein weiter Pullover flattert im Wind. Ich schlinge die Arme fest um meinen Oberkörper, während ich langsam bis zum Rand der Klippe gehe. Meine Schuhe hinterlassen dabei ein schmatzendes Geräusch im nassen Gras. Der Geruch von Fisch und Salz liegt in der Luft, die Schreie von Möwen gesellen sich zum Rauschen des Meeres unter mir.

Mein Puls rast, als ich vorsichtig über den Rand luge. Fast rechne ich damit, Conny dort unten liegen zu sehen, ihren toten Körper, der von den Wellen angespült wurde. Doch dort, viele Meter unter mir, ist nichts als die kleine Bucht und die Wellen, die sich tosend an den Felsen im Meer brechen. Enttäuschung und Erleichterung zugleich machen sich in mir breit.

Wie jedes Mal beginne ich das Gras abzulaufen und nach etwas zu suchen, wonach genau, weiß ich jedoch selbst nicht. Wenn es hier etwas gäbe, hätte es die Polizei längst gefunden, das weiß ich. Aber ich kann es einfach nicht akzeptieren. Ein Mensch kann doch nicht einfach so verschwinden, spurlos.

Fieberhaft versuche ich mich an den Vorabend meines Geburtstages zurückzuerinnern, während ich Stück für Stück die Wiese durchforste.

Conny und ich sind in unserem Zimmer. Gegen zehn fangen wir an, uns für den Abend fertig zu machen. Wir müssen leise sein, denn wir wollen uns heimlich fortschleichen. Ich bin zwar ab Mitternacht volljährig, aber Conny noch nicht.

Es ist vollkommen still auf dem Gang, und nach einem kurzen Blick aus der Tür kommen wir überein, dass wir es wagen können.

Wir trauen uns nicht, das Licht einzuschalten, aber dank des Vollmondes, der direkt in unser Zimmer scheint, können wir mehr als nur Umrisse erkennen, und das sollte genügen. Ich schnappe mir lautlos die Jeans und das Shirt, die ich mir bereitgelegt habe. Wir müssen uns große Mühe geben, bei unserer Aufregung leise zu bleiben. Ich fühle mich einem hysterischen Lachanfall nahe, und Conny scheint sehr mit sich zu kämpfen, um nicht in einen für sie typischen Redeschwall auszubrechen.

Das Shirt, das ich mir extra für diesen Abend gekauft habe, sitzt ausgezeichnet. Es ist schwarz und aus einem dünnen satinähnlichen Stoff, der sich kalt und angenehm auf meine Haut legt und meine Figur sanft umspielt. Einige Stellen des Oberteils werden durch winzig kleine silberne Strasssteinchen betont, und gehalten wird das ganze Kunstwerk durch ein Band, das ich mir im Nacken zusammenknote.

Ich sehe in den Spiegel und finde mich hübsch. Vielleicht liegt es daran, dass im Mondlicht alles weniger detailliert zu sehen ist, oder vielleicht liegt es an meiner guten Laune oder der wunderschönen Kleidung, die ich trage. Aber die nervende Angewohnheit, immer sofort meine selbst ernannten Problemstellen zu betrachten, ist heute Abend verschwunden. Ich sehe nicht die schreckliche Lücke zwischen meinen Schneidezähnen, für die ich mich früher so sehr geschämt habe, dass ich lange Zeit nur mit geschlossenem Mund gelacht habe, oder die kleine Narbe auf meiner Wange, die ich von den Windpocken zurückbehalten habe.

Im Mondlicht sieht meine Haut umwerfend aus, glatt und weiß. Im Mondlicht sehe ich nur ein junges Mädchen mit großen dunklen Augen, silbrig glänzendem schulterlangem Haar und dem schönsten Lächeln, das diese Welt je gesehen hat. Trotz Zahnlücke.

Ich sehe zu Conny, die inzwischen schwarze Leggins und ein pinkfarbenes, langes, eng anliegendes Oberteil ohne weiteren Schnickschnack, jedoch mit einem tiefen Ausschnitt trägt. Farbe und Schnitt des Oberteils passen sehr gut zu ihr. Das Pink bringt ihr volles honigblondes Haar noch besser zur Geltung, und der Schnitt des Tops betont ihre üppigen Brüste. Ich muss mich regelrecht dazu zwingen, meine Augen von ihrem Dekolleté abzuwenden.

»Perfekt«, kichert sie leise, als sie meinen Blick bemerkt. »Wenn das Teil bei dir schon so eine Wirkung erzielt, will ich gar nicht wissen, wie die Jungs das finden werden …«

Für einen kurzen Moment macht sich ein unangenehmes Ziehen in meiner Magengegend breit. Ich hoffe nicht, dass sie den Abend dazu nutzen wird, sich jemanden aufzureißen. Nicht dass ich prinzipiell etwas dagegen hätte, aber ich möchte mich ungern wie ein fünftes Rad am Wagen fühlen oder im schlimmsten Fall allein nach Hause gehen müssen. Schnell schüttle ich diesen Gedanken ab. Das würde sie mir nicht antun. Vor allem nicht an meinem Geburtstag.

Ich greife in meinen Nacken und löse den Verschluss des Medaillons, das ich schon immer trage.

»Hier«, sage ich und reiche es Conny mit einem Zwinkern. »Damit du nicht so nackt aussiehst.« Es passt wunderbar zu ihrem Outfit. Sie grinst und hängt es sich um den Hals. Ich ziehe mein Handy hervor, hebe es hoch und wir schießen ein Selfie.

»Also dann«, sagt Conny, »machen wir uns davon. Auf einen legendären Abend!«

An dieser Stelle setzt meine Erinnerung aus. Ich habe keine Ahnung, was danach geschehen ist. Natürlich weiß ich, dass wir das Haus verlassen haben und zum Fest gegangen sind, es muss so gewesen sein.

Aber die Bilder sind aus meinem Kopf verschwunden, als hätte jemand den Ordner gelöscht, und meine Erinnerung setzt erst am nächsten Morgen wieder ein:

Ich wachte gegen Mittag auf. Mein Kopf dröhnte, mein Magen rebellierte und mein Hals war trocken und kratzig. Ich versuchte den Abend Revue passieren zu lassen, doch es gelang mir nicht. Da war nichts als Schwärze. Eine Weile lang starrte ich die Wand an und grub in meinen Gedanken nach Erinnerungen. Ich wusste nicht mehr, wie wir nach Hause gekommen waren. Nicht mehr, wie ich ins Bett gekommen war.

Als ich mich umdrehte, um Conny zu fragen, war ihr Bett leer.

Seufzend laufe ich die komplette Klippe ab, doch ich finde nichts, weder hier draußen noch in meinem Kopf. Die Sonne am Horizont hat sich inzwischen dunkelorange gefärbt und versinkt jeden Augenblick im Meer. Die Schreie der Möwen sind verstummt, und so trete ich nach einer Weile enttäuscht den Rückweg an. Mein Herz ist schwer. Ich weiß genau, dass es sinnlos ist, trotzdem komme ich immer wieder hierher.

»Conny«, flüstere ich vor mich hin. »Was hast du nur gemacht?«

Als ich im Park ankomme, ist es bereits dunkel und die Wege werden nur noch von den Straßenlaternen erhellt. Inzwischen ist keine Menschenseele mehr hier und es beginnt wieder zu nieseln. Ich muss mich beeilen, um den letzten Bus zu meinem Viertel zu erwischen, wenn ich nicht den ganzen Weg zu Fuß gehen will. Trotzdem zieht es mich zur Parkmitte hin, an die Stelle, an der vor zwei Wochen die Bühne aufgebaut war. Jetzt, im Halbdunkel, wirkt der Park ganz anders als tagsüber. Nicht nur das Licht ist anders, auch die Geräusche haben sich verändert, sogar der Duft. Irgendwo über mir stößt ein nachtaktiver Vogel einen Schrei aus, vielleicht eine Eule. Neben mir im Gebüsch raschelt es. Eine Sekunde später kommt ein Igel heraus, huscht an mir vorbei und verschwindet in den Schatten.

Ich gehe weiter, bis ich an der gepflasterten Stelle ankomme, in deren Mitte sich der große Springbrunnen befindet und die uns beim Fest als Tanzfläche gedient hat. Ganz anders war der Park an diesem Abend. Dröhnende Bässe, buntes Scheinwerferlicht, das über die Tanzenden hinwegglitt. Musik und Stimmengewirr, Gelächter, die Luft schwer vom Alkohol und Zigarettenrauch.

Mit einem Mal werde ich von Schwindel erfasst. Keuchend beuge ich mich nach vorn und klammere mich am Rand des Brunnens fest. Ich blinzle ein paarmal, doch meine Umgebung beginnt sich zu drehen, die Bilder werden unscharf, verschwimmen direkt vor meinen Augen. Bis ich mich plötzlich inmitten einer anderen Situation befinde, immer noch am selben Ort, doch zu einer anderen Zeit.

Conny steht mit glühenden Wangen neben mir und strahlt über alle vier Backen, während ich kritisch meine Umgebung begutachte.

Ich habe nicht besonders viel für Partys übrig, und die Angst, erwischt zu werden, liegt noch immer wie ein bedrohlicher Schatten über mir, aber ich kann nicht anders: Ich muss breit grinsen. Connys Vorfreude und Begeisterung sind so süß und so ansteckend, dass meine Bedenken immer weiter in den Hintergrund rücken, je länger wir unterwegs sind. Sie reicht mir ein Bier, und so trinken wir, unterhalten uns, reißen Witze und lachen wie alle anderen, als wären wir zwei völlig normale Mädchen in einer für uns völlig normalen Situation. Es ist eine der wenigen Gelegenheiten in meinem Leben, in denen ich mich in der Öffentlichkeit wirklich wohlfühle und nicht wie eine Außenseiterin, denn ich weiß, all die anderen, die hier sind, wissen nicht, wer ich bin und woher ich komme. Heute Abend sind wir ihresgleichen, und ausnahmsweise fühle ich mich normal.

Auf der Bühne steht ein DJ und ohrenbetäubende basslastige Technomusik hüllt mein Hirn in einen Schleier aus dumpfer Gleichgültigkeit.

Conny brüllt etwas in mein Ohr, was ich nicht verstehe, legt ihren Arm um meine Taille und zieht mich sanft in Richtung der Bar, die etwas abseits zwischen den hohen Kastanien aufgebaut wurde. Ich bin wie hypnotisiert.

Ich habe Musik schon immer geliebt, habe aber nie besonders viel eigene Musik besessen, denn sämtliche Streamingdienste sind für mich einfach zu teuer. Umso mehr freue ich mich, wenn ich im Radio zufällig meine Lieblingslieder höre. Aber dies ist kein Vergleich zu der Musik und der Atmosphäre, die ich hier genießen darf. Ich fühle mich wie betäubt, wie in Trance.

Conny bestellt zwei Becher einer dunkelroten Flüssigkeit, und ich frage mich gar nicht mehr, woher sie plötzlich so viel Geld hat oder was das für ein Getränk ist. Ich grinse sie an und wir stoßen unsere Becher aneinander, um sie dann in einem Zug zu leeren.

So ist also das Leben außerhalb von Gertrudis. So ist das Leben von Tausenden von anderen Menschen in dieser Stadt und von Milliarden Menschen auf der Welt.

Tun sie das jedes Wochenende? Immer dasselbe?

Ich frage mich unwillkürlich, ob ich glücklicher wäre, wäre dies auch ein fester Bestandteil meines Lebens.

»Lass uns tanzen«, schreit Conny in mein Ohr, und diesmal verstehe ich sie, da sich mein Gehör langsam an den Lärm gewöhnt. Ich nicke, und wir schieben uns durch die Menschenmassen nach vorn in Richtung der Tanzfläche.

Ich weiß nicht, ob es die hypnotisierende Musik ist oder ob es die vielen Menschen sind, ob es vielleicht die Hitze ist oder das geheimnisvolle Getränk. Ob es die Verbotenheit unseres Tuns oder ob es vielleicht einfach nur Conny ist, die so strahlt und so unendlich glücklich aussieht, dass ich selbst fast weinen muss vor Glück; aber an diesem Abend fühle ich mich so gut, so schön und so unsterblich wie nie zuvor in meinem Leben.

All die Unbekümmertheit und Oberflächlichkeit, all das Glitzern und Lachen und Tanzen, all diese unbedeutenden Kleinigkeiten sind das, was in unserem dunklen, tristen Leben immer gefehlt hat, und es hier vereint auf so engem Raum zu finden ist wie das Paradies für mich.

Conny und ich drehen unsere Runden auf dem Pflaster durch die grellen Lichtblitze und Laser, bis wir nicht mehr wissen, wo oben und unten, vorn und hinten ist, tanzen, bis uns schwindelig wird. Auch als Conny irgendwann verschwindet, tanze ich weiter. Ich gehe auf in der Musik und werde zu einem Teil von ihr. Ich mache mir keine Gedanken darüber, dass ich nie gelernt habe, wie man tanzt, habe keine Angst, dass ich mich vielleicht lächerlich machen könnte, denke nicht an morgen, denn alles ist unwichtig geworden. Nur wir sind wichtig. Nur heute Abend ist wichtig.

Ich bin glücklich.

Ich weiß nicht, wie lange ich schon tanze und wie viele Becher von dem roten Getränk ich inzwischen schon getrunken habe. Drei? Vier? Mein Gesicht fühlt sich rot und heiß an, meine Hände warm und verschwitzt. Meine Lunge brennt von all dem Rauch, den ich einatme, und meine Füße schmerzen in den ungewohnten hohen Schuhen. Und dennoch ging es mir nie besser.

Die Menschen um mich herum nehme ich als undeutliche dunkle Schatten wahr, die sich durch das blitzende Licht des Stroboskops wie Roboter zu bewegen scheinen. Plötzlich erblicke ich Conny wieder in der Menge, erst als undeutlicher Schemen, aber als sie tanzend näher kommt, erkenne ich ihr Gesicht, das noch immer leuchtet. Sie ist wunderschön.

Ich vermute, dass sie wieder mit mir zur Bar gehen will, doch sie sagt kein Wort, sondern strahlt mich nur mit ihrem wärmsten Lächeln an und legt ihre Arme um mich, und so tanzen wir zu zweit. Als ihr Gesicht näher kommt, weiche ich nicht zurück, sondern warte auf sie. Als ihre Lippen sich sanft auf die meinen legen, schließe ich die Augen und gebe mich hin, Conny, der Musik, diesem Moment. Die Frage, ob das, was wir tun, richtig oder falsch, merkwürdig oder gar verboten ist, stelle ich mir gar nicht.

Connys rechte Hand liegt fest auf meiner Taille und presst meinen Körper sanft, aber bestimmt an ihren, ihre weichen, vollen Brüste drücken gegen meine. Mit ihrer linken Hand greift sie in mein Haar und ich schlinge meine Arme um ihren Hals, während ich die Lippen leicht öffne und sie ihre Zunge dazwischenschiebt.

So stehen wir inmitten der Tanzfläche, wiegen uns sanft im Takt der Musik, klammern uns aneinander fest wie zwei Ertrinkende, küssen uns mit der Hingabe zweier Liebender, und in diesem Moment wird mir bewusst, dass ich sie tatsächlich liebe.

Unwichtig, ob sie mich auch liebt, unwichtig, wie echt meine Liebe ist. Ich habe getrunken und mein Geist ist benebelt. Möglich, dass wir uns morgen schämen. Möglich, dass ich mich morgen frage, wie ich jemals so für sie fühlen konnte, wie ich im Moment für sie fühle. Aber deshalb ist meine Liebe trotzdem echt, ist sie ganz aufrichtig und so ehrlich, wie sie in diesem Moment nur sein kann.

Es hat keinen Sinn, darüber nachzudenken.

Es gibt Dinge, die kann man zerdenken, hat Conny einmal gesagt. Die Liebe sei eines davon. Man könne so lange darüber nachdenken, warum und ob und auf welche Art man einen Menschen wirklich liebe, das Ganze so lange rationalisieren und zerpflücken, dass am Ende nichts mehr übrig bleibt als die reine Vernunft.

Es spielt keine Rolle, woher ein Gefühl kommt.

In dem Moment, in dem es gefühlt wird, ist es echt.

Und in diesem Moment fühle ich, dass ich Conny von ganzem Herzen liebe, schon immer geliebt habe, und habe ich vor wenigen Minuten noch gedacht, dass ich nicht glücklicher sein könnte, weiß ich nun, dass ich es definitiv doch sein kann.

Nach einer Zeit, die mir wie die Ewigkeit vorkommt, löst meine Freundin sich von mir. Ihre Augen funkeln.

»Komm«, sagt sie, »wir holen uns noch einen Drink.«

3

Am nächsten Morgen beginne ich endlich damit, mich in meinem neuen Zimmer häuslich einzurichten. Nach dem kurzen Flashback am Vorabend im Park fühle ich mich wie gerädert. Dass ich mich plötzlich wieder an den Kuss erinnere, ist eigentlich ein gutes Zeichen, denn es zeigt mir, dass mein Gedächtnis nicht völlig gelöscht worden ist – ich habe aktuell anscheinend nur keinen Zugriff darauf. Vielleicht kehrt der Rest auch bald zurück.

Selbst wenn nicht, habe ich möglicherweise einen wichtigen Hinweis gefunden. Das Wort »Blitz« auf meinem Zettel habe ich bisher mit dem Wetter in Verbindung gebracht – so abwegig ist es immerhin nicht, dass es in dieser Nacht gewittert hat. Aber ging es wirklich darum? Es wäre auch denkbar, dass ich die Lichtblitze von der Party gemeint habe. Auch wenn ich noch nicht genau weiß, inwiefern mir das helfen kann, so habe ich vielleicht bisher an der falschen Stelle gesucht.

Trotzdem fühle ich mich gerade nicht besonders gut. Die kurze Erinnerung hat mich aufgewühlt und mit einem mulmigen Gefühl im Magen zurückgelassen, sodass ich die ganze Nacht kein Auge zubekommen habe. Immer wieder frage ich mich, was ich an diesem Abend Verstörendes erlebt habe, dass mein Geist jegliche Erinnerungen daran unter Verschluss hält. Denn so muss es sein, anders kann ich es mir nicht erklären.

Mein Verstand versucht mich zu schützen. Aber wovor?

Mit einem tiefen Seufzer mache ich mich an die Arbeit, in der Hoffnung, dass sie die nötige Ablenkung bringt.

Es dauert nicht besonders lange, die Kisten auszupacken. Gegen Mittag bin ich bereits fertig und meine wenigen Habseligkeiten sind in den Schränken verstaut.

Die drei Wandbretter über dem Sessel zieren nun ein paar Bücher und das Selfie von Conny und mir, das ich am Vorabend meines Geburtstags gemacht habe, kurz bevor wir losgingen. Sie strahlt mit geröteten Wangen und funkelnden Augen in die Kamera, ihre blonden Locken fallen voll und weich über ihre Schultern, und das Bild strahlt so viel Energie und Lebensfreude aus, dass ich bei dem Gedanken daran, dass die Leute sie für tot halten, laut lachen möchte. Conny hat so viel Leben in sich. Gleichzeitig schmerzt mich der Anblick des Bildes. Es ist so wunderschön und erinnert mich daran, wie gut alles war, bevor ich es vermasselt habe. Wären wir doch an diesem Abend nur zu Hause geblieben.

Den Rest des Tages lenke ich mich damit ab, mein Zimmer ausgiebig zu putzen und mich auf die Schule vorzubereiten, die in ein paar Wochen wieder starten wird. Die Sommerferien dauern zwar noch eine Weile an, aber es ist das Abschlussjahr, und wenn ich wirklich Medizin studieren möchte, brauche ich ein einwandfreies Abitur. Ich setze mich an meinen Laptop und bestelle ein paar Schreibutensilien und Abi-Vorbereitungsbücher, danach vertiefe ich mich in meine alten Biologiehefte, um meine Erinnerungen wieder ein wenig aufzufrischen. Aber all das soll mich nur von meinem Gedankenkarussell um Conny ablenken.

Als Dagmar um kurz vor fünf ihren Kopf zur Tür reinstreckt und mich fragt, ob sie mich heute zur Klinik fahren soll, atme ich erleichtert auf und springe aus meinem Sessel.

»Gott, ja!« Ich werfe einen Blick zum Fenster. Es regnet schon wieder, und ein zweites Mal kann ich auf die Dusche wirklich verzichten.

»Wir müssen aber bald los«, sagt sie entschuldigend. »Ich muss vor der Arbeit noch ein paar Erledigungen machen, derzeit komme ich zu nichts.«

»Die Nachtschicht muss echt hart sein, du Arme. Aber das macht nichts, alles ist besser als laufen«, sage ich schnell. *Und hier festsitzen und langsam durchdrehen,* ergänze ich in Gedanken. »Ich hole schnell meine Sachen.«

»In Ordnung, ich warte unten auf dich.«

In Windeseile habe ich meine Tasche gepackt, mein Haar zu einem unordentlichen Dutt hochgebunden und renne die Treppen hinab. Kurz darauf sitzen wir auch schon in Dagmars altersschwachem VW Polo namens Franz-Josef und fahren in Richtung Klinik.

»Und, wie war dein erster Tag gestern?«, fragt sie mich, während sie ihren Wagen durch den strömenden Regen manövriert. Die Tropfen prasseln so laut gegen die Scheiben, dass sie sogar den röhrenden Auspuff der Schrottkiste übertönen.

»Gar nicht so übel. Meine Kollegen sind nett und ich durfte sogar bei der Essensausgabe helfen. Emilia wollte, dass ich alles mal gesehen habe, um zur Not auch an anderen Stellen als am Spülbecken einspringen zu können. Die Zeit verging echt wie im Flug.«

»Das klingt super.« Dagmar gähnt. »Ich wünschte, das könnte ich von meinem Job auch behaupten. Das Praktikum ist echt hart, sag ich dir. Diese Schichten bringen mich um. Heute Morgen bin ich im Aufzug eingeschlafen. Im Stehen.«

Ich lache.

»Das war kein Witz.«

»Wie lange musst du noch durchhalten?«

»Das Pflegepraktikum geht noch knapp zwei Monate, dann geht das neue Semester los. Ehrlich, ich hätte nicht gedacht, dass ich das mal sage, aber inzwischen freu ich mich sogar auf das Physikum. Trotzdem frage ich mich momentan jeden Tag, ob das Medizinstudium die richtige Entscheidung war.«

»Das war es ganz sicher«, sage ich. »Du hast gesagt, es war das, was du immer machen wolltest. Und das Studium macht doch ansonsten Spaß, oder?«

»Ja, aber es geht ja nicht um das Studium, sondern um das, was danach kommt.« Sie hält sich die Hand vor den Mund und stößt erneut ein herzhaftes Gähnen aus. »Und momentan habe ich nicht das Gefühl, dass ich für diesen Job besonders gut geeignet bin. Ganz abgesehen von der psychischen Belastung. Die ganzen kranken Leute zu sehen und nicht wirklich helfen zu können, das ist … hart.«

»Ich bin mir sicher, das geht am Anfang allen so«, tröste ich sie. »Bestimmt gewöhnt man sich daran. Und das mit dem Helfen, das wird ja besser, wenn du erst richtig ausgebildet bist.«

»Vielleicht hast du recht«, sagt sie, aber sie sieht nicht ganz überzeugt aus.

Sie lenkt ihren Wagen auf den Parkplatz vor der Klinik und ich steige aus. Im Wegfahren winkt sie mir noch einmal kurz zu, nicht jedoch ohne dabei noch einmal ausgiebig zu gähnen. Sie sollte vermutlich noch eine Runde schlafen, aber ich kann verstehen, dass sie versucht, ihren Tag noch ein wenig für sich selbst zu nutzen, bevor in fünf Stunden ihre nächste Schicht beginnt. Ich kenne sie zwar noch nicht sehr lange, aber die Arme wirkt immer wahnsinnig gestresst. Und ihre Augenringe sind heute noch tiefer und dunkler als gestern.

Trotzdem bin ich mir sicher, dass ich denselben Weg einschlagen möchte. Ich will Menschen helfen. Das wollte ich schon immer.

Ich gehe zur Cafeteria, bestelle mir einen Pfefferminztee und lasse den Blick über die Tische schweifen. Ein paar Patienten sitzen vereinzelt herum, die meisten in bequemer Alltagskleidung, ein Mann im OP-Hemd hat seinen Infusionsständer dabei. Einige haben Besuch. Besonders voll ist es trotzdem nicht, es ist relativ ruhig, die meisten Tische sind frei und ich habe die Qual der Wahl. Schließlich entscheide ich mich für einen Platz in der Ecke, stelle meinen Tee ab und ziehe mein Handy aus der Tasche.

Während ich darauf warte, dass in einer Stunde meine Schicht in der Küche anfängt, klicke ich mich wahl- und ziellos durch das Internet, gebe verschiedene Begriffe in die Suchleiste ein und lese zum hundertsten Mal die zwei Artikel der Regionalzeitung über das Parksommerfest, in der Hoffnung, irgendetwas über den Abend zu erfahren. Aber darin steht nichts Auffälliges und auch nichts Neues. Beide Artikel sind bereits mehrere Tage alt, beide eher kurz gehalten. Sie loben den grandiosen Auftritt des DJ und die tolle Arbeit der Veranstalter und berichten, dass der Abend ruhig und friedlich verlaufen sei. Nur eine kleine Meldung in einer der Onlinezeitungen schreibt von einem verschwundenen Waisenmädchen, das in der Nacht möglicherweise von der Klippe gestürzt sei.

Dass Conny den lokalen Medien nur eine kleine Randnotiz wert ist, macht alles irgendwie noch hundertmal schlimmer und schmerzhafter. Wie jedes Mal, wenn ich die lieblose kurze Meldung sehe, bildet sich ein heißer Klumpen aus Wut in meinem Bauch. Unwillkürlich wandern meine Gedanken zurück zu meinem Geburtstag und den beiden Polizisten, die in der Küche mit mir und Angelina, der Leiterin vom Gertrudis, gesprochen haben.

»Die Chancen, dass wir ihre Leiche finden, stehen leider sehr schlecht«, sagt der kleinere von ihnen mit aufrichtigem Bedauern in der Stimme. »Das Meer spült die Körper meistens schnell weg oder sie werden von größeren Fischen gefressen. Wir werden selbstverständlich ein Expertenteam auf die Suche schicken. Wir melden uns.«

Fast zwei Wochen ist es nun schon her. Gemeldet hat sich niemand.

»Ist bei dir noch frei?«

Die Stimme reißt mich so sehr aus meinen Gedanken, dass ich heftig zusammenzucke und mein Handy fallen lasse. Laut scheppernd landet es auf dem Boden und ich stoße einen Fluch aus. Erst dann blicke ich nach oben. Mein Blick findet schwarze Augen und sofort beginnt mein Herz zu rasen.

Der Pfleger von gestern steht vor mir und sieht erwartungsvoll zu mir herab. In seinen Händen hält er ein Tablett mit einem Schokoladencroissant und einer Tasse Kaffee, aus der schwache Dampfschwaden aufsteigen. Er trägt heute keine Pflegekleidung, sondern Jeans und T-Shirt, beides in Schwarz. Letzteres betont seine breiten Schultern und gibt den Blick auf muskulöse Arme frei. Der dunkle Bartschatten auf seinen Wangen und das verstrubbelte Haar lassen ihn ein bisschen so aussehen, als wäre er gerade erst aufgestanden, doch sein Blick ist hellwach. Erst als eine seiner Brauen fragend in die Höhe wandert, wird mir klar, dass ich ihn mit offenem Mund anstarre, während er noch immer auf eine Antwort wartet.

»Äh, ja«, sage ich. »Setz dich ruhig. Ich muss sowieso bald gehen.«

Innerlich frage ich mich, warum er sich ausgerechnet zu mir setzen will. Immerhin sind fast alle Plätze in der Cafeteria noch frei.

Ich hebe mein Handy vom Boden auf und stelle fest, dass der Bildschirm schwarz geworden ist. Gesprungen ist er schon seit der Nacht meines Geburtstags, auch wenn ich nicht weiß, wie das passiert ist. Der Pfleger setzt sich und ich versuche das Gerät wieder einzuschalten. Erleichtert atme ich auf, als das Display zu leuchten beginnt. Ich stecke das Handy zurück in die Tasche und sehe nun endlich wieder zu meinem Gegenüber. Er nippt an seinem Kaffee, hat seinen Blick jedoch noch immer nicht von mir abgewandt, was mich ein wenig nervös macht.

»Ich bin Siath«, sagt er. »Wir sind gestern gar nicht dazu gekommen, uns vorzustellen.« Seine Stimme ist tief und ruhig, irgendwie warm. Augenblicklich entspanne ich mich ein bisschen.

»Wilhelmina«, sage ich. »Aber du kannst Mina sagen. Das klingt nicht ganz so mittelalterlich.«

»Ich finde Wilhelmina eigentlich ganz cool. Es ist besonders.« Er grinst. Ein feines Grübchen bildet sich dabei auf seiner Wange, und irgendwoher kommt mir dieser Ausdruck vertraut vor. Bevor ich allerdings länger darüber nachdenken kann, redet er bereits weiter. »Wie sind deine Eltern denn auf den Namen gekommen?«

»Das würde ich sie auch gern fragen, aber ich hab sie nie kennengelernt. Wahrscheinlich wussten sie, dass ich es ihnen übel nehmen würde, und haben sich deswegen aus dem Staub gemacht.«

Ich verziehe den Mund zu einem schiefen Grinsen, aber der Witz kommt trotzdem nicht so ganz rüber und klingt bitterer als beabsichtigt. Siath merkt es auch sofort und sieht ein wenig erschrocken aus.

»Oh, sorry. War das ein Fettnäpfchen? Ich habe echt ein Talent für so was, tut mir leid, ich wollte nicht …«

»Ist schon in Ordnung«, unterbreche ich schnell, denn Mitleid ist das Letzte, was ich haben möchte. Mein halbes Leben lang wurde ich mitleidig angesehen, wenn ich erzählt habe, dass ich im Waisenhaus lebe, nun ist dieser Abschnitt endlich vorbei. Ich straffe ein wenig die Schultern. »Es ist echt okay, nicht schlimm. Ich bin im Gertrudis aufgewachsen. In dem Heim in der Nähe des Doms. Großes wuchtiges Backsteingebäude, hässlicher Garten voll verdorrter Rosenbüsche, sieht aus wie ein Knast. Hast du bestimmt schon mal gesehen.«

»Hab ich«, sagt er. »Ich fahre jeden Tag daran vorbei, wenn ich zur Arbeit gehe. Und da wohnst du?« Er legt den Kopf ein wenig schief. Sein Blick ist aufmerksam, forschend.

»Nicht mehr, ich wohne jetzt in einer WG in der Innenstadt«, sage ich. »Mit Dagmar, ich weiß nicht, ob du sie kennst. Sie macht momentan ihr Pflegepraktikum hier. Arbeitest du schon lange hier in der Klinik?«

»Seit fast drei Jahren. Seit ich hier in der Stadt lebe.« Er lehnt sich zurück und nippt an seinem Kaffee. Ich bin froh, dass er auf meinen Themenwechsel eingeht. Wir kennen uns seit gerade einmal ein paar Minuten, und irgendwie ist mir das Thema Waisenhaus und meine verschwundenen Eltern doch ein wenig zu persönlich.

»Wow, ganz schön lang. Und es gefällt dir hier?«

»Ich finde es schön, dass ich hier Leuten helfen kann«, sagt er. »Es gibt genug andere Jobs, bei denen die Umstände und die Bezahlung sicher besser sind, aber das hier ...« Er zuckt die Achseln. »Das ist irgendwie wichtig. Weißt du? Es gibt mir das Gefühl, was Sinnvolles zu tun. Nicht nur eine Belastung für die Welt zu sein.«

Er lächelt, aber gleichzeitig verändert sich etwas an seinem Blick, wird dunkler. Als würde von innen ein Vorhang über seine Augen fallen und etwas dahinter verbergen.

»Ich weiß genau, was du meinst«, sage ich. »Deswegen möchte ich nach dem Abitur Medizin studieren. Um Menschen zu helfen.«

Er nickt, sagt aber nichts mehr. Ich nehme meine Tasse und führe sie zum Mund. Vorsichtig nippe ich an meinem Tee, der noch immer viel zu heiß ist.

Das Gefühl, sich selbst als Belastung und in der Welt unwillkommen zu fühlen, kenne ich gut. Es wurde mir im Heim oft genug gegeben, wenn auch vielleicht nicht mit Absicht und auch wenn ich eigentlich weiß, dass es Unsinn ist. Etwas zu wissen und etwas zu fühlen sind zwei unterschiedliche Dinge. Allein die Tatsache, dass meine Eltern mich nicht haben wollten, reichte offenbar dafür aus, diese ständige Angst, unerwünscht zu sein, tief in mich hineinzupflanzen.

Ich war erst ein paar Tage alt, als ich auf der Treppe vor dem Waisenhaus gefunden wurde, so ist es mir später erzählt worden. Es war mitten in der Nacht, ich lag in einem Bastkorb und war in ein weißes Tuch gewickelt. Um meinen Hals hing ein Medaillon mit einem schwarzen Stein, der sich später bei Nachforschungen als stinknormaler Onyx entpuppte, und an meinem Arm ein Bändchen mit meinem Vornamen – Wilhelmina. Zumindest ging man davon aus, dass es mein Name sein sollte, nachdem man vorher versucht hatte, meine Mutter zu ermitteln. Im ganzen Landkreis war jedoch keine Frau mit diesem scheußlich altmodischen Namen zu finden und so wurde es meiner.

Ein etwas älteres, fieses Mädchen aus dem zweiten Stock hatte mir einmal gesagt, dass ich etwas Gruseliges an mir hätte, das die Menschen abschreckte. Möglicherweise wurde ich deshalb nicht adoptiert. Und sie hatte recht: Ich *war* gruselig. Zumindest passierten mir immer wieder seltsame Dinge, wie das eine Mal, als das Sofa Feuer fing, als ich mich so aufregte. Oder ein anderes Mal, als Angelina mir eine ungerechtfertigte Ohrfeige verpasste und danach unerklärliche Krämpfe bekam, die so stark waren, dass sie zu Boden ging. Natürlich waren all das bedauerliche Zufälle. Die Couch fing Feuer, weil die Steckdose dahinter kaputt war, und Angelina bekam Krämpfe, weil ihre Gallensteine sich nicht mit fettigen Mahlzeiten vertrugen. Aber lange Zeit war es mir nur recht, wenn die Leute Angst vor mir hatten – so ließen sie mich wenigstens in Frieden.

Doch jetzt bin ich ausgezogen. Jetzt bin ich erwachsen, habe mein eigenes Leben und kann all die traurigen Erinnerungen hinter mir lassen. Als etwas, das geschehen und vorbei ist, das mich zwar sicher in gewisser Weise geprägt hat, aber seine Schatten nicht länger vor mich werfen muss. Der Auszug war der Neuanfang, den ich mir seit langer Zeit gewünscht habe.

Und in meinem neuen Leben möchte ich nicht mehr die gruselige Außenseiterin Wilhelmina sein – sondern die zukünftige Ärztin Mina, die eine Bereicherung für die Welt ist, weil sie anderen Menschen hilft.

Unwillkürlich frage ich mich jedoch, was Siath widerfahren ist, dass auch er sich als Belastung für seine Umwelt sieht. Gern würde ich ihn fragen, aber es scheint mir doch ein wenig zu persönlich.

Dafür purzelt mit einem Mal eine andere Frage aus meinem Mund, von der ich nicht einmal gewusst hatte, dass sie sich in meinem Kopf zu Worten geformt hatte.

»Sag mal … kennen wir uns von irgendwoher? Du kommst mir irgendwie bekannt vor.«

Er verschluckt sich an seinem Kaffee und hustet.

»Wir haben uns gestern im Zimmer von Frau Deininger gesehen«, erklärt er dann und wendet den Blick ab, so als wäre ihm das Thema unangenehm. Ich schüttle den Kopf.

»Ich leide nicht unter Demenz, das weiß ich. Nein, vorher. Warst du mal im Waisenhaus?«

»Nein. Warst du mal im Krankenhaus?« Nun sieht er mich wieder an.

»Nein.«

»Du Glückliche. Du warst nie krank? Keine Brüche? Dein ganzes Leben lang noch nicht?«

Ich zucke die Achseln. »Ich bin ein vorsichtiger Mensch und gehe keine unnötigen Risiken ein.«

»Das ist schade.« Er grinst schief und schiebt sich den letzten Rest seines Croissants in den Mund. Dann steht er auf, was ein unerwartetes Gefühl der Enttäuschung in mir auslöst.

»Du gehst schon?«, frage ich.

»Ich muss langsam. Meine Schicht ist eigentlich schon seit über drei Stunden vorbei.«

»Und da bist du immer noch hier?«

»Es gibt daheim nicht allzu viel, was auf mich wartet.« Bilde ich mir nur ein, dass sein Lächeln ein wenig traurig aussieht? »Außerdem habe ich nach Feierabend momentan immer noch ein Date mit Frau Deininger. Sie ist seit drei Wochen hier und bekommt nie Besuch, was mir leidtut. Du hast vielleicht gesehen, dass sie nicht wirklich ansprechbar ist, aber ich bin mir sicher, dass sie noch alles mitbekommt, und ich habe das Gefühl, sie freut sich immer, wenn ich ihr vorlese. Momentan lesen wir Hesse.«

»Ich liebe Hesse!«, erkläre ich. Und bevor ich darüber nachdenken oder es verhindern kann, frage ich: »Kann ich bei eurem Buchclub mitmachen?«

Siath stutzt einen kurzen Augenblick, dann lächelt er, was warme Wellen durch meinen ganzen Körper jagt. »Buchclub. Das gefällt mir. Klar, sehr gern! In der Frühschicht lesen wir ab zwei, dann ist meine Schicht vorbei. Meine Stimmbänder würden sich freuen, wenn ich mich beim Sprechen mit jemandem abwechseln kann.«

»Cool«, sage ich. »Zwei ist perfekt für mich. Dann haben wir morgen ein Date!«

Siath verabschiedet sich und ich trinke den Rest meines Tees, bevor ich mich auf den Weg zur Küche mache.

Als ich knappe drei Stunden später in mein kaltes Zimmer zurückkehre, überrollt mich die Einsamkeit wie eine Dampfwalze. Obwohl ich mich endlich eingerichtet habe, wirkt mein Zimmer leer, trostlos. Dagmar ist noch in der Klinik, und die Lücke, die Conny hinterlassen hat, ist auf einmal allgegenwärtig, droht mich zu verschlingen. Ich schalte auf meinem Laptop eine seichte Netflix-Sitcom ein, kuschle mich ins Bett und ziehe mir die Decke bis zum Kinn hoch.

4

Am nächsten Tag hat sich der Regen endlich verzogen und der Sommer ist mit 30 Grad im Schatten zurückgekehrt. Ich sitze vormittags in meinem Zimmer, trinke literweise kalten Minztee und versuche keinen Hitzekollaps zu erleiden.

Gegen kurz vor zwei mache ich mich auf den Weg zur Klinik, diesmal zu Fuß. Busfahren ist bei diesem Wetter kein Spaß, und solange noch Sommerferien sind, habe ich genug Zeit.

Siath wartet bereits an der Cafeteria auf mich. Er trägt noch seine blaue Pflegerkleidung, unter den Arm hat er ein Buch geklemmt, in seinen Händen je einen Becher. Ein Strahlen breitet sich auf seinem Gesicht aus, als er mich sieht, was mich irgendwie freut.

»Du bist wirklich gekommen!«, stellt er fest, als ich ihn erreicht habe. Seine dunklen Augen funkeln.

»Klar! Hab ich doch gesagt!«

Er hält mir einen der Becher hin und ich rieche den Minztee.

»Den trinkst du doch, oder?«, fragt er. »Du wirst Flüssigkeit brauchen, das lange Lesen ist ganz schön anstrengend.«

»Danke«, sage ich und nehme den Becher entgegen. Dass er es sich gemerkt hat, sendet warme Wellen durch meinen ganzen Körper.

»Frau Deininger wird sich riesig freuen! Komm mit.«

Ich folge ihm den Gang entlang bis zum Treppenhaus.

»Wieso ist sie überhaupt hier?«, frage ich, während wir zum ersten Stock gehen.

»Das wissen wir nicht genau«, erklärt Siath. »Ich meine, wir wissen natürlich, was passiert ist, aber nicht warum. Sie ist achtzig Jahre alt und war bis zu ihrem Zusammenbruch anscheinend noch vollkommen fit, zumindest hat sie allein gelebt und konnte sich auch noch selbst versorgen. Dann ist sie eines Abends vor ihrem Haus zusammengeklappt und war nicht mehr ansprechbar. Zum Glück hat sie ein Nachbar gefunden und den Rettungsdienst angerufen.«

»Das ist ja furchtbar!«, sage ich. »Einfach so?«

»Na ja, irgendeinen Grund wird es wohl geben.« Wir erreichen die Tür, Siath hält sie auf und tritt zur Seite, sodass ich zuerst hindurchgehen kann. »Wir finden ihn nur nicht. Sie kam auf die Intensivstation und hatte am selben Abend einen Herzstillstand. Wir konnten sie zwar reanimieren, seitdem ist sie allerdings nicht mehr ansprechbar und schläft die meiste Zeit. Um ehrlich zu sein, sind wir anfangs davon ausgegangen, dass sie stirbt, aber sie ist seit Tagen stabil, zumindest körperlich. Allerdings liegt sie nur da, sie redet nicht und sie bewegt sich kaum. Ich lese ihr trotzdem vor, weil … Ich glaube, sie spürt trotzdem, dass jemand da ist. Vielleicht hilft es ihr.«

Er ist stehen geblieben und zuckt ein wenig hilflos die Achseln. »Das ist ungewohnt für mich, weißt du? Normalerweise kann ich den Leuten immer helfen, irgendwie. Aber bei ihr scheint nichts zu funktionieren. Das ist frustrierend. Die Ärzte meinten, manchmal ist es einfach so, nicht immer kann eine Ursache gefunden werden, und manchmal ist es auch an der Zeit, Menschen gehen zu lassen. Und sie ist ja auch schon sehr alt, aber trotzdem … es fällt mir schwer, das zu akzeptieren.«

»Verstehe«, murmle ich. Dabei bin ich mir nicht ganz sicher, ob das wirklich stimmt. Eigentlich müsste Siath es gewohnt sein, Menschen sterben zu sehen. Er arbeitet immerhin seit drei Jahren hier, Frau Deininger ist doch mit Sicherheit nicht die erste Patientin, der er nicht helfen konnte. Und dass Menschen in diesem Alter sterben, ist nun wirklich nicht ungewöhnlich. Es kommt mir allerdings taktlos vor, das zu sagen, also spreche ich es nicht aus.

Wir setzen unseren Weg fort und gehen den Flur entlang in Richtung des Zimmers, in dem ich Siath vor zwei Tagen zum ersten Mal gesehen habe. Der Gang ist menschenleer und unsere Schritte hallen laut von den Wänden wider. Der Geruch von Desinfektionsmittel und Fencheltee hängt in der Luft.

»Jedenfalls war in all der Zeit nicht einmal jemand zu Besuch«, fährt er nun fort. Seine Stimme klingt bitter. »Sie hat anscheinend keine Verwandten mehr und offenbar auch keine anderen Menschen, die ihr nahestehen. Und sie wird vielleicht sterben. Das trifft mich. Niemand sollte so einsam sein, dass es keinen interessiert, wenn er tagelang im Krankenhaus liegt und bald stirbt.«

Ich schlucke schwer. Eine entsetzliche Vorstellung, da muss ich ihm recht geben. Erneut schweifen meine Gedanken zu Conny. Und die nüchterne kurze Pressemitteilung, die ihr Verschwinden den Leuten wert war.

Aber Conny war nicht einsam. Sie hatte mich. Und sie ist auch nicht gestorben.

Unwillkürlich balle ich die Hände zu Fäusten und presse die Kiefer aufeinander.

»Ist alles okay?«, fragt Siath. Wir sind vor der Tür stehen geblieben, er sieht stirnrunzelnd zu mir. »Du wirkst wütend.«

»Nein, alles gut«, sage ich hastig und verscheuche die Gedanken an Conny. »Es ist nur … es tut mir leid, das mit Frau Deininger.«

Siath lächelt und sein Grübchen tanzt. »Ja, mir auch. Aber vielleicht können wir einen Unterschied machen.«

Wir öffnen die Tür und schieben uns leise in das Zimmer. Sofort fällt mein Blick auf die alte Frau in ihrem Bett. Sie ist allein. Ihr Kopfteil ist ein wenig aufgerichtet und sie ist wach, doch ihr Blick, der auf einen fernen Punkt irgendwo über dem Fernseher fällt, ist leer. Darin liegt nichts – keine Trauer und kein Schmerz, aber auch keine Freude. Es ist, als wäre hinter diesen Augen niemand mehr, als läge hier nur noch eine leere Hülle. Unwillkürlich läuft mir ein Schauder die Wirbelsäule hinab.

Siath schließt die Tür hinter uns, und als ich zu dem Bett gehe, schlucke ich schwer.

»Hallo, Frau Deininger«, sage ich, doch sie zuckt nicht einmal mit der Wimper. Ich bin mir nicht ganz sicher, ob sie überhaupt gemerkt hat, dass jemand hier ist. Vermutlich nicht.

Siath zieht zwei Stühle von dem kleinen Tisch am Fenster zu ihrem Bett und bedeutet mir, mich zu setzen. Er tritt an die alte Frau heran und drückt ihr Kissen ein wenig zurecht.

»Hallo, Ruth«, sagt er. Seine Stimme ist voller Wärme. »Ich habe heute eine Freundin mitgebracht, sie wird mir beim Lesen Unterstützung leisten. Mina heißt sie.«

Mein Herz macht bei dem Wort »Freundin« einen kleinen Hüpfer. Und meinen Namen aus seinem Mund zu hören, das fühlt sich unerwartet gut an.

»Hallo«, sage ich noch einmal etwas schüchtern. Ich knete meine Hände in meinem Schoß. Das hier ist beklemmend, ich fühle mich unsicher und weiß nicht so recht, wie ich mich verhalten oder was ich sagen soll. Verlegen streiche ich mir eine Strähne aus dem Gesicht und platziere sie hinter meinem Ohr. Doch im nächsten Moment hat Siath auch schon das Buch aufgeschlagen und liest aus Hermann Hesses *Demian*.

Ich lehne mich zurück und lausche seiner warmen, dunklen Stimme. Das Buch habe ich bereits gelesen, vor vielen Jahren in der Schule, und ich habe es damals schon gemocht. Diese Geschichte über das Erwachsenwerden ist voll bittersüßem Schmerz, voller Melancholie und Sehnsucht. Jetzt, von Siath gelesen, gefällt sie mir noch besser. Der Klang seiner dunklen Stimme füllt den Raum mit Leben, lässt mit einem Mal alles wärmer und weniger hoffnungslos erscheinen. Ich beobachte Ruth Deininger, und irgendwann bilde ich mir ein, ein leichtes Lächeln auf ihren Lippen zu erkennen, kaum wahrnehmbar.

Nach einer Weile wechseln wir uns ab und ich lese einige Kapitel, danach wieder Siath. Irgendwann fallen der alten Frau die Augen zu und ihr Atem wird ruhiger. Trotzdem will ich noch nicht gehen, möchte das Hesse-Universum und den Klang von Siaths Stimme noch nicht zurücklassen.

Ein scharfer Schmerz zieht sich durch meine Brust, als Siath über Demians inneren Kampf zwischen den zwei Welten liest. Der Text berührt mich auf einer Ebene, die ich nicht ganz begreife. Obwohl ich weiß, dass es Hesses Worte sind und nicht seine, fühle ich mich mit einem Mal auf eine seltsame Art verstanden.

Und eine Sekunde später werde ich aus dem Krankenzimmer katapultiert, an einen Ort, der sehr viel dunkler und kälter, aber dennoch glücklicher und strahlender ist.

Wir sitzen nebeneinander an der Klippe und lassen die Beine vom Rand baumeln. Viele Meter unter uns krachen die Wellen gegen die Felsen, und eigentlich ist es ziemlich gefährlich, was wir hier tun – aller-

dings ist unser Alkoholpegel so hoch, dass es uns nicht mehr interessiert. Wir genießen die kühle Nachtluft und beobachten das Meer in der Ferne, dessen Oberfläche im Mondlicht silbrig schimmert. Wir fühlen uns unverwundbar.

»Noch eine halbe Stunde«, sagt Conny und reicht mir die Flasche mit dem Likör, die sie in ihrem Rucksack mitgebracht hat. »Dann bist du endlich frei.« Ein wehmütiger Unterton schwingt in ihrer Stimme mit.

Ich lehne meinen Kopf gegen ihre Schulter. Inzwischen dreht sich schon alles um mich herum. »Was ist los?«, frage ich und nehme einen großen Schluck.

»Nichts. Nichts, es ist nur … Gott, du wirst mir fehlen.«

»Ich bin ja nicht aus der Welt. Wir treffen uns jeden Tag. Ehrenwort!«

»Das will ich doch hoffen. Trotzdem wird es scheiße sein ohne dich.«

»Nur ein paar Monate, dann bist du auch achtzehn. Wir könnten in eine WG ziehen!«

»Du weißt, dass ich reisen will«, sagt sie. Jetzt rückt sie ein Stück von mir ab und wendet sich mit dem Gesicht zu mir. Sie sieht ernst aus. »Ich will die Welt sehen. Und dann irgendwann, wenn ich jeden Ort kennengelernt habe, suche ich mir den schönsten davon aus und eröffne meine eigene Kneipe. Kommst du mit?«

Ich muss lachen. »Ich will Medizin studieren.«

»Ja, ich weiß, aber du hast doch sowieso Wartesemester. Was willst du in der Zeit tun?«

»Keine Ahnung … irgendwas jobben oder so, Erfahrungen sammeln.«

»Und hierbleiben? In dieser verwahrlosten, langweiligen Stadt? Komm schon, Mina! Du wirst doch mehr wollen als das!«

Ihre Worte verletzen mich, auch wenn sie das wahrscheinlich gar nicht will.

»Man kann nicht einfach in der Gegen herumziehen«, sage ich unwillig. »Das kostet Geld. Und das wächst nicht auf Bäumen.«

»Ja, aber jobben kann man auch woanders. Es gibt genug Angebote, Work and Travel und so was.«

Sie versteht mich nicht. Conny ist der enthusiastischste Mensch, den ich kenne, und dafür liebe ich sie. Ihre Begeisterung für alles Mögliche ist so ehrlich und so ansteckend, dass ich manchmal nicht weiß, ob ich sie dafür beneiden oder bemitleiden soll. Ihr Herz ist so wild und ihr Kopf so vollgestopft mit verrückten Träumen und Ideen, dass ich manchmal das Gefühl habe, ein einziges Leben könnte ihr vielleicht gar nicht ausreichen, um all das zu tun, was sie gern tun würde, und dass sie irgendwann vielleicht sehr enttäuscht vom Leben sein wird.

Bei mir hingegen ist es genau andersrum. Es kommt mir oftmals so vor, dass ich bereits mit einem einzigen Leben überfordert bin. Die Liebe zur Medizin und meine Studienpläne sind das Einzige, dessen ich mir absolut sicher bin. Und diese Stadt, die kenne ich, hier weiß ich, was mich erwartet.

»Wirklich, Mina, stellst du dir so die Zukunft vor?«, sagt sie. »In einem Jahr hast du dein Abitur, dann studierst du und suchst dir hier in der Stadt einen Job und das war es dann? Ist das dein Plan?«

Ich weiß, dass sie mich ermutigen will, meine Träume zu verwirklichen, aber die Wahrheit ist, dass ich keine weiteren Träume habe. Während Conny zigtausende von unterschiedlichen Zielen hat und jeden Tag neue dazukommen, habe ich nur dieses eine. Und an das klammere ich mich mit aller Kraft.

»Ja, Conny, das ist mein Plan«, sage ich deshalb mürrisch. »Und wenn der schiefgeht, gibt es immer noch meinen Plan B – dann wandere ich nach Neuseeland oder in irgendein anderes tolles Land aus und genieße mein Leben.«

»Weißt du«, murmelt Conny nachdenklich, »das Traurige daran ist, dass dein Plan B eigentlich dein Plan A sein sollte. Du sagst immer, du weißt nicht genau, was du mit deinem Leben anfangen willst, aber in Wahrheit hast du genug Träume in dir. Du traust dich nur nicht, sie zu träumen, weil du denkst, dass sie sich sowieso nicht verwirklichen ließen. Und weil du so viel Angst vor deinen eigenen Träumen hast, behältst du sie als Plan B im Hinterkopf und denkst dir, dass du sie dir ja immer noch dann erfüllen kannst, wenn alles andere in deinem Leben schiefläuft, dabei sollte es eigentlich andersherum sein. Mach dein Medizinstudium! Aber reise vorher. Mit mir. Danach kannst du immer noch studieren. Du musst nicht hierbleiben, studieren kann man überall. Und arbeiten musst du auch nicht hier als Ärztin in der Klinik, du könntest auch eine Ärztin ohne Grenzen werden. Nur als Beispiel. Die Welt hat mehr zu bieten als das, was du kennst.«

Ich denke über das, was sie sagt, nach, weiß aber nicht, was ich darauf antworten soll. Also ignoriere ich es, auch wenn mir schmerzhaft bewusst wird, dass sie die Wahrheit sagt. Ja, das wäre ein echter Traum. Und er ist idiotisch.

»Ich wünschte, ich hätte etwas von deinem Mut«, sage ich und meine es wirklich so. Ich weiß selbst, dass ich viel zu korrekt bin. Dass ich viel zu angepasst bin. Dass mir der Mumm dafür fehlt, etwas zu tun, von dem alle Welt denken würde, dass es verrückt sei.

Eine Weile lang sagt niemand etwas.

»Weißt du«, sagt Conny dann langsam, »mit dem Mut ist es wie mit der Zeit. Den hat man nicht. Den muss man sich nehmen.«

Sie steht auf und reicht mir ihre Hand. Ich greife sie und sie zieht mich hoch. Dabei grinst sie.

»Bist du schon mal von einer Klippe gesprungen?«

Mein Herz schlägt wie wild, als ich in die Gegenwart zurückgeschleudert werde. Genauso schnell, wie sie gekommen ist, bricht die kurze Erinnerung ab und ich finde mich im Krankenzimmer wieder, mit rasendem Puls und dem lauten Rauschen meines eigenen Blutes in den Ohren. Erst ein paar Sekunden später kapiere ich, dass ich gar nicht mehr auf meinem Stuhl an Ruths Bett sitze, sondern auf dem Boden, gegen die Wand gelehnt – und dass Siath vor mir in der Hocke sitzt.

Sein Gesicht ist verschwommen, alles dreht sich ein wenig, so als wäre ich noch an der Klippe mit Unmengen an Alkohol intus. Wie aus weiter Ferne höre ich seine Stimme, doch ich verstehe seine Worte nicht.

Dann kneife ich die Augen zusammen, als er mir mit einer Taschenlampe ins Gesicht leuchtet.

»Aua!«

»Okay, du bist wach. Reflexe vorhanden. Ist alles in Ordnung bei dir?« Seine Stimme klingt besorgt.

Sehr langsam finde ich in die Realität zurück, das Bild vor meinen Augen wird klarer, meine Umgebung hört auf, sich zu bewegen. Ich rapple mich ein wenig auf und versuche meinen hektischen Atem unter Kontrolle zu bringen.

»Natürlich ist alles in Ordnung«, keuche ich. Es klingt wütender, als es sollte.

»Sicher? Du bist einfach zusammengeklappt. Scheiße, Mina! Du hast mir eine Heidenangst eingejagt!«

»Das ist … solltest du so was nicht schon öfter erlebt haben?«, bringe ich hervor. Ich schließe die Augen und atme ein paarmal tief durch. Mir ist total übel, doch ich bin kaum bei der Sache.

Bist du schon mal von einer Klippe gesprungen?

Heilige Scheiße! Was ist danach passiert? Sind wir etwa wirklich von der Klippe gesprungen? Hatte die Polizei recht? Ist Conny ertrunken? Vielleicht habe ich mir den Kopf gestoßen – was an ein Wunder grenzen würde, sollte mir nur das passiert sein, denn das Meer ist an jener Stelle voller Felsen – und kann mich deswegen an nichts erinnern. Meine Gedanken rasen.

»Doch, schon«, sagt Siath, aber ich höre ihm kaum zu. »Aber normalerweise passiert das bei Patienten. Dann rechne ich damit. Du hast mich wirklich erschreckt. Hast du genug gegessen? Getrunken?«

»Wasser«, sage ich schwach. »Das wird es sein. Der Wetterumschwung. Wahrscheinlich habe ich zu wenig getrunken.«

Er steht auf und reicht mir seine Hand. Ich ergreife sie und lasse mich von ihm hochziehen. Ein Blick auf die Patientin zeigt mir, dass sie tief und fest schläft.

»Komm«, sagt er sanft. »Das reicht für heute. Lass uns nach unten gehen. Du ruhst dich auf einer der Bänke aus und ich besorge dir Wasser.«

5

Meine Schicht beginnt erst in einer halben Stunde, und so verbringe ich die übrige Wartezeit mit Siath draußen im Park. Die Nachmittagssonne brennt nicht mehr so erbarmungslos vom Himmel wie noch vor zwei Stunden, trotzdem ist die Luft schwül und drückend. Wir haben uns einen Platz im Schatten einer monströsen Linde gesucht und Siath hat mir eine Wasserflasche besorgt, die ich in wenigen Zügen geleert habe. Langsam geht es mir wieder besser.

»Danke«, murmle ich. »Normalerweise klappe ich nicht so schnell zusammen. Peinlich, echt.«

»Das kann bei so einem heftigen Wetterumschwung schon mal passieren«, tröstet er mich. Noch immer ist sein Blick voller Sorge. »Aber bist du dir sicher, dass du dir nicht lieber freinehmen willst? Emilia würde das mit Sicherheit verstehen. Ich könnte dich nach Hause bringen.«

Kurz ringe ich mit mir, ob ich meine Gedanken wirklich aussprechen soll. Siath und ich kennen uns kaum, aber gleichzeitig fühlt sich etwas an ihm merkwürdig vertraut an. Außerdem hat er Ahnung von Medizin, es ist sein Job, sich um kranke Menschen zu kümmern.

Ich räuspere mich und gebe mir einen Ruck.

»Ich bin mir, ehrlich gesagt, nicht ganz sicher, ob es wirklich am Wetter liegt«, flüstere ich. Ich wage es kaum, ihn anzusehen, zu peinlich ist mir das, was ich gleich sagen will. Dabei weiß ich, dass diese Scham unangebracht ist, aber in den letzten Tagen wurde mir zu oft vermittelt, dass ich verrückt geworden sei – von der Polizei, unserer Heimleiterin, und ein bisschen auch von Dagmar mit ihren mitleidigen Blicken.

»Ich hatte so was wie … so eine Art Flashback.« Jetzt sehe ich doch zu ihm auf, um seine Reaktion zu beobachten. Doch der Ausdruck auf seinem Gesicht ist unergründlich.

»Einen Flashback?«, wiederholt er dann langsam.

Ich nicke. »Ja, Siath. Ich habe mich an etwas erinnert, was ich vergessen habe.«

Ich sehe ihn schlucken, und im nächsten Augenblick verändert sich etwas in seinem Gesicht. Es ist wie beim letzten Mal, als ich ihn gefragt habe, ob wir uns schon einmal gesehen haben – als würde sich in seinen Augen etwas verschließen, mich ausschließen. Er wendet den Blick ab.

»Und an was?«, fragt er. Seine Stimme klingt heiser.

»Du wirst mich für irre halten, wenn ich dir das erzähle«, sage ich. Ich kann es nicht verhindern, dass sich Tränen in meinen Augen sammeln.

Siath rückt ein Stück näher an mich heran, greift nach meiner Hand und nimmt sie in seine. Jetzt sieht er mir wieder in die Augen.

»Mina, ich sage dir das nur sehr ungern, aber du redest wirklich Blödsinn. Ich werde dich garantiert nicht für irre halten, keine Chance! Glaub mir, ich hab schon sehr vieles gesehen, und wenn Menschen bestimmte Erinnerungen wegsperren, dann ganz bestimmt nicht, weil sie verrückt sind, sondern im Gegenteil: Weil es sie daran *hindert*, verrückt zu werden.«

»Dann hältst du es für besser, wenn diese Erinnerungen weggesperrt bleiben?« Ich wische mir mit dem Handrücken über die feuchten Augen.

»Das hab ich nicht gesagt, ich …« Er zögert. »Vielleicht magst du mir erst mal verraten, was das für eine Erinnerung war.«

Ich atme einmal tief durch, dann nicke ich.

»Okay. Vor knapp zwei Wochen ist mir was ziemlich Schlimmes passiert«, setze ich an. »Es war mein Geburtstag und ich war mit meiner besten Freundin auf dem Stadtfest … Wir haben ziemlich viel getrunken …«

Ich stocke, doch er sagt kein Wort. Er unterbricht mich nicht und drängt mich nicht weiterzureden, er wartet einfach ab und hält noch immer meine Hand in seiner. Sein Griff ist warm und fest, gibt mir Halt. Als ich ihm in die Augen sehe, erkenne ich darin eine Mischung an widersprüchlichen Ausdrücken. Es ist, als würde er einerseits wollen, dass ich weiterrede, hätte andererseits aber auch Angst davor, was ich ihm gleich erzählen werde.

»So viel kann ich gar nicht sagen«, rede ich schließlich weiter. »Ich erinnere mich an nichts mehr. Am nächsten Morgen war meine Freundin weg. Man hat nur noch ihre Handtasche gefunden und ...« Ich unterbreche mich. Ich wollte ihm von dem Zettel erzählen, dem Zettel mit der kryptischen Nachricht von mir selbst, die ich nicht verstehe, doch etwas hält mich zurück. Vielleicht die Angst, doch noch als Verrückte abgestempelt zu werden, von diesem Mann, dessen Nähe mich so verwirrt. Ich beschließe, den Zettel zu verschweigen. Er ist sowieso nicht wichtig. »... und sie war fort«, beende ich meinen Satz schließlich. »Die Polizei sagt, sie sei tot. Ich kann das nicht glauben, aber meine Erinnerungen sind verschwunden. Ich wünschte so sehr, ich könnte mich erinnern, was an diesem Abend passiert ist. Ich weiß nicht, warum ich es nicht kann, und das treibt mich in den Wahnsinn.«

Etwas kitzelt an meiner Wange, und erst im nächsten Augenblick wird mir klar, dass es Tränen sind, die ich in den vergangenen Tagen gewaltsam zurückgehalten habe. Ich wage es nicht, Siath anzusehen, doch ich merke auch so, dass ihn meine Geschichte ziemlich aufgewühlt hat.

»Scheiße«, murmelt er.

Jetzt sehe ich ihn doch an. »Was ist los mit mir, Siath? Was ist an diesem Abend passiert, was so schlimm war, dass ich es verdrängen musste? Ist Conny wirklich gestorben? Aber wenn das stimmt, warum sagt mir mein Gefühl dann etwas anderes? Es ist, als würde ich körperlich spüren, dass das nicht die Wahrheit ist.«

Meine Stimme bricht.

Siath räuspert sich. Seine Augen spiegeln eine Mischung aus Entsetzen, Hilflosigkeit und ... Bedauern?

»Wo war das?«, fragt er tonlos. »Wo hat man ihre Tasche gefunden?«

»An den Klippen«, sage ich. »Wir müssen den Park verlassen haben und zu den Klippen gegangen sein. Ich weiß zwar nicht warum, aber vorhin habe ich mich daran erinnert, dass wir dort oben waren.«

Und dass Conny davon gesprochen hat, von der Klippe zu springen.

Doch das sage ich nicht, denn dann wäre auch für Siath klar, dass sie in den Tod gestürzt ist. Und ich will nicht, dass er auch noch zu denen gehört, die diese Version glauben, auch wenn der rationale Teil meines Seins genau weiß, dass es die logischste Erklärung für ihr Verschwinden ist. Alle Hinweise deuten darauf hin, und doch fühle ich, dass es nicht die Wahrheit ist. Dass die Wahrheit irgendwo tief in mir vergraben ist und ich sie nur wiederfinden muss.

»Und daran hast du dich erinnert? Vorhin? Bist du dir sicher, dass das eine richtige Erinnerung war und nicht … keine Ahnung, Wunschdenken oder so was?«

»Wie bitte?« Ich kann kaum glauben, was er da sagt. Wütend funkle ich ihn an. »Glaubst du, ich kann nicht zwischen einer echten Erinnerung und einem Wunschtraum unterscheiden, oder wie?«

Er hebt abwehrend die Hände. »So war das nicht gemeint. Tut mir leid. Es ist nur … ungewöhnlich.«

»Ungewöhnlich? Wofür? Für mich? Du kennst mich doch kaum!« Mein Herz schlägt mit einem Mal wie wild. Es hat mich viel Überwindung gekostet, mich Siath anzuvertrauen, und nun kommt von ihm die gleiche alte Leier wie von allen anderen. Bitterkeit legt sich auf meine Zunge, und ich bereue es, überhaupt was gesagt zu haben. Unwillkürlich rücke ich auf der Bank ein Stück von ihm ab und ziehe meine Hand aus seiner.

»Nein, für … sorry, das war doof ausgedrückt«, sagt er. »Du hast recht, du selbst kannst das am besten entscheiden, entschuldige. Es ist gut, dass du dich an dieses Detail erinnert hast. Vielleicht kehrt der Rest deiner Erinnerung auch noch zurück.«

Er lächelt, doch es sieht ein wenig gezwungen aus, und im nächsten Moment wendet er den Blick ab. Erneut bekomme ich das Gefühl, dass er nicht ganz ehrlich zu mir ist, dass er etwas zu verbergen hat. Aber vielleicht liegt es auch einfach daran, dass er mir nicht glaubt.

»Na ja, es ist auch nicht so wichtig«, sage ich schließlich, kann dabei jedoch nicht verhindern, dass mein Tonfall ein wenig frostig klingt. »Ich hätte dir das gar nicht erzählen sollen. Vielleicht sollte ich mit einem Psychiater darüber reden, mir ärztliche Hilfe suchen, wie es mir die Leute von der Polizei empfohlen haben. Jedenfalls war das möglicherweise der Grund dafür, dass ich vorhin diesen kurzen Zusammenbruch hatte. Mir geht es schon viel besser.«

»Und was wirst du jetzt machen?«

Ich seufze. »Ich habe keine Ahnung. Weißt du, ich will Conny wiederfinden, aber ich habe keinen Anhaltspunkt. Die Orte, an die ich mich erinnern kann, habe ich alle längst abgesucht. Ich kann eigentlich nichts weiter tun, als darauf zu vertrauen, dass der Rest meiner Erinnerungen auch noch zurückkehrt. Weißt du zufällig, ob es eine Möglichkeit gibt, das zu fördern?«

»Nein, leider nicht.« Seine Stimme klingt ein wenig belegt. »Ich kann dir da leider nicht helfen, Mina. Es tut mir sehr leid, was dir passiert ist.«

»Ja. Danke für dein Mitgefühl.« Ich sehe zu Boden und versuche, den Kloß in meinem Hals hinunterzuschlucken, meine Enttäuschung zu verbergen. Aus irgendeinem Grund hatte ich mit einer anderen Reaktion gerechnet. Vielleicht damit, dass er mir seine Hilfe anbieten würde, wenigstens aber damit, dass er mir richtig glaubt. Und das Gefühl gibt er mir gerade nicht. Es kommt mir eher so vor, als hätte er mich nun in die gleiche Schublade gesteckt wie alle anderen. Irgendwie kann ich es ihm fast nicht verübeln. Wir kennen uns seit einem Tag, und ich komme direkt mit einem Haufen Problemen um die Ecke. Er wäre dumm, wenn er nicht sofort die Flucht ergreifen würde.

Seufzend stehe ich auf. »Na gut, ich muss los. Meine Schicht fängt gleich an. War schön heute, Siath. Das Lesen und das Reden. Danke, dass du dich um mich gekümmert hast. Und tut mir leid, dass ich dich mit meinen Problemen belästigt habe.«

»Das Helfen ist mein Job. Und das andere muss dir nicht leidtun. Ich hab gern zugehört.« Er lächelt, und diesmal wirkt es wieder echt. Auch er erhebt sich. »Ich geh mit rein, ich muss mich noch umziehen.«

Erst jetzt fällt mir auf, dass er noch immer die Krankenpflegerkleidung anhat. Gemeinsam gehen wir zurück in die Klinik, und an der Anmeldung verabschieden wir uns, weil seine Garderobe in die entgegengesetzte Richtung liegt. Ich habe mich gerade mit dem Gedanken angefreundet, dass unsere kurze Freundschaft schon wieder ein Ende gefunden hat und wende mich zum Gehen, da spricht er mich noch einmal an.

»Mina?«

Ich drehe mich um. »Ja?«

»Ich hab nächste Woche Nachtschicht«, erklärt er. »Die fängt zwar erst um zehn an, aber ich komme schon früher, zum Lesen. Wenn du Lust hast, hole ich dich von zu Hause ab und wir gehen zusammen zur Klinik?«

Ich brauche einen Moment, um seine Frage zu verarbeiten.

»Nur wenn du willst, natürlich. Du wohnst doch bei Dagmar, meintest du, oder? Ich weiß, wo das ist. Es liegt fast auf dem Weg, wäre nur ein kleiner Umweg für mich.«

Er hat die Hände in den Hosentaschen vergraben und den Kopf leicht schief gelegt, während er auf meine Antwort wartet.

Ich bin immer noch ein wenig enttäuscht von seiner verhaltenen Reaktion auf meine Geschichte, gleichzeitig weiß ich aber auch, dass ich ihm das kaum zum Vorwurf machen kann. Wahrscheinlich hätte ich genauso reagiert, wenn mir jemand so was erzählt hätte.

»Klar«, sage ich deshalb und ringe mir ein Lächeln ab. »Gern.« Er reicht mir sein Handy und ich tippe meine Nummer ein, nur für den Fall der Fälle. Dann verabschiedet er sich.

Als ich später am Abend wieder allein in meinem Zimmer sitze, überrollen mich die Ereignisse der vergangenen Tage regelrecht. Ich weiß nicht, ob es durch die kurze Erinnerung ausgelöst wird oder durch Siaths Reaktion auf meine Geschichte, aber während ich in meinem Sessel sitze und tatenlos in den Fernseher starre, überkommt mich mit einem Mal die nackte Panik.

Ich fühle mich elend, weil mein Geburtstag inzwischen schon so viele Tage zurückliegt und ich noch kein bisschen weitergekommen bin. Wenn die ganze Geschichte andersrum gelaufen wäre, wenn ich diejenige wäre, die fast spurlos verschwunden wäre, würde Conny alles daransetzen, mich zu finden. Sie würde über Leichen gehen. Sie hätte schon längst die ganze Stadt auf den Kopf gestellt, wenn nicht die ganze Welt. Und was tue ich? Ich dümple hier rum, ohne einen richtigen Plan. Ich weiß nicht, wo ich anfangen soll und was ich überhaupt tun soll, und verlasse mich darauf, dass ich mich irgendwann plötzlich wieder erinnere.

Aber was, wenn das einfach nicht passiert?

Ohne dass ich es will, schießen mir Tränen der Verzweiflung in die Augen.

Ich glaube, ich habe mich noch nie in meinem Leben so allein gelassen, so hilflos und auch so nutzlos gefühlt.

Erst viel später schaffe ich es, mein Handy zur Hand zu nehmen und fange an, nach Gedächtnisverlust zu googeln. Ich erfahre, dass es verschiedene Arten der Amnesie gibt, dass sie psychisch oder physisch bedingt sein können. Dass sie nur vorübergehend oder dauerhaft sein können. Bei mir wäre alles möglich. Habe ich mir den Kopf gestoßen oder ist es ein Verdrängungsmechanismus? Ist die Erinnerung gelöscht oder nur weggeschlossen? Welche Art und Weise bei mir vorliegt, das wird mir wohl nur ein Arzt beantworten können. Ich hätte mich längst um einen Termin kümmern können, aber die Angst vor der Diagnose ist zu groß. Ich nehme mir fest vor, demnächst über meinen Schatten zu springen.

Und dann finde ich noch etwas anderes: Auf einer wenig vertrauenerweckenden Internetseite finde ich einen Artikel darüber, dass bestimmte Trigger helfen können, die verlorenen Erinnerungen wieder zurückzuholen. Der Artikel wirkt zwar nicht sonderlich seriös, aber es würde erklären, warum ich mich im Park wieder an Teile der Party erinnern konnte. Nicht aber meinen Zusammenbruch im Krankenhaus. Fieberhaft überlege ich, was am heutigen Nachmittag der Trigger gewesen sein könnte. Ein Geräusch? Ein Geruch?

Oder … Mit einem Mal wird mir eiskalt.

Siath?

6

Am Samstag begleite ich Dagmar zum Shoppen in die Stadt. Die Ablenkung kommt mir gelegen, außerdem brauche ich dringend ein paar neue Klamotten und Deko für mein karges Zimmer. Dagmar schleppt mich in eine Boutique namens *Vintage Dreams,* in der sie selbst regelmäßig einkauft. Tatsächlich sieht das gesamte Sortiment aus wie direkt aus ihrem Kleiderschrank kopiert. Keine Jeans oder normalen T–Shirts, stattdessen massenhaft Glockenröcke und Rüschenblusen in Bonbonfarben mit Blümchenmustern, eine Mischung aus scheußlich altmodisch und irgendwie retrocool. Ich finde den Kram nicht einmal wirklich hässlich, aber mein Stil ist es überhaupt nicht.

»Also, du und Bryden, ja?«, sagt sie, während sie an einem der Kleiderständer wühlt und ich ihr dabei beratend zur Seite stehe.

Einen Moment lang ist mir nicht klar, was sie meint. Dann jedoch fällt mir ein, dass das Siaths Nachname sein muss. Ich erinnere mich dunkel daran, ihn bereits auf seinem Namensschild gelesen zu haben.

»Was meinst du?«

»Na, du hängst mit ihm rum. Seid ihr Freunde oder so?« Ihr Tonfall ist seltsam kalt, fast feindselig.

Ich runzle die Stirn. »So würde ich das nun nicht unbedingt nennen.«

»Hör mal, Mina, ich will dir nicht vorschreiben, was du tun sollst, aber sei vorsichtig mit ihm, ja?«

Ihre Worte sind wie ein Schwall kaltes Wasser direkt in mein Gesicht.

»Wieso?«, frage ich. »Wie meinst du das?«

Sie hält inne und lässt von den Klamotten ab. Dann zuckt sie die Achseln.

»Ich kann es dir nicht genau sagen, er ist einfach irgendwie seltsam. Er hat was Merkwürdiges an sich, ich trau ihm nicht.«

»Warum?« Ich verschränke die Arme vor der Brust. Mit einem Mal überkommt mich eine Art seltsamer Beschützerinstinkt. Vielleicht liegt es daran, dass Siath die ganze Zeit sehr nett zu mir war und ich ein schlechtes Gewissen habe, dass ich zuletzt so kühl zu ihm war. Oder vielleicht, und das glaube ich eher, ist es auch nur die Tatsache, dass ich es nicht leiden kann, wenn Menschen Vorurteile entgegengebracht werden. Mein ganzes Leben lang wurde ich vorsichtig, mitleidig oder kritisch angestarrt, und immer mit ausreichend Sicherheitsabstand. Dagmars Worte über Siath lösen etwas in mir aus, einen Widerwillen, eine Art Verbundenheit mit ihm.

Dagmar ringt ein wenig mit sich. »Ich weiß es nicht genau, aber ich habe einfach ein ungutes Gefühl in seiner Nähe. Ich weiß, dass er freundlich tut und gut aussieht, aber lass dich nicht blenden. Es gibt eigenartige Geschichten aus dem Krankenhaus ...«

Sie bricht ab und ich weiß, dass ich das Gespräch an dieser Stelle beenden sollte, dass ich nichts auf Gerüchte und Lästereien geben und mir lieber mein eigenes Bild von ihm machen sollte. Aber die Neugierde siegt.

»Was denn für Geschichten?«, hake ich deshalb nach. »Das Blaue«, füge ich dann hinzu, als sie mit zwei verschiedenfarbigen Oberteilen vor meiner Nase herumwedelt.

Wir gehen zu den Umkleiden, wo Dagmar hinter den Vorhang verschwindet und ich davor auf sie warte.

»Also, halt mich nicht für bescheuert, ja?«, tönt ihre Stimme aus der Kabine.

»Das entscheide ich, nachdem du mir den Gossip über Siath erzählt hast«, scherze ich, aber mein Herz schlägt schneller, als es sollte.

»Na ja, also es gibt Geschichten, dass er schwer kranke Leute geheilt hat, indem er sie nur angesehen hat. Oder durch Handauflegen oder so was Seltsames. Angeblich hat er schon Menschen zurückgeholt, die klinisch tot waren.«

»Das klingt ja wirklich unglaublich gefährlich«, sage ich trocken.

»Das ist ja nicht alles. Er arbeitet seit drei Jahren in der Klinik und niemand kennt ihn wirklich. Er lässt niemand an sich ran, ist immer für sich. Keiner kann dir etwas über ihn erzählen, weil keiner auch nur irgendwas über ihn weiß. Was hat er zum Beispiel vorher gemacht?

Auf welcher Schule war er? Kommt er überhaupt aus der Stadt? Und mein Kollege Cedric meinte, früher wäre Siath anscheinend immer tagelang wortlos verschwunden, einfach weg. Keiner wusste, was er in der Zeit getan hat oder warum ihm die Klinikleitung das durchgehen lässt. Und ganz ehrlich, dass er nach Feierabend noch bei den Patienten rumhängt, das ist doch auch ein wenig speziell, oder? Der Kerl ist Anfang zwanzig, hat er nichts Besseres zu tun?«

»Nimm es mir nicht übel, aber das klingt alles nicht sonderlich bedrohlich«, sage ich nur. »Eher danach, als wäre er eben einfach besonders gut in seinem Job. Vielleicht sind da irgendwelche Leute neidisch oder übertrieben neugierig. Wahrscheinlich möchte Siath seine Arbeit und sein Privatleben strikt voneinander getrennt halten, so was kommt vor.«

»Und ich habe gehört, dass er vorbestraft sein soll. Es gibt Gerüchte, nach denen er mehrmals schwere Körperverletzung begangen hat ... Irgendwann habe ich auch gehört, dass er jemanden umgebracht hat.«

»Du meinst, er bringt Leute um und belebt sie dann durch Handauflegen wieder?« Ich lache, doch es klingt ein wenig hölzern.

»Ich weiß ja, wie sich das anhört. Alles kann man wahrscheinlich nicht glauben, ich meine ja nur, dass du vorsichtig sein sollst.« Jetzt kommt sie aus der Kabine und präsentiert mir eine blau karierte Bluse mit ausladendem Kragen, Rüschen und riesigen Knöpfen an der Vorderseite. Dazu trägt sie einen pastellgelben Glockenrock. Sie sieht mir ernst in die Augen. »Die Leute in der Klinik halten sich von Siath Bryden fern. Fast alle. Und so was hat immer einen Grund. In den meisten Gerüchten steckt ein wahrer Kern.«

Ich schlucke schwer und beschließe, das Thema abzuhaken. So ganz kann es nicht stimmen, was sie da sagt. Zumindest Emilia schien ja nicht übermäßig schlecht auf ihn zu sprechen zu sein.

»Steht dir«, sage ich und deute auf ihr Outfit. »Passt zu dir. Nimm es mit.«

Doch Dagmars Worte lassen mich den ganzen Tag lang nicht mehr los. Nicht weil ich ihnen Glauben schenken möchte, sondern vielmehr deshalb, weil es mich enttäuscht, dass sie so voreingenommen ist gegenüber jemandem, den sie doch kaum kennt. Unwillkürlich frage ich mich, ob sie über mich und meine Herkunft auch so viele Vorurteile hat, die sie in meiner Gegenwart bloß nicht ausspricht.

Am Abend sitze ich, bereits im Schlafanzug, wieder über meinen alten Schulunterlagen und versuche ein wenig zu lernen. Unsere Shoppingtour war erfolgreich, ich habe einen Stapel neuer Klamotten in meinem Schrank und mein Zimmer sieht jetzt nicht mehr ganz so trostlos aus. Langsam fange ich an, mich in meinem neuen Leben zurechtzufinden.

Um halb neun, als ich gerade beschließe, meine Unterlagen wegzupacken und Netflix einzuschalten, klingelt mein Handy. Das Display zeigt eine unbekannte Nummer an. Ich hebe ab.

»Hi, Mina«, tönt es aus dem Lautsprecher. Kurze Pause, ein Räuspern. »Ich bin's. Siath.«

Den Klang seiner Stimme hätte ich auch ohne diesen Zusatz erkannt.

»Hallo«, sage ich, doch es klingt mehr wie eine Frage. Warum ruft er mich an? Hat er es sich anders überlegt, will er mir für Montag absagen?

»Ich hoffe, es ist in Ordnung, dass ich einfach so anrufe. Ich dachte mir, dass du meine Nummer vielleicht auch haben willst.«

»Ist es.« Ich weiß nicht so recht, was ich sagen soll, also warte ich ab, dass er mir den Grund seines Anrufs nennt. Gleichzeitig spüre ich meinen Herzschlag sehr überdeutlich. Unwillkürlich frage ich mich, ob das an Dagmars Geschichten liegt. Ein wenig ärgerlich versuche ich diese Gedanken zu verscheuchen. Ich möchte nicht, dass sich irgendwelche blöden Gerüchte zwischen Siath und mich drängen.

»Mich hat diese Geschichte nicht mehr losgelassen«, sagt er jetzt. »Deswegen rufe ich an. Ich fühle mich ziemlich mies und wollte noch mal mit dir reden.«

Völlig überrumpelt bringe ich keinen Ton hervor. Im ersten Moment weiß ich nicht, welche Geschichte er meint – die von seiner angeblichen Vorstrafe? Woher soll er wissen, dass ich mit Dagmar darüber gesprochen habe? Doch dann fällt mir unsere letzte Unterhaltung wieder ein, in der ich ihm von Conny und der Party erzählt habe.

»Du musst dich nicht mies fühlen«, sage ich. »Wirklich nicht. Es ist okay.«

»Nein, ist es nicht. Ich habe deine Erinnerungen und Gefühle infrage gestellt, das war nicht in Ordnung.«

»Stimmt.« Ich seufze. »Aber jetzt ist alles in Ordnung. Du hast dich entschuldigt, und ehrlich gesagt kann ich dir deine Reaktion nicht wirklich übel nehmen. Ich weiß ja, dass das alles ein bisschen seltsam klingt.«

»Eigentlich klingt es gar nicht so seltsam. Ich wollte nur sagen, ich glaube dir.«

»Danke.« Ich meine es ehrlich.

»Magst du … Magst du vielleicht über Conny reden?« Als ich nichts erwidere, fügt er hinzu: »Ich kann dir bei deinen Erinnerungen nicht helfen, aber ich bin ein guter Zuhörer. Und außerdem weiß ich, wie es sich anfühlt, wenn man über einen verlorenen Menschen reden will und der Rest der Welt nur damit beschäftigt ist, denjenigen schnellstmöglich vergessen zu wollen.«

Seine Stimme klingt bitter.

»Wen hast du verloren?«, frage ich.

»Meine Mutter.«

»Das tut mir sehr leid, Siath.«

»Wahrscheinlich klingt das für dich total banal, du hast deine Mutter ja auch verloren und deinen Vater auch. Aber es war trotzdem ziemlich heftig für mich.«

»Nein, das klingt nicht banal. Sondern sehr schlimm. Wie alt warst du?«

»Zehn. Aber eigentlich wollte ich mit dir über Conny reden. Natürlich nur wenn du möchtest.«

»Ich weiß nicht genau …«, sage ich. Dabei weiß ich es eigentlich doch. Es stimmt, was er sagt. Seit Tagen möchte ich eigentlich nichts anderes, als über Conny zu reden, doch niemand scheint es hören zu wollen. Dagmar wechselt jedes Mal sofort das Thema, wenn ich damit anfange, so als könnte ich jeden Augenblick in Tränen ausbrechen, wenn auch nur ihr Name fällt. Meine anderen Freunde und Bekannten aus dem Heim teilten sich nach Connys Verschwinden in zwei Gruppen: Es gab diejenigen, die nichts sagten und versuchten, sie so schnell wie möglich zu vergessen. Und diejenigen, die wilde Gerüchte über ihre Todesursache verbreiteten, je dramatischer und blutiger, desto besser. Letztere waren noch schlimmer. Also ja, ich möchte über Conny reden. Und dass Siath am Telefon ist und ich ihm dabei nicht in die Augen sehen muss, das macht es irgendwie leichter.

»Wie habt ihr euch kennengelernt?«, fragt er sanft.

Ich spiele mit dem Zugband meiner Schlafanzughose und denke an Connys Einzug ins Haus Gertrudis zurück.

»Wir waren zwölf«, sage ich. »Sie kam rein, weil ihre ganze Familie bei einem Autounfall verstorben ist. Sie war die Einzige, die überlebt hat. Und sie hatte keine weiteren Verwandten.«

Ich hole tief Luft, doch Siath sagt nichts. Also rede ich weiter.

»Sie wurde in einem Zimmer im ersten Stock untergebracht, das sie sich mit Liana teilte, die ein paar Jahre jünger war. In der Schule kam sie in die gleiche Klasse wie ich. Anfangs war sie sehr still. Sie verhielt sich ruhig in der Schule, und im Waisenhaus verkroch sie sich meist den ganzen Tag. Manchmal saß sie in einer dunklen Ecke der Bibliothek und verschwand hinter historischen Romanen. Manche Nachmittage verbrachte sie allein auf dem Steg am Teich. Aber meistens verkroch sie sich in ihrem Zimmer. Sie redete kaum und war oft traurig. Ich verstand das, es war nichts Ungewöhnliches im Waisenhaus. Viele ältere Kinder, die neu zu uns kamen, hatten erst kürzlich ihre Familien verloren. Manche erholten sich davon besser, manche schlechter und manche nie. Connys Verhalten war absolut natürlich und nachvollziehbar. Im Waisenhaus wusste man das, in der Schule aber nicht. Ein paar Kinder merkten ziemlich schnell, dass sie ein leichtes Opfer für Spott und Sticheleien war. Sie bewarfen sie während des Unterrichts mit von Spucke durchtränkten Papierbällen und Radiergummis, nannten sie *Freak* und manche von den Brutaleren lauerten ihr nach dem Unterricht vor der Schule auf. Sie schubsten sie herum, bedrohten sie und spuckten sie an. Einmal klauten sie sogar ihre Schultasche, und als hätte das nicht gereicht, kassierte sie dafür auch noch Ärger und Strafarbeiten im Heim.«

Ich schlucke schwer, während ich an Connys erste Zeit im Waisenhaus zurückdenke.

»Das ist übel«, sagt Siath leise.

»Ja, das war es«, stimme ich ihm zu. »Aber sie weinte nie. Sie kniff die Lippen fest zusammen, starrte stur auf den Boden und ging einfach weiter zu ihrem neuen Zuhause. Die Kinder lachten und brüllten ihr Beleidigungen hinterher oder warfen Stöcke und Steine nach ihr. Sie ignorierte sie und ging einfach ihren Weg, bis sie beim Waisenhaus angekommen war. Ich beobachtete das alles und fand es entsetzlich, trotzdem hielt ich den Mund. Ich kannte es, die Außenseiterin in der Schule zu sein, und ich war so froh, als ich in der fünften Klasse endlich ein paar Freunde gefunden hatte, dass ich schreckliche Angst davor hatte, wieder in die vollkommene Unbeliebtheit abzurutschen. Und ich hatte auch Angst davor, mich mit den fieseren Kindern der Klasse anzulegen oder auf ihrer Mobbing-Liste zu landen. Und deswegen sagte ich nichts. Ich hasse mich dafür.«

»Du warst noch ein Kind«, sagt Siath. »Kinder machen Fehler.«

»Ich weiß, aber … Gott, wie kann man so feige sein? Ich wusste, dass es falsch war, und trotzdem konnte ich mich nicht überwinden, ihr zu helfen. Ich glaube, ich werde mir das ewig vorwerfen.«

»Trotzdem seid ihr Freunde geworden.«

»Ja, durch Zufall. Und weil Conny zum Glück nicht nachtragend ist.«

»Wie kam es?«

»Na ja. Es gab zwar fiese Kinder, aber die Eltern waren es meistens nicht. Connys Schicksal hat sich herumgesprochen und die Erwachsenen hatten Mitleid mit ihr, also zwangen sie ihre Kinder dazu, sich mit ihr anzufreunden oder sie wenigstens einzuladen, wenn eine Feier anstand. So kam es, dass Conny plötzlich aus reinem Mitleid zu jeder Geburtstagsfeier eingeladen wurde. Auf einer davon freundeten wir uns schließlich an.«

Gedanklich schweife ich zurück zu diesen Tagen.

Conny hasste diese Feiern, das war ihr deutlich anzusehen. Meistens saß sie allein irgendwo in einer Ecke und sah zu, wie die anderen Kinder spielten. Sie wirkte so einsam und so verloren, dass es mir jedes Mal das Herz brach. Trotzdem brachte ich es nicht über mich, auf sie zuzugehen – zum einen weil ich befürchtete, mich damit selbst zur Zielscheibe zu machen, zum anderen aber auch weil Conny so unnahbar war. Sie war so verschlossen, so abweisend, so in sich selbst versunken, dass ich mir sicher war, sie würde mich sowieso zurückstoßen, sobald ich einen Schritt auf sie zu machte. Ich beteiligte mich nie an den Gemeinheiten der anderen. Aber ich hielt sie auch nicht zurück, und das war nicht viel besser. Ich verhielt mich wie ein unbeteiligter Beobachter, griff nicht ein, hoffte, nicht aufzufallen, und betete innerlich verzweifelt darum, dass sie doch endlich damit aufhören würden.

An einer dieser Geburtstagsfeiern eskalierte die Situation. Es war ein regnerischer, trüber Novembertag und wir waren auf einer reinen Mädchenfeier. Conny war inzwischen fast ein halbes Jahr im Waisenhaus sowie in meiner Klasse, noch immer hatte sie niemanden an sich herangelassen und noch immer waren es die anderen Kinder nicht leid, sie zu schikanieren. In dem halben Jahr war sie ein ganzes Stück gewachsen, sie war bestimmt zehn Zentimeter größer als wir anderen und ihre Figur war weiblicher. Während wir alle noch unseren kindlichen Körperbau besaßen, schmale Hüften und flache Brüste hatten, hatte Conny bereits einen für ihr Alter gewaltigen Busen und ausladende Hüften bekommen, was für die anderen Mädchen genug Anlass für weiteren Spott und Beleidigungen war. »Du bist doch schon viel zu fett!«, kreischte Michelle, das Geburtstagskind, als Conny sich ein Stück Kuchen nehmen wollte. Michelles Eltern waren nicht im Raum. Die anderen Kinder stimmten in Michelles hässliches Lachen mit ein, sie nahmen Conny ihren Teller weg. »Ja, du hässliche dicke Qualle«, quiekte ein blondes Mädchen. Ich war wie immer der stille Beobachter und fühlte mich hundeelend. Aus einer Ecke kam ein Stück Torte geflogen und traf Conny mitten ins Gesicht. Die Mädchen kreischten vor Lachen.

»Wer hätte gedacht, dass unser Freak noch hässlicher sein kann!«, rief jemand.

»Die soll verschwinden, wer hat die überhaupt eingeladen?«, schrie jemand anderes.

»Ja, verschwinde!«, brüllte Michelle. »Das ist mein Geburtstag, ich will dich hier nicht haben!«

Conny wischte sich mit den Fingern die Sahne aus dem Gesicht und sagte kein Wort. Stumm stand sie auf und verließ das Haus. All das nahm ich zur Kenntnis, saß dabei stocksteif auf meinem Stuhl, atmete kaum und war unfähig, mich zu bewegen. Es war unmöglich, aus Connys Gesicht abzulesen, was sie dachte. Sie stand einfach nur auf und ging.

Als wir mit dem Essen fertig waren, räumten wir die Torte zur Seite und spielten auf dem großen Tisch Monopoly. Ich fühlte mich schrecklich, mein Gewissen plagte mich, und auch die Tatsache, dass ich bereits in der ersten Runde die Schlossallee bekam, konnte meine Laune nicht bessern. Ich sah aus dem Fenster, und da sah ich sie. Conny saß im Garten der Familie. Wo hätte sie auch hingehen sollen? Wir waren mit dem Auto vom Waisenhaus abgeholt worden und Michelles Eltern würden uns nach der Feier zum Waisenhaus zurückfahren. Der Weg war mehrere Kilometer lang, Conny hätte nicht einfach nach Hause laufen können, sie musste warten, bis die Feier vorüber war und wir nach Hause gebracht wurden. Also saß sie auf der Schaukel, wippte leicht vor und zurück und starrte in die Ferne. Feine Regentropfen rieselten vom Himmel und wuschen ihr die Tortenreste aus dem Gesicht, die sie mit ihren Fingern nicht erwischt hatte. Und plötzlich überkam mich eine Welle von Gefühlen, die endlich stärker waren als all meine Angst und meine Feigheit. Plötzlich überkam mich ein Ekel vor meinen Mitschülern und sogenannten Freunden, und ich stellte mir die Frage, ob ich denn wirklich solche Menschen als Freunde haben wollte. Plötzlich überkam mich Mitgefühl mit Conny, das so groß war, dass ich nur noch zur ihr gehen und sie in die Arme nehmen wollte. Und plötzlich überkam mich Wut. Ein unglaublich starkes Gefühl der Wut über die Ungerechtigkeit, die diesem Mädchen angetan wurde. Sie hatte ihre Eltern verloren, war mutterseelenallein und verzweifelt in ein Kinderheim abgeschoben worden, hatte weder Familie noch Freunde, und all diese dummen verzogenen Gören wussten nichts Besseres, als ihr das Leben noch schwerer zu machen, als es ohnehin schon war. Plötzlich verachtete ich sie alle abgrundtief. Ich wollte nicht mehr mit ihnen an diesem Tisch sitzen und Monopoly spielen.

Und dann geschah etwas Eigenartiges. Das Spielbrett erhob sich wie von Zauberhand in die Luft und drehte sich dort mehrmals um die eigene Achse. Alle Spielfiguren, die Würfel und Karten wurden durch den Raum geschleudert. Die Mädchen sprangen von ihren Stühlen und kreischten. Ich hingegen beobachtete das Schauspiel mit Faszination; etwas Derartiges hatte ich nie zuvor gesehen.

Nach wenigen Sekunden war der Spuk auch schon wieder vorüber, und wenn ich später an dieses Erlebnis zurückdachte, war ich mir nicht mehr sicher, ob es wirklich passiert war, oder ob ich mir das mit meiner kindlichen Fantasie nur eingebildet hatte.

An diesem Nachmittag jedenfalls stand ich auf und verließ, ohne einen Ton zu sagen, das Zimmer. Niemand ging mir nach, mein

Abgang war still und leise, und wahrscheinlich dachten die Mädchen, dass ich die Toilette aufsuchen würde, aber das tat ich nicht. Ich ging in die Küche und schnappte mir den Rest der Torte. Mit ihr verließ ich das Haus und ging in den Garten. Dort setzte ich mich auf die Schaukel neben Conny. Ich sagte nichts, weil ich nicht wusste, was ich sagen sollte. Ich hielt ihr den Teller mit den Tortenstücken hin, und sie sah mich aus großen grünen Augen erstaunt an. Dann nahm sie sich ein Stück Torte und aß. Ich tat es ihr gleich. So saßen wir beide nebeneinander auf der Schaukel im Nieselregen, schwiegen und aßen mit den Fingern die Torte auf. Als wir fertig waren, legte ich den Teller auf den Boden. Conny starrte mich von der Seite an, aber ich traute mich nicht, ihren Blick zu erwidern. Ich schämte mich für all die Male, die ich ihr nicht geholfen hatte. Ich wusste nicht, wie ich mein falsches Verhalten rechtfertigen sollte, sollte sie mich darauf ansprechen. Aber sie sprach mich nicht darauf an, niemals.

Seit diesem Tag waren wir Freundinnen, und alles, was zuvor geschehen war, zählte nicht mehr. Ich hatte recht behalten, meine anderen Freunde zogen sich zurück und mieden mich seit dem Vorfall, spotteten sogar über mich, aber das war mir egal. Ich fühlte mich trotzdem, als hätte ich den Hauptpreis gewonnen. Ich sah, dass sie es nicht wert waren. Conny jedoch war es wert. Seit sie in meinem Leben war, war nichts wie vorher. Alles wurde bunter, wilder, lustiger. Es dauerte nicht mehr lange, bis sie langsam auftaute. Immer häufiger sah ich sie lachen, und irgendwann kehrte das verschmitzte Funkeln in ihre grünen Augen zurück, das ich mittlerweile so gut kenne. Ihr Sarkasmus und ihre Begeisterungsfähigkeit kamen wieder. Ihre Schlagfertigkeit, ihre Unerschrockenheit und ihr Selbstbewusstsein kamen zurück. All das waren Eigenschaften, die ich nicht hinter ihr vermutet hatte, als ich sie kennenlernte. Aber sie waren da, schon immer gewesen. Sie hatten geschlummert und darauf gewartet, endlich wieder erweckt zu werden. Und ich hatte ihr dabei geholfen.

Seit diesem Tag waren wir wie Pech und Schwefel, kurze Zeit später zog sie in mein Zimmer, und mir hätte nichts Besseres passieren können.

Das war das einzige Mal in meinem Leben, dass ich wirklich mutig war. Und es hatte sich gelohnt.

7

In dieser Nacht träume ich von Siath. Beim Aufwachen kann ich mich an die Details nicht mehr erinnern, aber es war ein schöner, aufregender Traum, und ich fühle mich nicht nur müde, weil ich zu wenig geschlafen habe, sondern auch ziemlich aufgewühlt. Meine Wangen sind erhitzt, als hätte ich Fieber, mein Mund ist trocken.

Bis Mitternacht haben wir miteinander telefoniert, danach lag ich noch zwei Stunden wach und starrte an die Decke, weil das Gespräch mit ihm so viele alte Erinnerungen an Conny wieder zutage befördert hat, dass mein Gedankenkarussell keine Ruhe gab. Als ich schließlich einschlief, war mein Schlaf kurz und unruhig.

Leider waren es hauptsächlich unwichtige Erinnerungen an unsere Kindheit im Heim – die wichtigen von meinem achtzehnten Geburtstag waren nicht dabei.

Aber das Erlebte bestärkt mich in meinem Vorsatz, mich künftig mehr um potenzielle Trigger zu kümmern. Wenn allein eine Unterhaltung über meine Kindheit verschollene Erinnerungen ans Tageslicht bringt, dann sollte ich viel häufiger über Conny reden. Und ich sollte mich definitiv häufiger an Orten aufhalten, die weitere Flashbacks auslösen könnten, wie zum Beispiel das Haus Gertrudis, der Park und die Klippe.

Und so nehme ich mir an diesem Sonntag vor, genau diesen Orten einen Besuch abzustatten. Erneut. Am Morgen schicke ich eine Nachricht an Luca, einen Freund aus dem Heim, dass ich ihn gern auf eine Tasse Tee besuchen würde. Die Antwort kommt prompt, er hat am Nachmittag nichts vor und Zeit für mich. Ich beschließe, die freie Zeit vorher zu nutzen, um noch mal zum Meer rauszulaufen.

Obwohl ich wenig geschlafen habe, bin ich voller Tatendrang, als ich um kurz nach zehn die Küche betrete, um noch schnell eine Tasse

Minztee zu trinken. Dagmar kommt wenige Minuten nach mir rein. Sie trägt ein altmodisches rosa Nachthemd, ihre Haare stehen in alle Richtungen zu Berge, und als sie mich sieht, stößt sie ein herzhaftes Gähnen aus.

»Um Himmels willen, Mina, es ist Sonntag!«

Ich grinse. »Kein Morgenmensch?«

»Nicht nach einer ganzen Woche Nachtschicht.«

»Okay, das lasse ich durchgehen.«

»Wo willst du so früh hin?« Sie gähnt erneut, schlurft zur Kaffeemaschine und drückt den Knopf. Brummend schaltet sich das Gerät ein. Dagmar kramt im Küchenschrank nach einer sauberen Tasse, stellt sie unter die Maschine und kurz darauf wird der kleine Raum vom Duft des Kaffees erfüllt. Während sie an der Theke lehnt und darauf wartet, dass ihre Tasse voll ist, mustert sie mich skeptisch.

»Du siehst anders aus«, stellt sie fest.

»Anders?«

»Ja, irgendwie ... hast du was mit deinen Haaren gemacht?«

Ich greife in mein Haar. »Nein, eigentlich nicht. Ich habe kaum geschlafen, vielleicht ist es das.«

Sie zuckt die Achseln. »Jedenfalls siehst du gut aus. Als ginge es dir besser. Du leuchtest regelrecht. Das ist schön.« Sie gähnt erneut, kippt ein halbes Kilo Zucker in ihren Kaffee und leert die Tasse in einem Zug. »O Mann, ich glaub, ich leg mich noch mal hin. Bis später.«

Ich bleibe am Küchentisch sitzen, trinke meinen Tee und checke meine Mails am Handy. Danach surfe ich noch ein paar Minuten ziellos durch das Netz. Das Gespräch mit Dagmar fällt mir wieder ein, und aus Spaß gebe ich Siaths Namen in die Suchmaschine ein.

Keiner weiß etwas über ihn.

Das ist Blödsinn. Mindestens das Internet weiß über jeden irgendwas, davon bin ich überzeugt. Und wenn es alte Spuren in sozialen Netzwerken sind oder Absolventenlisten irgendwelcher Schulen. Ich bin mir sicher, dass auch Siath seine digitalen Spuren hinterlassen hat.

Tatsächlich werde ich auch ziemlich schnell fündig, allerdings anders als erwartet. Der Name Siath Bryden ist nicht sehr alltäglich, und ich finde einen Haufen Beiträge, in denen er erwähnt wird. Keiner davon ist jedoch älter als drei Jahre, sie alle stehen in irgendwelchen

Bewertungsportalen in Beiträgen über die Klinik. Die Posts sind ausnahmslos positiv und loben unser Krankenhaus, vor allem aber den Mitarbeiter Bryden, der in verschiedenen Rezensionen namentlich hervorgehoben wird. Allein das ist schon sehr ungewöhnlich. Was mich allerdings richtig stutzig macht, sind einige Berichte von Menschen, die von »eher unorthodoxen Heilungsmethoden« erzählen – so schreibt ein Mann davon, durch Handauflegen »oder so etwas Ähnliches« von seinen unerklärlichen Schmerzen geheilt worden zu sein. Ein anderer berichtet von einem Medikament, das ihn angeblich innerhalb weniger Minuten von einer schweren Grippe befreit habe. Und viele weitere Menschen schreiben davon, in Narkose versetzt worden und kerngesund nach einer Stunde wieder aufgewacht zu sein. Ich finde mehrere Dutzend ähnlicher Bewertungen und die Krankheiten sind völlig verschieden; Grippe, Herzprobleme, Schmerzen, Knochenbrüche, äußere und innere Verletzungen, Nierenschäden, Schlaganfälle, eine ältere Dame behauptet sogar, von ihrem Krebs befreit worden zu sein. Angeblich kommen Leute von weiter weg extra in unsere Klinik, um von diesem Mitarbeiter behandelt zu werden.

Stirnrunzelnd schließe ich das Fenster und frage mich, was ich davon halten soll. Ob er all diese Bewertungen selbst geschrieben hat? Aber zu welchem Zweck?

Ich gehe auf die Bildersuche und finde ein einziges Foto von ihm. Es scheint ein wenig älter zu sein, er wirkt darauf etwas jünger. In Jeans und Hemd steht er an der Reling eines Schiffes und grinst in die Kamera. Sein dunkles Haar ist vom Wind zerzaust, seine Augen leuchten. Mein Herz schlägt schneller.

Schließlich lege ich das Handy weg und nehme mir vor, ihn bei Gelegenheit einfach auf diese Rezensionen anzusprechen.

Ich kippe den letzten Schluck meines Tees hinunter und mache mich auf den Weg.

»Mina, wie schön, dich wiederzusehen!« Luca schließt mich in eine herzliche Umarmung. »Es ist ganz schön langweilig hier ohne dich und … also ohne dich.« Ein wenig verlegen wendet er den Blick ab und schiebt die Hände in die Hosentaschen. Wir stehen auf dem Hof vor dem Haus Gertrudis, wo wir uns verabredet haben. Die Mittagszeit habe ich im Park und an der Klippe verbracht, irgendwann habe ich mich auf den Weg zum Heim gemacht. Enttäuscht, weil ich nichts gefunden und mich an nichts erinnert habe.

»Du darfst ihren Namen ruhig aussprechen, ich breche nicht zusammen«, sage ich ein wenig spöttisch. »Sie fehlt mir auch.«

»Ja, ich weiß.« Luca sieht mich wieder an. »Ich weiß ja, wie eng du mit ihr befreundet warst, es ist … Man weiß einfach nicht so richtig, was man sagen soll. Es tut mir so leid, aber gleichzeitig klingt das so abgedroschen und viel zu wenig, weißt du?«

»Alles gut.« Ich straffe die Schultern und lächle ein wenig. »Mir geht's gut, echt. Den Umständen entsprechend natürlich. Aber ich werde Conny schon wiederfinden.«

Ich sehe, wie er schluckt, und mir ist klar, dass er nicht daran glaubt, aber das ist mir egal.

»Jedenfalls schön, dass du da bist«, sagt er. »Wollen wir uns in den Garten setzen? Es ist so schönes Wetter, ich habe ehrlich gesagt keine Lust, den Nachmittag im Haus zu verbringen. Da drin ist es so kalt und düster.«

»Können wir machen. Ich würde vorher aber gern einen Blick in unser ehemaliges Zimmer werfen, ist das noch leer?«

»Leider nein«, sagt er, während wir Richtung Eingangstür gehen. »Da sind schon zwei neue Bewohner eingezogen. Aber wir können ja nachsehen, ob sie da sind.«

»Wer denn?« Ich bin neugierig.

»Beatrice und eine, die vor ein paar Tagen neu gekommen ist.«

Ich folge Luca durch den Eingangsbereich, der mir so vertraut ist. Auch wenn ich mit dem Heim nicht nur schöne, sondern auch viele traurige Erinnerungen an einsame Nächte verbinde, so ist dies doch noch irgendwie mein Zuhause, und es fühlt sich so an, als wäre ich gestern erst hier gewesen. Als hätte ich gestern noch mit all den anderen im großen Saal gemeinsam gegessen, als hätte ich gestern erst den Abend mit Gesellschaftsspielen im Gemeinschaftszimmer verbracht, als wäre ich gestern erst in der kleinen Bibliothek im ersten Stock gewesen.

Fast rechne ich damit, dass jeden Moment Conny um die Ecke biegt, mit ihrem schelmischen Grinsen im Gesicht und irgendeiner neuen verrückten Idee im Kopf, die sie unbedingt mit mir teilen will … doch das passiert natürlich nicht.

Stattdessen gehen wir die Treppen hinauf bis in den vierten Stock, wo Connys und mein Zimmer war. Wir gehen nebeneinander den Korridor entlang und Luca erzählt, was in den letzten zwei Wochen seit meinem Auszug so alles passiert ist, doch ich kann mich kaum konzentrieren. Das Blut rauscht mir in den Ohren und mein Puls geht schneller vor Aufregung. Auf der rechten Seite wird der Flur von Fenstern begleitet, die den Blick auf den Garten hinter dem Haus freigeben. Dutzende Baumwipfel wiegen sich im sanften Sommerwind. Die Bilder auf der linken Seite des Gangs zeigen surrealistische Landschaften und Figuren, die bunt und fröhlich wirken sollen, mir durch ihre Unnatürlichkeit jedoch schon immer Angst einjagten, vor allem nachts. So zeigt ein Gemälde ein unheimlich verschwommenes Schachbrett, über dem verzerrte Clownsmasken schweben und Grimassen ziehen. Auf einem anderen Bild sind nur Augen zu sehen: große, kleine, schielende, geschlossene, weit aufgerissene, schwarze, grüne, blaue. Auch die berühmten Uhren von Dalí fehlen nicht.

Schließlich erreichen wir die Tür zu unserem ehemaligen Zimmer und klopfen. Mein Herz wummert in meiner Brust und ich horche in mich hinein, warte verzweifelt darauf, dass ich mich an irgendwas erinnern könnte, dass dieser Ort irgendwas in mir triggert, doch … nichts.

Keine Erinnerung. Keine Antwort aus dem Zimmer.

Wir klopfen noch einmal.

»Sie sind anscheinend nicht da«, spricht Luca das Offensichtliche aus. »Wundert mich nicht, bei dem Wetter bleibt niemand in seinem Zimmer. Tut mir leid.«

Er will sich schon wieder zum Gehen wenden, doch ich bin noch nicht bereit dazu. Jetzt bin ich schon hier, ich möchte wenigstens einen kurzen Blick in mein altes Zimmer werfen. Ich lege die Hand an die Klinke und möchte die Tür öffnen, doch sie ist verschlossen.

»Wir können da nicht einfach rein, da wohnt jetzt jemand«, sagt er und runzelt die Stirn. »Was willst du denn überhaupt da drin?«

»Ich wollte nur mal reingucken«, rechtfertige ich mich. »Ich habe … ich habe etwas verloren und wollte nachsehen, ob es noch da ist.«

»Was hast du denn verloren?«

Meine Erinnerungen, will ich gerade sagen, da ertönt hinter mir eine Stimme. »Du meinst wahrscheinlich deine Kette, oder?«

Ich fahre herum. Eine schlanke, hochgewachsene Frau ist hinter uns auf dem Flur aufgetaucht. Ihr dunkles, von grauen Strähnen durchzogenes Haar hat sie zu einem strengen Dutt zurückgebunden, ihr Blick ist hart, doch ich weiß, dass der erste Eindruck täuscht. Sie ist streng, und ich verbinde ein paar unangenehme Erinnerungen mit ihr – doch sie ist auch gerecht und in ihrem Kern herzensgut. Jetzt zupft ein Lächeln an ihrem Mundwinkel, das man allerdings nur erkennt, wenn man genauer hinsieht.

»Wir haben deine Kette gefunden«, sagt sie jetzt. »Sie liegt in meinem Büro. Tut mir leid, Wilhelmina. Ich wollte sie dir zuschicken, aber ich bin noch nicht dazu gekommen.«

»Meine Kette?« Fassungslos starre ich sie an. »Meine Kette wurde gefunden?«

»Ja, die Polizei hat sie ein paar Tage nach Cornelias Tod vorbeigebracht«, sagt sie. »Sie haben sie wohl noch an der Klippe gefunden. Du kannst sie natürlich gleich mitnehmen.«

Wie betäubt folge ich Angelina in ihr Büro, Luca begleitet uns, doch ich bekomme kaum noch etwas mit von meiner Außenwelt. Meine Gedanken überschlagen sich. Das kann nicht sein, sage ich mir immer wieder. Conny hat die Kette an unserem letzten gemeinsamen Abend getragen. Wenn sie wirklich ins Meer gestürzt ist, wie die Polizei behauptet, ist es doch nicht möglich, dass die Kette oben an den Klippen lag, oder? Dann hätte man sie, wenn überhaupt, im Meer oder in der Bucht finden müssen. Außer Conny hat sie vor ihrem Sturz abgelegt, aber warum hätte sie das tun sollen?

Oder ist es am Ende gar nicht mein Anhänger und Angelina hat ihn nur verwechselt? Das wird es sein, denke ich mir, als Luca und ich vor ihrer Bürotür stehen und darauf warten, dass sie wieder herauskommt. Gleich werde ich es sehen. Dann werde ich ihr sagen, dass eine Verwechslung vorliegt, dass es gar nicht mein Anhänger ist, sondern der von Chiara aus dem zweiten Stock, die ein ähnliches Schmuckstück besitzt und vielleicht auch an den Klippen unterwegs war. Es wäre nicht ungewöhnlich, nach Connys Verschwinden trieben sich einige aus dem Heim dort oben herum und suchten nach Hinweisen.

Wir werden über das Missverständnis lachen und Angelina wird sich entschuldigen.

Ich halte den Atem an, und wenige Sekunden später kommt Angelina wieder aus ihrem Büro, in ihrer Hand ein Medaillon an einer Kette, das sie nun vor meinem Gesicht baumeln lässt.

»Silber und Onyx«, sagt sie. »Das ist doch deine, oder?«

Ich stoße zitternd die Luft aus.

»Das ist meine«, sage ich.

8

Ich stopfe die Kette in die Tasche meiner Jeans und verabschiede mich von Angelina. Den Rest des Nachmittags verbringe ich wie in Trance. Luca und ich suchen uns einen Platz auf dem Steg am kleinen See, der das Ende des Grundstücks markiert. Früher verbrachte ich hier ganze Nächte mit Conny, heimlich, versteht sich, und Hunderte von Sommernachmittagen. Dieser Ort birgt so viele Erinnerungen an sie, und es ist fast schmerzhaft, hier ohne sie zu sitzen und nicht zu wissen, was mit ihr geschehen ist.

Luca und ich reden über Gott und die Welt, über Vergangenes und Zukünftiges. Es ist schön, ihn wiederzusehen und hier mit ihm zu sitzen, aber an diesem Ort fühlt sich das Loch, das Connys Verschwinden hinterlassen hat, noch größer an als überall sonst. Alles hier erinnert mich an sie, an vergangene Zeiten, gemeinsame Erlebnisse, geteilte Geheimnisse. Trotzdem löst es keinen Flashback in mir aus, und als ich mich am Abend schließlich verabschiede, bin ich fast froh darüber, das Heim verlassen zu können.

»Nächstes Mal besuchst du mich«, sage ich und drücke Luca zum Abschied.

»Oder du mich«, erklärt er grinsend. »In meiner neuen Wohnung. In zwei Monaten ziehe ich aus.«

»Klingt nach einem Plan.« Ich lächle und winke kurz, als ich mich umdrehe. »Pass auf dich auf, Luca.«

Als ich zu Hause ankomme, dämmert es bereits. Die Lichter in der Wohnung sind aus. Entweder ist Dagmar noch unterwegs oder sie ist schon zu Bett gegangen. Ich werfe einen Blick auf meine Uhr.

Schon halb neun. Morgen hat sie Frühschicht, wahrscheinlich schläft sie schon. Die Arme. Diese Schichten müssen einen, vor allem am Anfang, ziemlich fertigmachen, das habe ich schon oft gehört.

Ich gehe in mein Zimmer, schäle mich aus den Klamotten und werfe sie achtlos auf den Wäschehaufen neben meinem Schrank. Dann schlüpfe ich in meinen Schlafanzug, setze mich auf mein Bett und lasse den Tag Revue passieren. Ich wünschte, die ganze Sache würde sich nicht so zäh gestalten. Am schlimmsten ist es, dass ich gefühlt keinerlei Kontrolle über das habe, was passiert. Ich kann zwar im Netz recherchieren und Orte aus meiner Vergangenheit aufsuchen, aber mehr kann ich nicht machen. Am Ende bin ich darauf angewiesen, dass der Zufall mir in die Hände spielt. Und der ist, wie es scheint, launisch. Letztes Mal hatte ich einen Flashback, dieses Mal war der ganze Tag pure Zeitverschwendung. Und ich habe das Gefühl, mir läuft die Zeit davon. Je länger Conny weg ist, desto mehr verblasst sie, desto kleiner werden meine Chancen, sie wiederzufinden. Zumindest fühlt es sich so an.

Frustriert schreie ich in mein Kissen. »Wo zur Hölle bist du?«

An diesem Tag dauert es lange, bis ich einschlafe. Doch als es endlich so weit ist, kehre ich im Traum zurück zur Party.

»Also, Mina, du bist ja echt eine gute Küsserin, hat dein Ex dir das beigebracht?«, kichert Conny, als wir im Park etwas abseits der Bühne stehen und uns eine Zigarette teilen. Conny ist die klassische Partyraucherin, und heute lasse ich mich mitreißen. Ihre Wangen glühen noch immer, doch sie schlingt ihre Arme fest um ihren Oberkörper und hebt nur ab und an die Hand, um an der Zigarette zu ziehen. Mir geht es genauso, mein Gesicht fühlt sich noch immer heiß an, doch mein Körper fröstelt ohne die vielen Menschen um uns herum.

»Hätte ich gar nicht von dem alten Spießer gedacht, alle Achtung!«, stichelt sie weiter, bis ich sie grinsend in die Seite boxe.

»Halt die Klappe, Conny.«

Kichernd taumelt sie ein Stück zur Seite und kann sich gerade noch so an mir festhalten, sodass wir beinahe beide hinfallen. »Scheiße, ich bin ganz schön voll«, murmelt sie, und wir müssen beide lachen. Auch in meinem Kopf dreht sich alles.

Dabei sind wir seit gerade mal zwei Stunden unterwegs. Wir haben getanzt, uns geküsst, getrunken, wieder getanzt, geraucht und noch mehr gebechert. Ein paar nette Jungs haben uns auf ein Bier eingeladen. Wir haben ziemlich viel durcheinandergetrunken, Bier, Sekt, Schnap,s und ich erinnere mich vage daran, dass man das eigentlich nicht tun sollte. Ich möchte es Conny erzählen, aber als ich den Mund öffne, um zu sprechen, habe ich vergessen, was ich sagen wollte, also muss ich wieder kichern.

Die beiden Jungs kommen zu uns. Wir unterhalten uns mit ihnen, einer heißt Benny und einer Flo, beide sind ganz süß. Conny versucht ständig, mich mit dem blonden Benny zu verkuppeln, und je betrunkener sie wird, desto auffälliger werden ihre Versuche – passe ich einen kurzen Moment lang nicht auf, stehe ich bereits wieder neben ihm oder mir wird ein »unabsichtlicher« Stoß verpasst, der mich in seine Richtung stolpern lässt. Jetzt legt er mir fürsorglich seine Lederjacke um die Schultern. Aufmerksam ist er ja, das muss man ihm lassen. Aber laut Conny sind das alle Männer, die ein gewisses Ziel vor Augen haben.

Wir suchen uns einen Platz an einem der Biertische, und irgendwie tauchen immer wieder neue Getränke auf, am Ende weiß ich nicht mehr, wer sie spendiert oder woher sie kommen, aber ich halte mich an Connys Rat und trinke nur aus Flaschen, die ich selbst geöffnet habe. Flo und Benny sind nett, und ich kann mir nicht vorstellen, dass sie so weit gehen würden, unsere Drinks zu manipulieren, aber sicher ist sicher.

Benny sitzt neben mir und erzählt von seiner Arbeit im Baumarkt, dann rutscht er näher, irgendwann legt er seinen Arm um meine Taille und drückt mich fest an sich. Er flüstert mir hin und wieder das ein oder andere Kompliment ins Ohr oder streicht mir sanft eine verirrte Haarsträhne aus dem Gesicht, irgendwie fühlt es sich gut an, aber nicht aufregend.

Später sind wir wieder auf der Tanzfläche und tanzen mit den Jungs, Conny vertieft sich in eine wilde Knutscherei mit einem Fremden mit langem schwarzen Haar, irgendwann sind die Jungs verschwunden und andere sind an ihre Stelle gerückt, völlig egal, durch die Bässe und den Nebel und den Alkohol verschwimmt in meinem Bewusstsein langsam ohnehin alles miteinander und nichts ist mehr von Bedeutung, nur noch ich und die Musik und all die fremden Körper um mich herum, in deren Rhythmus ich mich bewege.

Nach einer ganzen Weile, ich weiß nicht, ob Sekunden vergangen sind oder Jahre, packt Conny mich am Arm und zerrt mich von der Tanzfläche, im ersten Moment erschrecke ich, weil sie so grob ist, ich denke, es ist etwas passiert, doch dann realisiere ich, dass sie nur zu betrunken ist, um sanfter mit mir umzugehen. Nach einer Weile dringen auch ihre Worte zu mir durch. Sie brüllt mir ins Ohr, aber trotzdem dauert es eine ganze Weile, bis ich verstehe, was sie sagt.

»Bald ist Mitternacht«, schreit sie. »Was hältst du davon, wenn wir zu deinem Geburtstag an einem besonderen Ort anstoßen?«

Ich wache schweißgebadet auf. Mein Herz rast, mein Hals ist staubtrocken. Mein Blick fliegt zur Digitalanzeige meines Weckers, es ist kurz nach fünf am Morgen. Mühsam rapple ich mich auf und versuche zu Atem zu kommen, doch es gelingt mir kaum. Viel zu stickig ist es hier drin, viel zu warm, und auf einmal habe ich das Gefühl, keine Luft mehr zu bekommen. Ich nestle am Kragen meines Schlafanzugoberteils herum, das sich mit einem Mal viel zu eng anfühlt, doch es bringt nichts. Meine Kehle ist wie zugeschnürt. Ich steige aus dem Bett und reiße es mir in blinder Panik vom Kopf, verheddere mich dabei und stürze fast über einen Stuhl. Gerade noch kann ich mich an der Schreibtischkante festklammern, dann eile ich zu meinem Fenster, reiße es auf und werfe dabei die neu gekaufte Deko vom Fensterbrett. Mit einem lauten Scheppern landet der Topf mit der Kunstpflanze auf dem Boden, doch es ist mir egal. Mit zitternden Fingern umklammere ich das Fensterbrett und inhaliere gierig die kühle Nachtluft, atme tief ein und aus, minutenlang, bis mein Puls sich irgendwann wieder beruhigt.

Benny.

Ein weiteres Puzzleteil. Dass ich von diesem Detail geträumt habe, ist etwas Gutes, wie jeder kleine Fetzen, der zurückkommt. Trotzdem fühlt es sich in diesem Moment nicht so an. Mit jeder weiteren kleinen Erinnerung steigt das Gefühl der Beklemmung in mir, als würde jeder weitere kleine Brocken mich noch tiefer in einen Abgrund reißen, in den ich irgendwann unwillkürlich fallen werde und aus dem es kein Entrinnen geben wird.

Und ich habe das Gefühl, dass dort unten nichts Gutes auf mich wartet.

Dennoch, ich muss weitermachen. Ich bin es Conny schuldig, und nun habe ich endlich einen Anhaltspunkt, der mich vielleicht wirklich weiterbringt.

Als meine Panikattacke langsam wieder abflaut, nehme ich mein Handy zur Hand und suche nach Baumärkten in der Nähe. Ein paarmal schließe ich das Suchfenster versehentlich wieder, weil meine Finger noch immer so zittern, doch ich werde schließlich fündig. Ich habe Glück und es gibt nur zwei Baumärkte in der Stadt, es sollte also nicht allzu schwer werden, Benny zu finden, auch wenn ich seinen Nachnamen nicht kenne. Vielleicht kann er mir erzählen, was an diesem Abend geschehen ist.

Um Punkt acht wähle ich die Nummer des ersten Marktes und frage nach Benny, doch die Frau am Telefon weiß nicht, von wem ich rede. Erst im zweiten Markt habe ich Glück.

»Benny hat heute frei«, teilt mir die männliche Stimme vom anderen Ende mit. »Morgen hat er Frühschicht.«

Ich bedanke mich und lege auf. Morgen also. Ich hoffe, dass sich dieser Hinweis als echte Hilfe entpuppt.

Um kurz vor vier klingelt es an der Tür, und mein Herz macht einen kleinen Satz. Ich öffne die Tür und Siath steht davor, ein breites Grinsen im Gesicht, in jeder Hand eine Eiswaffel.

»Schoko oder Vanille? Du darfst aussuchen.«

»Am liebsten Nuss«, lasse ich ihn wissen, freue mich aber, dass er an mich gedacht hat. »Aber Vanille klingt auch gut.«

Er reicht mir die Waffel in seiner linken Hand und der Duft des Vanilleeises steigt mir in die Nase. Ich stoße einen wohligen Seufzer aus. »Genau das Richtige bei dieser Hitze. Danke!« Ich schließe die Haustür hinter mir und wir machen uns auf den Weg zur Klinik.

»Gern geschehen! Ich hätte dich gern mitgenommen, aber die Länge der Schlange war jenseits von Gut und Böse. Und ich dachte mir, mit Schoko und Vanille kann man nicht viel falsch machen.«

»Das stimmt«, sage ich, während ich bereits geschmolzene Eisschlieren von der Waffel lecke. »Ich hab noch Ferien, wenn du Zeit und Lust hast, können wir uns morgen auch etwas früher treffen und richtig Eis essen gehen?« Erwartungsvoll schiele ich zu ihm hinüber. Er scheint kurz zu überlegen, dann nickt er.

»Klar, gern! Ich schlafe in der Nachtschicht meistens bis mittags, aber danach hab ich Zeit. Ich kann dich gern eine Stunde früher abholen.«

Erst in diesem Moment wird mir klar, wie sehr ich auf ein Ja gehofft habe. Etwas in meinem Magen schlägt Purzelbäume, und ich glaube nicht, dass es das Vanilleeis ist.

»Also Nusseis, ja?«, sagt er, während wir mein Wohnviertel langsam verlassen. Die Sonne knallt in erbarmungsloser Hitze vom Himmel, und bereits nach wenigen Minuten ist meine Haut von einem dünnen Schweißfilm überzogen.

»Haselnuss«, bestätige ich ihm. »Und was ist deine Lieblingssorte?«

»Keine Ahnung«, gesteht er. »Ich muss zugeben, dass ich immer ein bisschen überfordert bin, wenn ich die Auswahl sehe, und dann kaufe ich Schoko oder Vanille.«

»Was? Dann solltest du das echt mal probieren! Es ist der Himmel!«

»Wann hast du zum letzten Mal eine neue Sorte probiert?«

»Keine Ahnung, schon ewig her. Ich bin mir sicher, dass es sowieso nichts Besseres als Haselnusseis gibt.«

»Die Eisdiele in der Goethestraße hat die schrägsten Kreationen«, sagt er. »Ich sag dir was: Wenn wir morgen dort sind, probiere ich Haselnuss, aber nur, wenn du auch was Neues ausprobierst. Das Leben ist eigentlich viel zu kurz dafür, um immer das Gleiche zu machen.« Er sieht mich herausfordernd an und ich muss lachen.

»Na gut. Deal. Was für Kreationen gibt's denn da?«

»Alles Mögliche. Ich bin mir ziemlich sicher, dass ich kürzlich Hering und Limburger dort gelesen habe.«

»Um Himmels willen«, stoße ich aus. »Das klingt absolut widerlich!«

»Urteile niemals über Dinge, die du nicht kennst.« Er grinst. »Der Sommer ist noch lang, vielleicht sollten wir es uns zum Vorsatz machen, uns einmal durch das komplette Sortiment zu futtern.«

»Ich nehme mir heraus, das morgen zu entscheiden – nachdem ich die Karte gesehen habe.«

»Nein, ich hab eine bessere Idee!« Siath bleibt stehen, seine Augen funkeln. Und dieser verschmitzte Ausdruck in seinem Gesicht verheißt nichts Gutes. Er erinnert mich mit einem Mal so schmerzhaft an Conny, dass ich den Blick abwenden muss. »Die Eisdiele liegt ja auf meinem Weg und die Sorten sind nummeriert. Du nennst mir blind zwei Zahlen zwischen eins und dreißig und ich bringe morgen beide mit, du darfst dann aussuchen, welche der beiden du essen möchtest.«

»O Gott.« Ich stöhne auf. Dieser Vorschlag hätte auch von Conny kommen können, und für einen kurzen Moment sehe ich mich und Siath vor meinem inneren Auge mit Bauchkrämpfen im Krankenhauspark liegen.

»Komm schon, das wird lustig!«, fordert er mich heraus.

»Na gut, ähm, fünfzehn und dreiundzwanzig«, sage ich.

»Das klingt nach einer guten Wahl.«

»Und woher soll ich wissen, dass du nicht schummelst und wirklich genau die Zahlen kaufst, die ich dir genannt hab?«, will ich wissen.

»Tja.« Ein wölfisches Lächeln legt sich auf seine Lippen. »Du wirst mir wohl blind vertrauen müssen.«

9

»Und du hast keine Ahnung, wer deine Eltern gewesen sein könnten?« Ich sitze mit Siath auf der Wiese des Krankenhausparks. Er hält einen Becher mit Kaffee in den Händen, ich habe heute daran gedacht, mir eine große Wasserflasche einzupacken. Wir haben Ruth bereits einen Besuch abgestattet und ihr vorgelesen, nun warten wir darauf, dass meine Schicht anfängt. Wenn ich in die Küche gehe, wird Siath zurückgehen und mit *Demian* weitermachen. Es macht mir nichts aus, dass ich dadurch ein paar Kapitel verpasse, ich kenne das Buch ohnehin schon. Trotz der bedrückenden Atmosphäre in Ruths Zimmer genieße ich es jedoch, wenn ich dabei sein kann.

»Leider nein«, antworte ich ihm. »Ich meine … Im Lauf meines Lebens habe ich mir verschiedene Möglichkeiten überlegt und alle möglichen Geschichten ausgedacht, aber wirkliche Gewissheit habe ich natürlich nicht. Ich wurde eben einfach vor dem Heim ausgesetzt und gefunden. Es gab keine Spur.« Ich zucke die Achseln und trinke einen großen Schluck Wasser.

Es ist nur die halbe Wahrheit. Ich habe eine Theorie, aber die ist so schmerzhaft, dass ich sie lieber nicht aussprechen möchte. Unsere Stadt hatte vor vielen Jahren ein großes Drogenproblem. Das ging so weit, dass wir sogar in den Top Ten der größten Drogenhochburgen Deutschlands waren, und das, obwohl wir nun wirklich keine Metropole sind. Viele der Abhängigen verdienten sich das Geld für ihren Stoff durch das Anbieten ihrer Körper. Gemeinsam mit Conny habe ich einmal die Vermutung aufgestellt, dass meine Eltern womöglich Junkies waren, meine Mutter vielleicht Prostituierte, mein Vater unbekannt, ich unerwünscht. Wahrscheinlich habe ich großes Glück gehabt, gesund auf die Welt gekommen zu sein, und dass ich im

Heim gelandet bin, war meine Rettung. Diese Überlegungen fand ich schon immer so niederschmetternd, dass ich lieber nicht länger darüber nachdenken wollte.

Bis heute weiß ich nicht, was mir lieber wäre: Eine hässliche Wahrheit oder die Wahrheit nicht zu kennen?

Siath beugt sich ein wenig vor. »Und welche Möglichkeiten sind das? Ich liebe gute Geschichten!«

Ich muss lächeln. »Die sind nicht wirklich gut, sondern eher albern.«

»Ich würde sie trotzdem gern hören. Wenn du sie mir erzählen möchtest.«

Ich wende den Blick ab. Kurz schweife ich gedanklich zurück zu den Zeiten, als ich mir noch erlaubt habe, unrealistischen Träumen nachzuhängen. Als ich als Kind zum ersten Mal davon hörte, dass es außer unserem noch andere Planeten gibt und einige davon möglicherweise bewohnt sein könnten, steigerte ich mich in die fixe Idee hinein, dass meine Eltern womöglich Außerirdische waren, die mich auf der Erde vergessen hatten. Ich malte mir in allen Details eine richtige Geschichte dazu aus, denn meine Fantasie war lebhaft und mein Verlangen nach Antworten verzweifelt. In meiner Geschichte war mein Vater ein reicher Geschäftsmann von einem fernen Planeten. Er war groß und stark, hatte so helles Haar wie ich und gütige, kluge Augen. Meine Mutter stellte ich mir vor wie die Mutter von *Pauli*, eine Bilderbuchgeschichte, die ich als Kind geliebt hatte: klein und rundlich, in einem geblümten Kleid und mit einem Tuch über dem dunklen Haar, liebevoll und fleißig, aber auch streng.

Auf einer Reise zur Erde hatten sie mich einfach vergessen, aber sie würden jeden Moment wiederkommen, um mich nach Hause zurückzuholen, denn sie liebten mich abgöttisch und vermissten mich in jeder einzelnen Sekunde.

Ich klammerte mich an diese Fantasievorstellung, und das musste ich auch, denn ohne sie hätte ich die Einsamkeit nicht ertragen. In den traurigsten und verzweifeltsten Nächten sah ich aus meinem Fenster in den Nachthimmel, betrachtete die Sterne und stellte mir vor, wie meine Familie auf einem von ihnen lebte und voller Sehnsucht an mich dachte. Und manchmal, wenn das Leben mir schier unerträglich und meine Situation mir ausweglos erschien, malte ich mir aus, wie es wäre, wenn plötzlich ein Raumschiff dort am Himmel auftauchen, direkt vor mein Fenster fliegen und dort halten würde, um mich abzuholen. In diese Gedanken vertieft schlief ich glücklich ein, und in diese Gedanken flüchtete ich auch tagsüber, wenn ich in der Schule wegen meiner abgetragenen Kleidung, meiner lächerlichen Prinz-Eisenherz-Frisur oder meiner grässlichen Zahnspange gehänselt wurde; dann zog ich mich in mich und meine Traumwelt zurück, grinste innerlich und dachte an das spannende Geheimnis meiner wahren Herkunft, das außer mir niemand kannte.

Mit dem Älterwerden wandelten sich die Figuren meiner Eltern. So war mein Vater irgendwann kein Geschäftsmann mehr, sondern ein Rockstar, während meine Mutter jünger, hübscher und moderner wurde – das Grundgerüst der Geschichte jedoch blieb gleich.

Erst als mit zwölf Jahren Conny in meine Welt trat, traten diese Fantasien irgendwann in den Hintergrund. Die Wahrheit ist schließlich mit großer Wahrscheinlichkeit weit unspektakulärer.

Energisch schiebe ich diese Erinnerungen beiseite. Ich fühle mich nicht bereit, meine albernen Kindheitsträume mit Siath zu teilen, und räuspere mich. »Ich glaube, ich würde lieber deine Geschichte hören«, sage ich schließlich zu ihm. »Du weißt inzwischen fast alles über mich, aber ich fast nichts von dir.«

»Ich bin mir sicher, dass es über dich noch eine ganze Menge zu erfahren gibt«, sagt er und lächelt. »Aber ich bin geduldig. Was möchtest du denn gern wissen?«

»Alles! Was machst du so in deiner Freizeit? Außer alten Damen vorzulesen, meine ich.«

»Dies und jenes«, antwortet er ausweichend.

»Du lebst erst seit drei Jahren hier, oder? Wo hast du vorher gewohnt?«

Mit einem Mal verändert sich etwas in seinem Ausdruck. Sein Blick verdunkelt sich, schließt mich aus. Seine ganze Haltung versteift sich und ich fühle mich wie vor den Kopf gestoßen. Fast hätte ich ihm meine ganzen peinlichen Kindheitsfantasien anvertraut, während er mir nicht einmal die einfachsten Fragen über sich beantworten will. Ich komme mir blöd vor und fühle mich bloßgestellt, als hätte ich ihm alles über mich verraten, während er mir im Gegenzug nichts von sich preisgeben will.

»Auch eine schlechte Frage?«, bringe ich hervor.

»Nein«, sagt er schnell. »Nicht schlecht, es ist nur … es ist nicht ganz so einfach zu beantworten.«

»Okay«, entgegne ich gedehnt, verstehe aber überhaupt nichts. Was sollte denn an einer so simplen Frage schwierig zu beantworten sein? Ich weiß nicht, was ich sagen soll, und um meine Verwirrung zu überspielen, trinke ich erneut einen großen Schluck Wasser. Weil Siath nichts mehr sagt und ich mich mit einem Mal ziemlich unwohl fühle, stehe ich schließlich auf.

»Ich mach mich langsam mal auf den Weg«, sage ich und zupfe mir ein paar Grashalme von den Beinen.

»Jetzt schon? Du hast noch fast eine halbe Stunde!«

»Ja, aber ich muss mich noch umziehen und alles …« In einer vagen Handbewegung deute ich an mir hinab. Ich trage Jeansshorts und ein schwarzes Spaghettiträgertop. »Damit kann ich nicht arbeiten.«

Siath steht auch auf und greift nach meiner Hand. Ich widerstehe dem Impuls, sie zurückzuziehen, und sehe zu ihm auf. Sein Blick ist noch immer verschlossen, gleichzeitig aber auch voller Schmerz.

»Bleibst du noch ein bisschen bei mir?«, fragt er. Er sieht so unglücklich aus, dass mein Ärger ein wenig verfliegt. »Es tut mir leid, Mina. Ich möchte dir das alles erzählen, aber ich fürchte, heute reicht die Zeit nicht dafür. Es ist ein wenig komplizierter.«

»Noch komplizierter als in einem Heim aufzuwachsen?« Ich grinse schief.

Er lacht, aber es klingt ein wenig hölzern. »Du hast ja keine Ahnung.«

Ich seufze. »Hör mal, ich werde dich sicher nicht zwingen, mir irgendwelche Dinge über dich zu erzählen, die du nicht erzählen willst. Jeder hat seine Geheimnisse, aber dass ich so gar nichts über dich weiß, das ist hart, weißt du? Und ich habe Geschichten gehört, dass …«

Ich beiße mir auf die Zunge und breche ab. Siath zieht seine Hand zurück.

»Was hast du gehört?« Sein Tonfall ist kühl.

»Nichts Wichtiges, ich meine, nichts, was ich glaube«, antworte ich schnell. »Mich hat jemand vor dir gewarnt. Eine Bekannte. Und …« Ich hole tief Luft. Nun ist es auch schon egal. »Ich hab dich gegoogelt«, gebe ich schließlich zu. »Und echt schräge Sachen gefunden.«

Eine unausgesprochene Frage liegt in diesem letzten Satz. Ich lege den Kopf schief und betrachte sein Gesicht genauer, hoffe, dass er mir diese Suchergebnisse erklärt, vielleicht auch abstreitet, irgendwas. Doch er tut mir den Gefallen nicht.

»Was denn für schräge Sachen?« Er verschränkt die Arme vor der Brust, und wenn das überhaupt möglich ist, wird sein Blick noch verschlossener als zuvor. Innerlich fluche ich, aber jetzt ist es zu spät, um einen Rückzieher zu machen.

»Eigentlich habe ich nur Bewertungen aus der Klinik gefunden«, wiegle ich ab. »Ich habe mich einfach ein bisschen gewundert, das ist alles. Sie sind alle ungefähr drei Jahre alt. Danach keine einzige mehr. Und es stehen merkwürdige Dinge drin. Sonst habe ich nichts gefunden. Das ist einfach ungewöhnlich. Im Internet existierst du quasi nicht – nur ein paar Monate lang und nur in der Klinik. Wie kann das sein? Bist du vielleicht ein Geist und nur ich kann dich sehen?«

Mit dem letzten Satz versuche ich einen Scherz zu machen und die Stimmung zwischen uns wieder ein wenig aufzulockern, doch es gelingt mir nicht. Siath verzieht keine Miene, sein Blick ist eiskalt.

»Was willst du von mir hören, Mina?«

»Keine Ahnung, vielleicht warum mir niemand etwas über dich sagen will, weder das Netz noch du selbst?« Obwohl hier draußen noch immer um die 30 Grad herrschen, fröstelt mich mit einem Mal und ich verschränke ebenfalls die Arme vor der Brust.

»Du hast ja anscheinend Geschichten über mich gehört«, sagt er kühl. »Frag doch einfach mal deine Bekannte, vielleicht kann sie dir ja noch mehr erzählen. Andere wissen immer erstaunlich viel über mich.«

Er dreht sich um … und geht. Er lässt mich einfach stehen!

»Warte!«, rufe ich ihm nach. »Ich würde es lieber von dir hören!«

Doch er antwortet nicht, dreht sich nicht einmal um. Ich stoße einen Fluch aus. Das ist mal so richtig nach hinten losgegangen. Ich sammle meine Sachen vom Boden auf und haste ihm hinterher, doch als ich die Klinik betrete, ist er bereits verschwunden.

Am nächsten Morgen mache ich mich auf den Weg zum Baumarkt, in dem Benny arbeitet. Hinter mir liegt eine schlaflose Nacht, und zum ersten Mal seit zwei Wochen sind es nicht die Gedanken an Conny, die mich wach gehalten haben, sondern die an Siath.

Ich ärgere mich über mich selbst, ihn so bedrängt zu haben und zugegeben zu haben, dass ich ihn nicht nur online gestalkt, sondern mich auch noch wilden Gerüchten über ihn hingegeben habe. Gerade Letzteres ärgert mich am meisten, denn es spiegelt nicht das wider, was ich eigentlich bin. Ich gebe nicht viel auf Gerede und Vorurteile. Dass es bei ihm anders ist, liegt daran, dass ich ihn mag und deswegen jede Information über ihn aufsauge wie ein Schwamm. Das Bild allerdings, das er nun von mir hat, ist wohl eher das einer Tratschtante. Nicht besonders schmeichelhaft und ganz sicher nicht das, was ich ihm vermitteln wollte.

Während ich durch die Gänge des Baumarkts streife und nach Benny Ausschau halte, nehme ich mir fest vor, es heute Nachmittag wiedergutzumachen. Wenn Siath nach unserem kurzen Streit überhaupt noch auftauchen sollte.

In der Abteilung für Leuchtmittel schließlich sehe ich einen blonden Haarschopf, der in der Hocke vor einem Regal sitzt und gerade dabei ist, Glühlampen in das unterste Fach einzusortieren. Ich kann sein Gesicht nicht sehen, aber Frisur, Größe und Statur kommen ungefähr hin. Ich stelle mich neben ihn und räuspere mich.

»Ähm, hallo«, sage ich. »Du bist Benny, oder?«

Der Mitarbeiter dreht sich herum, blickt zu mir auf und ich habe das Gefühl, einen erneuten Flashback zu erleben. Mein Herz setzt einen Schlag aus. Ich war mir nicht ganz sicher, ob ich ihn wiedererkennen würde, doch nun weiß ich, dass meine Sorge unbegründet war. Es ist, als wäre es erst gestern gewesen, und mit einem Mal ist die blasse Erinnerung aus meiner letzten Vision rasiermesserscharf. Plötzlich kann ich kaum noch atmen.

Benny runzelt die Stirn, im nächsten Augenblick blitzt etwas in seinen Augen auf und ein breites Lächeln erscheint auf seinem Gesicht.

»Mina, richtig? Das ist ja cool, dass du mich besuchen kommst! Wie kann ich dir helfen? Brauchst du etwas für deine neue Wohnung?«

»Woher weißt du denn von meiner neuen Wohnung?«

Benny lacht und erhebt sich. »Ihr habt lang und breit davon erzählt«, erklärt er mir. »Du und deine Freundin … Wie hieß sie noch? Bonny, oder?«

»Conny«, sage ich tonlos.

»Ach ja, genau. Es war doch dein Geburtstag, richtig? Ihr habt die ganze Zeit davon geredet, dass du nach diesem Tag ausziehen willst. Du konntest es kaum erwarten, aber deine Freundin schien nicht so glücklich darüber zu sein.«

»Das stimmt wohl. Ich bin wegen dieses Abends hier, Benny. Ich möchte gern mit dir darüber reden, was passiert ist.« Ein wenig nervös knete ich meine Hände. Ich will mir nicht zu viele Hoffnungen machen, doch ich kann es kaum verhindern. Benny ist die heißeste Spur, die ich aktuell habe, und ich bete innerlich, dass ich nicht enttäuscht werde.

Er runzelt die Stirn. »Was meinst du?«

»Das würde ich gern von dir erfahren.« Ich weiß nicht, wann ich mich zum letzten Mal so unwohl gefühlt habe. Ich habe gern die Kontrolle über die Dinge, und dass ich nun auf einen fast Fremden angewiesen bin, das gefällt mir ganz und gar nicht. Aber mir bleibt keine Wahl.

Jetzt scheint er zu begreifen, sein Grinsen wird breiter. »Sag bloß, du hattest einen Blackout?«

Verlegen streiche ich mir eine Strähne aus dem Gesicht. »Tja«, sage ich nur.

»Ihr habt auch ordentlich gebechert, das muss ich schon sagen.«

Da hat er natürlich recht. Aber war es wirklich so viel, dass es mein komplettes Gedächtnis gelöscht hat? Das kann ich mir kaum vorstellen. Ich habe noch nie besonders viel Alkohol getrunken, aber ein komplett unbeschriebenes Blatt bin ich nun auch nicht, und so etwas habe ich noch nie erlebt.

»Kommst du mit in den Pausenraum?«, bietet er an. »Ich denke, ein paar Minuten habe ich schon Zeit. Ich mach uns einen Kaffee und dann können wir uns unterhalten.«

10

»Bist du dir ganz sicher?« Ich schaffe es nicht, die Verzweiflung in meinem Tonfall zu verbergen.

Ich sitze Benny gegenüber an einem kleinen Tisch im Aufenthaltsraum und nippe an meinem Kaffee. Er schmeckt bitter, obwohl ich massig Zucker hineingekippt habe. Benny hat die Tasse vor mir abgestellt, bevor ich ablehnen konnte, und nun will ich nicht so unhöflich sein und das Getränk wegkippen, auch wenn ich eigentlich keinen Kaffee trinke. Links neben mir befindet sich ein Fenster, das den Blick auf das Industriegebiet freigibt, in dem sich der Baumarkt befindet. Rechts ist eine kleine Küchenzeile mit Mikrowelle, Kaffeemaschine und Wasserkocher. Wir sind allein.

»Ziemlich sicher«, sagt Benny. »Ich bin da echt der falsche Ansprechpartner, fürchte ich. Wir hatten viel Spaß, haben getanzt und hatten auch ein paar Drinks zusammen, aber mehr ist nicht passiert. Tut mir leid, Mina.«

»O Mann.« Müde massiere ich mir mit den Fingern die Schläfen. In meinem Kopf pocht es, hinter meinen Lidern brennt es verdächtig, und schnell blinzle ich ein paarmal, um nicht vor Benny in Tränen auszubrechen. Jedes Mal, wenn ich das Gefühl habe, einen kleinen Schritt vorangekommen zu sein, werden meine Hoffnungen im nächsten Augenblick zerschlagen.

»Und es gibt nichts, an das du dich sonst erinnerst? Haben wir vielleicht irgendwas gesagt oder so? Oder waren da noch andere Leute, mit denen wir gesprochen haben? Ich erinnere mich wirklich an fast gar nichts mehr.« Meine Stimme zittert leicht, aber wenn er es hört, lässt er es sich nicht anmerken.

Er kneift die Augen zusammen und scheint nachzudenken. »Also … Conny hat mit so einem Kerl rumgemacht«, sagt er langsam. »Zumindest glaube ich das. Ich habe nicht so sehr darauf geachtet, wenn ich ehrlich bin, und habe ihn nur von hinten gesehen. Könnte auch eine Frau gewesen sein. Und irgendwann wart ihr verschwunden.«

Stimmt, der Langhaarige. Ich erinnere mich dunkel. Hat er vielleicht etwas damit zu tun? Wäre möglich. Aber wie finde ich heraus, wer er ist? Ich weiß ja nicht einmal, ob Conny ihn vorher schon kannte oder ob sie ihn an diesem Abend kennengelernt hat.

»Und wann war das?«, frage ich. »Wann hast du uns zum letzten Mal gesehen?«

»Puh … Ich habe keine Ahnung, echt.«

»Vor oder nach Mitternacht?«

»Ich denke, vor Mitternacht, andernfalls hätten wir doch bestimmt gemeinsam auf deinen Geburtstag angestoßen, oder? Außerdem habt ihr dauernd davon geredet, um zwölf eine Flasche Sekt köpfen zu wollen. Ich weiß das noch, weil ich mir ehrlich gesagt ein bisschen Sorgen gemacht habe, ob ihr überhaupt so lange durchhaltet.« Er grinst ein wenig, aber es sieht eher niedergeschlagen aus. »Und wenn ich jetzt so deine Geschichte höre, waren die ja wohl durchaus berechtigt.«

»Wir sind um kurz vor zwölf zu den Klippen gegangen«, murmle ich, mehr zu mir selbst. »Daran erinnere ich mich. Aber was danach war … keine Ahnung.« Ich blicke wieder zu Benny. »Meinst du, wir sind zurück zum Fest gegangen?«

Ich habe es mir verkniffen, ihm zu erzählen, dass die Polizei Conny für tot hält. Ich brauche Verbündete, nicht noch mehr Menschen, die mir nicht glauben.

»Ich weiß es nicht. Wenn, dann habe ich euch nicht mehr gesehen.« Er zuckt ein wenig hilflos die Achseln.

»Und als wir gegangen sind, kann es sein, dass uns da jemand gefolgt ist?« Ich merke selbst, wie ich mich an jeden Strohhalm klammere.

Benny seufzt. Langsam wirkt er ein wenig müde. »Ich kann es dir wirklich nicht sagen, Mina. Es tut mir so leid. Wenn du willst, frage ich Flo mal, ob ihm noch was einfällt, aber ich glaube, der weiß selbst nicht mehr so viel von dem Abend. Er war ziemlich voll.«

»Na gut«, sage ich schließlich enttäuscht. Damit hat sich mein letzter Anhaltspunkt auch als Sackgasse entpuppt. »Ich geb dir mal meine Nummer. Wenn dir oder deinem Kumpel noch was einfällt, dann schreib mir bitte. Es ist mir wirklich wichtig.«

»Auf jeden Fall! Ich wünsch dir weiterhin viel Glück bei der Suche. Ich bin mir sicher, deine Freundin taucht wieder auf.«

Sein Blick und sein Tonfall jedoch sagen etwas anderes. Wir verabschieden uns und trübsinnig mache ich mich auf den Heimweg. An diesem Tag kommt mir zum ersten Mal der Gedanke, dass ich es vielleicht einfach gut sein lassen und aufgeben sollte. Dass ich vielleicht im Unrecht bin, dass die Polizei und alle anderen recht haben und ich der Wahrheit nur nicht ins Auge blicken will. Dass ich Conny gehen lassen muss.

Und ich schäme mich dafür.

Um kurz vor vier klingelt es an der Tür. Ich habe nicht damit gerechnet und habe längst nicht alles gepackt für die Arbeit, umso überraschter bin ich, als Siath dort steht, zwei Eistüten in den Händen – eine Kugel rot, die andere hellbraun.

»Fünfzehn und dreiundzwanzig, wie bestellt«, begrüßt er mich und hält mir das Eis vors Gesicht. »Erdnussbutter oder Tomate, du hast die Wahl!«

Ich muss lachen. »Dann nehme ich Erdnussbutter.«

Er verzieht das Gesicht. »Ich hab's befürchtet.«

Ich nehme ihm das Eis mit der braunen Kugel ab und trete einen Schritt zur Seite. »Komm rein, ich brauche noch einen Moment. Ehrlich gesagt, habe ich nach gestern nicht wirklich damit gerechnet, dass du kommst.« Ein wenig verlegen streiche ich mir eine Haarsträhne aus dem Gesicht.

»Jaaa«, sagt er gedehnt. »Was das betrifft … Es tut mir wirklich leid.«

»Muss es nicht«, sage ich schnell, während ich ihn zu meinem Zimmer lotse. Er nimmt auf meinem Schreibtischstuhl Platz, ich auf der Bettkante. »Echt nicht. Wenn sich jemand entschuldigen muss, dann ich. Ich wollte nicht übergriffig sein. Und nur dass du es weißt, ich glaube nicht irgendwelchen seltsamen Gerüchten. Ich war nur ein wenig neugierig.«

»Eigentlich ist es ziemlich schmeichelhaft, dass du mit anderen über mich sprichst und mich sogar gegoogelt hast«, sagt er und grinst verschmitzt. »Hast du die Nacktfotos auch gefunden?«

»Nacktfotos?« Ich spüre meine Wangen heiß werden und er bricht in Gelächter aus.

»Das war nur ein Witz, aber dass du gleich drauf angesprungen bist und so rot wirst, halte ich für ein gutes Zeichen.«

Ich muss lachen und werfe ein Kissen nach ihm. Er weicht geschickt aus. »Bild dir bloß nix darauf ein. Ich war nur neugierig auf meine neuen Kollegen, das ist alles.« Streng genommen ist er kein richtiger Kollege, aber egal.

»Ja? Hast du Emilia auch gegoogelt?« Sein Grinsen wird immer breiter.

»Nein«, gebe ich zu und beschließe, das Thema zu wechseln, bevor es noch peinlicher wird. Meine Wangen brennen regelrecht. »Also … Ich brauche ein paar Minuten, ich esse nur mein Eis, packe dann schnell meine Tasche und ziehe mich um.« Ein wenig beschämt blicke ich an mir hinab; nach dem Besuch im Baumarkt war ich unter der Dusche und habe mich anschließend in meine wenig schmeichelhaften Couchklamotten geworfen, eine ausgeleierte Jogginghose und ein verblichenes *Dorothy*-Bandshirt. Irritiert stelle ich fest, dass mir der Aufzug vor Siath fast ein wenig unangenehm ist.

»Lass dir Zeit, auf eine halbe Stunde hin oder her kommt es auch nicht an. Und übrigens, guter Musikgeschmack!« Er deutet mit einer vagen Handbewegung auf mein Shirt, dann steht er auf und beginnt in aller Ruhe meine Sachen zu inspizieren, während er sein Eis isst. In diesem Moment bin ich froh, dass ich das Wochenende zum Aufräumen und Einrichten genutzt habe, sodass es hier nicht mehr vollkommen chaotisch und deprimierend aussieht.

»Eine interessante Sammlung hast du hier«, sagt er, während er mit den Fingern über die Rücken meiner Bücher streicht. »Nicht viele, aber gut ausgewählt. Viele Klassiker. Sind die für die Schule? Oder liest du sie freiwillig?«

»Freiwillig«, sage ich. »Ich kaufe allerdings selten, meistens hole ich mir meine Bücher aus der Bücherei. Im Regal stehen nur meine absoluten Lieblinge.«

»Wir teilen die Liebe zu Hesse, wie es scheint.« Er nimmt den *Steppenwolf* aus dem Regal und wendet ihn in seinen Händen hin und her. Die Ausgabe ist komplett zerlesen, und wenn er sie öffnet, wird er feststellen, dass ich auch einige Stellen mit Textmarker angestrichen habe.

»Sieht so aus. Was liest du denn sonst noch so?«, frage ich ihn, bevor er mir zuvorkommen kann. Ich bin noch nicht bereit aufzugeben. Ich möchte mindestens genauso viel über ihn erfahren wie er über mich.

»Dies und das«, antwortet er vage. »Ich lege mich ungern fest.« Beim zweiten Satz funkeln seine Augen gefährlich, und unwillkürlich frage ich mich, ob seine Antwort sich nur auf die Bücher bezieht oder ein tieferer Sinn dahintersteckt. »Bücher sind großartig«, murmelt er. »Andere Welten. Und im Gegensatz zu einem Film enthält ein Buch niemals nur eine Geschichte, sondern so viele verschiedene Geschichten, wie es verschiedene Leser gibt. Jeder sieht in seiner Fantasie etwas anderes zu dem, was er liest. Wir können dasselbe Buch lesen und trotzdem komplett unterschiedliche Dinge daraus mitnehmen. Der Gedanke hat mich schon immer fasziniert.«

Ich nicke. »Und was ist dein liebster Hesse?«

Seine Antwort kommt prompt. »*Der Steppenwolf*«, sagt er und lächelt. »Weil ich mich in ihm wiederfinde.«

»Ich glaube, jeder von uns findet sich ein bisschen im Steppenwolf wieder«, antworte ich. »Der eine mehr, der andere weniger. Allerdings ist es nicht für jeden ein solches Drama. Harry Haller macht sich das Leben selbst unnötig schwer.«

»Warum glaubst du das?«

»Weil er glaubt, er müsse sich für eine Seite entscheiden«, sage ich. »Er teilt seine Seele in zwei Bereiche, das ist grausam. Eine Seele besteht doch aus so viel mehr, nicht nur einer bürgerlichen und einer wilden Seite. Ich frage mich, woher dieser Zwang kommt, dass die Menschen immer glauben, sich zwischen zwei Dingen entscheiden zu müssen. Licht oder Dunkelheit? Schwarz oder Weiß? Gut oder böse? Mensch oder Wolf? Das eine existiert nicht ohne das andere, und nichts in der Welt ist so einfach, dass man es auf ein einziges Merkmal reduzieren könnte – erst recht nicht die menschliche Seele.«

»Du glaubst, man muss sich nicht entscheiden?«

»Man muss im Leben ständig Entscheidungen treffen«, sage ich. »Es geht ja nicht anders, allein schon weil man nicht álles auf einmal haben kann. Da fällt es den Leuten merkwürdigerweise furchtbar schwer. Wenn es um ihre Lebensplanung geht, möchten sie am liebsten alles gleichzeitig, und Dinge, die unvereinbar sind, müssen unbedingt vereint werden. Man wünscht sich Familie, möchte aber seine Freiheit nicht aufgeben. Man möchte Karriere machen, aber unbedingt jung Kinder bekommen. Gleichzeitig studieren und Berufserfahrung sammeln. Alle Vorteile einer Beziehung, aber nicht die Nachteile. Das muss alles irgendwie gehen, man möchte auf nichts verzichten, das Leben ist schließlich kurz. Also werden Kompromisse gefunden. Am Ende hat man viele halbe Dinge und nichts Ganzes. Aber wenn es dann um Dinge wie Religionen, persönliche Weltanschauungen oder die eigene Seele geht, muss es so simpel und geradlinig wie möglich sein. Ich finde das albern. Gerade das sind doch die Sachen, die meistens so komplex und tief sind, dass man sie unmöglich auf einen Wesenszug beschränken kann. Es ist kein Wunder, dass Haller so leidet.«

Siath sieht mich eine ganze Weile nachdenklich an, sagt aber nichts mehr. Schweigend essen wir unser Eis, dann beginne ich meine Tasche zu packen, während er mich dabei beobachtet.

»Würdest du mir glauben, wenn die Dinge, die ich dir über mich erzähle, vollkommen verrückt klängen?«, fragt er mich unvermittelt.

Einen kurzen Moment lang bin ich verwirrt. Automatisch halte ich inne und drehe mich zu ihm herum.

»Keine Ahnung«, sage ich langsam. »Wie verrückt sind die Dinge denn?«

Er seufzt. »Ziemlich verrückt.«

Ich bin aufgeregt, versuche aber, es mir nicht anmerken zu lassen, aus Angst, er könnte es sich wieder anders überlegen. Ich lasse mich zurück auf die Bettkante sinken, beuge mich nach vorn und sehe ihn neugierig an. »Mit verrückten Geschichten kenne ich mich aus«, flüstere ich.

Er räuspert sich. »Du wolltest wissen, wo ich vorher gelebt habe«, fängt er an. »Bevor ich hier war. Mein eigentliches Zuhause ist ziemlich weit weg. Vielleicht kann ich dir irgendwann davon erzählen, aber ich fühle mich gerade nicht dazu bereit. Im Grunde ist das auch nicht wichtig. Wichtig ist, dass es in meinem Land Krieg gab, einige Jahre lang. Der Krieg ist zwar inzwischen vorbei, aber Frieden gibt es deswegen noch lange nicht, es ist immer noch ein Krisengebiet. Was hauptsächlich an Rebellen liegt, die noch immer in den Städten unterwegs sind.«

Ich muss zugeben, mit einer solchen Geschichte habe ich nicht gerechnet. Er lässt mir eine kurze Pause, aber mir fällt nichts Schlaues ein, was ich dazu sagen könnte. Fieberhaft gehe ich die Liste von Ländern durch, in denen in den letzten Jahren Kriege und Unruhen herrschten. Ich war nie besonders gut in solchen Dingen. Ich bin kein großer Fan von Politik und Erdkunde, und Kriege sind etwas Schreckliches, weshalb ich versuche, nicht allzu viel davon mitzubekommen. Wenn ich ehrlich bin, macht es mir einfach eine Heidenangst. Wenn ich Kriegsgeschichten höre, finde ich sie meist so entsetzlich, dass ich nächtelang von Ängsten, Albträumen und ernsthaften Existenzkrisen geplagt werde, weshalb ich mir Mühe gebe, es zu vermeiden.

»Wie lange schon?«, frage ich.

»Der Krieg ist seit vier Jahren vorbei«, sagt er ruhig. »Davor wütete er sieben Jahre lang. Ich habe Glück, denn ich war die meiste Zeit in Sicherheit. Dort, wo ich gelebt habe, war es ruhig. In anderen Städten gab es Gewalt, Terroranschläge, Zerstörung ... Dank der Rebellen gibt es die bis heute. Vor drei Jahren habe ich das Land schließlich verlassen.«

»Dann bist du praktisch ein Flüchtling?«, hake ich nach.

Er schüttelt den Kopf. »Nein«, sagt er. »Ich bin nicht auf der Flucht. Es klingt wahrscheinlich komisch, aber es ist vielmehr so, dass ich für mein Land unterwegs bin. Ich habe eine Art Auftrag. Ich versuche, etwas zu finden. Etwas ganz Bestimmtes, was die Unruhen möglicherweise beenden kann.«

Diese Geschichte klingt wirklich schräg. Er sieht mich ruhig an und wartet meine Reaktion ab. In seinen Augen spiegelt sich etwas, das ich bisher nicht an ihm beobachten konnte: Unsicherheit.

»Ich glaube dir«, sage ich nach einer Weile ruhig. Ich kann es selbst kaum glauben, dass ich das sage, aber während ich es ausspreche, merke ich, dass es die Wahrheit ist. Ich glaube ihm. So abgehoben sich seine Geschichte anhört, ich weiß, dass er die Wahrheit sagt. Ich spüre es. Gern würde ich ihn noch weiter ausfragen über diesen dubiosen Gegenstand, den er sucht.

Was hat es damit auf sich? Inwiefern sollte er die Krise beenden? Welche Stellung hat Siath in seinem Heimatort inne, dass man ihm einen solchen Auftrag erteilt?

Aber ich lasse es bleiben. Ich merke ihm an, wie er mit sich kämpft, dass er mir diese Details verraten hat, und ich bin ihm sehr dankbar dafür. Vielleicht war das ein erster Schritt. Wenn er merkt, dass ich ihm glaube und er mir vertrauen kann, ergibt sich der Rest vielleicht irgendwann von allein.

»Wie war eigentlich dein Eis?«, wechselt er abrupt das Thema. »Meins war ziemlich ekelhaft.«

Ich muss lachen. »Das hast du dir aber nicht anmerken lassen.«

»Natürlich nicht, ich wollte vor dir den Starken markieren. Du sollst mich nicht für eine Memme halten.«

»Ich halte nichts von toxischer Männlichkeit«, lasse ich ihn wissen. »Steh zu deinen Gefühlen.«

»Na dann ... Ich glaube, mir ist jetzt ein bisschen schlecht.«

»Das tut mir leid. Meins war eigentlich gar nicht so übel. Nächstes Mal darfst du das erste auswählen, versprochen. Ich hätte dann gern die zwölf und die dreizehn.«

»Ist notiert.« Er lächelt und stellt den *Steppenwolf* zurück auf das Regalbrett. Und dann, ganz plötzlich, verändert sich etwas an ihm. Seine Haltung versteift sich, seine schwarzen Augen funkeln lebhaft.

Er greift nach dem gerahmten Bild von Conny und nimmt es in die Hand.

»Wer ist das?«, haucht er mit großen Augen, Fassungslosigkeit steht ihm ins Gesicht geschrieben. Mein Herz schlägt schneller. Mit wenigen Schritten bin ich bei ihm und nehme ihm das Bild aus der Hand.

»Das ist meine beste Freundin«, antworte ich. Mit einem Mal ist mein Mund staubtrocken und das Schlucken fällt mir schwer. »Conny, von der ich dir erzählt habe. Sag bloß, du kennst sie!«

»Sozusagen«, sagt er. Inzwischen scheint wieder der Vorhang über seine Augen gefallen zu sein, sie geben nichts mehr preis. Lediglich die Tatsache, dass er sie verengt hat, zeigt mir, dass ihm das Bild ganz und gar nicht gefällt – er wirkt sogar fast ein wenig hasserfüllt. Erschrocken weiche ich einen Schritt zurück, dabei presse ich den Rahmen fest an meine Brust.

»Du ... du kannst sie wohl nicht besonders gut leiden«, stammle ich, und sofort fängt er sich wieder und bekommt seine Gesichtszüge unter Kontrolle. Doch ich bin jetzt ganz Ohr.

»Woher kennst du sie? Wieso magst du sie nicht?« Mein Tonfall ist sehr viel schärfer als beabsichtigt, die Stimmung zwischen uns mit einem Mal deutlich abgekühlt. Doch wenn Siath irgendwas über Conny und ihr Verschwinden weiß, dann möchte ich es sofort erfahren.

»Nein, das ist es nicht«, sagt er. »Wie, sagtest du noch, heißt sie? Conny? Ich kenne sie nicht, aber sie sieht jemandem ähnlich. Verdammt ähnlich sogar«, murmelt er. »Weißt du, ob sie lebende Verwandte hat?«

»Nein, nicht dass ich wüsste. Ehrlich gesagt, habe ich keine Ahnung, wir sind zusammen im Heim aufgewachsen«, erinnere ich ihn. »Wir wissen beide nicht besonders viel über unsere Herkunft. Aber wenn sie lebende Verwandte hätte und das bekannt wäre, wäre sie vermutlich nicht im Heim gelandet.«

»Vielleicht kann ich euch helfen, das herauszufinden?«, bietet Siath an. »Also ob sie Verwandtschaft hat.« Plötzlich ist er Feuer und Flamme, was mich verunsichert. Er kann die Aufregung in seiner Stimme nur schwer verbergen.

»Sie ist verschwunden. Es heißt, sie sei gestorben«, erinnere ich ihn mit Nachdruck, während meine Gedanken sich überschlagen. Woher dieses plötzliche Interesse an Conny? Irgendetwas stimmt an dieser Sache ganz und gar nicht.

Das unangenehme Gefühl, das ich manchmal habe, wenn es um Siath geht, das ich jedoch weder greifen noch benennen kann, drängt sich wieder in mein Bewusstsein, doch ich schiebe es beiseite. Jetzt nicht irrational werden!

Er lacht kurz auf, aber es ist ein humorloses Lachen.

»Glaub mir, sie ist garantiert nicht gestorben!«, sagt er kalt, und mein Herz beginnt schneller zu schlagen. Woher will er das wissen? Kennt er sie etwa doch? Hat er sie gesehen? War er in der Nacht meines Geburtstages dabei und weiß etwas über ihr Verschwinden?

»Wie kommst du darauf?«, frage ich scharf. »Weißt du, wo sie ist?«

»Nein«, antwortet er nach einer ganzen Weile, und es klingt ehrlich. »Aber ich würde dir gern helfen, sie zu finden, denn ich glaube, sie kann mir bei meiner eigenen Suche helfen.«

11

Den Rest des Tages bin ich vollkommen durch den Wind. Siath wollte nicht mehr über sich, seine Herkunft, seinen Auftrag oder Connys Bild reden, und ich konnte diese Tatsache nur deshalb akzeptieren, weil er mir versprach, am nächsten Tag mit mir zum Mittagessen zu gehen und mir alle Fragen in Ruhe zu beantworten – und mir im Anschluss bei meiner weiteren Suche zu helfen. Angeblich wollte er das nicht zwischen Tür und Angel machen, sondern sich genug Zeit dafür nehmen, und das wiederum kann ich verstehen.

Der Weg zur Klinik, unser Small Talk, das Vorlesen bei Ruth und meine Arbeit in der Spülküche ziehen dennoch wie ein schlechter Spielfilm an mir vorüber, ohne dass irgendwas an mir hängen bleibt. Viel zu schnell setzt draußen die Dämmerung ein und ich befinde mich auf dem Heimweg. Die kühle, frische Luft, den Duft nach feuchtem Teer und den leichten Nieselregen auf meiner Haut nehme ich kaum wahr. Die Aufregung über Siath und seine Worte pulsiert in meinen Adern und verdrängt alles andere. Voller Freude, aber gleichzeitig auch Sorge blicke ich auf den nächsten Tag und darauf, was mich an ihm wohl erwarten wird.

Dabei habe ich das Gefühl, dass Siath nicht ganz ehrlich zu mir war. Etwas an dieser ganzen Sache ist mehr als merkwürdig. Er verschweigt mir was. Ich glaube, dass er Conny kennt. Und dass er ein Problem mit ihr hat. Der Hass, der für einen kurzen Moment in seinem Blick aufflammte, hat ihn verraten. Aber ich glaube auch, dass ich seine Hilfe gut gebrauchen kann. Ich will Conny natürlich nicht in Gefahr bringen – doch was für eine Gefahr sollte dieser Mann schon darstellen, verglichen mit dem, was sie jetzt in diesem Moment möglicherweise durchmacht? Vielleicht ist er einfach ein wütender

Verflossener von ihr, einer der armen Teufel, bei denen sie nach einem ihrer häufigen Clubbesuche über Nacht geblieben war. Wahrscheinlich war es eine einmalige Geschichte für sie, und das hat er nur schwer verkraftet. Vielleicht hat er noch ein Hühnchen mit ihr zu rupfen. Vielleicht hat sie ihm auch etwas gestohlen. Wer weiß das schon. Conny kann manchmal unfair und rücksichtslos sein.

Und dann gibt es da noch die andere Sache: das Gefühl, ihn zu kennen. Ich weiß, dass ich ihn schon einmal gesehen habe, aber ich weiß nicht wo und wann. Ich weiß auch, dass ich unangenehme Gefühle mit dieser Erinnerung verbinde, auch wenn ich es meistens erfolgreich schaffe, diese zu verdrängen. Natürlich kam mir schon der Gedanke, dass ich ihn möglicherweise in der Nacht von Connys Verschwinden gesehen habe. Da ich mich an den Rest dieser Nacht ebenfalls nicht erinnern kann, wäre das durchaus plausibel. Ich frage mich, ob er etwas mit der ganzen Sache zu tun hat. Vielleicht weiß er irgendwas darüber, vielleicht kann er mir helfen, auf die richtige Spur zu kommen. Möglicherweise ist er der Schlüssel zu allem.

So versuche ich mir seine Reaktion und sein spontanes Hilfsangebot schönzureden, während ich nach Hause gehe. Aber ich weiß auch, dass ich sowieso keine andere Wahl mehr habe. Es muss etwas passieren. Bald geht die Schule wieder los, und dann werde ich nicht mehr so viel Zeit haben, mich um diese aussichtslose Suche zu kümmern. Und ich habe keinen Plan mehr, Siath ist meine letzte Hoffnung.

War er vielleicht der Langhaarige? Haare kann man abschneiden. Ich nehme mir vor, Emilia bei Gelegenheit zu fragen, ob Siath kürzlich beim Friseur war. Ich habe zwar keine Ahnung, wie dieses Puzzleteil schlussendlich ins Gesamtbild passen soll, aber es wäre immerhin ein weiteres Detail.

Viel zu schnell habe ich meine Wohnung erreicht. Dagmar ist gerade auf dem Weg ins Bett, als ich in den Flur trete. Sie trägt bereits ihr altmodisches Blümchennachthemd. Es ist zwar erst kurz nach neun, aber momentan scheint sie alles an Schlaf mitzunehmen, was sie kriegen kann. Ich kann es verstehen.

Ich streife meine durchnässte Häkeljacke von den Schultern und hänge sie zum Trocknen über die Heizung. Inzwischen ist mir doch ganz schön kalt. Eine feine Gänsehaut zieht sich über meine Arme.

»Ich hab Nudeln gekocht, es ist noch ein bisschen was im Topf«, begrüßt sie mich. »Nimm dir ruhig den Rest.«

»Gern«, sage ich. »Danke.«

Dagmar verschwindet in ihr Zimmer und ich bleibe allein in der Küche zurück. Wenige Minuten später ist es draußen stockfinster. Stumm esse ich die Nudeln, während mein Gedankenkarussell keine Ruhe gibt. Und ich weiß jetzt schon, dass ich in dieser Nacht wieder kaum Schlaf finden werde.

Am nächsten Tag mache ich mich aufgeregt für das Mittagessen mit Siath fertig. Ausnahmsweise lege ich ein wenig Make-up auf und stehe danach eine gefühlte halbe Stunde vor dem Kleiderschrank und überlege, was ich anziehen soll, was eigentlich ziemlich untypisch für mich ist. Immer wieder erinnere ich mich daran, dass es keine Rolle spielt, weil es ja schließlich nur darum geht, Siath die Informationen zu entlocken, die er anscheinend über Conny hat.

Aber vielleicht geht es auch ein bisschen um ihn. Und darum, mit ihm essen zu gehen, was etwas in meinem Bauch wild umherflattern lässt.

Nach einer Weile entscheide ich mich schließlich für das schwarze Oberteil, das ich mir zum Geburtstag gekauft habe. Seit der Party hatte ich es nicht mehr an, aber es scheint mir für diesen Anlass perfekt. Gut gegen die Sommerhitze, eine Erinnerung an Conny, eine optimistische Geste – und na ja, es sieht auch gut aus. Der dünne schwarze Stoff fließt regelrecht über meinen Körper und legt sich sanft auf jede einzelne Rundung. Er ist so leicht, dass ich ihn kaum spüre.

Mein Haar stecke ich mit einer Spange hoch und danach gehe ich etwa eine halbe Stunde unruhig in meinem Zimmer auf und ab, bis es endlich an der Tür klingelt. Aufgeregt werfe ich mir meine Tasche über die Schulter, verlasse die Wohnung und haste die Treppen hinunter.

Bereits von Weitem kann ich ihn durch das vergilbte Glas der Haustür erkennen.

Er trägt ein enges graues Shirt, durch das ich die Konturen seiner Muskeln erkennen kann, und legere Jeans. Sein dunkles Haar sieht etwas wild aus, und mit einem Mal überkommt mich das Bedürfnis, hineinzugreifen. Die Bartstoppel auf seinen Wangen, die seit gestern noch ein bisschen dunkler geworden sind, lassen ihn ein wenig wild und verwegen wirken, was mir ziemlich gut gefällt. Ich weiß nicht, warum es mir vorher nicht so sehr bewusst war, aber in diesem Moment stelle ich fest, dass Emilia verdammt recht hatte: Er *sieht* gut aus.

»Hi Mina«, sagt er, als ich aus der Tür trete, und seine Stimme klingt dabei so weich, wie ich sie noch nie gehört habe – samtig und gleichzeitig gefährlich. Er umarmt mich zur Begrüßung und mein Herz schlägt Purzelbäume. Diese Berührung fühlt sich so gut an, so vertraut und gleichzeitig so aufregend.

Bis zu diesem Moment konnte ich mir einreden, dass meine Aufregung nur auf das Gespräch über Conny zurückzuführen war. Jetzt stelle ich fest, dass das längst nicht alles war. Es ist Siath.

»Und, wohin gehen wir?«, frage ich.

»Ich habe schon eine Idee«, sagt er und schmunzelt. »Ich weiß nicht, ob du es kennst, aber ich bin mir sicher, es wird dir gefallen. Lass dich überraschen.«

Eine Stunde später sitzen wir in der *Wonderbar*, einem kleinen, gemütlichen Café an der Promenade. Bisher kannte ich den Schuppen nur von außen, doch ich fühle mich hier sofort wohl. Wir haben uns einen Platz am Fenster gesucht, das einen großartigen Blick auf den Ozean freigibt. Die Oberfläche glitzert im Sonnenlicht. Ein paar Segler sind dort draußen unterwegs, in der Ferne fährt ein größeres Schiff vorbei. Irgendwann reiße ich meinen Blick los, und während wir auf die Speisekarte warten, sehe ich mich stattdessen im Raum um und sauge all die Eindrücke und die lebhafte Atmosphäre in mich auf.

Das Publikum besteht aus den unterschiedlichsten Menschen. In einer hinteren Ecke sitzt ein bärtiger junger Mann allein stirnrunzelnd vor seinem Laptop, einen Turban auf dem Kopf, eine dampfende Tasse neben sich, und tippt hin und wieder ein paar Sätze, bevor er wieder innehält und überlegt. In einer anderen Ecke eine junge Frau mit Strickzeug. In unserer Nähe isst ein Pärchen mittleren Alters zu Mittag und unterhält sich dabei angeregt.

Zwischen den Tischen ist allerlei Plunder, den man offensichtlich auch kaufen kann, zur Dekoration aufgestellt oder an die Wände gehängt. Teuer aussehende Antiquitäten stehen zwischen billig wirkendem kitschigem Porzellan und sonstigem Krempel und die Fenster sind mit Tüll verhangen. Trotzdem ist der Laden nicht einengend. Es gibt breite Gänge, die Tische sind eher vereinzelt in irgendwelchen Nischen versteckt. Die Luft ist schwer vom Duft nach Kaffee, Tee und unterschiedlichen Gewürzen.

»Ich wusste gar nicht, dass man hier auch essen kann«, sage ich.

»Gefällt es dir?«

»Es ist klasse! Irgendwie so bodenständig, aber gleichzeitig … bunt.«

Eine Mitarbeiterin kommt zu uns an den Tisch und reicht uns mit einem freundlichen Lächeln die Speisekarten. Ich bestelle Minztee, Siath ein Wasser, und als die nette Dame wieder verschwunden ist, beschließe ich, nicht mehr lange um den heißen Brei herumzureden. Ich habe mir bereits vorher genau überlegt, wie ich diese Unterhaltung beginnen und was ich Siath alles fragen möchte.

Ich stütze die Ellenbogen auf dem Tisch ab und beuge mich ein wenig nach vorn. Mein Herz klopft wie wild.

»Bevor wir mit der ganzen Sache starten, habe ich ein paar Bedingungen«, erkläre ich, und er zieht eine Braue nach oben. Dann grinst er.

»Bedingungen, soso.«

Ich beschließe, mich nicht ablenken zu lassen. Auch wenn diese Grübchen wirklich umwerfend sind.

»Allerdings«, sage ich. »Dir ist schon klar, dass du ziemlich schräg rüberkommst, oder? Du tauchst plötzlich in meinem Leben auf, willst mir nichts über deine Vergangenheit oder deinen seltsamen Auftrag verraten, und nun bietest du mir völlig überraschend deine Hilfe an. Ich werde dir keine Details über Conny verraten, wenn ich nicht weiß, woran ich bei dir bin. Also Klartext: Ich erzähl dir nur was über uns, wenn du mir was über dich erzählst.«

Er zögert einen kurzen Moment, kämpft mit sich.

»Du musst mir nicht alles sagen, aber irgendwas brauche ich schon«, beharre ich. »Warum sollte ich dir vertrauen?«

»Warum solltest du mir nicht vertrauen?«, kontert er. »Was hast du zu verlieren?«

Jetzt bin ich diejenige, die ins Straucheln gerät. Natürlich hat er recht, ich bin eindeutig in der schlechteren Position. Und was habe ich schon zu befürchten? Alles ist besser als diese Ungewissheit.

»Ich möchte Conny nicht in unnötige Schwierigkeiten bringen«, sage ich schließlich.

Die Bedienung kommt zu uns an den Tisch und will unsere Speisewünsche aufnehmen, doch wir haben beide noch nicht einen Blick in die Speisekarte geworfen. Schnell schlage ich sie auf, überfliege die Zeilen und stelle fest, dass es hier Gerichte aus den verschiedensten Ländern gibt. Ich entscheide mich spontan für Pancit, ein philippinisches Nudelgericht, und klappe die Karte wieder zu. Siath bestellt Lasagne.

»Vielen Dank«, sagt er, während er der Dame die Karten reicht. Dann wendet er sich wieder mir zu.

»Okay, Mina. Ich kann deine Sorge verstehen. Und ich weiß, dass das schräg klingt, aber ich darf über meinen Auftrag eigentlich nicht reden. Die Sache unterliegt einer Art Schweigepflicht. Stell mir deine Fragen und ich antworte so gut ich kann. Im Gegenzug beantwortest du mir meine Fragen so gut du kannst – oder eben willst. Wir müssen beide absolut ehrlich sein, keine Lügen. Und jeder von uns hat einen Joker, heißt, eine Frage frei, die nicht beantwortet werden muss. Deal?«

Ich atme einmal tief durch.

»Deal«, sage ich dann.

12

Ich habe den Eindruck, dass mir zu viele Puzzleteile fehlen, als dass ich die Frage nach Conny erneut stellen sollte, und beschließe deswegen, weiter vorn anzufangen und mich langsam voranzutasten. Außerdem möchte ich Siath nicht so einfach davonkommen lassen und stelle deswegen als Erstes die Frage, die er beim letzten Mal abgeschmettert hat. Für mich erscheint sie von allem, was ich wissen will, noch am harmlosesten.

»Wo hast du gelebt, bevor du hierhergezogen bist?«, frage ich. Er stöhnt auf.

»Das hatten wir doch schon«, sagt er ein wenig unwillig.

»Stimmt. Ich habe aber keine richtige Antwort bekommen.«

»Ich habe im Ausland gelebt«, sagt er. »Ich bin dort geboren und aufgewachsen.«

»Ja, das sagtest du bereits. Möchtest du mir auch verraten, wie dieses Land heißt?«

»Umbria«, sagt er nach kurzem Zögern. Unsicherheit flackert in seinem Blick auf, und mir wird klar, wie viel Überwindung ihn diese Information kosten muss, auch wenn ich nicht ganz verstehe wieso. Hat er Sorge, für seine Herkunft verurteilt zu werden? Schlechte Erfahrungen? Ich weiß, dass diese *Woher-kommst-du-wirklich*-Frage irgendwie blöd ist, und unter anderen Umständen hätte ich auch nicht weiter nachgebohrt, aber anscheinend hat sein Auftrag ja irgendwas mit Conny zu tun. Mit seiner Antwort allerdings kann ich wenig anfangen.

»Meinst du Umbrien? In Italien?«

Er schüttelt den Kopf. »Nein. Das Land heißt Umbria.«

»Okay«, sage ich und nehme mir vor, zu Hause noch einmal zu googeln.

»Und in diesem Land gibt es politische Unruhen, und du musstest hierherkommen, um etwas zu finden, was die Lage verbessert?«, fasse ich zusammen, was ich bisher weiß. Er nickt, aber sein Blick wirkt verschlossen, abweisend.

Die Kellnerin unterbricht uns, indem sie unser Essen serviert. Ich bedanke mich höflich und bin für einen kurzen Moment vom überwältigenden Duft des Essens abgelenkt. Wie auf Kommando beginnt mein Magen zu knurren, und Siath und ich widmen uns unseren Tellern. Währenddessen überlege ich fieberhaft, wie ich das Gespräch in eine produktivere Richtung lenken könnte.

»Erzähl mir was über deine Familie«, fordere ich ihn schließlich auf. Man sollte meinen, das sei ein unverfängliches Thema – aber dennoch ein interessantes, schließlich könnten mir diese Informationen mehr über ihn verraten.

»Meine Familie?«, fragt er überrascht.

»Ja«, sage ich. »Wenn du willst, kannst du mir gern von deiner Mutter erzählen. Aber du musst natürlich nicht. Was ist mit deinem Vater, wie ist er so? Habt ihr viel Kontakt? Was macht er beruflich?«

»Er ist ... okay«, antwortet er ausweichend, und ich merke, dass er sich große Mühe gibt, mich nicht wieder mit kryptischen Antworten wegzustoßen. »Er ist ziemlich tyrannisch, würde ich behaupten. Ich vermute, das hängt mit seinem Job zusammen. Er ist Politiker.«

»Wow, okay!«, sage ich beeindruckt. »Muss ein stressiger Job sein. Vor allem unter den gegebenen Umständen.«

Ich habe den Eindruck, das ist ein Puzzleteil, das sich tatsächlich irgendwie einfügen lässt. Wenn sein Vater eine bedeutende politische Persönlichkeit in seinem Land ist, ergibt es auch mehr Sinn, dass Siath in einer politischen Mission im Ausland unterwegs ist, auch wenn ich immer noch nicht weiß, worum genau es dabei geht.

»Ist es«, pflichtet er mir bei. »Wir haben nicht das beste Verhältnis, das hatten wir noch nie. Er sieht mich wohl als eine Art Nachfolger für sein Amt an. Also er war noch nie wirklich zufrieden, wenn ich was anderes gemacht hab. Ich denke, mein Job als Pfleger würde ihm überhaupt nicht gefallen, er sähe mich lieber ausschließlich in der Politik.«

»Würde?«, hake ich nach. »Das heißt, er weiß gar nichts davon?«

»Wir haben seit drei Jahren keinen Kontakt mehr«, antwortet Siath. »Also seit ich hier bin.«

»Oh.« Ich bin verwirrt. »Und ist das in Ordnung für dich?«

»Ja, ist es. Das war auch vor meiner Reise schon klar und ich war darauf vorbereitet. Es ist nicht so einfach, über die Grenzen mit ihm Kontakt zu halten. Aber ich denke, ich werde ihn ohnehin bald wiedersehen. Wenn ich meinen Auftrag erst erfüllt habe, werde ich zurückgehen.«

»Oh«, ist alles, was ich herausbringe. Ich bin wie vor den Kopf gestoßen. Er wird zurückgehen? In das Krisengebiet? Und das auch noch bald? Wie bald? Und noch etwas anderes verwirrt mich: Wieso sollte es in Zeiten des Internets schwierig sein, Kontakt zu halten? Oder kommt Siath etwa aus einem Ort, an dem es solche technischen Möglichkeiten überhaupt nicht gibt?

Plötzlich ist es mir egal, dass ich nicht alles weiß. Egal, dass er sich so kryptisch gibt. Egal, dass irgendwas an der ganzen Geschichte komisch ist.

Er wird wieder gehen, er wird das Land verlassen. Und wer weiß, ob wir uns dann jemals wiedersehen.

Plötzlich will ich nur noch eins: Eine schöne Zeit mit ihm verbringen, egal wie kurz sie noch sein mag. Eine Zeit, die so unglaublich schön ist, dass sie ihn vielleicht, mit ganz viel Glück, davon überzeugen kann hierzubleiben. Bei mir.

»Du hast recht«, sage ich und versuche mir den Schreck über diese neue Information nicht anmerken zu lassen. »Ist tatsächlich kein besonders spannendes Thema. Wer braucht schon Eltern? Hab schließlich auch keine.«

Ich merke selbst, dass ich leicht hysterisch wirke, und schiebe mir schnell ein viel zu großes Stück Gemüse in den Mund. Siath beobachtet mich mit hochgezogener Braue.

»Ist alles in Ordnung?«, hakt er nach.

»Ja, natürlich«, sage ich schnell, doch meine Gedanken wirbeln wild umher. Im Endeffekt ist mir gerade klar geworden, dass ich mich zwischen Siath und Conny entscheiden muss.

Wenn Conny verschwunden bleibt, bleibt Siath hier.

Wenn wir sie finden, ist sein Auftrag möglicherweise beendet und er geht zurück.

Natürlich ist klar, wie meine Entscheidung ausfällt. Doch ein wenig schmerzt es trotzdem.

Er legt seine Hand auf meine und ich zucke zusammen. Dann blicke ich zu ihm auf. Sein Blick ist warm.

»Ein bisschen dauert es ja noch«, tröstet er mich. »Jetzt warten wir mal ab.«

»Du willst mir nicht verraten, wie Conny mit dem Ganzen zusammenhängt, oder?«, frage ich. »Warum du sie finden willst.«

Er schüttelt den Kopf. »Hier muss ich leider meinen Joker nehmen«, sagt er. »Ich kann dir diese Frage nicht beantworten.«

Ich seufze. »Das habe ich mir gedacht. Magst du über deine Mutter reden?«

»Meine Mutter war großartig«, sagt er. »Eine herzensgute Frau. Manchmal vielleicht ein wenig zu gut. In der Retrospektive würde ich sagen, dass sie leider sehr beeinflussbar war und sich oft nicht richtig durchsetzen konnte, vor allem gegen meinen Vater.«

»Woran ist sie gestorben?«

»Ein Herzinfarkt«, sagt er. »Die genauen Umstände weiß ich leider nicht, als man sie gefunden hat, war sie schon kalt. Sie lag im Nachthemd in ihrem Bett. Ich stelle mir gern vor, dass sie im Schlaf gestorben ist und es überhaupt nicht mitbekommen hat. Ich war damals zehn.«

Ein dicker Kloß bildet sich in meinem Hals. Der Schmerz über den Tod seiner Mutter spiegelt sich in seinen Augen wider, und zum ersten Mal bin ich fast froh darüber, dass ich meine Eltern nie kennengelernt habe und mir diese Art von Schmerz erspart geblieben ist. Natürlich ist es auch so nicht einfach. Aber anders.

Vielleicht wollte er deswegen Pfleger werden.

Ich räuspere mich. »Okay, Siath. Ein paar Fragen musst du mir trotzdem noch beantworten, bevor wir die ganze Sache angehen können. Und du musst mir versprechen, ehrlich zu sein. Hast du Conny und mich in der Nacht ihres Verschwindens gesehen?«

Er zögert einen kurzen Moment. Dann sagt er Nein.

»Hattest du mal lange Haare?«

Er stutzt, dann lacht er. »Glaubst du, das würde mir stehen?«

»Antworte nicht mit einer Gegenfrage. Und ja, vermutlich schon.«

Er grinst. »Ich denk mal drüber nach. Aber nein. Warum fragst du?«

»Nur so.« So richtig zufrieden bin ich mit seinen Antworten nicht. Und so richtig etwas anfangen kann ich mit ihnen auch nicht, also stelle ich nur noch eine Frage, nämlich die wichtigste: »Hast du etwas mit Connys Verschwinden zu tun?«

Seine Augen werden riesengroß. »Nein!«, sagt er dann. »Natürlich nicht! Sonst wüsste ich ja, wo sie ist, und wir müssten sie nicht suchen.«

Nun gut, da ist natürlich was dran.

»In Ordnung«, sage ich schließlich. Und dann erzähle ich ihm alles, was ich über den Abend meines Geburtstags weiß, und alles, was ich über Conny weiß und ihm erzählen will. Alles, was ich für wichtig halte. Wo sie geboren wurde, wann sie ins Heim kam, wie ihr Charakter ist. Er unterbricht mich nicht und hört mir aufmerksam zu. Ich beende meine Erzählungen mit meinen kürzlichen Flashbacks an die Party und die Klippe.

»Tja, das war's«, sage ich. »Das ist alles, was ich sagen kann. Ziemlich mau, ich weiß.«

»Und du bist dir ganz sicher, dass sie am Meer verschwunden ist?«, hakt er nach.

»Sicher bin ich mir nicht«, gebe ich zu. »Aber es ist mein einziger Anhaltspunkt. Ich verstehe einfach nicht, wieso ich mich nicht an diese Nacht erinnern kann!«

Für einen kurzen Moment flammt in seinen Augen etwas auf. Es verschwindet sofort wieder, aber ich habe es dennoch gesehen. Erst kann ich es nicht zuordnen, doch dann bin ich mir sicher, dass es der Anflug eines schlechten Gewissens war.

Aber das ergibt keinen Sinn.

Verwirrt starre ich ihn an.

»Wirklich dumm gelaufen«, murmelt er ausweichend.

Wieder habe ich dieses drängende Gefühl, dass hier irgendetwas nicht stimmt. Was verschweigt er mir?

Eine Stunde später stehe ich wieder vor meiner Haustür. Siath sagt, er habe an diesem Nachmittag noch etwas zu erledigen, weshalb das Vorlesen bei Ruth heute ausfällt und ich später allein zur Arbeit gehen muss. Eine wirkliche Idee, wie wir Conny finden können, hat er zwar auch nicht, aber er verspricht, sich darüber Gedanken zu machen. Ich weiß nicht, was ich mir von dem Gespräch erhofft hatte. Mir hätte klar sein müssen, dass auch Siath keine schnelle Lösung für das Problem parat hat. Trotzdem liegt mir die Enttäuschung wie ein schwerer Klumpen im Magen.

Zum Abschied umarmt er mich, und das warme Gefühl, das seine Umarmung in mir auslöst, verdrängt die anderen Gedanken, die Enttäuschung und das leise Misstrauen, das sich immer mehr einschleicht.

»Bis bald, Mina«, sagt er. Ich will mich schon umdrehen und gehen, da fügt er lächelnd hinzu: »Und übrigens, ich wollte dir das schon letztes Mal sagen: Du solltest dieses Top wirklich öfter tragen – es steht dir unglaublich gut.«

Mein Herz macht kleine Hüpfer, als ich zurück in meine Wohnung gehe. Dass irgendetwas merkwürdig war, diese winzige Unstimmigkeit, die mich eigentlich alarmieren sollte, fällt mir zunächst gar nicht auf.

13

Der Rest der Woche verläuft ziemlich unspektakulär. Es ist die vorletzte Ferienwoche, und ich versuche das schöne Wetter so gut es geht zu genießen.

Siath holt mich am Donnerstag und Freitag wieder zur Arbeit ab und bringt mir beide Male Eis mit. Ich probiere Rhabarber und Champignon und muss wohl nicht erwähnen, welches davon mir besser geschmeckt hat. Danach lesen wir Ruth aus *Demian* vor, anschließend liegen wir im Klinikpark in der Sonne und warten darauf, dass meine Schicht beginnt.

Zwischen uns entwickelt sich so was wie eine zarte Freundschaft, und ich kann nicht leugnen, dass mein Herz immer ein wenig schneller schlägt, wenn ich ihn sehe. Trotzdem bin ich weiterhin vorsichtig.

Immer mal wieder hakt er nach, ob ich bei meiner Suche nach Conny inzwischen schon weitergekommen sei oder mich an weitere Bruchstücke der verhängnisvollen Nacht erinnern könne, und immer wieder muss ich verneinen. Auch Benny meldet sich nicht mehr, und am Ende der Woche bin ich ziemlich down.

Die Erinnerung an meine beste Freundin verblasst immer mehr, und mit jedem Tag, der verstreicht, kommt mir meine Suche auswegloser vor. Nur der Klang ihres Lachens hallt noch in meinen Ohren nach.

Als ich am Freitagabend an meinem Schreibtisch sitze und zum millionsten Mal meine kleine Notiz in den Händen hin und her wende und mir den Kopf zerbreche, klopft es leise an der Tür.

»Mina, bist du da?«, dringt Dagmars Stimme durch das Holz.

»Ja, komm rein.« Ich lasse den Zettel in meiner Schublade verschwinden und Dagmar betritt das Zimmer. In ihren Armen hält sie eine Tüte Chips, unzählige Packungen Schokolade und eine XXL-Flasche Cola.

»Was ist denn mit dir los, willst du in meinem Zimmer einziehen?«, frage ich lachend.

»Ich dachte mir, dass du vielleicht einen Mädels-Filmabend vertragen könntest«, sagt sie und lässt sich auf meinem Bett nieder, ohne meine Antwort abzuwarten oder auch nur zu fragen, ob ich Zeit habe. »Du grübelst zu viel und hängst zu viel mit zwielichtigen Typen rum.«

Sie lächelt, um es als einen Witz zu tarnen, aber aus ihren Augen spricht Sorge.

»Du meinst Siath?« Ich ziehe die Brauen nach oben.

»Zum Beispiel.«

»Zum Beispiel?« Jetzt bin ich doch überrascht. »Mit wem hänge ich denn noch rum?«

»Na gut, ich meine Siath«, gibt sie zu.

Ich seufze. »Ich weiß echt nicht, was ihr für ein Problem miteinander habt, aber der ist doch kein zwielichtiger Typ. Er ist eigentlich ganz nett.«

Oder weiß sie etwas über ihn, was ich nicht weiß? Die Frage brennt mir auf der Zunge, aber ich verkneife sie mir. Ich mag ihn wirklich. Er mag ein bisschen verschroben und geheimniskrämerisch sein, aber er war bisher immer nett zu mir und hat es nicht verdient, dass ich hinter seinem Rücken schlecht über ihn rede und mich wilden Gerüchten über ihn hingebe.

»Wie auch immer, ich glaube, ein wenig Abwechslung täte dir gut«, sagt sie. »Und ich bin heute ausnahmsweise nicht vollkommen erledigt und habe am Wochenende außerdem frei, also dachte ich mir, es wäre eine gute Gelegenheit, ein bisschen Zeit mit meiner neuen Mitbewohnerin zu verbringen. Chips oder Schoki?« Sie wedelt mit den Tüten in ihren Händen.

»Erst das eine, dann das andere«, entgegne ich grinsend. Sie hat recht, ein wenig Ablenkung kann mir nicht schaden. Ich erhebe mich von meinem Stuhl, schnappe mir den Laptop und lasse ich mich neben Dagmar auf mein Bett sinken. Wir rutschen nach hinten zur Wand, lehnen uns an und ich öffne die Netflix-App.

»Weißt du schon, was du gern sehen würdest?«, frage ich sie.

»Total egal, nur nichts mit dubiosen Kerlen.«

Ich verdrehe die Augen. »Siath ist nicht dubios«, murmle ich. Sie entgegnet nichts mehr, sondern öffnet die Tüte und fängt an, Chips zu mampfen. Wir klicken uns eine Weile durch das Angebot und bleiben schließlich bei einem Zombiefilm hängen.

Ich platziere den Rechner auf meinem Nachttisch und will gerade starten, da sagt sie plötzlich doch noch was. »Hey, das sieht ja hübsch aus!«

Verwirrt sehe ich auf, und als ich ihrem Blick folge, sehe ich, dass sie auf das schwarze Oberteil zeigt, das über der Sessellehne hängt.

»Wieso trägst du das nie?«, fragt sie.

Und in dem Moment fällt mir auf, wo der Fehler liegt.

Und übrigens, ich wollte dir das schon letztes Mal sagen: Du solltest dieses Top wirklich öfter tragen – es steht dir unglaublich gut.

Mir läuft es kalt den Rücken hinunter. Es gab kein letztes Mal. Siath hat das Oberteil erst einmal an mir gesehen, nämlich bei unserer Verabredung letztens, denn ich hatte es bisher nur dieses eine Mal an.

Außer in der Nacht meines Geburtstags.

Wieder eine Nacht, in der ich kaum ein Auge zubekomme. Vom Film bekomme ich nur wenig mit und nachdem Dagmar um kurz nach Mitternacht in ihr Zimmer verschwunden ist, geht das Gedankenkarussell wieder los. Hat Siath sich wirklich verplappert? Oder habe ich ihn vielleicht falsch verstanden? Doch was gäbe es an diesem Satz falsch zu verstehen?

Hat er etwa gelogen, hat er uns doch in jener Nacht gesehen? Ich will es nicht glauben, aber alles deutet darauf hin. Hinzu kommen sein plötzliches Interesse an Conny und das Geheimnis, das er mir nicht verraten will. Ich muss zugeben, all das klingt tatsächlich ein wenig zwielichtig und nicht unbedingt danach, dass ich ihm vertrauen sollte. Auch wenn ich das so gern möchte.

Ich wälze mich hin und her, und als ich endlich einschlafe, ist mein Schlaf kurz, unruhig und – traumlos.

Am Samstagnachmittag erwartet mich eine Überraschung. Ich sitze gerade mit Dagmar bei Keksen, Tee und Kaffee in der Küche, als es an der Tür klingelt. Als ich an die Sprechanlage gehe, tönt Siaths fröhliche Stimme aus dem Hörer.

»Hey, hast du heute Nachmittag schon was vor?«

Ich verschlucke mich vor Aufregung an meinem Keks und bekomme erst mal einen ordentlichen Hustenfall.

»Mina, ist alles okay?«, höre ich ihn durch die Leitung.

»Wer ist es denn?«, fragt Dagmar gleichzeitig aus der Küche.

»Siath«, würge ich hervor, und dann, an ihn gewandt: »Ja, geht schon wieder. Nein, ich hab nichts vor. Warum fragst du? Willst du raufkommen?«

»Ich geh dann mal in mein Zimmer«, verkündet Dagmar, doch es ist mir egal. Langsam geht mir ihre zickige Art, was Siath betrifft, auf den Zeiger. Wenn es einen triftigen Grund für ihr Verhalten gibt, dann soll sie ihn mir einfach sagen, andernfalls kann ich mit ihren Warnungen nichts anfangen.

Ich betätige den Türöffner, und kurz darauf ist Dagmar verschwunden und Siath steht in der offenen Tür, das Haar zerzaust und ein breites Grinsen im Gesicht. Überrascht registriere ich, dass er einen Helm am Handgelenk baumeln hat.

»Du fährst Motorrad?« Es ist mehr eine Feststellung als eine Frage.

»*Wir* fahren Motorrad«, korrigiert er mich. »Das heißt, wenn du Lust hast. Und Zeit.«

»Ich weiß nicht.« Auf einmal bin ich wahnsinnig aufgeregt, meine Fingerspitzen kribbeln. »Ich bin noch nie Motorrad gefahren. Ist das nicht gefährlich?«

»Sagtest du nicht, du magst Gefahr?« Seine Augen funkeln.

»Nein, ich glaube nicht, dass ich das gesagt habe.«

»Egal, es ist nicht gefährlich. Hast du Lust oder nicht?«

Bilde ich es mir ein, oder wirkt er ein wenig … ungeduldig?

»Wo fahren wir überhaupt hin?«, frage ich.

»Überraschung. Aber es ist nicht weit.«

Ich zögere nur kurz. Die Aussicht darauf, mit ihm auf dem Motorrad zu einem geheimen Ort zu fahren, ist einfach zu verlockend. Außerdem bin ich nach langem Grübeln zu dem Schluss gekommen, dass Siath sich bei der Sache mit dem Oberteil einfach vertan hat. Ich trage oft schwarze Oberteile, vermutlich hat er es schlicht verwechselt. Und mein Misstrauen liegt wahrscheinlich darin begründet, dass Dagmar ständig so blöde Anspielungen macht.

»Na gut, ich bin dabei«, sage ich deswegen. »Ich hole nur schnell meine Sachen.«

Zehn Minuten später stehe ich mit ihm auf dem Hof vor einer sportlichen grünen Maschine, die extrem widersprüchliche Gefühle in mir auslöst. Angst und Vorfreude sind nur zwei davon.

»Das Ding ist ja riesig«, bringe ich hervor.

»Jaaa … Das höre ich oft.« Er grinst mir so dreckig ins Gesicht, dass mir die Hitze in die Wangen schießt. Ich boxe ihn in die Seite. Er lacht. Dann greift er hinter sich und befördert einen zweiten Helm ans Tageslicht. Ich setze ihn auf und er hilft mir, den Kinnriemen richtig einzustellen. Ihn so wenige Zentimeter vor mir zu haben und seinen warmen Atem auf meinem Gesicht zu spüren, bringt mich leicht aus der Fassung.

Viel zu schnell ist der Moment vorbei und Siath geht einen Schritt zurück. »So, der Helm sitzt. Also, das Mitfahren ist nicht schwer oder schlimm. Du musst nichts können und nichts darüber wissen, nur eins: Halt dich an mir fest, auf absolut gar keinen Fall irgendwo hinter dir, verstehst du? Und wenn ich mich in die Kurve lege, geh mit deinem Körper mit, versuch nicht dagegen anzukämpfen, auch wenn dein Instinkt dir vielleicht was anderes rät.«

»Ich gebe mir Mühe«, presse ich hervor. Vor Aufregung ist meine Stimme eine halbe Oktave höher.

Siath setzt seinen Helm auf und steigt auf die Maschine. Ich nehme hinter ihm Platz und er dreht sich zu mir um.

»Rück so nah an mich ran wie es geht und lege deine Arme um mich«, sagt er. Ich bin froh, dass er nicht sehen kann, wie ich unter dem Helm breit grinse und möglicherweise auch ein wenig rot werde. Ich mache, was er sagt, rutsche so weit nach vorn wie es geht und schlinge meine Arme um seinen Oberkörper. Ich muss feststellen, dass ich es genieße, so eng an ihn gekuschelt zu sein. Insgeheim hoffe ich, dass Dagmar aus dem Fenster schaut und es sieht – nur um sie zu ärgern.

»Fühlt sich gut an«, sagt er leise und spricht damit das aus, was ich denke. Mein Herz schlägt bei seinen Worten noch ein wenig schneller. »Jetzt setz deine Füße auf die Bügel.« Ich mache, was er sagt.

»Gut. Können wir starten?«, fragt er.

»Ja«, sage ich aufgeregt und er startet den Motor.

Auf dem Motorrad mitzufahren ist ein unbeschreibliches Gefühl. Es ist, als würde ich fliegen, und jede kleine Kurve, in die wir uns legen, versorgt mich mit einem neuen kleinen Adrenalinschub. Wir haben die Stadt noch gar nicht verlassen und können deswegen nicht allzu schnell unterwegs sein, doch es fühlt sich mindestens doppelt so schnell an wie erlaubt. Und als wir das Ortsschild schließlich hinter uns lassen und Siath richtig Gas gibt, befinde ich mich nur noch in einem einzigen Adrenalinrausch. Die Bäume am Straßenrand rasen so schnell an uns vorbei, dass ich sie nicht mehr als einzelne Bäume, sondern nur noch als eine grüne Wand wahrnehme. Ich habe zuerst tatsächlich ein wenig Angst, aber gleichzeitig bin ich wie berauscht von Siaths Nähe, der spektakulären Geschwindigkeit und dem einzigartigen Gefühl von Freiheit, sodass meine Bedenken sehr schnell verschwinden.

Wir brausen über eine Landstraße, die links und rechts von Wald gesäumt wird, irgendwann werden wir langsamer, fahren einige Serpentinen bergab. In jeder dieser engen Kurven halte ich unwillkürlich den Atem an. Jedes Mal, wenn wir in der Kurve liegen, denke ich, die Maschine wird umkippen, aber sie richtet sich immer wieder auf.

Ich habe kein Zeitgefühl mehr, aber als ich vor uns wieder das Meer sehe, Siath auf die Küste zusteuert und dort einen Parkplatz sucht, kommt mir die Fahrt viel zu kurz vor.

Schließlich hält er die Maschine an und wir steigen ab. Ich muss mich nicht genauer umsehen, um sofort zu kapieren, wo er mich hingebracht hat.

»Wir sind in der Bucht«, sage ich und wende mich stirnrunzelnd an ihn. »Du hast mich zur Klippe gebracht.«

14

Wieso hast du mich hierhergebracht? Und wieso mit dem Motorrad?«, frage ich. »Hierher hätten wir doch auch laufen können.« Obwohl ich seit Connys Verschwinden schon öfter an der Küste war, fühle ich mich dieses Mal ein wenig unwohl. Was vermutlich daran liegt, dass ich etwas völlig anderes erwartet habe und mich nicht darauf vorbereiten konnte. Außerdem war ich die meiste Zeit oberhalb der Bucht auf den Klippen, hier unten nur ein einziges Mal, da der Weg zu Fuß doch ein wenig weiter ist. Jetzt trifft mich dieser Ort wie ein Schlag in den Magen, und mir wird ein bisschen schwindelig. Ich fröstle, aber vielleicht ist es auch nur der leichte Küstenwind. Die kühle Brise trägt den Duft von Salz und Fisch an uns heran.

Siath grinst ein wenig schief. »Ich finde es hier unten in der Bucht einfach wahnsinnig schön. Ich komme im Sommer oft hierher. Es erinnert mich irgendwie an zu Hause. Außerdem …« Er hält inne.

»Ja?«, hake ich nach. Ich verschränke die Arme vor der Brust. Wir stehen noch immer auf dem Parkplatz, und uns trennen einige Meter Fußweg von der Bucht, doch das Rauschen des Meeres ist auch hier schon so allgegenwärtig, dass ich ein wenig lauter sprechen muss.

»Außerdem habe ich in den letzten zwei Tagen ein wenig über Gedächtnisverlust gelesen«, gibt er zu. Er sieht mich nicht an dabei. »Ich dachte mir, wenn du hierherkommst, dann könnte dir das vielleicht helfen, dich wieder an etwas zu erinnern.«

»Oh.« Es ist, als hätte er einen Eimer kaltes Wasser über mich gekippt. Ich hatte gedacht, dieser Ausflug sollte so eine Art Date sein und dass er einfach gern Zeit mit mir verbringen wollte – in Wahrheit jedoch geht es ihm nur um Conny und seinen eigenartigen Auftrag. Ich sollte nicht verletzt sein, weil ich Conny ja ebenfalls finden will.

Aber irgendwie bin ich es trotzdem. Ich versuche mir meine Enttäuschung nicht anmerken zu lassen und sie hinunterzuschlucken, doch das gelingt mir nur halb.

»Gute Idee«, presse ich hervor.

»Und, na ja, ich finde, es ist perfektes Wetter zum Motorradfahren und dachte mir, dass dir die kleine Runde vielleicht gefallen könnte.« Nun sieht er mich wieder an, den Kopf ein wenig schief gelegt, die Hände in den Hosentaschen vergraben. »Und? Wie war es?«

»Ziemlich schnell«, sage ich. »Aber auch ziemlich cool.«

Er greift nach meiner Hand. »Komm!«, sagt er, und ich folge ihm einen schmalen Schotterweg entlang um die Felsen herum. Kurz darauf haben wir die Bucht erreicht. Viele Meter über uns ragen die Klippen in die Höhe und werfen ihren Schatten auf uns.

Ein winziger Streifen Sandstrand erstreckt sich zu unseren Füßen und verläuft sich zügig ins Meer. Vor uns ragt eine Anhäufung spitzer Felsen aus dem Wasser. An einem von ihnen hatte man Connys Tasche gefunden. Ich muss schwer schlucken bei der Erinnerung daran. Zum hundertsten Mal frage ich mich, ob auch ihr Körper hier ins Meer gefallen und an einem der Felsen aufgeschlagen ist. Ich versuche die ungebetenen Bilder aus meinem Kopf zu verdrängen, doch es will mir kaum gelingen. Ein dicker Kloß sitzt in meinem Hals.

Heute liegt der Ozean fast still vor uns, in jener Nacht brachen sich tosend die Wellen am Stein.

»Und? Irgendwelche Erinnerungen?«, fragt Siath, während wir den schmalen Strand entlanggehen. Er hält noch immer meine Hand, doch meine Finger sind klamm, eiskalt und ich spüre es kaum.

»Nicht wirklich«, presse ich hervor. »Aber es fühlt sich nicht besonders gut an, hier unten zu sein. Die Polizei sagt, sie sei hier gestorben.«

»Ich bin mir sicher, dass sie nicht gestorben ist«, sagt Siath mit Nachdruck, und erneut frage ich mich, wie er sich dabei so sicher sein kann. »Tut mir leid, ich fürchte, meine Idee war doch nicht so gut. Möchtest du wieder gehen?«

Ich schüttle den Kopf. »Nein. Du hast recht, es kann nicht schaden, hier unten zu sein. Vielleicht hilft es. Bisher war ich die meiste Zeit oben an den Klippen, aber das hier … Es löst zumindest mehr Unbehagen in mir aus. Vielleicht ist das ein gutes Zeichen.«

Wir gehen weiter, bis wir das andere Ende der Bucht erreichen. Siath lässt meine Hand nicht eine Sekunde lang los, und ich bin ihm dankbar dafür. Einen Flashback bekomme ich nicht, aber mit der Zeit wird es ein wenig besser und das Atmen fällt mir wieder leichter. Siath hat recht, sie ist nicht gestorben. Das war meine Überzeugung von Anfang an – und allein der wirre Notizzettel in meiner Schreibtischschublade spricht dafür, dass etwas anderes geschehen sein muss.

»Und jetzt?«, fragt er, als wir den kompletten Strand abgelaufen haben. Wir haben die Augen offen gehalten, in der Hoffnung, irgendetwas zu finden, vielleicht einen verlorenen Gegenstand, doch hier unten liegen nur Muscheln und Treibholz. »Soll ich dich wieder nach Hause bringen? Oder möchtest du vielleicht ein Zwiebeleis als Entschädigung für den misslungenen Ausflug? Ich lade dich ein.«

Ich verziehe das Gesicht, muss aber tatsächlich lachen, auch wenn es etwas blechern klingt. »Ich verzichte dankend. Ich würde gern noch ein bisschen hierbleiben, eigentlich war es gar keine so schlechte Idee. Auch wenn ich ein wenig überrascht war.«

Ich gehe nach vorn zum Meer, ziehe meine Schuhe aus und lasse mich in den Sand sinken. Die Füße strecke ich aus, sodass sie die sanften Wellen berühren. Die Sonne ist inzwischen weitergewandert, sodass die Bucht nicht mehr vollständig im Schatten liegt und es ein wenig wärmer ist. Ich lege den Kopf in den Nacken, schließe die Augen und genieße die warmen Strahlen im Gesicht. Langsam fällt die Beklemmung von mir ab.

Siath setzt sich neben mich. Ich blinzle ein wenig und sehe aus dem Augenwinkel, wie er mich mustert.

»Du bist enttäuscht«, stellt er fest.

Überrascht drehe ich mich zu ihm herum. »Wie kommst du denn darauf?«

Er zuckt die Achseln. »Ich weiß nicht, ob es dir klar ist, aber du bist keine sehr gute Schauspielerin. Man sieht dir deine Gefühle immer sehr deutlich an.«

Ich verziehe das Gesicht. »Ich weiß.«

»Ich verstehe nur nicht, warum du enttäuscht bist. Liegt es an mir? Hab ich was Falsches gesagt?«

»Nein.« Ich lache auf. »Du hast nichts Falsches gesagt, Siath. Alles gut. Irgendwie habe ich nur nicht damit gerechnet, dass du mich hierherbringen würdest, damit ich mich erinnern kann.«

»Aber das willst du doch. Oder?«

»Ja.« Ich seufze. »Es ist echt albern, sorry. Ich dachte einfach, du würdest Zeit mit mir verbringen wollen, einfach so – nicht nur, um deinen Auftrag zu erledigen. Ich hatte gehofft, es ginge um mich. Aber das ist keine große Sache, wirklich nicht. Ich bin froh, dass du mir hilfst. Ich weiß das sehr zu schätzen. Und das hier ist mir wichtig. Also danke.«

Ich schlucke schwer, winkle meine Beine an und schlinge die Arme um die Knie. Ich lege den Kopf auf meinen Armen ab und sehe ihn an. Er lächelt und seine dunklen Augen, die so oft verschlossen wirken, strahlen Offenheit und Wärme aus. Mir war vorher nie bewusst, dass die Farbe Schwarz so viele unterschiedliche Nuancen haben konnte.

»Aber es geht doch um dich«, sagt er sanft. »Mein Auftrag ist mir gerade egal. Klar habe ich die Hoffnung, dass Conny mir helfen kann, aber ich suche schon seit drei Jahren. Auf ein paar Tage mehr oder weniger kommt es nun auch nicht mehr an. Ich hab das gemacht, weil ich dich mag und weiß, dass es dir wichtig ist.« Er streckt die Hand aus und pflückt ein verirrtes Blatt aus meinem Haar. Dann streicht er eine Haarsträhne hinter mein Ohr. Mein Herz klopft ein wenig schneller bei der unerwarteten Berührung. »Aber vielleicht überzeugt dich ja das.«

Er beugt sich mit dem Gesicht ein wenig zu mir, sodass uns nur noch wenige Zentimeter trennen. Dann hält er inne, der Blick fragend, als würde er darauf warten, dass ich zurückweiche oder ihn fortstoße, doch das tue ich nicht. Ich halte den Atem an und schließe die Augen, dann komme ich ihm entgegen. Und eine Sekunde später treffen meine Lippen auf seine.

Siaths Kuss ist sanft, fast sehnsüchtig. Vorsichtig. Als hätte er Angst, mich zu zerbrechen. Er streicht zart über mein Gesicht, fährt jede einzelne Kontur nach und vergräbt seine Finger schließlich in meinem Haar. Sein Duft steigt mir in die Nase und benebelt mir die Sinne.

Das Blut rauscht mir in den Ohren, und mein Herz hämmert so laut gegen meinen Brustkorb, dass ich mir sicher bin, er wird es hören.

Ich rücke noch ein Stück näher an ihn heran, lege meine Hand an seine Brust und kralle die Finger in sein Shirt, um ihn noch näher zu mir heranzuziehen.

Im nächsten Moment dringt ein unangenehmes, hohes Geräusch zu meinem Bewusstsein durch. Im ersten Moment bin ich verwirrt, es droht mich wieder in die Realität zu reißen, aber ich will noch nicht zurück. Verzweifelt klammere ich mich an Siath fest und versuche den Ton zu ignorieren, doch es gelingt mir nicht. Siath ebenso wenig.

»Verdammt noch mal«, murmelt er nach einer Weile und löst sich langsam von mir. Mit seiner freien Hand zieht er sein bimmelndes Handy aus der Tasche, wirft einen kurzen Blick darauf und drückt den Anruf weg.

»Entschuldige«, murmelt er, und ich stelle fest, dass er ein wenig atemlos klingt und seine Stimme leicht zittert. Er steckt das Handy zurück in die Tasche, sieht mich an und schenkt mir ein leichtes Grinsen. Er beißt sich auf die Lippe, was ziemlich süß aussieht. Doch noch etwas anderes flackert kurz in seinem Blick auf, etwas, was dort nicht sein dürfte, nicht jetzt: Ist es Bedauern? So schnell, wie es gekommen ist, ist es auch schon wieder verschwunden, und ich bin mir nicht sicher, ob ich es mir nicht vielleicht nur eingebildet habe.

Der Wind wird stärker und ich beginne erneut zu frösteln. Siath scheint es zu merken.

»Vielleicht sollten wir langsam wieder zurückfahren«, sagt er. »Es wird ganz schön kalt.«

»Wir können auch noch ein bisschen bleiben und da weitermachen, wo wir gerade aufgehört haben«, schlage ich vor. »Ich kenne noch andere Möglichkeiten, wie uns warm werden könnte.«

»Ist das so?« Er grinst. »Du kannst auch mit zu mir kommen und ich zeige dir meine Briefmarkensammlung.« Er zwinkert mir verschwörerisch zu, so als würden wir ein ganz besonderes Geheimnis miteinander teilen. Ein Blick, den ich noch nie an ihm gesehen habe.

Oder doch?

Plötzlich läuft mir ein eiskalter Schauer den Rücken hinunter.

Ich habe diesen Ausdruck in seinen Augen tatsächlich schon einmal gesehen, das wird mir jetzt mit voller Wucht klar.

Blankes Entsetzen packt mich. Ich springe aus dem Sand auf und weiche einen Schritt zurück, wobei ich über einen Büschel Strandhafer hinter mir stolpere. Ich gerate ins Straucheln, kann mich jedoch gerade noch fangen.

Plötzlich erinnere ich mich wieder an alles. Diese kleine Geste hat gereicht, um den Schleier in meinem Kopf einfach so fallen zu lassen und alles freizulegen, was in den vergangenen zwei Wochen dahinter verborgen lag, worauf ich so lange keinen Zugriff hatte. Die Wahrheit grinst mir mit ihrer hässlichen Fratze ins Gesicht, alles ist wieder da, und plötzlich wird mir auch klar, woher die schlechte Vorahnung kam, die immer bedrohlich über mir schwebte, wenn Siath in der Nähe war. Sie war keine Einbildung. Sie war ganz real. Und berechtigt.

Der Zauber der vergangenen Minuten ist wie weggeblasen.

Ich starre ihn an und weiche noch einen Schritt zurück, sehe mich dabei panisch in der Bucht um auf der Suche nach einer Waffe oder einer Fluchtmöglichkeit. Siath blickt stirnrunzelnd aus seinen schwarzen Augen zurück, sein Blick zeigt Unverständnis.

»Ist alles in Ordnung, Mina?«

Er klingt ernsthaft besorgt. Er begreift nicht, dass ich mich erinnere.

»Ich kenne dich!«, keuche ich atemlos.

Nun verändert sich sein Blick, Erkenntnis flackert darin auf.

»Dann hat unser Ausflug ja sein Ziel erreicht«, sagt er leise. »Und? An was erinnerst du dich? An Conny? Magst du es mir erzählen?«

»O nein!«, stoße ich hervor und meine Stimme klingt schrill, überschlägt sich fast dabei. »An dich! Du weißt genau, was ich meine. Wir sind uns vorher schon begegnet, nachts, in der Klinik!«

Siaths Augen verengen sich.

»Mina, ich kann dir das erklären«, sagt er leise, steht vorsichtig auf und tritt einen Schritt auf mich zu. Seine Stimme ist ruhig und beherrscht, doch sein Blick wirkt bedrohlich. Ich weiche abermals zurück, aber weit komme ich nicht mehr, denn nun habe ich das Meer im Rücken.

»Bleib weg von mir!«, fahre ich ihn an. »Ich weiß wieder alles! Ich weiß, was du bist, ich weiß, was du getan hast!«

Ich habe das Gefühl, kaum noch atmen zu können.

»Du hast gelogen!«, flüstere ich.

15

Die Musik und die Stimmen aus dem Park dringen wie aus weiter Ferne an mein Ohr, dabei findet das Fest nur zwei Straßen weiter statt. Das Dröhnen in meinem Kopf ist so laut, dass alle anderen Geräusche fast übertönt werden. Meine Augen tränen und verschleiern mir die Sicht.

Ich schleppe mich den Gehweg entlang und hinterlasse dabei eine Spur aus roten Tropfen auf dem Asphalt. Jeder Schritt bringt mich an meine Grenzen, mein Atem geht schwer. Ich habe das Gefühl, jeder einzelne Knochen in meinem Körper ist gesplittert.

Die Stadt ist voller Menschen, obwohl es nach Mitternacht ist, doch die Leute machen einen großen Bogen um mich. Nur eine junge Frau bleibt stehen, kaum älter als ich. Entsetzt schlägt sie sich ihre Hand vor den Mund, als sie mich sieht.

»Um Himmels willen, was ist dir denn passiert?«

»Ist nicht so schlimm, wie es aussieht«, sage ich. Es kostet mich mehr Anstrengung als gedacht. Ich höre selbst, dass ich nuschle; meine Zunge ist blutig und geschwollen, ich muss mir draufgebissen haben. Außerdem fehlt mir ein Schneidezahn, das konnte ich bereits feststellen. Allerdings hatte ich noch keine Zeit, in Ruhe darüber nachzudenken, wie ich mir einen neuen Zahn finanzieren soll, ich habe gerade andere Probleme.

»Das kann ich kaum glauben«, sagt die Frau jetzt. Sie runzelt die Stirn. »Kann ich irgendwas für dich tun? Soll ich jemanden anrufen oder so?«

Kurz lache ich auf. Die einzige Person, die ich in einem solchen Fall anrufen würde, ist Conny – und die ist weg.

»Nein danke«, sage ich deswegen. Ich schiebe mich an der Frau vorbei und will weitergehen, doch sie ist anscheinend wild entschlossen, mir zu helfen.

»Das sollte genäht werden«, stellt sie fest und deutet auf meine Stirn. Ich fasse mit der Hand in mein Gesicht und ertaste eine riesige Schnittwunde, aus der noch immer Blut sickert. Sofort macht sich Übelkeit in meinem Magen breit. Bisher habe ich es erfolgreich vermieden, in den Spiegel zu sehen – und nun weiß ich auch wieder wieso.

»Ja, ich gehe in die Notaufnahme«, sage ich. Das hatte ich wirklich vor. In die Notaufnahme und dann wieder zurück, so schnell wie möglich. Das ist der Plan, an den klammere ich mich fest.

»Ich bring dich hin!« Ihr Tonfall duldet keine Widerworte, und inzwischen fühle ich mich so schwach, dass ich schließlich nachgebe. Vielleicht ist es ganz gut, jemanden an meiner Seite zu haben. Mir ist so schwindelig, dass ich mich kaum noch auf den Beinen halten kann, dabei weiß ich nicht, ob es am Alkohol oder an meinen Verletzungen liegt.

»Zum Glück ist es bis zur Klinik nicht mehr weit, schaffst du es? Oder sollen wir ein Taxi rufen?«

»Sind doch nur noch fünfhundert Meter«, nuschle ich schwach.

Sie nickt und hakt sich bei mir unter. Gemeinsam gehen wir weiter.

»Bist du überfallen worden oder so was?«, fragt sie mich, während ich neben ihr den Gehweg entlanghumple.

Ich schweige. Wie sollte ich das, was passiert ist, auch in Worte fassen? Ich kann es ja selbst nicht verstehen. In meinem Kopf herrscht das reinste Chaos, und inzwischen fällt es mir verdammt schwer, die Grenze zwischen Realität und betrunkenem Wahn zu ziehen. Ist das alles wirklich passiert oder habe ich es mir eingebildet? Erschöpft reibe ich mir die Augen, nur um danach eine weitere Blutspur auf meinem Handrücken vorzufinden. Angeekelt wische ich ihn mir an der Jeans ab.

Die Fremde sieht es, kommentiert es jedoch nicht, wofür ich ihr wirklich dankbar bin. Sie hakt zum Glück auch nicht weiter nach. Kurze Zeit später haben wir die Klinik erreicht.

»Ich heiße übrigens Naima«, lässt sie mich wissen. »Soll ich dir meine Nummer geben? Falls du was brauchst. Ich hab irgendwie ein total schlechtes Gefühl, dich in deinem Zustand allein zu lassen.«

»Mina.« Ich zwinge mich zu einem Lächeln. »Nein, ist echt okay. Ich bin ja nicht allein.« Mit der Hand mache ich eine vage Bewegung in Richtung Krankenhaus. »Mach dir keinen Kopf. Die kriegen das schon hin. Und dann rufe ich meine Mutter an, die kann mich abholen.«

Eine dreiste Lüge. Eine Mutter habe ich nicht, und Angelina werde ich ganz sicher nicht anrufen, ich muss zurück und Conny finden. Sie retten. Aber das muss ich Naima ja nicht auf die Nase binden.

»In Ordnung. Gute Besserung.« Kurz scheint sie mit sich zu ringen, dann sagt sie: »Du solltest ihn anzeigen, wirklich. Wer auch immer dir das angetan hat. Lass ihn nicht damit durchkommen.«

Ich will etwas entgegnen, widersprechen, erklären. Aber bevor ich die richtigen Worte gefunden habe, dreht sie sich um und geht.

Ich betrete die Klinik. Eigentlich rechne ich damit, dass ich in einen Wartebereich geschickt werde, aber als der Mann an der Pforte mich sieht, stößt er einen Fluch aus, den ich jemandem in seinem Alter nicht wirklich zugetraut hätte. Noch bevor ich den Schalter erreicht habe, hat er schon sein Telefon am Ohr und spricht wild gestikulierend in den Hörer.

»Gleich nach hinten in die Notaufnahme«, weist er mich an, als ich vor ihm stehe, »ich habe denen bereits Bescheid gegeben. Heiliger Gott! Ist da irgendwo eine Bombe hochgegangen?«

Ich lache, doch er lacht nicht mit, und da wird mir klar, dass es kein Witz war. Er meint das ernst.

»Äh, nein«, stammle ich. Er winkt mich hektisch weiter, und als ich mich in Bewegung setze, rutsche ich auf dem gefliesten Boden fast aus. Ich gerate ins Straucheln, kann mich jedoch gerade noch fangen. Als ich nach unten sehe, erkenne ich den Grund für die unerwartete Glätte: eine kleine dunkelrote Pfütze hat sich unter mir ausgebreitet. Hier in der Helligkeit erkenne ich auch, wo all das Blut herkommt. Ein riesiger Schnitt klafft in meiner linken Wade. Aber nicht nur dort; meine Beine sind übersät von Schnitten und Rissen, manche tief und offen, andere nur oberflächliche Kratzer. Auch meine Arme sind verklebt von getrocknetem Blut.

»Scheiße«, keuche ich. Wie habe ich es überhaupt bis zur Klinik geschafft? Wie viel Blut habe ich bereits verloren? Ich weiß, dass es schon ab einem Liter kritisch werden kann. War das schon so viel?

Und wenn ich schon in einem so schlechten Zustand bin, was ist dann erst mit Conny?

Plötzlich beginnt sich alles zu drehen. Ein schwarzer Schleier schiebt sich langsam von den Seiten her über mein Gesichtsfeld, und mit einem Mal verrutscht die Welt um mich herum. Der breite Gang vor mir gerät ins Wanken, die Wände kippen bedrohlich nach vorn. Die nächtliche Stille des Krankenhauses weicht einem gefährlichen hohen Pfeifen. Ich sacke nach vorn, doch bevor ich auf dem harten Marmor aufprallen kann, packt mich eine starke Hand am Arm.

»Hab dich.«

Ich hebe den Kopf und blicke nach oben. Verschwommen nehme ich einen Menschen wahr, ein Gesicht mit dunklen Augen und dunklen Haaren. Einzelheiten kann ich nicht erkennen, aber der feste Griff und der warme Ton seiner Stimme sorgen dafür, dass die Panik sich ein wenig lichtet.

»Keine Sorge, das haben wir gleich wieder«, sagt der Fremde. Er bugsiert mich durch eine Tür und auf eine Liege. Sobald ich mich in der Horizontalen befinde, schließe ich seufzend die Augen. Mit einem Mal möchte ich nur noch schlafen.

»Kannst du mir sagen, wie du heißt?«, fragt der Fremde.

»Mina«, murmle ich.

»Hübsch.« Ich höre ein Schmunzeln. »Aber ich bräuchte den vollen Namen. Oder hast du deine Krankenkassenkarte da? Tut mir leid, ich weiß, das nervt, aber so sind die Vorschriften.«

»Wilhelmina«, würge ich hervor. »Grimm.«

»Danke.« Ein kurzes Tippen auf der Tastatur, dann ein Luftzug, als er sich neben mich setzt. Meine Augen brennen und tränen noch immer. Ich blinzle, kann jedoch kaum etwas erkennen. So tragisch scheint es aber wohl nicht zu sein, oder? Wenn ich das richtig deute, bin ich nicht im Schockraum. Eine Kanüle ist auch nicht in Sicht. Und der Arzt oder Pfleger, oder was er auch immer ist, wirkt absolut tiefenentspannt, ganz im Gegensatz zu dem Mann an der Pforte.

»Das sind ziemlich viele Verletzungen«, sagt er jetzt. »Aber die meisten davon nur oberflächlich, es sieht schlimmer aus, als es ist. Nur das auf deiner Stirn und an deiner Wade, da muss man was machen. Wie ist das passiert?«

»Das kann ich nicht sagen«, entgegne ich, und ich meine es genauso. Es ist nicht einmal, dass ich es nicht will – ich kann es nicht.

Er räuspert sich, stellt jedoch keine weiteren Fragen mehr. Stattdessen legt er seine Hand auf meine. Instinktiv will ich sie zurückziehen. Eine merkwürdige Situation, hier mit medizinischem Personal Händchenhalten, irgendwie unangebracht, was soll das?

Doch er hält sie fest, und einen Moment später redet er weiter, doch ich verstehe seine Worte nicht richtig.

»Troxikaupus Ferigos«, murmelt er. Und dann immer wieder: »Troxikaupus Ferigos. Troxikaupus Ferigos. Troxikaupus Ferigos.«

Zunächst glaube ich, nun vollständig den Verstand zu verlieren. Ich frage mich, ob das hier wirklich geschieht, oder ob ich längst in irgendeinem merkwürdigen Delirium bin und das alles nur träume. Vielleicht bin ich auch tot.

Doch je mehr Zeit verstreicht, je länger er meine Hand hält und diesen seltsamen Halbsatz murmelt, desto klarer fühle ich mich. Zuerst verschwindet die Übelkeit. Ich habe das Gefühl, ein Stein, der mir schwer auf den Brustkorb gedrückt hat, wird von mir genommen, und ich kann endlich wieder richtig durchatmen. Dann wird meine Sicht wieder klar. Langsam nehmen der Raum und der Mann vor mir Gestalt an.

Ich kann erkennen, dass er jung ist, nur wenig älter als ich. Vermutlich kein Arzt, sondern ein Pfleger. Er hat seine Augen geschlossen, während er diese eigenartige Beschwörung, oder was auch immer es ist, murmelt. Würde ich nicht am eigenen Leib spüren, dass es hilft – auch wenn das eigentlich unmöglich ist –, würde ich aufspringen und gehen, so durchgeknallt kommt mir das alles vor.

Doch dann verschwinden die Schmerzen, und als ich nach unten blicke, erkenne ich, dass meine Wunden sich verschließen.

Ich stoße ein Keuchen aus. »Was zum …?!«

Ein weiteres Mal versuche ich meine Hand zurückzuziehen, doch er hält mich noch immer fest. Wenige Sekunden noch, dann lässt er mich los. Ruckartig setze ich mich auf. Mit einem Mal bin ich wieder völlig klar. Der Schwindel ist weg und jegliches Gefühl der Betrunkenheit ebenso. Als ich an mir hinabsehe, registriere ich, dass auch die Wunden an meinen Beinen sich verschlossen haben.

Fassungslos streiche ich mit den Fingern über meine Haut. Überall sind Streifen von getrocknetem Blut, aber keine offenen Stellen mehr, keine Schmerzen.

Ich hebe den Blick und sehe direkt in ein Paar schwarzer Augen. Ihre Wimpern werfen dunkle Schatten auf seine Wangen.

»Wie hast du das gemacht?«, stoße ich hervor.

Er grinst. »Das ist mein Geheimnis. Geht es dir wieder gut?«

»Besser als vorher«, gebe ich zu. Zumindest körperlich. Was meinen Verstand betrifft, bin ich mir nicht sicher. Das hier kann gerade nicht wirklich passiert sein, oder? Hat mein Kopf bei der ganzen Sache mehr abbekommen, als ich dachte?

»Das waren ziemlich viele Splitter in deinem Körper«, sagt er jetzt, »Magst du mir nicht sagen, was passiert ist?« Er runzelt die Stirn, leichte Besorgnis steht in seinem Gesicht. Ich schüttle nur den Kopf.

Er seufzt.

»Na gut. Ich ruf dir ein Taxi, dann kannst du nach Hause gehen.«

»Nicht nötig«, winke ich ab, doch er hat sein Handy bereits in der Hand. Kurz darauf erhebe ich mich von der Liege und will zur Tür gehen. Bevor ich den Raum verlasse, drehe ich mich noch einmal zu ihm um.

»Danke«, murmle ich. »Wie auch immer du das gemacht hast.«

»Gern geschehen«, sagt er ruhig und lächelt mich an. »Und jetzt geh heim, schlaf dich aus und vergiss, was heute Abend geschehen ist.« Er sieht mir tief in die Augen.

Ich starre zurück.

»Ich gehe heim«, hauche ich und meine Stimme klingt wie aus weiter Ferne, »und vergesse, was heute geschehen ist.«

»Ganz genau«, sagt er grinsend. Er zwinkert mir verschwörerisch zu, so als würden wir ein ganz besonderes Geheimnis miteinander teilen, und öffnet mir die Tür.

Als ich auf dem Flur stehe und sich die Tür des Behandlungsraums hinter mir verschlossen hat, lehne ich mich schwer atmend gegen die Wand. Was zur Hölle war das eben? Einige Minuten lang stehe ich einfach nur da und versuche meine Gedanken zu sortieren, doch es fällt mir immer schwerer. Mehrmals blinzle ich die verbliebenen Tränenreste aus meinen Augen heraus, aber noch immer will ich nicht glauben, was ich gesehen habe. So etwas Unglaubliches, Fassungsloses, Merkwürdiges …

Was habe ich denn überhaupt gesehen?

In meinem Kopf dreht sich alles, und ich habe das Gefühl, plötzlich den Faden zu verlieren. Da war dieser Pfleger … Hat er gerade mein Gedächtnis gelöscht? Das darf nicht passieren, ich muss doch Conny retten!

Panisch krame ich in meiner Handtasche nach einem Stift und einem Zettel. Mit zittrigen Fingern finde ich einen alten Einkaufszettel und einen Kugelschreiber.

Hastig schreibe ich ein paar Worte darauf, die mir morgen hoffentlich als Stütze dienen werden.

Klippe. Blitz. War das Magie?

Noch während ich das letzte Wort niederschreibe, macht sich eine unglaubliche Trägheit in meinem Kopf breit. Plötzlich weiß ich nicht mehr, was ich hier eigentlich tue. Wieso stehe ich hier, auf diesem seltsam hellen Gang?

Wie bin ich hergekommen?

Ich reibe mir müde die Augen.

War ich nicht gerade noch mit Conny feiern? Wo ist Conny überhaupt?

Ich schüttle langsam den Kopf. Ein merkwürdiger Abend, irgendwie. Aber was soll's.

Ich beschließe, nach Hause in mein Bett zu gehen.

War wohl einfach ein langer und anstrengender Tag.

Siath steht einfach nur da und sieht mich an. Sein Blick ist unergründlich, unmöglich zu erraten, was in ihm vorgeht. Ich starre ihn an und atme schwer, das brausende Meer im Rücken. Mein Haar flattert im Wind, feine Sandkörnchen wehen mir ins Gesicht. Keiner von uns bewegt sich, und nach einigen Minuten, die mir wie Stunden vorkommen, verlangsamt sich mein Puls wieder und ich beruhige mich etwas. Siath wird mir nichts antun, das ist mir klar. Wenn er das wollte, hätte er es längst getan. Und warum sollte er auch? Ganz im Gegenteil, er hat mich gerettet. Er hat mich … geheilt. Oder so. Zudem hat er mich heute extra hierhergebracht, damit ich mich erinnern kann. Aber vorher hat er mich belogen, tagelang.

»Na, dann erinnerst du dich sicher auch daran, dass ich dir an diesem Abend geholfen habe«, sagt er jetzt ruhig. »Und? Erinnerst du dich jetzt auch wieder daran, was mit deiner Freundin passiert ist?« Hoffnung flackert in seinen Augen auf. Er scheint sich wieder gefangen zu haben. Wortlos starren wir einander an, sekundenlang.

»Du hast mich belogen«, sage ich erneut, ohne auf seine Frage einzugehen. Die Enttäuschung schmeckt wie bittere Galle auf meiner Zunge. Etwas in mir hat es gespürt, dass ich ihm nicht trauen darf. Nun habe ich die Gewissheit, und obwohl da bereits eine leise Ahnung war, weiß ich jetzt nicht, wie ich mit dem Verrat umgehen soll.

»Es tut mir leid«, sagt er. »Ich musste es tun. Ich mache das immer so. Ich konnte ja nicht ahnen, dass das in deinem Fall so ein großes Problem darstellen würde.«

»Du hättest es mir sagen müssen! Spätestens jetzt! Aber das hast du nicht.« Ich verschränke die Arme vor der Brust. Vor wenigen Minuten war mir noch so warm. Jetzt ist mir eiskalt.

»Hätte doch auch nichts mehr geändert.« Unwillig wendet er sich ab.

Einen kurzen Augenblick denke ich nach. Am liebsten würde ich ihn einfach stehen lassen und gehen. Aber das geht nicht. Jetzt muss ich auch den Rest wissen.

»Siath, ich möchte meine Antworten haben!«, fordere ich. »Jetzt sofort.«

Er reagiert nicht. Noch immer stehen wir schwer atmend voreinander, der Wind spielt mit unseren Haaren, die Wellen brechen sich mit einem lauten Tosen an den Felsen. Die Sonne versinkt am Horizont langsam im Ozean.

»Du hast versprochen, ehrlich zu sein, doch als ich dich gefragt habe, ob wir uns in der Nacht meines Geburtstags gesehen haben, hast du verneint«, sage ich, als er nicht antwortet. Meine Stimme ist leise, ich versuche gar nicht erst, den Schmerz zu verbergen.

»Ich sagte, ich habe *euch* auf der Party nicht gesehen«, weicht er aus. »Von dir allein war nie die Rede.«

»Und das ist nicht alles«, fahre ich fort und ignoriere seine Ausreden. »Du hast mich glauben lassen, ich sei verrückt. Du wusstest die ganze Zeit, warum ich mich nicht erinnern kann. Deinetwegen! Du hast mein … Gedächtnis gelöscht oder so, keine Ahnung. Du wusstest es jedenfalls und hast nichts gesagt. Das ist das Schlimmste. Entweder du erzählst mir jetzt, was Sache ist, und zwar alles, oder ich gehe. Und dann siehst du mich nie wieder.«

Einen kurzen Moment lang scheint er nachzudenken.

Dann seufzt er und lässt sich zurück in den Sand sinken.

»Du fragst – ich antworte«, sagt er schließlich. »Keine Geheimnisse mehr. Und ich werde keine Rücksicht auf deine Befindlichkeiten nehmen, sondern gnadenlos ehrlich antworten.«

Ich nicke zufrieden. Genau das ist es, was ich will. Gnadenlose Ehrlichkeit.

»Eins noch, Mina. Ich wünschte wirklich, ich müsste dir das nicht erzählen. Du wirst mich danach nicht wiedersehen wollen.«

»Das weißt du doch gar nicht!«, wehre ich ab.

»Doch«, antwortet er. Bilde ich es mir ein, oder schwingt echte Traurigkeit in seiner Stimme mit? Ich rede mir ein, dass er im Unrecht ist.

Ja, er hat mich belogen. Aber er hat mir auch geholfen, mich gerettet. Wäre er nicht gewesen, wären meine Wunden nicht so schnell verheilt. Vielleicht wäre ich sogar verblutet.

Auch wenn ich sauer bin, ich kann mir keinen Grund vorstellen, weshalb ich ihn nicht mehr wiedersehen wollen sollte.

Ich habe keine Ahnung, dass nur eine halbe Stunde ausreicht, um festzustellen, dass ich vollkommen falschliege.

16

Eine merkwürdige Mischung aus widersprüchlichen Gefühlen macht sich in mir breit. Ich weiß genau, dass jetzt die Stunde der Wahrheit gekommen ist, und bin nicht nur aufgeregt über das, was ich nun erfahren werde, sondern es ist gleichzeitig so, als würde ich ebenfalls Siaths Nervosität spüren können. Ihm ist die Sorge darüber, wie ich seine Geschichte aufnehmen werde, sehr deutlich anzusehen. Ich bin gleichermaßen ängstlich wie auch erstaunlich zuversichtlich, denn ich kann mir nicht vorstellen, dass er etwas so Schockierendes beichtet, dass ich ihn tatsächlich nie wiedersehen möchte.

Ich nehme ihm gegenüber im Sand Platz und mustere ihn. Sorgfältig überlege ich mir, welche Frage ich zuerst stelle, mit welchem Puzzleteil am besten zu beginnen ist.

Ich beschließe, mit grundlegenderen Dingen anzufangen.

»Aus welchem Land stammst du?«, frage ich ihn. »Du sagtest, du bist vor einigen Jahren aus Umbria gekommen, doch ich habe gegoogelt, dieses Land existiert nicht. Du hast mich angelogen, und nun will ich die Wahrheit.«

Sein Blick wird unruhig und unbehaglich, und ich merke ihm sehr deutlich an, dass er versucht ist, mir wieder eine seiner kryptischen und nichtssagenden Antworten zu geben, die in Wahrheit gar keine sind. Es gab aber einen Deal. Er hat mir versprochen, endlich ehrlich zu sein. Ohne Rücksicht auf meine Befindlichkeiten. Und das wird er auch, sonst werde ich sofort gehen.

Er räuspert sich.

»Das Land existiert«, sagt er schließlich. Er holt Luft. »Nur anders, als du denkst.«

Ich runzle die Stirn. «Und wie genau existiert es, wenn es anders ist, als ich denke? Wo genau soll dieses Land liegen?«, frage ich.

»In Eden«, sagt er nach einer kurzen Pause.

Ich komme mir für einen kurzen Moment veralbert vor. Soll das wieder so ein blödes Spiel sein, macht er sich über mich lustig? Ein Blick in seine ernsten Augen verrät mir jedoch, dass er es durchaus ernst meint.

»Eden?«, wiederhole ich verwirrt. »Das biblische Eden? Siath, diesen Ort gibt es nicht. Diese Erklärung wirft mal wieder mehr Fragen auf, als sie beantwortet.«

Er nickt, schüttelt den Kopf, beides gleichzeitig.

»Ja«, sagt er, »das weiß ich. Ich sagte ja, es wird nicht einfach sein, alles zu erklären. Und nein, nicht das biblische Eden. Wobei das biblische Eden vermutlich von meiner Heimat inspiriert wurde.« Er macht eine kurze Pause, in der er zu überlegen scheint, wie er seine nächsten Worte am besten wählt. Ich halte beinahe den Atem an.

»Eden ist sozusagen die Schwester der Erde«, sagt er dann langsam. »Eine … nun, eine zweite Welt, wenn du so willst.«

Obwohl das, was er mir hier erzählt, vollkommen hirnrissig klingt, zwingt sein Blick mich dazu, ihm zu glauben, und so verrückt es sich anhört, ich glaube ihm.

Ich weiß, dass er die Wahrheit sagt.

»Und wo ist dieser Ort? Ist es so was wie ein anderer Planet?«

Meine Kindheitsfantasie von den außerirdischen Eltern kommt mir wieder in den Sinn.

Siath schüttelt den Kopf. »Nein, kein anderer Planet. Nicht richtig. Eher eine andere Dimension. Eine Parallelwelt. Ein Universum neben deinem. Es ist sehr schwer zu erklären, wenn du nicht willst, dass ich dich ausufernd mit Quantenphysik langweile, und um ehrlich zu sein, ich verstehe selbst nicht ganz, wie es funktioniert …«

Ich winke ab. Das Wie und Warum interessiert mich im Moment nicht. Ich verstehe nicht einmal alle physikalischen Zusammenhänge in meiner eigenen Welt. Im Moment fasziniert mich einfach nur die Erkenntnis, dass diese tatsächlich nicht die einzige sein soll. Ich lehne mich ein wenig nach vorn. Ich habe Feuer gefangen.

»Du sagst also allen Ernstes, es gibt eine zweite Welt? Eine Welt, parallel zu der Erde, die wir kennen, die genauso aussieht?!«

»Nicht genauso«, sagt er nun mit einem unsicheren Lächeln. »Sie ist manchmal ähnlich, aber eigentlich ganz anders. Ich finde es übrigens unglaublich, dass du mir diese Geschichte einfach abkaufst, ich hatte mit einer völlig anderen Reaktion gerechnet.«

Ich zucke mit den Schultern.

»Die Geschichte stimmt doch, oder?«, frage ich, obwohl ich keinen Zweifel daran habe. Vielleicht liegt es an diesem tief in mir verankerten Wunsch, dass es da draußen noch etwas anderes, etwas Größeres gibt als das bereits Bekannte, der mich dazu veranlasst, diese haarsträubende Geschichte einfach so zu glauben. Ich weiß es nicht. Aber ich bin mir völlig sicher, dass Siath die Wahrheit sagt, als hätte ich schon immer gespürt, dass diese Wahrheit existiert. Ganz davon abgesehen habe ich mich vor wenigen Minuten an einen Vorfall erinnert, bei dem er mich mit einer Art Zauberspruch von meinen schweren Verletzungen geheilt hat. Dass Siath nicht ganz normal ist, sollte mir spätestens jetzt klar sein.

Er nickt.

»Ja, es stimmt«, sagt er.

»Und gibt es dann noch mehr Welten?«, frage ich neugierig. »Noch mehr Paralleluniversen?«

»Das weiß ich nicht«, antwortet Siath. »Es ist aber anzunehmen, oder? Es gibt zumindest keinen Grund zu glauben, dass Erde und Eden die einzigen seien. Es sind nur die einzigen, die wir kennen.«

Alles in meinem Kopf dreht sich, dennoch muss ich ihm zustimmen. Es wäre vermessen, anzunehmen, dass nur die Dinge existieren, die wir kennen. Ich war schon immer eine Träumerin, und das neue Wissen um Eden beflügelt meine lebhafte Fantasie.

»Also, du kommst von Eden. So heißt diese Welt. Und dein Land heißt Umbria«, fasse ich noch einmal zusammen und er nickt.

»Dein Vater ist ein wichtiger Politiker in Umbria«, wiederhole ich nun und er nickt abermals. »Welche Position genau hat er dort inne?«

Siath grinst. »Er ist der König«, antwortet er, und ich sehe ihm an, wie er diesen Satz genießt. »Nicht schlecht, oder?«

Ich spüre, wie mir buchstäblich die Kinnlade runterfällt. »Heißt das, du bist ein … *Prinz?*«, pruste ich los. Ich kann mir keinen Titel vorstellen, der weniger zu ihm passt.

»Allerdings«, antwortet er ernst. »Genau genommen bin ich der Thronfolger, das heißt, ich werde dort irgendwann das Staatsoberhaupt sein.«

Ich schüttle ein wenig den Kopf und verkneife mir eine sarkastische Antwort.

»Wie bist du von Eden zur Erde gekommen?«, frage ich stattdessen. Eigentlich ist es diejenige Frage, die mich jetzt gerade am meisten interessiert. Wie ist dieser wundersame Ort zu finden, wo gibt es die Verbindung zwischen den beiden Welten?

»Es gibt verschiedene Möglichkeiten, aber sie sind alle ziemlich kompliziert. Und es gibt ein paar Tore zwischen den Welten«, sagt er nun. »Wo die allerdings sind und wie sie funktionieren, weiß ich selbst nicht genau. Nur wenige auserwählte Torhüterinnen wissen das, und das ist auch gut so.« Den letzten Satz fügt er mit Nachdruck hinzu. »Wir haben genug Ärger in Eden, und auch auf der Erde gibt es genug Kriege und Ärger. Wenn die Menschen nun auch noch zwischen diesen Orten hin- und herreisen würden, wie es ihnen gerade in den Sinn kommt, würde auf beiden Seiten die Hölle losbrechen.«

Tatsächlich sehe ich diese Sichtweise ein. Es liegt nun einmal in der Natur der Menschen, dass sie immer erobern und beherrschen wollen und niemals den Hals vollbekommen. Nicht auszudenken, was geschehen würde, wenn sie wüssten, dass es noch unentdecktes Gebiet gibt, auf das noch niemand seine irdische Flagge gesteckt hat.

Trotzdem bin ich ein wenig enttäuscht darüber und unglaublich neugierig auf diesen fremden Ort.

»Aber du bist durch das Tor gekommen«, erinnere ich ihn.

»Ja«, antwortet er, »aber nur, weil ich einen wichtigen Auftrag habe. Eine Hüterin hat mich durch das Tor geführt, aber allein kann ich es nicht. Sie hat es geschickt gemacht, so geschickt, dass ich das Tor nicht einmal allein wiederfinden würde. Ich bin darauf angewiesen, von ihr wieder abgeholt zu werden. Und das wird sie tun, sobald ich meinen Auftrag erledigt habe.«

»Ja, du hast bereits gesagt, dass du dann wieder gehst …«, sage ich und kann nicht verhindern, dass meine Stimme traurig klingt. Vor wenigen Stunden war ich noch enttäuscht darüber, dass er verschwinden wird. Dabei dachte ich, es würde sich um ein paar Hundert Kilometer handeln – aber doch nicht um eine gesamte Dimension! Wir haben uns eben erst gefunden, unsere Freundschaft war gerade erst dabei zu wachsen und vielleicht zu etwas Größerem zu werden. Es fällt mir schwer zu akzeptieren, dass es vorbei sein soll, bevor es richtig angefangen hat.

Siath sieht mich eine Weile lang stumm an. Dann wird sein Blick weicher. Er greift nach meiner Hand und nimmt sie in seine. Ich lasse es zu.

»Solange ich hier bin, können wir so viel Zeit wie möglich zusammen verbringen«, sagt er. »Und wer weiß, vielleicht habe ich ja am Ende Glück und kann dich mitnehmen.«

Ich würde mir wirklich wünschen, mit ihm gehen zu können. Aber ich glaube nicht, dass ich das tun kann. So gern ich ihn mag, an erster Stelle steht Conny – und gleich danach kommen meine Zukunftspläne.

Ich rutsche ein Stückchen, sodass ich nun neben ihm sitze. Er drückt mich an sich und platziert einen sanften Kuss auf meiner Schläfe. Tausend Schmetterlinge fliegen in meinem Bauch Amok und ich lege meinen Kopf auf seiner Schulter ab. Vor uns glitzert das Meer im Mondlicht.

Ich weiß nicht, warum er dachte, dass ich ihn nach seiner Geschichte nicht mehr sehen möchte. Dachte er vielleicht, ich würde ihm nicht glauben? Dachte er, ich würde ihn für einen Spinner halten? Es ist die spannendste Geschichte, die ich je gehört habe, und ich hänge fasziniert an seinen Lippen. Verrückt, dass er dachte, ich könnte ihn deswegen verlassen!

»Haben die Leute in Eden besondere Fähigkeiten oder so was?«, frage ich ihn. »Ich meine, du hast mich geheilt und mein Gedächtnis gelöscht …«

Ich spüre, wie er nickt. »Jein. Manche haben das. Es gibt verschiedene Stämme und verschiedene Wesen dort, die es auf der Erde nicht gibt. Es gibt aber auch ganz normale Menschen wie hier. Gleichzeitig gibt es auf der Erde Lebewesen, die es in Eden nicht gibt. Maulwürfe, zum Beispiel. Und Mistkäfer.« Ich höre, wie er grinst. »Kannst du dir das vorstellen, eine Welt ohne Mistkäfer?«

»Fällt mir echt schwer«, antworte ich trocken. »Muss ein deprimierender Ort sein, so ganz ohne Mistkäfer.«

»Da hast du recht«, pflichtet Siath mir bei.

»Und welche Fähigkeiten hast du?«, frage ich ihn und schiele zu ihm nach oben.

»Ist dir doch sicher aufgefallen«, sagt er spöttisch. »Offenbar erinnerst du dich ja nun wieder an meine glorreiche Heldentat.«

»Ja, das dachte ich mir«, antworte ich, ohne auf den letzten Satz einzugehen. »Aber was ist es genau? Magie?«

»Ja. Das war ein einfacher Heilzauber.«

»Und wie hast du meine Erinnerung gelöscht? War das auch ein Zauber?«

»So was Ähnliches wie Telepathie«, antwortet er etwas zögerlich. »Manipulation und Gedankenkontrolle. Ich kann Menschen dazu bringen, genau das zu tun, zu denken oder zu fühlen, was ich will. Und dadurch eben auch Dinge vergessen lassen.«

Ein Schauder läuft mir über den Rücken. Zwei praktische Gaben – aber auch ein wenig unheimlich …

All die Rezensionen und Erfahrungsberichte im Internet fallen mir wieder ein.

Hat meinen Krebs durch Handauflegen geheilt.

Hat mich in Hypnose versetzt und mein Morbus Crohn war danach verschwunden.

Konnte mein gebrochenes Bein innerhalb eines Tages heilen.

Jetzt ergeben sie einen Sinn.

»So hast du also all die Patienten geheilt«, sage ich.

»Das ist richtig.« Er seufzt. »Ich habe als Pfleger angefangen, weil ich die Zeit, die ich hier verbringen musste, neben meiner langwierigen Suche sinnvoll nutzen wollte. Aber es sprach sich ziemlich schnell rum, dass mit mir etwas nicht stimmt, deswegen musste ich anfangen, meine Taten zu vertuschen. Ich habe die Leute nach meiner Behandlung alles vergessen lassen.«

»Deswegen gibt es auch keine Bewertungen mehr nach diesen ersten paar Monaten.«

»Richtig. Ich hatte die Macht des Internets unterschätzt, und dann musste ich einen Riegel vorschieben, um nicht länger aufzufallen. In diesen ersten Monaten war die Hölle los. Die Leute reisten aus dem ganzen Land an, nur um von mir behandelt zu werden, und es war einiges an Überzeugungsarbeit notwendig, um niemanden misstrauisch werden zu lassen. Aber viele in der Klinik gehen mir trotzdem aus dem Weg, sie trauen mir nicht mehr. Es tut mir sehr leid, was ich getan habe, Mina. Ich helfe gern, aber ich muss mich auch schützen.«

Dagmars Gerüchte kommen mir wieder in den Sinn. Also hatten sie doch einen wahren Kern, wenn auch anders als gedacht. Ein wenig schmerzt es mich. Siath hat nur Gutes getan und wurde dafür verurteilt.

»Ich verstehe das«, sage ich tonlos. »Auch wenn es echt ungünstig für mich ist.«

»Ich wollte nicht, dass du alles vergisst. Du solltest nur mich vergessen. Und dass du dich jetzt wieder an einzelne Bruchstücke erinnerst, das war auch nicht vorgesehen. Eigentlich hätte die Wirkung anhalten müssen. Immer. Ich verstehe nicht, weshalb deine Erinnerung zurückgekehrt ist.«

»Kommt der Rest meiner Erinnerung auch wieder?«, frage ich ihn. »Ich erinnere mich nämlich noch immer nicht an alles. Ich weiß immer noch nicht, was mit Conny passiert ist.«

»Das weiß ich nicht, ehrlich gesagt«, sagt er. »Ich habe das selbst noch nicht erlebt. Aber jetzt, wo ich weiß, wie wichtig es wäre, hoffe ich es natürlich.«

»Hast du mich sonst noch irgendwann manipuliert?«, frage ich.

»Nein. Nie«, sagt er entschieden und ich atme erleichtert auf. Ich wüsste nicht, ob ich damit hätte umgehen können. Was er getan hat, ist schlimm genug, unter den gegebenen Umständen aber gerade noch verkraftbar. Mehr hätte ich ihm nicht verzeihen können.

Dann fällt mir etwas ein. Ich rücke von ihm ab und sehe ihm ins Gesicht. Die Sonne ist längst untergegangen und er ist ganz blass im Mondschein, die schwarzen Augen umso dunkler im silbrigen Licht. »Hast du Fotos von Eden auf dem Smartphone?«, frage ich aufgeregt.

Er sieht mich entgeistert an, dann lacht er.

»Natürlich nicht«, sagt er. »Das Handy habe ich von hier. So was gibt's dort nicht.«

»Schade«, antworte ich enttäuscht. Zu gern wüsste ich, wie es dort aussieht.

»Und was genau ist nun eigentlich das Problem in Umbria?«, hake ich nach. »Was geht dort vor sich?«

Sein Blick verfinstert sich.

»Das ist eine lange Geschichte. In Eden gab es zwei Länder, Umbria und Lumina.« Die Art, wie er den Namen des anderen Landes ausspricht, fast so, als wäre es ein übles Schimpfwort, lässt mich nur erahnen, welches Leid diese Situation über ihn und seine Liebsten gebracht hat. »Aber das ist lange her und gehört der Vergangenheit an. Seit der Krieg vorbei ist, gibt es endlich wieder ein vereintes Eden, keine Grenzen mehr. Nur gibt es ein paar Leute, die diese Trennung gern wiederhätten und dafür kämpfen. Rebellen, die sich im Untergrund organisieren. Sie würden am liebsten die Regierung stürzen, möchten zurück zu zwei getrennten Staaten, richten Terror und Zerstörung an und bringen Unruhe in unser friedliches Land. Sie weigern sich, den Staat Umbria anzuerkennen, nennen sich noch heute Luminer und hetzen die Bevölkerung gegen die Regierung auf. Es ist … kompliziert«

Ich nicke. »Und dieser Gegenstand, den du suchst, der kann helfen, das Ganze zu beenden? Kommt er aus Eden? Oder ist er etwas Irdisches?«

»Er kommt aus Eden und wurde hier von den Luminern versteckt«, sagt er grimmig. »Sie wissen genau, dass sie ihre sinnlose Mission verlieren werden, wenn wir ihn nach Umbria bringen. Und genau das ist das Ziel. Wir müssen ihn nach Umbria bringen, dann gewinnen wir gegen die Terroristen. Dann ist es endlich vorbei, dann herrscht wieder Ruhe und Frieden. Nach so langer Zeit, nach so vielen Jahren …«

Ich nicke erneut. Doch dann erinnere ich mich an meine Freundin und unsere Suche.

»Was ich aber immer noch nicht verstehe … Was hat das alles mit Conny zu tun?«, frage ich. »Inwiefern, glaubst du, kann sie dir helfen, diesen Gegenstand zu finden?«

Er schluckt und ich merke, wie schwer ihm sein nächster Satz fällt.

»Es ist kein Gegenstand«, presst er schließlich hervor. »Es ist … sie selbst. Ich suche deine Freundin Conny.«

Fassungslos glotze ich ihn an. Das soll ein Scherz sein, oder? Bis vor wenigen Tagen wusste er noch nicht einmal, wer sie ist, geschweige denn, dass er sie jemals gesehen hat. Er kennt sie nur von meinem Foto an der Wand.

»Conny?«, wiederhole ich ungläubig. »Also hast du mich ein zweites Mal angelogen? Du kennst sie doch?«

Er schüttelt den Kopf. »Entschuldige, Mina«, sagt er. »Ich wusste, dass du darüber nicht begeistert sein würdest. Tut mir leid, dass ich keine besseren Nachrichten für dich habe.«

»Und was hast du mit ihr vor?«, fahre ich ihn an. »Sie nach Umbria bringen? Warum? Und wann wolltest du mir das sagen?«

»Gar nicht«, sagt er trocken. »So leid es mir tut, aber diese Geschichte hat überhaupt nichts mit dir und mir zu tun. Zwischen uns ändert sich nichts, aber deine Freundin ist leider die Gesuchte. Sie ist verantwortlich für den Terror, der seit vielen Jahren in meinem Land wütet und Tausende von Todesopfern gefordert hat und noch fordern wird, wenn wir diesem Treiben nicht bald ein Ende setzen. Sie ist die Einzige, die diese Sache beenden kann. Sie ist der Staatsfeind Nummer eins in Eden, und sie muss zurückgebracht und dort hingerichtet werden.«

»*Hingerichtet*?« Ich starre ihn entgeistert an, doch dann muss ich lachen. Ich springe auf und blicke wütend auf ihn herab. »Du tickst wohl nicht richtig. Niemand wird meine Freundin hinrichten! Du täuschst dich, mein Lieber. Vielleicht sieht sie deinem gesuchten Staatsfeind ähnlich, aber sie ist definitiv nicht aus Eden. Sie kommt von hier, aus dieser Stadt. Ihre Eltern waren bekannt hier, ihr Vater hatte eine große Handwerksfirma und ihre Mutter war Verkäuferin im Einkaufszentrum, sie ist ganz sicher nicht durch irgendein komisches Portal hier eingeschleust worden, sondern wurde geboren, ganz normal, wie jeder andere normale Mensch auf der Erde auch.«

Siath schüttelt den Kopf. »Dann sind das Lügen. Vielleicht hat sie auch telepathische Fähigkeiten, das mag sein. Oder kann andere Formen von Magie wirken. Ich weiß darüber nichts. Das ist vermutlich das, was sie euch glauben machen wollte, aber glaube mir, sie kann nicht von hier stammen.«

Ich schüttle nur den Kopf und weiß nicht, ob ich lachen oder ausrasten soll. Aufgelöst fahre ich mir mit der Hand durch die Haare, dann beginne ich, im Kreis zu laufen. Der Sand knirscht unter meinen Schuhen.

»Wie kommst du darauf, dass sie die Gesuchte ist?«, frage ich ihn und versuche ruhig zu klingen, nicht vollkommen auszuflippen.

»Vielleicht sieht sie der Gesuchten nur ähnlich. Viele Frauen haben blonde Locken.«

»Ich weiß überhaupt nicht, wie sie aussieht«, sagt er jetzt. »Das spielt auch keine Rolle, ich habe sie trotzdem erkannt. Sie trägt den Schlüssel um den Hals.«

Verständnislos starre ich ihn an.

»Das Medaillon des Onyxordens«, sagt er schließlich, nun ein wenig ungeduldig, so als würde er mit einem dummen Kind sprechen. »Die Kette, die sie trägt. Ich wusste, dass ich die Gesuchte daran erkennen werde, dass sie das Medaillon trägt. Ich habe es auf dem Bild sofort erkannt. Deshalb wollte ich dir helfen, sie zu finden.«

Automatisch fahre ich mit meiner rechten Hand in die Hosentasche meiner Jeans und umklammere den Anhänger, der sich noch immer dort befindet, seit Angelina ihn mir zurückgegeben hat. Die Hose war zwischenzeitlich in der Wäsche, ich hatte völlig vergessen, die Kette herauszunehmen, so viel anderes hatte ich im Kopf. Mein Medaillon, die Kette, die ich seit dem Tag trug, an dem man mich im Mondlicht gefunden hat und die ich nur für diesen einen Abend meiner besten Freundin geliehen habe, weil sie so gut zu ihrem Outfit gepasst hatte.

Siedend heiß wird mir klar, was Siaths Worte bedeuten.

Er sucht nicht Conny.

Er sucht mich.

17

Mina, ist alles in Ordnung? Du siehst blass aus.«

Mit schweißnasser Hand umklammere ich das Medaillon in meiner Tasche so fest, dass es schmerzt. Jetzt nur nichts anmerken lassen.

»Nein, es ist nicht alles in Ordnung!«, blaffe ich Siath an. »Du erklärst mir gerade, dass du meine beste Freundin hinrichten lassen möchtest, wie sollte ich denn da deiner Meinung nach aussehen?«

Siath seufzt. »Mir war schon klar, dass du so reagieren würdest, deshalb wollte ich es dir nicht erzählen. Aber das ändert nichts an meinen Plänen. Wenn du möchtest, bringe ich dich nach Hause, dann kannst du das Ganze erst mal in Ruhe sacken lassen.«

Ich lache humorlos auf.

»Was, du glaubst echt, ich steige noch mal mit dir auf das Motorrad, gehe nach Hause und beruhige mich dann wieder? Du hast echt einen Knall!« Ich zeige ihm einen Vogel. Zum ersten Mal bin ich heilfroh darüber, dass ich mich nicht daran erinnern kann, was mit Conny passiert ist und wohin sie verschwunden ist. Ich hätte es ihm ohne Bedenken erzählt und ihm damit auch noch die Bahn frei gemacht, dafür, dass er sie in sein Land verschleppen und umbringen lassen kann. Noch immer laufe ich im Sand auf und ab und versuche zu verarbeiten, was ich eben gehört habe. Das Meer rauscht hinter mir, über uns funkeln die Sterne. Es könnte romantisch sein – wenn Siath mir nicht gerade von seinen ekelhaften Plänen erzählt hätte.

Es gibt ein Paralleluniversum zu meinem, eine andere Welt, die ähnlich, aber doch anders ist.

Siath stammt von dort. Und ich offenbar auch. Als wäre das nicht genug, bin ich dort der Staatsfeind Nummer eins und werde gesucht. Zumindest von Siath, der mich gern tot sehen würde, was er aber nicht weiß. Stattdessen hat er mich vor nicht einmal zwei Stunden geküsst. Fast muss ich lachen bei dem Gedanken daran, wie ahnungslos er ist. Vermutlich haben meine Eltern mich zur Erde gebracht, weil sie wussten, dass man mich suchen und töten würde. Aber warum genau? Was habe ich mit den Rebellen zu schaffen? Ich war doch noch ein Baby! Und als ich geboren wurde, lag der Krieg noch in weiter Ferne.

Doch was fast noch wichtiger ist: Ich habe Eltern, sie sind in Eden. Diese Erkenntnis trifft mich wie ein Schlag und bringt mein Herz sofort wieder zum Rasen. Wenn ich Glück habe, lerne ich sie endlich kennen. Ich darf mir meine Aufregung darüber nicht anmerken lassen, aber es fällt mir leicht, sie als Wut zu tarnen.

»Erzähl mir was über Connys Medaillon!«, fordere ich Siath auf.

»Spielt doch keine Rolle mehr«, sagt er abweisend.

»Natürlich tut es das!«, fahre ich ihn an. »Erstens hast du mir versprochen, mir die Wahrheit zu erzählen. Zweitens bist du mir das ein bisschen schuldig, nachdem du mir gerade von deinen schäbigen Plänen erzählt hast, meinst du nicht? Also, was hat es mit diesem Anhänger auf sich? Was ist er, was kann er und was macht dich so sicher, dass der Träger des Anhängers der Feind aus Eden ist?«

Er verschränkt die Arme vor der Brust. Ein paar Sekunden lang liefern wir uns ein Blickduell, dann lässt er die Arme wieder sinken und seufzt.

»Also gut«, gibt er schließlich klein bei. »Du hast recht. Ich bin es dir schuldig. Es gibt eine Handvoll mächtiger Schmuckstücke in Eden, gefertigt von den drei großen Hexenzirkeln.«

Bevor er weiterreden kann, unterbreche ich ihn.

»Hast du eben *Hexen* gesagt?«, frage ich ungläubig.

»Ja, wie gesagt, es gibt dort andere Wesen als hier«, antwortet er nun ein wenig ungeduldig. »Du darfst dir das nicht so vorstellen wie in euren Kinderbüchern. Die Hexen sind natürlich nicht allmächtig, ihre Magie hat Grenzen und erfordert jahrelange Übung und vor allem auch äußerste Konzentration, wie übrigens jede Gabe. Die meisten Hexen beschäftigen sich viel mit Kräuterkunde, dem Brauen von Tränken oder eben damit, einfache Gegenstände mit sinnvollen Zaubern zu belegen. Ein solcher Gegenstand ist die Kette deiner Freundin Conny. Sie wurde ihr aus verschiedenen Gründen mitgegeben. Zum einen, um sie in Sicherheit zu bringen, denn in den falschen Händen kann sie viel Unheil anrichten. Vor allem aber wird sie sie zurück nach Eden bringen, wenn die Zeit gekommen ist. Sie ist ein Schlüssel.«

Helle Aufregung ergreift mich und ich versuche sie mir nicht zu sehr anmerken zu lassen.

»Mit diesem Ding kommt man nach Eden?«

»Nicht jeder«, widerspricht Siath. »Nur sie. Der Zauber ist nach meinen Informationen so gewählt, dass sich das Medaillon an ihrem achtzehnten Geburtstag öffnen und sie zurückbringen soll. Ich sollte sie vorher finden, um das zu verhindern.«

In meinem Kopf dreht sich alles.

»Wieso verhindern?«, frage ich verwirrt. »Ich dachte, du willst sie ohnehin mitnehmen?«

»Ja, an den Königshof«, sagt Siath kalt. »Um sie vor das Gericht zu bringen. Wenn sie das Portal selbstständig findet, kann sie sich überall rumtreiben und weitere Rebellionen anzetteln oder anderes Unheil anrichten, das ist das Letzte, was wir brauchen.«

»Wieso sollte sie das tun?«, frage ich durcheinander.

»Sie wird es tun, glaub mir«, sagt er trocken. »Sie hat ihre Gründe, und sie hat Macht, auch wenn sie das jetzt vielleicht noch nicht weiß. Je eher ich sie finde und festnehmen kann, desto besser.«

Ich sage nichts mehr. Meine Gedanken fahren Karussell. Das Medaillon in meiner Tasche glüht wie Feuer und wiegt tausend Tonnen. Es fällt mir immer schwerer, mein Pokerface zu halten und meine Aufregung zu verbergen. Neulich habe ich den Anhänger in meiner Enttäuschung so schnell in meine Hosentasche gesteckt, dass ich gar nicht darauf geachtet habe, ob er sich tatsächlich geöffnet hat. Jahrelang habe ich an dem kleinen Verschluss herumgedrückt, die Kette mit Werkzeugen traktiert und sie angefleht, sich zu öffnen, in der Hoffnung, darin ein Foto meiner Eltern zu finden. Und nun soll sich das Ding an meinem Geburtstag einfach so geöffnet haben und ich habe es nicht einmal mitbekommen?

Es fällt mir unglaublich schwer, es nicht sofort hier an Ort und Stelle aus der Tasche zu ziehen, um es zu untersuchen.

»Und jetzt? Was machen wir jetzt?«, fragt mich Siath. Er klingt auf einmal furchtbar müde.

»*Wir* machen überhaupt nichts mehr«, fauche ich. »Wir beide sind fertig miteinander!«

Ohne ihn noch eines Blickes zu würdigen, drehe ich mich um und stapfe durch den Sand zurück in Richtung Parkplatz. Ich brauche Abstand. Ich muss nachdenken, und vor allem brauche ich Ruhe, um das Medaillon zu untersuchen.

»Was hast du vor?«, ruft Siath mir hinterher. »Willst du etwa gehen? Es ist mitten in der Nacht, und zu Fuß brauchst du mindestens eine Stunde zurück zur Stadt!«

»Lass das mal meine Sorge sein«, antworte ich kühl und ohne mich umzudrehen. »Ich komme schon zurecht.«

»Hör mal, ich weiß, dass du sauer bist, aber das ist Blödsinn«, sagt er ärgerlich. Er springt auf, joggt zu mir und stellt sich mir in den Weg. »Ich fahre dich nach Hause. Ich hab dich hierhergebracht, jetzt kann ich dich doch nicht einfach allein hier draußen im Dunkeln zurücklassen.«

»Doch, das kannst du«, sage ich und sehe ihm dabei fest in die Augen. »Es ist nicht das erste Mal, dass ich allein hier unten bin. Ich komm klar, ich bin früher auch ohne dich klargekommen. Und jetzt geh mir aus dem Weg.«

Er scheint einen kurzen Moment lang zu überlegen, dann tritt er einen Schritt zur Seite.

Ich gehe weiter, dann werfe ich einen letzten Blick über die Schulter. Es schmerzt unglaublich, ihn dort einfach stehen zu lassen. Er sieht mir fassungslos hinterher, und in diesem Moment sieht er so hilflos, traurig und verletzt aus, dass es mir das Herz zerreißt. Noch vor wenigen Stunden war ich so glücklich. Nun bin ich einfach nur sauer und enttäuscht und mein Herz ist in tausend Stücke zerbrochen.

Dabei kann ich mir nicht einmal sicher sein, wie ernst es ihm mit seinem Kuss war. Wer weiß, ob nicht auch das nur gespielt war, um an die Informationen über Conny zu kommen.

Er hat mich belogen und mir Hoffnungen gemacht, nur um mir das Wertvollste in meinem Leben nehmen zu können.

Nein, das werde ich ihm niemals verzeihen können.

Ich verdrücke mir ein paar Tränen, die sich ihren Weg nach oben bahnen, und mache mich endlich auf den Weg.

Ein paar Stunden später sitze ich in einer der weniger gut besuchten Kneipen an der Hafenpromenade, eine Tasse dampfenden Minztee vor mir auf dem Tisch. Ich habe es einfach nicht über mich gebracht, in mein leeres Zimmer zurückzugehen, schlafen könnte ich heute ohnehin nicht mehr. Inzwischen ist es bereits nach Mitternacht, hier drin ist es ruhig, doch auf der Promenade tobt noch immer das Leben.

Ich habe mir eine abgeschiedene Ecke gesucht und mich mehrmals verstohlen umgesehen, aber es ist Unsinn. Siath wird mir nicht folgen. Er hat mehr als deutlich gemacht, dass seine außenpolitische Agenda oberste Priorität hat, und da er mich für vollkommen unwichtig zu halten scheint und sich total auf Conny konzentriert, gibt es keinen Grund, dass er mir nachlaufen sollte.

Als ich mir sicher bin, nicht beobachtet zu werden, traue ich mich endlich, das Medaillon aus meiner Tasche zu ziehen. Ich wende es in meinen Händen hin und her und sehe es mir genau an. Es ist wunderschön. Silberne verschlungene Ornamente winden sich um einen glänzenden schwarzen Stein in der Mitte. Auf der rechten Seite prangt der Verschluss, an dem ich mich so viele Jahre lang vergeblich abgemüht habe. Und nun soll er sich einfach öffnen lassen? Mein Herz schlägt mir bis zum Hals, als ich mich mit meinen Fingern an dem zarten Häkchen zu schaffen mache, und als ich das langersehnte Klicken höre, bleibt es beinahe stehen.

Tatsächlich. Es ist tatsächlich offen.

Was mich im Inneren des Medaillons erwarten mag?

Ein Schlüssel für das Portal, wie Siath gesagt hat?

Ein Foto meiner Eltern?

Ein Zauberspruch?

Langsam und vorsichtig öffne ich das Medaillon, zum Zerreißen gespannt. Doch was ich dann sehe, verwirrt mich.

Die linke Innenseite ziert ein Gemälde in roter Farbe, eine Art Wappen, auf dem eine Burg abgebildet ist. Eine Burgmauer mit drei Zinnen, darauf stehend zwei Türme mit jeweils drei Zinnen und einem Fenster. Auf der rechten Seite findet sich ein Gewirr aus Strichen, in deren Mitte ein rotes kleines Kreuz prangt. Mehr nicht.

Verwirrt starre ich das Medaillon an.

Das ist alles? Was soll ich mit dieser Information anfangen?

Ich drehe es um, schüttle es, in der Hoffnung, dass etwas herausfällt. Aber nichts geschieht.

Ich sehe mich einmal in der Kneipe um, ob mich jemand beobachtet, dann halte ich es mir an die Lippen und flüstere: »Öffne mir das Portal« und »Lass mich nach Eden« und »Gib mir den Schlüssel«, aber nichts geschieht, und mit jeder Sekunde und jedem gescheiterten Versuch komme ich mir alberner vor.

Ist das alles hier vielleicht ein monströser Scherz? Oder, schießt es mir plötzlich durch den Kopf, hat Conny den Inhalt des Amuletts vielleicht ausgetauscht, bevor sie verschwunden ist? Aber wieso sollte sie so etwas tun?

Völlig ratlos und frustriert nippe ich an meinem Tee.

Das ergibt alles keinen Sinn.

Eine rote Burg. Drei mal drei Zinnen. Insgesamt neun. Zwei Fenster. Hat es etwas mit den Zahlen zu tun? Was bedeutet die Zahl Neun? Oder die Zahl Zwei? Oder Elf?

Ich ziehe mein Handy aus der Tasche, öffne den Browser und beginne, nach Zahlensymbolik zu googeln, doch natürlich finde ich nichts Spannendes. Dann gebe ich »Wappen rote Burg« in die Suchmaschine ein. Das bringt mich tatsächlich weiter. Ich richte mich ein wenig auf und gehe die Ergebnisse durch. In der Bildersuche finde ich verschiedene Wappen, die ähnlich aussehen wie das in meinem Medaillon. Es dauert nicht mehr lange, da habe ich das Wappen gefunden. Burgmauer mit drei Zinnen, zwei Türme mit je drei Zinnen, zwei Fenster – Bingo!

Das Bild führt zur Homepage einer Kleinstadt, einige Fahrtstunden entfernt. Ich suche noch ein wenig weiter, doch schließlich bleibt kein Zweifel mehr: Es ist das Wappen dieser Stadt, es gibt zwar viele, die ähnlich sind, aber nur dieses sieht genauso aus wie das Bild in meinem Medaillon. Aufgeregt klicke ich mich weiter zur Seite der Deutschen Bahn und suche mir die nächste Zugverbindung heraus. Der erste Zug fährt in ein paar Stunden, um kurz nach vier. In diesem Moment fasse ich einen Entschluss. Fast auf ex kippe ich meinen Tee hinunter, stopfe das Medaillon zurück in meine Hosentasche und mache mich auf den Weg.

18

Zu Hause angekommen, ziehe ich den großen Wanderrucksack unter meinem Bett hervor. Bisher habe ich ihn nur zweimal im Leben gebraucht: Bei der Klassenfahrt in der Zehnten und bei meinem Auszug aus dem Heim, wo er als zusätzliche Umzugskiste herhalten musste.

Ich stopfe wahllos alle möglichen Klamotten hinein, dann gehe ich ins Bad, fege mit einer Armbewegung sämtliche meiner Kosmetikartikel vom Regal und werfe sie achtlos dazu. Es folgen ein Handtuch, mein Ladekabel, ein Schweizer Taschenmesser und das Foto von Conny und mir.

Um halb vier mache ich mich auf den Weg. Viel zu früh, aber ich bin so aufgekratzt, dass ich das Nichtstun in meinem Zimmer kaum aushalte.

Ich mache kurz bei einem Bankautomaten halt und hebe ein wenig Bargeld ab; man weiß nie, wann man welches braucht. Danach löse ich am Schalter mein Ticket.

Als ich um kurz nach vier endlich im Zug sitze und die Wärme aus der Klimaanlage mich wohlig einhüllt, merke ich erst, wie müde ich bin. Ich beschließe, am Ziel in ein gemütliches Hotel einzuchecken und erst mal einige Stunden zu schlafen, bevor ich dem Rätsel des Medaillons auf die Spur gehe. Ich habe Schlaf bitter nötig.

Während ich darüber nachdenke, rollt der Zug langsam aus dem Bahnhof und mir fallen die Augen zu.

Ich wache auf, als ich eine männliche Stimme höre. Verwirrt reibe ich mir die Augen und sehe mich um. Ich habe keine Ahnung, wo ich bin, und es dauert einige Sekunden, bis ich kapiere, dass ich noch immer in der Bahn sitze. Blinzelnd sehe ich zu dem Schaffner auf, der mich angesprochen hat. Ein älterer kleiner Herr mit Schnauzer steht vor mir und wedelt ein wenig ungeduldig mit dem Gerät in seiner Hand.

»Sorry«, murmle ich verschlafen, krame in meiner Tasche nach der Karte und reiche sie ihm. Er scannt sie ab, bedankt sich und zieht weiter zum nächsten Fahrgast.

Ich ziehe mein Handy aus der Tasche und werfe einen Blick darauf. Immerhin, es sind bereits ein paar Stunden vergangen. Der größte Teil der Reise ist geschafft, und ich habe es sogar hinbekommen, noch ein wenig Schlaf mitzunehmen.

Ich sehe aus dem Fenster. Inzwischen ist es draußen bereits hell geworden. Kein besonders sonniger Tag bisher, eher trüb und grau, ein Tag, an dem ich unter anderen Umständen wahrscheinlich nicht das Haus verlassen hätte. Irgendwie fühle ich mich nach dem kurzen Schläfchen nicht erholter, sondern noch fertiger als zuvor. Die Erinnerung an all das, was geschehen ist, überrollt mich wie eine Lawine, und schlagartig spüre ich einen dicken Kloß in meinem Hals und ein schmerzhaftes Stechen in der Magengegend. Die Leere, die der Abschied von Siath in mir hinterlassen hat.

Ich spüre noch immer seine Berührungen, seine Lippen auf meinen. Fühle noch immer sein Haar in meinen Händen. Schließlich ist es ja auch erst ein paar Stunden her. Und dennoch ist es bereits Vergangenheit, unwiderruflich fort. Ich habe das Gefühl, die Müdigkeit macht mich ganz besonders sentimental, denn am liebsten würde ich losheulen. Gerade vermisse ich ihn so sehr, dass es körperlich wehtut, und ich wünsche mir, wir hätten die Unterhaltung niemals geführt, ich hätte einfach nicht so viel nachgefragt und er hätte mir gar nicht erzählt, was seine wahren Pläne sind.

Dann hätte ich vielleicht sogar die Nacht bei ihm verbracht, ich wäre in seinen Armen müde und glücklich eingeschlafen und würde nun mit ihm zusammen frühstücken oder vielleicht noch an ihn gekuschelt im Bett liegen.

Stattdessen sitze ich völlig gerädert in einem Zug ins Nirgendwo, fühle mich einsam und verlassen und bin den Tränen nahe. Aber es wäre ja gar kein echtes Glück gewesen, ermahne ich mich. Ich hätte eine Lüge gelebt, und irgendwann wäre die Wahrheit ans Licht gekommen, und vielleicht wäre es dann bereits zu spät gewesen, um mich und Conny zu retten. Ich habe großes Glück gehabt! Wer weiß, was passiert wäre, hätte er gemerkt, dass ich die Gesuchte bin. Vielleicht würde ich längst in Umbria am Galgen hängen. Bei der Vorstellung wird mir richtig übel.

Mir wird klar, dass mir nur ein Tee und ein Frühstück helfen können. In etwas mehr als einer halben Stunde werde ich ankommen, ich sollte also ohnehin zusehen, dass ich wach bleibe, nicht dass ich noch den Ausstieg verpasse. Mehr tot als lebendig hieve ich meinen Körper aus dem Sitz und angle nach meinem Rucksack, den ich lustlos hinter mir herschleife. Dann mache ich mich auf die Suche nach dem Bordrestaurant.

Dort angekommen, ordere ich mir einen Tee und ein Croissant, die zwar eigentlich unbezahlbar sind, aber schlicht notwendig. Da kein kompletter Tisch frei ist, gehe ich zu dem einzigen Tisch, an dem noch ein freier Platz ist. An ihm sitzt eine Nonne, die für mein Empfinden erstaunlich jung wirkt.

»Hallo, ist der Platz noch frei?«, frage ich höflich.

Sie sieht von ihrem Buch auf und schenkt mir ein freundliches und offenes Lächeln.

»Natürlich, Sie dürfen sich gern setzen«, antwortet sie, und ich lasse es mir nicht zweimal sagen. Wenig elegant lasse ich mich auf den freien Stuhl plumpsen und beginne, das Croissant zu essen. Sie sieht mich noch einen kurzen Augenblick lang an, lächelt mir noch einmal gutmütig zu und vertieft sich dann wieder in ihre Lektüre. Ein kurzer Blick auf den Buchrücken lässt mich grinsen, denn es ist nicht etwa die Bibel, die sie liest, sondern ein ziemlich schnulzig aussehender Liebesroman.

Nachdem ich gegessen und etwas von meinem Tee getrunken habe, betrachte ich sie. Wie alt wird sie sein? Fünfundzwanzig vielleicht? Wie kommt eine so junge Frau dazu, freiwillig so ein Leben zu wählen?

Obwohl ich nicht besonders gläubig bin, fasziniert sie mich. Mich fasziniert ihre Eigenschaft, eine so große Begeisterung für eine Sache entwickeln zu können, dass sie beschlossen hat, den kompletten Rest ihres Lebens nur dafür zu verwenden. Es ist bewundernswert, und diese Art von Begeisterung und Leidenschaft erinnert mich wieder an Conny.

Dann kommt mir eine Idee.

Ich räuspere mich. »Ich hätte eine Frage«, sage ich vorsichtig.

Die Nonne lässt ihre Lektüre sinken und lächelt mich an.

»Sie sind nicht die Erste, glauben Sie mir«, sagt sie herzlich. »Na los, fragen Sie. Was haben Sie auf dem Herzen?«

»Also, Sie kennen sich ja sicher mit, ähm, biblischen Geschichten und so was aus«, sage ich. »Zumindest sehen Sie so aus.«

Die Frau grinst. »Sie haben wohl ein gutes Gespür für Menschen.«

Ich muss ebenfalls grinsen, auch wenn das wohl nicht so richtig stimmt. Zumindest was Siath betrifft, hat mich meine Menschenkenntnis ja wohl gnadenlos im Stich gelassen.

»Geht so«, sage ich. »Können Sie mir etwas über Eden erzählen?«

Die Nonne klappt ihren Roman zu und verstaut ihn sorgfältig in ihrer schwarzen Ledertasche, die viel zu modern für den Rest ihres Outfits wirkt.

»Na ja, das kommt ganz darauf an, was Sie wissen wollen«, antwortet sie mir. »Das ist ein ziemlich weitläufiger Begriff. Meinen Sie den Garten Eden, die Schöpfungsgeschichte? Meinen Sie Eden als geografischen Ort? Oder meinen Sie das Paradies, in das wir nach unserem Tod einziehen?«

»Ähm, ich weiß nicht genau«, sage ich und füge etwas peinlich berührt hinzu: »Ich hab mich nie besonders mit diesen Dingen auseinandergesetzt. Geografischer Ort klingt ganz interessant, das ist immerhin nicht ganz so abstrakt. Sie sagen, es gibt diesen Ort? Wo?«

»Es gibt weltweit unzählige Dörfer und Gemeinden, die heute diesen Namen tragen«, antwortet sie, und ich spüre die Enttäuschung, die sich in mir ausbreitet. Es wäre sehr viel einfacher und klarer gewesen, wenn der Name eindeutig vergeben gewesen wäre.

»Da Sie allerdings ausgerechnet mich danach fragen, nehme ich an, dass Sie von der biblischen Geschichte reden, in der Eden erwähnt wird«, fährt sie nun fort. »Viele Menschen gehen davon aus, dass es einen solchen Ort wirklich gab, und es gibt verschiedene Versuche, ihn zu lokalisieren, was sich allerdings als schwierig gestaltet. Manche Menschen denken, dass Eden in der heutigen Türkei oder dem Irak liegen könnte. Ich persönlich glaube das nicht. Ich glaube, dass es diesen Ort auf der Erde überhaupt nicht gibt. Die Bibel gibt sich eher vage, was die Beschreibungen betrifft. Dazu kommt, dass Eden als das Paradies beschrieben wird, was für mich eindeutig kein irdischer Ort ist, sondern ein spiritueller.«

»Oh«, sage ich und bin mir nicht sicher, ob ich mit dieser Antwort etwas anfangen kann. Zwar versuche ich jetzt erst einmal, das Rätsel des Medaillons zu lösen, irgendwie habe ich jedoch Zweifel daran, dass mich das allein weiterbringen wird. Ich habe keine Ahnung, was ich in dieser Stadt tun soll, und mit den Kritzeleien auf der rechten Seite kann ich gleich überhaupt nichts anfangen. Im Prinzip bin ich vollkommen ratlos und verlasse mich gerade lediglich auf mein Glück. Wenn es irgendwo auf der Erde einen eindeutigen Ort namens Eden geben würde, könnte es ja sein, dass sich an diesem Ort das Portal befindet. Dass es nun allerdings nicht eindeutig bestimmt werden kann und es noch dazu unzählige Gemeinden gibt, die später so genannt wurden, entmutigt mich wieder etwas.

»Ich merke schon, das war nicht gerade die Antwort, die Sie sich erhofft haben«, sagt die Nonne mitfühlend. »Tut mir leid. So ist das nun einmal mit der Religion, Glaube ist nicht gleich Wissen, und auf viele Fragen werden Sie keine eindeutige Antwort oder logische Erklärung bekommen. Wenn Sie auf der Suche nach Gott sind, müssen Sie lernen, einfach zu vertrauen.«

»Ja«, sage ich nachdenklich und stelle meine nächste Frage: »Wie genau wird Eden denn in der Bibel beschrieben?«

»Ihnen ist aber klar, dass das nicht real ist, oder?«, fragt mich die Nonne und wirkt dabei leicht besorgt. »Selbst wenn es auf der Erde einen Ort namens Eden gegeben haben sollte, werden Sie dort natürlich nicht in den Himmel finden. Versteifen Sie sich bitte nicht auf das, was Sie bereits kennen. Was in der Bibel steht, ist nicht alles wörtlich zu nehmen. Eden werden Sie erst nach dem Tod Ihres irdischen Daseins finden.«

»Ja, das weiß ich«, antworte ich. »Aber es interessiert mich trotzdem.«

Irgendwer muss diese Geschichten schließlich geschrieben haben. Vielleicht kannte derjenige das wahre Eden, das ferne Land. Vielleicht war es jemand, der zufällig das Portal gefunden hat und später versuchte, seine Erlebnisse niederzuschreiben. Irgendeinen Grund muss es doch dafür geben, dass das Paralleluniversum denselben Namen trägt wie unser biblisches Paradies.

»In der Bibel steht, dass in Eden vier Flüsse fließen«, sagt die Nonne. »Und dass es in den verschiedenen Gegenden Gold, Kristall und Onyx gibt. Außerdem ist von zwei Ländern die Rede, die allerdings namentlich nicht richtig bestimmt werden können. Das ist alles. Die Beschreibungen sind nicht sehr präzise, und bisher wurde kein Ort gefunden, der zu hundert Prozent zu dieser Darstellung passt. Wie gesagt, glaube ich auch nicht, dass ein irdischer Ort dazu existiert.«

»Stimmt«, antworte ich langsam. »Das glaube ich allerdings auch nicht.«

Ich weiß es sogar, füge ich in Gedanken hinzu. Kein irdischer Ort.

Ich hoffe, dass ich nicht sterben muss, um durch das Portal zu gelangen, denke ich plötzlich erschrocken. Das wäre ziemlich drastisch, und ich bin absolut nicht bereit zu sterben, selbst wenn ich in Eden wieder aufwachen sollte – ich weiß ja nicht einmal sicher, ob ich wieder aufwachen würde. Unwillkürlich schüttle ich den Kopf. Das kann nicht sein. Es muss einen anderen Weg geben.

Vier Flüsse also. Die hat Siath nicht erwähnt. Aber zwei Länder, auch wenn eins davon nicht mehr offiziell existiert. Und dafür, dass es dort Onyx geben soll, trage ich den Beweis in meiner Hosentasche. Ich beschließe, am Ziel angekommen, noch einmal ausführlich über die biblische Geschichte zu recherchieren, vielleicht bringt mich das ja tatsächlich weiter.

»Vielen Dank«, sage ich an die Nonne gewandt. »Das war sehr interessant.«

»Gern geschehen«, antwortet sie freundlich. »Wenn Sie Halt suchen, gehen Sie einfach mal in eine Kirche. Gott wird Sie finden, wenn Sie ihn wirklich brauchen.«

Wenige Minuten später kommt die Lautsprecherdurchsage, dass der Zug in Kürze sein Ziel erreichen wird. Ich bedanke mich noch einmal bei der Frau für das nette Gespräch und trinke den letzten, inzwischen kalt gewordenen Schluck Tee aus meinem Becher, bevor ich meinen Rucksack schultere, mich verabschiede und an die Tür stelle.

Als ich den Zug verlasse, gießt es in Strömen. Der kleine Bahnhof ist zum Glück überdacht, aber ein Blick nach draußen verspricht wenig Hoffnung darauf, dass sich die Wetterlage in den nächsten paar Stunden drastisch ändern wird. Der Himmel ist komplett dunkelgrau.

Ich gehe in die kleine Bahnhofshalle und finde dort ein Tourismusbüro. Die Dame an der Information gibt mir einen Stadtplan sowie eine Liste mit Namen, Adressen und Preisen aller Hotels in der Stadt. So kann ich wenigstens vermeiden, dass ich stundenlang im Regen umherirre, bis ich ein freies und günstiges Zimmer gefunden habe. Ich mache es mir auf einer Bank gemütlich und gehe ausgehend von der Straßenkarte die Liste der Hotels durch. Die günstigsten und am wenigsten weit entfernten Unterkünfte rufe ich an. Bereits nach wenigen Anrufen bekomme ich ein günstiges Zimmer, das gar nicht so weit entfernt ist. Ich kreise mir die Adresse auf meinem Flyer rot ein und suche mir auf der Straßenkarte die kürzeste Route, dann beschließe ich, es schnell hinter mich zu bringen, und verlasse die Bahnhofsvorhalle.

Bereits nach wenigen Schritten bin ich vollkommen durchnässt. Eine scheußliche, eiskalte Nässe. Es regnet buchstäblich Bindfäden und ich kann kaum die eigene Hand vor Augen sehen, geschweige denn, dass ich irgendetwas von dieser Stadt mitbekomme. Damit mir der Regen nicht allzu schmerzhaft in das Gesicht peitscht, halte ich meinen Blick gesenkt und gehe schnell und zielstrebig. Der Gedanke an eine warme Dusche, ein sauberes Zimmer und ein kuscheliges Bett treibt mich an.

Es dauert nur zehn Minuten, bis ich das Hotel erreiche, und weitere zwei, bis ich eingecheckt, meinen Rucksack in meinem Zimmer abgestellt und mich aus meiner tropfnassen Kleidung geschält habe.

Leider ist mein Rucksack nicht wasserdicht, wie ich mit Entsetzen feststelle. Der komplette Inhalt ist durchweicht, und so habe ich nichts mehr anzuziehen.

Ich hänge meine durchnässten Sachen im Bad neben die Heizung und wickle mich in ein weißes Bettlaken. Ich bin heilfroh, dass ich mein Handy in meiner Jackentasche bei mir getragen habe. Wäre es im Rucksack gewesen, hätte es diesen kurzen Marsch möglicherweise nicht überlebt.

Das Zimmer ist gemütlich-rustikal. Fachwerk, Landhausmöbel, große Fenster. Da es draußen noch immer gießt wie aus Eimern, ich keine brauchbaren Klamotten mehr habe und ohnehin vollkommen übermüdet bin, beschließe ich, mich erst einmal auszuruhen. Ich hänge mein Handy ans Ladekabel, ziehe die Vorhänge zu und kuschle mich in das weiche Bett. Eine Weile lese ich in der Bibel, die ich in der Schublade des Nachttischs vorgefunden habe, und mache mir Notizen zu den Dingen, die wichtig und interessant sein könnten, vor allem zur Geografie von Eden: Die vier Flüsse Perat, Hiddekel, Gihon und Pischon. Die drei Schätze Gold, Kristall und Onyx. Viel gibt die Geschichte für mein Vorhaben allerdings nicht her, und nach einer Weile falle ich in einen tiefen, traumlosen Schlaf.

19

Ich schlafe den kompletten restlichen Tag und die halbe Nacht durch. Danach wache so früh auf wie nur selten und fühle mich dabei auch noch ausgeschlafen und erholt.

Es ist fünf Uhr morgens, und nachdem ich etwa eine halbe Stunde lang versuche wieder einzuschlafen, gebe ich schließlich nach und schäle mich aus dem Bett. Eigentlich fühle ich mich ziemlich beschissen, aber ich nehme mir fest vor, mich nicht entmutigen zu lassen. Der Verlust von Siath schmerzt noch immer, und gleichzeitig deprimiert mich, dass mir nach wie vor ein wichtiger Teil meiner Erinnerung fehlt und ich eigentlich gar nicht so richtig weiß, was ich in dieser fremden Stadt soll. Als ich das Hotel verlasse, wird es draußen langsam hell. Die Luft ist extrem kalt, aber unglaublich frisch und rein.

Erst jetzt sehe ich, wie schön es hier eigentlich ist. Ich scheine mich in einer Art mittelalterlichen Altstadt zu befinden und mein Hotel liegt direkt an einer Stadtmauer, durch deren kleine Fenster ich einen kilometerweiten Ausblick über ein saftig grünes Tal erhaschen kann. Über dem Tal geht gerade die Sonne auf. Es ist atemberaubend, und ich hole mein Handy aus der Tasche, um durch das Fenster Fotos zu schießen. Jetzt verstehe ich, was das Wappen der Stadt bedeutet. Das hier scheint tatsächlich einmal eine Art Burg gewesen zu sein, und im Licht des Sonnenaufgangs leuchtet sie wirklich zart rot.

Ich mache mich auf den Weg, den Rest der Stadt zu erkunden, und realisiere dabei, dass ich über authentische mittelalterliche Kopfsteinpflaster laufe. Zum Glück bin ich nicht der Typ für hohe Hacken; mit meinen ausgelatschten alten Chucks habe ich jedoch keine Probleme. Ich komme an unzähligen engen, verwinkelten Gässchen und Dutzenden Fachwerkhäuschen vorbei, bis ich den Marktplatz erreiche, an dem sich ein Tourismusbüro befindet. Das hat um diese Uhrzeit natürlich noch nicht geöffnet, wie ich frustriert feststellen muss. Ich irre also noch eine Weile durch die kleinen Gassen, bis ich einen Bäcker gefunden habe, bei dem ich mich erst einmal mit Tee und Frühstück versorge.

Während ich in der Bäckerei sitze, denke ich über die vergangenen Tage nach. Ich hole das Medaillon aus der Tasche und lasse es durch meine Finger gleiten. Öffne und schließe es immer wieder. Sehe mir hundertmal die Bilder darin an, doch aus dem zweiten Bild werde ich einfach nicht schlau. Ich vergleiche es mit dem Straßenplan, da die Linien tatsächlich eine Art Karte darstellen könnten, doch sie stimmen nicht miteinander überein. Inzwischen lässt sich der Verschluss problemlos immer wieder öffnen und schließen, und es ist kaum vorstellbar, dass er zuvor achtzehn volle Jahre lang fest verschlossen war. Nun fühlt es sich so an, als wäre es das Natürlichste der Welt, den kleinen Verschluss zu öffnen, so als hätte ich noch nie was anderes getan. Gedankenverloren lasse ich es auf- und zuschnappen, immer wieder. Diese Bewegung hat fast schon etwas Meditatives, doch auch das bringt mich nicht weiter.

Ich sehe mich nicht mehr verstohlen um wie zu Hause. In diesem verschlafenen Nest findet mich sicher niemand, und niemand wird sich für meine Kette interessieren. Die Vorstellung, dass Siath mir gefolgt sein könnte, macht mich einerseits paranoid, andererseits hoffnungsvoll, aber ich kann es mir kaum vorstellen. Er hat sich schließlich sehr klar ausgedrückt, was seine Prioritäten betrifft. Nicht zum ersten Mal frage ich mich, was er tun würde, sollte er merken, dass in Wahrheit ich die Gesuchte bin.

Würde er mich wirklich ausliefern? Oder hat sich zwischen uns etwas geändert?

Hat er es vielleicht sogar schon gemerkt und überlegt, was er als Nächstes tun soll? Ich frage mich, wie viel Zeit ich noch habe.

Und dann wandern meine Gedanken wieder zu Conny. Ist sie auch in diese Stadt gekommen? Saß sie auch in dieser Bäckerei und hat hier ihren Morgenkaffee getrunken, vielleicht sogar auf demselben Platz wie ich? Aber wieso ließ sie das Medaillon zurück? Konnte sie die

Zeichnungen etwa beide entziffern und ist längst in Eden? Eigentlich ist Conny nicht der Typ für Mystisches oder Rätsel … Aber warum hat sie sich bisher noch nicht bei mir gemeldet? Über all diesen Fragen werde ich noch verrückt.

Um mir die Zeit zu vertreiben, bis das Tourismusbüro öffnet, ziehe ich mein Notizbuch und meinen Kuli aus der Tasche und beginne, das Wirrwarr an Strichen in einem größeren Maßstab nachzuzeichnen. Vielleicht fällt ja dabei irgendwann der Groschen.

Linie für Linie male ich von dem Medaillon ab, in zwanzigfacher Größe, doch penibel darauf bedacht, alle Längen und Abstände maßstabsgetreu einzuhalten. Nur das Kreuz in der Mitte, das lasse ich weg. Stattdessen mache ich an dieser Stelle den Strich ein bisschen dicker als die anderen, das Zeichen ist so klein und unauffällig, dass man den Hinweis nur wahrnehmen kann, wenn man davon weiß. Da ich früher schon viel gemalt habe und die Zeichnung nicht sonderlich kompliziert ist, bin ich bereits nach zwanzig Minuten fertig. Danach lasse ich meine Kette wieder in der Tasche verschwinden – sicher ist sicher – und betrachte mein Kunstwerk. Ich starre es fünf Minuten lang an. Zehn Minuten. Verenge meine Augen zu Schlitzen. Drehe es. Doch es bleiben die gleichen langweiligen Linien. Seufzend gebe ich es schließlich auf und mache mich um neun auf den Weg.

Meine ganze Hoffnung setze ich in das Tourismusbüro, doch ich werde bitter enttäuscht. Ich frage die Frau nach der Zeichnung, zeige sie ihr und frage sie, ob sie ihr bekannt vorkommt, ob es vielleicht eine Art Stadtkarte darstellen könnte, doch sie verneint und behauptet, diese Linien noch nie in ihrem Leben gesehen zu haben. Sie wirkt aufrichtig, gerade so wenig desinteressiert, dass es nicht unhöflich wirkt, in ihrem Gesicht lässt nichts darauf schließen, dass sie mich belügen könnte – sie hat diese Zeichnung noch nie gesehen und findet sie offenbar auch nicht besonders spannend. Seufzend verlasse ich das Büro. Nun habe ich keine Ideen mehr. Wie immer war mein Plan scheiße, und nun sitze ich noch dazu am Arsch der Welt. Ich habe keine Ahnung, was ich hier soll und ob mich all das hier überhaupt weiterbringen kann.

Frustriert streife ich durch die mittelalterliche Stadt, sehe mir ihre engen Gassen, ihre Fachwerkhäuschen und Sehenswürdigkeiten an. Besichtige eine mittelalterliche Kapelle, streife durch den Stadtpark, wandere durch ein ehemaliges Kloster und dessen Garten, esse zu Mittag in einer kleinen Pizzeria. Als es um fünfzehn Uhr wieder düster wird und zu nieseln beginnt, mache ich mich auf den Weg zurück zu meinem Hotel. Ich habe nichts gefunden, was mir irgendwie weiterhelfen könnte. Ich habe jede einzelne Sehenswürdigkeit, jedes Haus, jedes Schild, jede Straße in dieser kleinen Altstadt studiert, doch nichts liefert mir irgendeinen Hinweis darauf, dass mein Anhänger und die Zeichnung darin irgendetwas mit diesem Ort zu tun haben, bis auf das Stadtwappen. Ich bin den Tränen nahe.

Wie konnte das alles nur so weit kommen? Ich habe nichts mehr. Conny ist weg, wer weiß, ob sie noch lebt. Siath ist weg und will mich tot sehen – auch wenn er das vielleicht noch nicht weiß, es wird wohl nicht mehr lange dauern, bis er es herausfindet.

Und ich sitze fest in einem Kaff, irgendwo im Nirgendwo, ohne Plan und bald wahrscheinlich auch ohne Geld, ewig kann ich mir das Hotel nämlich nicht leisten. Bald sind die Ferien vorbei, aber ich kann unmöglich zurück, solange ich Conny nicht gefunden habe und solange ich weiß, dass Siath Jagd auf mich macht. Ich kann also davon ausgehen, dass ich mich von meinem Abitur erst mal auch verabschieden kann.

Zur Hölle, was ist nur aus meinem Leben geworden?

Als ich am Hotel ankomme, weine ich doch. Stumme Tränen laufen mir über die Wangen und vermischen sich dort mit den Regentropfen. Hinter der Rezeption steht nun eine ältere Frau, die mich gutmütig und voller Mitgefühl anlächelt.

»Sie haben sich schlechtes Wetter für Ihren Urlaub ausgesucht«, sagt sie bedauernd. »Sie sollten an Pfingsten wiederkommen, es ist die schönste Jahreszeit für diese Stadt!«

Ich zwinge mich zu einem Lächeln, lasse mir meinen Schlüssel geben und mache mich auf den Weg zu meinem Zimmer. Dort schäle ich mich aus den nassen Sachen, lasse mich auf das Bett fallen und schnappe mir die Bibel vom Nachttisch.

Ich strecke mich auf dem Bett aus und fange an, erneut darin zu lesen. Innerlich verfluche ich mich dafür, dass ich nicht daran gedacht habe, der Nonne im Zug die Linien aus dem Amulett zu zeigen. Sie hätte vielleicht gewusst, was sie bedeuten sollen. Vielleicht aber auch nicht. Vielleicht hat es überhaupt nichts mit der biblischen Geschichte zu tun und ich verschwende hier meine Zeit. Es dauert nicht lange, da tun mir von den winzigen Buchstaben die Augen weh. Es fällt mir schwer, das Gelesene zu verstehen, da alles sehr bildhaft, sehr metaphorisch und teils kryptisch beschrieben wird.

Schließlich lege ich das Buch zur Seite und recherchiere online über Eden. Einiges, was die Nonne mir bereits erzählt hat, bestätigt sich. Angeblich haben alle Menschen zunächst in Eden gelebt, wurden aber daraus vertrieben – die allseits bekannte Geschichte mit dem Sündenfall ist sogar an mir nicht vorübergegangen. Das überspringe ich. Tatsächlich finde ich auch online einen Hinweis auf eine ungefähre geografische Lage: Dort bestätigt sich die Geschichte mit den vier Flüssen und verschiedenen Ländern, allerdings werden dort teils erfundene oder zumindest nicht eindeutig zuzuordnende, teils irdische Namen genannt. Die meisten der genannten Namen habe ich noch nie gehört. Entweder sie existieren nicht auf der Erde oder sie existieren zumindest seit sehr langer Zeit nicht mehr. Fest steht aber, sollte ich mich wirklich auf die Suche nach einem irdischen, geografischen Ort machen wollen, müsste ich wohl in Syrien oder dem Irak anfangen.

Es ist zum Verzweifeln. Ich mache mir Notizen, habe aber das Gefühl, das alles passt vorn und hinten nicht zusammen. Dazu kommen das Medaillon und die Stadt, in der ich nun gelandet bin. Sie wollen so gar nicht in das Bild passen.

Ich lese noch eine Weile in der Bibel, doch gegen achtzehn Uhr fallen mir immer wieder die Augen zu und die Bibel fällt auf meine Brust. Draußen regnet es wieder wie aus Eimern und in der Ferne höre ich leises Donnergrollen. Ich döse zwischendurch weg und träume wirres Zeug, gegen zehn werde ich wieder wach und merke, dass meine Wangen wieder nass sind. Der kurze Schlaf war erholsam, aber wieder zurück in der Realität kommt schlagartig die Verzweiflung zurück.

Ich beschließe, dass mir nur noch Alkohol helfen kann. Vielleicht liefert er die notwendige Kreativität, die ich brauche, um voranzukommen.

Ich werfe mich – so gut es mit meinen paar Kleidungsstücken eben geht – in Schale, kämme mein Haar und binde es zu einem Zopf, frage an der Rezeption nach einem guten Tipp für einen einsamen Abend und mache mich auf den Weg in die empfohlene Bar.

Zwei Stunden später sitze ich satt und ein wenig angetrunken in einem gemütlichen, aber ziemlich leeren Pub. Allgemein scheint in dieser Stadt nicht besonders viel los zu sein. Die Dame hinter der Theke wirft bereits immer wieder leicht ungeduldige Blicke auf die Uhr, doch da außer mir noch zwei andere Gäste in dieser Kneipe sind und sie noch keinen Ton gesagt hat, sehe ich keinen Grund, vorschnell aufzustehen und ins Hotel zu gehen. Ich hatte ein leckeres und ziemlich großes Käse-Schinken-Sandwich zum Abendessen und ungefähr drei Bier … Oder mehr? So genau weiß ich es nicht mehr. Als ich aufstehe, um zur Toilette zu gehen, schwankt um mich herum alles, und unwillkürlich muss ich kichern. Ich trinke nicht besonders oft, und wenn, dann meist nicht besonders viel Alkohol – mal ein Glas Wein, ja, gern auch mal guten Whiskey oder einen Cocktail. Aber ich betrinke mich nicht. Meistens. Das letzte Mal, als ich betrunken war, war mit Conny gewesen. Hoffentlich endet dieser Abend nicht wieder so grauenvoll, denke ich mir düster, während ich zum Klo wanke. Noch mehr Gedächtnislücken kann ich mir eigentlich nicht leisten. Wobei, vielleicht kann ich dann endlich Siath vergessen.

Als ich von der Toilette zurückkomme, sitzt auf meinem Platz ein älterer Mann und studiert meine Zeichnung. Ich habe sie mitgenommen und die letzte halbe Stunde draufgestarrt, in der Hoffnung, der Alkohol hätte mir Zugang zu selten benutzten Hirnarealen verschafft, die mir nun helfen können, das Geheimnis zu lösen, aber das hat er natürlich nicht. Eigentlich hat er mich nur langsam, träge und müde gemacht und ein bisschen wirr im Kopf.

»Entschuldigung, aber das ist mein Platz!«, motze ich den alten Herrn an und nehme ihm das Papier aus der Hand. Als ich spreche, fällt mir auf, dass ich ein wenig lalle. »Und meine Zeichnung«, füge ich säuerlich hinzu. Ich falte sie zusammen und stecke sie in meine Hosentasche. Der Mann sieht mich ruhig an und lächelt höflich. Er hat schütteres weißes Haar, ein bisschen erinnert er mich an meinen ehemaligen Chemielehrer aus der achten Klasse – ich bin mir fast sicher, dass er von Beruf ein Wissenschaftler oder Lehrer ist.

»Entschuldigen Sie vielmals«, sagt er höflich und erhebt sich von meinem Platz. »Ich habe nur noch nie eine so tolle, genaue Karte von den Katakomben gesehen. In den neueren Stadtplänen oder Büchern sind sie nicht mehr verzeichnet, und die alten liegen alle im Stadtarchiv. Woher haben Sie denn diese Zeichnung?«

Verständnislos starre ich ihn an.

»Katakomben?«, wiederhole ich ein bisschen dümmlich.

»Ja doch, ist das nicht ein Plan von den unterirdischen Gängen unter der Stadt? Ich habe bereits einmal einen gesehen, aber es ist schon Jahrzehnte her … Ich hätte schwören können, es ist einer!«

Erst jetzt kapiert mein betrunkenes Gehirn, was für eine Information ich da soeben serviert bekommen habe.

»Nein!«, lüge ich. »Keine Katakomben. Ich weiß nicht, wovon Sie sprechen. Es ist eine Zeichnung für ein Kunstprojekt meiner Schule.«

»Oh«, sagt er ein wenig enttäuscht. »Dann habe ich mich wohl geirrt. Schade. Gehen Sie hier auf das Gymnasium?«

»Ja«, behaupte ich, weil ich keine Lust habe, mich zu erklären. Mein Hirn ist mit der neuen Information beschäftigt.

»Oh, dann ist Ihr Kunstlehrer sicher Herr Meyerhoff, oder?« Seine Augen leuchten. Ich habe keine Ahnung, wovon er spricht, nicke jedoch.

»Sagen Sie ihm einen schönen Gruß von mir, Kießling. Ich war früher auch Lehrer an der Schule. Geschichte. Deswegen auch das Interesse für die Katakomben.«

»Ich werde es ausrichten«, sage ich.

Er nickt mir freundlich zu und verschwindet wieder auf seinen Platz.

Katakomben. Unter dieser Stadt! Die wirren Linien in meinem Medaillon sind tatsächlich eine Art Stadtkarte – aber eine unterirdische!

Mein Herz schlägt mir bis zum Hals, und ich bin in heller Aufregung. Schlagartig bin ich wieder nüchtern. Ich habe das Rätsel gelöst. Na gut, eigentlich hat das ein Fremder, aber das spielt keine Rolle.

Doch dann trifft es mich wie ein Schlag: Was soll ich jetzt machen? Soll ich etwa diesen Stadtplan ablaufen, allein, unterirdisch, im Dunkeln? In der Kanalisation?

Ohne Sicherheit und ohne irgendjemanden im Hintergrund, der zumindest weiß, wo ich bin, um mir Hilfe zu schicken, sollte ich mich verlaufen? Und das nur, um der Spur eines alten Medaillons zu folgen, auf dem ein roter Punkt in einem Labyrinth aus Linien verzeichnet ist?

Beinahe hätte ich hysterisch losgelacht. *Verdammte Scheiße!*

Ich weiß nicht einmal, was mich dort unten erwartet. Es wäre alles so viel einfacher, wenn Siath noch bei mir wäre. Vielleicht würde ich mich trauen, wenn er an meiner Seite wäre. Aber ich bezweifle, dass ich das allein kann. Was ist, wenn ich eine Panikattacke bekomme? Was ist, wenn ich mich verlaufe und nicht mehr hinausfinde? Was ist, wenn ich – Gott bewahre – dort unten jämmerlich ertrinke? Fließt dort nicht Wasser? Und was ist mit Fäkalien? Ich bin nicht besonders scharf darauf, auf diese Art zu sterben.

Auf ex kippe ich mein letztes Bier hinunter und winke die Kellnerin heran. Der alte Mann ist gegangen und inzwischen bin ich der letzte Gast in der Bar. Sie nickt mir zu und bringt gleich die Rechnung mit zu meinem Tisch. Während ich in meinem Portemonnaie wühle, sieht sie mich neugierig an, und bevor sie geht, schafft sie es nicht, ihre Neugierde im Zaum zu halten.

»Hatte der Mann recht?«, fragt sie mich mit großen Augen. »Hast du wirklich eine Karte der Katakomben?«

Ich schaffe es, ein überzeugend wirkendes Lachen zustande zu bringen. »Nein«, sage ich. »Ich weiß ehrlich gesagt nicht einmal, wovon er geredet hat.«

»Oh«, macht sie entschuldigend. »Ach so. Sorry. Wäre cool gewesen, die Geschichten über die Katakomben sind interessant und ich hätte echt gern mal einen Plan gesehen.«

»Was für Geschichten gibt es denn über die Katakomben?«, frage ich und versuche dabei möglichst beiläufig zu klingen.

»Ach, das Übliche«, antwortet sie lachend. »Morbider Scheiß eben, Mythen.«

»Ich mag morbiden Scheiß. Erzähl!« Ich lächle und lege den Kopf ein wenig schief.

»Es gibt ein Kanalsystem, das sich unter der ganzen Stadt erstreckt und Hunderte von Jahren alt ist. Angeblich sind schon viele Leute da unten verschwunden, früher. Ich meine, ich weiß, wo der ein oder andere Zugang in der Stadt ist, die sind kein Geheimnis. Viele sind unter Läden oder Restaurants, manche Leute hier in der Altstadt haben sogar eigene Zugänge in ihren Kellern, die meisten haben sie zugemauert. Ich hab zumindest noch keinen offenen gesehen.«

»Wieso das denn?«, hake ich nach.

Sie zuckt die Achseln. »Die Kanäle werden nicht mehr genutzt, schon seit Ewigkeiten nicht mehr. Und deshalb gibt es auch keine Pläne mehr dafür, das Ganze wurde stillgelegt. Vielleicht auch, weil immer wieder irgendwelche Idioten meinten, sie müssten durch das Tunnelsystem von Haus zu Haus wandern und sich dort im Labyrinth verlaufen haben. Könnte mir schon vorstellen, dass dort unten einige verschwunden sind.«

Ich schaudere. »Gruselig«, murmle ich.

»Allerdings.« Sie lacht. »Bin froh, dass ich außerhalb der Altstadt wohne.«

Ich stimme in ihr Lachen ein und verabschiede mich. Gedankenverloren mache ich mich auf den Weg zurück in mein Hotel.

In dieser Nacht, im Traum, kehrt endlich der Rest meiner Erinnerung zurück.

20

»Bist du schon mal von einer Klippe gesprungen?«

Übermütig balanciert sie am Rand, ich kann kaum hinsehen.

»Nein.« Ich runzle die Stirn. »Und dir würde ich das auch nicht empfehlen. Da unten gibt es Massen an Felsen, keine Chance, dass du das überlebst.«

»Schon klar.« Sie verzieht das Gesicht und tritt wieder ein paar Schritte zurück, was mich erleichtert aufatmen lässt. »Ich meine ja auch gar nicht hier. Aber es gibt Orte, an denen man das tun kann. Hast du gewusst, dass es eine Sportart ist? Ich würde das wahnsinnig gern mal ausprobieren. Diese Freiheit, die man da fühlen muss!«

»Ich glaube nicht, dass das was für mich wäre.«

»Freiheit?«

»Nein, Klippenspringen.«

»Das weißt du erst, wenn du es probiert hast.«

»Manche Sachen weiß ich auch so, ohne dass ich sie ausprobieren muss.«

Sie verdreht die Augen. »Ein bisschen mehr Action könnte dir wirklich nicht schaden. Gibt es denn wirklich gar nichts, was du im Leben ausprobieren willst? Und fang jetzt bloß nicht wieder mit deinem Studium an. Ich meine irgendwas Cooleres, ein Abenteuer.«

Ich muss lachen. »Mein ganzes Leben war bisher ein einziges Abenteuer. Ich bin froh, wenn nach meinem Auszug ein wenig Ruhe und Normalität einkehrt.«

»Ach Mina.« Sie seufzt und lässt sich wieder neben mich sinken. Dann wirft sie einen Blick auf ihr Handy. »Nur noch eine Minute bis Mitternacht. Sollen wir den Sekt schon mal öffnen?«

»Auf jeden Fall!«

Sie macht sich am Verschluss der Flasche zu schaffen, kurz darauf fliegt der Korken mit einem lauten Knall über die Klippe und Schaum sprudelt aus dem Flaschenhals.

»Vielleicht wäre das ein guter Vorsatz für dein neues Lebensjahr«, schlägt sie vor. »Raus aus deiner Komfortzone und ein echtes Abenteuer erleben.«

»Nein, ich glaube nicht, dass ich mir das vornehme. Mein Vorsatz ist eher, ein gutes Abitur hinzulegen.«

»Dann nehme ich mir das halt für dich vor. Und jetzt stell dir mal vor, du hättest deinen Achtzehnten langweilig zu Hause im Bett verbracht!«, sagt sie grinsend. »Das wäre doch superscheiße gewesen. Nachher gehen wir zurück zur Party und feiern durch bis morgen früh. Ich bin überzeugt davon, dass es einen Einfluss auf das ganze Jahr hat, was man am ersten Tag erlebt – das gilt für Geburtstage und für Silvester gleichermaßen!«

Ich muss ihr recht geben. Das hier ist der perfekte Start in ein neues Jahr, in ein neues Leben – ein perfekter Start in die Freiheit. Ich bin froh, dass ich mich von ihr zu diesem Ausflug überreden ließ.

»Achtung, gleich ist es so weit.« Sie wirft einen erneuten Blick auf ihre Uhr und beginnt runterzuzählen. »Zehn … neun … acht …«

Mein Herz schlägt schneller. Nur noch wenige Sekunden. Das ist der Moment, auf den ich mein ganzes Leben lang gewartet habe. Der Moment, der alles verändern wird. Nach heute Nacht wird nichts mehr so sein wie vorher.

Morgen schon werde ich in meiner neuen Wohnung sein, in dem WG-Zimmer, das ich vor einigen Monaten gefunden habe. Mein Leben wird sich um hundertachtzig Grad drehen. Ab morgen werde ich nicht mehr Mina aus dem Waisenhaus sein, sondern ein ganz normales Mädchen, das ihr Abitur macht und auf einen Studienplatz hofft. Nicht mehr meine Herkunft wird mich definieren, sondern mein Charakter, meine Träume und Ziele. Das, was mich wirklich ausmacht. Wenn die Leute fragen, wo ich wohne, werde ich ihnen die Adresse nennen und keine mitleidigen Blicke mehr ernten, sondern nur ein knappes Nicken.

Ich kann es kaum erwarten.

»Drei … zwei … eins«, sagt Conny und hält grinsend die Sektflasche in die Höhe. Gläser haben wir natürlich nicht dabei, also ist ein richtiges Anstoßen nicht drin, aber das macht nichts. Sie reicht mir die Flasche. »Happy Birthday, liebste Mina. Auf dass dieses Jahr das beste, schönste und abenteuerlichste deines Lebens wird!«

Ich greife nach dem Sekt, da ertönt ein ohrenbetäubend lauter Knall. Die Flasche zerspringt in meiner Hand und tausend Splitter schießen mir ins Gesicht. Ich werde zurückgeschleudert, fliege ein paar Meter durch die Luft und lande mit dem Hintern im Gras. Brennende Schmerzen ziehen sich über meinen gesamten Körper, und als ich an mir hinabblicke, stelle ich fest, dass das Glas unzählige Schnitte in meinen Armen und Beinen hinterlassen hat, aus denen das Blut sickert. Gleichzeitig spüre ich, wie mir etwas Warmes ins Auge läuft. Noch bevor ich darüber nachdenken kann, werde ich jedoch von etwas anderem abgelenkt. Ein gleißender Blitz erscheint am Rand der Klippe, wo ich gerade noch mit Conny gesessen habe. Er breitet sich aus, eine riesige weiße Kugel aus Licht, sodass ich die Augen mit den Händen abschirmen muss.

Erst in der nächsten Sekunde wird mir klar, dass Conny noch immer dort vorn sein muss, denn bei mir ist sie nicht.

»Scheiße!« Ich springe auf und ignoriere die beißenden Schmerzen. In heller Panik renne ich direkt auf diese eigenartige Erscheinung zu, doch einen Moment später verpufft sie einfach. Abrupt bleibe ich stehen, weil ich nichts mehr sehen kann, alles ist in völlige Schwärze getaucht. Erst ein paar Sekunden später gewöhnen sich meine Augen wieder an die Dunkelheit.

Die Klippe liegt einsam und verlassen vor mir. Conny ist verschwunden und nur die Glassplitter und all das Blut am Boden deuten darauf hin, dass hier gerade eine absolute Katastrophe passiert ist.

Verflucht, was war das denn?

Ich renne zum Rand der Klippe. »Conny?«, rufe ich, doch ich erhalte keine Antwort. Alles bleibt stumm.

Ich suchte sie noch eine ganze Weile, rannte jeden Zentimeter der Klippe ab, doch Conny war und blieb verschwunden. Ich zog mein Handy aus der Tasche, um die Polizei zu rufen, musste jedoch feststellen, dass der Bildschirm gesprungen und der Akku leer war. Und so schleppte ich mich schließlich zurück in die Stadt, wollte zur Klinik, um meine Wunden verarzten zu lassen und Hilfe zu holen, noch immer betrunken und völlig verstört.

Plötzlich ist alles wieder da. Lückenlos. Ich erinnere mich daran, wie ich von Siath geheilt wurde, der mir meine Erinnerungen geraubt und mich nach Hause geschickt hat, ohne zu wissen, was für eine

Katastrophe er damit auslösen würde. Ich hatte es gerade noch geschafft, mir eine Notiz zu schreiben, doch im Heim angekommen, wusste ich nicht mehr, was geschehen war, und legte mich einfach zum Schlafen in mein Bett.

Am nächsten Tag erst kam die Polizei, weil Angelina merkte, dass Conny nicht da war. Ich musste unseren Ausflug beichten, doch mir fehlten sämtliche wichtigen Details. Die Polizei suchte die ganze Stadt ab, an den Klippen fanden sie Connys Tasche und die Reste der zerbrochenen Sektflasche. Für die Beamten war es ziemlich schnell klar, dass Conny betrunken ins Meer gestürzt sein muss, doch ich wusste instinktiv, dass etwas anderes geschehen war, auch wenn ich mich nicht mehr erinnern konnte.

Und so zog ich wie geplant aus und versuchte verzweifelt das Rätsel zu lösen, die Puzzleteile zusammenzubringen und meine Erinnerungen zurückzugewinnen. Letztendlich habe ich die Spuren gefunden, auch ohne alles zu wissen. Ich bin trotz allem am Ziel angelangt, diese Erinnerung verändert nichts mehr, aber ich bin froh, dass sie wieder da ist.

Denn nun weiß ich sicher, dass mit mir alles in Ordnung ist. Dass ich nicht verrückt bin, dass mein Gefühl mich nicht fehlgeleitet hat – dass man mich nur manipuliert hatte und mich diese Stunden einfach vergessen ließ.

Nun bin ich hier.

Und Conny ist in Eden. Es muss so sein. Um Punkt Mitternacht, als das Medaillon sich geöffnet hat, ist sie in dieser dramatischen Lightshow verschwunden. Mit ihr ist das geschehen, was eigentlich mit mir hätte geschehen müssen.

Zumindest hoffe ich das. Natürlich gibt es immer noch die Möglichkeit, dass der Zauber des Medaillons irgendwie erkannt hat, dass sie die Falsche ist, und dass sie bei der Aktion gestorben ist. Doch darüber will ich lieber nicht nachdenken. Conny ist in Eden. Davon muss ich einfach ausgehen.

Ich frage mich, wie weit Siath inzwischen mit seiner Suche ist. Hat er herausgefunden, dass ich die Gesuchte bin? Ist er noch zu Hause oder bereits auf dem Weg hierher?

Was ich sicher weiß, ist eins: Ich will ihn nie wiedersehen.

Die wichtigste Frage ist: Werde ich es wagen, in die Katakomben hinabzusteigen? Denn ich bin mir sicher, dass ich dort das Portal finde, für das mein Anhänger der Schlüssel ist. Der Zauber hat seinen Träger pünktlich in die andere Dimension befördert, aber Conny war die Falsche. Vielleicht ist das Medaillon deswegen an den Klippen zurückgeblieben, um von mir gefunden zu werden?

Nun muss ich den anderen Weg nehmen, um nach Eden zu gelangen und meine Freundin wiederzufinden. Den regulären.

Bereits bei der Vorstellung an dunkle kalte Kellerlöcher bekomme ich Schweißausbrüche, doch ich muss wissen, was dort unten in der Dunkelheit verborgen ist. Was mich tröstet, ist die Tatsache, dass ich in meinem eigenen Tempo werde arbeiten können. Ich kann in den nächstbesten Keller gehen und mir in Ruhe einen Zugang suchen. Ich kann mich Schritt für Schritt voranarbeiten und jederzeit wieder umkehren, sollte es mir zu viel werden. Und ich habe eine exakte Karte von dem unterirdischen Labyrinth in meiner Kette und noch eine in größerem Maßstab in meiner Hosentasche.

Ich muss nur über meinen Schatten springen und mich meinen Ängsten stellen. Das werde ich schon schaffen. Für Conny. Und auch für mich, denn immerhin liefert mir das Rätsel nicht nur die Antworten auf Connys Verbleib, sondern auch auf meine Herkunft, meine Eltern, meine Welt. Ich werde Conny dort finden und meine Familie, davon bin ich überzeugt.

Motiviert packe ich am nächsten Morgen meine Sachen wieder in den Rucksack. Viel habe ich nicht dabei. Meine Kleidung habe ich notdürftig im Waschbecken gewaschen mit dem vom Hotel zur Verfügung gestellten Duschgel. Inzwischen sind sie wieder getrocknet. Dazu kommen eine Flasche Wasser, zwei Brötchen vom Bäcker um die Ecke, mein voll aufgeladenes Handy, mein Taschenmesser und mein Geldbeutel mit dem letzten Rest an Bargeld, von dem ich mir unterwegs noch eine Taschenlampe kaufen werde. Ich trage meine abgewetzte Jeans, den engen schwarzen Pullover, die Turnschuhe. Meine Haare sind zu einem Zopf gebunden, meine Jacke ist locker um meine Hüften gebunden, die gezeichnete Karte steckt sicher in meiner Hosentasche.

Dann checke ich aus dem Hotel aus und mache mich auf den Weg, die Straßen der kleinen Stadt erneut abzuklappern.

Ich umklammere mit der Hand fest das Medaillon, das um meinen Hals hängt.

Ich werde das schon schaffen.

21

Es ist zehn Uhr vormittags und die Läden in der kleinen Stadt öffnen langsam. Ich war bereits im Stadtarchiv und konnte problemlos die alten Pläne der Katakomben einsehen und mit meiner Karte abgleichen. Die Kellnerin hatte recht behalten: Fast jedes Haus in einer der fünf größten Straßen hat im Keller einen Zugang zu den Tunneln, aber auch der freundliche Herr im Archiv erwähnte, dass die meisten inzwischen wohl zugemauert wurden. Ich werde also so oder so eine Weile suchen müssen.

Um kurz nach zehn fange ich in der ersten Straße an, die Geschäfte abzuklappern. Mein Plan ist so simpel wie logisch: Ich muss irgendwie in den Keller kommen, und am einfachsten funktioniert es durch Fragen. Plan B ist, das Ganze heimlich durchzuziehen. Allerdings habe ich wenig Lust, des Ladendiebstahls bezichtigt zu werden, falls man mich dabei erwischt, wie ich versuche, durch eine Hintertür aus dem Laden zu kommen, deshalb versuche ich es erst einmal mit der einfachen Variante.

Diese ist ernüchternd. Die meisten Geschäfte bieten keine Kundentoiletten an und einen anderen Vorwand habe ich nicht, um den Laden durch eine andere Tür als den Eingang zu verlassen. Eine Buchhandlung und ein Bekleidungsgeschäft für Übergrößen haben tatsächlich Toiletten im Keller, doch in der Buchhandlung sind alle weiteren Türen außer der Toilettentür abgeschlossen und in dem Bekleidungsgeschäft werde ich von einer Mitarbeiterin eskortiert, sodass ich keine Gelegenheit habe, im Keller herumzustöbern. Danach probiere ich es noch bei einem Bäcker, aber der hat sein Klo ebenerdig und die Tür zum Keller ist ebenfalls abgeschlossen.

Um elf Uhr habe ich es erst in fünf Geschäften geschafft, den Verkaufsraum überhaupt zu verlassen, und in keinem davon habe ich

Zugang zum Keller bekommen, was meinen Enthusiasmus ziemlich dämpft. Bereits seit einer Stunde laufe ich herum und frage, ob ich zur Toilette gehen darf, wobei ich mir langsam sowieso schon blöd vorkomme. In einem Laden habe ich schon eine Kundin aus dem vorherigen Geschäft wiedergetroffen, die mir nur mit hochgezogenen Brauen hinterherblickte, als ich *schon wieder* nach dem Klo fragte. Ich lächelte sie entschuldigend an und murmelte was von »Blasenentzündung«, aber so langsam wird mir klar, dass das auf diese Weise nicht so richtig funktioniert.

Im nächsten Geschäft also doch lieber Plan B.

Das nächste Geschäft auf meiner Karte ist ein Ein-Euro-Laden. Plunder steht neben Plunder und der Verkaufsraum ist erfüllt von dem beißenden Gestank nach billigem Plastik und Chemie.

Eine Weile stöbere ich zwischen den knallig bunten Sachen herum und versuche dabei interessiert und nicht allzu auffällig zu wirken, aus dem Augenwinkel sondiere ich die Lage – wo gibt es Türen, könnten sie alarmgesichert sein, wie viele Verkäufer sind hier unterwegs und beobachten sie mich?

Ich komme mir vor wie eine Schwerverbrecherin.

In die Wühltische vertieft arbeite ich mich durch den Laden und finde schlussendlich eine Tür mit der Aufschrift *Nur für Personal.* Blitzschnell sehe ich mich um, doch da kein Verkäufer in Sicht ist, verschwinde ich hinter der Tür.

Ich finde mich in einer Art kleinem Aufenthaltsraum wieder, auch wenn er nicht besonders schön eingerichtet ist. Eigentlich ist er überhaupt nicht eingerichtet, sondern fast leer. Lediglich ein billiger rosa gestreifter Klappstuhl und ein Aschenbecher stehen in der Mitte und bestätigen meine Vermutung, dass immer nur einer, maximal zwei Mitarbeiter in diesem Geschäft arbeiten. Perfekt für mein Vorhaben.

Durch eine weitere Tür gelange ich auf den Flur des Hauses und finde mich direkt vor einer Treppe wieder, die in den Keller führt – Jackpot!

Endlich schaffe ich es, einen dieser Kellerräume zu betreten. Es ist im ersten Moment nicht das, was ich erwartet habe: Der Keller ist betoniert, rechteckig, modern. Ich finde mehrere Räume, einen gefliesten mit Waschmaschinen, Wäschetrocknern und Wäscheleinen, einen Heizungsraum, einen kleineren Raum vollgestopft mit Kisten, der von dem Geschäft im Erdgeschoss als Lagerraum benutzt wird. Es ist ein Keller wie in einem modernen Wohnhaus, nicht einer, den ich in einer mittelalterlichen Stadt wie dieser erwartet hätte.

Ich laufe durch den kompletten Keller und will mich schon enttäuscht zum Gehen wenden, als mir eine weitere kleine Tür auffällt. Ich öffne sie und finde endlich das, was ich gesucht habe: ein mittelalterliches Gewölbe wie aus dem Bilderbuch.

Eine steile Wendeltreppe führt hinab in eine schwarze Tiefe. Ich suche die Wände links und rechts nach einem Lichtschalter ab, finde jedoch keinen. Seufzend krame ich meine Taschenlampe aus dem Rucksack und ziehe leise die Tür hinter mir zu, dann steige ich langsam und vorsichtig die Treppe mit ihren unebenen Stufen hinab in die Schwärze. Um mich abzulenken und einen aufkeimenden Anfall von Klaustrophobie zu unterdrücken, zähle ich flüsternd die Stufen mit, die ich hinabsteige: Eine, zwei, fünf, zehn, zwanzig. Bei Stufe achtundvierzig erreiche ich endlich den Grund.

Ich schwenke die Taschenlampe einmal herum. Die Luft hier unten ist schwer, modrig und feucht. Es ist eisig kalt und ich friere trotz des Pullovers, sodass ich mir meine Jacke überziehe. Mein Herz schlägt mir bis zum Hals. Ist das hier etwa schon ein Teil der Katakomben? Ich sehe mich noch einmal um, doch ich kann keine weiterführenden Tunnel erkennen. Tatsächlich scheint das hier nur ein kleines Gewölbe zu sein, weitgehend ungenutzt und höchstens fünfzig Quadratmeter groß. Ich laufe die feuchten Wände einmal komplett ab und gelange wieder zur Treppe, ohne etwas Interessantes gefunden zu haben. Der Kegel meiner Taschenlampe wandert einmal komplett durch den gesamten Raum und mit den Augen folge ich ihm, suche den Boden ab, in der Hoffnung, eine Falltür oder Ähnliches zu finden, doch dort ist nichts. Enttäuschung macht sich in meinem Bauch breit.

Laut meiner Karte müsste unter diesem Haus auf jeden Fall ein Zugang sein. Ich krame sie noch einmal hervor, um mich zu vergewissern.

Als ich mich noch einmal genau umsehe, fällt er mir auf: Ein etwa ein mal ein Meter großer Fleck an der hinteren Wand. Ich gehe darauf zu und sehe ihn mir genauer an. Er bestätigt mir, was ich dachte. Hier war ein Zugang, er wurde verschlossen. Die Mauern unterscheiden sich in Farbe und Struktur nur minimal vom Rest der Wand, doch wenn man genau hinsieht, erkennt man deutlich, dass sie hier nachträglich hochgezogen wurden. Hier war einmal eine Tür gewesen, doch ich bin zu spät.

Verdammter Mist!

Die Uhr zeigt inzwischen schon auf Mittag. Zwei Stunden habe ich nun gebraucht, um in einen Kellerraum zu gelangen, und der ist auch noch verschlossen. Wenn das so weitergeht, brauche ich vermutlich mindestens eine Woche, bis ich irgendwann endlich ein Geschäft oder eine Kneipe finde, die einen Zugang zu den Katakomben aufweisen kann, der nicht zugemauert wurde. Und der schwierige Teil fängt dann erst an: keine Panik bekommen, Karte richtig lesen, nicht sterben.

Für einen kurzen Moment flackert vor meinem inneren Auge ein Bild auf, das ich in den letzten Tagen regelmäßig versucht habe zu vertreiben, aber es kommt hartnäckig immer wieder: ich im silbrigen Mondschein am Strand, feiner Sand unter meinen Füßen, Hand in Hand mit Siath, glücklich. All das könnte ich noch immer haben, wenn ich nur nicht so verdammt neugierig gewesen wäre. Wenn Siath nicht so ein verfluchtes Arschloch wäre.

Wütend kicke ich mit dem Fuß einen Stein beiseite und rufe mich zur Vernunft. So schön die Vorstellung auch ist, es ist albern. Es gibt keinen Weg zurück. Und nicht meine Neugierde ist schuld, sondern Siath und sein schäbiges Vorhaben, mich zu töten.

Ob er mich immer noch töten will, wenn er weiß, dass ich es bin?

Manchmal hatte ich in den vergangenen Stunden wilde Fantasien davon, wie er es herausfindet und sich gegen seinen Vater und sein Königreich stellt und einfach beschließt, mit mir durchzubrennen, mit mir auf der Erde zu bleiben, Bonny und Clyde, wir gegen den Rest der Welt, oder besser gesagt, gegen zwei Welten. Warum eigentlich nicht? Wir könnten hier zusammen und ein Paar sein, einfach glücklich sein. Scheiß auf Eden, sollen die ihre Probleme doch allein lösen!

Ich stelle fest, dass ich viel zu viele Schnulzen lese. Ich sollte damit aufhören. Natürlich würde Siath sich nicht für mich entscheiden, sondern für sein Land. Und außerdem muss ich ohnehin zuerst Conny zurückholen.

Seufzend erklimme ich die Stufen und verlasse den Keller wieder.

Nicht zum ersten Mal frage ich mich, wieso ich schuld daran sein soll, dass in Eden solche Unruhen herrschen. Die ganze Geschichte ist vollkommen absurd, und erneut kommen mir Zweifel daran, dass Siath recht hat. Vielleicht sieht das Medaillon dem verzauberten Gegenstand nur ähnlich. Andererseits hat es sich tatsächlich achtzehn volle Jahre lang nicht geöffnet. Und die Erinnerung an dieses merkwürdige Licht und Connys Verschwinden, die kann ich mir nun wirklich nicht mit Logik erklären.

Als ich in den Verkaufsraum zurückkehre, bleibt mir ein peinliches Erlebnis nicht erspart. Beim Verlassen des Ladenraums konnte ich mich vergewissern, dass kein Verkäufer in der Nähe ist, aber als ich zurückkehre, steht direkt neben mir der junge Mann, der zuvor an der Kasse war, und sortiert Ware in ein Regal.

»Was zum Teufel haben Sie dort hinten getan?«, faucht er mich an und wirft mich hochkant aus dem Laden.

Ich nehme mir vor, in Zukunft vorsichtiger sein. In dieser Stadt sollte sich besser nicht herumsprechen, dass eine Verrückte unterwegs ist, die in nasse, dunkle Kellerlöcher einbricht.

Bis zum Abend schaffe ich es noch in zehn weiteren Geschäften, den Verkaufsraum zu verlassen, in allen ohne Erfolg. Ich betrete acht Keller, finde fünf weitere Gewölbekeller und fünf zugemauerte Löcher in der Wand. Um achtzehn Uhr schließen die Läden, und ich stehe frustriert und planlos auf der kopfsteingepflasterten Straße, unsicher, was ich nun tun soll. So langsam zweifle ich daran, dass überhaupt noch irgendein Haus in dieser Stadt den Zugang zu den unterirdischen Tunneln nicht zugemauert hat. Vermutlich würde ich das auch tun, wenn ich wüsste, dass unter meinem Haus ein unterirdisches Tunnelsystem existiert, das erstens gruselig ist und durch das zweitens rein theoretisch jeder in mein Haus einbrechen könnte.

Ich notiere auf meiner Karte, wo ich bereits überall war und ehemalige, nun verschlossene Zugänge gefunden habe, und male mir auf, an welchen Stellen ich es morgen probieren möchte. Danach kehre ich zurück zum Hotel und checke erneut ein. Mein Geld reicht vielleicht noch eine Woche, wenn ich die Übernachtungen und eine eventuelle Rückfahrt nach Hause mit einberechne. Ein bisschen Zeit bleibt mir also, dennoch sollte ich mich beeilen.

22

Am nächsten Tag ruft mich Dagmar an.

»Mann, wo bist du denn?«, fragt sie ohne eine Begrüßung, und ich erkenne an ihrer angespannten Stimme, dass sie überaus besorgt ist. »Ich habe mir Sorgen gemacht! Du warst mit Siath unterwegs und bist danach einfach nicht mehr aufgetaucht. Geht es dir gut?«

»Lange Geschichte«, seufze ich und reibe mir müde über die Augen. Es ist früher Abend und ich war wieder den ganzen Tag in der Stadt unterwegs, habe ein Geschäft und ein Restaurant nach dem anderen abgeklappert, aber dasselbe vorgefunden wie am ersten Tag: Wenige Keller, noch weniger zugemauerte Löcher, kein einziger Weg in das Tunnelsystem, das Ganze begleitet von einigen mehr oder weniger peinlichen Zwischenfällen, wenn ich beim Stöbern erwischt wurde.

Ich überlege, was ich ihr sagen kann, ohne so zu klingen, als würde ich ihr den *Herrn der Ringe* erzählen – gleichzeitig will ich auch nicht so kryptisch wie Siath sein. Ich muss feststellen, dass es gar nicht so einfach ist. Die Wahrheit kann ich ihr unmöglich sagen.

»Es ist so, dass ich anscheinend nicht von der Erde stamme, sondern aus einer Parallelwelt namens Eden. Da gibt es Hexen und Telepathie und alles Mögliche, magisches Zeug eben. Dort gibt es große Probleme, für die ich angeblich verantwortlich bin, deshalb haben mich meine Eltern zur Erde gebracht und dort im Waisenhaus versteckt. Siath ist übrigens auch aus Eden und soll mich suchen und töten, doch er weiß nichts davon. Ach ja, und mein Medaillon ist übrigens verzaubert. Ich bin gerade in einer fremden Stadt und plane, dort in ein Kanalsystem hinabzusteigen, weil meine Kette mir das rät – und bei dir so?

Vermutlich wäre sie ziemlich sauer, weil sie sich veralbert vorkäme, wer könnte es ihr verübeln?

Nein, die Wahrheit ist unaussprechlich.

Aber was kann ich ihr dann sagen?

Irgendwie verstehe ich Siath nun doch mit seiner Geheimniskrämerei. Wenn die Wahrheit so unglaubwürdig klingt, verschweigt man sie manchmal vielleicht lieber doch.

»Tut mir leid, Dagmar. Ich bin für ein paar Tage verreist«, sage ich schließlich.

»Aha«, sagt sie nach einer kurzen Pause, doch es klingt mehr wie eine Frage. »Mitten in der Nacht? Ich bin aufgewacht, als du gegangen bist, aber bis gestern Abend dachte ich, du kommst wieder. Warum hast du nichts gesagt?«

»Es war ziemlich spontan.« Ich seufze. »Ich musste den ersten Zug um vier Uhr kriegen. Irgendwie ist alles ein bisschen aus dem Ruder gelaufen. Ich habe mich mit Siath gestritten, dann habe ich ein paar Dinge über Conny erfahren, ich bin gerade ziemlich durch den Wind und brauchte irgendwie Abstand.«

»Oh, Mina, das tut mir wirklich leid«, sagt Dagmar bedauernd. »Aber dir geht es gut? Dann ist Siath nicht bei dir? Bei der Arbeit war er nämlich heute auch nicht.«

Das ist ja interessant. Meine Gedanken rasen. Was hat das zu bedeuten? Hat er etwa schon bemerkt, dass ich die Gesuchte bin? Ist er auf dem Weg hierher? Meine Finger kribbeln und ich merke, wie mir der Schweiß ausbricht.

»Nein, ich bin allein hier«, presse ich hervor. »Tut mir leid, Dagmar. Ich muss aufhören. Ich melde mich bald.« Schnell verabschiede ich mich und lege auf, bevor sie protestieren kann. Wenn Siath wirklich schon unterwegs ist, habe ich keine Zeit mehr zu verlieren.

Eine Stunde später finde ich endlich, was ich suche.

Zu dem Repertoire in meinem Rucksack kamen im Lauf des Tages noch einige Utensilien hinzu, die ich auf meiner Reise durch die Geschäfte in der Altstadt ergattert habe: Eine Stirnlampe und ein enormer Vorrat an Batterien – ich bin ein wenig paranoid und habe panische Angst, mich in den Katakomben zu verlaufen und am Ende kein Licht mehr zu haben – sowie ein kleines Werkzeugset und ein paar andere Kleinigkeiten, die irgendwann vielleicht einmal nützlich werden könnten. Zusammen mit dem Proviant wiegt mein Rucksack inzwischen tausend Tonnen, aber ich fühle mich gewappnet für fast alles.

Inzwischen habe ich fast alle Geschäfte in drei der großen Straßen abgeklappert, doch dann finde ich ein Bekleidungsgeschäft für junge Mode. Wie immer stöbere ich erst einmal eine Weile im Laden herum und sondiere die Lage. Ich merke sofort, dass hier etwas anders ist, dass ich hier Glück haben kann. Ich finde sofort die Tür, die hinten aus dem Verkaufsraum führt. Das Geschäft hat zwei Stockwerke, aber nur eine hochschwangere rothaarige Verkäuferin, die etwas gelangweilt hinter der Verkaufstheke sitzt und in einen Roman vertieft ist. Sie hebt nur einmal kurz den Kopf, um mich zu begrüßen, dann versinkt sie wieder in ihrem Buch. Diese Voraussetzungen sind perfekt. Ich muss im Grunde nur darauf warten, dass ein Kunde sie in den ersten Stock zitiert, dann habe ich hier unten praktisch Narrenfreiheit und niemand merkt, wenn ich durch die Hintertür verschwinde. Zudem wirkt sie ohnehin nicht sonderlich interessiert.

Eine ganze Weile lang bin ich allein im Laden und stöbere zwischen den Kleiderständern herum. Nervös beobachte ich die Uhr über der Theke, deren Zeiger sich unaufhörlich dem Feierabend nähern. Wenn Siath wirklich bereits auf dem Weg ist, kann ich mir einen weiteren erfolglosen Tag vielleicht gar nicht mehr leisten.

Nach einer Weile kommt eine Touristengruppe in das Geschäft, lauter aufgedrehte junge Amerikanerinnen. Perfekt! Nachdem sie eine ganze Zeit lang laut schnatternd die Ware im Erdgeschoss inspiziert haben, gehen alle zusammen in den ersten Stock, wo die Umkleidekabinen sind. Sie bringen unglaublichen Trubel in den Laden. Ich höre Gekicher, Gegacker, Vorhänge, die auf- und zugezogen werden, irgendwann einen lauten Knall und noch mehr Gekicher. Offensichtlich ist dort oben irgendwas umgefallen oder zu Bruch gegangen.

Genervt stöhnend hievt sich die Verkäuferin aus ihrem Stuhl und watschelt in Richtung Treppe. Ich halte mich bereits seit einigen Minuten dezent im Hintergrund und sehe mir die reduzierte Kleidung an einem Ständer in einer dunklen Ecke an, doch sobald sie außer Sichtweite ist, werde ich aktiv. Das ist meine Chance. Blitzschnell bin ich bei der Tür, öffne sie leise, husche hinaus und schließe sie wieder hinter mir. Inzwischen habe ich es bereits so oft geübt, dass ich richtig gut darin geworden bin.

Wie bei den meisten Häusern finde ich mich auf einem Hausflur wieder, mit Treppen, die in den ersten Stock führen, und einer Kellertreppe.

Bisher war es fast überall gleich. Im Erdgeschoss sind Ladengeschäfte, Kneipen oder Restaurants, manchmal auch noch im ersten Stock. Aber darüber sind normale Wohnungen. Die Keller sind modern ausgebaut, haben Heizungsräume und Waschküchen, und meistens gibt es noch eine weitere Treppe, die in ein Gewölbe führt.

So ähnlich ist es auch hier, und es dauert nicht lange, bis ich die richtige Tür samt Treppe finde.

Inzwischen war ich schon in so vielen dunklen Kellerlöchern, dass meine Panik sich ein wenig gelegt hat. Fast routiniert setze ich meine Stirnlampe auf und steige die unebenen Stufen hinab. Gewohnheitsmäßig zähle ich dabei mit: hier sind es neunundachtzig. Der tiefste Keller, in dem ich bisher war. Wie immer gibt es keinen Lichtschalter, die Luft ist modrig, kalt und feucht und ein drückender Geruch nach Schimmel legt sich schwer auf meine Lunge. Ich finde mich wie immer in einem altertümlichen Gewölbekeller wieder und kann nicht ganz aufrecht stehen. Die Deckenhöhe beträgt hier schätzungsweise einen Meter sechzig, mit eins fünfundsechzig bin ich knapp größer.

Im Grunde ist dieser Keller fast wie die vorherigen, mit nur einem kleinen Unterschied: Es gibt hier eine weitere Tür.

Sie ist winzig, dennoch fällt sie mir sofort ins Auge: Ein kleines Quadrat, eigentlich ist es eher eine Luke als eine Tür. Weiß lackierter Stahl, schwarze Klinke, modern – in jedem Fall erst nachträglich eingefügt. Und eine bessere Variante, als alles direkt zuzumauern, denke ich finster. Ich bete, dass sie nicht verschlossen ist. Falls sie es sein sollte, bin ich wild entschlossen, sie trotzdem zu öffnen, und stelle mir bereits vor, wie ich meinen Werkzeugkoffer auspacke und an dem Schloss hantiere.

Langsam und vorsichtig drücke ich die Klinke nach unten. Erst tut sich nichts, doch dann lässt sich die Tür langsam aufziehen. Sie quietscht, und es kostet mich einiges an Anstrengung, sie zu öffnen, offensichtlich wurde diese Luke seit Jahren nicht mehr benutzt.

Als sie endlich offen ist, leuchte ich mit meiner Taschenlampe in die Schwärze. Kein Zweifel, ich habe die Katakomben gefunden!

Mein Herz schlägt mir bis zum Hals. Ich möchte Freudensprünge machen, immerhin hat sich nun endlich was getan, nach langer erfolgloser Suche. Aber jetzt bekomme ich auch Panik. Ziemliche sogar. Hier werde ich nicht laufen können. Dieser Tunnel ist klein, in etwa so groß wie die Luke, durch die man ihn betritt, vielleicht einen Meter breit und hoch. Ich werde krabbeln müssen.

Es geht einige Meter geradeaus, danach gibt es eine leichte Biegung nach links und ich sehe nicht, was dahinterliegt. Ich werfe einen kurzen Blick auf meine Karte. Laut der Zeichnung wird irgendwann eine Gabelung kommen, bei der ich mich unbedingt rechts halten muss, wenn ich zu dem roten Kreuz in der Mitte gelangen will. Allerdings sind dort keine Entfernungen verzeichnet, und so habe ich keine Ahnung, in welcher Größenordnung sich das Ganze abspielt: Wie weit muss ich hier geradeaus krabbeln? Hundert Meter? Oder mehrere Kilometer?

O Gott. Traue ich mich das wirklich? Ich muss vollkommen verrückt sein. Soweit ich weiß, ist dies der einzige Zugang unter der Stadt, der noch nicht zugemauert wurde. Sicher gibt es noch andere, aber ich habe ja keine Ahnung, wo die sind. Für mich ist dies der einzige Weg, wieder zurückzukommen. Was ist, wenn jemand diese Tür absperrt?

Bereits die Vorstellung versetzt mich in Panik und ich bekomme kalte Schweißausbrüche. Kurz werfe ich einen Blick auf mein Handy, doch meine Befürchtungen bestätigen sich: kein Empfang. Natürlich nicht.

Reiß dich zusammen, Mina!

Ich erinnere mich an meine Kette und Siaths Worte und zwinge mich zur Ruhe. Das Medaillon ist ein Schlüssel. Und es führt es mich geradewegs in diese Katakomben – sicher nicht, um mich hier sterben zu lassen. Ich soll hier etwas finden, höchstwahrscheinlich das Portal. Alles verläuft nach Plan.

Ich atme noch einmal tief durch, dann klettere ich durch die dunkle Luke. Kurz überlege ich, die Tür hinter mir aufzulassen. Allerdings will ich nicht riskieren, dass zufällig jemand hier runterkommt und mir folgt. Also ziehe ich sie hinter mir zu und beginne den Tunnel entlangzukrabbeln.

Bereits nach kurzer Zeit verliere ich die Orientierung und jegliches Zeitgefühl. Es kommt mir so vor, als fiele der Tunnel ziemlich steil bergab, aber ganz sicher bin ich mir nicht. Irgendwann jedoch bekomme ich ein unangenehmes Druckgefühl auf den Ohren, und ich schaffe es nur mit großer Anstrengung, die Panik, mit der mein Körper auf die Veränderung reagiert, zurückzudrängen. Immer wieder rufe ich mir in Erinnerung, dass mir nichts passieren kann und dass das alles so gewollt ist. Es ist genau das, was das Medaillon mir sagt. Und damit ein Teil des Plans, den meine Eltern für mich gemacht haben.

Ich krabble und krabble und es geht stur geradeaus und bergab. Nichts verändert sich. Mehrmals bin ich kurz davor umzukehren, aber ich rufe mich zur Vernunft – wenn man es denn so nennen kann. Ist es denn vernünftig, was ich dort tue? Auf jeden Fall mache ich weiter.

Der Boden und die Wände sind kalt, nass und glitschig. Ekelerregend. Ich darf nicht darüber nachdenken. Einmal erschrecke ich mich halb zu Tode, weil ich an einer toten Ratte vorbeikomme. Einen aufkeimenden Brechreiz unterdrückend krieche ich weiter.

Die Luft hier unten ist angenehm kalt und erstaunlich klar. Wenigstens etwas.

Nach einer Weile, einer ganzen Ewigkeit – ich schätze, ich bin hier schon ungefähr eine halbe Stunde – wird der Tunnel enger. Ich merke es daran, dass mein Rucksack an der Decke entlangschleift. Erst denke ich mir nichts dabei, doch nach kurzer Zeit bin ich gezwungen, noch flacher zu kriechen, und so nehme ich den Rucksack ab und schiebe ihn vor mir her. Mein Herz klopf so laut und schwer, dass ich es im ganzen Körper pulsieren spüre. Mein Mund ist staubtrocken. Wieder würde ich am liebsten umkehren, doch ich zwinge mich voranzukrabbeln. Wenn das hier nun allerdings zur Gewohnheit wird, wenn der Tunnel von hier an nur noch enger wird und sich nicht mehr öffnet, werde ich gezwungen sein umzukehren. Das schaffe ich nicht. Ich werde nicht kilometerweit durch eine Höhle robben können, die kaum größer ist als ich, weil ich so keine Chance habe umzukehren. Sollte es nicht schnell wieder besser werden, muss ich zurück und mir einen anderen Zugang suchen.

Ich probiere es einige Meter weit. Irgendwann ist der Tunnel tatsächlich so eng, dass ich mich kaum noch darin drehen kann und enttäuscht beschließe umzukehren. Doch plötzlich höre ich einen dumpfen Schlag und mein Rucksack ist verschwunden.

Angestrengt blinzle ich in die Dunkelheit vor mir, die nur von dem schwachen Schein meiner Stirnlampe erhellt wird.

Ich krieche ein paar Meter zurück und drehe mich um, sodass ich mich nun mit den Füßen voran vorwärtsschiebe. Und tatsächlich: Nach kurzer Zeit trete ich ins Leere.

Ich schiebe meinen Oberkörper hinterher und hänge plötzlich in der Luft, ich bin am Ende des Tunnels angelangt. Einen kurzen Moment lang überlege ich, doch besonders tief kann es nicht sein, immerhin konnte ich den Aufprall meines Rucksacks gut hören. Also lasse ich los und falle in die Tiefe. Etwa zwei Meter.

Erleichtert sehe ich mich um. Ich bin in einem großen Raum gelandet, ähnlich wie die Kellergewölbe. Endlich kann ich wieder stehen. Notdürftig wische ich mir den ganzen Schmodder von den Klamotten und setze mir meinen Rucksack wieder auf, doch dann trifft es mich wie ein Schlag: Von hier aus komme ich nicht mehr so einfach zurück. Ich war noch nie besonders sportlich und habe keine Ahnung, wie ich die zwei Meter zum Tunnel zurückklettern soll.

Ich versuche mir darüber jetzt noch keine Gedanken zu machen und hoffe, dass sich von selbst eine Lösung findet, wenn ich nur erst das Rätsel des Medaillons gelöst habe. Eins nach dem anderen.

Hier finde ich endlich die in der Karte versprochene Gabelung, und wie empfohlen halte ich mich rechts.

Jetzt, wo ich wieder aufrecht gehen kann, ist es nicht mehr ganz so schlimm. Es sieht hier nicht viel anders aus als in all den Kellerwölben, in denen ich bisher war. Sollte das hier tatsächlich einmal eine Art Kanalisation gewesen sein, merkt man davon jetzt nichts mehr. Ich bekomme eher den Eindruck, dass es einfach ein unterirdisches Tunnelsystem war, um von Haus zu Haus zu gelangen.

Nach einer Weile kommen immer wieder Abzweigungen, und ich zähle penibel mit, zu groß ist meine Panik, mich zu verlaufen. Wenn die Karte in meinem Anhänger halbwegs maßstabsgetreu ist, weiß ich nun wenigstens ungefähr, wie lange es noch dauert, bis ich am Kreuz ankomme. Bis zur ersten Abzweigung habe ich etwa eine halbe Stunde gebraucht. Danach kommen noch viele weitere Abzweigungen, die in der Karte nur etwa halb so lang eingezeichnet sind. Zeitmäßig kommen diese Wege auf etwa fünfzehn Minuten, es passt also. Nach der fünften Abzweigung – inzwischen bin ich bereits seit anderthalb Stunden unterwegs – hole ich meine Zeichnung heraus und markiere mir, wo ich bereits war. Außerdem rechne ich aus, wie lange ich wohl noch brauchen werde, wenn man alle kommenden Abzweigungen und Wege zusammenrechnet: Auf der Karte sind noch fünf lange Wege verzeichnet und vier kurze. Ich kann also damit rechnen, dass ich in dreieinhalb Stunden mein Ziel erreicht haben werde. Noch ganz schön lange, wenn man bedenkt, dass ich erst seit kurzer Zeit hier unten bin und mein Herzschlag sich noch immer nicht so richtig beruhigt hat.

Je länger ich darüber nachdenke, dass ich einen Weg von anderthalb Stunden zurück habe (plus die Stelle, von der ich nicht weiß, ob ich sie wieder hochklettern kann) und noch einen Weg von mehr als drei Stunden vor mir, desto stärker beginnt mein Herz zu klopfen. Ich kann jetzt hier nicht einfach wieder raus. Anfangs war alles noch nicht so schlimm, ich hätte jederzeit umkehren können, aber nun ist es zu spät zum Umkehren. Ich bin fast in der Mitte meines Weges, nicht mehr lange und die Strecke vorwärts wird genau so lang wie die Strecke zurück sein. Ich spüre, wie meine Hände und meine Stirn feucht werden und mein Atem schneller geht. Was ist, wenn die Lampe plötzlich nicht mehr funktioniert? Oder wenn ein Fehler auf der Karte ist? Was ist, wenn ich mich hier unten verlaufe und niemals wieder zurückfinden werde? Nur ein kleiner Fehler, eine falsche Markierung könnte dazu ausreichen. Und wie schnell sind kleine Fehler gemacht? Was ist, wenn das alles nur ein blöder Scherz war? Plötzlich kommen mir die absurdesten Gedanken und Verschwörungstheorien in den Sinn; wer weiß denn sicher, ob diese ganze Geschichte überhaupt stimmt? Ich habe bereitwillig alles geglaubt, was Siath mir erzählt hat, weil es irgendwie, auf eine merkwürdige Art und Weise, zusammengepasst hat und ich keine anderen Erklärungen habe. Aber eigentlich ist das doch alles viel zu schräg, um wirklich wahr zu sein, oder? Auf einmal habe ich das Gefühl, keine Luft mehr zu bekommen. Mein Puls rast immer schneller und ich atme immer flacher, plötzlich habe ich das Gefühl zu ersticken.

O Gott, jetzt bitte keine Panikattacke.

Hier unten kann mir niemand helfen.

Niemand kann mir helfen.

Ich muss mich beruhigen.

Verzweifelt lege ich meine eiskalten Hände auf die schweißnasse Stirn, um meinen Kopf zu kühlen, und zwinge mich, langsamer und tiefer zu atmen. Ich zittere am ganzen Körper und mir ist auf einmal speiübel. Ich muss mich wieder beruhigen. Wie schnell sind Fehler gemacht, wenn man nervös und fahrig wird? Ein Fehler hier unten kann mich das Leben kosten. Ich muss mich beruhigen, aber solche Gedanken sind nicht gerade hilfreich, also versuche ich sie zu verdrängen.

Ich kann jederzeit zurück.

Der Weg ist zwar weit, aber ich kann jederzeit umkehren.

Ich muss nicht hier unten bleiben und erst recht nicht sterben.

Ich lehne mich an die Mauer und lasse mich komplett zu Boden sinken. Langsam beruhigt sich meine Atmung wieder. Alles halb so wild. Hier kann nichts passieren. Ich habe genug Batterien und genug Proviant für einige Tage, und all das werde ich vermutlich nicht einmal brauchen, weil ich in ein paar Stunden bereits das Tor erreiche und dieses Loch wieder verlassen kann. Alles ist gut. Alles ist gut. Mir passiert hier unten nichts. Selbst wenn alles schiefgehen sollte, kann ich jederzeit umkehren. All diese Dinge denke ich in einer Art Dauerschleife und flüstere sie leise wie ein Mantra vor mich hin, um alle Negativität zu vertreiben. Es dauert eine ganze Weile, bis meine Atmung und mein Herzschlag wieder normal sind und ich mich in der Lage fühle weiterzugehen. Ich hole meine Karte hervor und gehe noch einmal penibel jede Abzweigung durch, kontrolliere noch einmal gründlich, ob ich alles richtig markiert habe. Ich kann keine Fehler finden. Alles ist gut, sage ich mir noch einmal, dann komme ich auf meine wackligen Beine zurück. Ich habe das Gefühl, dass ich total unterzuckert bin, und nehme mir etwas von meinem Proviant aus dem Rucksack. Außerdem meinen Pullover. Plötzlich ist mir kalt. Dann gehe ich weiter. Ich fühle mich völlig platt und ausgepowert, als wäre ich kilometerweit gerannt. Ich hoffe, dass die nächsten Stunden schnell vergehen.

Es folgen viele weitere Abzweigungen. Ich markiere sie alle auf meiner Karte, und irgendwann höre ich auch auf, andauernd auf die

Uhr zu sehen. Das frustriert mich nur. Hier sieht alles gleich aus. Kalte, feuchte, dunkle Gänge, eine Welt ohne jegliches Leben. Ich hatte mit Ratten oder Kleingetier gerechnet, aber hier ist nichts. Alles ist tot. Sogar Spinnen wären mir lieber gewesen als diese deprimierende Leere. Nach einer Weile beginne ich zu singen, das lenkt mich ab. Irgendwie klingt es auch schön, denn meine Stimme hallt von den Wänden wider und klingt voll und klar. Irgendwann wird mir das Singen zu blöd und ich führe Selbstgespräche, in denen ich mich hauptsächlich über Siath aufrege. Ich erzähle ihm alles, was ich ihm am Ende nicht mehr erzählen konnte, und in meinen Selbstgesprächen finde ich all die richtigen Worte, die ich in Wahrheit nie finde, wenn ich über mich und meine Gefühle sprechen muss. Dann verfluche ich ihn, weil er mir dieses wunderschöne und neuartige Gefühl gegeben hat, zu Hause zu sein, dazuzugehören, auch wenn es keinen Sinn ergibt. Der vielleicht auch seine besonderen Kräfte eingesetzt hat, um mich einzulullen, auch wenn er das Gegenteil behauptet hat, wer weiß das schon – nur um mir dann zu erzählen, dass er mich nur benutzt hat, um Conny zu finden und sie mir zu nehmen, das Wertvollste, was ich in meinem Leben habe. Ich belege ihn mit allen möglichen Schimpfwörtern, bis mir die Puste ausgeht. Ich hoffe, dass ich ihn nie wiedersehe. Meinetwegen kann er ewig auf der Erde herumlaufen und mich suchen. Ich werde bald nicht mehr dort sein.

Die Gedanken an Siath und meine Wut lenken mich von der erdrückenden Angst ab, was gut ist. Langsam beruhigt sich mein Herzschlag.

Endlich, endlich nach langer Zeit erreiche ich mein Ziel. Schon seit einer Weile halte ich meine Karte fest umklammert in den Händen und zähle die verbleibenden Abzweigungen runter. Nun habe ich nur noch eine einzige Abzweigung, und nach dieser ist direkt das rote Kreuz in der Karte verzeichnet. Ich laufe den letzten Tunnel entlang und sehe bereits von Weitem die letzte Gabelung. Ohne es zu wollen oder auch nur zu merken, geht mein Atem wieder schneller und meine Schritte werden größer. Gleich bin ich am Ziel. Doch als ich um die letzte Ecke biege, erstarre ich.

23

Ich befinde mich wieder am Anfang meines Weges. Vor mir ist die Stahltür, durch die ich hereingekommen bin.

Einen Moment lang starre ich sie nur an, dann beginne ich zu lachen, weil ich nicht weiß, was ich sonst tun soll. Leicht hysterisch. Danach beginne ich zu fluchen. Es darf nicht wahr sein. Ich muss irgendwo eine falsche Abzweigung genommen haben – vier Stunden für die Katz!

Noch mal schaffe ich das nicht.

Ich war so froh, bald das Ende zu erreichen, habe die Sekunden und die Schritte gezählt, nur um jetzt wieder am Anfang zu stehen. Ich habe keine Ahnung, was ich jetzt tun soll. Erneut den ganzen Weg gehen? Das ist zu viel für mich. Ich werfe einen Blick auf die Uhr. Es ist bereits Abend. Der Laden hat längst geschlossen, ich komme nicht einmal raus und kann zurück in ein Hotel gehen. Ich bin hier eingesperrt. Ich könnte im Laden übernachten, aber so richtig verlockend kommt mir das auch nicht vor. Auf jeden Fall werde ich es nicht schaffen, zurückzugehen und nach meinem Fehler zu suchen. Ich beschließe, erst mal nach oben zu schleichen und nach einem Ausweg zu suchen. Wenn ich das irgendwie schaffe, in irgendein Hotel zu gehen, auch wenn meine Ersparnisse langsam knapp werden, heiß zu duschen, mich in ein warmes Bett zu kuscheln und Kraft zu sammeln für den nächsten Tag. Ich muss es noch mal versuchen. Mir bleibt nichts anderes übrig. Ich habe keinen anderen Plan. Seufzend drücke ich die Türklinke – doch die Tür ist verschlossen.

Ich versuche es noch einmal und rüttle ein wenig daran, vielleicht klemmt sie nur, doch nichts tut sich. *Verdammt noch mal!*

Schweiß bildet sich auf meiner Stirn, mein Puls schießt erneut in die Höhe. Ich bin hier eingesperrt? Ich kann hier nicht wirklich *eingesperrt* sein! Verzweifelt rüttle ich an der Tür, immer stärker, immer wilder, bis ich plötzlich unkontrolliert anfange zu heulen, wild auf die Tür einzuschlagen und schlussendlich an der Wand hinter mir zu Boden sinke.

So wird es also enden. Ich bin so eine Idiotin. Immer wieder schaffe ich es, mich in absolut ausweglose Situationen zu manövrieren. Nun sitze ich hier, am Arsch der Welt, in der Kanalisation, ohne Handyempfang, niemand weiß, wo ich bin. Wieso hab ich nicht eine Nachricht an Dagmar oder Luca geschickt? Andererseits, was hätte ich schreiben sollen?

Hey, falls ich mich nicht mehr melde, sag der Polizei, sie soll in den Katakomben einer fremden Stadt nach mir suchen.

Die Tränen wollen gar nicht mehr aufhören zu fließen. Eigentlich habe ich nur eine Hoffnung, und die ist verschwindend gering: Wenn ich Glück habe, findet Siath heraus, wo ich bin. Aber dann weiß er wahrscheinlich auch, dass ich die Gesuchte bin. Und dann habe ich andere Probleme.

So oder so, ich werde hier drin sterben.

Irgendwann falle ich vor Erschöpfung in einen unruhigen Schlaf.

Als ich wieder aufwache, bin ich im ersten Moment verwirrt und habe keine Ahnung, wo ich bin. Ich bin im Schlaf komplett zu Boden gesunken und liege flach auf dem feuchten kalten Stein. Mir tut alles weh. Stöhnend setze ich mich auf und massiere mir die Schläfen; mein Schädel brummt wie verrückt. Die Stirnlampe ist noch an, flackert aber bedrohlich und leuchtet nur noch schwach, offenbar sind die Batterien bald leer. Die Erinnerung trifft mich wie ein Schlag. Ich bin hier gefangen. Ich versuche, den Kloß in meinem Hals hinunterzuschlucken, doch es gelingt mir nicht. Noch mehr Tränen helfen mir nun auch nicht weiter. Ich ziehe mein Handy aus der Tasche, in der Hoffnung, vielleicht wenigstens einen Balken Empfang zu haben – nichts. Die Uhr zeigt mir an, dass es mitten in der Nacht ist. Ich habe tatsächlich ein paar Stunden geschlafen. Das ist einer der Vorteile, wenn man an einem ungemütlichen Ort wie dem Haus Gertrudis aufgewachsen ist: ich kann praktisch überall und in jeder Situation schlafen. Ich rapple mich auf und versuche mich zu sammeln. Es wird schon eine Lösung geben. Es muss eine geben. Ich muss nur nachdenken. Vielleicht wird die Tür jeden Abend von außen abgeschlossen, schöpfe ich ein wenig Hoffnung. Dann müsste ich nur warten, bis der neue Tag angebrochen ist und eine Verkäuferin aus dem Laden würde kommen und die Tür wieder aufschließen. Der Sinn, wieso sie so etwas tun sollten, erschließt sich mir zwar nicht – aber an irgendwas muss ich ja schließlich glauben, wenn ich jetzt nicht durchdrehen soll.

Es ist bitterkalt. Ich ziehe sämtliche Klamotten aus meinem Rucksack, die ich habe, und ziehe sie in Schichten übereinander an. Trotzdem friere ich noch. Außerdem habe ich Hunger und Durst, aber wer weiß, wie lange ich hier noch bleiben muss – ich will meinen Proviant nicht zu schnell aufbrauchen. Einen kleinen Schluck Wasser gönne ich mir, dann verfrachte ich den Rest wieder in den Rucksack. Unwillkürlich frage ich mich, ob ich ein paar Tage überleben könnte, indem ich die feuchten Wände der Höhle ablecke, sollte mir das Wasser ausgehen. Bei dem Gedanken schüttelt es mich.

Seufzend starre ich die Tür an. Mir wird nichts anderes übrig bleiben, als auf den nächsten Tag zu warten und zu hoffen, dass sie von außen aufgeschlossen wird. Vielleicht kann ich auch klopfen und rufen und hoffen, dass mich die Verkäufer aus dem Laden hören, auch wenn es sehr unwahrscheinlich ist, dass sie den Gewölbekeller überhaupt betreten. Optimistisch bleiben. Dann müsste ich nur erklären, wie ich hier reingekommen bin, aber das ist mir völlig egal. Hauptsache, ich komme hier wieder raus. Nur noch fünf Stunden, bis der Laden wieder öffnet. Vielleicht passiert ja auch noch ein Wunder bis dahin.

Plötzlich jedoch fällt mir etwas auf. Langsam stehe ich auf und gehe auf die Tür zu. Mit dem Finger fahre ich vorsichtig über den weißen Lack. Bis in die linke obere Ecke. Dort ist er nicht weiß, sondern schmutzig grau. Rau. Der Lack ist in großen Stücken von der Tür abgeblättert. Ich bin mir zu fast hundert Prozent sicher, dass die Tür, durch die ich hereingekommen bin, völlig weiß war, ohne abgeplatzten Lack in den Ecken. Jetzt sehe ich mir die Tür und meine

Umgebung doch noch einmal genauer an. Es sieht schon alles so aus wie der Eingang, aber was ist, wenn das täuscht? Hektisch ziehe ich noch einmal die Karte hervor und fahre mit meinem Finger die Wege nach. Erste Abbiegung. Zweite Abbiegung. Dritte Abbiegung. Rechts, links, rechts, links, links, rechts, links ... Ich habe mir verschiedene Stellen markiert, die Stelle, an der der Gang immer enger wird, die Stelle, an der es plötzlich zwei Meter nach unten geht, und alle Wege, die steil bergab führten. Ich habe mir alles notiert. Ich kann eigentlich keine falsche Abzweigung genommen haben. Und hier ist das Kreuz. Vielleicht bin ich doch nicht im Kreis gelaufen.

Im Dämmerlicht meiner Lampe sehe ich nicht besonders gut. Auch nachdem ich die Batterien gewechselt habe, ist es noch immer ziemlich dunkel. Irgendwie muss sich diese Tür öffnen lassen. Plötzlich bin ich mir sicher, doch am Ziel angekommen zu sein. Ich muss diese Tür nur öffnen – aber wie? Noch einmal probiere ich es mit der Klinke, doch keine Chance. Dann fange ich an, mit meinen Händen die Wand rund um die Tür abzusuchen. Und tatsächlich dauert es gar nicht lange, bis ich etwas finde. Eine kleine Einbuchtung, so unscheinbar, dass sie mit bloßem Auge fast nicht wahrnehmbar ist. Ich nehme meine Lampe vom Kopf und halte direkt drauf. Als ich es sehe, bleibt mein Herz fast stehen. Es ist eine Kuhle, die ich wenige Stunden zuvor in meiner Panik und der festen Überzeugung, wieder am Anfang meines Weges angelangt zu sein, überhaupt nicht bemerkt hatte. Und sie hat genau die Form meines Medaillons.

Aufgeregt nehme ich den Anhänger von meinem Hals und presse ihn in die Vertiefung. Für einen kurzen Augenblick glüht er rot auf und wird siedend heiß. Reflexartig ziehe ich die Hand zurück und er fällt scheppernd zu Boden. Während ich ihn aufhebe und mir wieder umhänge, höre ich ein leises Klicken an der Tür.

Meine Hände zittern, als ich die Klinke erneut betätige – und die Tür in diesem Moment weit aufschwingt.

Im ersten Moment glaube ich, doch wieder im Gewölbekeller des Geschäfts zu sein, wo mein Weg begonnen hat. Alles sieht ähnlich aus, bis ich es wage, einen Fuß aus der Tür zu setzen und meinen Blick zur linken Wand schweifen lasse: diese hier ist nicht leer, sondern dort steht ein Regal mit verstaubten Weinflaschen neben ein paar modrigen Fässern; ein Weinkeller. Leise und vorsichtig hieve ich auch den Rest meines Körpers aus den Katakomben. Wo immer ich hier auch gelandet bin, meine Angst, verdursten zu müssen, ist schon einmal hinfällig. Ein wenig beruhigt mich das. Langsam schließe ich die schwere Stahltür hinter mir, und dann geschieht etwas Eigenartiges: In dem Moment, in dem sich die Tür geschlossen hat, verschmilzt sie mit der Wand und wird immer blasser, bis sie schließlich verschwunden ist und ich nur noch auf eine hellbraune Steinwand starre. Ich vermute, dass das Portal noch da ist – das muss es ja schließlich –, dass man es aber von dieser Seite aus nicht mehr öffnen kann. Siath sagte ja, es gebe für Normalsterbliche kaum Möglichkeiten, zwischen den Welten zu wechseln, und dass das durchaus so gewollt ist. Also bin ich jetzt hier gefangen – wo immer auch »hier« sein mag, es ist immerhin besser als in den Katakomben. Ich atme tief die modrige Luft ein. Sie ist trocken und muffig, nicht so kühl und klar wie in den Tunneln, und dennoch kommt es mir so vor, als könnte ich zum ersten Mal seit vielen Stunden wieder richtig durchatmen. Erst jetzt wird mir bewusst, wie angespannt ich in den vergangenen Stunden in dem Gewölbe war, wie sehr meine diffusen Ängste vor engen Räumen auf mir gelastet hatten.

Mit großen Schritten durchquere ich den Weinkeller und steuere auf die Holztreppe zu, die sich an seinem Ende befindet. Ich erklimme die Stufen, und bereits nach wenigen Schritten habe ich das Ende erreicht und bin vor einer altertümlich wirkenden Tür aus Eichenholz angelangt. Stumm hoffe ich, möglichst unauffällig aus diesem Gebäude herausschleichen zu können, was immer es auch für ein Gebäude sein mag.

Die Eichentür knarzt und quietscht gequält in ihren rostigen Angeln, als ich sie aufschiebe, und meine Hoffnung, unentdeckt bleiben zu können, schwindet für einen kurzen Moment dahin. Mein Hirn ist bereits fieberhaft dabei, sich Erklärungen auszudenken, was ich in diesem Weinkeller zu suchen hatte, da erst registriert es den Höllenlärm, der um mich herum tobt.

Ich bin auf eine Art Flur gelandet, an dessen Ende eine weitere schwere Eichentür mit silbernen Beschlägen ist, und hinter dieser Tür herrscht ein ohrenbetäubender Krach. Ich höre laute Musik, Stimmen, Gebrüll, Gläser klirren, irgendetwas scheppert, und ich meine sogar jemanden betrunken singen zu hören. Einmal drehe ich mich um die eigene Achse, in der Hoffnung, noch einen anderen Ausweg zu finden, doch diese scheint die einzige weitere Tür zu sein – na toll! Ich werde anscheinend mitten in eine Menschenansammlung geschickt, in einer Welt, die mir vollkommen unbekannt ist. Wenn es denn überhaupt Menschen sind. Siaths Worte über die verschiedenen Wesen schießen mir wieder durch den Kopf. Vielleicht sind es ja auch Hexen. Oder Vampire? Zombies? Was gibt es hier denn überhaupt alles? Ich habe keine Ahnung. Super.

Ich sehe mich nach einer Waffe um, aber natürlich finde ich nichts. Der ganze Flur ist leer. Ich könnte mir eine Weinflasche aus dem Keller holen. Aber am Ende falle ich mit einer geklauten Weinflasche erst recht auf. Wenn ich die Geräusche richtig interpretiere, handelt es sich bei diesem Gebäude um eine Art Kneipe. Wenn ich Glück habe, ist hinter dieser Tür so viel Chaos, dass nicht großartig auffallen wird, wenn ich mich hinausschleiche.

Also los.

Mir bleibt sowieso nichts anderes übrig.

Ich gehe auf den Lärm zu, öffne die schwere Tür vorsichtig, nur einen winzigen Spalt, und schiebe mich hindurch.

24

Plötzlich befinde ich mich mitten im Chaos. Der Lärm und das Gebrüll sind unerträglich. Ein Stuhl fliegt direkt vor mir vorbei, allerdings sollte er nicht mich treffen, sondern den riesigen, bulligen Mann neben mir, an dessen Rücken er lautstark zerschellt. Wutentbrannt dreht sich der Hüne um und marschiert an mir vorbei in Richtung des Werfenden.

»Dafür wirst du bezahlen!«, brüllt er und zieht dabei ein Messer aus seiner Tasche. Erschrocken drehe ich mich weg und sehe in eine andere Richtung.

Mein Hirn braucht erst mal ein paar Momente, um all die vielen Eindrücke zu verarbeiten. Ich bin tatsächlich in einer Art Kneipe gelandet, auch wenn *Kneipe* ein viel zu vornehmes Wort ist für das, was sich meinen Augen hier gerade bietet. Das hier muss eine Spelunke der übelsten Art sein. Immerhin sind Menschen hier – zumindest teilweise.

Hinter einer breiten hölzernen Theke steht eine resolut wirkende Barfrau. Sie ist breit und muskulös, hat ein kantiges, verhärmtes Gesicht und graues Haar, das in vereinzelten Strähnen unter ihrem Kopftuch hervorschaut. Sie trägt ein braunes Kleid mit Schürze und diskutiert gerade heftig mit einem Wesen, das wie ein riesiges Reptil aussieht.

»Fünfundzwanzig Unos und keinen Murk weniger!«, schnauzt sie ihn genervt an. »Mir reicht es langsam, du fliegst hier hochkant raus, wenn ich nicht sofort die Kohle sehe!« Wütend knallt sie die Hand auf den Tresen, und das Reptil beginnt missmutig in einem Leinenbeutel zu wühlen.

»Halsabschneiderin!«, knurrt es dabei.

Auf einem Tisch in einer Ecke tanzt eine junge Frau in Unterwäsche, wobei *Frau* vielleicht nicht ganz das richtige Wort ist – es ist vielmehr eine Art Füchsin. Ihr Körper ist von rotem Fell bedeckt, auf ihrem Kopf blitzen zwei Ohren mit langen Pinseln. Erstaunt starre ich sie an und sehe dabei zu, wie zwei riesige Kerle Geldscheine in ihrem Slip verschwinden lassen, während sie sich lasziv lächelnd auf dem Tisch rekelt.

In einer anderen Ecke sitzt eine Runde Männer beim Kartenspiel, bei dem es ebenso lautstark und aggressiv zugeht wie im Rest der Kneipe. In der Mitte prügeln sich jetzt die zwei Streithähne. Überall höre ich Streit, es riecht nach Bier und Rauch und Testosteron. Ich fühle mich hier mehr als unwohl. Die Taverne ist so brechend voll, dass es mir überhaupt nicht gelingt, jedes Detail aufzufassen, ich habe aber auch gar keine Zeit mehr dazu.

»Hey, du«, schnauzt mich ein bulliger Mann mit rotem Vollbart und Glatze an. Er ist bestimmt zwei Meter groß und sieht wütend aus. Sein Gesicht ist komplett vernarbt und da, wo sein linkes Auge sein sollte, klafft ein tiefes schwarzes Loch. »Was hast du dahinten gemacht, he?«

Er packt mich am Kragen und drückt mich brutal gegen die Wand.

»Ni-nichts …«, stottere ich erschrocken und sehe mich blitzschnell nach einer Fluchtmöglichkeit um.

»Mach, dass du hier rauskommst!«, blafft mich der Typ an und lässt mich so ruckartig los, dass ich unsanft zu Boden plumpse. »Das hier ist kein Kinderspielplatz, verschwinde oder ich kann für nichts garantieren!«

»Ich gehe schon«, sage ich schnell und bahne mir einen Weg durch die Menge.

»Hey, Süße, hast du heute Nacht schon was vor?«, fragt mich ein Kerl mit zwei Hörnern auf seiner Glatze und schenkt mir ein zahnloses Grinsen. Seine Hand legt er wie ein Schraubstock um meinen Oberarm. Panisch schüttle ich ihn ab und renne fast zur Tür. Hinter mir höre ich ihn lachen.

Der Bärtige hat recht, ich habe hier nichts zu suchen. Ich will auch gar nicht hier sein.

Endlich erreiche ich die Tür und reiße sie auf. Fast falle ich aus der Taverne hinaus und atme kalte, frische Abendluft. Die Sonne geht gerade unter und taucht den Himmel in ein dunkles Rosa – außerdem stelle ich zu meiner Verwunderung und zu meinem Entsetzen fest, dass hier Winter herrscht. Dicke wattige Schneeflocken fallen vom Himmel herab und es ist eisig kalt. Ich laufe einige Meter und lasse die Kneipe und ihre gruseligen Besucher hinter mir, dann stelle ich bibbernd meinen Rucksack am Boden ab und ziehe meine Jacke heraus, das einzige meiner Kleidungsstücke, das ich noch nicht trage. Das macht es leider nicht viel wärmer, aber besser als nichts. Hier müssen weit unter 0 Grad herrschen.

Siath hätte mich auf diese Situation ruhig vorbereiten können, obwohl ich natürlich weiß, dass das Unsinn ist. Er wusste ja gar nicht, dass ich schnurstracks nach Eden gehen würde. Er wusste ja nicht einmal, dass ich die Gejagte bin und die Karte zum Portal habe. Ich bin aber auch doof. Ich habe keinen Gedanken daran verschwendet, dass es hier so kalt sein könnte. Überhaupt habe ich keine Sekunde lang darüber nachgedacht, was *nach* den Katakomben auf mich zukommen könnte. Ich hatte eine solche Angst vor den Tunneln, dass sie mein ganzes Denken eingenommen hatte. Und nun stehe ich hier, in einem fremden Land, spärlich bekleidet mitten im tiefsten Winter und habe keinen Plan, was ich nun tun soll.

Mal wieder typisch ich, würde ich sagen.

Ohne zu wissen wohin, laufe ich los. Ich habe keine Ahnung, wie spät es in dieser Welt ist. Plötzlich fühle ich mich unglaublich erschöpft und beschließe, mir irgendwo einen Platz zum Schlafen zu suchen und am nächsten Tag zu überlegen, wo ich hingehen soll. Sehr schnell stelle ich allerdings fest, dass ich mich mitten im Nirgendwo befinde. Hier ist nichts außer der gruseligen Taverne, ein geschotterter Weg, auf dem ich laufe, und schneebedeckte Wiesen und Felder rings um mich herum.

Nach einer Weile erreiche ich eine etwas breitere Straße, die möglicherweise eine Art Hauptstraße ist. Immerhin scheine ich mich immer weiter in Richtung Zivilisation zu begeben – und das ist ja schon mal was.

Das Schneegestöber wird dichter, und irgendwann verwandeln sich die fluffigen Flocken in nassen Schneeregen, gepaart mit heftigem Wind, der mir ins Gesicht peitscht. So gut es geht wickle ich meine

Pullover und Jacken um meinen Körper und ziehe mir die Kapuze noch tiefer ins Gesicht, doch das bringt nicht viel. Bereits nach wenigen Minuten bin ich komplett durchweicht. Mir wird von Minute zu Minute kälter, doch mir bleibt nichts anderes übrig. Ich muss einen anderen Unterschlupf finden. Nichts auf der Welt könnte mich zurück in diese üble Spelunke bringen.

Sehr bald liegt die Taverne hinter mir. Durch den Schneesturm, der langsam erst richtig an Fahrt aufnimmt, kann ich sie nicht einmal mehr sehen, wenn ich zurückblicke. Die Straße ist wie ausgestorben, und leichte Panik erfasst mich, als ich darüber nachdenke, dass die Zivilisation vielleicht kilometerweitweit entfernt ist. Ich habe keine Ahnung, was ich tun soll, wenn ich nicht möglichst bald eine Übernachtungsmöglichkeit finde. Zurück kann ich nicht, das steht außer Frage. Ich habe keine Ahnung, in wie vielen Kilometern und in welcher Richtung sich die nächste Stadt oder das nächste Dorf befindet, wenn ich aber nicht bald einen Unterschlupf finde, werde ich mir hier draußen ganz sicher den Tod holen.

Ich darf nicht darüber nachdenken.

Es gibt nirgends ein Schild, und so laufe ich einfach auf gut Glück weiter und hoffe, dass ich irgendwann irgendwo ankommen werde … Und dass es bald sein wird.

Während ich laufe und versuche, nicht zu erfrieren, schweifen meine Gedanken zu Siath zurück. Er wüsste genau, was ich jetzt tun sollte. Wäre sein hässlicher Verrat nicht gewesen, hätten wir gemeinsam hierherkommen können, zurück in seine Welt.

Unsere Welt, verbessere ich mich. Er würde sich hier auskennen. Es ärgert mich, dass ich schon wieder über ihn nachdenke, doch je mehr ich versuche, die Gedanken an ihn beiseitezuschieben, desto präsenter werden sie. Ich versuche mich abzulenken, mir ein schönes Leben auszumalen, irgendwo Hunderte von Kilometer entfernt. Vielleicht sogar in Eden.

Ich denke an den Sommer und stelle mir vor, wie ich am Meer oder einem großen See lebe, in einer kleinen Blockhütte. Mit Blumenkästen am Fenster. Um mich herum wird nichts als Hügellandschaft sein, unendlich viele Wiesen und Wälder, neben meinem Haus eine Weide mit Schafen. An den Abenden werde ich mit Siath zusammen auf der Terrasse essen und die Nächte werden wir zusammen in einem Bett verbringen. Andere Gedanken kehren zurück. Ich, am Strand. Siaths Hände in meinem Haar, sein warmer Atem auf meiner Haut … Oh, verdammt! Schon wieder denke ich an ihn.

Missmutig stapfe ich weiter durch den Schnee, und kurze Zeit später beginne ich zu bibbern und meine Zähne schlagen schmerzhaft aufeinander.

Ich weiß nicht, wie lange ich laufe. Irgendwann glaube ich wirklich, gleich zu erfrieren. Meine Finger und meine Füße sind so kalt, dass ich sie schon lange nicht mehr spüre. Meine Schritte werden immer langsamer. Meine eiskalten Beine immer schwerer. Ich würde mich am liebsten ausruhen, mich kurz hinsetzen. Nur für ein paar Minuten … Doch ich fürchte, dass ich es dann nicht mehr schaffen werde, wieder aufzustehen.

Also laufe ich weiter. Doch mein Blick wird langsam trüb.

Dann plötzlich sehe ich in der Ferne etwas Dunkles am Horizont aufragen, eine schwarze Silhouette in der weiß-grauen Wüste um mich herum. Dankbar lege ich einen Zahn zu, so gut ich es noch kann.

Als ich das Dorf erreiche, fällt mir ein riesiger Stein vom Herzen. Bestimmt gibt es hier irgendetwas. Irgendeine Möglichkeit, zu übernachten. Eine Gaststätte. Oder einfach nur freundliche Menschen, die mir helfen können.

Meine Ankunft lenkt mich kurz von meinen deprimierenden Gedanken an Siath ab. Zudem wird es langsam, aber sicher wirklich dunkel, und die Anstrengungen und der Schlafentzug fangen an sich bemerkbar zu machen. Inzwischen habe ich das Gefühl, dass meine Hände bereits abgefroren sind. Außerdem habe ich Hunger.

Allerdings werde ich bitter enttäuscht. Die Ortschaft besteht nur aus ein paar lieblos aneinandergereihten Häusern, die Hälfte davon Bauernhöfe. Insgesamt wirkt sie wie ausgestorben. Fast ein wenig unheimlich.

Ich fühle mich den Tränen nahe – auch ein Zeichen meiner Übermüdung und gnadenlosen Überforderung. Es wird mir gerade einfach alles zu viel.

Ich mache mich auf den Weg durch das Dorf und sehe mich resigniert in meiner Umgebung um. Inzwischen habe ich das Gefühl, gleich zusammenzuklappen. In keinem der Häuser sehe ich Licht brennen, obwohl es schon jetzt viel zu dunkel ist. Es kommt mir so vor, als wären alle Dorfbewohner auf einmal verreist.

Nach wenigen Hundert Metern habe ich einen kleinen Platz erreicht, in dessen Mitte ein festlich dekorierter Brunnen steht.

Als ich den liebevoll geschmückten Brunnen sehe, fühle ich mich gleich ein wenig wohler in meiner Haut, er nimmt der postapokalyptischen Umgebung ein bisschen was von ihrer Bedrohlichkeit – offenbar leben hier doch Menschen.

Schnell habe ich die Dorfmitte erreicht und noch viel schneller das Ende des Dorfes. Hier befindet sich eine Art Tempel, an dessen Turm eine eigentümliche Uhr mit fünfzehn Zeigern und nur vier eigenartigen Symbolen angebracht ist. Diese Uhr hilft mir natürlich überhaupt nicht weiter. Und meine eigene noch viel weniger; dort ist es acht Uhr morgens, aber das kann überhaupt nicht sein.

Mir bleibt nichts anderes übrig, als mir einen notdürftigen Schlafplatz in diesem Dorf zu suchen. Ich kann mich kaum noch auf den Beinen halten, und immerhin ist es hier etwas wärmer und windgeschützter als außerhalb.

Schnell habe ich einen Bauernhof gefunden, dessen Stall nicht abgeschlossen ist. Ich husche dort hinein und sehe mich neugierig um. Dieses Gebäude besteht aus zwei Ebenen und scheint eine Art Mischung aus Stall, Lagerraum und Scheune zu sein. Im Erdgeschoss links lagert der Besitzer hauptsächlich landwirtschaftliche Maschinen, die so aussehen, als stammten sie aus dem letzten Jahrhundert. Es gibt Pflüge, vor die man Pferde spannen kann, einen Leiterwagen, Sensen und einige andere Dinge, die ich noch nie in meinem Leben gesehen habe. Entlang einer ganzen Wand ist Holz gestapelt worden.

Auf der rechten Seite hinter einer Abgrenzung ist Nutzvieh. Fünf große Schweine sind hier, sie liegen zusammengekuschelt in einer Ecke im Stroh, ein paar Ferkel zwischen sich. Auf der anderen Seite des Stalles sind drei Kühe, die ebenfalls im Stroh schlafen. Das Schönste allerdings ist die wohlige Wärme, die mich hier umhüllt.

Eine Leiter führt auf einen kleinen Boden, und dort oben ist Stroh gelagert. Überglücklich stoße ich einen Seufzer der Erleichterung aus. Ein verlassener Heuboden ist genau die Art von Rettung, die ich mir herbeigesehnt habe. Außerdem ist es hier noch wärmer, da die Gesetze unserer Physik glücklicherweise auch in Eden gelten und die warme Luft nach oben steigt. Sobald ich oben bin, beginne ich mich aus meinen nassen Sachen zu schälen und hänge sie zum Trocknen über das Geländer. Ein bisschen unwohl fühle ich mich schon, fast nackt in einer fremden Scheune ... Aber wenn ich mir nicht den Tod oder mindestens eine fette Erkältung holen will, bleibt mir nichts anderes übrig. Ich werde einfach darauf hoffen müssen, dass dieses Dorf so ruhig ist, wie es aussieht, und dass um diese Zeit niemand mehr den Stall betritt.

Trotz allem fühle ich mich hier halbwegs sicher. Das Dorf wirkt so ruhig, als wären all seine Bewohner in einen tiefen Winterschlaf gefallen.

Über dem Treppengeländer hängt eine alte rot-grün karierte Patchworkdecke. Spinnweben und Staub haben sich in ihr verfangen.

Ich schüttle die Decke aus, wickle mich in sie hinein und kuschle mich ins Heu. Nach meiner kurzen Wanderung durch den Schneesturm ist mir jetzt angenehm warm. Im Heu zu schlafen ist nicht so romantisch, wie man es sich vorstellt, es kratzt, juckt und ist staubig. Aber gerade kann ich mir nichts Besseres vorstellen.

Ich falle erschöpft in einen tiefen, traumlosen Schlaf und schlafe durch bis zum nächsten Morgen.

25

Ich werde geweckt von Geschrei und hysterischem Hundegebell.
»Verschwinde von meinem Hof, du elender Hühnerdieb!«

Ich vernehme einen dumpfen Schlag und Jaulen. Einige Sekunden Stille, dann höre ich, wie unten das Scheunentor geöffnet wird.

Blitzartig stehe ich in meinem provisorisch hergerichteten Bett.

Verdammte Scheiße!

Unten rumort jemand und führt Selbstgespräche.

»Du verdammter Dreckskoter, wenn ich dich erwische, bist du toter als tot!«

Rumpeln, Krachen. Schwere Schritte auf dem Betonboden. Wütendes Murmeln.

Ich sehe mich panisch um. Hier oben gibt es verständlicherweise keine Tür, auch kein Fenster und auch kein gutes Versteck. Ich überlege kurz, ob ich mich irgendwie im Stroh vergraben könnte, verwerfe diesen Gedanken allerdings gleich wieder. Zu auffällig, zu umständlich, zu zeitaufwendig. Wer einen Hund sucht, der mit großer Wahrscheinlichkeit kleiner ist als ich, wird mich erst recht finden. Und wie soll ich rechtfertigen, dass ich hier genächtigt habe? Ich kann mir kaum Unangenehmeres vorstellen, als halb nackt in einer fremden Welt, in einer fremden Scheune erwischt zu werden. Wer weiß, was die hier mit mir machen, wenn sie mich finden. Ich habe keine Ahnung, wie hier die Gesetze sind – wenn sie Conny schon hinrichten wollen, dann reicht vielleicht sogar eine illegale Übernachtung in einer fremden Scheune aus, um die gleiche Strafe zu bekommen. Und spätestens wenn sie mich erkennen, werde ich ohnehin geliefert sein.

Verzweifelt suche ich nach einem Ausweg und schlüpfe hastig in meine Kleidung, während ich im unteren Geschoss die Schritte näher kommen und die Treppe erreichen höre. Meine Sachen sind eiskalt und leider immer noch feucht. Sofort fange ich wieder zu zittern an.

Dann habe ich eine Idee. Es ist sicher nicht die beste, die ich je hatte, aber für den Moment fällt mir nichts anderes ein.

Ich falte die Decke wieder zusammen und werfe sie in eine Ecke. Dann schultere ich meinen Rucksack, gehe in die Hocke auf den Boden und fange an, möglichst merkwürdige Geräusche zu machen, die als Lockgeräusche durchgehen könnten. Ich schnalze mit der Zunge und murmle: »Na komm schon, Herkules, komm her, mein Großer!«

Plötzlich erscheint ein rotes, rundes Männergesicht oberhalb der Leiter und glotzt mich fassungslos an.

»Was zum …?«

»Pssst, Sie erschrecken meinen Hund!«, lüge ich den Mann mit gespielter Empörung an. Erleichtert stelle ich fest, dass es sich bei ihm offensichtlich um einen Menschen handelt. Zumindest sieht er aus wie einer.

»Herkules ist sehr schreckhaft, müssen Sie wissen.«

»Herku… was? Das ist *dein* Köter?«

»Vor einer halben Stunde ist er hier hineingelaufen, und seitdem suche ich ihn.«

Der Mann starrt mich überrascht an. Nach wenigen Sekunden scheint er seine Sprache wiedergefunden zu haben und betritt argwöhnisch den Zwischenboden.

»Eigenartiger Name«, murmelt er. »Was soll das bedeuten?«

»Herkules ist ein … ach, nicht so wichtig«, sage ich schnell. Dass man hier in Eden mit griechischen Sagengestalten nichts anfangen kann, hätte mir auch früher einfallen können.

»Na gut. Dein Köter war inzwischen draußen, wollte meine Hühner fressen!«, brummelt der Mann.

»So was würde er nie tun!«, gebe ich mich empört. »Herkules ist ein braver Junge!«

»War schon öfter da, solltest besser auf dein Drecksvieh aufpassen.«

»Es tut mir ehrlich leid, er ist noch sehr jung, aber er wollte sicher nur spielen. Ich arbeite noch an der Erziehung«, füge ich mit einem entschuldigenden Lächeln hinzu und hoffe, dass es halbwegs Sinn ergibt, was ich hier von mir gebe. Bis auf die merkwürdigen Wesen in der Kneipe kommt mir diese Welt der mir bekannten allerdings gar nicht so unähnlich vor. »Na ja, wenn er eh nicht mehr hier ist, mach ich mich besser mal auf den Weg, dann wird er ja irgendwo draußen sein.«

»Nein, er ist ja zurückgekommen«, sagt der Mann schnell und blickt sich um. »Er muss irgendwo hier sein, und es wäre mir sehr lieb, wenn du ihn mitnehmen und in Zukunft dafür sorgen könntest, dass er nicht mehr auf meinem Hof herumstreunt. Ansonsten lebt er nicht mehr lange.« Zur Unterstreichung seiner Drohung lässt er ein schlecht gelauntes Grunzen hören.

Ich seufze. Offenbar komme ich mit meiner Lüge nicht so leicht davon, wie ich gehofft habe, aber wenigstens hat sich der Mann mit meiner billigen Erklärung zufriedengegeben. Zusammen suchen wir in allen Löchern und Ritzen nach »Herkules«, von dem ich nicht mal weiß, was es überhaupt für ein Hund ist.

Nach etwa einer halben Stunde rufen und mit der Zunge schnalzen steht plötzlich ein kleiner Terrier-Mischling mit zotteligem braunem Fell vor mir und sieht mich fragend und schwanzwedelnd an. Wie ein Herkules sieht er definitiv nicht aus, aber was mich wirklich stutzen lässt, ist die Tatsache, dass das Tier nur ein Auge hat – und zwar mitten auf der Stirn.

Ich schlucke und versuche mir meine Überraschung nicht anmerken zu lassen.

»Da bist du ja endlich, Herkules!«, rufe ich herzlich und nehme den kleinen Kerl auf den Arm, der sofort anfängt, zutraulich mein Gesicht abzulecken. Ich freue mich, dass er so bereitwillig mitspielt. Nachdem ich dem Bauern mehrfach versichert habe, dass Herkules nie wieder versuchen wird, seine Hühner anzugreifen, stehe ich mit meinem neuen Haustier auf der Straße. Ich staune nicht schlecht, der ganze Schnee ist verschwunden und es herrschen bestimmt 25 Grad. Erleichtert schäle ich mich aus meinen nassen Sachen, bis ich nur noch eine dünne Schicht trage, und marschiere weiter die Hauptstraße entlang. Ich habe noch immer keinen richtigen Plan, beschließe aber, erst mal zu versuchen, in eine größere Stadt zu gelangen. So was gibt es mit Sicherheit auch hier in Eden, und von dort aus wird es leichter sein, in diesem Land Fuß zu fassen und einen Überblick zu bekommen.

Als ich am Dorfrand angekommen und außer Sichtweite des Bauernhofs bin, sind meine Klamotten bereits trocken und ich bin mehr als dankbar dafür. Die Wärme fühlt sich unglaublich gut an. Hier setze ich den kleinen Burschen auf dem Boden ab.

»Ich kann dich nicht gebrauchen, tut mir leid«, teile ich ihm entschuldigend mit. »Ich weiß selbst nicht so genau, wo ich hinwill, verstehst du?«

Er hechelt mich freundlich an und wedelt mit dem Schwanz. Ich bin mir nicht sicher, ob er mich versteht. Kameradschaftlich tätschle ich ihm ein letztes Mal den Kopf.

»Also dann, mach's gut, Kumpel«, sage ich, drehe mich um und nehme meinen Weg wieder auf.

Das angenehme Wetter und die Tatsache, dass ich heute schon sehr früh unterwegs bin, stimmen mich zuversichtlich, dass ich heute ein gutes Stück weit vorankommen werde. Diesem Optimismus und dem Umstand, dass ich endlich wieder ausgeschlafen bin, habe ich es zu verdanken, dass ich halbwegs guter Laune bin. Außerdem bin ich sehr stolz auf mich und meinen genialen Einfall, der mich aus der misslichen Lage in der fremden Scheune befreit hat. Ich laufe weiter in die Richtung, für die ich mich gestern entschieden habe, summe gut gelaunt vor mich hin und beschäftige mich mit meinen Gedanken.

Nach einer Weile hält neben mir ein Auto an. Es sieht ein wenig altmodisch aus, vielleicht wie ein Auto aus den irdischen Fünfzigerjahren, aber immerhin, hier gibt es Autos. Ich bin begeistert! Irgendwie stelle ich mir andere Welten grundsätzlich mittelalterlich vor, aber natürlich ist das Unsinn. Warum sollte Eden nicht ähnlich weit entwickelt sein wie unsere Welt?

Eine junge Frau sitzt am Steuer und sieht mich freundlich an. Ihre Kleidung erinnert auch an die Fünfzigerjahre; was sie trägt, hätte Dagmar ein begeistertes Quieken entlockt. Eine blaue Bluse mit ausladendem Kragen und riesigen Knöpfen, dazu ein knielanger beiger Faltenrock. Das blonde Haar hat sie zu üppigen Locken aufgedreht.

»Kann ich dich ein Stück mitnehmen?«, fragt sie hilfsbereit.

Ich habe bereits gehofft, dass etwas in der Art passieren wird, und mir vorab sehr gut überlegt, was ich sagen will. Natürlich ist es mir nicht möglich, ein konkretes Ziel anzugeben, und mir ist bewusst, dass das unter Umständen Misstrauen erwecken könnte.

»Ja, bis zur nächsten Tankstelle bitte. Mein Auto ist mitten in der Provinz liegen geblieben«, lüge ich sie an und hoffe, dass liegen gebliebene Autos auch in Eden ein Problem sind. Aber dieses Risiko muss ich jetzt eben eingehen.

»Ist nicht das erste Mal, dass mir das passiert. Vermutlich ist der Tank mal wieder leer, die Tankanzeige funktioniert nicht mehr richtig.«

»In Ordnung«, sagt sie freundlich. »Die nächste Tankstelle müsste in zwanzig Kilometern kommen, da hast du Glück gehabt. Wäre etwas weit gewesen zum Laufen. Soll dein Hund auch mit?«

»Mein …?«

Verwirrt folge ich ihrem Blick und drehe mich um. Hinter mir auf dem Boden sitzt mit heraushängender Zunge Herkules und sieht mich mit seinem Auge aufmerksam an. Unwillkürlich muss ich lachen. Ich gebe es ungern zu, aber irgendwie habe ich den aufdringlichen kleinen Köter jetzt schon in mein Herz geschlossen.

»Ja, der muss auch mit«, sage ich deshalb, hebe den schwanzwedelnden Mischling hoch und setze mich mit ihm auf dem Schoß auf den Beifahrersitz.

»Echt ungewöhnlich, einen Welthund als Haustier zu halten«, lächelt die Frau, während sie das Auto über die Straße lenkt. »Die meisten sehen sie ja eher als Plage. Aber ich finde es schön, wenn man in diesen Zeiten sein gutes Herz bewahren kann.«

Ihre Worte kreisen in meinem Kopf. *In diesen Zeiten.* Ich weiß, was sie meint, Siath hat es erzählt. Allerdings habe ich bisher nichts von irgendwelchen Unruhen mitbekommen, ausgenommen mein Erlebnis in der Kneipe – dort war es ziemlich unruhig, aber das war natürlich nicht gemeint. Anscheinend hat es einen Vorteil, so tief in der Provinz gelandet zu sein. Ich hoffe, dass es überhaupt eine gute Idee ist, eine größere Stadt anzusteuern.

Das alte Auto fährt nicht so schnell, wie ich es gewohnt bin, dennoch dauert es nicht allzu lange, bis wir die Tankstelle erreichen. Während der Fahrt sprechen wir nicht viel. Ich kann kaum etwas über mich erzählen, ohne zu lügen. Die Frau indessen scheint mit der Bedienung des Fahrzeugs mehr als ausgelastet zu sein, offensichtlich fährt sie nicht besonders oft, und unwillkürlich frage ich mich, ob es in Eden so etwas wie eine Führerscheinprüfung gibt. Angespannt starrt sie die Straße an und kaut dabei hoch konzentriert auf ihrer Unterlippe herum.

An der Tankstelle fragt sie mich der Höflichkeit wegen, ob sie mich zurück zu meinem Auto bringen soll, ich versichere ihr jedoch, dass mein Vater bereits unterwegs sei, um mich abzuholen. Sie erklärt mir noch einige Male, dass es kein Problem sei, noch einmal zurückzufahren, ich sehe ihr ihre Erleichterung jedoch deutlich an, als ich verneine. Nach etwa zwei Minuten höflichem Geplänkel verabschiedet sie sich schließlich freundlich von mir und Herkules und tuckert davon.

Ich betrete die Tankstelle in der Hoffnung, eine Landkarte kaufen zu können. Beim nächsten Fahrzeug will ich genauere Angaben machen können, ich will schließlich nicht immer nur ein paar Kilometer vorankommen, und außerdem brauche ich ein richtiges Ziel.

Tatsächlich finde ich verschiedene Landkarten und Atlanten. Während ich diese studiere und versuche, eine Auswahl zu treffen, fällt mein Blick auf ein altmodisches Fernsehgerät auf einem dreibeinigen Tischchen in einer Ecke neben der Kasse. Dort laufen Nachrichten in schwarz-weiß, hin und wieder wird in einem Insert altmodische Werbung für Putzmittel, Zigaretten oder Schnaps eingeblendet. Seit ich diese mittelalterliche Taverne hinter mir gelassen habe, komme ich mir eher so vor, als wäre ich durch die Zeit zurück in die Fünfziger gereist statt durch die Dimensionen.

Ich trete näher an den Bildschirm heran.

Gerade wird eine Straße in einer offenbar größeren Stadt gezeigt, in der sich Menschen wilde Straßenschlachten liefern und einige schließlich festgenommen werden.

»… während die Hauptstadt noch immer von Rebellen heimgesucht wird«, teilt die Nachrichtensprecherin gerade in ernstem Tonfall mit. Am oberen Bildschirmrand läuft ein Insert entlang: »Mutmaßlicher Terrorring aufgedeckt«.

Erschrocken wende ich den Blick ab. Ich habe Glück, dass ich nicht an diesem Ort gelandet bin. Die Vorstellung, wirklich in ein so gefährliches Land gereist zu sein, macht mir auf einmal Angst. Es war ganz schön leichtsinnig, ich habe ja keine Ahnung, was mich hier alles erwartet. Andererseits gehöre ich offensichtlich hierher – und angeblich kann ich diese schlimmen Zustände beenden. Wie auch immer das funktionieren soll. Erneut bin ich heilfroh darüber, an einem Ort gelandet zu sein, an dem es noch ruhig zu sein scheint. Aber wer weiß, wie lange noch. Ich frage mich, wo ich mich genau befinde. Bei dem Gedanken daran, den lumischen Rebellen in die Hände zu geraten, schüttelt es mich, obwohl ich sie und die politischen Hintergründe ja gar nicht kenne. Aber ich sehe Siaths hasserfüllten Gesichtsausdruck wieder vor mir.

Ich wähle den dicksten Atlas aus und gehe mit ihm zur Kasse, wo ich noch eine Flasche mit einem bräunlichen Getränk und eine Tüte Trockenfleisch ordere.

Als ich allerdings zahlen will, fällt mir der Fehler in meinem Plan auf.

»Macht fünfundachtzig Unos«, sagt die Frau hinter der Theke, ohne von ihrem Kreuzworträtsel aufzublicken.

»Ähm, nehmen Sie auch Euro?«, frage ich ein wenig dümmlich, obwohl ich die Antwort eigentlich schon kenne.

»Eu… was?«, fragt sie unfreundlich zurück. »Sie wollen mich wohl verscheißern, junge Frau. Fünfundachtzig Unos. Wenn Sie nicht zahlen können, legen Sie den Kram bitte wieder zurück. Danke.«

Damit wendet sie sich wieder ab und ignoriert mich.

Na toll.

Daran hätte ich auch früher denken können. Ich kann mich in diesem Land nicht einmal versorgen. Wenn ich auf mittlere Sicht wirklich hierbleiben will, sollte ich mir eigentlich eine Arbeit und eine Wohnung suchen. Wahrscheinlich wäre dies das Sinnvollste, denn auf die Art und Weise kann ich erst einmal zur Ruhe kommen und dann versuchen, mich hier zurechtzufinden. Vielleicht wäre das ein besserer Plan, als krampfhaft zu versuchen, in eine große Stadt zu gelangen, in der möglicherweise die Hölle los ist und in der ich jeden Tag Probleme haben werde, Essen und eine Unterkunft für die Nacht zu finden. Allerdings muss ich dafür überhaupt erst einmal eine Ortschaft finden, die aus mehr als fünf Bauernhöfen besteht.

Ich lege die nicht bezahlten Sachen zurück und störe die Frau erneut.

»Ähm, was ist denn hier die nächste etwas größere Ortschaft?«, frage ich sie und sie sieht mich argwöhnisch an.

»Sie sind wohl nicht von hier«, stellt sie fest.

»Nein«, sage ich, was ausnahmsweise ehrlich ist.

»Wenn Sie was Größeres wollen, müssen Sie nach Leuchtenberg«, sagt sie. »Fünftausend Einwohner, reicht Ihnen das? Sind aber noch knapp hundert Kilometer in Richtung Norden.« Sie macht mit der Hand eine Bewegung in die Richtung; ich bin bereits auf dem richtigen Weg.

»Bis dahin finden Sie hier nur Bauernhöfe und kleine Ortschaften.«

Ich bedanke mich und verlasse die Tankstelle. Nun habe ich zwar immer noch Hunger und Durst, aber immerhin habe ich den Namen einer Stadt – zugegeben, einer extrem kleinen Stadt, aber besser als nichts. Dort werde ich schon irgendwie die Möglichkeit haben, unterzukommen.

Als ich nach draußen trete, kommt mir Herkules fröhlich entgegengehüpft.

»Tut mir leid, mein Freund«, sagte ich und kraule ihn hinter dem Ohr. »Aus deinem Trockenfleisch wurde nichts. Ich hab auch Hunger, glaub mir, ich leide mit dir. Sobald ich es schaffe, besorge ich uns was zu essen, versprochen.«

Freudig wedelt er mit dem Schwanz, und ich bin mir fast sicher, dass er mich verstehen kann.

Kurz denke ich darüber nach, ob ich einfach weiterlaufen und der Straße folgen soll wie bisher, oder ob ich hier an der Tankstelle auf eine Mitfahrgelegenheit warten soll, da kommt mir eine Idee. Ich renne noch einmal hinein und bitte die Verkäuferin um einen Stift und ein Blatt Papier, auf das ich in großen, fetten Buchstaben *Leuchtenberg* schreibe. Dankend verlasse ich den Laden erneut und mache mich mit meinem Schild und Herkules auf den Weg weiter entlang der Straße in Richtung Norden.

26

Immer wenn ein Fahrzeug vorbeifährt, halte ich rechtzeitig mein Schild hoch, doch obwohl noch einige Autos an mir vorbeifahren, hält niemand an. Die meisten starren stur geradeaus auf die Straße und geben vor, mich nicht zu sehen. Manche Autofahrer zucken entschuldigend mit den Achseln, vielleicht haben sie keinen Platz im Wagen, fahren nicht bis nach Leuchtenberg oder haben andere Gründe, weshalb es ihnen leidtut, mich nicht mitzunehmen. Alle Autos sehen ausnahmslos so aus, als wären sie geradewegs den Fünfzigerjahren entsprungen.

Nach geschlagenen zwei Stunden hält neben mir ein altmodischer Lastwagen. Am Steuer sitzt ein hagerer junger Mann. Er hat langes weißblondes Haar, das allerdings so dünn ist, dass er es sich besser abschneiden sollte. Ein magerer Spitzbart ziert sein Kinn. Sein Gesicht ist blass und aknegeplagt, ich schätze ihn auf nicht älter als zwanzig. Er trägt braune Leinenhosen, ein weißes Hemd und Hosenträger. Ich denke kurz darüber nach, beschließe dann, dass er ungefährlich genug aussieht, und öffne die Beifahrertür. Er wirkt misstrauisch.

»Hallo«, sagt er. »Du solltest nicht per Anhalter fahren, das kann gefährlich werden. Vor allem in diesen Zeiten. Viele Schurken unterwegs.« Skeptisch mustert er mich.

Unwillkürlich frage ich mich, ob er mit »gefährlich« sich selbst meint, schiebe den Gedanken jedoch beiseite.

»Ich weiß«, sage ich, »aber mein Hund ist schwer krank und meine Eltern sind mit dem Auto weggefahren.«

Der junge Mann sieht Herkules an und zieht argwöhnisch eine Augenbraue nach oben.

»Du hast einen Welthund?«, fragt er und schüttelt dann langsam den Kopf. »Ehrlich, ihr Tierschützer habt einen Knall. So krank sieht er mir gar nicht aus. Eher quietschfidel.«

»Der Schein trügt«, sage ich wenig überzeugend.

Herkules sieht den Mann treuherzig mit seinem Auge elend an und wälzt sich zur Bestätigung wimmernd auf dem Boden. Wieder scheint mir, als würde der Hund mich verstehen. Ich hoffe nur, er ist nicht wirklich krank.

»Sehen Sie? Er muss dringend zum Tierarzt!«, sage ich, in der Hoffnung, dass es so was wie Tierärzte hier gibt. Anscheinend tut es das, denn der Blonde widerspricht mir nicht.

Nachdem ich ihn davon überzeugen konnte, dass Herkules ihm nicht in die Fahrerkabine kotzen wird, und ich es sauber machen werde, falls er es doch macht, darf ich bei ihm einsteigen und wir nehmen die Fahrt wieder auf. Es fühlt sich gut an, endlich schneller voranzukommen, auch wenn dieses Gefährt ebenfalls im Schneckentempo unterwegs ist. Besser als Laufen ist es allemal.

Mein neuer Fahrer ist zu meinem Leidwesen nicht so schweigsam wie die Frau, bei der ich vorhin mitfahren durfte, und im Laufe der Stunde, die wir unterwegs sind, erfahre ich nicht nur seine halbe Lebensgeschichte und dass er Ron heißt, sondern auch die Tatsache, dass er nicht so leichtgläubig ist, wie er aussieht.

Offenbar arbeitet Ron als Fahrer für eine Spedition namens *Rasch* und ist auf dem Weg nach Leuchtenberg, um eine Ladung Ersatzteile für Elektrogeräte dorthin zu liefern. Herr Rasch ist der Besitzer der Firma mit Sitz in einer Stadt namens Goldnest, und da der Name sowohl einen Hinweis auf den Gründer und Geschäftsführer sowie zusätzlich auf die Schnelligkeit der Spedition liefert, schlägt man praktisch zwei Fliegen mit einer Klappe. Das und die Tatsache, dass Ron auf eine Gehaltserhöhung und einen festen Arbeitsvertrag hofft, wenn er nur genug Überstunden schiebt, erläutert er mir in der ersten halben Stunde unserer Fahrt ausführlich. Außerdem erfahre ich noch, dass sich kürzlich seine Freundin von ihm getrennt hat – weil er aufgrund seiner Überstunden zu wenig Zeit für sie hatte, wie er vermutet –, dass er irgendwann »was Vernünftiges« lernen wird und dass er eine Allergie gegen Katzenhaare hat, weshalb ich Glück habe, dass

Herkules ein Hund ist. Ich höre die meiste Zeit schweigend zu und gebe nur hin und wieder bestätigende Laute von mir, damit er merkt, dass ich noch zuhöre.

Nach einiger Zeit scheint ihm der Gesprächsstoff auszugehen, und so fängt er plötzlich an, sich für *meine* Lebensgeschichte zu interessieren.

»Von zu Hause abgehauen, hm?«, fragt er mich unvermittelt.

Ich bin perplex und weiß nicht so recht, was ich darauf antworten soll, und so sage ich gar nichts. Er nickt sich selbst zur Bestätigung stumm zu.

»Hab mir schon gedacht, dass die Story mit dem Tierarzt nicht stimmt. Bist dir sicher, dass das die richtige Lösung ist? Ich meine nur, die meisten Konflikte mit den Eltern regeln sich nach 'ner Zeit von allein. Und die Welt ist gefährlich, ist nicht gut, wenn man niemanden hat.«

»Ich habe keine Konflikte mit meinen Eltern«, sage ich wahrheitsgemäß. »Ich hab überhaupt keine Eltern.«

»Oh.« Eine Zeit lang sagt er nichts mehr.

Nach etwa zehn Minuten nimmt er den Faden wieder auf.

»Bin auch mal von zu Hause abgehauen«, erzählt er grinsend. »Hatte allerdings vermutlich nicht so gute Gründe wie du.«

»Was für Gründe waren das?«

»Keine Ahnung, damals war ich fünf. Irgendwas hatte ich angestellt und wurde zur Strafe nachmittags zu Bett geschickt. Darüber hab ich mich geärgert. Bin wieder aufgestanden, hab unter der Bettdecke alles mit Kissen ausgestopft, damit es so aussah, als würde ich schlafen, und bin dann in Schlafanzug und Gummistiefeln davongelaufen.« Er lacht. »Ich hab sogar dran gedacht, die Puppe meiner Schwester unter die Decke zu stecken und den Haarschopf ein wenig herausblitzen zu lassen, damit es so aussah, als läge ich noch im Bett. Weit bin ich allerdings nicht gekommen, die Nachbarn haben mich schnell gefunden, aufgegabelt und zurückgebracht. Abgesehen davon wusste ich ja auch gar nicht, wohin ich wollte.«

Ich lächle bei der Vorstellung.

»Weißt du denn, wo du hinwillst?«, fragt er mich.

»Nein«, antworte ich ehrlich.

»Ich denke, du bist in die richtige Richtung unterwegs«, sagt er nach kurzer Überlegung. »Im Norden gibt's schon ein paar schöne

Ecken. Du solltest im Landhotel *Talblick* übernachten, wenn du in Leuchtenberg bist«, fügt er hinzu, »da ist's echt schön und auch relativ günstig.«

»In Ordnung«, sage ich. »*Talblick.*«

Eine Weile fahren wir schweigend, und ich bin froh, dass er keine weiteren Fragen stellt.

Herkules hat sich auf meinem Schoß zusammengekauert und hält ein Nickerchen, ihm scheint es bestens zu gehen. Ich kraule geistesabwesend sein Fell, lausche der fremdartigen Musik, die aus dem Lautsprecher tönt, und sehe aus dem Fenster. Je länger wir unterwegs sind, desto bunter wird die Umgebung, und so langsam kann ich Unterschiede zu der mir bekannten Welt erkennen.

Wir passieren leuchtend pinke Felder und ein Dorf mit eigenartigen runden Häusern, eine Weide, auf der die seltsamsten Wesen grasen, die je gesehen habe – sie sehen aus wie Kühe, allerdings mit zwei Köpfen, Schuppen und langen stacheligen Schwänzen –, und fahren irgendwann enge Serpentinen hinauf auf einen schmalen, spitz zulaufenden Berg und auf der anderen Seite wieder hinunter. Danach folgen noch mehr bunte Felder, und irgendwann steuern wir direkt auf einen Wald zu, bevor wir nach links abbiegen und geradeaus weiterfahren. Lange Zeit fahren wir im Schatten des Waldes.

Die Gegend ist absolut atemberaubend. Immer wieder muss ich den Impuls unterdrücken, Ron über all die merkwürdigen Dinge auszuquetschen, die ich sehe. Er soll ja nicht wissen, dass ich nicht von hier bin.

Immer wieder flackern Erinnerungsfetzen an Conny und das Heim, meinen Geburtstag und die kurze Zeit mit Siath in meinen Gedanken auf, und ich versuche jedes Mal schnell, sie zu verdrängen. Obwohl ich vor wenigen Tagen noch zu Hause war und erst seit einem Tag hier in Eden bin, kommt mir mein Leben in der anderen Welt plötzlich unendlich weit entfernt vor, so, als hätte es das überhaupt nicht gegeben.

Vielleicht liegt es daran, dass in der kurzen Zeit so viel passiert ist, aber wenn ich an die Nacht im Stadtpark, die Tage in der Klinik oder auch den Abend am Strand denke, fühlt es sich vielmehr wie die Erinnerung an einen lang zurückliegenden Traum an, nicht aber so, als hätte ich es tatsächlich erlebt. Ich frage mich, ob das normal ist oder ob die Reise durch das Portal irgendetwas an meinen Erinnerungen verändert hat.

»Hast du Hunger?«, fragt Ron plötzlich. Ich hatte es verdrängt, aber nun fällt mir wieder ein, dass ich seit dem bisschen Proviant in den Katakomben nichts mehr gegessen habe. Wie auf Kommando beginnt mein Magen zu knurren. Ich sage Ja und am nächsten Rastplatz hält er an und verkündet, dass er mich einladen wird, worüber ich dankbar bin.

Herkules hüpft, inzwischen wieder blendend gelaunt, von meinem Schoß und wir steigen aus dem Wagen. Ein weißes Schild am Straßenrand teilt uns mit, dass es nur noch fünfzig Kilometer bis nach Leuchtenberg sind. Das gemütliche kleine Gasthaus steht direkt am Waldrand.

»Das ist schon der Unwald«, erklärt Ron. »Weiß nicht, ob du ihn schon mal in echt gesehen hast. Na ja, das ist er. Ich fahr ja jeden Tag hier vorbei, ist meine tägliche Route, aber die meisten sind ziemlich beeindruckt, wenn sie ihn sehen.«

Er schüttelt sich unbehaglich, und ich wundere mich, wieso ihm ein paar Bäume so eine Angst zu machen scheinen.

Zum Glück ist er so redselig und plappert munter weiter, während wir vom Parkplatz zur Gaststätte laufen.

»Ich mag diesen Dschungel nicht«, sagt er jetzt wie zur Bestätigung. »So viele sind da drin schon umgekommen … Sogar zwei, die ich kannte. Und die kannten sich eigentlich verdammt gut aus. Ist echt eine Todesfalle, diese grüne Hölle. Keine Ahnung, was da drin alles für Wesen leben, will es auch gar nicht wissen.«

Ich nicke nur, so als wüsste ich ganz genau, wovon er spricht.

Unwald. Gefährlich.

Wir betreten das Gebäude. Herkules muss leider draußen warten, denn Welthunde sind dort nicht erlaubt. Ich werde angesehen, als hätte ich nicht mehr alle Tassen im Schrank, als ich mit ihm dort aufkreuze.

Ich erkläre ihm, dass ich in spätestens einer Stunde zurück sei und er auf mich warten solle, und er sieht mich dabei aufmerksam an.

Ron und ich suchen uns einen Platz in der Raststätte, die eingerichtet ist wie ein irdischer Diner aus den Fünfzigerjahren. Schwarz-weiß karierte Fliesen, rote Polstersessel, Schallplatten und Neonschilder an den Wänden. In einer Ecke steht eine Apparatur, die entfernt an eine Jukebox erinnert, doch die Musik kommt aus Lautsprechern an der Decke. Ich überfliege die Speisekarte und habe keine Ahnung, was ich bestellen soll. Mit den meisten Sachen in der Liste kann ich überhaupt nichts anfangen: Wyrm-Eier – was ziemlich widerlich klingt –, gedünsteter Rasselbock auf Phurbeet, Euphrasiasuppe, überbackene Bixi, flambierter Phoenix … Das ist doch ein Scherz, oder? Stirnrunzelnd arbeite ich mich durch die Karte, bis ich etwas finde, was mir zumindest teilweise vertraut erscheint: Rinderfiletsteak vom Grill mit Birkenblattsauce und karamellisierten Alraunen. Ron ordert eine sehr sparsam aussehende Portion Nudeln mit einer seltsamen lila Sauce, die ich noch nie gesehen habe. Meine Portion dagegen ist mehr als üppig, trotzdem schaffe ich es, alles aufzuessen, und es schmeckt besser als erwartet.

Während des Essens fragt er mich über alles Mögliche aus und scheint wahnsinnig fasziniert von meinem kaputten Leben.

»Und was ist mit deinen Eltern passiert?«, will er wissen, nachdem ich ihm erzählt habe, dass ich im Heim aufgewachsen bin. Ich habe Glück, dass er so unglaublich viel redet, denn er fragte nicht »In welcher Stadt bist du denn aufgewachsen?«, sondern nur »In Düsterbach, oder?« und so musste ich nur nicken.

»Das weiß ich nicht, hab sie nie kennengelernt«, antworte ich nun. Bei dem Gedanken an meine Eltern, die entgegen meiner bisherigen Meinung wohl doch noch leben und hier in Eden sind, kehrt wieder das aufgeregte Kribbeln in meinen Bauch zurück.

»Und hast du keine anderen Verwandten, die dich aufnehmen konnten?«, fragt er jetzt.

»Offenbar nicht, hab nie von irgendwem gehört«, antworte ich kauend.

»Und kam es oft vor, dass Kinder adoptiert wurden?«, fragt er mich neugierig.

»Hin und wieder, je jünger, desto besser waren die Chancen«, sage ich und bin froh, dass ich wenigstens manche Fragen ehrlich beantworten kann.

»Bist du normal zur Schule gegangen?«, fragt er.

»Ja, ganz normal mit anderen Kindern, die nicht im Heim waren«, sage ich.

Er ist wirklich nett, aber nach einer Weile fängt er an, mir mit seiner Fragerei auf die Nerven zu gehen. Seine Fragen sind unzusammenhängend, und so kommt kein richtiges Gespräch zustande, sondern eher so etwas wie ein Interview, bei dem er seinen Fragenkatalog runterrattert. Ich bekomme auf keine meiner Antworten eine Gegenantwort, sondern nur die nächste Frage, die in keinem Kontext zur vorherigen steht, und so bin ich froh, als wir endlich gehen können.

Bevor wir losfahren wollen, muss ich noch einmal zur Toilette, und Ron wartet im Eingangsbereich auf mich. Dort stehen ein paar höchst unbequem wirkende hellgrüne Ohrensessel, die ebenfalls an den Stil der irdischen Fünfziger erinnern, und auf einen von ihnen pflanzt er sich jetzt.

Im Radio, das viel zu laut und aufdringlich eingestellt ist, läuft irgendeine Schnulze.

Das WC befindet sich gleich um die Ecke, und während ich den Vorraum betrete, schwenkt das Programm um zu den Nachrichten.

Auch in der Toilettenkabine hört man das Radio, es berichtet jetzt über einen Verbrecher auf der Flucht.

»Die Polizei fahndet jetzt nach einer jungen Frau, die sich seit einem Tag in der Gegend um Wintersumpf versteckt halten muss«, sagt die Nachrichtensprecherin gerade. »Sie ist achtzehn Jahre alt, etwa einen Meter fünfundsechzig groß, schlank, hat schulterlanges hellblondes Haar und einen starken lumischen Einschlag. Sie trägt blaue Baumwollhosen und hat einen schwarzen Rucksack bei sich, auch der Besitz von Waffen kann nicht ausgeschlossen werden. Sie wird als extrem gefährlich eingestuft und befindet sich augenscheinlich auf der Flucht.«

Mir wird heiß und kalt gleichzeitig. Die Frau spricht von *mir!*

Fassungslos starre ich die Lautsprecherbox in der Wand an. Nach wenigen Sekunden habe ich mich wieder gefangen. Ich weiß genau, was passiert ist. Siath hat endlich geschnallt, was Sache ist und die Jagd nach mir aufgenommen. Anscheinend ist ihm dafür jedes Mittel recht, denn schließlich bin ich der Feind.

Fast noch schlimmer als die Angst, die mich plötzlich überkommt, ist erneut sein Verrat. Natürlich hätte ich es wissen müssen, aber etwas in mir, ein ganz kleiner Teil, hatte gehofft, dass er spätestens nach dem Abend am Strand die Jagd aufgeben würde, sobald er herausfände, dass ich es bin. Irgendwie sind wir doch so etwas wie Freunde geworden, zumindest dachte ich das. Aber offensichtlich ist das nicht der Fall, und jetzt will er mich tot sehen.

Es schmerzt mehr, als ich mir eingestehen will.

Wir müssen schleunigst zusehen, dass wir weiterkommen!

Dann fällt mir wieder ein, dass ja auch draußen das Radio läuft und Ron die Nachrichten ebenfalls gehört haben muss. Ich stöhne auf und schleiche mich aus der Toilette, dann sehe ich vorsichtig um die Ecke. Ron steht mit dem Rücken zu mir an einer altmodischen Telefonzelle und hat bereits den Hörer in der Hand. Mit der anderen Hand gestikuliert er aufgeregt.

»Ja, sie ist hier«, sagt er gerade und klingt dabei ein wenig ungeduldig, »ich hab sie ja mitgenommen. Nein, das wusste ich ja nicht! Ich bin mir sicher, dass sie es ist! *Ganz* sicher! Ich habe mir schon gedacht, dass sie irgendwie lumisch aussieht. Nein ... ja, sie fährt per Anhalter. Sie will nach Leuchtenberg! In Ordnung!« Nach einer kurzen Pause fügt er hinzu: »Waldmühle.«

Den Rest höre ich nicht mehr, aber vermutlich legt er jetzt sowieso auf. Panik erfasst mich. *Verdammte Scheiße!* Sie wissen, wo ich bin!

Dieser Vollidiot hat die Polizei gerufen, und die wird jetzt kommen. Ich renne zurück in den Toilettenvorraum und öffne das Fenster. Die Fenster sind winzig klein, aber da ich so zierlich bin, passe ich gerade so durch. Ich wünsche mir nur, ich hätte nicht so wahnsinnig viel gegessen, denn ich fühle mich gerade ziemlich schwerfällig.

Die Angst jedoch erweckt ungeahnte Kräfte in mir, ruckzuck bin ich aus dem Gebäude draußen, glücklicherweise genau auf der entgegengesetzten Seite, in Waldrichtung. Ich pfeife leise nach Herkules, und zu meiner Freude kommt er sofort um die Ecke gerannt.

»Komm«, flüstere ich, »von jetzt an müssen wir wieder laufen!«

Er sieht ein wenig bedauernd aus, läuft mir aber sofort mit Vollgas hinterher, als ich auf den Wald zurenne und lautlos zwischen den Bäumen verschwinde.

27

Die erste Nacht nach unserer Flucht verbringen wir in einer kleinen, verlassen wirkenden Jagdhütte, etwa fünf Stunden Fußmarsch vom Waldrand entfernt. Eine dicke Staubschicht auf der Türklinke und zahlreiche Spinnweben rund um Fenster und Türen versichern mir, dass hier seit Monaten niemand gewesen ist. Außerdem bin ich mir sicher, dass ich hier weit genug von der Straße entfernt bin und nächtigen kann, ohne Angst haben zu müssen, erwischt zu werden. Ich gehe davon aus, dass die Polizei ihre Suchtrupps nach Leuchtenberg schicken wird, dorthin, wo Ron mich hatte hinbringen wollen. Natürlich ist mir klar, dass auch die Polizei an die Möglichkeit denken muss, dass ich in den Wald gerannt sein könnte. Jedoch hoffe ich, dass sie es von vornherein als sinnlos ansehen werden, mich hier drin suchen zu wollen. Vielleicht hoffen sie einfach, dass ich mit der Flucht in den Unwald ohnehin mein Todesurteil unterschrieben habe, und geben die Suche nach mir auf. Aber Siath wird es wissen, und er wird nicht aufgeben. Er wird mich suchen, bis er mich gefunden hat. Und dann wird er mich vor Gericht bringen, so wie er es von Anfang an vorhatte. Nicht zum ersten Mal frage ich mich, was ich als Baby so Furchtbares getan haben soll, dass man mich für die politische Situation in diesem Land verantwortlich macht.

Die Türen und Fenster der Hütte sind verschlossen, aber da ich nun sowieso schon gesucht werde und mir weit schlimmere Dinge angehängt werden als Hausfriedensbruch, kommt es darauf nun auch nicht mehr an und ich breche das ohnehin sehr morbide Türschloss auf, das sofort nachgibt.

Im Inneren der Hütte befinden sich ein paar abgewetzte Möbel, begraben unter weiteren Spinnweben und dicken Staubschichten. Neben einer rot karierten Schlafcouch und einem kleinen Esstisch gibt es einen alten Kamin und mehrere wuchtige Holzschränke. In einem von ihnen finde ich eine schmutzige Decke und ein paar eingestaubte Dosen. Auf einer sind Bohnen abgebildet, auf den anderen etwas, das wie Thunfisch aussieht. Ich werfe die Sachen in meinen Rucksack. Zwar weiß ich nicht, wie alt das Essen ist, aber vielleicht werde ich es brauchen. Außerdem packe ich den kleinen Topf ein, der auf dem Kamin steht. An einem Haken an der Tür hängen eine dicke und viel zu große Jacke und ein langärmeliges Holzfällerhemd. Nach kurzer Überlegung – beide Kleidungsstücke reichen mir bis zu den Knien – beschließe ich, auch diese beiden Dinge in meinen Rucksack zu stopfen.

Insgeheim trage ich die Hoffnung, dass ich mehrere Tage oder vielleicht sogar Wochen in der Hütte verbringen kann, bis sich die Suche nach mir gelegt hat. Dann werde ich mein Versteck verlassen und hoffentlich zur Straße zurückfinden, um mich weiter auf den Weg nach Leuchtenberg zu machen. Allerdings ist mir klar, dass es auch sein kann, dass ich im Wald gesucht werde. Deshalb bin ich stets aufbruchbereit.

Ich füttere Herkules mit dem Inhalt einer der Dosen, was er mir wild schwanzwedelnd dankt, und lege mich schlafen.

Ich nächtige drei Tage in der Hütte. Am Abend des vierten Tages höre ich plötzlich Automotoren aufheulen. Voller Panik schnappe ich mir Herkules und den gepackten Rucksack und renne tiefer in den Wald hinein.

In dieser Nacht schlafe ich nicht. Ich renne eine Weile auf einem schmalen Weg entlang, der dort verläuft. Als ich nach einiger Zeit zwischen den Bäumen hinter mir Autolichter aufblitzen sehe und erneut Motorengeräusche höre, beschließe ich in meiner Angst, den Weg zu verlassen und biege, ohne nachzudenken, nach rechts ab, mitten in die Wildnis. Da ich mich an diesem Abend nicht traue, die Taschenlampe einzuschalten, komme ich nur langsam voran. Es ist stockdunkel. Meine Augen haben sich zwar nach kurzer Zeit an die Dunkelheit gewöhnt, aber mehr als schwache Umrisse kann ich nicht erkennen.

Ich renne und renne, stolpere gelegentlich über Wurzeln und reiße mir bei meinen Stürzen auf den harten Waldboden beide Handflächen auf, aber in meiner Angst spüre ich den Schmerz nicht. Äste schlagen mir ins Gesicht und Herkules bellt aufgeregt, während er mit heraushängender Zunge neben mir hersaust.

In dieser ersten Nacht in der Wildnis denke ich, ich werde erfrieren. Zwar schneit es hier nicht mehr, trotzdem ist es in der Nacht bitterkalt, während tagsüber Temperaturen um die 20 Grad herrschen. Verrückte Welt. Ich laufe, bis ich nicht mehr laufen kann, und mache irgendwann an einem großen Baum halt. Dort stütze ich mich mit einer blutigen Hand an der groben Rinde ab, krümme meinen Oberkörper nach vorn und übergebe mich. Die eiskalte Luft versetzt meiner Lunge Tausende von kleinen Stichen. Ich habe beim Laufen geschwitzt und nun friere ich durch meinen nassen Pullover doppelt. In Hemd, Jacke und Decke gehüllt und mit Herkules auf meinem Schoß, kauere ich mich schließlich zwischen die Wurzeln einer großen Eiche und versuche zu schlafen, aber es gelingt mir nicht. Siedend heiß wird mir klar, dass ich keine Ahnung mehr habe, wo ich mich befinde. Ich muss an Rons Worte denken: *Viele sind dort schon gestorben.*

Als ich den Weg verlassen habe, habe ich auch die Sicherheit verlassen, jemals wieder zurückzufinden. Da es so dunkel ist, werde ich morgen nicht einmal mehr wissen, in welche Richtung ich gerannt bin und in welche Richtung ich zurücklaufen muss, um wieder zu dem Weg zu gelangen. Ich weiß es ja jetzt schon nicht mehr.

So verbringe ich die erste Nacht an einen Baum gelehnt, panisch in die Dunkelheit starrend und mit der sicheren Gewissheit, diese oder eine der folgenden Nächte nicht mehr zu überleben, während das braune Hündchen, das mich vor einem wütenden Bauern gerettet hat, auf meinem Schoß friedlich schläft. Ich empfinde eine tiefe Liebe und Mitleid für das Tier, das nicht weiß, was für ein trauriges Schicksal ihm bevorsteht.

Ich erfriere in dieser Nacht nicht und auch nicht in den darauffolgenden Nächten.

Am nächsten Tag finde ich einen Bach und kann meine inzwischen leere Flasche mit Wasser füllen, das ich auf ex hinunterkippe. Danach fülle ich die Flasche erneut und packe sie ein. Ich wandere mit Herkules jeden Tag weiter und halte mich dabei in der Nähe des kleinen Bachs, schlafe in höhlenähnlichen Ausbuchtungen in der Erde oder im Schutz großer Bäume und ernähre mich aus den gestohlenen Konservendosen. Von dem Bachwasser bekomme ich Bauchschmerzen und Durchfall, doch nach einigen Tagen hat mein Magen sich daran gewöhnt. Das Wandern wird mit jedem Tag anstrengender, doch ich zwinge mich weiterzugehen. Bis auf viele merkwürdige Tiere begegne ich niemandem mehr und nach einigen Tagen fühle ich mich entspannter, die Angst vor Verfolgern fällt von mir ab. Anscheinend haben sie es aufgegeben.

An manchen Tagen erfüllt mich dennoch tiefe Verzweiflung, da ich mir nicht sicher bin, ob ich jemals wieder einen Ausweg finden werde. Tatsächlich habe ich das Gefühl, immer weiter in den Wald hineinzulaufen. Anfangs wirkte vieles noch halbwegs zivilisiert. Da gab es die Hütte, Baumgruppen, denen man ansah, dass sie bewusst gepflanzt worden waren, ein paar Trampelpfade. Doch nach und nach wurde meine Umgebung immer mehr zum Urwald.

Nach einigen weiteren Tagen bekomme ich schlimmen Husten, danach fühle ich mich von Tag zu Tag schwächer und es geht immer langsamer voran. Wenn ich an meine Ziellosigkeit und Verlorenheit denke und dabei panisch werde, genügt ein Blick in das treue, sorglose Auge meines Hundes, um meinen Kampfgeist erneut zu wecken.

In den Nächten wiegen mich die Tränen, die ich für Conny, aber auch für Siath vergieße, in den Schlaf. Ich will nicht weinen, aber hier, in den Tiefen dieses Urwaldes mit dem Tod im Nacken, erscheint es mir albern, meine Gefühle länger zu unterdrücken, und so gebe ich mich ihnen hemmungslos hin und trauere – um alles, was wir hatten, mehr noch aber darum, was wir hätten haben können.

Ich verliere jegliches Zeitgefühl, doch irgendwann, es müssen einige Wochen vergangen sein, erreichen wir eine Lichtung, in deren Zentrum sich eine Quelle mit einem kleinen See befindet. Dort bleiben wir.

Aus Blättern, Ästen, Moos und Steinen schaffe ich es, uns eine kleine Unterkunft zu bauen, in der wir zumindest schlafen können, ohne übermäßig nass zu werden. Da wir auf einer Lichtung sind, wage ich es dort auch endlich, mir gleich am Ufer eine Feuerstelle zu bauen, in der ich abends ein kleines Feuer anzünden kann. Die Erkältung und der Husten, die ich mir in den Tagen zuvor zugezogen und die mich so beunruhigt haben, klingen dort endlich wieder ab. Ich bin froh, dass mein Immunsystem dank der alljährlichen Eiseskälte im Haus Gertrudis bereits einiges gewohnt ist. Ich komme endlich dazu, meine Kleidung zu waschen und selbst baden zu gehen. Obwohl es hier im Gegensatz zur ersten Nacht im Wintersumpf keine Minusgrade mehr hat, fühlt sich das kalte Wasser an wie Tausende kleine Nadelstiche und raubt mir für einen Moment den Atem. Trotzdem kommt es mir nach den Wochen im Dreck vor wie die Erfüllung all meiner Träume. Herkules springt mir aufgeregt hinterher und paddelt hechelnd und nach Luft schnappend ziellos im Kreis um mich herum. Nach dem Baden hänge ich meine eigene nasse Kleidung über einen Ast, kuschele mich in das trockene, viel zu große Holzfällerhemd und setze mich mit Herkules auf dem Schoß an unser kleines Feuer.

Die Tage vergehen, und weil unsere Vorräte schon längst zur Neige gegangen sind, hat Herkules schon vor einiger Zeit begonnen, für uns auf die Jagd zu gehen. Meist bringt er Kleingetier wie Eichhörnchen, Vögel oder Ratten zurück, einmal einen kleinen Hasen, manchmal kleine Wesen, die ich nicht kenne. Was mich anfangs viel Überwindung kostete, wird in einem erbitterten Kampf ums Überleben schnell zur Routine. Ich ziehe den Tieren das Fell ab oder rupfe die Federn und entnehme die Innereien, danach spieße ich sie auf und brate sie über dem Feuer.

An den Vormittagen gehe ich selbst auf Essenssuche, dabei lasse ich jedoch all die vielen Pflanzen aus, die ich nicht kenne. Ich bin mir auch sicher, dass die Hälfte von ihnen auf der Erde nicht einmal existiert, und habe keine Ahnung, ob sie essbar sind oder nicht. Ich sammle mir bekannte Kräuter, die ich mit Quellwasser und Löwenzahn zu Salaten verarbeite, und esse die wenigen Waldbeeren, die mir bekannt vorkommen. Außerdem wird es mit jedem Tag wärmer, und bald ist es warm genug, um regelmäßig baden zu gehen, ohne Angst haben zu müssen, an einer lebensgefährlichen Grippe zu erkranken. Auch in den Nächten herrschen inzwischen angenehme Temperaturen.

Ich habe keine Ahnung, wie viel Zeit ich wirklich am See verbracht habe. Ich weiß, dass ich nicht ewig hierbleiben kann, und plane, demnächst weiterzugehen, immer bachabwärts. Irgendwann, so hoffe ich zumindest, muss er ja in etwas Größeres münden und aus dem Wald hinausführen.

An einem Morgen mache ich mich bereits in der Dämmerung auf die Suche nach Kräutern. Bereits vor einer Weile habe ich alles in näherer Umgebung abgeerntet, weshalb mein Suchradius sich stetig vergrößert. Herkules schläft friedlich in unserem provisorischen Lager und ich lasse ihn liegen.

Mit der Plastiktüte, in der früher einmal das Brot vom Bäcker war, die ich jetzt jedoch als Sammelbehälter für Beeren und Kräuter nutze, mache ich mich auf den Weg. Ich habe außerdem mein Taschenmesser dabei, falls ich einem Tier begegnen sollte. Bisher habe ich keine Tiere gejagt, da Herkules effizienter ist; inzwischen würde ich aber auch vor dem Töten nicht mehr zurückschrecken.

Zumindest denke ich das – bis ich das Wesen sehe.

Es sieht aus wie ein niedliches kleines Wiesel und steht in etwa zehn Meter Entfernung vor mir. Samtenes hellbraunes Fell, große dunkle Augen, den Kopf leicht schräg gelegt. Neugierig sieht es mich an, ohne jedoch Anstalten zu machen, flüchten zu wollen.

»Bleib nur, wo du bist«, flüstere ich und schleiche vorsichtig auf das Wesen zu, das Messer einsatzbereit in meiner rechten Hand. Doch als ich nur noch fünf Meter von ihm entfernt bin, drängt plötzlich ein anderes, lästiges Gefühl an die Oberfläche und schiebt das Hungergefühl beiseite: Mitleid.

Das Tier sieht mich noch immer an, unschuldig, fast vertrauensselig. Ich starre noch eine Weile zurück, doch dann seufze ich und lasse die Hand mit dem Messer sinken.

Wem will ich hier eigentlich etwas vormachen? Ich kann kein Tier töten. Ohne Herkules wäre ich aufgeschmissen.

Ich schiebe das Messer zurück in die Tasche und gehe einen weiteren Schritt auf das Tier zu, doch es weicht nicht zurück. Sein Vertrauen rührt mich. Wie konnte ich es nur töten wollen?

Plötzlich überkommt mich der Wunsch, es anzufassen, meine Hand durch sein seidiges weiches Fell fahren zu lassen.

»Du brauchst keine Angst vor mir zu haben«, sage ich leise und gehe einen weiteren Schritt auf das Tier zu. »Ich tu dir nichts.«

Jetzt ist es nur noch wenige Zentimeter von mir entfernt, und gerade will ich meine Hand nach ihm ausstrecken, da sehe ich plötzlich etwas. Seine Augen, die zuvor dunkel und gutmütig aussahen, beginnen orange zu glimmen, erst ganz leicht, dann immer heller. Meine Hand bleibt auf halbem Weg in der Luft stehen, und plötzlich beginnt das Tier sein Maul zu einem hässlichen Grinsen zu verziehen. Erschrocken ziehe ich meinen Arm zurück und weiche rückwärts, dabei stolpere ich über eine Wurzel und falle.

Das Wiesel weicht ebenfalls einen Schritt zurück, doch nur um Anlauf zu nehmen. Es setzt zum Sprung an, sein Gesicht zu einer Fratze verzogen … und plötzlich sehe ich nur noch leuchtendes Grün und flammendes Rot.

28

Irgendetwas fällt vom Himmel auf mich und das Tier herab und schlägt wild um sich. Verwirrt krabble ich ein paar Schritte rückwärts und versuche zu verarbeiten, was hier gerade passiert.

»Verzieh dich, du Ekel!«, brüllt die Gestalt hysterisch und fuchtelt wild mit einem dicken Stock, woraufhin das Wiesel jaulend das Weite sucht.

Fassungslos starre ich sie an.

Es ist ein Mädchen, etwa in meinem Alter. Ihr grünes Kleid sieht aus wie aus Blättern gemacht und reicht ihr bis kurz über die Knie. Ihr wallendes hellrotes Haar fällt ihr in großen Locken bis über die Hüfte und bildet einen krassen Kontrast zu ihrer dunkelbraunen Haut.

»Und du!«, fährt sich mich an, die grünen Augen glühend vor Wut. »Bist du vollkommen übergeschnappt? Lege dich niemals, niemals mit einem Bajang an! Was ist nur in dich gefahren?«

Wütend deutet sie mit ihrem Stock in meine Richtung, wie um ihre Worte zu unterstreichen.

»Bajang?«, wiederhole ich etwas dümmlich.

»Oh, meine Güte!«, ruft sie, wirft dabei theatralisch die Hände in die Luft und verdreht die Augen. »Ich hab mir schon gedacht, dass du nicht der hellste Stern im Funkelgebirge sein kannst, wenn du hier mit einem Welthund einen auf Waldurlaub machst, aber bitte, das war einfach nur lebensgefährlich!«

Ich starre sie immer noch an und weiß nicht, was ich darauf antworten soll.

»Lass mich raten«, sagt sie süffisant, »du bist eins von diesen verzogenen Gören aus Sternensee, das in seinem ganzen Leben noch nie irgendwas Sinnvolles getan hat und von Mami und Papi alles in den Hintern geschoben bekommt. Und nun hast du beschlossen, dir ein extravagantes Haustier zuzulegen und zu einem kleinen Abenteuer in den Unwald aufzubrechen, weil dein Leben ansonsten ja so unerträglich langweilig ist.« Sie stemmt die Hände in die Hüften und funkelt mich herausfordernd an.

»Ähm ... nein?«, sage ich, während ich mich wieder aufrapple und mir den Schmutz von der Hose klopfe. »Woher weißt du von meinem Hund?«

»Hab dich schon ein paar Wochen beobachtet«, sagt das Mädchen achselzuckend. »Von meinem Baumhaus aus, das ist hier in der Nähe«, fügt sie hinzu, als ich die Augenbraue hochziehe.

»Aha«, antworte ich. Plötzlich bin ich ein wenig gereizt. Sie hat mich schon ein paar Wochen beobachtet, ohne auf die Idee zu kommen, mir zu helfen?

»Und warum?«, frage ich säuerlich.

Sie zuckt erneut die Achseln.

»Ist zurzeit ein wenig öde hier«, antwortet sie. »Nichts los. Und ich wollte einfach wissen, welche Irre sich da mit einem Welthund im Unwald herumtreibt. Außerdem wusste ich, dass du noch Ärger machen würdest!«

Wieder fuchtelt sie mit diesem verdammten Stock in meine Richtung. »Ich hoffe nur, dieses Drecksvieh kommt nicht mehr wieder!«

»Was war das für ein Tier?«, frage ich neugierig.

»Du wirst doch wohl wissen, was ein Bajang ist!«, schnaubt sie. »Oder bringt man euch Stadtkindern solche Sachen nicht bei?«

»Ich komme nicht aus Sternensee oder irgendeiner anderen Stadt von hier«, sage ich gereizt. »Und ich bin auch nicht aus Langeweile in den Wald gegangen, sondern weil ich mich verlaufen habe. Glaube mir, ich wäre liebend gern wieder draußen. Ich bin heilfroh, dass ich noch nicht draufgegangen bin.«

Einen kurzen Moment stockt sie, dann fängt sie lauthals an zu lachen.

»Ja, das kannst du auch sein, echt!«, sagt sie. »Verdammt, wirklich? Hier hat sich schon ewig niemand mehr verlaufen. Seit der Sache mit den Luminern sind die Leute vorsichtiger. Und wo kommst du dann her?«

Ich druckse ein wenig herum, während ich diesem Mädchen in die Augen sehe. Irgendetwas an ihm ist mir vertraut. Vielleicht ist es die Tatsache, dass sie mich vor diesem wilden Tier gerettet hat, vielleicht aber auch, dass sie mich mit ihrer großen Klappe ein wenig an Conny erinnert, auf jeden Fall mag ich sie, obwohl ich sie nicht kenne. Was immer es auch ist, ich bin es langsam leid, zu lügen. Und ich fürchte, wenn ich in diesem Land irgendwie weiterkommen will, wird es Zeit, sich jemandem anzuvertrauen, andernfalls werde ich niemals den richtigen Weg zu meinen Eltern finden. Ich weiß ja nicht einmal, wo ich nach ihnen suchen muss, geschweige denn, wie ich aus diesem verdammten Wald jemals wieder herausfinden soll.

»Ich komme nicht aus Eden«, sage ich leise.

»Kommst du nicht?«, hakt sie nach. »Woher kommst du denn dann?«

»Von der Erde, falls … du das kennst«, sage ich und komme mir dabei ziemlich blöd vor. Ungefähr so muss Siath sich gefühlt haben, als er mir vor einer halben Ewigkeit erzählt hat, er würde aus einer anderen Welt stammen.

Erneut lacht sie.

»Das soll ich dir echt glauben?«, sagt sie und ihre Augen funkeln belustigt. »Ich schwöre dir, ich lebe seit Jahrhunderten in diesem Wald, aber du bist mit Abstand die schrägste Begegnung, die ich hier seit Langem hatte. Wie bist du denn von der Erde hierhergekommen?«

»Durch eine Art Portal«, sage ich. Kurz überlege ich, ihr das Medaillon zu zeigen, doch ich zögere. So sympathisch sie mir ist – was ist, wenn meine Menschenkenntnis mich wieder so im Stich lässt wie bei Siath? Was ist, wenn sie auf Siaths Seite steht und mich auch tot sehen will?

»Ich bin hier in einer Kneipe rausgekommen«, sage ich nun. »Ich bin bei mir zu Hause durch Katakomben gelaufen, bis ich eine Tür gefunden habe. Und dann war ich plötzlich im Keller dieser Taverne und die Tür war weg.«

Erwartungsvoll sehe ich an und warte auf eine Reaktion. Ihre Augen sind riesengroß.

»Du lügst nicht!«, haucht sie. »Von diesem Portal im Wintersumpf weiß kaum jemand. Das konntest du nicht wissen! Du sagst die Wahrheit, oder?«

Ich nicke.

»Heiliger Waldschrat!« Sie lacht. »Weißt du, wie oft das vorkommt, dass ein Mensch auf der anderen Seite das Glück hat, sich hierher zu verlaufen? Alle paar Jahrzehnte mal, wenn's hochkommt! Es gibt nur ganz wenige Portale. Da hast du wirklich Glück gehabt. Oder Pech, wie man es nimmt. Allerdings dachte ich immer, dass man für das Portal im Wintersumpf einen Schlüssel braucht. Nun, so kann man sich täuschen.«

Ich zucke die Achseln und versuche möglichst unschuldig dreinzublicken.

»Ich bin übrigens Yami!«, sagt sie jetzt und streckt mir ihre Hand hin.

»Mina«, antworte ich und schüttle sie.

»Sehr erfreut«, sagt Yami grinsend. »Ich mache dir ein Angebot, Mina. Du bist verloren hier draußen, ich sag es dir, wie es ist. Aber ich kann dir helfen. Ich hab ein großes Haus und du kannst mit deinem seltsamen Haustier bei mir unterkommen. Ich find dich nett. Ich kann dir alles über Eden erzählen, was ich weiß. Und dann können wir überlegen, ob wir irgendeine Lösung für dich finden. Was hältst du davon?«

Ich nicke begeistert. Endlich wieder unter einem richtigen Dach schlafen, möglicherweise sogar in einem richtigen Bett. Endlich wieder richtige Gesellschaft. Endlich wieder ein bisschen Hoffnung.

Wir gehen zur Lichtung zurück, packen Herkules und meine wenigen Habseligkeiten ein und machen uns auf den Weg zu Yamis Baumhaus.

Das Haus, das sich in schwindelerregender Höhe in einer dicken Eiche befindet und über eine Strickleiter zu erreichen ist, ist eine wundervoll schräge Mischung aus urig-rustikal und Disney-Kitsch. Von außen ist es kaum als Haus zu erkennen, zum einen da es so unglaublich hoch gelegen ist, zum anderen aber auch weil es einfach völlig unauffällig aussieht. Sein runder Eingang sieht von außen wie ein etwas größeres Astloch aus und innen ist es geräumiger, als der Baum vermuten lässt. Offensichtlich stimmen die Gesetze der Physik hier doch nicht zu hundert Prozent mit den irdischen überein.

Yamis Haus ist chaotisch, hell und bunt. Auf ihrem knorrigen Esstisch steht ein kitschiges englisches Teeservice, vor ihren runden Fenstern hängen geblümte Gardinen und die Holzdielen werden von Unmengen an bunten Teppichen überdeckt. Über der Küchenzeile baumeln gebündelte Kräuter und über dem Esstisch prangt ein pompöser kristallener Kronleuchter. Überall stehen kleine Fläschchen voller mysteriöser Flüssigkeiten, Schalen mit eigenartigen Früchten darin oder Bücher, die sich in jeder freien Ecke bis zur Decke hin stapeln. Die Wohnung besteht aus einer Küchen-Esszimmer-Kombination, in deren Ecke etwas steht, was Yami mir als Gästebett vorstellt, sowie einem Schlafzimmer, das vom Rest der Behausung allerdings nur durch einen weiteren geblümten Vorhang abgetrennt wird. Es gibt außerdem so etwas wie ein Badezimmer, zwar ohne fließendes Wasser, jedoch tausendmal besser als alles, was ich in den letzten Monaten hatte.

Das Bett ist eine mit Stroh gefüllte Matratze und ein kratziges Leinentuch – die pure Erfüllung nach all den Wochen auf dem harten Waldboden.

Nur die Sache mit dem Essen gestaltet sich als etwas schwierig, denn bereits kurz nach unserer Ankunft eröffnet mir Yami, dass sie ein wenig eigenartige Essgewohnheiten hat.

»Um eure Nahrung müsst ihr euch selbst kümmern«, sagt sie am Abend fröhlich, während ich mich an meinem neuen Schlafplatz einrichte und sie gerade ein paar frische Kräuter bündelt und aufhängt. »Ich esse nicht das Übliche.«

»Ich bin nicht besonders anspruchsvoll«, gebe ich zurück. »Ich kann essen, was du isst. Und Herkules ist inzwischen auch einiges gewohnt.« Ich streichle meinem treuen Begleiter liebevoll über das struppige Fell.

»Das wage ich mal zu bezweifeln«, sagt sie mit einem verschlagenen Grinsen. »Ich esse Männer.«

Ich muss lachen, schüttle den Kopf und fange an, meinen Rucksack auszupacken.

»Das war kein Witz«, sagt sie, nun ebenfalls lachend. »Ich bin eine Waldvampirin. Ehrlich, Mina, du bist besser dran, wenn du dir selbst Gedanken über deine Mahlzeiten machst. Aber ihr zwei habt das ja in den letzten Wochen ganz gut hinbekommen, ich habe da überhaupt keine Bedenken.«

»Wie jetzt?«

Ich unterbreche meine Tätigkeiten und starre sie an.

»Wie, das war kein Witz? Du meinst das ernst?«, frage ich noch mal.

Sie grinst.

»Baobhan-Sith«, sagt sie jetzt. »So heißt unsere Art, aber wenn du mich fragst, klingt das viel zu abgehoben. Waldvampirin reicht. Und ja, ich ernähre mich von Männern, wenn du also etwas anderes essen willst, bin ich dir da nicht böse.«

»Wie kann ich mir das vorstellen?«, frage ich und weiß nicht, ob ich lachen oder schockiert sein soll. Es klingt einfach zu schräg – und eigentlich sollte mir der Gedanke, ab heute mit einer Kannibalin zusammenzuleben, Angst einflößen, oder nicht? Wobei, anscheinend ist sie ja kein Mensch. Also ist sie per Definition auch keine Kannibalin. Sondern vielmehr ein Raubtier. Auch nicht viel besser.

»Na ja, Vampir, Blut, Aussaugen, du weißt schon, das Übliche«, sagt sie leichthin und beginnt, Geschirr zu spülen. Ich lasse meinen Kram liegen und helfe ihr beim Abtrocknen.

»Und woher soll ich wissen, dass du mich nicht frisst?«, frage ich sie und versuche es wie einen Witz klingen zu lassen, obwohl ich mich plötzlich ein wenig unwohl fühle.

»Tja.« Sie grinst hinterhältig und zeigt mir dabei zwei spitze Eckzähne. »Du wirst mir wohl vertrauen müssen.«

»Jetzt bin ich schon in deinem Haus, mir bleibt also nichts anderes übrig«, sage ich und hoffe, dass mich mein erster Eindruck von ihr nicht getäuscht hat. Leider schaffe ich es nicht ganz, mein plötzliches Unbehagen zu verbergen, doch dann lacht sie wieder.

»Nein, du musst dir natürlich keine Sorgen machen. Wir trinken echt nur Männerblut.«

Die Art und Weise, wie sie das sagt, bringt mich ebenfalls zum Lachen.

»Na, wenn das so ist«, murmle ich und hoffe, dass ich hier wirklich in Sicherheit bin.

Yami hat mich nicht belogen. Die nächsten Tage und Wochen bleibe ich bei ihr, und bereits nach kurzer Zeit fühle ich mich wie zu Hause. Eigentlich fühle ich mich sogar besser als zu Hause, wenn man bedenkt, dass ich in meinem neuen WG-Zimmer nie richtig angekommen bin. Yami ist tagsüber meist unterwegs, und da ich vermute, dass sie zu Teilen auf Nahrungssuche ist, frage ich lieber nicht nach

Details. Ich mache es mir in ihrem Haus gemütlich, begebe mich mit Herkules ebenfalls auf Nahrungssuche und erledige im Gegenzug dazu, dass sie mich bei sich wohnen lässt, den größten Teil von Yamis Hausarbeit. An den Abenden frage ich sie über Eden aus und geduldig beantwortet sie mir alle Fragen.

Ich erfahre außerdem überrascht, dass ich mit dem Durchschreiten des Portals automatisch die notwendigen Sprachkenntnisse erlangt habe, um hier zurechtzukommen.

»Ein Zauber des Kristallzirkels«, sagt Yami lächelnd. »Und ein nötiger, wenn du mich fragst. Wenn sich früher Leute hierher verirrt haben, konnten sie sich überhaupt nicht verständigen. Das war schlimm. Die meisten sind draufgegangen.«

Ich hatte überhaupt keine Gedanken daran verschwendet, dass man hier eine andere Sprache sprechen könnte als auf der Erde. Jetzt komme ich mir dumm vor. Ich spreche verschiedene Sätze laut aus und finde, dass ich wie immer klinge. Doch Yami behauptet steif und fest, dass ich Edenisch spreche, mit einem leichten lumischen Akzent.

Yami und ich werden gute Freundinnen, und sogar mit Herkules freundet sie sich irgendwann an.

29

Du bist im Wintersumpf angekommen«, erklärt Yami mir eines Abends bei einer Tasse Kräutertee aus ihrer kitschigen Teekanne. »In der Taverne dort gibt es eins der drei Portale zur Erde. Ein weiteres Portal gibt es im Unwald, ich weiß aber nicht genau wo. Und dann gibt es noch eins im ehemaligen Lumina. Eigentlich dürfte ich das gar nicht wissen. Eine nette Fee hat es mir mal verraten. Sie sind die Hüter der Portale.«

Sie grinst und ich schnappe nach Luft.

Eine Fee!

»Ihnen ist nicht zu trauen«, warnt sie mich, als sie meinen begeisterten Gesichtsausdruck sieht. »Merk dir das, trau niemals einer Fee. Diese eine war eine erfreuliche Ausnahme.«

»Ist notiert. Und wo liegt der Wintersumpf genau?«, frage ich neugierig.

»Ziemlich genau in der Mitte von Umbria«, antwortet Yami. »Und wie der Name schon sagt, herrscht dort immer tiefster Winter. Du kannst also froh sein, nicht erfroren zu sein. Umbria liegt im Westen von Eden, Lumina lag im Osten, Schatten und Licht. Die beiden Länder wurden größtenteils durch den Unwald getrennt. Spielt jetzt natürlich keine Rolle mehr, Lumina existiert nicht mehr.«

Sie steht auf und geht zur Feuerstelle, die ihr sowohl als Heizung als auch als Herd dient. Sie öffnet die Tür des gusseisernen Ofens und legt einen Holzscheit in die Glut, schließt die Tür wieder und setzt einen weiteren Topf mit Wasser auf die Herdplatte.

»Auch noch einen Tee?«, fragt sie.

Ich bejahe. Dieser heiße Tee aus fremden Kräutern schmeckt unglaublich gut nach der langen Zeit, honigsüß und von einer leichten Schärfe durchzogen. Die Kälte hatte in den vergangenen Wochen von jeder Faser meines Körpers Besitz ergriffen, und nun spüre ich regelrecht, wie ich von Tag zu Tag und Tasse zu Tasse mehr auftaue.

»Wie meinst du das, Lumina existiert nicht mehr?«, frage ich neugierig, in der Hoffnung, sie könnte mir mehr darüber erzählen, als Siath es getan hat.

»Das ist ein wenig komplizierter, fürchte ich.« Sie seufzt, als sie sich wieder neben mich setzt. Dann nimmt sie Herkules hoch, hebt ihn auf ihren Schoß und beginnt, ihn hinter dem Ohr zu kraulen. Zufrieden dreht er sich zur Seite, streckt alle viere von sich und schließt genüsslich das Auge. Wenn er schnurren könnte, würde er das sicherlich tun.

»Das Land existiert natürlich noch, aber inzwischen gehört es offiziell zum umbrischen Königreich. Ehrlich gesagt interessiert es mich überhaupt nicht, was die Menschen für komische Probleme miteinander haben«, sagt sie und Wut bringt ihre Stimme zum Beben. »Uns Baobhan-Sith und auch die anderen Waldvölker geht das eigentlich nichts an. Der Unwald war schon immer sein eigenes Reich mit eigenen Gesetzen. Wir haben mit Lumina und Umbria nichts zu tun. Von mir aus können sich die da draußen gegenseitig die Köpfe einschlagen. Das Problem ist nur, dass ihnen das anscheinend nicht genügt. Ihr dämlicher Krieg ist bis zu uns in den Wald vorgedrungen, aber natürlich war das Absicht. Sie kamen wegen der Hexen, die sich hierher zurückgezogen haben. Immer mehr menschliche Soldaten waren hier. Und die haben hier eigentlich nichts verloren. Weshalb auch ein paar von ihnen mein Mittagessen wurden«, fügt sie zufrieden hinzu und leckt sich mit ihrer spitzen Zunge genüsslich über die Lippen.

Okay, an diese Männer-fressen-Sache werde ich mich erst gewöhnen müssen … Aber irgendwie erinnert mich sogar das an Conny. Wäre Conny in Eden geboren worden, wäre sie vermutlich auch eine Baobhan-Sith geworden.

»Aber der Krieg ist vorbei, oder?«, sage ich.

»Allerdings, aber Ruhe gibt es deswegen noch lange nicht.«

»Und worum ging es bei der ganzen Sache?«

»Schwer zu sagen. Ich versuche eigentlich immer, mich aus den Problemen der Menschen herauszuhalten. Es interessiert mich auch nicht besonders. Allerdings wird man inzwischen ja fast dazu gezwungen, sich mit diesem Mist auseinanderzusetzen. Hundertprozentig kann es ich es dir nicht erklären, aber ich kann dir sagen, was ich weiß. Früher, vor sehr langer Zeit, gab es die Trennung von Umbria und Lumina nicht. Eden war ein einziges großes Land, auch wenn Ost und West durch den Unwald voneinander getrennt wurde. Das ist allerdings bald tausend Jahre her. Ich selbst habe diese Zeit nicht erlebt, und glaub mir, ich lebe schon lange hier.«

»Ein paar Hundert Jahre«, erinnere ich mich.

Sie grinst. »Vierhundert, um genau zu sein.«

»Nicht schlecht.«

»Das liegt an der gesunden Ernährung. Kann ich empfehlen.«

»Nein danke.« Ich gebe ein Würgegeräusch von mir und sie grinst.

»Jedenfalls muss es damals bereits einen großen Krieg zwischen verschiedenen Völkern gegeben haben, an dessen Ende Eden in zwei Länder geteilt wurde. Die Menschen lebten fortan im Westen, in Umbria. Die anderen Völker, vor allem die Hexen, in Lumina. Und viele weitere im Wald wie vorher auch. Und das ging gut.«

»Aber der Wintersumpf liegt in Umbria«, wende ich ein. »Und da waren echt merkwürdige Gestalten unterwegs.«

Yami kneift die Augen ein wenig zusammen. »Es wäre schön, wenn du deine menschliche Arroganz ein wenig ablegen könntest«, sagt sie. »Nur weil sie dir fremd sind, sind es keine merkwürdigen Gestalten.«

Ich spüre, wie ich rot anlaufe. »Du hast recht«, murmle ich. »Tut mir leid.«

»Der Wintersumpf ist aber ein gutes Beispiel, dort leben die verschiedensten Wesen zusammen. Mit der Zeit beruhigte sich die Lage in Eden ja auch wieder, der Hass verschwand, die Völker vermischten sich, aber größtenteils blieb es trotzdem so: Umbria blieb das Land der Menschen, Lumina das Land der Hexen. So hätte es ewig bleiben können.«

»Aber das tat es nicht«, schließe ich aus ihren Worten. »Warum? Was ist passiert?«

»Raskor war der Meinung, dass das Land Lumina eigentlich ihm zusteht. Und er schickte seine Armee dorthin. Sie war riesig, die Luminer hatten keine Chance, auch wenn sie tapfer gekämpft haben.«

»Moment …« In meinem Kopf dreht sich bereits alles angesichts der vielen Informationen. »Wer war Raskor noch mal?«

»Der derzeitige König von Umbria.«

Siaths Vater! Die Erkenntnis spült über mich hinweg wie eine eiskalte Welle.

»Und warum denkt er das?«, frage ich, doch das Blut rauscht mir so laut in den Ohren, dass ich meine eigene Stimme kaum höre. »Warum denkt er, dass Lumina ihm zusteht?«

»Weil es ja schon immer so war. Vor dem ersten edenischen Krieg. Als Eden noch ein einziges Land war und es nur einen Herrscher gab.«

»Aber das ist ewig her!«, empöre ich mich. »Und das Gleiche hätten die Herrscher von Lumina auch sagen können.«

»Das stimmt, haben sie aber nicht. Alle waren zufrieden, so wie es war. Nur Raskor nicht. Aber es gibt auch andere Gerüchte …«

Sie macht eine dramatische Pause, hebt Herkules sanft von ihrem Schoß und bettet ihn auf meine Matratze. Dann geht sie erneut zur Küchenzeile, gießt das inzwischen kochende Wasser in die Teekanne und gibt ein paar von ihren Kräutern hinzu. Ich halte den Atem an und warte gebannt darauf, dass sie weiterspricht.

»Raskor war mit einer Hexe zusammen, Kelda. Sie heirateten und Kelda bekam ein Kind. Es gibt jedoch das Gerücht, dass Raskor gar nicht der Vater des Kindes ist.«

Eine kurze Pause entsteht, in der ich versuche, ihre Worte zu begreifen.

»Kelda hat ihn also betrogen?«

»Wie gesagt, das sind nur Gerüchte. Raskor hat das Kind aufgezogen wie sein eigenes, trotzdem ist das Gerede nie verstummt. Es deutet einiges darauf hin, dass es wahr ist.«

Ich frage nicht nach, was sie damit meint. Inzwischen ist mir eiskalt, eine Gänsehaut zieht sich über meinen kompletten Körper. Ich schiebe mich auf meinem Bett ganz nach hinten, winkle die Beine an und nippe an dem Tee, den Yami mir gegeben hat.

»Aber wie hängt das Ganze mit diesem Krieg zusammen?«, hake ich nach.

»Viele glauben, dass dieser Vorfall der Auslöser gewesen war«, sagt Yami. »Dafür, dass Raskor Hass auf Hexen entwickelt hat.«

»Aber er hat seiner Frau verziehen.«

»Offiziell, ja. Aber später kam sie auf seltsame Art und Weise ums Leben. Angeblich war es ein Herzinfarkt, aber das ist selten bei Hexen, vor allem, wenn sie noch so jung sind. Es gibt deswegen Stimmen, die sagen, dass es vielleicht gar kein Herzinfarkt war. Wenn du mich fragst, ist das ohnehin Blödsinn. Es gibt keine Rechtfertigung für das, was er getan hat. Er ist nach Lumina marschiert, hat mit seiner absurd großen Armee Jagd auf Hexen gemacht. Er ließ alles abschlachten, was ihm in die Quere kam. Viele konnten zum Glück in den Wald flüchten, wo sie sich jetzt versteckt halten müssen. Das lumische Königspaar, zwei Hexen aus dem Saphirzirkel, hat nicht überlebt, Lumina ist schnell gefallen. Raskor ist Herrscher über ganz Eden, Hexen werden gnadenlos verfolgt. Nur hier im Wald sind sie sicher. Hier kann man sich gut verstecken. Ich weiß nicht, ob du es gemerkt hast, aber der Wald verändert sich stetig. Er ist ein guter Puffer, und nur die wenigsten Menschen trauen sich hierher. Um auf die andere Seite zu kommen, gehen sie in den Süden, dort grenzen die Länder direkt aneinander.«

»Was ich aber immer noch nicht verstehe: Warum gibt es noch solche Unruhen? Du sagst, Raskor habe Lumina besiegt. Wieso ist dann keine Ruhe?«

»Weil es immer noch Rebellen gibt«, sagt Yami. »Hier im Wald, in den großen Städten im Untergrund. Hauptsächlich Menschen, die mit Raskors Politik nicht einverstanden sind. Die Hexen können es sich nicht mehr leisten, sie verstecken sich und hoffen, dass sie nicht gefunden werden.«

»Aber … warum? Was erhoffen sich diese Leute?« Ich kapiere es immer noch nicht. »Wenn Lumina nicht mehr existiert, das Königspaar gefallen ist, wofür kämpfen sie dann noch?«

»Es ist die Sache mit der Prophezeiung«, sagt Yami. »Was die Rebellen antreibt, was ihnen Hoffnung gibt.«

»Was für eine Prophezeiung?«, frage ich neugierig.

Yami wirft einen Blick zum Fenster. Draußen ist es bereits stockdunkel.

»Willst du das wirklich heute noch wissen?«

»Unbedingt!«

»Also gut.« Sie seufzt. »Aber dieser Teil ist wirklich sehr schwammig. Es gibt da eine Prophezeiung. Jolanda hat sie ausgesprochen, eine Hexe aus dem Onyxzirkel. Mit Vorhersagen ist das natürlich immer so eine Sache. Manchmal treten sie ein, manchmal nicht. Allerdings ist Jolanda dafür bekannt, ins Schwarze zu treffen. Noch bevor Raskor seine Armeen auf Lumina losgeschickt hat, hat sie alles vorhergesehen. Den Krieg, den Sturz der lumischen Königsfamilie, die Hexenverfolgungen.«

»Also hat sie in allem recht behalten, was sie vorhergesagt hat«, antworte ich.

»Ja«, bestätigt Yami. »Und sie hat auch noch etwas anderes vorhergesehen. Sie hat eine Möglichkeit gesehen, Lumina nach dem Krieg wiederauferstehen zu lassen.«

»Und diese Möglichkeit wäre?«, hake ich nach.

»Der Thronfolger von Lumina«, erklärt Yami. »Zu diesem Zeitpunkt war das Kind noch nicht einmal auf der Welt. Lorena, die lumische Königin, war gerade hochschwanger, da kam Jolanda mit ihrer Vorhersage. Sie sagte, dass Raskor einen großen Krieg beginnen und Lumina stürzen würde. Und dass nur der lumische Thronfolger in der Lage sei, Lumina zurückzugewinnen. Zunächst hat ihr keiner geglaubt. Sie haben sie ausgelacht und dachten, sie sei dement geworden. Niemand hat sich vorstellen können, dass Raskor so verrückt sein könnte. Und dass ein Kind, das noch nicht einmal geboren war, ihn stürzen würde. Doch kurz darauf fing es an, dass der Ton den Hexen gegenüber schärfer wurde. Die wenigen, die in Umbria lebten, zogen weg, nach Lumina. Raskors Armee wurde immer größer. Alles ist genau so passiert, wie Jolanda es gesagt hat. Und dann bekam Lorena ihr Kind.«

»Was ist dann passiert?«, frage ich. Das Herz schlägt mir bis zum Hals.

»Das Kind war erst wenige Monate alt, als Azak und Lorena es zu den Feen in den Unwald brachten und sagten, sie sollen es verstecken. Und das haben die Feen getan. Seitdem gilt es als verschollen.«

Eine dunkle Ahnung bahnt sich ihren Weg durch meinen Körper. Sie kriecht meine Arme hinauf, verschafft mir eine Gänsehaut, lässt mich zittern und setzt sich mit eisigen Krallen in meinem Kopf fest.

Ein Kind.

Der Thronerbe von Lumina.
Versteckt von Feen.
Gesucht von den Umbriern.
Siaths Worte drängen sich wieder in mein Bewusstsein.
Sie ist der Staatsfeind Nummer eins, sie muss gefunden und hingerichtet werden.

»Verschollen?«, wiederhole ich und meine Stimme bricht dabei weg. »Wie heißt dieses Kind?«

»Das weiß man nicht«, sagt Yami. »Die Königsfamilie hielt seinen Namen geheim, zum Schutz vor Raskor und seinen Armeen. Man weiß auch nicht, wo die Feen das Kind hingebracht haben. Aber im Unwald gibt es noch ein weiteres Gerücht …«

»Noch ein Gerücht?« Meine eigene Stimme hallt fremd in meinen Ohren wider.

»Es heißt, die Feen hätten das Kind zu seinem Schutz auf der Erde versteckt«, fährt Yami fort. »Man sagt, sie hätten ihm einen Schlüssel für das Portal mitgegeben, sodass es nach Eden zurückkehren kann, sobald es volljährig ist. Aber wie gesagt, das ist nur Gerede.«

Ich sitze stocksteif da und starre sie nur an.

Mit einem Mal kann ich kaum noch atmen. Erst jetzt wird mir klar, was das alles bedeutet.

Mir wird so schwindelig, dass ich mich mit klammen Fingern an der Bettkante festhalte.

»Viele Leute glauben, dass das Kind längst tot ist«, fährt Yami ungerührt fort. »Und wenn du mich fragst, ist das auch wahrscheinlich. Es ist schon so viele Jahre her. Ich verstehe die Rebellen und ihre Hoffnung, aber meiner Meinung nach ist ihre Mission sinnlos. Umbria hat gewonnen und die überlebenden Hexen müssen sich im Wald verstecken, bis vielleicht irgendwann wieder ein gnädigerer König an der Macht ist. Raskor hat die Gerüchte über seinen Sturz natürlich auch gehört und seinen Sohn losgeschickt, um das Kind zu töten. Wahrscheinlich hat Siath es längst gefunden.«

Mir ist heiß und kalt gleichzeitig, die Brust ist mir so eng, dass mir das Atmen schwerfällt.

»Das hat er tatsächlich«, flüstere ich. »Aber er hat es nicht getötet.«

30

Yami hält in der Bewegung inne und starrt mich argwöhnisch an. »Woher willst du das wissen?«, fragt sie misstrauisch und kommt einen Schritt auf mich zu. »Ich dachte, du bist nicht von hier?«

Panik wallt in mir auf. Mein Herz schlägt mir bis zum Hals, doch ich spüre, dass dies der Moment der Wahrheit ist. Ich muss es ihr jetzt sagen, muss ihr erzählen, wer ich wirklich bin. Ich glaube nicht, dass ich mich in ihr getäuscht habe. Wir kennen uns nun schon eine ganze Weile, und sie ist mir eine Freundin geworden, außerdem hat mir ihre Geschichte soeben etwas bestätigt. Sie hat mir bestätigt, dass nicht jeder in Eden mich tot sehen will, sondern nur Siath und sein verrückt gewordener Stiefvater.

Ich gehöre nach Lumina. Zu den Rebellen.

Ich bin eine Hexe.

Und das verschollene Kind von Azak und Lorena.

Aber ich komme zu spät.

Meine Eltern sind tot.

Und Siaths Vater trägt die Schuld dafür.

Die Enttäuschung ist größer, als ich gedacht hätte. Doch mir bleibt gar keine Zeit, länger darüber nachzudenken. Etwas anderes treibt mich um.

Yami starrt mich noch immer skeptisch an, als ich mich erhebe, in meinen Nacken greife und den Verschluss des Medaillons öffne. Ich ziehe den Anhänger aus meinem Ausschnitt, wo er immer gut versteckt unter meinem Rollkragen gelegen hatte, und nehme die Kette ab. Dann zeige ich sie ihr.

Yami starrt ein paar Sekunden lang verständnislos auf den Anhänger. Dann weiten sich plötzlich ihre Augen, als sie das Medaillon erkennt.

»Ist das der Onyx?«, fragt sie fassungslos. »Das Onyxmedaillon?«

Ich nicke.

»Woher hast du das?«, fragt sie und starrt mich an.

»Ich weiß es nicht«, antworte ich, aber in diesem Moment scheint sie es zu begreifen.

»Du bist Lorenas Tochter!«, stößt sie hervor.

»Ich weiß es nicht«, sage ich erneut. Meine Stimme zittert. Irgendwie fühle ich mich plötzlich unglaublich schwach und bin kurz davor, in Tränen auszubrechen. »Ich weiß es nicht«, sage ich ein drittes Mal, »aber es könnte sein, oder? Ich habe das seit dem Tag, an dem man mich am Waisenhaus gefunden hat. Und mit seiner Hilfe habe ich das Portal gefunden.«

Yami starrt mich einen weiteren Moment lang stumm an. Dann springt sie auf und stürmt auf mich zu. Im ersten Moment glaube ich, dass sie mich angreifen will, doch stattdessen fällt sie mir um den Hals.

»Aber *ich* weiß es«, schluchzt sie. »Du bist es wirklich, ich bin mir ganz sicher! Es passt alles zusammen! Du bist endlich nach Hause gekommen! Du lebst!«

Vollkommen überrumpelt tätschle ich ihr mit der flachen Hand ein paarmal auf den Rücken.

»Ähm, ja«, sage ich. »Hier bin ich.«

Yami löst sich von mir und wischt sich verstohlen eine Träne aus dem Augenwinkel.

»Mina, das ändert alles!«, bringt sie hervor. »Du bist endlich zurückgekehrt. Du kannst Lumina zurückerobern!«

»Moment mal«, stoße ich hervor und trete einen Schritt zurück. »Bis vor ein paar Wochen wusste ich nicht mal was von Eden und bis vor wenigen Minuten nichts von meinen Eltern und meiner angeblichen Bestimmung. Lässt du mich das bitte erst mal verarbeiten?«

»Natürlich«, sagt Yami verständnisvoll und wendet sich diskret ab. Sie läuft zu ihrer Küchenzeile und beginnt das Geschirr zu spülen, während ich mich vollkommen erledigt auf mein Bett sinken lasse und versuche, das soeben Gehörte zu verdauen. Ich höre, wie sie hin und wieder schnieft. Wer hätte gedacht, dass sie so dramatisch sein kann?

Meine Gedanken fahren Achterbahn. Siath hatte mich ja bereits unbewusst vorgewarnt, dass ich von Eden stammen könnte, aber die Erkenntnis darüber, dass es tatsächlich so ist, raubt mir gerade schier den Atem. Mein ganzes Leben lang war ich überzeugt davon, dass meine Eltern tot seien. In den vergangenen Wochen keimte in mir die Hoffnung, dass ich sie doch noch kennenlernen könnte, und die wurde nun mit einem Mal zerschlagen. Sie sind tot. Es sollte mich mit Trauer erfüllen, doch ich spüre nichts als Leere und Überforderung. Aber vielleicht brauche ich auch nur ein paar Tage, um mich an diese neue Situation zu gewöhnen.

Ich fühle mich auf einmal furchtbar erschöpft. Da ist noch eine weitere Sache, eine Sache, die mich fast noch mehr schmerzt als alles andere: Siath wird definitiv nicht davon abweichen, mir nach dem Leben zu trachten. Nach wie vor hatte ich noch immer die Hoffnung, dass er seinen Plan aufgeben würde, wenn er endlich herausfände, dass ich die Gesuchte bin. Doch unter diesen Umständen ist das kaum noch vorstellbar.

Er ist der Thronerbe Umbrias.

Ich bin die Thronerbin Luminas, die seinen Vater stürzen soll.

Ich bin der Feind.

Siath wird mich suchen und bekämpfen bis zum bitteren Ende, das weiß ich.

Yami ist so taktvoll, das Thema in den nächsten Tagen nicht mehr anzusprechen, doch das Leuchten in ihren Augen spricht Bände. Sie sieht mich dermaßen begeistert und ehrfurchtsvoll an, dass sie bereits nach zwei Tagen anfängt, mir total auf die Nerven zu gehen.

»Lass das!«, fauche ich sie eines Nachmittags an, als wir gerade mit Herkules durch den Wald streifen und nach Beeren und Kräutern suchen.

»Was denn?«, fragt sie unschuldig.

»Mich so anzuglotzen, als seist du total verknallt in mich«, sage ich. »Das nervt!«

»Freu dich doch«, sagt sie vergnügt. »Ich finde, du könntest ruhig ein bisschen mehr Begeisterung zeigen. Schließlich erfährt man nicht alle Tage, dass man die Prinzessin eines fernen Landes ist.«

Kurz muss ich auflachen.

Ich bin eine Prinzessin. Wirklich. Wenn das Conny wüsste. Sie würde am Boden liegen vor Lachen.

»Ich bin eine Prinzessin ohne Land«, sage ich stattdessen. »Das ist nichts wert.«

»Du wirst dein Land zurückbekommen. Ich würde dich wirklich gern zu Jolanda bringen«, sagt Yami. »Sie wird wissen, was zu tun ist. Und wir sollten eigentlich keine Zeit verlieren.«

»Du willst mich zu der verrückten Frau bringen, die mir den ganzen Schlamassel eingebrockt hat?«, frage ich erschrocken.

»Ja«, sagt Yami nur. »Zu ihr und ihrem Zirkel, dem Onyxzirkel.«

Am liebsten würde ich ablehnen, doch ich weiß, dass ich keine Wahl habe. Was soll ich denn sonst tun? Ich kann mich nicht ewig in Yamis Baumhaus verstecken. Außerdem war ja genau das der Plan gewesen: herausfinden, wer ich bin. Meinen Platz in der Welt finden. Nicht zuletzt Conny finden. Und gerade das kann ich nicht, wenn ich mich weiterhin hier im Wald verkrieche.

»Wo ist der Onyxzirkel?«, frage ich.

»Früher lebten sie im Westen von Lumina, nahe dem Wald«, sagt Yami. »Als die Hexenverfolgungen anfingen, konnten sie zum Glück in den Wald flüchten. Wir können hingehen. Es ist ein Marsch von nur vier Tagen.«

»Wow«, sage ich sarkastisch. »Nur vier Tage.«

»Du warst vorher doch wochenlang im Wald unterwegs«, erinnert mich Yami. »Da wirst du die vier Tage Wanderung schon überleben. Außerdem hast du ja mich dabei, ich kann dich beschützen, falls du mal wieder auf die Idee kommen solltest, einen Bajang knutschen zu wollen.«

Seufzend gebe ich nach. Ich habe ohnehin keine Wahl.

Noch am selben Abend packen wir unsere Sachen. Das heißt, ich packe meine Sachen. Yami braucht nicht viel. Nur einen braunen Beutel nimmt sie mit. In ihn packt sie etwas, das wie eine Decke aussieht.

»Alles, was ich brauche, finde ich im Wald«, verkündet sie altklug und lässt mich damit mal wieder dastehen wie das verzogene Großstadtgör, für das sie mich anfangs gehalten hat.

»Schön für dich«, antworte ich.

»Du doch auch«, sagt sie. »Ich finde, du bist super zurechtgekommen!«

Sie hat recht. Und da ihre Wohnung nicht wirklich etwas hergibt, was man mitnehmen könnte – sie hat ja nicht einmal Ersatzklamotten für mich, weil sie selbst immer nur ihre seltsamen grünen Kleidchen trägt, die aus Blättern zu bestehen scheinen –, packe ich wieder nur meinen Rucksack mit allem, was ich mitgebracht habe. Wir legen uns schlafen, und ich nehme mir vor, noch so viel Schlaf mitzunehmen wie nur möglich. Bei dem Gedanken daran, dieses gemütliche Haus und das kuschelige Bett zurücklassen und die nächsten Nächte wieder auf dem harten Waldboden verbringen zu müssen, werde ich wehmütig.

Natürlich liege ich vor Aufregung stundenlang wach, doch irgendwann fallen auch mir die Augen zu.

Am nächsten Morgen verlassen wir Yamis Haus und machen uns auf den Weg. Herkules spürt, dass sich etwas verändert hat. Aufgeregt bellend hüpft er um uns herum, als wir loslaufen, so als wäre all das nur ein ganz besonders lustiges Spiel, das wir uns für ihn ausgedacht haben. Auch Yami ist gut gelaunt. Sie hüpft zwar nicht bellend im Kreis, summt aber fröhlich vor sich hin und strahlt über alle Backen. Anscheinend ist mein Auftauchen in Eden wirklich eine große Sache.

Ich selbst fühle mich überhaupt nicht toll. Ich bin deprimiert und übermüdet. Außerdem habe ich Angst vor dem, was mich erwartet. Wie soll ich es bitte schaffen, einen brutalen Diktator zu stürzen? Ich bin keine Kämpferin. Ich konnte mich ja nicht einmal gegen den Bajang wehren. Oder gegen Siaths Charme …

Missmutig schlurfe ich hinter Yami her. Diese hat eine Art Machete aus ihrem Haus mitgenommen und schlägt sich damit energisch einen Weg durch die Büsche.

»Ich hoffe, dass du dich nicht täuschst«, sage ich zu Yami. »Dass der Zirkel zu mir hält. Denn in Umbria wird bereits nach mir gesucht.«

»Ehrlich?«, fragt sie überrascht zurück. »Woher weißt du das? Und warum suchen sie dich?«

»Ich hab es im Radio gehört«, antworte ich. »Das war der Grund, weshalb ich überhaupt erst in den Wald geflüchtet bin. Eigentlich wollte ich nach Leuchtenberg.«

Sie schnalzt mit der Zunge.

»Was wolltest du denn da?«, fragt sie. »Da gibt es nichts. Ein uninteressantes Kaff. Und du bist dir sicher, dass im Radio du gemeint warst?«

»Ja«, sage ich. »Ganz sicher. Der Mann, bei dem ich mitgefahren bin, hat auch sofort die Polizei gerufen.«

»In Ordnung«, sagt sie nun und nickt. »Dann müssen wir auf jeden Fall vorsichtig sein. Das heißt, dass Siath inzwischen wieder nach Eden zurückgekehrt ist und dass er anscheinend auch weiß, wen er suchen muss. Und dass er es ernst meint.«

Wieder dieser verdammte Schmerz. Wie kann er es nach allem, was geschehen ist, immer noch so ernst damit meinen? Wie kann er mich allen Ernstes diesem Raskor ausliefern wollen?

Langsam, aber sicher gesellt sich noch ein anderes Gefühl zu meinem Schmerz und meiner Wut: Hass. Langsam fange ich an, ihn, seinen dämlichen Stiefvater und sein verfluchtes Land richtig zu hassen.

»Das ist die richtige Einstellung!«, sagt Yami und lacht, als sie meinen Gesichtsausdruck sieht. Offenbar sieht man mir meine Gefühle tatsächlich an.

Wir wandern, bis die Sonne untergeht, und die Gegend verändert sich nicht wirklich. Überall nur Wald. Der Duft nach Tannennadeln, Erde, Moos und Harz. Vogelgezwitscher und das Summen und Sirren von Insekten. Ich lebe schon so viele Wochen hier, dass der Duft und die Geräusche sich heimisch und vertraut anfühlen.

Als es irgendwann beginnt zu dämmern, bleibt Yami stehen.

»Hier ist ein guter Platz«, sagt sie. Ohne eine Antwort abzuwarten, klettert sie blitzschnell einen hohen Baum hinauf und kramt die Decke aus ihrer Tasche. Erstaunt sehe ich ihr dabei zu, wie sie das grüne Etwas auseinanderfaltet und zwischen die Baumwipfel spannt. Ich stelle fest, dass es keine Decke ist, sondern eine Art Zelt auf einer Hängematte.

»Komm rauf«, ruft sie mir zu, »oder willst du da unten schlafen?«

»Witzbold«, rufe ich zurück. »Ich kann nicht so gut klettern wie du!«

»Klar kannst du!«, entgegnet sie. »Versuch es doch einfach mal!«

Verdammte Waldvampirin.

Entnervt beginne ich den Baum zu erklimmen, doch wie befürchtet, komme ich nicht weit. Ich schaffe es bis zur ersten Gabelung, dann komme ich nicht mehr weiter. Der nächste Ast ist zu weit oben, die Rinde viel zu glatt, und wenn ich nach unten sehe, wird mir so schwindelig, dass ich mich mit beiden Armen am Stamm festklammern muss. Ich werfe einen Blick nach oben und sehe, wie Yami sich scheckig lacht.

»Das ist zu gut«, japst sie. »Du solltest dich sehen!«

»Ich glaube, ich schlafe auf dem Boden«, sage ich mürrisch. Selbst wenn ich da hochkommen sollte, Herkules könnte ich niemals mitnehmen. Und ich will ihn nicht allein unten lassen. Nur ist das leichter gesagt als getan, ich trau mich nämlich nicht mehr runter. So ein Mist. Während ich noch darüber nachdenke, wie ich jetzt möglichst elegant wieder absteigen kann, ohne vollends mein Gesicht zu verlieren, kommt Yami schon angesaust, schlingt die Arme um mich und schießt mit mir in den Armen in die Baumwipfel. Im nächsten Moment finde ich mich in ihrem Zelt wieder.

»Wie hast du …«, setze ich an, doch es verschlägt mir die Sprache. Sie verdreht die Augen.

»Vampir. Schon vergessen? Stärke und Schnelligkeit und so. Meine Güte, stell dich doch nicht dümmer, als du bist. Ich weiß, dass ihr euch auf der Erde Vampirgeschichten erzählt und euch mit den Details auskennt, hab mal vor ein paar Jahren einen netten jungen Mann ausgequetscht, der sich durch das Portal verlaufen hat.«

»Ausgequetscht«, wiederhole ich. Ein bitterer Geschmack liegt mir auf der Zunge.

Sie lacht.

»Mit dem habe ich mich tatsächlich nur unterhalten«, sagt sie gut gelaunt. »Er kam ja nicht von hier und war sowieso völlig verstört, da hatte ich Mitleid. Außerdem hatte ich eh grad gegessen. Warte kurz.«

Sie verschwindet nach unten und zwei Sekunden später sitzt Herkules hechelnd neben mir.

Ich schüttle lächelnd den Kopf und krame ein paar Brocken getrocknetes Hasenfleisch aus meinem Rucksack. Ich selbst esse ein paar Stück, den Rest gebe ich Herkules. Er schlingt es begeistert hinunter, während ich ihm den Kopf kraule.

Ich muss zugeben, dass Yamis Hängemattenzelt wirklich gemütlich und um einiges komfortabler ist als der Waldboden. Es erinnert mich an die Deckenhöhlen, die ich als Kind gebaut habe. Außerdem sind wir hier oben vor wilden Tieren geschützt. Seit ich den Bajang gesehen habe, bin ich nicht mehr besonders scharf darauf, auf ungeschütztem Waldboden zu nächtigen.

Ich mache es mir bequem und schiebe mir meinen Rucksack als Kissen unter den Kopf. Herkules rollt sich neben mir zusammen und döst sofort weg. Yami legt sich neben mich. Mir fällt auf, dass sie den ganzen Tag nichts gegessen hat.

»Hast du Hunger?«, frage ich sie.

»Nicht übermäßig«, antwortet sie. »Ich habe jetzt auch keine Lust, noch mal loszuziehen. Wir halten es schon ein paar Wochen ohne Essen aus.«

»Ach echt, so lange?«, frage ich überrascht.

»Ja klar. Alles andere wäre ziemlich stressig.«

»Wenn du so schnell und so stark bist«, sage ich, »könntest du mich und Herkules doch eigentlich tragen und wir könnten in ein paar Stunden beim Zirkel sein, oder? Dann würden wir für unsere Reise nicht Tage brauchen.«

»Ich bin aber kein Packesel«, mault sie. »Und davon abgesehen funktioniert das nicht so. Ich muss mit meinen Kräften haushalten. Je stärker ich mich verausgabe, desto mehr Nahrung brauche ich. Und du willst doch nicht riskieren, dass ich dich irgendwann doch noch fresse, oder?«

Sie grinst und zeigt mir ihre spitzen Zähne. Inzwischen habe ich mich an diesen Anblick gewöhnt und zucke nicht mehr ängstlich zusammen, sondern nur mit den Achseln. Ich habe nichts dagegen, wenn wir etwas länger brauchen. Um ehrlich zu sein, habe ich eine Heidenangst vor dem, was mich erwartet.

»Wie du meinst«, sage ich und drehe mich um, um zu schlafen.

31

Wir erreichen den Zirkel nach vier Tagen, wie Yami es vorausgesagt hat. Tatsächlich war die Reise nicht einmal halb so anstrengend wie die Wochen zuvor, und ich schöpfe eine zarte Hoffnung. Vielleicht war der Überlebenskampf im Wald genau das, was ich zur Vorbereitung auf diese harte Aufgabe gebraucht habe. Noch vor einigen Monaten wäre es für mich unvorstellbar gewesen, auch nur eine einzige Nacht in einem dunklen Wald zu verbringen – nicht einmal mit einem Zelt und mit Begleitung hätte ich mir das angetan. Als ich noch mit meinem Ex-Freund zusammen war, hatte er in einem Sommer die Idee gehabt, eine Woche lang zu wandern und wild zu campen. Er fand es romantisch. Ich hatte mich mit Händen und Füßen dagegen gewehrt, bis er die Idee schließlich fallen ließ. Wenn ich nun daran denke, habe ich ein schlechtes Gewissen. Er hatte recht, es hätte romantisch sein können. Allerdings kann ich das jetzt nur denken, weil ich es inzwischen gewohnt bin, in einer warmen Wohnung in einem warmen Bett zu schlafen. Als ich noch im Haus Gertrudis gelebt habe, war mein Alltag schon genug Überlebenstraining, und ich hatte wenig Lust, meinen Urlaub mit noch weniger Annehmlichkeiten zu verbringen, als ich sie ohnehin schon hatte.

»Wir sind da«, sagt Yami und reißt mich damit aus meinen Gedanken. Nach einem langen Marsch einen steilen Berg hinauf ragt nun ein kleines Dorf vor uns auf. Etwa zehn kleine Steinhäuschen mit Reetdächern sind kreisförmig auf einer großen Lichtung angeordnet. Man sieht, dass es keine professionellen Häuser sind, sondern dass sie aus der Not heraus entstanden sind. Yami hatte mir bereits erzählt, dass der Zirkel aus der Stadt vertrieben wurde und vor Raskors Armeen in den Wald flüchten musste. Hier hatten sie sich also niedergelassen und eine notdürftige kleine Siedlung aufgebaut.

In die Mitte des Dorfes ist ein Brunnen gegraben worden; daneben gibt es eine Feuerstelle, um die einige Baumstämme herumliegen, als Sitzmöglichkeiten. Zwischen den kleinen Häuschen stehen aus Lehm geformte Tröge, die offensichtlich zum Waschen dienen. Darüber wurden Schnüre zwischen den Häusern gespannt, an denen Kleidung im leichten Wind weht.

Ich überschlage im Kopf, wie viele Menschen in diesen kleinen Häusern wohl leben können. Dreißig?

»Wie groß ist der Zirkel?«, frage ich Yami.

Die kleine Siedlung ist wie ausgestorben. Ich weiß nicht, wie spät es in dieser Welt ist, auf Zeitangaben scheint man keinen Wert zu legen – zumindest Yami nicht. Doch es dämmert bereits und die Sonne wird bald untergehen.

»Schwer zu sagen. Irgendwas zwischen zwanzig und dreißig«, sagt Yami. »Merkwürdig, dass es hier so still ist.« Sie runzelt die Stirn.

»Ich hoffe, es ist alles in Ordnung.«

Ich muss zugeben, dass es nicht gerade aussieht, als würde hier noch jemand wohnen. In den Trögen ist kein Wasser, in der Feuerstelle wachsen ein paar einzelne Grashalme, was kein gutes Zeichen ist. An einem Besen, der neben einer Tür lehnt, hat sich eine riesige Spinnwebe gebildet.

Yami geht zur Tür des ersten Hauses und klopft energisch dagegen.

»Hallo? Hier ist Yami! Ich muss dringend mit Jolanda sprechen!«

Keine Reaktion.

Langsam werde ich nervös.

»Hier stimmt was nicht«, flüstere ich. Ein flaues Gefühl breitet sich in meinem Magen aus. »Was, wenn das hier eine Falle ist? Wenn sie wissen, dass ich nach Eden gekommen bin, werden sie sich denken können, dass ich als Erstes Jolanda aufsuchen werde, oder?«

»Du hast recht«, sagt Yami beunruhigt. »Es ist merkwürdig.«

Sie sieht ein wenig unentschlossen aus. Beide stehen wir inmitten des kleinen Dorfes und wissen nicht, was zu tun ist.

Plötzlich hören wir ein Geräusch.

Blitzschnell fährt Yami herum. Ihre Augen leuchten feuerrot, die spitzen Zähne blitzen bedrohlich. Sie sieht aus wie ein Raubtier. So habe ich sie noch nicht gesehen und erschrocken weiche ich einen Schritt zurück.

Ein kleiner Junge tritt aus dem Schatten eines Hauses hervor, vielleicht zehn oder elf Jahre alt. Er hat blasse Haut, schwarzes Haar, das unter seiner Schiebermütze in alle Richtungen absteht, ist schmutzig und trägt zerschlissene braune Hosen mit Hosenträgern. Was mir jedoch am meisten auffällt, das sind seine Augen: Sie sind schwarz wie meine.

Sofort entspannt Yami sich ein wenig. Sie tritt einen Schritt auf das Kind zu.

»Wer bist du?«, fragt sie ihn, ihr Blick jedoch noch immer wachsam.

»Pim«, sagt er. Seine Stimme ist rau, als hätte er sie schon ewig nicht mehr benutzt. Er räuspert sich. »Ich habe hier auf euch gewartet. Ich gehöre zum Zirkel«, fügt er schnell hinzu, als er sieht, wie Yamis Augen wieder zu glühen beginnen. Ich lege ihr beruhigend eine Hand auf den Arm.

»Das ist ein Kind«, sage ich. »Beruhige dich. Er wird uns nichts tun.«

»Hast du eine Ahnung«, faucht sie mich an. »In Eden kann dich alles umbringen. Merk dir das! Du hast schon den Bajang unterschätzt.«

Ich ignoriere sie und gehe zu Pim. Etwas sagt mir, dass der Junge nicht lügt.

»Du gehörst zum Zirkel, sagst du? Wo sind alle?«

»Sie wurden fortgebracht.« Er schluckt schwer. Ich merke, dass er versucht, tapfer zu sein, doch es kostet ihn viel Kraft.

»Wohin? Von wem?«, frage ich.

»Die Soldaten … sie kamen. Vor ein paar Wochen. Es waren so viele, Hunderte. Sie fesselten sie und setzten sie auf ihre Pferde … Als ich die Armeen kommen sah, rannte ich so schnell ich konnte. Ich rief meinem Zirkel zu, dass sie sich verstecken sollen, doch die meisten waren nicht schnell genug. Ich konnte mich in unserem Haus verstecken, im Schrank. Alle machen sich immer lustig über mich, weil ich so klein bin, aber jetzt war es meine Rettung.«

Nun weint er doch und wird von seinen Schluchzern geschüttelt. Es bricht mir das Herz und ich möchte ihn in den Arm nehmen und trösten, doch ich habe das Gefühl, dass er das nicht wollen würde.

»Wie haben sie den Zirkel gefunden?«, fragt Yami entsetzt. »Ihr wart hier so gut versteckt, so tief im Wald!«

»Ich weiß es nicht. Sie waren auf der Suche nach etwas. Sie sagten die ganze Zeit ›Wo ist sie?‹ und ›Wir wissen, dass sie hier ist‹. Ich wusste nicht, wen oder was sie meinten, aber als sie Jolanda mitgenommen haben, schrie sie nach mir. Sie wusste, dass ich mich im Schrank versteckte und wollte mich nicht verraten, aber sie schaffte es, mir alles zuzurufen, was ich wissen musste, und seitdem habe ich auf euch gewartet. Ich bin froh, dass ihr da seid.«

»Was hat sie gesagt?«, frage ich und halte den Atem an.

»Sie sagte: ›Nur der Brunnen weiß, was die Zukunft bereithält‹. Die Soldaten haben sie ausgelacht, aber ich hab gewusst, was sie mir sagen wollte. Im Zirkel wussten alle, dass der Brunnen nicht nur ein einfacher Brunnen ist, sondern dass sie ihn verzaubert hat. Ich habe gewartet, bis die Männer weg waren, dann habe ich den Entschleierungszauber angewandt und im trüben Wasser alles gesehen, was ich wissen musste.«

Yami und ich sehen erst uns an, dann Pim, und warten darauf, dass er weiterspricht.

»Das Wasser hat mir gezeigt, dass ihr kommen würdet«, flüstert er jetzt. »Und was ich tun soll. Mina, ich werde dir helfen zu lernen, wie du die Magie benutzt. Diese Aufgabe hat Jolanda mir übertragen. Sie hätte es dir bestimmt besser beibringen können, aber ich kann schon ziemlich gut zaubern, und in dir steckt eine mächtige Hexe, du wirst es schnell lernen. Du kannst Raskor besiegen, aber zuerst musst du lernen, deine Fähigkeiten zu benutzen.«

»Werden die Armeen nicht zurückkommen, wenn sie merken, dass Mina noch nicht hier war?«, fragt Yami argwöhnisch.

»Nein«, sagt Pim. »Jolanda lässt sie in dem Glauben, dass Mina bereits hier war und an einen geheimen Ort gebracht worden ist. Sie schützt uns und sie vertraut auf uns.«

Mir wird schlecht, als ich darüber nachdenke, was das bedeutet. Ein ganzer Zirkel, dreißig Menschen, einfach verschleppt, möglicherweise gefoltert. Vielleicht sogar ausgelöscht. Und das nur wegen mir. Nein, nicht wegen mir, rufe ich mich zur Vernunft. Schließlich ist es nicht meine Schuld, dass Raskor durchgedreht ist.

»In Ordnung«, sage ich mutiger, als ich mich fühle. »Dann lass uns keine Zeit verlieren.«

Pim nimmt uns mit in eines der Häuschen. Ein kleines Feuer brennt dort in einem steinernen Ofen, auf dem Herd steht ein Kessel mit Wasser und Kräutern.

»Ich habe mir gerade Suppe gekocht«, erklärt er. »Ich bin froh, dass ihr endlich da seid. Nur wegen euch bin ich geblieben. Sobald ich euch alles erklärt habe, werde ich mich auf den Weg zum Jadezirkel machen. Sie wissen schon Bescheid, dass ich kommen werde, und warten auf mich. Es ist wirklich einsam hier.«

»Können wir nicht zusammen zum Jadezirkel gehen?«, frage ich hoffnungsvoll. »Ich kann doch auch dort die Hexerei lernen, wäre das nicht besser?«

»Das würde zu viel Zeit kosten«, sagt Pim und sieht ein wenig gekränkt aus. »Es sind fast zweihundert Kilometer. Außerdem kann ich es dir wirklich beibringen. Ich bin nicht so nutzlos, wie ich aussehe.«

»So war es nicht gemeint«, sage ich schnell, und es ist die Wahrheit. Ich glaube ihm, dass er hexen und es mir beibringen kann, nur fühlt es sich falsch an, einem Kind in seinem Alter so viel Verantwortung aufzubürden. Doch ich sage nichts mehr, und stumm löffeln wir mit geschnitzten Holzlöffeln die Suppe aus Tonschalen. Draußen geht die Sonne unter und es wird dunkel.

»Am besten legen wir uns nach dem Essen schlafen und fangen morgen früh an, sobald die Sonne aufgeht«, sagt Pim.

Er klingt wie ein kleiner Erwachsener. Oder wie ein Kind, dem die Kindheit mit einem Schlag genommen wurde.

Wir schlafen auf einem kleinen Lager aus Stroh in diesem Haus. Die Glut im Ofen brennt die ganze Nacht und wärmt uns. Am nächsten Morgen, als der Himmel gerade beginnt, sich dunkelrot zu färben, ist Pim bereits auf den Beinen und wirft uns aus unserem Lager.

»Aufstehen«, sagt er streng wie ein Lehrer, und ich habe das Gefühl, dass er seine neue Rolle genießt. Vermutlich ist es gut für ihn, endlich eine Aufgabe zu haben. Auf jeden Fall sehr viel besser als die Zeit vorher, in der er wochenlang auf unsere Ankunft gewartet hat, ohne überhaupt mit Sicherheit sagen zu können, ob wir jemals auftauchen würden. »Wir haben keine Zeit zu verlieren!«

Kurze Zeit später stehen wir in der Mitte der kleinen Siedlung neben dem Brunnen und ich warte gespannt auf meine erste Lektion in Hexerei. Yami sitzt auf einem der Baumstämme, ihre Miene eine widersprüchliche Mischung aus Neugierde, Langeweile und dem Wunsch, weiterschlafen zu wollen.

»Brauche ich irgendwas zum Hexen? Einen Zauberstab oder so?«

Pim sieht mich an, als wäre ich nicht ganz dicht.

»Was soll das sein?«, fragt er ernsthaft interessiert.

»Ein Aberglaube, den die Menschen in ihrer Welt gern über euer Volk verbreiten«, mischt Yami sich ein, offensichtlich froh darüber, etwas Sinnvolles beitragen zu können.

»Ah«, sagte Pim, als wäre damit alles klar. »Nein, brauchst du nicht. Für normale Zauber brauchst du überhaupt nichts, außer einen eisernen Willen und eine gute Konzentration.«

»Na toll«, murmle ich. »Hab ich beides nicht.«

»Doch!«, widerspricht Pim. »Es ist gar nicht so schwer. Also, pass auf.«

Er krempelt die Ärmel seines schmutzigen weißen Hemds hoch und macht sich bereit für eine erste Vorführung.

»Wir fangen mit einem ganz einfachen Bewegungszauber an«, sagt er. »Dieser Zauber ist dazu da, Gegenstände zu bewegen, wie der Name schon sagt. Es ist eigentlich ganz leicht. Man konzentriert sich fest darauf, was man möchte. Du musst diesen Gedanken wachsen lassen, er muss dein ganzes Denken ausfüllen. Es darf kein Raum für etwas anderes sein, keine Ablenkung. Denke nur an diese eine Sache. Ich denke nun daran, diesen Eimer vom Boden abheben zu lassen. Am Anfang hilft es, wenn man es sich bildlich vorstellt. Und wenn dieser eine Gedanke vollständig Besitz von dir ergriffen hat, dann sagst du den Hexenspruch.«

»Es gibt keine Zauberstäbe, aber Hexensprüche?«, flüstere ich. »Schräg.«

Doch Pim beachtet mich gar nicht. Er steht inmitten dieses kleinen Dorfes, sein Haar steht in alle Richtungen ab, er ist hoch konzentriert.

»Am Anfang dauert es eine Weile«, sagt er. »Das Schwierigste am Hexen ist es, alle Gedanken auszuschalten, bis auf den einen. Wenn du so willst, ist es so ähnlich wie Meditation. Wenn du das schon einmal probiert hast, weißt du vielleicht, wie schwer es ist, absolut *nichts* zu denken. Am Anfang erscheint es einem nahezu unmöglich, aber irgendwann funktioniert es. Deswegen wirst du am Anfang für die einfachsten Zauber ziemlich lange brauchen, aber wenn du genug Übung hast, schaffst du es mit einem Wimpernschlag. Da wollen wir hin. Im Kampf kannst du dich nicht erst mal eine halbe Stunde lang hinstellen und auf den Zauber konzentrieren, es muss wie von selbst gehen.«

Ich sage nichts, sondern sehe ihm nur gespannt zu. Ich denke, dass er seine Vorführung für mich extra langsam und anschaulich macht, denn er sieht tatsächlich hoch konzentriert aus und bisher geschieht überhaupt nichts.

»Wenn du nur noch an den Zauber denkst, sagst du den Spruch«, sagt er jetzt. »Elitraska Lis Kenstrium«

»Was ist das denn?«, frage ich dümmlich. »Latein?«

»Was auch immer *Latein* sein soll, ich nehme mal an, das gibt's auf der Erde, also nein. Es ist Alt-Lumisch«, sagt Yami, und ich komme mir ziemlich blöd vor.

Der Eimer vor uns hebt sich in die Höhe und schwebt durch das Dorf.

»Wenn du richtig gut geworden bist, kannst du das mit einem Fingerschnippen«, sagt Pim jetzt und grinst mich an. »Und dann musst du nicht einmal mehr Blickkontakt halten, siehst du?«

Der Eimer schwebt kontrolliert durch das ganze Dorf, macht ein paar elegante Loopings in der Luft und landet schließlich ganz sanft wieder genau da, wo er vorher stand, ohne dass Pim ihn auch nur eines weiteren Blickes würdigt. Tatsächlich würde man überhaupt nicht merken, dass er derjenige war, der den Zauber getätigt hat, und ich könnte mir vorstellen, dass diese Tatsache mal noch ziemlich praktisch werden könnte.

»Das ist sehr cool!«, sage ich beeindruckt. »Ich freue mich darauf, das zu lernen. Soll ich es gleich ausprobieren?«

»Ja«, sagt Pim. »Aber warte, wir brauchen noch was.« Er stürmt zurück in eins der Häuser und kehrt mit einem dünnen, zerfledderten Buch zurück. Es sieht aus, als wäre es Hunderte von Jahren alt.

»Das ist Jolandas Spruchbuch«, sagt er. »Du musst die ganzen Sprüche auswendig lernen, logisch. Am besten fängst du direkt damit an, parallel zu den Übungen. Es ist wichtig, dass die Sprüche richtig gut sitzen. In einer Notsituation kannst du nicht erst das Buch hervorholen und den richtigen Spruch nachschlagen.«

»Klar«, sage ich. Ich bin vollkommen begeistert davon, hexen zu lernen, aber Auswendiglernen war noch nie mein Ding, und mir graut ein wenig davor, als ich das dünne Buch durchblättere und feststelle, dass es Hunderte von Zaubersprüchen enthalten muss. Noch dazu in einer Sprache, die sich auf meiner Zunge vollkommen falsch anfühlt. Leise sage ich die Sprüche vor mich hin und verhasple mich dabei nahezu bei jedem Wort. Manche der Wörter haben nicht einen einzigen Vokal.

»Das fängt ja super an«, stöhne ich.

»Das macht nichts«, tröstet mich Pim. »Alt-Lumisch ist echt nicht einfach, das ging uns allen am Anfang so. Aber du wirst es schaffen. Es sind auch nicht so viele Sprüche, wie es aussieht. In dem Buch gibt es fünfhundert Beschwörungen, aber auswendig lernen musst du nur ungefähr die Hälfte davon. Die zweite Hälfte sind Sprüche für Tränke und Flüche. So was macht man normalerweise daheim in seinem Labor, und dabei kann man im Buch nachschlagen. Natürlich schadet es trotzdem nichts, wenn du sie kannst, aber die Zaubersprüche haben Vorrang.«

Ich blättere durch das Buch. Wie in einem Vokabelheft sind nur die verschiedenen Sprüche auf der einen Seite und ihre Bedeutung auf der anderen Seite aufgeführt.

Elitraska Lis Kenstrium – Schwebezauber.

Troxikaupus Pratuster – Leichter Heilzauber.

Opila An Dretingu – Schnelligkeitszauber.

Okay, das wird hart werden. Ich breche mir schier die Zunge an den Sprüchen, und wenn ich Pim und Yami Glauben schenken darf, sind das noch die einfachen. Offensichtlich ist das Buch wie ein klassisches

Lehrbuch aufgebaut, mit Lektionen, die in ihrem Schwierigkeitsgrad steigen. Doch ich bin fest entschlossen, die Zauberei schnell zu lernen.

»Wie lange dauert es normalerweise, bis man das alles kann?«, frage ich neugierig.

Pim windet sich ein wenig.

»Na ja, ähm. Normalerweise schon ein paar Jahre.«

Ich lache auf.

»Ist das dein Ernst? Ein paar *Jahre?*«

»So lange wirst du nicht brauchen«, sagt er schnell. »In der Stadt haben die Hexenkinder die Zauberei in der Schule gelernt, so wie alle Kinder ganz normal in die Schule gehen. Aber du musst bedenken, dass man in der Schule eben nur ein paar Stunden in der Woche Unterricht hat. Was wir hier machen, ist ein Vollzeitprogramm. Ich bin mir sicher, wenn wir uns anstrengen, hast du das Ganze in ein paar Wochen drauf.«

»Ich bin da irgendwie nicht so optimistisch wie du«, sage ich deprimiert. »Das klingt alles ganz schön schwer. Bis vor ein paar Wochen wusste ich ja nicht einmal, dass es Zauberei wirklich gibt, und nun soll ich in so kurzer Zeit etwas lernen, wofür andere ein paar Jahre brauchen? Das klingt utopisch.«

»Ist es nicht«, mischt sich Yami ein. »Wir üben von früh bis spät, das schaffen wir! Und wenn die Gerüchte stimmen, schlummert in dir ohnehin ein echtes Naturtalent. Deine Mutter war eine der mächtigsten Hexen des Landes.«

Etwas zieht sich bei ihrer Erwähnung schmerzhaft in meinem Magen zusammen. Ich wünschte, ich hätte sie kennenlernen können. Ich wünschte, sie wäre diejenige, die mir hilft. Schnell schiebe ich den Gedanken beiseite und straffe die Schultern.

»Elitraska Lis Kenstrium, Elitraska Lis Kenstrium«, brabble ich vor mich hin, während ich mich bereit mache. Dann versuche ich, nichts mehr zu denken und mich nur noch auf den Eimer vor mir zu konzentrieren.

Ich versuche es lange. Als ich das Gefühl habe, dass meine Konzentration ausreicht, sage ich den Spruch – doch nichts geschieht.

Yami und Pim ermuntern mich, es weiter zu versuchen, doch es passiert einfach gar nichts. Nach einer Weile gebe ich frustriert auf.

Tatsächlich bin ich unsäglich enttäuscht, denn erst jetzt wird mir bewusst, dass ich durch all die Gerüchte über mich eine überzogene Erwartung an mich selbst hatte. Ich hatte mir vorgestellt, dass ich ein absolutes Naturtalent sei und jeden Zauber sofort hinbekomme. Nun bin ich mir nicht mehr sicher, ob ich überhaupt die Richtige bin oder ob das Ganze nicht vielleicht doch nur ein gewaltiger Irrtum ist. Ich kann mir überhaupt nicht vorstellen zu zaubern.

»Mach dir nichts draus«, sagt Pim. Er versucht es sich nicht anmerken zu lassen, aber ich sehe ihm an, dass auch er ein wenig enttäuscht ist. »Das ist überhaupt nicht schlimm. Ganz oft ist es so, dass es am Anfang etwas zäh ist. Und auf einmal fällt der Groschen und dann ist es ganz einfach.«

»Okay«, sage ich schwach.

»Ich schlage vor, dass du jetzt ein bisschen Theorie machst – versuch schon mal, ein paar von den Sprüchen zu lernen, und ich mach währenddessen was zu essen.«

Er verschwindet in das Haus, in dem wir die Nacht verbracht hatten, und kurze Zeit später steigt Rauch aus dem kleinen Schornstein auf.

»Das wird schon noch«, tröstet mich Yami. Dann steht sie auf und geht zu Pim. Ich bleibe allein auf einem der Baumstämme sitzen und vertiefe mich in das Buch.

32

Ich übe meine neuen Fertigkeiten jeden Tag, mache gefühlt jedoch kaum Fortschritte. Ich versuche mir nichts anmerken zu lassen, und auch Pim und Yami scheinen sich besondere Mühe zu geben, optimistisch zu wirken, aber nach einigen Tagen merke ich, wie ihre Zuversicht bröckelt und sich Zweifel in ihnen breitmacht. Das trägt nicht unbedingt zur Besserung meiner Laune bei.

Alles, was ich tun kann, ist, die Sprüche aus dem kleinen Buch auswendig zu lernen, und das zumindest mache ich bis zum Erbrechen. Tagsüber stehen wir draußen auf dem Platz und ich versuche das Gelernte unter Pims Anweisungen anzuwenden, an den Abenden, wenn ich auf dem provisorischen Strohlager liege, prügle ich mir die Sprüche rein. Trotz allem funktioniert kein einziger davon, wenn ich versuche, einen Zauber zu wirken.

»Mach dir nichts draus«, tröstet mich Yami. Inzwischen ist mit Sicherheit eine Woche vergangen, und ich fühle mich mit jedem Tag verzweifelter. Wir alle haben das Gefühl, dass uns die Zeit davonläuft, auch wenn wir es nicht aussprechen. Wir sind hier versteckt in unserer kleinen Blase, wo wir nichts von der Außenwelt mitbekommen, und das macht uns nervös. Zwar werden Raskors Soldaten vermutlich nicht so schnell hierher zurückkehren, doch Jolanda und ihr Zirkel sind gefangen, Siath macht Jagd auf mich und Conny ist auch noch irgendwo hier. Zumindest hoffe ich das. Und wir sitzen hier fest und warten darauf, dass ich endlich hexen lerne. Alles hängt von mir ab, und ich bringe es offensichtlich nicht. Dabei ist es nur eine Frage der Zeit, bis Siath und seine Leute mich finden werden – und solange ich nicht hexen kann, habe ich ihnen nichts entgegenzusetzen. Das alles stresst mich ungemein.

»Du hast leicht reden«, sage ich. »Von dir wird ja auch nicht erwartet, dass du das Land rettest.«

»Stimmt«, sagt Yami. »Trotzdem, ich bin überzeugt davon, dass alles zu seiner Zeit geschieht. Vom Hexen habe ich zwar keine Ahnung, aber alles braucht seine Zeit. Vielleicht ist das Hexen nichts, was linear passiert. Vielleicht braucht es einen Knall, einen Auslöser … Was weiß ich. Vielleicht reicht es nicht, nur hier zu sitzen und die Sprüche zu üben.«

»So haben wir es in der Schule aber auch gemacht«, widerspricht Pim. »Genau so. Wir üben es und werden mit jedem Tag besser. Nur sie nicht.«

Na toll, nicht besonders motivierend. Er ist noch ein Kind, rufe ich mir in Erinnerung. Ich kann nicht von ihm erwarten, dass er es schafft, seine Frustration zu verbergen. Mir selbst fällt es ja schon schwer.

Resigniert lasse ich mich auf einen der Baumstämme sinken und spreche meine größte Angst aus.

»Was ist, wenn ihr euch täuscht?«, frage ich leise und vergrabe den Kopf in meinen Handflächen. »Was ist, wenn ich gar nicht die Richtige bin, wenn das alles hier nur ein großes Missverständnis ist?« Herkules schmiegt sich tröstend an mein Bein und ich tätschle ihm den kleinen Kopf.

»Ausgeschlossen«, sagt Yami. »Weißt du, was ich eher glaube? Ich glaube, du bist einfach nicht der Typ dafür, Dinge ohne Kontext zu lernen. Manche Sachen kann man nicht aus Büchern lernen. Manche Sachen muss man leben. Ich glaube, das hier ist Zeitverschwendung, und ich schlage vor, du packst das Buch ein und wir machen uns auf den Weg. Ich begleite dich.«

Pim sieht nicht überzeugt aus, aber er widerspricht auch nicht.

»Aber wo sollen wir hin?«, frage ich. Nicht zum ersten Mal erscheint mir das Ganze vollkommen sinnlos. Ich fühle mich absolut nicht wie eine mächtige Hexe, überhaupt nicht wie eine Hexe, und um ehrlich zu sein, kommt mir dieser ganze Plan vollkommen bescheuert und schlecht durchdacht vor. Es gibt hier seit Jahrhunderten und Jahrtausenden Hexenzirkel und massig andere magische Wesen. Sie kommen nicht gegen Raskor und seine Armeen an, aber ich soll es? Ein Mädchen aus einer irdischen Kleinstadt, das keinerlei Fähigkeiten besitzt und bis vor Kurzem noch nicht einmal etwas über seine Herkunft wusste? Das ist absolut hirnrissig! Irgendwas an dem ganzen Plan stinkt gewaltig.

»Wir haben doch keine Ahnung, was wir tun sollen«, sage ich frustriert.

»Aber ich«, mischt sich Pim jetzt ein. »Jolanda hat es mir gesagt. Sie hat gesagt, dass du zuerst das Hexen lernen musst …«

»Erledigt«, unterbricht ihn Yami, und ich muss grinsen. Mal wieder erinnert sie mich mit ihrer forschen Art an Conny, und ich kann es kaum erwarten, meine Freundin wiederzufinden. Ich bin überzeugt davon, dass die beiden sich blendend verstehen würden.

Pim zuckt die Achseln. »Wie ihr meint. Ich stehe euch sicher nicht im Weg. Ich habe nur das getan, was Jolanda mir aufgetragen hat, aber vielleicht habt ihr recht. Vielleicht funktioniert es für Mina nicht so.«

»Wo sollen wir hingehen?«, frage ich. »Wie geht es weiter? Was sagt die Prophezeiung?«

Bei dem Gedanken daran, mich ohne Hexenkräfte und damit sozusagen unbewaffnet auf den Weg zu machen, wird mir leicht mulmig zumute. Aber ich kann mich auch nicht ewig hier im Wald verstecken. Es muss etwas geschehen, und vielleicht hat Yami wirklich recht. Die Sprüche kann ich inzwischen fast auswendig, das Buch kann ich einpacken und die Übungen kann ich ebenso gut unterwegs machen.

»Ich werde mich auf den Weg zum Jadezirkel machen, wenn ihr euch sicher seid, dass ihr mich nicht mehr braucht.«

Auf einmal sieht er wieder aus wie das kleine Kind, das er ist, und mein Herz zerspringt mir schier in der Brust.

»Der ist zweihundert Kilometer weit weg, hast du gesagt. Das ist eine halbe Ewigkeit! Den Weg kannst du doch nicht allein gehen!«

»Ich schaff das schon«, sagt er und strafft die Schultern. »Ich bin es gewohnt, allein unterwegs zu sein. Beim Zirkel wohnen mein Onkel und meine Tante, und die erwarten mich schon.«

»Und wie geht es mit uns weiter?«, hakt Yami nach. Ihrem unbesorgten Gesicht entnehme ich, dass sie es anscheinend überhaupt nicht bedenklich findet, einen kleinen Jungen allein durch den gefährlichen Wald spazieren zu lassen.

»Die Prophezeiung besagt, dass ihr die drei Schätze von Eden finden müsst«, erklärt Pim, sieht aber etwas verunsichert aus.

Ich hoffe, dass Yami mir erklären kann, was damit gemeint ist, doch ein Blick in ihr ratloses Gesicht macht diese Hoffnung zunichte.

»Und was ist damit gemeint?«, fragt sie. »Davon habe ich noch nie gehört.«

»Das weiß ich leider auch nicht«, sagt Pim. »Es ist nur das, was ich im Brunnenwasser gelesen habe, aber mehr kann ich euch nicht sagen. Jolanda hätte es sicherlich gewusst.«

Yami stößt einen unflätigen Fluch aus.

»Das hast du nicht gehört«, sagt sie dann an Pim gewandt. Er grinst.

»Na gut, Mina. Ich würde sagen, wir machen uns trotz allem auf den Weg und gehen gemeinsam mit Pim erst mal in Richtung Nordosten. Dann bleiben wir hier wenigstens nicht stehen, er muss nicht allein gehen, du übst deine Fähigkeiten unterwegs, und wenn wir Glück haben, kommen wir irgendwie auf die Lösung. Auf dem Weg zum Jadezirkel sollten wir auch an dereinen oder anderen Kommune von Hexen oder anderen Waldbewohnern vorbeikommen, vielleicht kann uns da jemand helfen. Alles ist besser, als hier die Zeit totzuschlagen, hier kommen wir nicht weiter.«

»Du hast recht«, sage ich, doch in Gedanken bin ich noch immer bei den drei Schätzen. Etwas daran kommt mir bekannt vor. *Die drei Schätze von Eden.* Irgendwo habe ich das schon einmal gehört, doch mir will nicht mehr einfallen wo.

Am Abend essen wir ein letztes Mal gemeinsam die Kräutersuppe, die Pim immer kocht, und legen uns dann schlafen, um für den nächsten Tag und die Reise ausgeruht zu sein. Yami schläft wie üblich in einem Baum, ich nächtige in Pims spartanischer Hütte auf dem Strohlager, mit Herkules im Arm.

Wir stehen bereits vor Tagesanbruch auf und machen uns auf den Weg. Pim und Yami sehen erleichtert aus. Ich fühle mich nervös und ein bisschen ängstlich. Die Waldluft ist noch kalt und feucht, der Duft nach Moos und Tannennadeln noch stärker als tagsüber.

Zu meinen Habseligkeiten in meinem Rucksack gesellt sich nun das Buch mit den Zauberformeln, alles andere lassen wir hier zurück.

Seit ich in Eden bin, hat sich mein Körper verändert. Ich war schon immer schlank, aber früher war ich klein und zierlich. Nun bin ich sehnig und muskulös, und das gefällt mir. Wenn ich früher bei der kleinsten sportlichen Betätigung sofort aus der Puste war, habe ich durch das lange Leben im Wald inzwischen eine beeindruckende Kondition und Stärke erlangt, von der ich nicht gedacht hätte, dass ich sie jemals erreichen könnte.

Ich kann rennen, springen und klettern, wenn natürlich längst nicht so gut wie Yami. Und vor allem kann ich den ganzen Tag wandern, ohne dabei müde zu werden.

Yami hat sowieso Energie ohne Ende, und auch Pim, obwohl er noch so jung ist, schlägt sich tapfer.

Herkules hüpft wie immer fröhlich kläffend neben mir her. Für ihn scheint das alles ein riesiges Abenteuer zu sein.

Alle paar Stunden pausieren wir, um unsere Glieder auszuruhen und etwas zu essen. In den Pausen blättere ich in meinem Buch oder übe – erfolglos – die Sprüche, die ich gelernt habe. Während wir laufen, unterhalten wir uns oder ich sage mir leise die Sprüche vor, um sie zu verfestigen. Yami hatte recht – lernen kann ich auch unterwegs.

Mehrere wilde Tiere begegnen uns, doch die meisten machen einen großen Bogen um uns. Von Weitem sehe ich etwas, das wie ein Einhorn aussieht, und stoße einen begeisterten Schrei aus. Doch bevor ich es den anderen zeigen kann, ist das Tier verschwunden. Einmal treffen wir auf einen weiteren Bajang, doch Yami verscheucht ihn sofort. Wenn sie in den Vampir-Modus wechselt, wie ich es nenne, sieht sie richtig gruselig aus, wie eine Furie. Ihre Augen fangen feuerrot zu glühen an, sie zieht eine entsetzliche Fratze, die ihre spitzen Zähne entblößt, und das Haar wirbelt in alle Richtungen, als hätte sie einen elektrischen Schlag abbekommen. Ich erschrecke noch immer jedes Mal, wenn ich sie so sehe.

Ich weiß nicht, wie weit wir genau gelaufen sind, aber als es dunkel wird, machen wir Rast und schlagen unser Nachtlager auf. Yami klettert in den höchsten und dichtesten Baum, den sie finden kann, und spannt ihre Hängematte auf. Danach trägt sie uns nacheinander blitzschnell nach oben.

Von unten ist unser Lager nicht zu erkennen, von oben haben wir aber eine gute Aussicht. Pim ist begeistert.

»Wie viele Hexenzirkel gibt es überhaupt?«, frage ich Yami, als wir uns zum Schlafen nebeneinandergelegt haben. Inzwischen habe ich mich an die Höhen gewöhnt und bekomme keinen Schreck mehr, wenn ich durch die Maschen ihres Netzes nach unten sehe. »Kristall, Onyx, Jade und Saphir«, zähle ich auf, was ich inzwischen mitbekommen habe. »Aber das sind nicht alle, oder?«

»O nein, das sind bei Weitem nicht alle«, mischt sich Pim ein. Ich dachte, er schläft schon längst, doch jetzt richtet er sich begeistert auf. Herkules hat sich zu ihm gekuschelt und Pim krault ihn geistesabwesend hinter den Ohren. Er und der kleine Hund haben sich sofort angefreundet, obwohl ich inzwischen weiß, dass Welthunde in Eden allgemein eher als Schädlinge denn als potenzielle Haustiere betrachtet werden. Gut, dass Pim und Yami beide wenig auf Konventionen geben.

»Der Onyxzirkel ist einer der drei größten und der Jadezirkel einer der kleineren«, erklärt Pim. »Es gibt drei große und viele, viele kleine. Unter den kleinen gibt es außer Jade zum Beispiel noch den Rubinzirkel, den Opalzirkel, den Silberzirkel, den Achatzirkel, den …«

»Ist gut, hör auf!«, ruft Yami dazwischen. »Du brauchst nicht alle aufzuzählen! Mina, was du wissen musst: es gibt bestimmt hundert verschiedene Hexenzirkel. Zumindest ursprünglich. Manche davon waren so klein, dass sie inzwischen vielleicht ausgelöscht sind. So genau weiß man das nicht, weil viele Hexen sich ja verstecken müssen.«

»Und was hat es mit den großen auf sich? Was bedeuten die Namen?«

»Die Größe richtet sich nach der Hexenzahl. Der Onyxzirkel hat zum Beispiel viele Hunderte Mitglieder. Zumindest war das früher so. Und viele davon sind sehr mächtige Hexen. Das ist alles. Die Edelsteine oder -metalle sind sozusagen ihr Wappen.«

»Die anderen beiden großen sind der Kristall- und der Goldzirkel«, sagt Pim, sichtlich stolz darauf, dass er mir so viel erklären kann. Ich lächle ihm zu.

»Das ist echt interessant, Pim«, sage ich. »Onyx, Kristall und Gold also.«

»Genau.«

»Und mein Anhänger hat etwas mit dem Onyxzirkel zu tun?«

»Genau«, sagt Pim. »Er wurde von diesem Zirkel gefertigt. Es heißt, dass er der größte Schatz des Zirkels und mit sehr mächtigen Zaubern belegt ist. In den falschen Händen kann er deshalb viel Schaden anrichten.«

»Woher weiß man, dass er in den richtigen Händen ist? Was bedeutet das?«, frage ich.

»Das weiß ich leider auch nicht«, sagt Pim.

»Leute, schlaft jetzt«, meckert Yami, die bereits ihre Augen geschlossen hat. »Wir wollen morgen früh los. Ich denke, wir sind heute schon ein gutes Stück vorangekommen, wenn wir Glück haben, erreichen wir morgen eine Hexensiedlung. Soviel ich weiß, müsste eine auf dem Weg liegen.«

»Ja, der Opalzirkel«, sagt Pim.

»Wie auch immer, wir sollten fit sein. Je ausgeschlafener wir sind, desto schneller kommen wir voran, und wir haben bereits genug Zeit verloren.«

Da hat sie recht, also sage ich nichts mehr. Ich bin viel zu aufgekratzt, um sofort einzuschlafen, nach kurzer Zeit höre ich jedoch Pim und Yami tief ein- und ausatmen und das leise Pfeifen von Herkules' Nase. Ich selbst starre noch eine Weile in den Himmel. Er sieht ähnlich aus wie zu Hause – nein, wie auf der Erde, sage ich mir. Das hier ist mein richtiges Zuhause, auch wenn es wahrscheinlich noch ewig dauert, bis ich mich daran gewöhnt habe. Unzählige Sterne funkeln am nachtschwarzen Firmament, und doch sieht es anders aus als gewohnt. Obwohl ich bis auf den Großen Wagen kein einziges Sternbild kenne und deshalb nicht genau benennen könnte, was anders ist, sieht die Anordnung irgendwie ungewohnt aus.

Und ein paar Dinge sind sogar komplett anders: einige Sterne funkeln grün und blau statt silberweiß, wie ich es gewohnt bin. Und mitten unter ihnen stehen drei Monde sowie ein großer rosa Planet mit einem Ring, wie man es von Saturn kennt.

Es ist unfassbar schön, und selbst nach Wochen in Eden fasziniert mich der Anblick jede Nacht aufs Neue.

33

Ich wache auf, weil ich laute Geräusche höre. Ruckartig setze ich mich auf, doch sofort landet etwas in meinem Gesicht und hält mir den Mund zu. Als ich herumwirble, trifft mein Blick auf den von Yami. Sie hält mir die Hand vor den Mund, mit der anderen bedeutet sie mir, still zu sein. Ihre Augen sind riesengroß. Ich nicke, als Zeichen, dass ich verstanden habe. Vorsichtig entfernt sie meinen Maulkorb und ich werfe einen Blick zu Pim. Er ist ebenfalls bereits wach, hat die Knie angezogen, Herkules fest an sich gedrückt und starrt uns mit großen ängstlichen Augen an. Auf einmal sieht er wieder winzig klein aus, und mich überkommt das überwältigende Bedürfnis, ihn in die Arme zu nehmen und zu trösten. Es dämmert bereits.

Vorsichtig linse ich nach unten. Direkt unter unserem Baum ist eine Gruppe Männer auf Pferden stehen geblieben. Es sind insgesamt sieben, also keine große Armee, wie ich mit Erleichterung feststelle. Dennoch sehe ich sofort, dass es Soldaten sind, denn sie sind bewaffnet.

»Pim hat einen Verschleierungszauber über unser Lager geworfen«, formt Yami fast lautlos mit den Lippen. »Allerdings schützt der nur vor Blicken, deswegen müssen wir leise sein.« Ich nicke erneut und sehe wieder nach unten. Die Männer stecken in Uniformen, ihre Gesichter sind nicht zu erkennen. So gesehen könnten auch Frauen unter ihnen sein, doch die Stimmen, die mich geweckt haben, waren eindeutig männlich.

»Und Ihr seid Euch sicher, dass sie hier irgendwo sein muss?«, fragt eine von ihnen nun. Sie hat einen eigenartigen Akzent, den ich nicht zuordnen kann. Vielleicht ist es ein umbrischer Akzent? Ich selbst spreche ja anscheinend klassisches Lumisch, auch wenn mir selbst das nicht bewusst war.

»Ich kann das Medaillon in einem Umkreis von etwa fünfzig Kilometer spüren«, entgegnet ein anderer Reiter, der komplett in Schwarz gekleidet ist und auf einem schwarzen Pferd sitzt. Auch ohne die Bedeutung seiner Worte zu erfassen, bleibt mir das Herz stehen. Diese Stimme würde ich immer und überall erkennen.

»Siath!«, flüstert Yami auch schon, bevor ich selbst es aussprechen kann. »Er sucht dich!«

»Er spürt das Medaillon?« Mir wird heiß und kalt gleichzeitig. Dann muss er wissen, dass ich ganz in der Nähe bin, oder? Wie aber kann es sein, dass er es zu Hause nicht gespürt hat, wo wir uns so verdammt nah waren?

Eine wilde Mischung von Emotionen überrollt mich. Ich bin wütend und würde mich am liebsten auf ihn stürzen. Gleichzeitig überkommt mich eine unglaubliche Sehnsucht und Wehmut, wenn ich an unsere kurze Geschichte denke und an das, was wir hätten haben können.

Ich kann sein Gesicht nicht sehen, weil es unter einer Art Maske steckt, und sein Körper ist unter einer dunklen Rüstung verborgen. Er sieht so völlig anders aus, als ich ihn kennengelernt habe, und mein Verstand will sich weigern, diese beiden Bilder von ihm miteinander in Einklang zu bringen. Allerdings sehe ich inzwischen wohl auch völlig anders aus, als er mich kennengelernt hat. Keine Shorts und seidig glänzenden Haare mehr. Meine schwarze Kluft ist zweckmäßig und verdreckt, das strähnige Haar habe ich mir zu einem praktischen, doch unsauberen Zopf gebunden. Dazu meine körperlichen Veränderungen. Würde er mich überhaupt noch erkennen, stünden wir uns plötzlich gegenüber?

»Außerdem«, fährt Siath jetzt fort, »ist es sehr wahrscheinlich, dass sie inzwischen herausgefunden hat, wo sie hinmuss. Sie wird mit Sicherheit auf dem Weg zum Onyxzirkel sein.«

»Aber ich habe gehört, dass der König bereits vor Wochen einen Trupp dort hingeschickt hat«, wirft einer der anderen ein. »Da war sie nicht. Wir haben das Hexenpack gefangen genommen, aber sie haben sich geweigert, Auskunft zu geben, selbst unter Folter nicht. Sie behaupteten, sie wüssten von nichts.«

Selbst unter Folter nicht. Das Hexenpack.

Kalter Hass wallt in mir auf. Das also sind Siaths Freunde, das sind seine Überzeugungen? So eine Art Mensch ist er? Ich könnte kotzen. Als ich zu Yami schiele, erkenne ich, dass es ihr ähnlich zu ergehen scheint. Sie hat die Hände zu Fäusten geballt und die Lippen fest zusammengekniffen, ihre Augen leuchten feuerrot. Mir kommt der Gedanke, ob sie diese Typen, inklusive Siath, nicht einfach auffressen könnte. Warum eigentlich nicht?

»Das mag sein«, sagt Siath jetzt. Seine Stimme ist kalt, so unendlich kalt. Ich habe ihn so völlig anders kennengelernt, diese Eiseskälte ist mir neu, und zum ersten Mal bekomme ich richtige Angst vor ihm. Was ist das für ein Mensch? Wie konnte ich mich nur so sehr täuschen?

»Aber wenn der Trupp meines Vaters bereits vor Wochen dort war, war die Lumierin noch nicht da. Sie muss erst mal dort hingekommen sein, und nach meinem Kenntnisstand ist sie erst vor neun Wochen im Wintersumpf angekommen. Je nachdem, wo sie in den Wald gelangt ist, ist es vom Waldrand aus bis zum Zirkel ein Fußmarsch von mehreren Wochen. Dazu kommt die Zeit, die sie gebraucht hat, um sich überhaupt erst mal in Eden zurechtzufinden und herauszufinden, wo sie hinmuss. Es ist sehr viel wahrscheinlicher, dass sie gerade dort ist oder erst noch dort auftaucht. Und ich spüre, dass das Medaillon in der Nähe ist. Wir sollten uns beeilen.«

Die Lumierin.

Nicht auszudenken, wenn wir noch dort wären. Mir war klar, dass es nur eine Frage der Zeit sein würde, bis sie erneut jemanden schicken würden, aber dass es so knapp war, entsetzt mich nun doch ein wenig. Und dass es Siath persönlich sein würde. Wir sind buchstäblich in letzter Sekunde aufgebrochen.

Yami scheint etwas Ähnliches zu denken, ihr Gesichtsausdruck spricht Bände. Inzwischen hat sie das getan, was mein Instinkt mir auch gesagt hat: Sie ist zu Pim gerutscht, hat die Arme um ihn geschlungen und streicht ihm beruhigend über das schwarze Haar. Ich hätte gar nicht gedacht, dass sie zu so viel Mitgefühl fähig ist. Bisher hatte sie mir nicht den Eindruck gemacht, dass sie viel für andere übrighat, aber sie jetzt so zu sehen, das macht sie noch sympathischer.

Ganz im Gegensatz zu Siath. Ich begreife einfach nicht, warum er einen solchen Hass auf mich hat. Es muss ihm doch klar sein, dass sein Vater für die ganze Sache verantwortlich ist, dass es nicht richtig ist, was er getan hat. Was er noch immer tut.

Wir müssen noch einige Minuten ausharren, dann beendet der Trupp seine kurze Pause und nimmt den Weg wieder auf. Bis dahin wechseln sie nur belanglose Worte, nichts, was für uns von Bedeutung ist. Alles, was wichtig ist, ist, dass sie zum Onyxzirkel reiten wollen, während wir in die andere Richtung weitergehen werden. Allerdings müssen wir uns beeilen, denn unser Vorsprung ist nicht groß, und wenn Siath mich nur in einem Umkreis von fünfzig Kilometer spüren kann, wird er sehr schnell merken, wenn ich mich entferne.

»Vielleicht sollten wir den Anhänger hierlassen«, sage ich zu Yami, als die Männer aus unserem Sichtfeld verschwunden sind. »Hier oben im Baum. Wenn Siath ihn spüren kann, kann er sich hier dumm und dämlich suchen.«

Sie schüttelt den Kopf. »Das wäre gut, aber du brauchst ihn. Wir brauchen ihn. Das Medaillon war nicht nur als Schlüssel für das Portal gedacht, es spielt eine größere Rolle.«

»Und welche?«, frage ich. »Wozu das alles?«

»Ich weiß es nicht.« Sie seufzt. »Weil diese verfluchten Hexen sich immer derart kryptisch ausdrücken müssen. Ich habe keine Ahnung, aber in den ganzen Sagenbüchern stehst du mit dem Medaillon vor Raskor und besiegst ihn.«

»Sagenbücher? Es gibt Bücher über mich?«

»Klar.« Sie grinst. »Massig. Du bist ein Star. Wobei du in fast allen als Mann dargestellt wurdest. Da werden sich ein paar Leute ganz schön wundern.«

»Hilfe.«

»Du wirst dich schon dran gewöhnen. Kommt, ihr beide. Wir sollten los, bevor diese Mistkerle noch auf die Idee kommen zurückzureiten. Das wird ohnehin schneller passieren, als uns lieb ist. Wenn wir Glück haben, bleiben sie ein paar Tage beim verlassenen Onyx und hoffen, dass du auftauchst. Wenn sie schlau sind, kapieren sie, dass wir schon weitergezogen sind, und versuchen die Spur wiederaufzunehmen.«

«Aber dann führen wir sie geradewegs zu den Opalen«, gebe ich zu bedenken. »Sollten wir nicht unseren Weg ändern?«

»Sie werden sie wahrscheinlich ohnehin finden«, sagt Yami. Zum ersten Mal, seit ich sie kenne, sieht sie unentschlossen aus. Sie stöhnt. »Verdammt noch mal, das alles wäre viel einfacher, wenn wir mit Jolanda hätten reden können! Sie hätte uns genau sagen können, was zu tun ist. Wir laufen hier sinnlos durch die Gegend und hoffen, dass wir auf eine Hexe treffen, die uns sagen kann, was du tun sollst, und du bist noch weit davon entfernt zu hexen, das ist doch Irrsinn!«

»Die drei Schätze von Eden finden …«, murmle ich vor mich hin. »Das ist es, was ich tun soll, oder?«

»Genau«, sagt Pim etwas unbeholfen.

»Und das Medaillon ist der Schatz des Onyxzirkels.«

»Sozusagen … Na ja, nicht unbedingt ein Schatz, aber ihr mächtigstes Relikt.«

»Und es gibt drei große Zirkel?«

Yamis Augen werden groß. Sie ahnt, worauf ich hinauswill.

»Haben die anderen Zirkel auch solche Schätze, Pim?«, will sie wissen.

Er zuckt nur die Achseln. »So genau weiß ich es nicht, ehrlich gesagt. Über die anderen Zirkel haben wir nie besonders viel gelernt. Früher wahrscheinlich, aber ich habe mehr Zeit auf der Flucht als in der Schule verbracht.«

»Gold und Kristall!«, stoße ich hervor. Jetzt fällt es mir wieder ein, wo ich das schon einmal gehört habe. »Onyx, Gold und Kristall sind die Schätze von Eden. Das muss es sein!«

»Was meinst du?«, hakt Yami nach.

»Das habe ich gelesen. Zu Hause. Ich meine, auf der Erde. In der Bibel.«

»Was ist eine Bibel?«

»Das ist ein altes Buch, das … ach, eigentlich ist das unwichtig. Es ist ein Buch, das vermutlich von Leuten geschrieben wurde, die schon einmal hier waren und zwischen den Welten reisen konnten, denn sie haben einige Erkenntnisse über Eden niedergeschrieben. Yami, stimmt es, dass es in Eden vier große Flüsse gibt?«

»Das stimmt«, sagt sie. »Das weiß ich zufällig, denn sie entspringen alle derselben Quelle, und die liegt mitten im Unwald. Perat, Hiddekel, Gihon und …«

»Pischon«, sage ich. Ich kann es nicht fassen. Es ist tatsächlich wahr.

Yami sieht mich mit einem unergründlichen Ausdruck in den Augen an.

»Und nun?«

»Das steht alles in der Bib… in dem Buch, das ich meine! Und darin ist auch von drei großen Schätzen die Rede. Das stimmt mit der Prophezeiung überein!«

Meine Stimme überschlägt sich fast vor Aufregung. Nun wünschte ich, ich hätte die Bibel aus dem Hotelzimmer eingepackt. Vielleicht wären noch mehr nützliche Dinge über Eden dringestanden.

»Das heißt, es muss noch einen Schatz aus dem Kristallzirkel und einen aus dem Goldzirkel geben?«, fragt Yami. »Und die müssen wir finden?«

»So klingt es, oder?«

»So klingt es. Aber die Sache hat einen Haken.«

»Welchen?«

»Ich sage es nur ungern, aber soweit ich weiß, wurde der Goldzirkel ausgelöscht. Komplett. Falls es noch Hexen gibt, die überlebt haben sollten, halten die sich sehr gut versteckt. Keine Chance, dass wir sie finden, das sage ich dir ganz ehrlich. Das würde so viel Zeit kosten, die wir nicht haben. Sie könnten überall sein, sollten sie überhaupt existieren. Mit dem Kristallzirkel sieht es ähnlich aus. Mein letzter Stand ist, dass sie sich tief in den Norden verzogen haben, aber auch das sind nur Gerüchte. Bis wir ganz oben sind, wäre das ein Marsch von mehreren Monaten. Und wir wissen nicht einmal genau, nach was für einer Art Schatz wir suchen.«

»Vielleicht auch ein Medaillon«, sagt Pim. »Nur aus Gold. Und eines aus Kristall.«

»Möglich«, sagt Yami. »Aber wie finden wir das heraus?«

»Vielleicht kann ich euch helfen«, ertönt eine Stimme über uns.

34

Ruckartig legen wir die Köpfe in den Nacken und blicken nach oben. Zunächst kann ich überhaupt niemanden erkennen, zu sehr blendet mich ein kleines goldenes Licht, das in der Baumkrone zu schweben scheint. Bei genauerem Hinsehen erkenne ich dann aber, dass in dem kleinen Lichtkranz ein winziges Wesen schwebt – eine Frau! Vor Staunen bleibt mir der Mund offen stehen.

»O nein, eine Fee«, sagt Yami und verdreht die Augen. Verwundert sehe ich sie an. »Nein danke, kein Bedarf. Geh jemand anderen verarschen.«

»Yami!«, sage ich, als ich meine Sprache wiedergefunden habe. »Sei nicht so unhöflich! Sie sagt, sie kann uns helfen!«

»O nein, sei du nicht so leichtgläubig«, kontert sie. »Feen helfen einem nicht, sie sind nur auf ihren eigenen Vorteil bedacht und tischen dir auf, was sie wollen. Nein danke. Verschwinde, Fee.« Letzteres sagt sie zu dem kleinen Lichtwesen über uns. Dann wendet sie sich wieder ab und hilft Pim dabei, seine Habseligkeiten einzupacken.

Ich hingegen kann den Blick nicht von dem kleinen Wesen abwenden. In gewisser Weise sieht es so aus, wie ich mir eine Fee immer vorgestellt habe – klein, leuchtend und mit zarten, durchsichtigen Flügeln, die an Libellen erinnern –, aber gleichzeitig irgendwie auch ganz anders. Sie hat eine Glatze, helle Haut und dunkel umrandete, stechend blaue Augen. In ihrer Nase glitzert etwas, das wie ein Ring aussieht – etwa ein Piercing? –, und ihre Kleidung, eine Art Hosenanzug, ist pechschwarz und ausgefranst. Dazu trägt sie geschnürte schwarze Stiefel. Hätte sie normale Menschengröße, keine Flügel und würde nicht leuchten, würde sie als Goth durchgehen.

»Das stimmt nicht, ich kann euch wirklich helfen«, sagt sie jetzt und schwirrt zu uns herab.

»Klar, und ich bin die verschollene Prinzessin von Lumina«, sagt Yami gereizt und nimmt Herkules auf den Arm, um ihn vom Baum herabzuheben.

»Falsch, das ist Mina«, sagt die Fee ruhig.

»Hast du uns etwa belauscht?« Nun sieht Yami wütend aus. »Ich sage dir eins, wenn du irgendwem verrätst, dass wir hier sind, dann wirst du das bitter …«

»Ich habe nicht vor, es irgendwem zu verraten«, sagt die Fee nun ebenfalls gereizt. »Ob du es glaubst oder nicht, ich bin auf eurer Seite und will euch helfen. Nicht nur die Hexen leiden unter Raskor. Die Sache betrifft uns alle. Spätestens seit die Armeen angefangen haben, in den Wald vorzudringen.«

Yami bleibt stehen und verschränkt die Arme vor ihrer Brust.

»Ist das so?« Unschlüssig taxiert sie das kleine Wesen mit ihren Blicken. »Und wie genau willst du Winzling uns helfen? Was kannst du schon gegen Raskors Armee ausrichten?«

Die Fee schiebt beleidigt die Unterlippe nach vorn und sieht nun schon eher so aus, wie ich mir eine Fee vorgestellt habe.

»Ich habe zufällig gehört, worüber ihr geredet habt«, sagt sie. »Und ich weiß, wer den zweiten Schatz hat. Ich kann euch helfen, ihn zu finden.«

Yami sieht nicht überzeugt aus, hält aber für einen Moment inne. Dann jedoch springt sie mit Herkules vom Baum, ohne die kleine Frau noch eines Blickes zu würdigen. Diese verdreht nur die Augen.

»Diese Waldvampirinnen sind das Sturste, was man je gesehen hat«, sagt sie nur.

»Der zweite Schatz?«, frage ich. »Also das goldene oder kristallene Medaillon? Wo ist es denn?« Im Gegensatz zu Yami habe ich überhaupt nichts gegen Hilfe einzuwenden, und ich kann nicht verstehen, warum sie sich so anstellt. Wir haben schließlich keinen Plan und können meiner Meinung nach nicht wählerisch sein.

»Der Schatz des Goldzirkels«, sagt sie. »Es ist kein Medaillon, sondern ein Ring. Ich weiß nicht genau, wo er ist, aber ich weiß, wer ihn hat und wer uns helfen kann.«

»Uns?«, fragt Yami, die inzwischen wieder oben ist und Pim nach unten tragen will. »Es gibt kein *uns*, zumindest keins, das dich mit einschließt.«

»Ach, bitte«, giftet die Fee und verdreht die Augen. »Du kannst dich hier aufspielen, wie du willst, ich habe gesehen, dass du mit deiner Weisheit am Ende bist. Wenn du nicht später dafür verantwortlich sein willst, dass die Prinzessin von Lumina gestorben ist, von den Umbriern gepfählt und ausgeweidet wurde, dann hörst du jetzt besser auf, dich so wichtig zu machen, und hörst mir zu!«

»Nett«, entgegnet Yami. »Aber unwahrscheinlich. Sie werden sie eher hängen.«

»Könnt ihr bitte aufhören, darüber zu reden, wie ich zu Tode kommen könnte?«, werfe ich ein. »Ihr macht mir schlechte Laune.«

Yami grunzt etwas Unverständliches und schon ist sie mit Pim nach unten verschwunden, der die ganze Zeit über stumm und staunend zugehört hat.

»Entschuldige«, sagt die Fee.

»Also, wer hat den Ring?«, frage ich. Vor Aufregung beginnt es in meinem Magen zu flattern. Was immer Yami auch sagt, dass wir dieses Wesen getroffen haben, ist ein Glücksfall. Zum ersten Mal seit Tagen habe ich das Gefühl, dass wir vorankommen. Außerdem bin ich noch immer vollkommen überwältigt davon, eine echte Fee getroffen zu haben.

»Er heißt Loth«, sagt sie. »Und er ist …«

»… in den Kusch-Bergen«, mischt sich Yami ein, die inzwischen wieder oben ist. Zu meinem Erstaunen bricht sie in helles Gelächter aus. »Alles klar, Fee! Vielen Dank für deine Hilfe, auf Wiedersehen! Mina, ich trage dich jetzt nach unten.«

Kaum hat sie es gesagt, finde ich mich schon auf dem Waldboden wieder. Inzwischen ist die Sonne aufgegangen, und ihre Strahlen dringen durch das Blätterdach. Wir sollten wirklich aufbrechen.

Die Fee schwebt zu mir herab, und im nächsten Augenblick hat auch Yami unser Lager abgebaut und landet leichtfüßig neben mir auf dem Boden, so als wäre sie nicht gerade fünfzig Meter abwärts gesprungen, sondern hätte lediglich einen kleinen Hopser gemacht. Ohne sich nach uns umzusehen, marschiert sie voran. Pim, Herkules und ich gehen ihr hinterher, die Fee lässt sich allerdings nicht abschütteln, sondern schwirrt direkt neben meinem Ohr neben uns her. Ich habe mir vorher nie Gedanken darüber gemacht, aber das Geräusch, das Feen beim Fliegen machen, ist ziemlich unangenehm. Das hohe Sirren ihrer Flügelschläge klingt wie bei einem Moskito, und ich muss den Impuls unterdrücken, nach ihr zu schlagen.

»Was ist so lustig daran?«, hake ich nach.

»Deine Freundin glaubt, dass ich lüge«, erklärt die Fee. »Aber ich lüge nicht. Ich habe es schon einmal gesagt, es ist auch in meinem Interesse, der Prinzessin von Lumina zu helfen. Es ist im Interesse von uns allen.«

Abrupt bleibt Yami stehen und dreht sich zu uns um.

»Selbst wenn du die Wahrheit sagst«, sagt sie jetzt und funkelt die Fee finster an, »jeder weiß, dass Loth in den Bergen ist. Wie sollen wir dort hinkommen?«

»Wer ist Loth überhaupt?«, mische ich mich ein. »Und von welchen Bergen redest du?«

»Loth ist ein Krimineller, der den Ring der Hexen gestohlen hat«, erklärt die Fee ruhig. »Es war vor einigen Jahren, und es war ein Skandal, ganz Eden kennt die Geschichte. Ein Kleinkrimineller, ein gewöhnlicher Mensch ohne jegliche Fähigkeiten, hat es geschafft, einen der größten Schätze des Hexenvolkes zu stehlen. Er wurde erwischt und ins Gefängnis gebracht, will aber bis heute nicht verraten, wo der Ring ist.«

»Und das Gefängnis liegt in diesen Bergen?«

»Richtig«, sagt Yami.«Es ist eine Festung. Dort kommt niemand hinein. Und hinaus schon gleich gar nicht. Dieser Tipp ist wertlos.«

»Ist er nicht«, widerspreche ich. »Wenn der Schatz dort ist, dann müssen wir dorthin!«

»Hast du nicht zugehört? Man kommt dort nicht hinein!«

»Es gibt immer einen Weg!«

Yami schnaubt auf. »Du hast keine Ahnung, wovon du redest, Mina. Die Kusch-Berge sind gefährlich. Lebensgefährlich. Dagegen war deine Begegnung mit dem Bajang ein Witz.«

»Wir haben aber doch keine Wahl«, sage ich. »Wir brauchen den Schatz, und wenn er dort ist, dann müssen wir dorthin. Wenn Loth ein normaler Mensch ist, was will er dann überhaupt damit?«

»Das weiß niemand«, sagt die Fee. »Aber ich muss Yami recht geben: Es ist gefährlich. Trotzdem glaube ich, dass wir es gemeinsam schaffen können. Und wie du schon sagst, wir haben keine Wahl. Die Prophezeiung scheint eindeutig.«

»Was weißt du über die Prophezeiung?«, frage ich aufgeregt.

»Nur das, was ihr wisst«, antwortet sie. »Was alle wissen. Dass der Thronerbe eines Tages wiederkommt und uns alle befreit. Und ich habe bei euren Unterhaltungen zufällig gehört, was der kleine Junge im Brunnen gelesen hat. Wir sollten uns sofort auf den Weg machen.«

»Ich habe es doch schon gesagt, es gibt kein *wir*«, brummt Yami, doch ich spüre, wie ihr Widerwille langsam bröckelt. Warum auch immer sie so dermaßen schlecht auf die Feen zu sprechen ist, sie scheint selbst zu merken, dass das kleine Wesen uns eine Hilfe sein kann.

»Das denke ich schon«, widerspreche ich. Dann muss ich grinsen. »Und da ich die verschollene Prinzessin von Lumina bin, denke ich, dass ich hier auch ein Wörtchen mitzureden habe. Wie heißt du eigentlich?«, frage ich die Fee.

»Ich heiße Tinki«, stellt sie sich vor. Yami lässt ein unwilliges Grunzen hören, doch ich ignoriere sie.

»Freut mich, dich kennenzulernen, Tinki«, sage ich. »Und willkommen im Team.«

35

Die Kusch-Berge scheinen in der richtigen Richtung zu liegen, also gehen wir einfach geradeaus weiter. Was sich gut trifft, denn ich hätte ein schlechtes Gefühl dabei, Pim einfach allein zu lassen, jetzt, wo ich weiß, dass Siath und seine Gefolgschaft in der Nähe sind. Zu den Bergen mitnehmen möchte ich das Kind allerdings auch nicht, wenn es dort tatsächlich so gefährlich ist, wie Yami behauptet. Außerdem fühle ich mich verantwortlich, die übrigen Hexen vom Opalzirkel zu warnen. Wenn Siath ihr Lager entdeckt, wird er sie möglicherweise mitnehmen, so wie er es mit Pims Familie getan hat.

Schweigend wandern wir weiter, niemand redet viel. Yami scheint noch immer zu schmollen und Pim wirkt langsam erschöpft. Tinki fliegt immer wieder in die Lüfte und voraus, um nachzusehen, ob die Luft rein und der Weg frei ist. So gesehen ist sie uns jetzt schon eine große Hilfe.

Ich hoffe, dass wir Pim bei den Opalhexen lassen können, andernfalls weiß ich nicht, was ich tun soll. Die Vorstellung, ihn allein im Wald zu lassen, auch wenn er vorher bereits wochenlang allein war, behagt mir überhaupt nicht.

Das Gestrüpp um uns herum wird immer dichter, und ich habe den Eindruck, dass wir immer tiefer in das Gehölz vordringen. Inzwischen gleicht unsere Umgebung einem wahren Urwald, wenngleich er auch anders aussieht als die Urwälder, die ich von Bildern kenne. Die Bäume im Unwald tragen die unterschiedlichsten Farben, als hätten sich sämtliche Jahreszeiten zu einer einzigen vereint. Es gibt die grünblättrigen Laubbäume und Tannen wie auf der Erde, doch viele sind orange wie Herbstlaub oder rosa wie junge Kirschblüten. Daneben gibt es noch Bäume und Sträucher in Lila und Blau, wie ich sie noch nie zuvor gesehen habe. Viele davon tragen Früchte, manche davon sind essbar, wie ich inzwischen von Yami erfahren habe. Ich hätte mich also nicht wochenlang von toten Kaninchen und den wenigen Kräutern ernähren müssen, die mir bekannt vorkamen, aber ich wusste es ja nicht besser. Jetzt jedenfalls gibt es nahrungstechnisch überhaupt keine Probleme mehr, wir sind hier bestens versorgt. Lediglich Herkules muss noch regelmäßig auf die Jagd gehen. Und Yami, aber angeblich ist sie satt und ihre letzte Beute hält noch ein paar Wochen vor.

Zwischen den Ästen der Baumkronen knackt und ruft, gackert und quietscht es. Es gibt Tiere, die sich vertraut anhören, und welche, deren Geräusche mir Angst einjagen, die laut Yami jedoch harmlos sind.

»Die gefährlichsten Tiere hörst und siehst du nicht«, sagte sie mir, als ich einmal fürchterlich über eine Art Hybridwesen aus Fuchs und Vogel erschrocken bin, das kreischend an uns vorbeihuschte. »Die tödlichsten Bewohner des Unwaldes schleichen sich an und bringen dich um, noch bevor du schreien kannst. Oder sie wirken vollkommen harmlos und täuschen dich wie der Bajang.«

Das hatte mich nicht unbedingt beruhigt, und seitdem bin ich ganz besonders auf der Hut. Sämtliche Insekten, die sich auf meine Haut verirren, schnippe ich sofort weg, und wann immer mir etwas merkwürdig erscheint, mache ich einen großen Bogen darum.

»Tinki, Yami?«, frage ich die beiden, als es bereits dämmert. Wir hatten gehofft, den Opalzirkel noch heute zu erreichen, aber wir werden langsamer, und so bleibt uns nichts übrig, als eine weitere Nacht zu pausieren. Pim schlägt sich tapfer, aber langsam kommt der kleine Junge an seine Grenzen, was ich ihm nicht verübeln kann. Ich habe ihn noch kein einziges Mal jammern hören, aber seine Erschöpfung steht ihm ins Gesicht geschrieben, und die letzten Kilometer hat Yami ihn bereits auf ihren Schultern getragen. Sie mit dem kleinen Jungen zu sehen, wie sie sich kümmert und um ihn sorgt, obwohl sie anfangs so kalt war, rührt etwas in mir zutiefst.

»Ja?«, antworten beide wie aus einem Mund.

»Ihr kennt euch doch gut aus mit den Waldbewohnern und den Wesen von Eden, oder? Ich habe eine Frage … Siath ist auch ein Hexer, oder? Wenn seine Mutter eine war?«

Diese Frage brennt mir schon lange auf der Seele. Was genau ist er? Er hat besondere Fähigkeiten, das weiß ich – er hat mir jedoch nicht erzählt, was für ein Wesen er genau ist. Ich habe auch nicht gefragt, zu schockiert und fasziniert war ich bei diesem Gespräch über all die anderen Neuigkeiten. Aber jetzt, wo ich eine Weile in Eden lebe und verschiedene Wesen kennengelernt habe, interessiert es mich schon. Ich erinnere mich, dass er nicht nur von Magie gesprochen hat, sondern auch von Manipulation und Kontrolle.

»Nein«, sagt Yami wie aus der Pistole geschossen.

Tinki zögert. »Er ist kein Hexer«, sagt sie langsam. »Zumindest nicht ganz. Man weiß, ehrlich gesagt, nicht genau, was er ist, aber es gibt Vermutungen.«

»Eigentlich sind es keine Vermutungen«, widerspricht Yami, »es liegt auf der Hand. Das umbrische Königshaus hat es zwar nie bestätigt, aber es ist offensichtlich. Er ist ein Hybridwesen.«

»Natürlich ist er das«, erwidert Tinki gereizt, und ich bin langsam ein wenig genervt von ihrer ständigen Zankerei. Inzwischen haben wir angehalten, und Yami macht sich wieder daran, ihre Hängematte im höchsten und dichtesten Baum zu spannen, den sie finden kann.

»Er ist zumindest zur Hälfte ein Hexer«, erklärt Tinki. »Das ist richtig. Nur über seinen Vater weiß man nichts. Zumindest wenn man den Gerüchten glaubt, dass es nicht Raskor ist.«

»Ja, aber es ist offensichtlich, was sein Vater war«, sagt Yami, als sie wieder auf der Erde ankommt. Sie lässt sich ins Gras sinken. Die Sonne geht zwar bereits unter, dennoch kommt es uns allen noch zu früh vor, bereits in unserem Schlaflager Platz zu nehmen. Trotz der langen Wanderung fühle ich mich auch kein Stück müde; dafür ist heute einfach zu viel geschehen.

»Ach ja?«, hake ich nach. »Und was war er?«

»Ein Asmandus«, erklärt Yami, lehnt sich zurück und streckt sich auf dem Moos aus. »Ist doch klar.«

»Ein Asmandus?« Tinki lacht schallend. »Na klar, und ich bin ein Einhorn.«

»Warum denn nicht?«, fragt Yami gereizt. »Nur weil du noch keinen gesehen hast?«

Mein Blick fliegt zwischen den beiden hin und her wie bei einem Pingpongspiel. Den Begriff höre ich zum ersten Mal, und ich bin neugierig, was es damit auf sich hat.

»Nein, vielleicht weil es keine Asmandi mehr gibt?« Tinkis Tonfall ist spöttisch.

»Sagt wer?«

»Das weiß man! Es nennt sich Allgemeinbildung, und wenn du den Wald in den letzten Jahren auch mal verlassen hättest, dann wüsstest du das auch.«

Yami winkt ab. »Ich kenne die Gerüchte schon, aber das heißt doch nicht, dass …«

»Okay, okay, stopp, Leute!«, rufe ich dazwischen. »Hört bitte, bitte endlich mal auf, euch andauernd zu zanken! Erzählt mir einfach, was ein Asmandus ist. Bitte.«

»Und wie zum stinkenden Homunkulus kommst du auf so eine absurde Idee?«, mischt sich Tinki ein.

»Ein Asmandus ist eine Art Dämon, der seine Lebensenergie aus seinen weiblichen Opfern zieht«, erklärt Yami, ohne auf Tinkis Sticheleien zu achten. »Wenn du so willst, ist er die dämonenhafte, männliche Variante von mir. Zumindest so ähnlich. Nur dass ich das Blut meiner Opfer trinke, während die Asmandi das nicht nötig haben. Er entzieht dir deine Lebensenergie einfach so, ohne dass du es überhaupt bemerkst. Du bist mit ihm zusammen und wirst immer älter, schwächer, ausgemergelter, während er immer schöner wird und vor Kraft nur so strotzt. Und ehe du dich's versiehst, liegst du unter der Erde. Es ist so ähnlich, als würdest du verdursten.«

Mein Herz bleibt für einen kurzen Augenblick stehen.

»Jetzt mach ihr doch nicht eine solche Angst!«, sagt Tinki. »Mina, das ist absoluter Blödsinn, die Asmandi sind schon vor langer Zeit ausgestorben. Die Waldvampirinnen sind die einzigen Mörder, die im Wald unterwegs sind.«

Yami lächelt und entblößt dabei ihre spitzen Eckzähne.

»Stimmt, Asmandi leben nicht im Wald, sondern in den Städten. Diese Schnösel sind sich viel zu fein für den Wald, und ihre Opfer finden sie in der Zivilisation. Wie es jetzt nach dem Krieg ist und wo sich die übrigen verstecken, weiß ich allerdings nicht.«

»Sie sind ein Mythos!«, regt sich Tinki auf.

»Falsch. Dass sie ausgestorben sind, *das* ist der Mythos. Und ein gefährlicher noch dazu.« Yami schüttelt den Kopf. »Mina, vieles deutet darauf hin, dass Siath von den Asmandi abstammt. Sein Aussehen, seine Stärke, seine Fähigkeiten. Die Tatsache, dass er das Medaillon spüren kann. Asmandi erfühlen Dinge, die für normale Menschen oder andere Wesen nicht zu begreifen sind.«

Ein kalter Schauer kriecht meine Wirbelsäule hinab.

»Asmandi paaren sich aber nicht mit Hexen«, sagt Tinki. »Selbst wenn es sie noch geben sollte, dass es einen Hybriden gibt, ist sehr unwahrscheinlich.«

»Irgendwie müssen sie sich ja fortpflanzen«, sage ich, und fast gleichzeitig schießt mir die Röte ins Gesicht. Ohne es zu wollen, hat sich mein Kopfkino vor meinem inneren Auge eingeschaltet und erinnert mich an den Abend am Strand – und daran, was daraus noch alles hätte werden können. Yami entgeht das nicht, und sie zieht eine Augenbraue in die Höhe, sagt jedoch nichts dazu.

»Das stimmt, und das machen sie auch«, sagt sie. »Sie suchen sich die schönsten Frauen aus, wenn sie Nachkommen zeugen wollen. Menschliche Frauen sterben im Normalfall bei der Geburt eines Asmandus und ihre Väter kümmern sich nicht darum; die Säuglinge wachsen in Waisenhäusern auf. Solange sie Kinder sind, weiß man nicht, was sie sind, erst wenn sie erwachsen werden, erkennt man, mit was man es zu tun hat. Es soll aber auch vorkommen, dass sie sich andere magische Wesen aussuchen und sich mit ihnen paaren. Selten, aber das gibt es. Und dann entstehen Hybriden.«

»Aber Siaths Mutter hat seine Geburt überlebt«, gebe ich zu bedenken.

»Weil sie kein einfacher Mensch war«, sagt Yami. »Sie war eine Hexe.«

Tinki schnaubt nur, sagt aber nichts mehr. Ich sehe ihr an, dass sie die Geschichte nicht so ganz glauben kann, dass ihr aber die Argumente ausgehen. Ohne uns noch eines Blickes zu würdigen, schwirrt sie in die Lüfte und späht die Umgebung aus, so wie sie es jeden Tag mehrmals tut.

»Merkt man es, wenn man von einem Asmandus ausgesaugt wird?«, stelle ich die Frage, die mich seit Beginn der Unterhaltung am meisten quält. »Angenommen, man lässt sich mit einem von ihnen ein, also … keine Ahnung, wie kann ich mir das vorstellen? Wann machen sie das? Einfach so, während sie sich mit dir unterhalten? Oder muss man dazu … ähm …« Ich werde rot und breche ab. Yami grinst, sie hat trotzdem verstanden.

»Nein, eine Unterhaltung reicht nicht aus«, sagt sie. »Man muss schon etwas intimer werden, mindestens Hautkontakt braucht es schon. Das stellt für diese Zecken aber kein Problem dar, sie sehen gut aus und können sehr charmant sein, sie finden immer Opfer. Außerdem haben sie noch andere Tricks, sie können …«

»Telepathie«, flüstere ich. »Sie können andere manipulieren.«

»Genau«, sagt Yami und runzelt die Stirn. »Mina, willst du mir vielleicht etwas sagen?«

Ich werfe einen kurzen Blick zu Pim, der mit Herkules auf dem Schoß gegen den Baumstamm gelehnt liegt und bereits tief und fest schläft. Sein Atem geht tief und regelmäßig, trotzdem möchte ich diese Geschichte lieber unter vier Augen besprechen. Yami versteht sofort. Sie packt den Jungen und unseren Hund und befördert beide in Sekundenschnelle nach oben in die Hängematte.

»So, und nun erzähl mir alles«, fordert sie, als sie wieder neben mir landet.

36

Also, die gute Nachricht zuerst: Hätte er dich töten wollen, hätte er das tun können«, sagt Yami, nachdem ich ihr und Tinki meine komplette Geschichte erzählt habe. Sie saßen beide ruhig da und haben ohne Unterbrechungen zugehört, Tinki mit gerunzelter Stirn, Yami mit wachsender Besorgnis im Gesicht.

»Ich weiß nicht, ob das eine gute Nachricht ist«, sage ich schwach. »Zu dem Zeitpunkt wusste er noch nicht, dass ich es bin.«

»Das macht nichts. Wenn man von einem Asmandus ausgesaugt wird, merkt man das. Selbst wenn er einen nicht tötet, merkt man es spätestens, wenn man in den Spiegel blickt. Hast du nach dieser Nacht irgendwelche Veränderungen an dir bemerkt? Ich meine optisch oder kräftemäßig? Warst du blass und schwach?«

»Ich war müde und hatte tiefe Augenringe, aber das lag wohl eher daran, dass wir so lange wach waren.«

Ich vergrabe mein Gesicht in den Händen. Wie konnte ich nur so blöd sein? Yami legt mir die Hand auf die Schulter.

»Mach dir nichts draus, Mina«, sagt sie. »Es ist ja nichts passiert. Glaub mir, das hättest du gemerkt.«

»Und was ist die schlechte Nachricht?«

Yami grinst. »Du bist auf einen Asmandus reingefallen. Das war echt dämlich.«

Ich knuffe sie in die Seite und ignoriere mein schmerzendes Herz. Dass ich ein wenig in ihn verliebt war, das muss sie nicht unbedingt wissen. Ich versuche mir einzureden, dass er mich in dieser Hinsicht nicht auch belogen hat. Er hat behauptet, er habe mich nicht manipuliert. Ich weiß aber, dass er es hätte tun können. Obwohl ich inzwischen weiß, dass er mein Feind ist, wünsche ich mir, dass er die Wahrheit gesagt hat. Würde eine Manipulation so lange anhalten, dass ich selbst jetzt noch an ihn denke und Liebeskummer habe? Oder lässt die Wirkung nach, sobald der Dämon außer Reichweite ist? Das würde ich Yami gern fragen, doch ich weiß nicht wie, ohne mich und meine idiotischen Gefühle zu verraten. Dafür brennt mir noch eine andere Frage auf der Seele.

»Eine Sache gibt es noch, die ich nicht verstehe«, sage ich zögerlich. »Er hat mir erzählt, dass er extra für diese Mission ausgebildet und zur Erde geschickt worden ist. Also, um mich zu finden und mich zu töten.«

»Das ist korrekt«, sagt Yami grimmig.

»Vorhin sagte er, er spürt das Medaillon. Aber warum hat er mich dann nicht gefunden? Wie konnte es sein, dass ich die ganze Zeit in seiner Nähe war und er mich nicht erkannt hat?«

»Das kann ich dir leider auch nicht beantworten«, sagt Yami. »Weißt du etwas darüber?« Letzteres sagt sie an Tinki gewandt. Es ist das erste freundliche Wort, das sie an die Fee richtet, und fast erscheint es mir wie ein Friedensangebot. Tinki scheint auch nicht damit gerechnet zu haben, überrascht schreckt sie aus ihren Gedanken hoch.

»Das weiß ich auch nicht, aber ich bin mir sicher, das ist den Hexen zu verdanken«, sagt sie. »Ich gehe davon aus, dass er es nur grob orten kann. Vermutlich ist es mit einem so starken Verschleierungszauber belegt, dass er es nicht erkannt hat, als es direkt vor seiner Nase war. Er sagte ja was von fünfzig Kilometer.«

»Ja, so ähnlich denke ich das auch.« Yami nickt. »Vielleicht können wir morgen Pim fragen. Falls er etwas darüber weiß. Für heute sollten wir schlafen gehen.«

»Du hast recht«, sage ich seufzend und erhebe mich aus dem Moos. »Morgen wird wieder ein langer Tag.«

»Und ein gefährlicher«, pflichtet Yami mir bei. »Wenn wir gut vorankommen, erreichen wir morgen bereits die Kusch-Berge, von hier aus ist es nicht mehr allzu weit. Und mach dir keine Gedanken, Mina. Glaub mir, du bist nicht die Erste, die auf einen Asmandus hereingefallen ist.«

»Du etwa auch schon?«, frage ich hoffnungsvoll.

»Nee.« Sie grinst und zeigt damit mal wieder ihre Raubtierfänge. »Aber wir Energiesauger sind halt einfach unwiderstehlich.«

Der nächste Tag ist ein regnerischer. Der erste Regen seit Wochen im Wald, und voller Erstaunen stelle ich fest, dass das Wasser, das vom Himmel fällt, grünlich schimmert.

»Es geht auf die Feenzeit zu«, erklärt Tinki. »Das merkt man an der Farbe.«

»Was ist die Feenzeit?«, frage ich.

»Der Übergang in den Spätsommer«, sagt sie verträumt. »Eine regnerische Zeit hier im Wald, aber durchaus magisch.«

Leider auch ziemlich kalt, wie ich feststellen muss. Weder Yami noch Tinki scheint der Regen etwas auszumachen, aber Pim und ich müssen bereits nach kurzer Zeit unsere warmen Sachen anziehen. Ich werfe mir meine Jacke über, die ich seit Wochen nicht getragen habe, und Pim zieht einen etwas altertümlich aussehenden braunen Mantel an.

Yami hat sich inzwischen mit Tinki arrangiert, worüber ich wirklich dankbar bin. Zwar schafft sie es nicht ganz, die Sticheleien sein zu lassen, sie klingt aber nicht mehr so gehässig wie am Vortag. Irgendwann werde ich sie einmal fragen müssen, warum sie auf das Feenvolk so schlecht zu sprechen ist.

Ich bin froh, dass ich die kleine Truppe um mich habe. Tinki fliegt wieder regelmäßig hoch in die Lüfte und späht die Umgebung aus, sodass wir feindliche Truppen rechtzeitig sehen würden. Pim kann hexen und Yami ist, wenn es drauf ankommt, eine eiskalte Mörderin. Nicht zu vergessen Herkules, der dafür sorgt, dass ständig gute Laune herrscht. Noch immer nutze ich die Wanderungen dafür, meine Hexenfähigkeiten zu üben, und noch immer bekomme ich keinen einzigen Zauber zustande. Pim fragt mich die Sprüche ab, und inzwischen bekomme ich die meisten ziemlich schnell hin, auch wenn die altmodische fremde Sprache sich noch immer fremd und seltsam auf meiner Zunge anfühlt.

Dass die Umsetzung allerdings so gar nicht funktionieren will, ist mehr als frustrierend.

Heute ist unser Weg nicht mehr besonders weit, und nach wenigen Stunden verkündet Tinki, dass sie die Siedlung der Opalhexen gesichtet hat. Erleichterung macht sich in mir breit. So gern ich Pim auch habe, und so nützlich ich ihn finde, ich bin froh darüber, wenn ich ihn endlich bei Erwachsenen in sichere Hände geben kann. Da der Ausgang unserer Reise so ungewiss ist und ich keine Ahnung habe, was uns noch alles für Gefahren erwarten, fühle ich mich wohler, wenn ich kein kleines Kind dabeihabe, das ich beschützen muss, auch wenn ich es niemals vor ihm aussprechen würde. Zwar wollte er zum Jadezirkel zu seinem Onkel und seiner Tante, aber ich werde sicher nicht zulassen, dass er allein durch den halben Wald wandert. Mit Yami habe ich bereits ausgemacht, dass wir ihn den Hexen vom Opalzirkel zur Obhut überlassen.

Als wir die Siedlung jedoch erreichen, macht sich Ernüchterung breit. Sie ist leer. Nicht nur das, die Häuser sind verkohlt und zum Teil abgebrannt, was Tinki aus der Luft jedoch nicht sehen konnte.

Pim krallt sich an meiner Hand fest, und als ich ihm ins Gesicht sehe, erkenne ich, dass er sich allergrößte Mühe gibt, nicht zu weinen. Das Herz wird mir schwer.

»Wir sind zu spät«, sagt er tonlos. »Hier waren sie auch schon.«

Yami geht zum ersten verkohlten Haus und berührt es.

»Es ist kalt«, sagt sie nur. Ich weiß, was das bedeuten soll: das Feuer war nicht frisch. Trotz des Nieselregens wären die Steine sonst noch warm. Es war nicht erst gestern. Möglicherweise waren Raskors Truppen schon hier, als sie Pims Zirkel mitgenommen haben.

»Das muss nichts heißen«, sage ich zu Pim. »Vielleicht konnten sie ja rechtzeitig flüchten. Vielleicht waren sie längst nicht mehr da, als diese Widerlinge gekommen sind. Und jetzt verstecken sie sich irgendwo im Norden, wie viele der anderen auch.«

»Ja«, sagt er. »Vielleicht.«

Aber das Leuchten ist aus seinen Augen verschwunden.

Da uns nichts anderes übrig bleibt – selbst Yami stimmt mir inzwischen zu, dass wir den Jungen nicht allein weiterziehen lassen können –, begleitet uns Pim zu den Kusch-Bergen. Wir schärfen ihm unterwegs mehrmals ein, dass er immer und ausnahmslos auf uns hören soll.

»Wenn wir sagen ›Lauf‹, dann läufst du, klar?«, sagt Yami.

»Klar«, entgegnet er.

»Wenn wir sagen ›Versteck dich‹, dann versteckst du dich. Klar?«

»Klar.«

Sie seufzt. »Verdammt, ich wünschte, wir müssten dich nicht mitnehmen.«

»Ich kann euch vielleicht eine Hilfe sein.«

»Das hoffe ich«, sagt sie, aber sie sieht nicht so aus, als würde sie es glauben.

Wie versprochen erreichen wir die Berge bereits am späten Abend. Da es für heute zu spät ist, den Einbruch in die Festung zu starten, bauen wir ein letztes Mal unser Lager auf, legen uns in die Hängematte und Tinki erklärt uns ihren Plan, den Yami allerdings für vollkommen lebensmüde hält. Ich habe keine Meinung dazu, da ich keine Ahnung habe, was genau mich erwartet. Pim ist bereits vor Erschöpfung eingeschlafen, Herkules liegt wieder in seinen Armen, und ich bin froh darum, dass der Junge sich mit dem Hund so gut angefreundet hat. Aus irgendeinem Grund muss ich an meine Zeit im Waisenhaus denken, als ich auch dachte, dass ich niemanden auf der Welt mehr hätte. Nun hat Pim zum Glück uns, aber trotz allem sind wir fast Fremde für ihn. Was ihm fehlt, das ist ein Freund. Ich bin froh, dass Herkules offensichtlich beschlossen hat, diese Rolle zu übernehmen.

»Du willst wirklich den Ziri vertrauen?«, fragt Yami. »Das ist verrückt. Echt. Und das sage ich nicht, weil du eine Fee bist, das würde ich zu jedem sagen, es ist einfach lebensmüde.« Sie rauft sich ihr rotes Haar.

»Sie sind nicht so schlimm, wie immer behauptet wird«, sagt Tinki. »Ich habe schon mal ein paar von ihnen kennengelernt, ihnen wird Unrecht getan. Außerdem schulden sie mir noch einen Gefallen. Sie werden uns helfen!«

»Es sind hinterhältige Biester.«

»Und du bist eine Mörderin.«

»Das ist was anderes.«

»Nein, ist es nicht. Die Leute reden immer, und wir alle haben Dreck am Stecken. Über niemanden gibt es nur Gutes zu sagen, wahrscheinlich selbst über Mina nicht. Hör zu, Yami. Sobald wir merken, dass uns irgendetwas seltsam vorkommt, brechen wir das Ganze ab. Aber wenn du nicht direkt über den Berg gehen willst, was *wirklich* lebensmüde wäre, haben wir keine andere Wahl. Lass es uns wenigstens versuchen.«

Diesmal hake ich nicht nach, ich bin zu müde. Was es mit den Ziri auf sich hat, werde ich morgen herausfinden. Aus ihrem Gespräch habe ich bereits herausgehört, dass es sich dabei um ein Volk handeln muss, das am Fuß des großen Gefängnisberges lebt. Tinki scheint darauf zu setzen, dass sie uns helfen können, und ausnahmsweise verlasse ich mich dieses Mal auf mein Glück.

37

Am nächsten Morgen brechen wir auf, sobald die Dämmerung einsetzt. Wir haben keine Zeit zu verlieren, schließlich haben wir einiges vor, und was wir für heute geplant haben, ist eine große Nummer: Wir wollen in das große Gefängnis einbrechen und Loth finden. Zumindest regnet es heute nicht mehr.

Yami sieht aus, als würde man sie zur Schlachtbank führen. Ich selbst bin zwar aufgeregt, aber nicht übermäßig ängstlich, doch möglicherweise liegt das nur daran, dass ich keine Ahnung habe, was mich erwartet. Meine Begleiter warfen wieder mit verschiedenen Namen von Fabelwesen um sich, doch ich kann mir nichts darunter vorstellen – und vielleicht ist das auch besser so.

Bereits nach drei Stunden Fußmarsch lichtet sich der Wald, und in der Ferne zwischen den Bäumen ist eine große Erhebung zu erkennen.

»Die Kusch-Berge«, sagt Yami. »Wir sind fast da. Ab nun gilt es, vorsichtig zu sein.«

»Warum?«, frage ich.

»Die Mantikore leben in den Bergen. Zwar nur in den Bergen, aber sicher ist sicher. Ich würde mich nicht darauf verlassen, dass uns hier unten keiner begegnen kann.«

Also sind wir wachsam, während wir weitergehen.

Pim, der offensichtlich weiß, was für Wesen uns erwarten könnten, greift nach meiner Hand und drückt sich unwillkürlich an mich. Nicht zum ersten Mal frage ich mich, ob die Entscheidung, ihn mitzunehmen, die klügste war. Wann immer ich darüber nachdenke, dieses Kind wissentlich in Gefahr zu bringen, bekomme ich Bauchschmerzen. Andererseits hatten wir nicht wirklich eine Wahl; was wäre gefährlicher? Ihn allein den Weg zum Jadezirkel gehen zu lassen oder ihn mit auf den Berg zu nehmen?

Ich habe keine Antwort darauf. Aber ich weiß, dass ich es mir niemals hätte verzeihen können, wenn er allein im Wald umgekommen wäre. Zudem ist es nicht einmal gesagt, dass der Zirkel noch in seiner ursprünglichen Form existiert, die Opalhexen waren schließlich auch nicht mehr da. Es hätte gut sein können, dass ihn am Ende seiner langen Reise niemand mehr erwartet hätte.

Als wir aus dem Schutz der letzten Bäume treten und uns auf dem offenen Feld befinden, im gleißenden Sonnenlicht, fühle ich mich plötzlich seltsam angreifbar. Der Wald ist mir nicht so gefährlich vorgekommen, wie Ron behauptet hat, ganz im Gegenteil. Ich hatte das Gefühl, er gab mir Deckung, Schutz. Sogar Freunde habe ich dort gefunden.

Hier hingegen stehen wir wie auf dem Präsentierteller. In der Ferne erheben sich die Berge, fünf an der Zahl, auf dem höchsten ist eine riesige Festung erbaut worden wie eine altertümliche Burg.

»Das ist es«, sagt Tinki, die meinem Blick gefolgt ist. »Dort oben ist die Gefängnisburg.«

»Und wir gehen über den Berg nach oben?« So schlimm kommt es mir gar nicht vor. Sicher, der Berg ist steil, und wenn wir oben sind, müssen wir einen Weg finden, hineinzukommen, aber das schaffen wir schon irgendwie.

Yami jedoch schüttelt den Kopf. »Nein, nicht über die Berge. Es ist zu gefährlich, die Mantikore leben dort.«

»Wie kommt man denn normalerweise rein?«, frage ich. Irgendwie müssen die Gefangenen schließlich versorgt werden – es muss ja Wärter geben und zumindest jemanden, der ihnen das Essen bringt und sie versorgt.

»Normalerweise aus der Luft«, sagt Tinki und deutet auf etwas, was ich bisher nicht wahrgenommen habe: Der Bug eines Zeppelins ragt ein Stück hinter der Burg hervor. »Sie haben ihre eigenen Luftschiffe. Alternativ kann man auch mit einem Pegasus fliegen.«

Ich verberge mein Erstaunen und nicke nur.

»Okay. Und wie genau werden wir es anstellen? Ein Zeppelin wäre wohl zu auffällig, was?«

»Wir gehen erst mal zu den Ziri. Kommt!«

Nachdem wir etwa eine halbe Stunde lang gelaufen sind – ich habe nicht den Eindruck, dass der Berg näher rückt, ganz im Gegenteil –, ertönt mit einem Mal ein durchdringender Schrei, der die Stille um uns herum zerreißt. Erschrocken macht Pim einen kleinen Satz. Yami begibt sich sofort in Angriffsposition, Tinki flattert aufgeregt mit ihren Flügeln.

»Was war das?«, flüstere ich.

»Ich weiß es nicht«, flüstert Yami zurück. »Irgendwas … Wildes.«

Erneut ein Schrei. Er klingt tatsächlich wild. Nicht nach einem Menschen. Erst recht nicht nach einer Armee.

»Lasst uns schnell weitergehen«, flüstert Pim mit großen Augen. Herkules kläfft aufgeregt.

»Nein, ich möchte wissen, was da los ist«, sage ich. »Wenn wir wirklich auf den Berg wollen, müssen wir wissen, was uns hier erwartet. Ich möchte keine unangenehmen Überraschungen erleben.«

»Sie hat recht«, sagt Tinki widerstrebend. »Wir sollten uns so gut wie möglich mit der Umgebung vertraut machen, nicht dass wir etwas Wichtiges übersehen. Der Schrei kam von dort drüben. Ich werde mal nachsehen.«

Sie flattert hoch in die Lüfte und ist nach wenigen Sekunden aus unserem Sichtfeld verschwunden. Wir anderen warten. Wahrscheinlich dauert es nur ein paar Minuten, doch mir kommt es vor wie eine Ewigkeit.

Um uns herum erstreckt sich eine kunterbunte Frühlingswiese, die in den Resten des Feenregens schimmert und das Sonnenlicht reflektiert. Unter anderen Umständen hätte ich es hübsch finden können; gerade allerdings wünsche ich mir nichts mehr als ein paar Bäume und Versteckmöglichkeiten zurück.

Nach einer Weile kommt Tinki wieder. Ihr kleines Gesicht zeigt eine Mischung aus Mitgefühl und Erleichterung.

»Es ist nichts Schlimmes«, sagt sie. »Zumindest für uns nicht. Es ist ein verletztes Tier. Eine Harpyie.«

»Eine Harpyie!«, stößt Yami aus. »Und sie ist verletzt? Bist du dir sicher? Das heißt, sie kann uns auch nicht angreifen?«

Erneut schallt der durchdringende Schrei durch die Luft, und jetzt, wo ich es weiß, merke ich, wie schmerzerfüllt er klingt. Mitleid wallt in mir auf. Das Geräusch ist kaum zu ertragen.

»Vielleicht können wir ihr helfen«, schlage ich zaghaft vor.

Yami verdreht die Augen. »Mina, ich weiß nicht, woher dein Drang kommt, dich immer mit den gefährlichsten Lebewesen anfreunden zu wollen – Siath, dem Bajang, einer Harpyie –, aber ich empfehle dir dringend, dich von diesem Ding fernzuhalten. Harpyien sind gefährlich. Sie zerreißen dich, wenn sie Lust darauf haben. Es sind Raubtiere.«

»Bist du das nicht auch?«, kontere ich.

»Ich bin ein Räuber, aber kein Tier. Ich kann mich zusammenreißen. Eine Harpyie handelt nur nach ihren Instinkten, das ist der Unterschied. Wenn sie Hunger hat, frisst sie dich. Ihr wird es egal sein, dass du die Prinzessin bist.«

Doch ich höre ihr schon gar nicht mehr zu. Etwas zieht mich zu dem Tier wie an einem unsichtbaren Seil. Vielleicht ist es das Mitgefühl, die einzige Emotion, die schon immer stärker war als meine Angst, genau wie damals, als ich mich mit Conny angefreundet habe. Hinter mir höre ich Yami schimpfen, doch ich höre auch, dass sie und Tinki mir folgen.

Mit schnellen Schritten gehe ich in die Richtung, aus der die Schreie ertönt sind.

»Aber pass wenigstens auf«, höre ich Yami hinter mir. »Geh nicht zu nah ran! Das sind die reinsten Monster!«

»Das sagt man über Welthunde auch«, entgegne ich, dabei weiß ich nicht einmal, ob es stimmt.

»Stimmt nicht«, widerspricht Yami auch sofort, »Welthunde sind nur Plagegeister. Sorry, Herkules. Du natürlich nicht.«

Ich erreiche ein Gebüsch und dahinter höre ich es wimmern. Ich habe keine Ahnung, was genau eine Harpyie ist, aber so mitleiderregend, wie sie klingt, kann ich mir nicht vorstellen, dass sie mir gefährlich werden könnte. Das Wimmern klingt so schwach, dass das Wesen schwer verletzt sein muss.

Ich schiebe die Blätter und Sträucher beiseite, und da sehe ich es schließlich liegen. Eine Art gigantischer Greifvogel liegt dort im weichen Gras. Sein Kopf ist hellbraun und sieht ein bisschen aus wie der einer Eule. In der Mitte des Gesichts thront ein langer gebogener Schnabel. Am Hinterkopf stehen Federn wie ein breiter Fächer nach oben, als hätte der Vogel eine Krone auf. Der Rest seines Körpers ist von schwarzem Gefieder bedeckt. Wäre er nicht doppelt so groß wie ich und würden seine hellblauen Augen nicht so gruselig menschlich wirken, könnte er als normaler Vogel durchgehen.

Als das Wesen mich erblickt, stößt es erneut einen markerschütternden Schrei aus und versucht vergeblich, sich aufzurichten, doch es gelingt ihm nicht. Ich erkenne das Problem sofort.

»Meine Güte, das ist ja ein Kind«, stöhnt Yami.

»Ein Kind?« Erstaunt drehe ich mich zu ihr um. »Wie groß sind dann bitte die erwachsenen Harpyien?«

»Das willst du gar nicht wissen. Aber ich bin mir sicher, seine Mutter wird jeden Moment auftauchen und es holen kommen, wir sollten schleunigst von hier verschwinden.«

Ich sehe, wie sie unruhig wird, doch ich glaube, dass ihre Sorge unbegründet ist.

»Das glaube ich nicht«, sage ich und deute auf die roten Flecken auf dem Gefieder des Tieres. »Das sieht nach Blut aus, und ich glaube nicht, dass es sein eigenes ist. Ich denke, seine Mutter wurde getötet.«

»Schreit es deswegen so?«, fragt Pim.

»Wahrscheinlich auch, ich glaube aber, zusätzlich ist sein Flügel gebrochen«, sage ich und gehe einen weiteren Schritt auf das Tier zu. Es versucht mit seinem rasiermesserscharfen Schnabel nach mir zu hacken und Tinki stößt einen spitzen kleinen Schrei aus. Herkules knurrt so bedrohlich, wie ein kleiner Hund eben bedrohlich knurren kann.

»Keine Sorge, ich tu dir nichts«, murmle ich. Ich habe eine Idee, und ich möchte unbedingt ausprobieren, ob sie funktioniert. Ich gehe einen weiteren Schritt auf sie zu. Aus dem Augenwinkel sehe ich Yami, die die Arme vor der Brust verschränkt hat und mich wütend anfunkelt, und Pim, der sich ängstlich hinter ihr versteckt.

Ich gehe einen weiteren Schritt auf das Wesen zu.

»Ich tue dir nichts«, flüstere ich ein zweites Mal. Nun trennen uns nur noch zwei Meter voneinander und ich beginne vor mich hin zu murmeln, was ich gelernt habe.

»Troxikaupus Ferigos«, sage ich. Und dann noch einmal. Ich sage es immer und immer wieder und versuche dabei, meine ganze Konzentration für das Harpyienbaby und seinen in einem merkwürdigen Winkel abstehenden Flügel aufzubringen. Und mein gesamtes Mitgefühl. Armes Baby. Vermutlich wurde es mit seiner Mutter gemeinsam angegriffen, die Mutter wurde getötet, das Baby hat schwer verletzt überlebt und konnte sich mit letzter Kraft in Sicherheit bringen. So muss es gewesen sein. Und seitdem liegt es hier, allein, verlassen, und schreit nach Hilfe, doch niemand kommt.

Unwillkürlich frage ich mich, ob es Siath war. Mein Herz weigert sich noch immer zu verstehen, dass er ein eiskalter Mörder ist, aber gleichzeitig sind er und seine Leute die einzigen Menschen, die wir in letzter Zeit im Wald getroffen haben.

Wer auch immer es war, ich hoffe, er wird es bereuen. Kalte Wut gesellt sich zu meinem Mitgefühl.

Inzwischen habe ich das Baby fast erreicht, und noch immer murmle ich meinen Zauberspruch. Etwas in seinem Blick hat sich geändert; er ist weicher geworden. Es hält ganz still, und schließlich stehe ich direkt vor ihm und lege meine Hände auf seinen Flügel. Dieses Mal hackt es nicht mehr nach mir.

»Was zum Henker macht sie da?«, höre ich Yami flüstern.

»Das ist der große Heilzauber«, sagt Pim. »Sie versucht die Harpyie zu heilen.«

»Sie wird angreifen, wenn sie geheilt ist«, entgegnet Yami tonlos.

Ich versuche ihre Stimmen auszublenden und mich nur auf das Tier vor mir zu konzentrieren. Würde es mich angreifen wollen, hätte es das längst tun können.

Immer wieder murmle ich meinen Spruch, dann schließe ich die Augen dabei, um mich besser auf meine Gefühle konzentrieren zu können. Und tatsächlich, dieses Mal spüre ich etwas. Zum ersten Mal spüre ich etwas. Wärme fließt durch meinen gesamten Körper, alles beginnt leicht zu kribbeln und zu brennen. Das Gefühl breitet sich aus, flutet jede Zelle, jeden Muskel, bis in meine Hände hinein.

Erstaunt öffne ich die Augen, und nun kann ich es sogar sehen: Um die Stelle, an der ich meine Hand auf das Gefieder der Harpyie gelegt habe, schimmert es leicht golden. Und dann spüre ich, wie sich etwas unter meiner Handfläche bewegt, sich leicht verschiebt, so als würden gebrochene Knochen wieder zusammenwachsen und an ihren ursprünglichen Platz zurückrutschen.

Vor lauter Faszination halte ich den Atem an.

Eine Sekunde später ist der Zauber vorbei. Das Leuchten hört auf, das Kribbeln auch. Schlagartig zieht sich die Harpyie von mir zurück und stößt einen durchdringenden lauten Schrei aus. Nun klingt sie nicht mehr wie vorher, nicht mehr so hilflos und mitleiderregend. Ihr Schrei ist stark, kraftvoll. Sie erhebt sich und wächst dabei zu ihrer doppelten Größe an, nun überragt sie mich fast um ein Vierfaches.

Yami, Pim und Tinki sind erschrocken ein paar Schritte zurückgewichen und sehen mit Entsetzen in ihren Augen zu dem Vogel auf.

Für einen kurzen Moment bekomme ich es mit der Angst zu tun. Er sieht bedrohlich aus, wie er so über mir aufragt und seinen riesigen Schatten auf mein Gesicht wirft.

Doch dann breitet er seine Flügel aus, flattert ein paarmal, wirft mir einen letzten undefinierbaren Blick zu – und fliegt davon.

38

Ich kann immer noch nicht glauben, dass du es geschafft hast!«, jubelt Yami eine halbe Stunde später immer noch. »Und es sah so mühelos aus. Als hättest du dein Leben lang nichts anderes gemacht! Unglaublich!«

Ich lächle nur matt. Sie hat recht – und ich kann es selbst kaum glauben. Auf einmal war alles ganz klar. Es war wie damals mit fünf, als ich wochenlang versucht hatte, Radfahren zu lernen, und immer gescheitert bin. Bis ich es dann auf einmal eben doch konnte, von einer Sekunde auf die andere. Als wäre in meinem Hirn ein Hebel umgelegt worden, der mir diese neue Fähigkeit erst freischalten musste. Allerdings fühle ich mich nun wie ausgelaugt, als wäre ich einen Marathon gelaufen. Ich hoffe, es ist nicht jedes Mal so, wenn man von seinen Fähigkeiten Gebrauch macht, sonst sehe ich schwarz.

Ich nehme mir fest vor, es bei der nächstbesten Gelegenheit erneut zu versuchen, doch zunächst müssen wir uns auf unseren Einbruch konzentrieren.

»Also«, sagt Tinki, als wir den Fuß des Gefängnisbergs endlich erreicht haben und vor dem unteren Höhleneingang stehen. Um uns herum ist nichts als eine endlose Wiese, das Gras fast hüfthoch, was den Marsch in der letzten Stunde etwas anstrengend gemacht hat. Überall zwitschert und zirpt es.

Eine runde hölzerne Tür verschließt die Höhle vor uns, sie reicht mir etwa bis zur Brust und ist somit nur minimal höher als das Gras; hätten Yami und Tinki mich nicht darauf aufmerksam gemacht, ich hätte sie vermutlich nicht gesehen.

»Hier lebt das Volk der Ziri und es gilt ein paar Regeln zu beachten«, sagt Tinki.

»Regel Nummer eins: Trau ihnen keinen Meter weit«, mischt sich Yami ein.

»Regel Nummer eins«, sagt Tinki, ohne ihr Beachtung zu schenken. »Seid höflich und macht keine Bemerkungen über ihre Größe. Da sind sie empfindlich.«

»Sind es Zwerge?«, frage ich arglos mit einem Blick auf die winzige Tür.

Tinki verzieht das Gesicht. »Genau diesen Begriff solltest du nicht benutzen, der wird nicht besonders gut aufgefasst. Sie sind kleiner als andere Menschen, ja. Am besten, du erwähnst das gar nicht. Eigentlich solltest du körperliche Attribute von anderen niemals unaufgefordert zur Diskussion stellen, es ist nicht besonders höflich.«

»Verstanden«, sage ich und hoffe, dass die Wände in der Höhle höher sind, als die kleine Tür es vermuten lässt. Mein Erlebnis in den Katakomben habe ich immer noch nicht ganz verwunden, und ich bin nicht scharf drauf, noch mal so eingesperrt zu sein. »Regel Nummer zwei?«

»Macht immer, was sie sagen, und wenn sie euch etwas anbieten, zum Beispiel Essen oder eine Übernachtungsmöglichkeit, nehmt es an. Die Ziri legen, wie gesagt, großen Wert auf Höflichkeit und mögen es nicht besonders, wenn ihre Gastfreundschaft abgelehnt wird.«

»Übernachten? Ernsthaft? Ich hatte gehofft, wir können die Sache heute hinter uns bringen«, meckert Yami. »Ich fühle mich nicht wohl bei dem Gedanken daran, in einer Ziri-Höhle zu schlafen.«

Zumindest was Ersteres betrifft, muss ich ihr recht geben. Auch ich habe keinen längeren Aufenthalt geplant.

»Das war nur ein Beispiel«, erklärt Tinki. »Da sie selbst niemals schlafen, wird das wahrscheinlich ohnehin nicht vorkommen. »Regel Nummer drei: Yami hat leider recht, sie sind mit Vorsicht zu genießen. Seid höflich und freundlich, aber wachsam. Ich bin mir zwar relativ sicher, dass sie uns helfen werden, denn sie sind mir noch einen Gefallen schuldig. Trotzdem sollten wir zusehen, dass wir das Ganze schnellstmöglich hinter uns bringen. Bereit?«

Wir alle drei nicken brav, Herkules wedelt mit dem Schwanz.

Tinki nickt mir einmal zu und ich klopfe dreimal fest gegen das Holz, wie wir es vorab besprochen hatten. Es dauert nicht lange und die Tür fliegt auf.

Vor uns steht ein … ja, es ist ein Zwerg. Er ist etwa halb so groß wie ich, trägt einen monströsen weißen Vollbart im Gesicht und braune Leinenhosen mit Hosenträgern über einem weißen Hemd, so wie Ron sie getragen hat. Nur einen Zwergenhut, wie ich es aus den irdischen Märchenbüchern kenne, trägt er nicht, sondern eine modische braune Schiebermütze. Erstaunt sieht er zu uns auf, dann bleibt sein Blick an Tinki hängen.

»Tinki«, sagt er, und mit Erstaunen registriere ich den tiefen Basston seiner Stimme, die nicht so recht zu seiner Größe passen will. »Was verschafft mir die Ehre?«

»Hallo, Tartox«, sagt Tinki. Sie wirkt auf einmal sehr geschäftsmäßig. »Ich komme, weil ich deine Hilfe brauche.«

»Du weißt, ich halte mein Wort.«

»Sehr gut. Das hier sind Mina, Yami und Pim«, stellt sie uns vor. Tartox sieht zuerst mich an, dann Pim, dann bleibt sein Blick an Yami hängen. Seine Augen verengen sich zu Schlitzen.

»Du bringst eine Baobhan-Sith hierher?«, zischt er. »Du wagst es …?«

Yami verschränkt ihre Arme vor der Brust und starrt angriffslustig zurück. Sie sieht aus, als würde sie sich jeden Moment auf ihn stürzen und ihn fressen wollen. Unbehagen breitet sich in mir aus. Ich hoffe nur, Tinki hatte recht. Wenn uns die Ziri nicht helfen wollen, haben wir ein Problem. Unser kompletter Plan baut darauf auf, dass wir es durch ihre Höhle auf den Berg schaffen.

»Es geht nicht anders«, sagt Tinki. »Und sie wird euch nichts tun. Wir sind hier, weil wir etwas Wichtiges zu erledigen haben.«

»Du weißt genau, dass die Waldvampirinnen …«

»… ich weiß vor allem, dass du mir noch einen Gefallen schuldig bist«, entgegnet Tinki. »Und soviel ich weiß, war der nicht an Bedingungen geknüpft. Vertrau mir einfach, wenn ich dir sage, dass nichts passieren wird. Wir wollen uns auch nicht lange bei euch aufhalten. Ihr müsst euch nicht mit Yami anfreunden. Alles, was wir wollen, ist, eure Gänge zu nutzen, um zum Gefängnisberg zu gelangen.«

»Was wollt ihr denn dort oben?«

»Dort oben ist jemand, der etwas hat, was wir brauchen«, sage ich jetzt. »Bitte helft uns.«

»Und wer ist das?«, fragt Tartox an Tinki gewandt und nickt dabei in meine Richtung. »Ein Hexenmädchen?« Er beachtet mich überhaupt nicht, als würde er mich nicht als vollwertige Person wahrnehmen.

»Ich bin Mina«, sage ich an Tinkis Stelle und trete einen Schritt vor. Trotzig und mit erhobenem Kinn. »Ich bin die Prinzessin von Lumina.«

Es fühlt sich seltsam an, es auszusprechen, als wäre ich ein Kind, das Prinzessin spielt. Doch seine Überheblichkeit ärgert mich. Jetzt werden seine Augen groß.

»Die Prinzessin von Lumina? Die verschollene Prinzessin, Tochter von Lorena und Azak?«

»Genau die.«

Er mustert mich einen Augenblick. Sein Blick dabei ist unergründlich, unmöglich zu sagen, was er denkt und ob er mir glaubt. Schließlich tritt er einen Schritt zur Seite. Er deutet eine leichte Verbeugung an. »Wenn das so ist, tretet ein, Hoheit. Ich werde Euch nicht im Wege stehen.«

Ich werfe den anderen einen triumphierenden Blick zu und betrete als Erste die Höhle. Pim und Herkules folgen mir, Tinki schwebt über mich hinweg. Nur Yami zögert einen kurzen Moment. Als sie uns schließlich folgt und die schwere Tür sich mit einem dumpfen Schlag hinter ihr verschließt und uns in Dämmerlicht hüllt, erkenne ich die Sorge in ihrem Gesicht.

Das Höhlensystem der Ziri ist der reinste Irrgarten und tausendmal verwirrender, als es die Katakomben waren. Ein breiter Tunnel führt tief in den Bauch des Berges hinein, doch alle paar Meter gehen weitere Wege ab, entweder offen oder durch Türen verschlossen, die Tartox mit den Schlüsseln aus seinem riesigen Schlüsselbund öffnet. Das Ganze erinnert an einen riesigen Kaninchenbau. Bereits nach wenigen Minuten sind wir schon Dutzende Male abgebogen. Links, rechts, geradeaus. Rechts, links. In meinem Hirn rattert es, während wir Tartox hinterherlaufen. Angestrengt versuche ich mir jeden Weg, jede Abzweigung zu merken, doch bereits nach kurzer Zeit muss ich es aufgeben. Schweigend gehen wir hinter Tartox her, und die Stille und das Halbdunkel rauben mir jedes Zeitgefühl. Obwohl die Tunnel zum Glück größer sind als die in den Katakomben, ich aufrecht gehen kann und die Luft klar und frisch ist, macht sich Unruhe in mir breit und mein Puls geht schneller. Der Gedanke daran, dass wir diesen Wesen und ihren Launen vollständig ausgeliefert sind – und das, wo Yami so starke Bedenken hatte, die mit Sicherheit nicht vollkommen unbegründet waren –, macht mich nervös.

Was, wenn sie uns in die Irre führen? Was, wenn sie uns nicht zum Gefängnisberg bringen, sondern in ein unterirdisches Versteck, aus dem wir nie wieder herausfinden? Die Hälfte der passierten Wege waren durch Türen verschlossen, ohne Tartox und seinen Schlüsselbund hätten wir keine Chance, nicht einmal, wenn ich mir den Weg noch so gut merken würde.

Schweißperlen sammeln sich in meinem Nacken, und ich versuche die Gedanken zu vertreiben. Nach einer Weile – vielleicht zwei Stunden, vielleicht auch drei – räuspere ich mich.

»Wie lange ... ähm, wie lange brauchen wir denn ungefähr bis zum Gefängnis?«

»Nicht mehr lange«, sagt Tartox. »Wir werden gleich am Ziel sein.« Bilde ich es mir ein oder hat sein Gesicht einen verschlagenen Ausdruck angenommen?

Ich warte auf weitere Ausführungen, doch sie kommen nicht, und auch die anderen drei sind still. Yami sieht angestrengt aus, vermutlich versucht auch sie sich den Weg zu merken, was ich bereits aufgegeben habe. Tinki flattert aufgeregt vorneweg, Pim hat Herkules hochgenommen und presst ihn fest an sich. Die Anspannung in unserer Truppe ist fast greifbar. Und von der hochgelobten Gastfreundschaft der Ziri ist nichts zu spüren; bisher wurde uns nichts angeboten, und Tartox scheint es auch tunlichst zu vermeiden, uns in einen der bewohnten Räume zu führen. Tinki hatte erwähnt, dass die Wohnungen hinter den Verbindungstunneln warm und gemütlich sind, doch anscheinend will er uns so schnell wie möglich loswerden.

Nach einiger Zeit merke ich, dass unser Weg bergauf geht, was mich erleichtert aufatmen lässt. Kurz darauf wird es immer steiler, was ich für ein gutes Zeichen halte, und irgendwann wird das Laufen ziemlich anstrengend. Nach einer Weile geht der grobe Tunnelboden in sauber in den Fels geschlagene Treppenstufen über, die wir hinaufsteigen.

»Wie lange werdet ihr brauchen?«, fragt Tartox. Seine Stimme ist tonlos, er sieht uns dabei nicht an.

»Ich hoffe, dass wir am Abend zurück sind«, sagt Tinki. »Ich möchte ungern im Gefängnis übernachten.«

Tartox nickt.

»Klopft einfach dreimal kurz, dreimal lang, dreimal kurz«, sagt er. »Dann werde ich euch erkennen und euch die Tür öffnen.«

Im nächsten Moment stehen wir bereits vor einer massiven runden Tür aus dunklem Holz, mit Beschlägen aus Eisen. Sie sieht aus wie der Boden eines Weinfasses.

»Viel Glück, ihr werdet es brauchen«, sagt Tartox und die Tür schwingt auf.

39

Ich hatte erwartet, dass mich nach Stunden in der Dunkelheit gleißendes Sonnenlicht blenden würde. Stattdessen finden wir uns in einer Art Kerker wieder. Muffige Luft und Eiseskälte empfangen uns. Vorsichtig treten wir aus der Höhle, und sobald wir alle in dem Keller stehen, ertönt ein lauter Knall hinter uns.

Erschrocken fahre ich herum, nur um festzustellen, dass der Höhleneingang wieder verschlossen ist. Tartox ist verschwunden, die Tür hinter ihm ins Schloss gefallen.

»Der hatte es ja echt eilig, uns loszuwerden«, bemerkt Pim. »Immerhin, er hat sein Wort gehalten: Wir sind oben. Und wie es aussieht, sind wir sogar bereits mittendrin, das heißt, wir können uns den Einbruch sparen. Das ist was Gutes, oder?« Hoffnungsvoll sieht er von einer zur anderen.

Ich lasse einmal den Blick schweifen und stelle fest, dass er recht hat. Wir befinden uns in einem kreisrunden Raum mit Wänden aus grobem Stein. An einer Seite steht eine Art Pritsche aus Holz, daneben ein leerer Eimer aus Zinn. Alles ist von Spinnweben bedeckt. Wir sind in einer Gefängniszelle gelandet! Und als mir das klar wird, wird mir auch etwas anderes klar.

»Es gibt hier keine Tür!«, stoße ich hervor. »Ich meine … keine zweite!«

»Ich wusste, dass dieser Dreckskerl uns reinlegt!«, knurrt Yami, stürzt zur Tür, durch die wir gekommen sind, und rüttelt daran. Natürlich ist sie fest verschlossen.

Ich beginne unwillkürlich zu zittern. Mein Herz hämmert und mein Blutdruck sackt ab. Ich torkle zur Wand und muss mich mit einer Hand abstützen.

»Was … wo sind wir hier?«, keuche ich. »Unterirdisch? Das ist doch ein Keller, oder? Es gibt nicht mal ein Fenster … Scheiße, was machen wir denn jetzt?«

Das Dröhnen in meinem Kopf wird immer lauter und mir wird schwindelig.

Yami hämmert gegen die Tür und brüllt wüste Beschimpfungen. Ich lasse mich mit dem Rücken an der Wand hinabsinken, winkle die Knie an und vergrabe mein Gesicht in den Händen.

Eine Diashow voller ungebetener Bilder läuft vor meinem inneren Auge ab. Wir werden hier unten verhungern. Verdursten. Vielleicht auch erfrieren, so kalt, wie es hier ist. Außer es kommt jemand und findet uns, dann werden wir möglicherweise … ja, was dann? Was passiert hier in Eden mit Leuten, die in ein Gefängnis einbrechen? Will ich das wirklich wissen?

Meine Brust wird immer enger, bis ich das Gefühl habe, keine Luft mehr zu bekommen. In meinen Ohren beginnt es zu sirren. Ich nehme die Hände von den Augen und fange verzweifelt an, mir Luft zuzufächeln, bis mir plötzlich klar wird, dass es Tinki ist, die da neben mir sirrt.

»Was ist los mit dir?«, fragt sie an meinem Ohr. Ich sehe sie an. Sie runzelt die Stirn. »Ist alles in Ordnung mit dir? Du bist blass.«

»Panikattacke«, presse ich hervor, wohl wissend, dass uns das auch nicht weiterbringt. Doch ich kann nichts dagegen tun, die Angst hat völlig von mir Besitz ergriffen, lähmt meinen Körper und meinen Verstand. Übelkeit steigt in mir hoch, und ich fürchte, mich jeden Moment übergeben zu müssen.

»Du musst keine Angst haben«, sagt Tinki. »Wir sind nicht eingesperrt. Sieh mal nach oben.«

Ich folge ihrem Blick, und einen Augenblick später stoße ich erleichtert die Luft aus. Etwa drei Meter über uns ist unsere Rettung: Eine Falltür. Die Panik fällt von mir ab und lässt nur noch ein leichtes Gefühl der Anspannung zurück. Mit dem Arm wische ich mir über die schweißfeuchte Stirn.

»Kommen wir da hoch?«, frage ich.

Ich zittere noch immer, als ich mich langsam erhebe, doch mein Puls beruhigt sich wieder. Yami hat inzwischen von der Tür zu den

Ziri-Höhlen abgelassen. Pim hat Herkules wieder auf den Arm genommen und sieht uns stumm und mit großen Augen zu. Eine Welle des Mitgefühls überkommt mich und fährt wie ein schmerzhafter Stich durch meine Brust. Wie er da so steht, den kleinen Hund fest an sich gedrückt, sieht er unglaublich jung und verloren aus.

»Tartox hat uns nicht reingelegt«, sagt Tinki jetzt. »Ganz im Gegenteil. Er hat uns direkt in die Burg gebracht und uns damit eine Menge Arbeit und Unannehmlichkeiten erspart. Es wäre sehr viel schwieriger, wenn wir draußen wären. So müssen wir nur die richtige Zelle finden.«

»Er hätte uns ja trotzdem mal von der Falltür erzählen können«, sagt Yami. »Außerdem müssen wir erst mal hier raufkommen. Und ich würde mich nicht zu früh freuen, wer weiß, was sich oberhalb der Tür verbirgt.«

»Das Raufkommen sollte für dich doch kein Problem sein, oder?«, sage ich voller Hoffnung. Immerhin habe ich in den letzten Wochen regelmäßig dabei zusehen können, wie sie in Windeseile meterhohe Bäume hinaufklettert – ich weiß, dass sie unmenschliche Kräfte hat und hochspringen kann.

Sie seufzt. »Nein, ist es nicht. Trotzdem war es nicht nett.«

Im nächsten Moment hat sie auch bereits zum Sprung angesetzt und die Falltür nach oben umgeklappt. Mit einem ohrenbetäubenden Krachen schlägt sie im Stockwerk über uns auf dem Boden auf.

»Dann hoffen wir mal, dass das jetzt keiner gehört hat«, sagt Tinki augenverdrehend und fliegt nach oben durch die Tür. Yami folgt ihr mit einem weiteren Satz durch das Loch in der Decke und ich bleibe mit Pim und Herkules allein im Verlies zurück.

»Hey«, rufe ich flüsternd nach oben. »Was soll das? Lasst uns hier nicht allein!«

Einen Augenblick später streckt Yami ihren Kopf durch das Loch. »Wollte nur eben nachsehen, ob die Luft rein ist. Wartet, ich hole euch.«

In der nächsten Sekunde befinde ich mich bereits ein Stockwerk höher und mir ist leicht schwindelig, so wie immer, wenn Yami mich mit ihrer Vampirgeschwindigkeit innerhalb von Sekundenbruchteilen von A nach B befördert. Es dauert nur einen weiteren Wimpernschlag und Pim steht mit Herkules neben mir. Er schwankt leicht, ihm scheint es ähnlich zu gehen. Herkules hingegen lässt fröhlich die Zunge aus dem Maul hängen und sieht sich neugierig um. Fast beneide ich ihn ein wenig um seine Arglosigkeit. Tinki fliegt vor mein Gesicht und legt sich ihren Finger an die Lippen, doch mir ist auch so klar, dass wir ab jetzt möglichst leise sein sollten.

Vor uns erstreckt sich ein verlassener, dunkler Gang. Die Wände werden mit Fackeln spärlich beleuchtet, und alle paar Meter sind Türen eingelassen, die jedoch verschlossen sind.

»Hat irgendjemand von euch eine Ahnung, wie es in dieser Festung aussieht?«, flüstere ich. »Ich meine … gibt es einen Lageplan oder so was? Und hier sind doch bestimmt Massen an Gefängniswärtern oder andere gefährliche Kreaturen unterwegs, oder? Wisst ihr, wo wir langmüssen?«

»Guter Witz«, flüstert Yami zurück. »Nein. Niemand, der diese Festung zu Gesicht bekommt, kehrt normalerweise je zurück, also … Wir haben keine Ahnung, was uns hier erwartet. Wir müssen auf unser Glück vertrauen. Und natürlich auf unser Können.«

»Na super.« Das klingt ja nicht sehr vielversprechend. Mit meinem Können ist es nicht besonders weit her, Glück hatte ich in letzter Zeit allerdings mehr als genug. Das muss wohl ausreichen.

»Macht euch keine Sorgen«, flüstert Tinki. »Ich habe mir natürlich Gedanken gemacht.«

»Natürlich«, entgegnet Yami.

Tinki wirft ihr einen scharfen Blick zu, sagt jedoch nichts dazu.

»Ich schlage vor, ihr versteckt euch erst mal wieder und ich mache mich auf die Suche nach diesem Loth«, sagt sie schließlich.

»Wie? Wir sollen uns verstecken, während du die Arbeit allein machst? Wieso das denn?«, frage ich. Mir gefällt der Gedanke nicht, die Verantwortung der ganzen Mission abzugeben. Nicht dass ich Tinki nicht trauen würde, aber ich würde sehr gern selbst die Kontrolle über das Gelingen unseres Einbruchs behalten.

»Weil ich sehr klein und schnell bin«, sagt sie. »Mich sehen sie nicht sofort. Ihr hingegen«, sie mustert uns abschätzig, »seid ziemliche Trampel. Nichts für ungut.«

Yami stößt ein Schnauben aus. »Alles klar. Und was bitte willst du tun, wenn du Loth gefunden hast? Du bist ja nicht einmal in der Lage, einen Schlüssel zu halten, um seine Zelle aufzuschließen. Und wir haben keine Ahnung, mit was für einer Art Mensch wir es hier zu tun haben. Der Kerl ist ein Verbrecher. Wenn er Lust hat, zerdrückt er einen Winzling wie dich vielleicht mit einer Hand und quetscht dich aus wie … äh, wie ich den jungen Soldaten letzten Monat.«

»Das ist wahr, deswegen brauche ich euch ja auch«, sagt Tinki. »Ich kundschafte die Festung aus, ihr wartet hier. Sobald ich den Dieb gefunden habe, werde ich dafür sorgen, dass der Weg frei ist, und dann komme ich zurück und wir besprechen, wie wir an ihn rankommen.«

»Und dann? Wie könnt ihr sicher sein, dass er uns freiwillig verrät, wo er den Ring versteckt hat?«, spreche ich meine größte Befürchtung aus. Bis zu diesem Augenblick habe ich mir nicht erlaubt, darüber nachzudenken, weil Loth unsere einzige Chance ist, doch nun sollten wir auf alles vorbereitet sein. Es ist durchaus möglich, dass er sich weigert, mit uns zusammenzuarbeiten. Es stimmt, was Yami sagt – wir haben keine Ahnung, was für ein Mensch er ist. Unwillkürlich denke ich an die Gestalten zurück, die ich in der Taverne im Wintersumpf zu Gesicht bekommen habe, und muss mich schütteln. Vielleicht wartet hier in der Zelle auch so ein ungemütlicher Riese mit Hörnern auf uns.

»Wenn wir ihm die Sachlage erklären, wird er es uns bestimmt verraten. Außerdem kennst du mich doch«, sagt sie und grinst. »Ich habe meine Mittel und Wege, einen Mann zum Sprechen zu bringen.«

»Wie sollen wir nun ein sicheres Versteck finden?«, fragt Pim. Seine Augen sind noch immer kugelrund. Vor einigen Tagen in seiner verlassenen Siedlung hatte er so mutig und selbstsicher gewirkt, nun ist er ein ängstliches Kind, und mir wird klar, dass er eine Rolle gespielt hat, um nicht den Verstand zu verlieren. Ich lege einen Arm um seine Schultern. »Keine Sorge, Pim«, sage ich und gebe mir große Mühe, optimistischer zu klingen, als ich mich fühle. »Wir kriegen das hin.«

»Auf jeden Fall«, sagt Tinki. »Ich schlage vor, ihr wartet unten in dem Verlies und schließt die Tür wieder. Dort scheint schon seit Ewigkeiten niemand mehr gewesen zu sein, wenn man den Spinnweben an der Pritsche Glauben schenken darf. Schließt die Falltür wieder und ich mache mich auf die Suche. Ihr müsst mich nur reinlassen, wenn ich zurückkomme. Am besten, wir vereinbaren ein Klopfzeichen, wie mit Tartox, damit ihr sicher sein könnt, dass ich es bin.«

Wir stimmen zu, Yami widerstrebend, und begeben uns zurück in die Zelle. Yami schließt die Falltür und Pim und ich lassen uns erschöpft auf die Pritsche sinken.

Die Wartezeit erscheint mir wie eine halbe Ewigkeit. Inzwischen weiß ich, dass die Tage in Eden anders vergehen als auf der Erde, sie sind länger, haben mehr Stunden. Obwohl ich nun schon so lange hier lebe, habe ich noch immer kein zuverlässiges Zeitgefühl entwickelt; nach irdischen Maßstäben müsste es längst Abend sein. Hier ist es wahrscheinlich früher Nachmittag.

Yami wandert unruhig im Raum umher, scheint aber in Gedanken versunken. Ich wünschte, sie würde sich setzen. Ihre Unruhe ist ansteckend. Auch in meinem Kopf fahren die Gedanken Karussell. Ich versuche sämtliche Zweifel beiseitezuschieben, doch sie sind nicht totzukriegen.

Was, wenn das alles, diese ganze Geschichte mit der Prophezeiung, nur ein riesiges Missverständnis ist?

Was, wenn ich gar nicht in der Lage bin, irgendwas auszurichten? Alle scheinen so große Hoffnungen in mich zu setzen, doch ich fühle mich … völlig normal. Unbedeutend.

Was, wenn Siath mich erwischt?

Sucht er mich überhaupt noch?

Siath. Mein Herz schmerzt noch immer beim Gedanken an ihn.

Und wie wird es weitergehen? Wie soll ich in dieser riesigen fremden Welt nur jemals Conny finden? Ganz davon abgesehen, dass ich bisher keinen Beweis dafür habe, dass sie überhaupt hier gelandet ist. Ich bin einfach davon ausgegangen, weil sie das Medaillon hatte, sich nach meiner Erinnerung in einem gleißenden Blitz aufgelöst und sich nicht mehr bei mir gemeldet hat. Aber was, wenn es einen anderen Grund hat, dass sie sich nicht gemeldet hat? Was, wenn ich mir die ganze Zeit über etwas eingeredet habe und sie an jenem Abend tatsächlich … Gänsehaut kriecht mir über die Arme. Nein, *diesen* Gedanken werde ich nicht zulassen!

Energisch schüttle ich die ganzen Was-wäre-Wenns ab. Es bringt nichts, nun in Panik zu verfallen. Ich zwinge mich, nur an die nächsten Schritte zu denken. An Loth und den Ring. Eins nach dem anderen. Sonst werde ich verrückt.

Eine Sache muss ich trotzdem klären, hätte ich schon vor Ewigkeiten tun sollen.

»Pim?«, frage ich. Er zuckt zusammen, als hätte er nicht damit gerechnet, angesprochen zu werden. »Ja?«

»Ich muss dich etwas fragen«, sage ich zögerlich. »Ich meine, falls du dich damit auskennst. Das Onyxmedaillon und seine Zauber …«

»Ja?«

»Es sollte mich an meinem achtzehnten Geburtstag nach Eden bringen. Aber an diesem Tag hat jemand anderes den Anhänger getragen. Was ist mit ihr geschehen? Ist sie in Eden gelandet, auch wenn sie die Falsche war? Oder ist sie …?« Noch immer schaffe ich es nicht, es auszusprechen.

»Ich glaube nicht, dass es eine Rolle spielt, wer das Medaillon getragen hat. Auch wenn es natürlich geplant war, dass du diejenige bist.«

»Also ist meine Freundin nicht gestorben?«

»Das glaube ich nicht.« Er sieht ein wenig unsicher aus. »Ich weiß es nicht genau, ehrlich gesagt. Mit mir hat nie jemand darüber geredet, aber ich wüsste nicht, warum sie dabei hätte sterben sollen. Ich denke, mit ihr ist genau das passiert, was mit dir hätte passieren sollen, und sie ist direkt am lumischen Königshof rausgekommen.«

»Du meinst, direkt bei Raskor?« Mir wird ein wenig schwindelig, doch Pim zuckt nur hilflos die Schultern.

»Ich weiß es nicht genau, aber so war es geplant. Also dass du dort ankommen solltest. Die Karte zum Portal war nur für den Notfall gedacht, falls etwas schiefgehen würde. Es gibt Portalzauber, die an bestimmte Personen gebunden sind. Wahrscheinlich hat das Medaillon irgendwie gemerkt, dass deine Freundin die Falsche war, und ist deshalb zu dir zurückgekehrt.«

Ich kann gar nicht mehr richtig zuhören. Conny hat die Reise durch das Portal wahrscheinlich überlebt, ist dann aber direkt bei Raskor gelandet. Weil meine Eltern nicht mehr leben und er nun ihren Thron besetzt.

Hat er sie erwischt? Hat er sie für mich gehalten? Oder konnte sie fliehen?

Wenn ich mein Medaillon an diesem Abend selbst getragen hätte, wäre ich dann geradewegs in meine Hinrichtung geschleudert worden?

Mit einem Mal ist mir so schlecht, dass ich mich an der Wand abstützen muss.

In diesem Moment ertönt ein zaghaftes Klopfen an der Falltür. Dreimal kurz, dreimal lang, dreimal kurz. Wie wir es besprochen hatten. Yami macht einen Satz nach oben und öffnet die Tür.

Tinki kommt hereingeflattert. Sie wirkt aufgeregt.

»Ich habe ihn gefunden«, sagt sie. »Aber es gibt ein Problem.«

40

Das »Problem«, wie wir kurze Zeit später feststellen, besteht aus Arroganz und Sturheit.

Tinki konnte einen sicheren Gang zu Loths Verlies finden. Ich weiß nicht, woran es liegt, aber das Gefängnis scheint ziemlich menschenleer zu sein; natürlich nicht ganz, denn es gibt massig Gefangene in diesem Gebäude, doch sie sind versteckt hinter dicken Steinwänden. Der Korridor, durch den Tinki uns führt, ist gesäumt von stählernen Zellentüren, aus denen die unterschiedlichsten Geräusche dringen: Brüllen, Weinen, Schaben, Kratzen, irres Gelächter. Ich schlucke schwer.

Als wir an der richtigen Tür stehen bleiben, klopfen wir, und kurz darauf schiebt sich von innen ein kleines Fenster auf und das Gesicht eines Mannes erscheint in dem kleinen Rechteck. Kurz erschrecke ich und taumle einen Schritt zurück.

Loth sieht so vollkommen anders aus, als ich erwartet hatte.

Er ist dünn, zumindest sein Gesicht ist es. Oder wirkt es nur so dünn, weil er so ausgeprägte Wangenknochen hat, das strohblonde Haar ringsherum so wild in sämtliche Richtungen absteht und sein Gesicht so verloren aussieht? In der Mitte thront eine winzige Stupsnase über vollen Lippen, aufgeweckte hellgrüne Augen blicken uns entgegen. Zwischen den Augenbrauen hat sich eine steile Falte gebildet. Er ist hübsch, auf eine leicht androgyne Art. Daran ändert auch die riesige Narbe nichts, die sich von seinem rechten Auge bis zum Mundwinkel zieht und die mich im ersten Moment zusammenzucken ließ. Ich widerstehe dem Drang, die Hand nach ihm auszustrecken und mit den Fingern über den dicken Wulst zu fahren.

Dennoch frage ich mich unwillkürlich, wer ihm diese Verletzung zugefügt hat – hat er die Narbe schon länger? Oder ist ihm das im Gefängnis widerfahren?

Loth mustert uns einen kurzen Moment; sein Blick ist unergründlich. Dann jedoch tritt ein Ausdruck in seine Augen, mit dem ich nicht gerechnet habe: Desinteresse.

»Ich hab dir doch schon gesagt, dass ich dir nicht helfen kann«, sagt er, und sein gelangweilter Tonfall bestätigt meinen Eindruck. »Es war dumm, hierherzukommen.«

Ich beschließe, es zunächst mit Freundlichkeit zu versuchen, und trete einen Schritt näher an das Fenster. Nicht zu nah allerdings; noch immer weiß ich nicht, ob er gefährlich ist oder nicht.

»Bitte«, sage ich und zwinge meine Stimme dazu, ruhig und freundlich zu klingen. »Es hängt so vieles davon ab. Du weißt, die Prophezeiung …«

»Prophezeiung, Schmophezeiung«, sagt er, und für einen kurzen Augenblick frage ich mich, ob ihn die Gefangenschaft seinen Verstand gekostet hat. Dann grinst er. »Du glaubst doch diesen Mist nicht etwa, oder? Dann bist du noch dümmer, als du aussiehst.« Er wendet sich vom Fenster ab, geht in den Raum zurück und lässt sich dort auf die Pritsche fallen. Dann schließt er die Augen, als wäre die Unterhaltung damit für ihn beendet.

Ich zwinge mich dazu, ruhig zu bleiben, doch meine Hände balle ich unwillkürlich zu Fäusten. Ich trete noch einen Schritt näher an das Fenster.

»Die Prophezeiung sagt, dass man den Krieg mit den drei Schätzen beenden kann. Dass *ich* den Krieg beenden kann«, sage ich mit fester Stimme. »Und du weißt, wo der Ring ist. Wenn du nicht kooperierst, klebt das Blut der Opfer auch an deinen Händen.«

»An meinen Händen? Bei allen Zirkeln, bist du theatralisch«, feixt er. »Und habe ich das richtig verstanden, du hältst dich für die Person, die Lumina zurückerobern kann? Du glaubst, du bist die verschollene Prinzessin? Jetzt weiß ich gar nicht, ob ich dich auslachen oder bemitleiden soll.« Er streckt die Beine auf der Pritsche aus und verschränkt die Hände hinter dem Kopf. Dabei mustert er mich mit mildem Interesse, als wäre ich eine Art Forschungsobjekt.

Schaut her, so sieht eine echte Irre aus!

Hitze schießt mir in die Wangen. Er hat genau das ausgesprochen, was mir bereits die ganze Zeit auf der Seele brennt: Was, wenn ich es gar nicht bin? Wenn das alles nur ein dummes Missverständnis ist und ich so einsam und verzweifelt auf der Suche nach Antworten bin, dass ich nur zu gern bereit war, diese abenteuerliche Geschichte zu glauben, nur um nicht mehr das arme Waisenmädchen aus einer bedeutungslosen Kleinstadt zu sein – sondern etwas *Besonderes?*

Tinki flattert an mein Ohr und redet auf mich ein. »Lass dich nicht verunsichern, ich glaube an dich! *Wir* glauben an dich! Du hast das Medaillon, vergiss das nicht. Eine Verwechslung ist ausgeschlossen. Außerdem hast du vorhin gezaubert, erinnerst du dich? Wärst du ein gewöhnlicher Mensch, hättest du die Harpyie nicht heilen können, schon vergessen?«

Gerade als ich etwas antworten will, stürmt ein roter Blitz neben mich und schlägt mit Wucht gegen die Tür. Yamis Geduld ist offenbar am Ende. Sie umklammert die Eisenstäbe und funkelt bitterböse in Loths Zelle hinein.

»Du kleines Arschloch sagst uns jetzt sofort, wo du den verdammten Ring versteckt hast!«, faucht sie. Das rote Haar steht ihr wie elektrisiert in alle Richtungen. Ihre Augen haben eine beängstigende blutrote Färbung angenommen, die braune Haut in ihrem Gesicht ist überzogen von schwarzen Adern und ihre Fangzähne wirken rasiermesserscharf. Loth allerdings scheint von ihrem Auftritt wenig beeindruckt. Träge blinzelt er unter halb geschlossenen Lidern in unsere Richtung.

»Sonst was?«

»Sonst töte ich dich vielleicht«, zischt sie. Unwillkürlich weiche ich einen Schritt vor ihr zurück. Ich weiß zwar, dass sie mir nichts tun wird, aber in diesem Modus ist sie mir trotzdem nicht ganz geheuer.

»Bezweifle ich«, sagt Loth völlig unbeeindruckt. »Und falls doch, wäre das ziemlich dumm von dir. Wenn du mich tötest, wirst du das Versteck niemals finden. Es ist nämlich wirklich gut. Andererseits …« Jetzt öffnet er die Augen richtig und mustert uns. »Andererseits wart ihr Idioten auch dumm genug, freiwillig ins Gefängnis zu gehen, obwohl doch jeder weiß, dass es von hier keinen Ausweg mehr gibt.

Also sollte ich vielleicht besser nicht auf euren Verstand bauen.« Er grinst erneut, und langsam reißt auch mir der Geduldsfaden.

»Was stimmt eigentlich nicht mit dir?«, fahre ich ihn an. »Da draußen werden massenhaft Leute umgebracht, und dir ist es egal?«

»Ich verrotte hier eh, egal ob Lumina existiert oder nicht«, sagt er nur. »Und nein, es ist mir nicht egal. Ich freu mich darauf, sie alle verrecken zu sehen.«

»Du willst sie alle verrecken sehen? Du weißt schon, dass wir hier nicht nur von umbrischen Soldaten sprechen, sondern vor allem von Zivilisten. Von Hexen. Von Menschen wie dir, die sich gegen Raskor gestellt haben. Von *Kindern!«* Ich zeige auf Pim, der sich noch immer gegen mich drängt, doch ich bin mir nicht sicher, ob Loth ihn durch das kleine Fenster von seinem Platz aus überhaupt sehen kann. Falls ja, lässt er es sich nicht anmerken. Kurz zuckt ein Muskel in seinem Gesicht. Vielleicht war es ein kurzer Augenblick des Mitgefühls, vielleicht ein kurzes Wanken in seinem Entschluss – vielleicht aber auch nicht. Was auch immer es war, es dauerte nur den Bruchteil einer Sekunde an, dann ist es wieder verschwunden und er zuckt gleichmütig mit den Achseln.

Damit habe ich nicht gerechnet, und für einen kurzen Moment verschlägt es mir die Sprache. Pim war mein letzter Trumpf. Mein Hirn arbeitet fieberhaft. Tinki neben mir flattert aufgeregt auf und ab. Ich kann spüren, dass sie langsam nervös wird – oder ist es meine eigene Nervosität, die ich fühle? Das Ganze hier dauert inzwischen eindeutig zu lang dafür, dass wir nicht wissen, was für Wesen in diesen Gemäuern unterwegs sind. Vielleicht sind wir längst bemerkt worden, und wenn nicht, könnte es jeden Augenblick so weit sein. Das Ganze war wirklich schlecht durchdacht, das wird mir jetzt klar. In meiner Vorstellung hat er sich nicht so angestellt. In meiner Vorstellung hat er uns bereitwillig geholfen, schließlich ist das doch vollkommen logisch – wer würde denn nicht helfen wollen, einen bösartigen Diktator zu stürzen? Wer würde nicht alles dafür tun, um am Leben zu bleiben?

Vielleicht jemand, der nichts mehr hat, für das es sich zu leben lohnt?

»Was willst du?«, frage ich aus einem plötzlichen Impuls heraus.

»Hä?«

»Was willst du dafür, dass du uns das Versteck verrätst? Du bekommst es.«

Er mustert mich einen kurzen Augenblick, dann lacht er. »Nichts, was du mir geben könntest. Nichts für ungut, aber ich glaube nicht, dass ihr drei Vollidioten die Macht habt, mir zu helfen. Ein Winzling, eine Vampirin und eine offensichtlich Geistesgestörte, nehmt es mir nicht übel.«

Ich ignoriere seine Beleidigungen und rede einfach weiter. »Wir holen dich hier raus. Verrätst du uns dann, wo der Ring ist?«

»Was?«, sagen Yami und Tinki wie aus einem Mund.

»Mina, bist du übergeschnappt?«, faucht Yami. »Wir können ihn nicht hier rausholen! Erstens wissen wir nicht wie, und zweitens wissen wir nicht einmal genau, warum er hier eingesperrt ist. Vielleicht war die Sache mit dem Ring nicht alles. Er könnte ein Mörder sein! Oder Schlimmeres!«

Tinki sagt nichts, ihr Flügelschlag jedoch ist inzwischen so schnell, dass es mir so vorkommt, als könnte sie jeden Moment einen Herzinfarkt bekommen. Falls Feen so etwas kriegen können. Pim ist bei dem Wort »Mörder« kurz zusammengezuckt.

Loth steht von seiner Pritsche auf, ohne mich aus dem Blick zu lassen. Langsam kommt er zum Fenster zurück, seine Augen funkeln verschlagen, und fast bereue ich mein Angebot – aber nur fast. Mir ist klar, dass ich keine Wahl habe.

»Meinst du das ernst?«, flüstert er, als er vor dem Fenster angekommen ist. »Du holst mich hier raus?«

Ich schlucke schwer. »Wenn du mir dein Wort gibst, dass du uns hilfst. Ja.«

»Und wie willst du das schaffen, hm?«

Ich widerstehe dem Drang, seinem stechenden Blick auszuweichen. »Wir werden uns was überlegen. Hier und jetzt und so schnell wie möglich. Du kannst uns sicher dabei helfen, du bist doch schon ewig hier. Wir helfen dir rauszukommen, du hilfst uns im Gegenzug dazu, den Ring zu finden.«

Einen kurzen Moment zögert er.

»In Ordnung!«, sagt er schließlich.

Yami neben mir stöhnt auf. »O Mina. Ich hoffe nur, das ist kein Fehler.« Allerdings widerspricht sie nicht. Ihr muss auch klar sein, dass uns nichts anderes übrig bleibt. Ein mögliches Ende der Aufstände und die Rettung der Magischen ist für ihn anscheinend nicht Grund genug, uns zu helfen, also muss ein besserer Anreiz her. Und ich verstehe es ja auch; was hätte er schon von einem friedlichen Eden, wenn er danach immer noch hier oben festsitzt?

»Das hoffe ich auch«, murmle ich.

Loth grinst. »Nur damit euch das klar ist – ich glaube nicht wirklich daran, dass wir gemeinsam hier rauskommen. Eigentlich bin ich mir ziemlich sicher, dass wir demnächst Zellennachbarn sein werden, aber der Versuch könnte amüsant werden.«

»Halt die Klappe«, schnappt Yami. »Erzähl uns lieber, wie man dich hier rausholen kann.«

41

Immerhin das kann er. Obwohl er seine Zelle in den vergangenen Jahren angeblich nur selten verlassen durfte – wir hakten nicht nach, was »selten« konkret bedeutet –, konnte er uns im Schnelldurchgang einen ziemlich umfassenden Überblick über den Aufbau des Gefängnisses sowie seine Sicherheitsmaßnahmen geben. Eigentlich sollte alles ganz einfach sein. Fast schon ein bisschen zu einfach, wie Yami auf unserem Weg durch die einsamen Gänge grimmig bemerkt.

»Ich traue ihm nicht!«, wiederholt sie immer und immer wieder, und obwohl ich ihr Misstrauen anstrengend finde, muss ich ihr recht geben. Wir wissen nicht, mit wem wir es bei Loth zu tun haben. Er könnte uns auch angelogen haben und uns geradewegs in die Arme des nächsten Wächters treiben, doch erstaunlicherweise begegnet uns auch jetzt niemand.

»Er wäre dumm, wenn er uns belogen hätte«, sagt Tinki nur. »Wir sind vielleicht seine einzige Chance auf Freiheit, ich glaube nicht, dass er die leichtfertig verspielt.«

»Du hast leicht reden«, grummelt Yami. »Wenn wir erwischt werden, flatterst du einfach durch die nächste Mauerritze davon.«

»Ja, ich hab es verstanden, ich bin winzig.«

»Ruhe!«, flüstere ich und bleibe abrupt stehen. Herkules hat sich ganz steif gemacht, die Ohren gespitzt und drückt sich gegen meine Beine – ein untrügliches Zeichen dafür, dass er etwas gehört hat. Die anderen drei verstummen und wir drücken uns in die nächste Mauernische. Noch befinden wir uns im Erdgeschoss, und laut Loth müssen wir diese Ebene auch nicht verlassen, worüber ich froh bin; die Festung hat mehr als zehn Stockwerke. Loth konnte uns den genauen Weg zum großen Vernehmungsraum beschreiben, und davor gibt es eine Art Büro, in dem sämtliche Zellenschlüssel aufbewahrt werden. Wir müssen lediglich in diesen Raum gelangen und den richtigen Schlüssel finden. Dann holen wir Loth aus seiner Zelle, verschwinden mit ihm zurück in das unterirdische Verlies und klopfen für die Ziri unser Zeichen an die Tür, damit sie uns wieder in den Berg lassen. Ganz einfach. Laut Loth sind auch nie besonders viele Wächter unterwegs, weil es schlicht nicht nötig ist. Der Gefängnisberg ist von außen so gut gesichert, dass hier ohnehin niemand herein- oder herauskommt.

Jetzt allerdings höre ich auch etwas: ein leises Summen. Ich dränge mich mit den anderen noch weiter in die Ecke, doch hier ist nichts, was uns Schutz bieten könnte. Sollte jemand diesen Gang entlanglaufen, sind wir geliefert. Pim hat zwar versucht, einen Verschleierungszauber über uns zu legen, aber es hat nicht geklappt. Möglicherweise ist er zu aufgeregt. Ich kann es ihm nicht verübeln, mir geht es ähnlich. Das Herz schlägt mir bis zum Hals. Tinki hat sich auf meiner Schulter niedergelassen und das aufgeregte Flattern eingestellt, Pim ist so blass geworden, dass ich fürchte, er könnte jeden Augenblick in Ohnmacht fallen. Ich hoffe nicht.

Das Summen wird lauter, und ich linse vorsichtig um die Ecke. Zwanzig Meter vor uns mündet der Gang in einen weiteren. Laut Loth müssen wir dort rechts abbiegen, doch ich befürchte, das Geräusch kommt aus genau dieser Richtung.

»Lass mich das machen«, flüstert Tinki und flattert nach oben, wo sie sich auf einen kleinen Vorsprung setzt. »Ihr seid viel zu groß und auffällig.«

Sie hat recht. Ich drücke mich zurück in die Ecke.

»Da kommt jemand«, flüstert Tinki. Das Entsetzen in ihrer Stimme ist nicht zu überhören. »Er … er bleibt stehen. Ich glaube, es ist ein Wächter.«

Sie drückt sich noch ein Stück zurück, doch in diesem Korridor ist das Licht so spärlich und Tinki so winzig, dass er sie aus der Entfernung wohl nicht sehen wird. Ihr Leuchten hat sie eingestellt. Dennoch wird mir beinahe schlecht vor Angst. Was, wenn er abbiegt?

Jetzt erkenne ich auch das Geräusch: Er summt vor sich hin. Ich kann die Melodie nicht zuordnen, doch sie berührt irgendetwas in mir, als wäre tief in meinem Bewusstsein eine Erinnerung vergraben, die durch diese Melodie an die Oberfläche gespült wird. Aber nur fast. Ich kann sie nicht greifen.

»Lumische Nächte«, flüstert Yami und stößt ein winziges Lachen aus. »Der summt hier ein Kinderlied, der hat vielleicht Nerven!«

»Was?«, frage ich nach.

»Lumische Nächte, so dunkel und klar, Sterne und Monde, der Himmel so rein. Ich pass auf dich auf, immerdar, nun schlaf, mein Kind, schlaf ein«, singt Pim leise vor sich hin, und eine Gänsehaut überzieht meine Arme. Ich kann dieses Lied nicht kennen, unmöglich, es ist ein lumisches Lied, aber dennoch fühlt es sich so bekannt an. Hat meine Mutter es mir vielleicht vorgesungen, bevor sie mich weggebracht hat?

»Seid leise, verdammt noch mal!«, flüstert Tinki in unsere Richtung. »Er ist stehen geblieben und guckt in unseren Gang, bleibt in eurer Ecke!«

Erschrocken zucke ich zusammen und versuche mich noch kleiner und dünner zu machen, aber es ist kaum möglich. Pim und Yami halten die Luft an, und sogar Herkules ist ganz stumm. Das Summen hat aufgehört und einen Augenblick später huscht der Lichtkegel einer Taschenlampe über den Boden vor unseren Füßen.

Mein Herz schlägt schneller, bleibt stehen, stolpert, alles gleichzeitig.

Dann verschwindet der Kegel wieder, das Summen setzt wieder ein und wir hören Schritte, die sich entfernen.

Yami neben mir stößt erleichtert die Luft aus.

»Puh«, sagt sie nur. »Zum Glück! Ich hätte sehr ungern einen Beamten fressen wollen, die schmecken immer so trocken.«

Ich habe keine Ahnung, ob sie das ernst meint, bin allerdings auch froh, dass es nicht so weit gekommen ist. Tinki flattert nach vorn zur Abzweigung und sieht für uns nach, ob die Luft rein ist. Nach wenigen Sekunden winkt sie uns heran und wir huschen weiter den Weg entlang. Nun dürfte es nach Loths Beschreibung nicht mehr weit sein.

Auf unserem restlichen Weg begegnet uns tatsächlich niemand mehr, und nach wenigen Minuten sind wir am Ende des zweiten Korridors angelangt. Hier ragt eine große verschnörkelte Tür vor uns auf, direkt daneben ist ein goldenes Schild angebracht, auf dem die Worte *Vernehmungsraum. Eintritt nur nach Aufforderung* stehen. Inzwischen erkenne ich auch, dass es lumische Buchstaben sind, doch ich kann sie problemlos lesen.

Links von der großen Tür gibt es noch eine kleinere. Sie ist nicht beschriftet, doch da es die einzige weitere Tür ist, die in den einzigen weiteren Raum führt, sollte diese unser Ziel sein. Yami drückt die Klinke, doch natürlich ist die Tür verschlossen.

»Lasst mich nur machen«, sagt Tinki, und in der nächsten Sekunde ist sie durch das Schlüsselloch verschwunden.

»Ich gebe es nur ungern zu«, sagt Yami, »aber diese Fee ist tatsächlich nützlich.«

»Was ich nicht verstehe, das Gefängnis ist doch für alle Bewohner Edens, oder? Oder gibt es noch mehr Gefängnisse?«, frage ich.

»Nein, es gibt nur dieses eine.«

»Dann ist es für alle Wesen? Also für Menschen, Waldvampire, Hexen und auch Feen? Wie kann es dann sein, dass Tinki überall durchkommt?«

»Es ist nicht für Feen gebaut«, erklärt Yami. »Feen kann und darf man nicht einsperren. Eine Fee stirbt in Gefangenschaft innerhalb kürzester Zeit. Dieses Gefängnis ist offiziell zwar für alle Wesen, aber tatsächlich werden hauptsächlich Menschen oder Hexen hierhergebracht. Die meisten anderen Wesen leben im Wald, sie kommen nicht ins Gefängnis.«

»Warum? Woran liegt das? Sind andere Wesen nicht kriminell?«

Yami seufzt. »Es ist kompliziert, weißt du? Wenn so viele verschiedene Wesen mit unterschiedlichen Bedürfnissen zusammenleben, muss man irgendwie versuchen, das Ganze zu organisieren. Manche sind menschenähnlicher, andere sind eher wie Raubtiere. Man kann eine Waldvampirin zum Beispiel nicht wegen Mordes anklagen, denn das liegt ja in ihrer Natur. Wir würden sterben, wenn wir nicht töten würden. Bei Menschen oder Hexen ist das was anderes. Trotzdem gibt es natürlich auch Vergehen, für die ich als Waldvampirin angeklagt werden könnte, die Regeln sind aber andere. Und für Feen gibt es wieder andere Regeln. Wenn eine Fee zum Beispiel die Gesetze der Natur verletzt, ist das ein schweres Vergehen, dann wird sie verurteilt, aber sie kommt nicht ins Gefängnis. Ihr werden ihre Feenkräfte genommen. Und so gibt es für alle Wesen eigene Gesetze, die es zu befolgen gilt.«

»Klingt ziemlich kompliziert. Und gefährlich. Ich habe das Gefühl, alles in dieser Welt will mich umbringen.«

»So schlimm ist es eigentlich gar nicht«, sagt sie und grinst. »Die meisten haben ja ihren festen Lebensraum. Wenn man nicht von Mantikoren gefressen werden will, muss man nichts tun, als den Gefängnisberg zu meiden. Und wir Baobhan-Sith jagen nur im Unwald, in den Städten sind die Menschen also sicher.«

»Hey, ihr zwei, helft mir mal«, tönt es aus dem Schlüsselloch. »Ich krieg die Tür nicht auf, sie ist zu schwer!«

Gleichzeitig greifen Yami und ich nach der Tür und ziehen sie auf. Tinki hat es tatsächlich geschafft, sie von innen zu entsperren. Ein kleiner Jubelschrei entweicht mir.

»Du bist die Größte, Tinki!«, rufe ich. »Also … nicht die körperlich Größte, sondern die Größte eben, du weißt schon.«

Sie verdreht die Augen, lächelt aber. »Seht mal, hier hängen Hunderte von Schlüsseln. Wisst ihr zufällig noch, welche Zellennummer diese arrogante Nervensäge hat?«

»Siebzehn«, sagt Yami und beginnt sofort das Schlüsselbrett abzusuchen. Wir anderen schließen uns an, und es dauert nicht lange, bis Pim einen Schlüssel in die Höhe hält.

»Hier ist er!«

»Super!«, sage ich. »Dann lasst uns zusehen, dass wir hier schnellstmöglich wieder verschwinden, bevor wir doch noch erwischt werden.«

Die anderen stimmen mir zu, und so verlassen wir den Raum wieder und machen uns auf den Rückweg. Wie vorher fliegt Tinki immer einige Meter voraus, um abzuklären, ob die Luft rein ist, bevor wir anderen ihr folgen. Herkules hat seine Ohren gespitzt, und je länger ich diesen Hund kenne, desto überzeugter bin ich davon, dass er jedes unserer Worte verstehen kann. Ich vertraue zu hundert Prozent darauf, dass er uns sofort warnen würde, sollte er verdächtige Geräusche hören.

Als wir durch den Korridor zurück zu Loths Zelle huschen, fühle ich mich in meiner Gruppe mit einem Mal unglaublich stark. Wir haben Tinki, die so klein und beweglich ist, dass sie uns vor fast jeder Gefahr warnen kann. Wir haben Herkules, der die schärfsten Ohren der Welt hat. Pim, der hexen kann. Yami, die, wenn es darauf ankommt, eine knallharte Kämpferin ist.

Was soll schon schiefgehen?

42

Herzlichen Glückwunsch«, spottet Loth. »Ihr habt es geschafft, in einem völlig unbewachten Gefängnis einen Schlüssel zu stehlen. Vielleicht seid ihr doch nicht so nutzlos, wie ihr ausseht. Und nun holt mich hier raus, bevor uns doch noch jemand erwischt. Der schwierige Teil kommt erst noch.«

Mit jeder Minute, die ich mit diesem Mann verbringen muss, geht er mir mehr auf die Nerven. Am liebsten würde ich ihn hier drin lassen, und es ärgert mich, dass wir auf ihn angewiesen sind. Ich hoffe nur, er hält sein Versprechen. Sobald wir den Ring haben, will ich ihn nie wiedersehen.

Yami schiebt den Schlüssel ins Türschloss und dreht ihn. Gespannt warte ich auf das erlösende Klicken, auf ein leises Quietschen rostiger Scharniere, wenn die Tür aufschwingt, doch … nichts.

»Jetzt mach schon«, drängt Loth. »So schwer kann das nicht sein, die Wächter kriegen es ja auch hin, wenn ich einmal im Monat meinen Ausgang im großen Hof habe.«

»Ich mach ja schon«, faucht Yami, »aber es passiert nichts.«

»Was soll das heißen, es passiert nichts? Geht er nicht rein? Lässt er sich nicht drehen? Vielleicht habt ihr Idioten den falschen Schlüssel geholt. Habt ihr auf die Nummer geschaut?«

Sein Tonfall ist eine Mischung aus aufgeregt, ungeduldig und nörgelig. Eine höchst enervierende Mischung, wie ich feststellen muss. Yami scheint es ebenso zu gehen.

»Doch, er passt rein und lässt sich auch drehen. Zu gut. Er dreht sich einfach im Kreis, aber es passiert nichts.«

Loth rüttelt an der Tür, doch natürlich öffnet sie sich nicht.

»Was soll das heißen, er dreht sich im Kreis und es passiert nichts?«

»Na, genau das, was ich gesagt habe!«

»Lass mich mal probieren«, sage ich und schiebe Yami sanft zur Seite. Doch auch ich habe keinen Erfolg. Es ist, wie sie gesagt hat: Der Schlüssel passt, er klemmt nicht, er dreht und dreht sich. Doch es ist, als wäre da kein Türschloss, sondern nur ein Loch. Mit gerunzelter Stirn ziehe ich den Schlüssel aus dem Schloss und betrachte ihn genauer. Die Nummer stimmt definitiv, es ist die siebzehn. Loth sitzt in der Zelle mit der Nummer siebzehn.

»Gab es vielleicht noch andere Schlüssel mit der Nummer?«, frage ich.

»Zeig mal her«, sagt Loth und ich hebe den Schlüssel in die Höhe. »Das ist der richtige, die Wächter schließen auch immer mit dem auf. Ich erkenne ihn an der Kerbe an der Hinterseite. Ihr seid bestimmt einfach zu blöd, gib mal her.«

Schnaubend reiche ich ihm den Schlüssel durch das offene Sichtfenster, und im nächsten Moment höre ich, wie er an der Innenseite der Tür damit im Schloss hantiert. Eine Weile lang sagt niemand etwas, doch dann ertönen einige unflätige Flüche aus der Zelle.

»Das kann doch nicht sein, ich schwöre, die haben mich immer mit diesem Schlüssel rausgelassen! Verwechslung ausgeschlossen, es steht ja sogar die richtige Zahl drauf!«

»Puh. Ich hoffe sehr, dass das keine Falle oder so was war«, sage ich. Langsam werde ich nervös. Inzwischen verbringen wir schon ziemlich viel Zeit hinter diesen Mauern. Was, wenn der Schlüssel ein Imitat ist, um solche Ausbruchsversuche wie den unseren zu verhindern? Was, wenn von uns unbemerkt längst irgendwo ein Alarm losgegangen ist?

Loth probiert es noch eine Weile, jedoch ohne Erfolg. Laut schimpfend schleudert er den Schlüssel durch das Fenster zurück auf den Gang. Klirrend landet er auf dem Boden. Pim hebt ihn auf und versucht ebenfalls sein Glück, doch auch bei ihm klappt es nicht.

Erschöpft lasse ich mich an der Wand hinabsinken.

»Loth, kannst du uns nicht einfach verraten, wo der verdammte Ring ist? Es ist wirklich wichtig. Wir könnten längst unterwegs sein, stattdessen verplempern wir hier unsere Zeit.«

»Nö.«

»O Gott.« Stöhnend vergrabe ich das Gesicht in den Händen. Was stimmt nur nicht mit diesem Kerl?

»Du bist ein Arschloch«, sagt Yami und gesellt sich zu mir auf den Boden.

»Das höre ich nicht zum ersten Mal. Ihr helft mir, ich helfe euch, das war die Abmachung. Kann doch nichts dafür, wenn ihr zu blöd seid, eine Tür aufzuschließen.«

Ernsthaft, ich hasse ihn so sehr, dass es mich fast körperlich schmerzt.

Ich beschließe, ihn erst mal zu ignorieren und in Ruhe nachzudenken. Loth ist überzeugt davon, dass der Schlüssel der richtige ist. Und wir waren das eigentlich auch, immerhin ist es der einzige mit der richtigen Nummer. Warum also lässt sich das Türschloss nicht öffnen?

»Du sagtest, das Gefängnis ist für alle Arten von Wesen?«, sage ich nach einer Weile zu Yami.

»Jap. Rein theoretisch.«

»Also nicht nur für Menschen. Das heißt, hier sind auch Magier gefangen?«

»Theoretisch. Seit Raskor an der Macht ist, sind es vielleicht weniger, weil er sie im Normalfall direkt töten lässt, aber einige sind bestimmt noch hier.«

»Okay, also … wenn hier auch Hexen gefangen sind, was genau hindert sie daran, sich den Schlüssel für ihre Zelle einfach herbeizuhexen oder sich freizuzaubern?«

Yami springt auf. »Natürlich, Mina! Du hast recht! Meine Güte, waren wir blöd!«

Auch Pims Augen werden groß, als er erkennt, was ich damit sagen will. »Die Zellen müssen noch anders gesichert sein!«

»Genau«, sage ich. »Der Schlüssel, das ist das, was Loth *sieht.* Aber eine einfache Zelle mit einem Schlüssel ist sicher nicht ausreichend für mächtige Hexen oder andere magische Wesen. Da muss noch mehr sein.«

»Ein Bann«, sagt Pim sofort. »So was löst man am besten mit einem Bannzauber! Das erklärt auch, dass hier so wenige Wächter unterwegs sind – man braucht nicht mehr. Über dem Gemäuer liegt ein mächtiger Bannzauber, der dafür sorgt, dass die Räume verschlossen bleiben. Dafür reicht eine Handvoll mächtiger Magier, die dafür sorgen, dass der Zauber über dem Gefängnis erhalten bleibt. Und wenn Loth einmal im Monat in den Hof darf, wird der Zauber für seine Tür gelöst, damit man sie mit dem Schlüssel öffnen kann. Das sieht er natürlich nicht. Er sieht nur den Schlüssel.«

»Das heißt, wir müssen nur den Bann für Loths Tür brechen«, sage ich aufgeregt.

»Nur ist gut«, sagt Pim. Er sieht elend aus. »Das ist verdammt schwierig, nur mächtige und gut ausgebildete Zauberer können so was.«

»Aber du kannst es versuchen«, sage ich. »Du kannst doch schon ziemlich gut hexen!«

»Also ich glaube nicht, dass …«

»Oder ihr versucht es gemeinsam«, mischt sich Yami ein. »Ich habe so was schon mal gesehen, für große Zauber bündeln Hexen oft ihre Energien, vielleicht klappt es, wenn ihr es zusammen macht.«

»Ja, genau«, sage ich. Pim lässt sich von meiner Begeisterung so gar nicht anstecken. Er sieht ziemlich skeptisch aus.

»Irinda Laprarius, oder?«, sage ich. »Um einen Bann zu lösen! Richtig?« Immerhin, die Theorie kann ich inzwischen. Die Sprüche sind mir in Fleisch und Blut übergegangen, ich kann sie aufsagen, ohne lang überlegen zu müssen, so wie es laut Pim sein soll. Mir ist klar, dass die Chancen nicht besonders hoch sind, aber ich möchte mich jetzt nicht demotivieren lassen. Wir müssen es wenigstens versuchen.

»Das ist ein ziemlich großer Zauber«, sagt Pim. »Wir werden dafür so viel Energie brauchen, dass wir vermutlich eine ganze Weile danach nicht mehr hexen können, und wahrscheinlich funktioniert es nicht einmal. Ziemlich sicher sogar.«

»Wir müssen es probieren«, sage ich entschlossen. Loth hat uns die ganze Zeit über mit interessiertem Gesichtsausdruck zugehört, aber keinen Ton mehr gesagt. Die Stille aus seiner Zelle ist fast unheimlich. Vielleicht wird ihm langsam auch klar, was das hier für eine Chance für ihn ist und dass er uns besser nicht vertreiben sollte.

»Na gut«, lenkt der Junge schließlich ein. Wir probieren es, aber … Mina, mach dir bitte keine allzu großen Hoffnungen und sei nicht enttäuscht, wenn es nicht klappt.« Er reicht mir seine Hände und ich ergreife sie. Dann schließen wir beide die Augen. Ich versuche mich auf den Zauber zu konzentrieren, stelle mir bildlich vor, was ich mir wünsche, bündle all meine Willenskraft. Pim tut das Gleiche, und nach einer Weile kann ich tatsächlich spüren, wie seine Energie nun auch durch meinen Körper strömt. Meine Handflächen werden warm, meine Arme, meine Beine. Wir beide flüstern den Zauberspruch und alle anderen sind mucksmäuschenstill. Wir probieren es immer wieder, minutenlang, doch bis auf die Wärme, die durch meinen Körper strömt, kann ich keine Veränderung feststellen. Nach einer Weile zieht Pim seine Hände zurück und ich erwache wie aus einer Art Trance.

»Pim?«, frage ich.

»Es wird zu anstrengend«, sagt er leise. Er sieht erschöpft aus.

»Okay. Glaubst du, wir haben es geschafft?« Ich habe nichts gespürt, aber andererseits weiß ich ja auch gar nicht, wie es sich anfühlen sollte. Vielleicht ist es normal, dass man nichts spürt, wenn man einen Bannzauber bricht?

»Ich weiß es nicht«, sagt er müde. »Aber noch einmal kann ich das nicht.«

Ich nicke, obwohl ich es nicht fühlen kann. Ich selbst fühle mich kein bisschen erschöpft. Kann es sein, dass es bei mir überhaupt nicht funktioniert hat? Hat nur Pim all seine Energie gegeben, während ich nur dagestanden bin und sinnlos vor mich hin gemurmelt habe? Egal, wir werden gleich sehen, ob es geklappt hat.

Ich stecke den Schlüssel erneut ins Schloss und drehe ihn. Nach einer halben Umdrehung stoße ich auf einen Widerstand, der zuvor noch nicht da war, und mein Herz macht einen kleinen Hüpfer. Das ist es! Das ist das Türschloss, gleich wird es klicken und die Tür springt auf, ich weiß es genau, es muss einfach …

Doch im nächsten Augenblick ist das Gefühl verschwunden und der Schlüssel dreht sich einfach weiter ins Leere.

»Fuck!« Ich schleudere den Schlüssel auf den Boden. Yami stößt pfeifend den Atem aus.

»Oh, Einhornmist. Für einen kurzen Moment dachte ich …«

»Ja, ich auch. Für einen kurzen Moment dachte ich, es hätte geklappt.«

Stille breitet sich zwischen uns aus und wir sehen uns an. Yami, Tinki und ich. Pim hat sich auf den Boden gesetzt und Herkules ist auf seinen Schoß gesprungen. Pim drückt das Tier an sich und vergräbt sein Gesicht in Herkules' struppigem Fell. Loth sagt keinen Ton mehr, sondern sieht uns mit undefinierbarem Gesichtsausdruck zu. Ein paar Minuten lang hege ich die Hoffnung, dass er einfach nachgibt und uns sein Geheimnis endlich trotzdem verrät, doch die Zeit verstreicht, und irgendwann geht er zurück zu seiner Pritsche und legt sich hin, als wären wir überhaupt nicht da. Da bin ich mir wieder sicher, dass er es nicht tun wird. Fragen werde ich ihn sicher kein weiteres Mal.

»Loth?«, sagt Tinki nach einer Weile. Er öffnet ein Auge und blinzelt zu uns herüber, sagt aber noch immer nichts. »Wenn wir wüssten, was dir vorgeworfen wird, könnte uns das vielleicht dabei helfen, einen Ausweg zu finden«, sagt Tinki langsam. »Möchtest du uns vielleicht verraten, wieso du hier eingesperrt bist?«

43

Das wisst ihr doch schon«, sagt Loth gedehnt. »Ich wurde verurteilt, weil ich den Ring des goldenen Zirkels gestohlen habe. Das ist nichts Neues, wenn ich mich richtig erinnere, war es damals eine große Sache. Das ganze Land kennt mich. Ich bin eine Berühmtheit.« Er grinst, doch diesmal wirkt es ein wenig schief.

»Das ist alles?«

»Das ist alles.«

»Okay«, sage ich langsam. »Aber ich kenne die Geschichte nicht. Ich komme nicht aus Eden.«

»Nicht?«, spottet er. »Ich dachte, du seist die lumische Prinzessin?«

»Stimmt, aber wenn du die Prophezeiung kennst, weißt du auch, dass ich an einem anderen Ort aufgewachsen bin.«

»Ja, natürlich. In dieser ominösen *Parallelwelt*, klar.« Er lacht, und mir dämmert, dass er möglicherweise nicht einfach nur unverschämt ist, sondern uns wirklich nicht glaubt. Kann es sein, dass er nicht an die Erde glaubt? Wie vollkommen absurd!

Ich beschließe, es ein letztes Mal mit Freundlichkeit und Mitgefühl zu versuchen. Danach habe auch ich keine Idee mehr. Ich trete noch einmal an die Tür heran, so nah, dass ich mit dem Gesicht direkt am Fenster bin.

»Loth, bitte. Ich weiß, du glaubst uns nicht. Und ich verstehe auch, dass du keinen Grund siehst, uns zu vertrauen. Aber was hast du denn zu verlieren? Du kannst doch nur gewinnen. Im besten Fall kommst du hier raus und musst uns danach nie wiedersehen. Im schlimmsten Fall hast du ein paar *Idioten*, wie du uns nennst, geglaubt und bleibst hier drin. Wird eh keiner erfahren. Bitte gib uns eine Chance.«

Einen kurzen Moment lang sagt er nichts, sondern sieht mich nur mit diesem unergründlichen Gesichtsausdruck an. Dann seufzt er schließlich und setzt sich auf seiner Pritsche auf.

»Nur damit das klar ist«, sagt er leise. »Ich glaube euch wirklich nicht. Was ich aber glaube, ist, dass ihr es gut meint. Ich denke, ihr seid ein paar nette, naive Leute aus Sternensee und dem Unwald, die genug von all dem Leid haben und nun beschlossen haben, die Prophezeiung selbst in die Hand zu nehmen, und ehrlich, ich kann das verstehen. Am Ende macht es wahrscheinlich sowieso keinen Unterschied, und vermutlich ist es besser, selbst aktiv zu werden, als jahrelang darauf zu hoffen, dass irgendeine schwammige Prophezeiung sich möglicherweise erfüllt. Immerhin hat man so das Gefühl, dass man etwas tun kann. Glaubt mir, dieses Gefühl kenne ich.«

In einem ersten Impuls möchte ich ihm widersprechen, möchte noch einmal betonen, dass ich *wirklich* von der Erde komme, dass ich *wirklich* glaube, die Prinzessin zu sein, aber ich halte mich zurück. Er fängt endlich an zu reden, da möchte ich ihn nicht unterbrechen.

»Ich bin hier eingesperrt, weil ich den Ring des Goldzirkels gestohlen habe«, sagt er erneut. Er starrt dabei auf den Boden und sieht uns nicht an. Seine Schultern sind nach vorn gesackt, und mit einem Mal sieht er gar nicht mehr so überheblich aus, sondern klein und irgendwie verletzlich. Zum ersten Mal frage ich mich, wie alt er wohl ist. Wahrscheinlich nur wenige Jahre älter als ich. »Aber das wisst ihr ja schon, das ganze Land weiß es. Was aber kaum jemand weiß, ist, *warum* ich das getan habe.«

Ich halte den Atem an und kann förmlich spüren, wie die anderen neben mir dasselbe tun; außer Pim und Herkules, die beiden sind offensichtlich eingeschlafen.

»Ich hatte eine Freundin«, sagt er. »Sataria. Sie war eine Hexe aus dem Opalzirkel. Sie war mutig und wunderschön. Vielleicht habt ihr von ihr gehört. Jahrelang war ich in sie verliebt, bis sie mich endlich beachtet hat, und kurz danach begann sie, im Widerstand gegen Raskors Armeen zu kämpfen. Der Krieg hatte gerade erst begonnen, und niemand wusste, wie schlimm er noch werden würde. Sie war so mutig, aber auch so … dumm.«

Er vergräbt das Gesicht in den Händen, und entsetzt stelle ich fest, dass er weint. Seine Schultern beben, ein leises Schluchzen dringt aus seiner Kehle, und plötzlich wünsche ich mir nicht mehr, die Zelle aufschließen zu können, um ihn notgedrungen mitzunehmen, sondern um ihn in die Arme zu schließen. Dabei weiß ich noch gar nicht, was passiert ist, wie seine Geschichte weitergeht – doch ein bitterer Geschmack legt sich auf meine Zunge, und eine leise Ahnung schleicht sich in mein Bewusstsein.

»Satarias Rebellion«, flüstert Yami neben mir und Loth lacht auf. Es ist kein fröhliches Lachen.

»Sie hat diesen Namen gehasst«, sagt er, »aber ja. Satarias Rebellion. So hat man ihre Gruppe genannt. Sie war nicht von Natur aus rebellisch, wisst ihr? Eigentlich war sie eine sehr feinfühlige, ruhige Person. Sie stand nicht einmal gern im Mittelpunkt. Sie konnte nur keine Ungerechtigkeiten ertragen, und ehe sie es sich versah, steckte sie mittendrin und war zur Anführerin dieser Gruppe geworden. Ich hatte solche Angst um sie, habe ihr immer wieder gesagt, dass sie sich bedeckt halten soll, dass sie als Hexe ohnehin schon sehr gefährlich lebt in diesen Zeiten, dass sie nicht noch mehr Aufmerksamkeit auf sich ziehen soll, aber … sie wollte nicht hören. ›Aber die Leute brauchen mich‹,, das hat sie immer gesagt. ›Ich gebe ihnen Hoffnung‹. Aber um welchen Preis?«

»Was ist passiert?«, hauche ich, obwohl ich glaube, die Antwort zu kennen.

»Sie haben sie gefasst«, antwortet Yami an Loths Stelle. »Auch das war überall in den Nachrichten. Es wurde von Raskor als große Errungenschaft gefeiert, als kleiner Sieg. Satarias Festnahme war ein kleiner Wendepunkt in Umbrias Geschichte. Danach hat sich niemand mehr getraut, offen zu rebellieren, andere Gruppen haben sich zerstreut. Die Anführerin der größten Rebellengruppe wurde gefasst und vor das Kriegsgericht gebracht. Danach ging es mit den Hexenverfolgungen erst richtig los. Ich wusste nicht, dass ihr zusammen wart, Loth. Es … es tut mir sehr leid.«

»Es war schlimm«, sagt Loth tonlos. »Ich war verzweifelt. Ich wollte ihr helfen, und ich wusste nicht wie. Ich ging zu den Hexen, obwohl ich mit ihnen nie besonders viel am Hut hatte, und die meisten schickten mich fort. Sie wollten mich nicht dahaben, schließlich war ich ein Mensch und schließlich war dieser furchtbare Krieg die Schuld der Menschen. Ich solle froh sein, dass sie mich am Leben lassen, das sagten sie mir damals. Dabei wollte ich nur meiner Freundin helfen, aber niemand stand mir bei. Nur Alrauna. Eine alte Kräuterhexe aus einem kleinen Naturzirkel in der hintersten Ecke des Unwaldes, ich weiß nicht einmal, ob er noch existiert. Sie sagte mir, dass mir ein mächtiges magisches Artefakt vielleicht helfen könnte. Sie sagte mir, dass ich als Mensch nichts ausrichten könne, aber mit einem Schatz der Hexen könnte ich so viel Macht bündeln, dass ich meine Freundin retten könne, also … habe ich den Ring geholt.«

»Und dann?«, frage ich, als er nicht weiterspricht. Obwohl ich weiß, dass die Geschichte nicht gut ausgeht, hänge ich wie gebannt an seinen Lippen, und noch immer hoffe ich auf eine unerwartete Wendung, ein Happy End.

»Ich kam zu spät«, sagt er nach einer Weile.

Ich traue mich nicht nachzuhaken, doch das muss ich auch nicht. Yami neben mir räuspert sich. »Diesen Teil der Geschichte kennt auch das ganze Land«, sagt sie. »Nur dass wohl keinem die Zusammenhänge klar sind. Sataria wurde verbrannt. Und zwei Tage später hat man den Verbrecher gefunden, der den Ring des Goldzirkels gestohlen hat, und ihn in die Kusch-Berge gebracht.«

»Verbrannt!« Entsetzt schlage ich mir die Hand vor den Mund. Loth starrt noch immer auf den Boden.

»So macht man das üblicherweise mit Hexen«, sagt er tonlos. »Na ja, zumindest Raskor macht das so.«

»Und du hast keinem verraten, wo der Ring ist?«

»Warum hätte ich das tun sollen?«, spuckt er aus. »Sie haben mich verraten. Mich und Sataria, sie alle! Raskor mag vielleicht der Böse sein, der Anführer der umbrischen Armeen, aber was ist mit all den anderen, mit denjenigen, die seit Jahren nur zusehen und nicht eingreifen? Die ganzen Menschen, die nichts tun, die Hexen, die sich einfach verstecken und ihre Familien, Freunde, Nachbarn im Stich lassen. Sie alle wussten doch, was geschieht. Sie alle wussten, was Raskor macht, und sie alle wussten, dass er Sataria gefangen genommen hat. Das ganze Land hat zugesehen und niemand wollte mir helfen.«

»Wahrscheinlich war es nicht so einfach, in diesen Zeiten …«, setze ich an, doch er unterbricht mich sofort.

»Denkst du, das weiß ich nicht? Glaubst du, für Sataria war es einfach? Glaubst du, es war einfach, den Ring zu stehlen? Ich gönne es den verdammten Hexen, dass ihr Ring fort ist. Es gibt keinen Grund für mich, ihn zurückzugeben. Und es ist mir eigentlich auch egal, wenn ich hier drin verrotte. Sataria ist weg. Sie wird nie wiederkommen. Dort draußen, da wartet nichts mehr auf mich.«

»Aber du spielst Raskor damit in die Hände«, sagt Yami. »Das ist dir doch klar, oder? Er fühlt sich sicher, weil die Retterin laut der Prophezeiung den Ring braucht, um das Land zu befreien. Du schadest am Ende nur den Hexen, und ihnen geht es ohnehin schon schlecht genug.«

Loth zuckt nur die Achseln. Plötzlich sieht er so schwach und verloren aus, einsam und von der Welt vergessen. Verflogen sind meine Wut und meine Abneigung. Nun wünsche ich mir nichts mehr, als ihm zu helfen, dabei weiß ich, dass ich das nicht kann. Was immer auch geschieht, ich kann nichts tun, um seinen Schmerz zu lindern, kann nichts machen, um die Vergangenheit ungeschehen zu machen und seine Freundin zurückzuholen.

Das Einzige, was mir möglich ist, ist, sie zu rächen. Raskor zu stürzen. Und ich bin noch immer wild entschlossen, genau das zu tun, nach dieser Geschichte mehr denn je. Mit einem Mal wallen so viele Emotionen in mir auf – Wut und Hass, Liebe und Mitleid –, dass ich das Gefühl habe, schier zu zerplatzen. Nichts auf der Welt möchte ich in diesem Moment mehr, als Loth aus seiner Zelle zu holen, um ihm die Gerechtigkeit zu verschaffen, die er verdient hat. Nun möchte ich ihn nicht mehr befreien, damit er uns hilft, sondern um *ihm* zu helfen.

Zunächst merke ich es gar nicht, aber je länger ich über seine Geschichte nachdenke, desto mehr wühlt sie mich auf. Das Gefühl ist ganz ähnlich wie damals, als wir Kinder waren und Conny auf der Geburtstagsfeier gemobbt wurde. Schon damals habe ich gespürt, wie eng Wut und Mitgefühl beieinanderliegen können, und nun merke ich es wieder.

Die Luft um mich herum ist wie elektrisiert, scheint zu pulsieren, flimmert regelrecht vor meinen Augen. Hitze strömt durch meine Adern und mein Herz schlägt schneller. Unwillkürlich balle ich die Hände zu Fäusten und schließe die Augen.

»Wir können dir helfen, Loth«, presse ich hervor. Voller Überraschung bemerke ich, dass meine Stimme zittert. »Wir können Sataria nicht zurückbringen, aber wir können diejenigen bestrafen, die ihr das angetan haben … wenn du uns lässt.«

»Mina, ist alles in Ordnung?« Ich höre Yamis besorgte Stimme wie aus weiter Ferne, und auch Loths Antwort klingt leise und gedämpft, als stünde er nicht direkt neben mir. »Dann holt mich hier raus.«

»Das werde ich«, flüstere ich.

»Heilige Scheiße, Mina!«, schreit Yami, doch noch immer öffne ich nicht die Augen, ganz im Gegenteil: Ich presse meine Lider fest zusammen, als sei mein Körper wild entschlossen, alles um mich herum auszublenden. Inzwischen ist das Knistern überall, die Hitze droht mich zu verschlingen, ich kann sogar spüren, wie meine Haare zu flattern beginnen, als hätte ich diesen hässlichen alten Wollpullover an, den Angelina mir vor Urzeiten mal vom Flohmarkt mitgebracht hat und der immer elektrisch geladen war. Ich habe keine Ahnung, was ich mache, bin nicht mehr Herrin der Lage. Alles geschieht plötzlich automatisch.

Starker Wind kommt auf und weht um mich herum, immer im Kreis wie ein sich anbahnender Wirbelsturm, schneller und immer schneller, und nur am Rande ist mir klar, dass das eigentlich gar nicht möglich ist, dass es hier drin eigentlich überhaupt nicht windig sein kann. Ich höre ein Scheppern, ein Krachen, einen weiteren Schrei.

Im nächsten Augenblick legt sich ein Pfeifen auf meine Ohren und wird lauter und lauter, so als wäre ich kurz davor, das Bewusstsein zu verlieren, doch instinktiv weiß ich, dass das nicht sein darf, dass ich wach bleiben muss.

»Ich hole dich hier raus«, flüstere ich, »ich hole dich hier raus, ich hole dich hier raus, ich hole dich …«

Der Boden beginnt zu vibrieren.

»Mina, was immer du da tust, hör sofort auf damit«, kreischt Yami.

Ein ohrenbetäubender Knall erschüttert die Mauern um mich herum.

Und dann wird alles schwarz.

44

Mina, komm schon, los, los, los!«, brüllt jemand und zerrt an meinem Arm. »Wir müssen weg hier!«

Langsam komme ich zu mir, wie aus einem tiefen traumlosen Schlaf. Ich öffne die Augen und das Bild vor mir gewinnt langsam an Schärfe und Farbe. Ein Mädchen steht dort, mit wallendem rotem Haar.

Yami!

Ich reibe mir über die Augen und rapple mich auf. Erst dann lasse ich meinen Blick über die Szenerie schweifen.

»Was zum …?«

»Keine Zeit für lange Erklärungen, wir müssen hier weg! Sofort!« Erneut zerrt sie an meinem Handgelenk, und diesmal lasse ich mich nicht lange bitten. Ich habe keine Ahnung, was passiert ist, aber es muss etwas Übles sein. Ich erinnere mich dunkel an Loth, den wir befreien wollten. Nun, das haben wir offensichtlich geschafft. Er steht neben Yami, rauft sich das hellblonde Haar und blickt unruhig in alle Richtungen. Um uns herum herrscht das pure Chaos: Wände sind eingestürzt, Scheiben zersplittert, die Luft schwer vom Staub. Loths Zelle ist komplett pulverisiert. Die Tür liegt in Trümmern am Boden. In der Ferne höre ich Rufe und Schüsse.

Ein kurzer Rundumblick versichert mir, dass wir zumindest noch alle zusammen sind und außerdem unversehrt: Tinki flattert hell leuchtend über uns, doch auch sie sieht besorgt aus. Pim hat Herkules auf dem Arm und presst ihn fest an sich, seine Augen sind wieder riesengroß in kindlicher Angst. Trotzdem beruhigt mich der Anblick. Auf den geröteten Wangen finden sich dunkle Staubflecken, aber er scheint unverletzt.

»Kommt schon, wir müssen schnell nach unten, bevor sie uns noch finden!«, drängt Tinki und flattert davon, zurück in die Richtung, aus der wir vor einer halben Ewigkeit gekommen sind. Wir anderen folgen ihr. Hinter uns ertönen weitere Schüsse, hin und wieder ein lauter Knall. Ich weiß nicht, ob es weitere Teile des Gemäuers sind, die einstürzen, oder Kanonenschüsse. Wir laufen den Gang entlang, und ich spüre meine Beine schwer werden, als wäre ich einen Marathon gelaufen. Es kommt mir so vor, als könnten sie jeden Augenblick unter mir nachgeben, jeder Schritt ist eine Herausforderung. Yami nimmt jedoch keine Rücksicht darauf, sie hat mich fest am Arm gepackt und schleift mich immer weiter, egal wie viel ich jammere und über meine eigenen Füße stolpere.

Nach einer halben Unendlichkeit erreichen wir die Falltür und hüpfen hinab in das Verlies. Yami hämmert den vereinbarten Code an die Tür, und wir warten darauf, dass die Ziri uns öffnen, doch nichts geschieht. Yami macht es erneut, ein zweites und ein drittes Mal, ein viertes, fünftes, sechstes, doch die Tür bleibt verschlossen. Auch Tinki versucht es, leiser und zarter, auf Feenart. Niemand öffnet uns. Was ist da los?

»Verdammt, wir haben keine Zeit für diesen Scheiß«, schreit Loth, »wir müssen hier raus! Sagtet ihr nicht, ihr habt einen Plan?«

»Den hatten wir auch«, schreit Yami zurück. Ihre Stimme überschlägt sich fast, so habe ich sie noch nie gehört. Nackte Panik steht in ihren waldgrünen Augen. Benommen und verwundert beobachte ich den Wortwechsel zwischen den beiden, ohne ihn genau zu verstehen.

»Hört auf, euch zu streiten«, mischt sich Tinki ein. Ihr Tonfall ist flehend. »Ich weiß auch nicht, was da los ist, aber wir müssen einen anderen Weg finden. Wir haben keine Zeit mehr.«

»Es gibt keinen anderen Weg, kapierst du das nicht?«, brüllt Yami. »Du und deine beschissenen Freunde, ihr seid schuld daran, ich wusste gleich, dass die verdammten Ziri uns im Stich lassen, ich habe gesagt, dass man ihnen nicht trauen kann! Ich habe es dir gesagt, ich wusste, dass so was passieren würde! Verdammte Scheiße!«

»Man könnte über die Berge …«

»Ja, du vielleicht! Du kannst ja auch fliegen!« Yami klingt, als wäre sie den Tränen nahe. Ich möchte mich einmischen, möchte etwas sagen, irgendwas Beruhigendes, doch meine Zunge ist schwer und mein Hirn arbeitet langsam, als wäre ich soeben erst aus einer langen Narkose erwacht.

»Hört auf, euch zu zanken, das hilft uns nicht weiter«, sagt Loth. Er klingt ein wenig schriller als zuvor, die Stimme ein bisschen höher, aber man merkt es nur, wenn man genau hinhört. Von allen ist er der Ruhigste, mit Ausnahme vielleicht von mir. Aber irgendwie glaube ich nicht, dass man mich gerade mitzählen kann.

»Was auch immer passiert ist, warum auch immer deine Freunde uns nicht die Tür öffnen, gerade ist nicht der richtige Zeitpunkt zum Diskutieren. Wir müssen hier raus, und zwar sofort. Uns bleibt nichts anderes übrig, als in die Berge zu fliehen.« Wie um seine Worte zu unterstreichen, ertönt ein weiterer ohrenbetäubender Knall und die Wände wackeln. Es kommt mir so vor, als könnten auch diese Mauern jeden Augenblick einstürzen und uns unter sich begraben, und so langsam erfasse ich das Ausmaß dieser Katastrophe. Ja, wir sollten schleunigst hier weg! Wird die Festung vielleicht angegriffen? Sind das Raskors Armeen, die Kanonenkugeln auf das Gefängnis schießen? Aber wieso sollten sie so was tun?

Noch bevor ich den Gedanken zu Ende überlegen kann, werde ich wieder gepackt und eine Sekunde später befinde ich mich eine Etage höher; Yami hat mich und die anderen nach oben befördert. Ich habe kaum Zeit, mich zu orientieren, da werde ich erneut am Arm gepackt, diesmal allerdings von Loth. Ohne zu wissen, wo er mich hinführt, stolpere ich hinter ihm her, die anderen im Schlepptau.

Er rennt mit uns einen anderen Gang entlang, einen, den wir zuvor nicht betreten hatten. Wir stürzen die Wege entlang, biegen ab, links, rechts, zweimal links. Immer wieder werden die Mauern von weiteren Explosionen erschüttert, kleinere Steine lösen sich von der Decke und prasseln auf uns nieder. Wir versuchen uns mit den Händen zu schützen und gleichzeitig größeren Felsbrocken auszuweichen, die von den Wänden stürzen. Die Luft ist so staubig, dass wir kaum geradeaus sehen können. Schüsse und Schreie begleiten unseren ganzen Weg, es werden immer mehr, doch noch immer sind sie weit entfernt, zum Glück.

Und dann reißt Loth eine Tür auf, einfach so, und mit einem Mal empfangen uns gleißendes Sonnenlicht und frische Bergluft. Für einen kurzen Augenblick sehe ich nichts als Weiß und muss die Augen zusammenkneifen, dabei atme ich einmal tief durch. Der Staub ist weg und hat dem Duft nach Fichten und Bergblumen Platz gemacht. Die Schreie und Schüsse sind nur noch in weiter Ferne zu hören, ganz leise, und stattdessen erfüllt das Zwitschern von Vögeln und das Zirpen von Grillen meine Gehörgänge.

»Wir müssen weiter, wir müssen Abstand zwischen uns und die Festung bringen«, schreit Loth. »Sie werden uns suchen, wir müssen zusehen, dass wir wegkommen!«

Er hat recht, das sehe ich ein, und so rennen wir. Obwohl noch immer jeder Schritt schmerzt und meine Augen sich noch immer nicht an das helle Licht gewöhnt haben, rennen und rennen wir. Das Gras ist so hoch, dass es mich an den nackten Armen kitzelt, was das Vorankommen erschwert, doch gleichzeitig bietet es auch ein wenig Deckung. Weitere Explosionen ertönen hinter uns, doch wir hören kein Gebrüll mehr und laufen immer weiter. Je mehr wir uns vom Gefängnis entfernen, desto dichter stehen die Tannen und Fichten, und nach einer guten Weile befinden wir uns fast wieder in einer Art Wald, was sich irgendwie beruhigend anfühlt, nach Sicherheit. Dann fällt unser Weg endlich leicht bergab, das heißt, dass wir uns langsam an den Abstieg machen.

Ich weiß nicht, wie lange wir wirklich gelaufen sind, aber irgendwann können wir nicht mehr. Wir sind mitten im Wald, als wir schließlich anhalten, um Atem zu holen.

»Das dürfte erst mal reichen«, keucht Loth. »Bis hierher wird uns sicher keiner mehr verfolgen, sie wären lebensmüde, wenn sie das täten.«

»Lebensmüde?«, hake ich nach. »Ach ja …« Da war ja was.

»Die Mantikore«, sagt Yami. Ihre Stimme bebt leicht, unruhig lässt sie den Blick über die Lücken zwischen den dicht stehenden Bäumen schweifen, und mir wird klar, dass ich mich getäuscht habe. Wir sind hier nicht in Sicherheit, der Schein trügt. Eine Gänsehaut breitet sich auf meinen Armen aus und mir wird ein wenig schlecht. Noch immer weiß ich nicht, was Mantikore sind, doch eine Sache fällt mir nun auf: Hier gibt es überhaupt keine Geräusche mehr. Keine Vögel, keine Grillen, keine anderen Tiere. Ob das einen Grund hat?

Loth sinkt in die Hocke und ringt nach Atem. »Meine Güte, ich war auch schon mal fitter«, sagt er. »Die Jahre in meiner Zelle haben meiner Kondition ganz schön zugesetzt.«

»Frag mich mal«, witzle ich. »Und ich war nicht mal eingesperrt.«

»Mina, was zum Teufel hast du da gemacht?« Yami hat sich vor mir aufgebaut, sie sieht aufgebracht aus, aber nicht wütend. Nur ein wenig … überfordert, verwirrt, bewundernd, gestresst? Irgendwie alles zusammen.

»Was meinst du?«, frage ich, obwohl meine Erinnerungen langsam zurückkehren und mir etwas dämmert. »Ich war so … wütend. Ich war wütend auf Raskor und auf das, was Loth widerfahren ist. Und ich wollte ihm helfen, und dann wurde es plötzlich heiß, und die Luft war so merkwürdig, und …«

»Bei allen vier Flüssen, du hast den halben Gefängnisberg in die Luft gejagt!«, stößt Yami aus, halb ungläubig lachend, halb hysterisch schreiend. Sie gestikuliert dabei wild mit den Armen. »So was habe ich noch nie gesehen! Was hast du da gemacht? *Wie* hast du das gemacht?«

»Ich … ich weiß es nicht«, sage ich wahrheitsgemäß. »Ich wollte nur helfen.«

Loth lacht. »Na ja, das hast du, wenn auch etwas unkonventionell. Ich bin frei. Danke noch mal.«

»Freu dich nicht zu früh«, sagt Yami, »du könntest jeden Moment gefressen werden.«

»Von dir oder von den Mantikoren?«

Yami entblößt ihre Fangzähne. »Ich denke noch darüber nach.«

»Du hast nicht einmal den Spruch gesagt«, mischt sich Tinki ein und lenkt das Thema wieder auf mich zurück.

Ich habe mich inzwischen in das Gras gesetzt und versuche wieder zur Ruhe zu kommen. »Welchen Spruch?«

»Na, den Hexenspruch! Um den Bann zu brechen. Du hast ihn gar nicht gebraucht. Es war der Wahnsinn, Mina. Du bist eine unglaublich mächtige Hexe, ist dir das klar?«

»Eigentlich fühle ich mich gerade ziemlich schwach«, gebe ich zu.

Tinki lacht auf. Gerade leuchtet sie heller als je zuvor. »Das ist ja auch kein Wunder nach dem, was du fabriziert hast«, sagt sie. »Den

Bann hast du jedenfalls gelöst. Nächstes Mal versuch vielleicht ein bisschen weniger Energie reinzustecken.«

»Ich habe es nicht mit Absicht gemacht«, sage ich. »Ich habe keine Ahnung, wie man weniger Energie reinsteckt.«

»Das lernst du schon noch«, sagt Pim. »Tinki hat recht. So was schaffen nur sehr mächtige Hexen. Das hab ich noch nie gesehen.«

»Wenn du sagst, dass du so wütend warst und helfen wolltest, dann lag es vielleicht daran«, sagt Yami. »Hexerei funktioniert wohl am besten, wenn sie an Emotionen gekoppelt ist. Zumindest hat mir das mal jemand erzählt.«

»Nicht bei allen, aber meistens, ja«, sagt Pim. »Es hilft, sich zu fokussieren.«

»Alles klar, sehr interessanter Ausflug in die Welt der Hexerei, und wir sind uns alle einig, dass Mina ihre Sache ganz toll gemacht hat, aber wir brauchen einen Plan«, sagt Loth. »Wir sind hier mitten in den Kusch-Bergen, mitten in einem Fichtenwald, der beängstigend still ist. Für mich klingt das, als wäre hier nichts mehr am Leben, und um ehrlich zu sein, ich will nicht unbedingt der Nächste sein, der draufgeht, also … Mina, kannst du uns nach unten hexen?«

Ich schaffe es nur, ihn dümmlich anzustarren.

»Bitte?«, fügt er mit einem breiten Lächeln hinzu, das direkt aus einem Werbeclip für Zahnpasta stammen könnte.

»Ich kann nicht«, sage ich schlicht.

»Was soll das heißen, du kannst nicht?«, ruft er aufgebracht. »Du hast gerade das gesamte Gefängnis gesprengt, du wirst uns doch wohl diesen Berg runterbringen können!«

»Lass sie in Ruhe«, fährt ihn Yami an. »Siehst du nicht, wie geschwächt sie ist? Man kann nicht einfach hexen und hexen, wie man will. Es kostet dich etwas. Immer! Energie wächst doch nicht einfach auf Bäumen!«

»Wenn sie so mächtig ist, wird sie das schon noch hinkriegen«, sagt er ungerührt. »Aber du bist wohl scharf darauf, die Mantikore zu treffen. Ein kleines Kaffeekränzchen unter Mördern, verstehe.«

»Hört auf zu streiten«, sagt Tinki. »Loth, reiß dich zusammen. Yami hat recht. Mina braucht Ruhe, sie muss ihre Energie erst neu sammeln.«

»Dann soll es eben der Junge machen.«

»Ich heiße Pim«, sagt Pim ein wenig säuerlich, »und ich kann das auch nicht.«

»Es ist nicht zu glauben«, sagt Loth. »Ihr habt echt mehr Glück als Verstand, ein Wunder, dass ihr überhaupt so lange überleben konntet.«

Obwohl ich vor kurzer Zeit noch tiefes Mitgefühl für ihn empfunden habe, fängt er bereits wieder an, mir auf die Nerven zu gehen. War er schon immer so anstrengend, oder haben ihn sein Verlust und die Zeit im Gefängnis so werden lassen? Was immer es auch ist, ich bin wirklich heilfroh, wenn wir ihn wieder los sind.

»Ich werde einfach mal nachsehen«, erklärt Tinki und erhebt sich in die Lüfte. »So haben wir das immer gemacht. Ich kann Ausschau halten und euch von oben navigieren, und wenn ich etwas Verdächtiges sehe, gebe ich euch sofort Bescheid.«

»Nicht sehr vertrauenerweckend, aber besser als nichts«, sagt Loth. »Na dann, machen wir uns mal an den Abstieg. Je schneller wir unten sind, desto besser.«

45

Wir marschieren weiter, und nach einer Weile lichtet sich der Wald. Das hohe Gras breitet sich aus, die Abstände zwischen den einzelnen Bäumen werden größer. Unser Weg führt immer weiter bergab, jedoch nicht besonders steil, sodass ich nur eine vage Ahnung davon bekomme, wie viel noch vor uns liegen könnte. Obwohl uns Tinki von oben den Weg weist und uns immer wieder ermutigende Sätze zuruft wie »Ihr macht das super«, »So weit ist es gar nicht mehr« und »Ihr seid noch nicht gestorben, das ist doch klasse!«, würde ich mich sehr viel wohler und sicherer fühlen, wenn ich so was wie eine Landkarte hätte. Nicht zu sehen, was *wirklich* noch vor uns liegt, macht mich leicht nervös.

Im Inneren des Berges haben wir für unseren Weg ein paar Stunden gebraucht; dort ging es aber geradewegs und ziemlich steil nach oben. Hier müssen wir immer wieder größere Umwege machen, weil uns undurchdringliches Dickicht oder Felsen den Weg versperren.

Auf der Habenseite steht jedoch, dass wir bisher keinen gefährlichen Kreaturen begegnet sind, obwohl es in den Bergen doch angeblich von ihnen wimmeln sollte – vielleicht sind sie gar nicht mehr da, weil der Krieg sie vertrieben hat –, und dass meine Erinnerungen und Lebensgeister langsam zurückkehren. Ich habe zwar noch immer keine Ahnung, wie ich so eine Aktion jemals wiederholen soll, gleichzeitig bin ich aber schon ein bisschen stolz auf mich. Offensichtlich kann ich wirklich etwas, und das Wissen darüber, dass ich den anderen tatsächlich auch eine Hilfe sein kann und nicht nur ein wichtigtuerischer Klotz am Bein bin, das fühlt sich ziemlich gut an.

»Stopp!«, ruft Tinki plötzlich von oben und reißt mich damit aus meinen Gedanken. Abrupt bleiben wir stehen, wir alle. Yami dreht sich sofort einmal um die eigene Achse und scannt die Umgebung. Ich folge ihrem Blick, doch ich sehe nichts als den gruselig stillen Wald hinter uns, die vereinzelten Bäume vor uns und die Wiese, deren Halme leicht im Wind schaukeln. Rechts von uns geht es steil bergauf, doch unser Weg führt in die andere Richtung. Mit einem Mal fühlt sich die Stille sehr bedrohlich an.

»Was ist los?«, rufe ich nach oben. Meine Stimme hallt unnatürlich laut auf der Lichtung wider, und auf einmal fühle ich mich hier völlig exponiert, wie auf dem Präsentierteller.

»Ich weiß es nicht«, sagt Tinki. Sie flattert zu uns herunter, ihr Blick ist unruhig. »Da hinten hat sich etwas bewegt. Vielleicht war es auch nur eine Täuschung, der Wind oder so was, aber … Ich bin mir nicht sicher. Ich habe kein gutes Gefühl.«

»Na, dann flatter mal rüber und sieh nach«, befiehlt Loth, und ich würde ihm für seinen Ton am liebsten eine kleben.

»Kannst du das für uns tun?«, frage ich stattdessen an Tinki gewandt.

»Ja, das werde ich. Ich wollte euch nur warnen. Wenn es Mantikore sind und sie mich sehen, würde ich sie geradewegs zu euch führen, wenn ich zurückkomme.«

»Na, dann musst du eben in eine andere Richtung fliegen«, sagt Loth. »Lock sie von uns weg.«

»Das ist mir schon klar, du Genie, aber euch muss klar sein, dass ihr dann erst mal auf euch allein gestellt seid. Sollten es irgendwelche bösartigen Kreaturen sein, werde ich sie natürlich weglocken, aber bis ich dann wieder gefahrlos zu euch zurückfliegen kann, kann es eine Weile dauern. Und bis dahin müsst ihr auf meine Augen verzichten.«

»Das kriegen wir schon irgendwie hin«, sage ich, obwohl mir der Gedanke daran, auf Tinkis Führung verzichten zu müssen, Bauchschmerzen bereitet. »Bitte sieh nach, wir müssen es ja wissen. Und vielleicht täuscht du dich ja auch und es ist gar nichts Gefährliches.«

»Ja, vielleicht«, sagt sie gedehnt. »Also gut, bis gleich.« Und schon ist sie wieder verschwunden.

Unschlüssig bleiben wir auf der Wiese stehen.

»Wie werden wir es eigentlich erfahren, wenn es Mantikore sind?«, spricht Pim das aus, was ich mir gerade denke. »Also, wenn Tinki nicht mehr zurückkommt, was machen wir dann?«

»Sie sieht mehr als wir, ich würde sagen, wir verlassen uns einfach darauf, dass sie die Gefahren von uns fernhält, und, ähm, gehen einfach weiter?«, schlage ich vor, obwohl mir bei dem Gedanken daran, blindlings weiterzulaufen, auch nicht wohl ist.

»Gute Idee«, spöttelt Yami. »Das letzte Mal, als wir uns auf die Fee verlassen haben, ist ja auch alles super gelaufen.«

»Was sollen wir denn bitte sonst tun?«, fauche ich. Dann reibe ich mir müde die Augen. »Ach, Leute, ich weiß es doch auch nicht. Ich weiß, wir sind alle gestresst, aber wir müssen wirklich mit dem Gezanke aufhören. Bitte. Es hilft nichts, es macht alles nur noch schlimmer.«

Yami sieht schuldbewusst aus. »Du hast recht«, murmelt sie. Und sogar Loth senkt den Blick, sagt aber nichts.

Noch eine Weile stehen wir unschlüssig herum, doch nichts geschieht. Tinki taucht nicht mehr auf und die Stille wird immer erdrückender. Zu allem Überfluss beginnt es nun auch noch zu dämmern. Zwar dauert es hier in Eden etwas länger, bis die Sonne schlussendlich auch untergegangen ist, dennoch sollten wir uns langsam ein wenig beeilen. Ich kann mir nichts Schlimmeres vorstellen, als die Nacht in diesem gruseligen Wald verbringen zu müssen, nicht wissend, ob irgendwelche Raubtiere auf ihre Chance warten, uns anzugreifen.

»Okay, also, wenn diese Wesen kommen sollten, kannst du uns dann nicht einfach auf einen Baum bringen?«, frage ich an Yami gewandt. »Du bist doch stark und schnell, und …«

»Das kann ich schon«, unterbricht sie mich. »Das bringt aber nichts, die können klettern wie die Bussekater.«

»Und kannst du sie töten?«, frage ich leicht widerwillig. Ich möchte keine Bewohner Edens töten, wirklich nicht, aber für den Fall der Fälle, wenn es hart auf hart kommt, wäre es natürlich schon gut, wenn wir uns verteidigen könnten.

»Nein.«

Gut, wäre das auch geklärt.

»Wie sieht es mit Hexerei aus?«, fragt Loth an Pim gewandt. »Kann man diesen Dingern damit beikommen?«

»Nicht dass ich wüsste«, sagt Pim. »Wir könnten natürlich versuchen, Felsen auf sie zu werfen, aber ich bin mir nicht sicher, ob das was bringt, und dann würde es uns ziemlich viel Energie kosten, und ...«

Ich seufze. »Gut, wir haben also quasi keine Chance.«

»Und das ist ja auch so gewollt«, sagt Loth. »Wenn man sie so einfach besiegen könnte, wäre das Gefängnis an der falschen Stelle. Wie gesagt, bisher ist niemand aus der Festung entkommen, und das wird seinen Grund haben. Da war zum einen natürlich der Bann, aber auch die Berge sind gut gesichert. Wir dürfen uns durch die Stille nicht täuschen lassen. Früher oder später wird etwas auf uns zukommen, da bin ich mir sicher. Also besser, wir beeilen uns.«

»Gut«, sage ich. »Dann bleibt uns sowieso nichts anderes übrig, wir müssen uns auf Tinki verlassen und zusehen, dass wir schnellstmöglich aus der Gefahrenzone rauskommen. Warten hilft uns nicht weiter.«

Zumindest das sehen alle ein, und so gehen wir weiter. Yami läuft vorneweg und schlägt mit einem Stock, den sie vom Boden aufgehoben hat, das hohe Gras beiseite; direkt hinter ihr läuft Loth, dahinter Pim mit Herkules. Ich bilde das Schlusslicht und kann es nicht lassen, immer wieder verstohlene Blicke über die Schulter zu werfen, um herauszufinden, ob uns vielleicht jemand folgt. Dieses Land macht mich noch vollkommen paranoid.

»Oh, scheiße!«, flucht Yami und bleibt ruckartig stehen, sodass Loth fast in sie hineinläuft. »Sie kommen.«

»Was? Wer kommt?« Ich muss nicht auf ihre Antwort warten, um zu wissen, wovon sie redet. Ihr eisiger Tonfall spricht Bände, und mit einem Mal ist mir kotzübel. Das Herz hämmert mir bis zum Hals und meine Knie werden weich.

»Die Menschenfresser«, schreit Loth. Verschwunden ist seine Ruhe, seine Stimme ist schrill und voller Panik. »Da!« Er zeigt mit dem Finger nach rechts, den Hügel hinauf.

»Menschenfresser?«, kreische ich. »Mantikore sind *Menschenfresser?*«

»Was dachtest du denn? Lauf!«

Das muss er mir nicht zweimal sagen. Auch Yami reagiert sofort. Ohne zu zögern, schnappt sie sich Pim mit Herkules auf dem Arm und rennt los. Uns alle kann sie nicht tragen, das weiß ich, doch ich bin ihr dankbar, dass sie sich um den Jungen kümmert. So hat er vielleicht eine Chance. Dennoch gibt sie noch nicht Vollgas. Ich weiß, dass sie viel schneller sein könnte, doch sie bleibt bei uns, in einem letzten Versuch, uns zur Seite zu stehen.

Loth und ich rennen blindlings drauflos. Wir müssen schnell genug sein, andernfalls haben wir keine Chance. Das erkenne ich in dem Moment, als ich den ersten Mantikor den Berg hinabjagen sehe, gefolgt von etwa zehn weiteren.

Ich hatte keine Ahnung, was mich hier erwartet, doch nun verstehe ich, wieso die anderen so eine Panik hatten und nicht durch die Berge wollten. Diese Wesen sind geradewegs der Hölle entsprungen, sollte es so was geben.

Die Menschenfresser sind riesig, das sehe ich selbst aus der Ferne – bestimmt zehnmal so groß wie ich –, und sehen aus wie merkwürdige Mischungen aus verschiedenen Tierarten. Ihre Körper sind lang und wendig, sie erinnern an riesige Löwen mit hellbraunem Fell. Am Ende gehen sie in einen spitzen Skorpionschwanz über. Am unheimlichsten jedoch sind ihre Köpfe: Sie sehen aus wie völlig entstellte Menschen, mit bleichen, vernarbten Gesichtern, hohen Stirnen, tief liegenden, blutunterlaufenen Augen, deformierten Nasen. Ihre Münder nehmen das halbe Gesicht ein und sind voll von unzähligen spitzen Haifischzähnen. Mit weit aufgerissenen Mäulern galoppieren sie den Berg hinab, wobei ihre Bewegungen merkwürdig eckig und ungelenk wirken. Dennoch sind sie schnell; nicht so schnell, wie Yami sein kann, aber immer noch schnell genug.

Gewaltsam reiße ich meinen Blick los und konzentriere mich auf das, was vor mir liegt. Mit den Händen schlage ich das hohe Gras zur Seite und bekomme nur am Rande mit, dass mir die scharfkantigen Halme die Handflächen aufschneiden. Loth läuft neben mir, Yami mit Pim ein gutes Stück vor uns, doch noch immer achtet sie darauf, sich unserer Geschwindigkeit anzupassen, bleibt in unserer Nähe. Ich laufe so schnell ich kann, und dennoch kommt es mir so vor, als würde ich mich nicht vom Fleck bewegen, wie in einem Albtraum. Ich laufe und laufe und komme dennoch kaum vorwärts. Obwohl ich es nicht will, werfe ich immer wieder einen Blick über die Schulter zurück. Mit Entsetzen stelle ich fest, dass sie näher kommen. Obwohl wir uns so beeilen, reicht es nicht. Das hohe Gras behindert uns beim

Laufen, wir kommen nur halb so schnell voran, wie wir müssten. Die Mantikore haben durch ihre Größe einen Vorteil, ihnen reicht das Gras nicht einmal bis zu den Knien, uns bis zur Brust.

Verzweifelt kämpfe ich mich durch das Dickicht und versuche dabei meine Gedanken abzulenken. Ich muss mich auf unsere Flucht konzentrieren, doch ohne es zu wollen, schweifen meine Gedanken immer wieder ab.

Was wird geschehen, wenn sie uns erwischen? Wie wird es sich anfühlen? Wird es schnell und schmerzlos gehen oder langsam und voller Qualen? Als Kind habe ich mich oft gefragt, wie es sich für Tiere in der Wildnis anfühlen muss, von Raubtieren gefressen zu werden. Ich fand die Vorstellung, die Grausamkeit der Natur, so entsetzlich, dass sie mich nächtelang um den Schlaf gebracht hat. Werde ich nun am eigenen Leib erfahren, wie es sich anfühlt?

Inzwischen haben wir den Wald ganz verlassen, nur noch Wiesen und vereinzelte Felsen liegen vor uns. Außerdem geht es steiler bergab. Unter anderen Umständen hätte ich mich darüber vielleicht gefreut, jetzt allerdings hätte ich für den Schutz weiterer Bäume einiges gegeben. Durch das Gefälle wird das Laufen außerdem erschwert.

»Es reicht nicht«, höre ich Loth neben mir keuchen. »Wir schaffen es nie im Leben!«

»Doch«, ruft Yami von vorn, doch ihre Stimme ist voller Angst. »Ihr schafft das, schaut nicht zurück! Lauft einfach weiter!«

Ich will ihr glauben, wirklich. Doch im nächsten Augenblick höre ich eine Art Schnaufen dicht hinter mir, und ich weiß, dass die Bestien uns eingeholt haben. Ich versuche noch schneller zu laufen, gebe alles. Das Gras hinter mir raschelt, das Schnaufen wird immer lauter, wird zu einem Keuchen, dann zu einer Art Schmatzen, als würden die Mantikore sich schon für ihre Mahlzeit bereit machen.

Und dann passiert es: Ich übersehe einen kleinen Felsen, bleibe mit dem Fuß daran hängen und stolpere. Das Herz bleibt mir fast stehen, und ich versuche noch das Gleichgewicht zu halten, denn ich weiß, wenn ich jetzt falle, dann ist es vorbei. Wild rudere ich mit den Armen, doch es ist zu spät und ich lande bäuchlings im Gras.

46

Mina!«, schreit Loth. Er stürzt zu mir und packt mich unter den Achseln, um mich hochzuziehen. Doch seine Bemühungen sind vergebens, es ist längst zu spät. Ein Paar krallenartiger Klauen greift nach mir und reißt mich nach oben, und da Loth so dumm war, mich retten zu wollen, wird er direkt mitgerissen. Er stößt einen schrillen Schrei aus. In mir hat sich eine merkwürdige Ruhe breitgemacht, so wie es der Fall ist, wenn man weiß, dass man den Kampf verloren hat. Die Angst fällt von mir ab und ich falle in eine Art Schockstarre. Ich rechne jeden Moment damit, dass der Mantikor seine spitzen Zähne in meinem Fleisch versenkt; stattdessen jedoch steigen Loth und ich immer weiter in die Höhe, viel höher, als der Menschenfresser sein sollte. Mein Blick sucht nach Yami und Pim auf der Wiese. Die beiden rennen noch immer vorwärts und haben anscheinend überhaupt nicht mitbekommen, dass Loth und ich nicht mehr hinter ihnen sind. Dann aber fällt mir etwas anderes auf: Die anderen Mantikore sind stehen geblieben und sehen verwundert zu uns hoch. Und sie sind winzig klein, so weit oben sind wir! Das ergibt keinen Sinn. Wenn diese Wesen fliegen könnten, hätten sie es doch längst getan.

Irritiert hebe ich den Blick – und erstarre. Was uns da ergriffen hat, das war kein Mantikor – sondern die Harpyie! Mit ihren Klauen hat sie mich und Loth aus der Wiese gepflückt, und erst jetzt begreife ich, dass wir nicht gefressen werden, sondern gerettet. Als sie meinen Blick bemerkt, stößt sie einen vogelartigen Schrei aus. Loth zuckt zusammen.

»Sie hilft uns!«, rufe ich, um ihn zu beruhigen. Und dann, an das Tier gewandt: »Kannst du Yami und Pim auch noch retten?«

Die Harpyie stößt einen weiteren Schrei aus, und im nächsten Augenblick lässt sie Loth und mich los. Wir stürzen in Richtung Boden, und während ich mich auf den Aufprall und die unten wartenden Menschenfresser vorbereite, denke ich noch, dass meine Bitte wohl zu viel des Guten war; doch dann fliegt sie direkt unter uns und fängt uns, sodass wir nun auf ihrem Rücken sitzen. Loth sitzt vor mir und klammert sich an ihrem Hals fest, ich rutsche an ihn heran und schlinge die Arme um seine Mitte, und unwillkürlich kommt mir die Motorradfahrt mit Siath wieder in den Sinn. Ein Erlebnis, das so lange her ist, als wäre es einer völlig anderen Person in einem völlig anderen Leben passiert. Loth stößt einen übermütigen Schrei aus.

Die Harpyie schießt hinab, und einen Moment später hat sie sich mit ihren Krallen Yami mit Pim und Herkules geschnappt. Yami zappelt, schreit und tritt wild um sich, doch sie hält Pim fest in ihren Armen, der wiederum lässt den kleinen Hund nicht los. Der Vogel steigt hoch in die Lüfte hinauf und lässt die drei fallen, nur um sie danach ebenfalls auf seinem Rücken aufzufangen. Erst jetzt realisiert Yami, dass sie gerettet wurden.

»Das ist ja unglaublich!«, ruft sie hinter mir, während wir immer höher steigen und schließlich hinter einer dichten Wolkendecke verschwinden, sodass wir den Grund und die verdutzten Menschenfresser, die wir dort zurücklassen, nicht mehr sehen können. »Sie hat dich gerettet, weil du sie gerettet hast, Mina! Und uns gleich mit! Von so was habe ich noch nie gehört!«

Die Harpyie dreht ihren Kopf um 180 Grad und wirft mir einen fragenden Blick zu. Ihre wilden, dunklen Augen sind voller Zuneigung. Mit den Fingern fahre ich über ihr Federkleid, streichle ihre Flanke. Obwohl ich ihre Sprache nicht spreche, ist mir klar, was sie mir sagen will.

»Loth, magst du uns jetzt verraten, wo du den Ring versteckt hast?«, rufe ich über den Wind nach vorn. »Ich glaube, sie möchte uns direkt da hinbringen.«

»Ja«, ruft er zurück. »Wir müssen nach Sonnenmeer.«

Ich habe natürlich keine Ahnung, wo das liegt oder was es genau ist, doch da niemand fragt, gehe ich davon aus, dass die anderen Bescheid wissen.

»Aber vorher müssen wir Tinki wiederfinden«, rufe ich über das Rauschen des Windes hinweg. »Sie muss noch irgendwo da unten sein. Zumindest hoffe ich das. Können wir noch mal zurück und nach ihr suchen?«

Die Harpyie dreht ihren Kopf wieder nach vorn und schießt los. Ich könnte schwören, dass sie genickt hat, aber das muss Einbildung gewesen sein.

Es dauert nicht lange, bis wir Tinki wiederfinden. Sie ist unverletzt und flattert neben uns her, während wir uns auf den Weg nach Sonnenmeer machen.

»Ich habe es versucht, aber es waren einfach zu viele«, sagt sie immer wieder. Noch immer ist sie vollkommen außer Atem. »Dort unten, hinter dem großen Hügel, da war ein ganzes Nest von ihnen. Ein paar von ihnen konnte ich weglocken, aber die anderen konnte ich nicht täuschen. Es tut mir so leid.«

»Das muss es nicht«, ruft Yami gegen den Wind an. »Du konntest nichts dafür, und du hast dein Bestes gegeben. Ohne dich wären wir wahrscheinlich alle nicht mehr am Leben.«

Voller Erstaunen registriere ich, wie sich ihr Tonfall gegenüber Tinki verändert hat, doch ich kommentiere es nicht weiter. Sie hat recht. Ohne Tinki hätten wir es nicht geschafft. Und erst jetzt wird mir etwas anderes bewusst: Loth hat versucht, mich zu retten. Es war zwar nicht nötig, weil die Harpyie uns schlussendlich alle gerettet hat, aber der gute Wille zählt. Er hätte auch einfach zusehen können, dass er sich selbst in Sicherheit bringt, doch er ist bei mir geblieben. Er steht auf unserer Seite. Und das fühlt sich überraschend gut an.

»Wo genau liegt Sonnenmeer?«, frage ich.

»An der Küste«, sagt Yami. »Es liegt im ehemaligen Lumina und ist der vermutlich mieseste Ort, an den wir gehen könnten, aber uns bleibt wohl nichts anderes übrig.«

»Sonnenmeer ist ein mieser Ort?«, sage ich. »Kaum zu glauben. Der Name klingt einladend.«

»Das täuscht. Das war vielleicht früher mal. Vor langer Zeit war es tatsächlich schön. Wenn morgens im Osten die Sonne aufgeht, wird die gesamte Stadt und das Meer davor in goldenes Licht getaucht, daher hat sie ihren Namen. Heute liegt sie in Trümmern.«

Unwillkürlich muss ich schaudern.

»Trümmer?«

»Na ja. Es war die größte Stadt in Lumina, und außerdem war dort der Regierungssitz, Raskor hat da natürlich zuerst angegriffen. Ich gebe zu, ich war noch nie dort«, sagt Yami. »Mein Zuhause ist ja der Unwald, ich kenne die Geschichten nur vom Hörensagen, aber …«

»Sie sind wahr«, mischt sich Tinki ein. »Ich war dort und habe es gesehen. Es gibt Viertel, in denen kein Stein mehr auf dem anderen steht. Viele der Bewohner sind geflüchtet. Überall sind Raskors Soldaten. Loth, ich hoffe, dein Versteck steht noch.«

»Das hoffe ich auch«, murmelt er.

Wir fliegen und fliegen, die Wolken verziehen sich nach einer Weile, und zum ersten Mal sehe ich, wie schön Eden ist. Bisher habe ich ja nicht wirklich viel gesehen, bis auf den trostlosen Wintersumpf, das kleine umbrische Dorf, den Unwald und den Gefängnisberg – und nichts davon war besonders einladend. Nun sehe ich zum ersten Mal die Landschaft von Lumina, und absurderweise muss ich an den *König der Löwen* denken – an die Szene, in der Mufasa seinem Sohn Simba das Königreich zeigt. Unglaublich, dass all das hier meine Heimat sein soll. Der Gedanke daran erfüllt mich mit sehr gemischten Gefühlen.

Genauso unfassbar ist es, dass in diesem Land ein solches Elend herrschen soll, und dennoch ist es so. Unter uns erstrecken sich wunderschöne Felder in den buntesten Farben, im Abendlicht glitzernde Seen, kleine Wälder und hin und wieder kleine Ortschaften. Es ist traumhaft, doch der Schein trügt.

»Die meisten der Dörfer, die du hier siehst, sind ausgestorben«, ruft Yami, und wie auf Kommando bekomme ich erneut eine Gänsehaut. »In vielen davon haben Hexen gewohnt. Von den Menschen wurden viele in die Armee eingezogen, aber die menschlichen Soldaten überlebten meist nicht besonders lange. Du wirst es merken, je näher wir zur Hauptstadt kommen, je weiter wir in den Süden fliegen, desto schlimmer sieht es aus. Genieß die Aussicht, solange es noch geht.«

Das tue ich. Bald darauf wird es ohnehin dunkel und man kann kaum noch etwas erkennen. Irgendwie bin ich froh darüber. Obwohl ich es ungern zugebe, habe ich Angst vor dem, was mich in der ehemaligen Hauptstadt erwartet: All die Erwartungen an mich, vor allem aber das Chaos und das Leid. In meinem alten Leben hätte ich mich nie freiwillig in ein Krisengebiet begeben.

Und nun bin ich nicht nur mittendrin, sondern soll auch noch dafür sorgen, das Ganze zu beenden. Hätte mir das vor einem Jahr jemand erzählt, hätte ich es für einen schlechten Witz gehalten.

Ich seufze. Und dann genieße ich die Aussicht.

Solange es eben noch geht.

47

Wir fliegen die halbe Nacht durch, und zwischenzeitlich döse ich sogar ein. Es ist verdammt kalt hier oben, aber so eingekuschelt zwischen Loth und Pim lässt es sich aushalten. Tinki hat sich auf meiner Schulter niedergelassen, der Junge schnarcht an meinem Rücken. Auch Herkules scheint zu schlafen. Yami hat die beiden fest im Arm. Über uns leuchten Milliarden Sterne und der pinke Planet, drei kleine Monde gießen ihr weißes Licht über uns. Die Nachtluft ist frisch und klar. Tatsächlich fühlt sich diese Nacht nach einer Geborgenheit an, die ich bisher nur von Conny kannte. Bei dem Gedanken an sie zieht sich etwas in meinem Magen schmerzhaft zusammen. Vor Kurzem dachte ich noch, ihr Verschwinden sei mein größtes Problem. Nun ist es ein durchgeknallter Diktator. Aber Conny ist hart im Nehmen, das sage ich mir immer wieder. Sie wird schon irgendwo untergekommen sein. Conny kommt immer irgendwie zurecht.

Natürlich habe ich die anderen nach ihr gefragt. Keiner hat irgendwas von einer anderen Portalreisenden mitbekommen, nicht einmal Tinki, die sonst anscheinend alles mitbekommt. Aber ich darf nicht zu viel darüber nachdenken. Ich werde sie finden, sobald Eden wieder sicher ist.

Irgendwann geht die Harpyie in den Sinkflug über. Zunächst merke ich es überhaupt nicht, denn es ist zu dunkel um uns herum; doch dann verändert sich der Druck auf meinen Ohren. Auch Loth scheint es zu bemerken.

»Wir landen«, murmelt er verschlafen. Ich lausche in die Dunkelheit, doch alles ist still.

»Wir sind nicht in Sonnenmeer«, stellt Tinki fest. Sie ist losgeflattert und wirft einen Blick auf die Umgebung. »Aber kurz davor.

Hier ist nichts als Wildnis. Ist auch irgendwie klar, die Harpyie wäre ziemlich lebensmüde, wenn sie direkt in die Hauptstadt fliegen würde, wo Tausende von Soldaten unterwegs sind, die alles Nichtmenschliche sofort abmurksen.«

Ich schlucke schwer. »Ja, klingt sinnvoll.«

Nur wenig später landen wir am Rand eines kleinen Waldes. Im Gegensatz zu den Wäldern in den Kusch-Bergen klingt hier alles ganz natürlich. Eine Eule schreit, Grillen zirpen. Andere Geräusche durchbrechen die nächtliche Stille, von bekannten und unbekannten Tieren. Gackern, Keckern, Piepsen. Nach all den Nächten im Unwald fühlt es sich vertraut an und sehr viel beruhigender als die tödliche Stille auf dem Gefängnisberg.

Wir rutschen nacheinander vom Rücken der Harpyie. Ich gehe einmal um sie herum und streichle ihr vorsichtig über den Hals.

»Danke, dass du uns geholfen hast«, sage ich.

Sie senkt den Kopf und drückt ihre Stirn gegen meinen Hals. Ohne es zu wollen, sammeln sich ein paar Tränen in meinen Augenwinkeln, die ich verstohlen wegwische. Ich habe das Tier in der kurzen Zeit wirklich lieb gewonnen und mir ist klar, dass dieser Abschied möglicherweise für immer sein wird. Ich kann nur hoffen, dass die Harpyie gut auf sich aufpassen wird.

»Ich werde alles tun, damit Eden für dich wieder zu einem schönen Ort wird«, verspreche ich ihr und streichle ihr über den Kopf. Einen kurzen Moment stehen wir noch so da. Dann richtet sie sich wieder auf, reckt stolz ihren Hals und sieht mir noch einmal direkt in die Augen.

Wie kann nur irgendjemand denken, dass dieses schöne, stolze Tier ein Monster ist?

Im nächsten Moment hat sie sich vom Boden abgestoßen und ist in der Dunkelheit verschwunden.

Da stehen wir nun im Halbkreis auf der Wiese und sehen ihr hinterher, auch wenn wir sie bereits nach kurzer Zeit nicht mehr sehen können: Loth, ein Mensch und Kleinkrimineller auf der Flucht. Yami, die Waldvampirin, die unter anderen Umständen mit uns allen vermutlich nichts zu tun haben wollte. Tinki, die Fee, der es wahrscheinlich ähnlich ginge. Pim, der kleine Hexenjunge, der eigentlich bei seiner Familie, seinem Zirkel sein sollte. Herkules, der Welthund, der hier weniger als Haustier, sondern mehr als eine Art Plage angesehen ist.

Und ich. Mensch, Hexe, Prinzessin, Verfolgte … Was auch immer.

Eine ganze Weile lang sagt niemand etwas, und es ist nicht zu übersehen, dass jeder von uns Angst vor dem nächsten Schritt hat. Niemand ist wirklich scharf darauf, in die Hauptstadt zu gehen. Niemand ist wirklich scharf darauf, zu kämpfen. Was wir bisher erlebt haben, das war die eine Sache. Gut, ich war im Unwald, aber am Ende war er nicht so gefährlich, wie Ron behauptet hat. Und auch die Sache mit dem Gefängnisausbruch war im Nachhinein gesehen ein Klacks.

Was uns nun bevorsteht, das ist ein anderes Kaliber. Wäre das hier eins der Videospiele, die ich mit Conny früher gezockt habe, dann wäre Sonnenmeer das letzte Level, Raskor der Endgegner.

Ich räuspere mich.

»Loth«, sage ich, »wenn du nicht mitgehen willst, kann ich das verstehen. Das können wir wahrscheinlich alle. Wir haben dich in diese Sache mit reingezogen, aber du musst dich natürlich nicht in Gefahr begeben. Du kannst uns einfach sagen, wo du den Ring versteckt hast, dann können wir ihn holen.« Ich mache eine kurze Pause und atme einmal tief durch. »Das gilt übrigens für euch alle. Ich möchte euch nicht in Gefahr bringen. Wenn ihr einen guten Ort wisst, wo ihr euch verstecken könnt, bringt euch in Sicherheit.«

Yami schüttelt langsam den Kopf und tritt einen Schritt vor, sodass sie direkt neben mir steht. »Nein«, sagt sie mit fester Stimme. »Ich bleibe. Dieser Irrsinn muss endlich aufhören, und wenn ich dabei helfen kann, dann werde ich das tun.«

Tinki flattert über mir. »Ich bleibe natürlich auch.«

»Der Ring ist in der Bibliothek versteckt«, sagt Loth ruhig. »Zweiter Stock, Reihe siebzehn, Regal zwölf, drittes Fach. Das fünfte Buch von links.«

»In der Bibliothek?«, stoße ich hervor. »Es gibt eine Bibliothek? Und … und da hat ihn niemand gefunden? Das klingt nicht nach einem besonders sicheren Versteck.«

»Das ist es aber«, sagt Loth grinsend. »Im zweiten Stock sind nur uralte Bücher gelagert, in Reihe siebzehn noch dazu ausschließlich

Nischenthemen, für die sich keiner interessiert. Da ist so gut wie nie jemand. Ich weiß das. Ich habe früher dort gearbeitet – also bevor mein Leben den Bach runtergegangen ist.«

»Du hast dort gearbeitet? Du warst Bibliothekar?« Fassungslos starre ich ihn an. Natürlich hätte mir klar sein müssen, dass er vor seinem Gefängnisaufenthalt ein Leben hatte, aber damit hätte ich nicht gerechnet. Auch nicht damit, dass es in Sonnenmeer eine Bücherei gibt. Es scheint, als hätte ich noch immer keine Ahnung davon, wie es in Eden wirklich aussieht. Oder vor dem Krieg ausgesehen hat. Außerdem wirkt Loth nicht so, wie ich mir einen klassischen Bibliothekar vorgestellt habe. Aber wie stellt man sich so jemanden überhaupt vor? Alt vermutlich, mit Anzug und Monokel. Und weit weniger unverschämt.

»Ja, und ich habe es geliebt«, sagt er jetzt. Nun sieht er ein wenig wehmütig aus. »Ich habe Sataria in der Bibliothek kennengelernt. Sie hat Bücher geliebt und …« Er räuspert sich. »Na ja, jedenfalls ist das besagte Buch eine Attrappe. Es ist innen leer. Nun ja – bis auf den Ring.« Er lächelt schief. »Und ich erzähle euch das übrigens nur, damit ihr auch allein zurechtkommt, sollte mir irgendwas zustoßen. Damit ihr nicht völlig aufgeschmissen seid im Notfall. Ich werde natürlich bei euch bleiben, mit euch die Artefakte suchen und mit euch kämpfen.«

»Sicher?«, hake ich nach. Ich kann es kaum glauben.

»Klar«, sagt er. »Ich habe ohnehin nichts zu verlieren. Und ich kenne mich in Sonnenmeer bestens aus, schließlich bin ich dort aufgewachsen und habe den Großteil meines Lebens da verbracht. Ich nehme mal an, das könnte euch eine Hilfe sein. Nichts für ungut, aber Yami und Tinki haben sich bisher wahrscheinlich größtenteils im Unwald aufgehalten, du, Mina, wirkst, als kämst du aus einer anderen Welt, und Pim sollten wir vorher dringend in Sicherheit bringen. Dafür habe ich im Übrigen schon eine Idee.«

»Dir ist klar, dass es nicht einfach wird, oder? Wenn wir den Ring haben, ist das noch nicht das Ende, wir brauchen noch den dritten Gegenstand, den Schatz des Kristallzirkels, und um ehrlich zu sein, wir haben weder eine Ahnung, was das sein soll, noch wo wir suchen müssen. Und wenn das geschafft ist, müssen wir immer noch gegen

Raskor und seine Soldaten kämpfen. Und ich habe keine Ahnung, wie wir das tun sollen und wie uns diese Gegenstände dabei helfen können, eigentlich kann ich nicht einmal hexen.« Ich merke selbst, wie ich versuche, ihm das Mitkommen auszureden, dabei weiß ich gar nicht wieso. Ich zweifle nicht daran, dass er uns eine Hilfe sein kann. Doch irgendwie fühle ich mich schuldig, wenn ich all diese Leute in Gefahr bringe. Am liebsten würde ich allein gehen, auch wenn das eine furchtbar beängstigende Vorstellung ist.

Er lacht. »Du unterschätzt dich gnadenlos. Ich habe gesehen, wie du hexen kannst, und der Rest ist mir klar. Aber das macht nichts. Ich bin mir sicher, das wird sich irgendwie finden. Was der dritte Gegenstand ist, lässt sich mit Sicherheit irgendwie herausfinden.«

»Woher auf einmal der Sinneswandel?«, fragt Yami argwöhnisch. »Ich dachte, du glaubst nicht an die Prophezeiung-Schmophezeiung?«

»Das tu ich auch nicht so richtig«, sagt er und grinst schief. »Aber ihr. Und ich vertraue euch. Manchmal muss man eben etwas riskieren.«

Obwohl wir alle todmüde sind und uns am liebsten in Yamis Hängematte schlafen legen würden, machen wir uns bereits nach kurzer Zeit auf den Weg. Wir alle sind uns einig, dass es im Schutz der Nacht sehr viel einfacher sein wird, in die Stadt zu gelangen. Loth entpuppt sich außerdem als echter Glücksgriff, und ich muss meinen ersten Eindruck von ihm noch einmal gründlich revidieren. Nicht nur, dass er mir das Leben retten wollte und genau weiß, wo der Ring versteckt ist, er ist uns auch jetzt eine große Hilfe.

»Ich habe einen guten Freund in einem Vorort von Sonnenmeer«, erklärt er uns auf dem Weg. »Natürlich haben wir uns seit Jahren nicht mehr gesehen, und ich hoffe, er wohnt noch dort, aber falls ja, können wir erst mal bei ihm unterkommen. Vielleicht können wir eine Runde schlafen, bekommen was zu essen – außer du, Yami –, und möglicherweise können wir ja Pim bei ihm lassen.«

Yami verzieht das Gesicht, nickt aber. Unwillkürlich frage ich mich, wann sie zum letzten Mal Nahrung bekommen hat und wie lange das wohl noch anhalten wird. Pim indes widerspricht nicht. So selbstsicher und mutig er am Anfang gewirkt hat, im Laufe unserer gemeinsamen Reise ist er immer stiller geworden. Es ist sicher kein Fehler, wenn wir irgendwo einen Ort finden, wo er zur Ruhe kommen kann. Ich nicke.

»Das klingt gut.«

Die Harpyie hat uns nicht besonders weit von Sonnenmeer abgesetzt, und bereits nach etwa einer Stunde Fußmarsch kommen die ersten vereinzelten Häuser eines der umliegenden Orte in Sicht. Noch immer ist es finster, doch so langsam müssen wir uns beeilen, wenn wir es noch im Schutz der Dunkelheit schaffen wollen. Nicht mehr lange, und die Sonne wird aufgehen. Bis dahin sollten wir entweder bei Loths Freund untergekommen sein oder – wenn er nicht mehr da sein sollte – ein anderes Versteck innerhalb der Stadt gefunden haben.

Als wir den ersten Vorort betreten, erlebe ich eine Art Déjà-vu. Alles wirkt wie ausgestorben, wie in dem ersten Dorf, in dem ich Herkules gefunden habe. Dort lag es vermutlich hauptsächlich an der Uhrzeit, doch hier ist es wohl eher eine Folge des Krieges. Vielleicht ist es ein verlassenes Hexendorf. Ich muss schwer schlucken.

Wir bleiben am Dorfrand im Schutz einer hohen Mauer stehen, während Tinki ihrer Funktion als Späherin nachkommt und vorausfliegt. Nach kurzer Zeit kehrt sie zurück. »Die Luft ist rein«, sagt sie. »Falls hier überhaupt noch jemand lebt, schlafen alle. Ich kann mir aber auch vorstellen, dass viele der Häuser leer sind. Vielleicht wäre das eine Möglichkeit, wenn dein Freund nicht mehr da ist, Loth.«

»Ich hoffe nicht, dass wir darauf zurückgreifen müssen«, sage ich. Bei der Vorstellung, in ein fremdes, leeres Haus einzubrechen und dort zu wohnen, während die wahren Besitzer möglicherweise weggebracht und getötet wurden, läuft mir ein eisiger Schauer über den Rücken.

Wir durchqueren das Dorf, und bereits nach kurzer Zeit haben wir das andere Ende erreicht. Es war mehr eine Ansammlung aus wenigen Häusern denn eine richtige Ortschaft.

Am anderen Ortsrand steht eine altmodisch wirkende Reklametafel. *Fröhliches Lichterfest*, steht auf einem ausgeblichenen Plakat. *Große Brunnenfeier am 14. Kleinmond 5449*. Daneben sind ein paar Illustrationen von Monden, Sternen und Laternen abgebildet. Eine seltsame Sehnsucht erfüllt mich, als ich das Plakat betrachte. Aus dem Augenwinkel sehe ich, wie Yami und Loth mich beobachten.

»Das Lichterfest ist einer der wichtigsten Feiertage hier in Lumina«, erklärt Yami nach einer Weile. »Zumindest vor dem Krieg war das so. Der wurde immer sehr groß zelebriert, in jedem Dorf. Traditionell am geschmückten Brunnen. Immer im Sommer. Mehr kann ich dazu nicht sagen. Ich hab mich nie für so was interessiert. Das Plakat ist mehr als fünfzehn Jahre alt. Wir haben das Jahr 5466.«

Ich kann meinen Blick nicht von dem verwaschenen Zettel lösen. Mehr als fünfzehn Jahre. Eine halbe Ewigkeit.

»Schade, dass ich nie das wahre Eden kennenlernen konnte«, sage ich nach einer Weile. Dann wende ich mich ab. Loth betrachtet mich noch immer nachdenklich, und ich habe das Gefühl, er möchte etwas sagen. Dann jedoch räuspert er sich und schüttelt leicht den Kopf, so als wollte er einen unliebsamen Gedanken loswerden. »Das nächste Dorf ist Lichtermeer«, sagt er dann. »Dort hat Kasimir gelebt. Ich hoffe, er ist noch da. Ansonsten hat er sicher nichts dagegen, wenn wir uns für eine Weile sein Haus leihen. Kommt, wir sollten weiter.«

48

Als wir vor Kasimirs Haus stehen, dämmert es bereits. Von hier aus ist es nur ein Katzensprung bis nach Sonnenmeer, aber inzwischen sind wir alle so müde, dass wir fast im Stehen einschlafen. Nichts wünsche ich mir mehr, als ein paar Stunden zur Ruhe kommen zu können. Zu richtiger Ruhe, vielleicht sogar in einem richtigen Bett. Ich versuche die Gedanken daran zu verbannen und mir keine unnötigen Hoffnungen zu machen, um nicht enttäuscht zu werden, aber ich kann sie leider kaum verhindern. Sie kehren immer wieder. Während wir darauf warten, dass Kasimir die Tür öffnet, versuche ich mich daran zurückzuerinnern, wann ich zum letzten Mal in einem richtigen Bett geschlafen habe. Das ist im Hotel gewesen, in der Kleinstadt, in der ich das Portal gefunden habe. Eine halbe Ewigkeit her. Die mit Stroh gefüllte Matratze in Yamis Baumhaus zähle ich nicht mit. Ich will nicht undankbar sein, aber mit einem richtigen Bett konnte man das nicht vergleichen. Das Bett im Hotel war so warm gewesen, so weich und kuschlig … Während ich darüber nachdenke, fallen mir tatsächlich die Augen zu, doch bevor ich umfallen kann, schrecke ich wieder auf.

»Reiß dich zusammen!«, zischt Yami neben mir.

Aus Angst vor unangenehmen Überraschungen haben wir dieses Mal Loth vorgeschickt. Nur für den Fall, dass nicht Kasimir die Tür öffnen sollte, sondern jemand anderes – ein Fremder, etwa ein Hausbesetzer oder Soldat. Wir anderen warten um die Ecke versteckt. Sicher ist sicher.

Natürlich ist Loth ein gesuchter Verbrecher, was blöd wäre, sollte ein Soldat die Tür öffnen und ihn erkennen. Aber immerhin ist er ein Mensch, was man von uns anderen wohl nicht behaupten kann. Im schlimmsten Fall würden sie ihn einsperren. Uns würden sie wahrscheinlich töten.

Und so warten wir, doch zum Glück dauert es nicht besonders lange. Nach nur wenigen Minuten kommt Loth zurückgerannt, die Wangen vor Aufregung gerötet, die Augen strahlend. »Er ist es, er ist noch da! Er will euch kennenlernen, kommt!«

Also huschen wir um die Ecke und verschwinden in den Hauseingang. Über den Dächern des kleinen Ortes geht langsam die Sonne auf.

Die Tür schließt sich hinter uns, und nun bekomme ich doch ein wenig Herzklopfen. Was, wenn das hier eine Falle ist? Doch ich bin mir sicher, Loth hätte es gemerkt … Außerdem kann ich mich nun wirklich kaum noch auf den Beinen halten. Wenn es sein müsste, würde ich wohl auch bei einem Rudel Mantikore übernachten.

Wir folgen Loth einen etwas altmodisch wirkenden Korridor entlang. Leise, fremdartige Musik erfüllt die Räume. Ich erkenne eine Flöte und irgendein Saiteninstrument; und noch etwas, was ich noch nie gehört habe.

Die Wände im Flur sind in einem scheußlichen Mintgrün gestrichen, wie es auf der Erde in den Fünfzigerjahren in Mode war. Den Boden belegt ein langer Läufer mit rot-braunem Karomuster. In einer Ecke steht ein dreibeiniges Tischchen aus rötlichem Holz, mit abgerundeten Ecken und einer eigenartigen Apparatur darauf; diese wiederum sieht nicht nach den Fünfzigern aus, sondern eher futuristisch. Bevor ich noch länger darüber nachdenken oder fragen kann, was das ist, haben wir den Flur bereits durchquert und betreten ein geräumiges Wohnzimmer.

Um einen runden kleinen Tisch steht ein Set aus jägergrünen Couchmöbeln. In einer Ecke auf einem kleinen Schränkchen die Quelle der Musik, ein Grammofon. Ich staune nicht schlecht.

»Herzlich willkommen«, sagt der Mann, der sich gerade aus einem der Sessel erhebt. Das muss dann wohl Kasimir sein. Er hat helle Haut, langes braunes Haar, von grauen Strähnen durchzogen und zu einem Zopf gebunden, trägt die hier üblichen Leinenhosen mit weißem Hemd und Hosenträgern. Er ist dünn, fast ein wenig ausgemergelt und um einiges älter als gedacht. Sein kurz gestutzter Bart ist bereits komplett ergraut. Doch sein Lächeln wirkt aufrichtig, seine Augen freundlich. Ich atme erleichtert auf.

»Ich bin Mina«, sage ich. »Das hier sind Yami, Pim, Tinki und Herkules.« Nacheinander zeige ich auf meiner Begleitung.

»Loth hat mir bereits erzählt, was ihr für ihn getan habt«, sagt Kasimir. Er kommt zu uns und reicht jedem von uns die Hand. Sein Händedruck ist fest und warm. Herzlich. »Und ich werde mein Bestmögliches tun, um euch zu helfen. Ihr könnt so lange bei mir bleiben, wie ihr wollt. Ein gewisses Restrisiko gibt es natürlich immer, aber im Großen und Ganzen lassen sie mich hier in Ruhe und ihr solltet sicher sein. Ich bin ein Mensch und zu alt, um als Soldat zu dienen. Sie haben schon vor einer Weile gemerkt, dass es bei mir nichts zu holen gibt.«

»Das ist sehr nett von dir«, sagt Loth. »Danke, dass du uns hilfst. Wir werden nicht lange bleiben, wahrscheinlich werden wir schon nächste Nacht losgehen. Nur Pim würden wir sehr gern bei dir lassen. Den Jungen.«

»Natürlich«, sagt Kasimir sofort. »Lasst ihn bei mir. Ich werde auf ihn aufpassen. Sonnenmeer ist kein Ort mehr für Kinder. Erst recht nicht, wenn sie besondere Fähigkeiten haben.«

»Danke«, murmelt Pim. »Kann mein Hund auch bleiben?«

Wie auf Kommando kläfft Herkules zweimal und wedelt fröhlich mit dem Schwanz.

»Selbstverständlich«, sagt Kasimir sofort. »Ihr seid beide herzlich willkommen. Ein Welthund ist mir in diesen Zeiten lieber als die meisten Menschen. Ihr seid auch nicht die ersten Flüchtlinge, die ich aufnehme. Vor einiger Zeit ist eine junge Frau bei mir untergekommen. Weiß der Unwald, wie sie es hierhergeschafft hat. Angeblich war sie Portalreisende, und so wie sie aussah, habe ich ihr das sogar geglaubt.«

»Portalreisende?« Mit einem Schlag bin ich wieder hellwach. »Hier war eine Portalreisende? Wie hieß sie? Wie sah sie aus?« Meine Stimme überschlägt sich fast.

»Ihren Namen wollte sie mir nicht verraten, aber sie war zwei Nächte hier«, sagt Kasimir. »Sie war groß, hatte blondes Haar. Und ein eigenartiges Gestell auf der Nase …«

»Eine Brille«, rufe ich. Mein Herz flattert und meine Fingerspitzen kribbeln. Kann es sich dabei wirklich um Conny handeln? Die Beschreibung passt. Blond. Groß. Brille.

»Weißt du, wo sie hingegangen ist?«, frage ich Kasimir. »Was ist mit ihr passiert?«

»Sie blieb nur ein paar Tage. Sie meinte, sie halte es hier nicht aus, wollte nicht hierbleiben in dieser kaputten Stadt. Ich kann es ihr nicht verdenken. Ich habe ihr geraten, in den Norden zu gehen. Ich weiß nicht, ob sie es geschafft hat.«

Ohne Vorwarnung falle ich Kasimir um den Hals. »Danke!«, sage ich. »Danke, dass du sie beschützt hast. Ich glaube, dass es meine Freundin war, die ich suche. Weißt du, wie sie hierhergekommen ist?«

»Nein, leider nicht. Sie war vorsichtig. Hat mir nicht getraut und nicht mehr erzählt als unbedingt nötig. Ich nehm es ihr nicht übel, in diesen Zeiten muss man aufpassen, wem man traut.«

Ich nicke. »Ich danke dir, Kasimir. Für alles.« In meinem Geiste mache ich mir eine Notiz: Norden. Ich hoffe nur, dass sie es geschafft hat und nicht von Raskors Leuten erwischt wurde.

»Warte, da war noch was«, sagt Kasimir jetzt. »Bevor sie ging, murmelte sie was vor sich hin.«

»Und was war das?«

»›Wenn ich sie jemals wiedersehe, dann bringe ich sie um‹«, zitiert er mit einer verstellten Stimme, die nur mit sehr viel Fantasie nach Conny klingt. »›Zieh die Kette an, hat sie gesagt. Wird hübsch aussehen. Zum Teufel, ich bring sie um!‹«

Einen kurzen Moment lang starre ich ihn einfach nur an. Er zuckt die Achseln. »Es folgten noch ein paar Flüche, die ich jetzt ungern wiederholen möchte. Keine Ahnung, was das sollte, aber sie war ziemlich sauer.«

Dann breche ich in Gelächter aus. »Das ist sie!«, stoße ich hervor. »Mein Gott! Das ist sie!«

»Dann hoffe ich für dich, dass sie es geschafft hat«, sagt Kasimir. »Allerdings wirkte sie, als könnte sie nichts so schnell aus der Bahn werfen.«

»Nein, das kann wirklich nichts«, sage ich, noch immer lachend. Die Erleichterung strömt durch meine Adern wie frisches, klares Wasser, belebt mich. Conny lebt! Ich bin tatsächlich auf dem richtigen Weg, trotz all der Umwege und Ablenkungen.

»In Ordnung«, sagt Kasimir jetzt. »Ich bringe euch dann mal zu eurem Versteck. Bereits während des Krieges habe ich ein wenig umgebaut, einfach um sicherzugehen. Ihr werdet gleich sehen, was ich meine.«

Wir folgen ihm durch den Gang zurück und er öffnet eine Tür, die zu einem kleinen Raum führt. Offenbar eine Speisekammer. Links und rechts sind Regalböden an die Wand geschraubt, auf ihnen befinden sich verschiedenste Lebensmittel, die meisten davon in Einweckgläsern. Durch ein staubiges kleines Fenster über dem linken obersten Regalboden fällt fahles Sonnenlicht. Draußen ist es inzwischen taghell.

»Ich verstehe nicht ganz ...«, setzt Yami an, aber Kasimir winkt ab. Stattdessen durchquert er den kleinen Raum mit zwei Schritten und öffnet den Schrank am anderen Ende. Darin hängen verschiedene Stoffe. Als er sie zur Seite schiebt, erkenne ich, dass es Arbeitskleidung aus grobem Leinen ist, leere Kartoffelsäcke, Schürzen. Am Boden stehen weitere Jutesäcke, die mit irgendwas gefüllt sind. Gerade als ich mich frage, was genau er uns jetzt hier eigentlich zeigen will, schiebt er einen der unteren Säcke beiseite und ein leises Klicken ertönt. Und dann schwingt die Rückwand des Schrankes plötzlich auf und gibt die Sicht auf einen weiteren Raum frei. Vor Staunen bleibt mir der Mund offen stehen.

Kasimir klettert als Erster durch die so entstandene Luke, wir anderen folgen ihm.

»Nicht schlecht!«, bringt Yami hervor. Ich drehe mich einmal um die eigene Achse. Das hier ist genial! Wir sind in einer weiteren kleinen Wohnung gelandet. Ein kleines, gemütlich eingerichtetes Wohnzimmer wartet hier auf uns, mit einer Couch, zwei Sesseln und einem Regal voller Bücher. Es juckt mich in den Fingern, das Regal zu durchwühlen, mir die lumische Literatur zu Gemüte zu führen, doch ich reiße mich zusammen. Wir haben keine Zeit für so was.

In einer Ecke steht etwas, das aussieht wie ein altmodischer Kühlschrank, daneben ein kleiner Esstisch mit zwei Stühlen. Außerdem gibt es eine weitere Tür.

»Da drin ist das Schlafzimmer«, sagt Kasimir. »Es gibt dort ein Doppelbett und zwei lose Matratzen, die auf dem Boden liegen. Die Couch kann man auch ausziehen, da passen auch noch mal zwei Leute drauf. Also insgesamt sollte genug Platz für euch da sein.«

»Das ist unglaublich!«, spricht Loth das aus, was ich denke. »Wann hast du das gemacht? Und warum?«

»Wie gesagt, ihr seid nicht die ersten Flüchtlinge, die ich hier beherberge«, sagt Kasimir. Sein Blick wird ein wenig trüb. »Etwa ein Jahr nachdem der Krieg losging, habe ich zum ersten Mal jemanden aufgenommen. Es war ein kleiner Junge, etwa so alt wie Pim. Auch aus einem Hexenzirkel. Er war nur ein paar Tage bei mir, wollte nicht bleiben. Er war ein Sturkopf sondergleichen und wild entschlossen, seine Familie zu finden. Die war allerdings längst deportiert worden. Er ging. Ich habe keine Ahnung, was aus ihm geworden ist.«

»Ein Jahr nachdem der Krieg ausgebrochen ist?«, hakt Loth nach. »Aber da war ich noch hier! Wieso hast du mir nie davon erzählt?«

Kasimir wirft ihm einen undefinierbaren Blick zu.

»Mein lieber Loth«, sagt er dann langsam, »hättest *du* es denn jemandem erzählt?«

Loth senkt den Blick. »Natürlich nicht.«

»Ich wollte niemanden zum Mitwisser machen«, fährt Kasimir fort. »Es blieb nicht bei dem Jungen. Kurze Zeit darauf nahm ich eine junge Familie bei mir auf. Die Frau hatte gerade ihr zweites Kind geboren, es war noch ein Säugling. Sie blieben länger, aber auch nicht ewig. Es war ihnen zu riskant, in der Nähe von Sonnenmeer zu bleiben, sie wollten in den Unwald fliehen, zu einem der Waldzirkel. Damals wusste man ja noch nicht, dass es so schlimm werden würde, dass diese Barbaren auch in den Wald vordringen und dort alles ausrotten würden …«

»Was ist aus ihnen geworden?«, frage ich.

»Sie wurden erwischt. Sie sind tot.«

Die Art und Weise, wie er das sagt, so vollkommen ton- und emotionslos, verursacht mir einen dicken Kloß im Hals. »Oh.«

»Also nein, Loth, ich habe es dir nicht erzählt«, sagt Kasimir. »Weil ich es niemandem erzählt habe. Ich dachte, wenn niemand davon weiß, sind sowohl das Versteck als auch meine Freunde sicherer, und über all die Jahre hat es funktioniert. Anscheinend hat mich niemand von denen, die weitergezogen sind, verraten. Ein paarmal waren Soldaten hier, und mir ist jedes Mal das Herz in die Hose gerutscht, aber sie kamen immer zu einem Zeitpunkt, an dem gerade niemand hier war. Ich hatte Glück. Aber irgendwann, als die Leute aufhörten zu kämpfen und stattdessen nur noch auf den Erlöser warteten, da beschloss ich, dass ich es nicht mehr meinem Glück überlassen wollte, nicht erwischt zu werden. Und so habe ich diese Zimmer umgebaut, die früher mal meine Werkstatt waren. Lumina mag gefallen sein, die Hexen sind es nicht. Es treiben sich immer noch genug da draußen rum, sie halten sich bedeckt, aber es gibt sie. Und wann immer eine oder einer von ihnen meine Hilfe braucht, bin ich da.«

»Ziemlich gut«, sagt Loth, sichtlich beeindruckt.

»Warte«, werfe ich ein. »Wenn du *Erlöser* sagst, meinst du dann …«

»Den Quatsch mit der Prophezeiung, genau. Den Retter, der kommen soll, um den Diktator zu stürzen. Du glaubst doch nicht etwa daran? Wenn du mich fragst, ist das dummes Zeug. Eine Ausrede, um nicht selbst aktiv werden zu müssen. Ich kann mit diesem neumodischen Quatsch nichts anfangen. Zu meiner Zeit hat man die Dinge selbst in die Hand genommen. Aber was weiß ich schon. Ich bin ein alter Mann.«

Loth wirft mir einen kurzen Seitenblick zu, sagt aber nichts.

Yami räuspert sich und reibt sich die Augen. »Vielen Dank für diese tolle Unterkunft, Kasimir. Ich will nicht unhöflich sein, aber mir fallen langsam wirklich die Augen zu. Ich würde mich gern hinlegen. Heute Abend müssen wir wieder fit sein, weil wir im Dunkeln nach Sonnenmeer gehen wollen.«

»Das ist in Ordnung«, sagt Kasimir und wendet sich zum Gehen. »Ruht euch aus, ihr habt einen weiten Weg hinter euch. Später müsst ihr mir aber unbedingt noch erzählen, was ihr überhaupt in der Hauptstadt wollt. Ich persönlich würde keinen Fuß in dieses Dreckloch setzen, aber das habe ich meinem Sohn bereits gesagt. Danke, dass ihr ihn mir zurückgebracht habt.«

Kasimir verschwindet durch die Tür und wir starren Loth fassungslos an. Er grinst nur schief und zuckt die Achseln. »Los, lasst uns eine Runde pennen.«

49

»Sagtest du nicht, er sei ein Freund?«, fragt Tinki. Sie flattert aufgeregt um Loth herum, der noch völlig verschlafen und zerzaust auf der ausgeklappten Couch sitzt. Über seine Beine hat er eine karierte Decke ausgebreitet, Pim liegt neben ihm und schläft noch tief und fest. Herkules hat es sich an seinem Fußende bequem gemacht.

»Na und?«, sagt Loth. »Man kann auch mit seinen Eltern befreundet sein, ob du es glaubst oder nicht.«

Ich schüttle nur den Kopf. Jetzt, wo ich es weiß, ist die Ähnlichkeit zwischen den beiden nicht mehr zu übersehen. Nicht nur äußerlich. »Und er glaubt nicht an die Prophezeiung«, sage ich. »Jetzt ist mir allerdings auch klar, woher du deine Skepsis hast.«

»Wir waren in den letzten Jahren vor meiner Verhaftung nicht sonderlich gut aufeinander zu sprechen«, sagt Loth. »Ich wollte euch nicht sagen, dass er mein Vater ist, weil ich nicht wusste, ob er überhaupt noch lebt. Und für den Fall, dass er gestorben wäre, wollte ich euer Mitleid nicht. Das ist alles. Aber er ist noch da, und ich vertraue ihm.«

»Was hast du ihm denn erzählt, warum wir nach Sonnenmeer wollen?«, fragt Yami.

Loth grinst. »Noch nichts. Das können wir uns jetzt gemeinsam überlegen. Wenn wir nicht wollen, dass er uns für vollkommen durchgedreht hält, erzählen wir ihm wohl besser nichts von dem Ring und Minas angeblicher Superhexenmacht.«

Etwa zwei Stunden später – gefühlt, denn so etwas wie eine Uhr besitze ich noch immer nicht und auch in Kasimirs Haus scheint es keine zu geben – brechen wir auf. Die Sonne ist bereits untergegangen und der kleine Ort liegt im völligen Dunkel da. Selbst Tinki wagt es nicht, ihr Licht einzuschalten, und so wird unser Weg nur vom schwachen Licht der Monde erhellt. Bis Sonnenmeer ist es zum Glück nicht weit.

Kasimir haben wir erzählt, dass wir den Ring zurückholen wollen. Er kennt ja den Grund für Loths Verhaftung, und dass der Ring sehr mächtig ist, ist kein Geheimnis. Nur die Tatsache, dass ich mich für *die Erlöserin*, wie er es ausgedrückt hat, halte, verschweigen wir ihm. Es wäre mir zu peinlich gewesen, und offenbar gab es eine stillschweigende Übereinkunft zwischen uns allen, dass das Thema »Prophezeiung« vor Loths Vater nicht mehr angesprochen wird.

Pim und Herkules haben wir zurückgelassen. Ein bisschen Bauchschmerzen habe ich bei dem Ganzen, denn ohne Pim bin ich die Einzige mit Hexenkraft – und die habe ich nicht einmal richtig im Griff. Laut Yami sollte ich inzwischen wieder erholt genug sein, dass meine Energie wieder zum Hexen reicht. Jetzt muss ich es nur noch hinkriegen. Aber vielleicht haben wir ja auch Glück und brauchen meine Kräfte überhaupt nicht; vielleicht haben wir Glück und begegnen niemandem.

Unser Plan sieht vor, dass wir in wenigen Stunden wieder zurück sein werden. In unserem Versteck in Kasimirs Haus haben wir die nötige Ruhe, um uns dann zu beraten, wie es weitergehen soll. Vielleicht können wir ein paar Tage bei ihm unterkommen und haben dort Zeit und Möglichkeiten, um zu recherchieren, wie genau uns die Schätze von Eden helfen können. Außerdem können wir uns vielleicht ausruhen. Zwar haben wir nun einige Stunden geschlafen, doch ich fühle mich noch immer unendlich müde und vollkommen ausgelaugt. Ein paar Tage Ruhe werden uns allen guttun. Doch erst muss der schwierige Teil erledigt werden.

Kasimir konnte uns ein wenig über die aktuelle Situation in der Stadt verraten, und ich konnte mir im Kopf ein Bild davon machen. Raskor und seine Soldaten haben Sonnenmeer wohl schon vor einigen Jahren eingenommen und besetzen es seitdem. Meine Eltern sind gefallen. Viele Bewohner sind geflüchtet, diejenigen, die noch dort leben, tun es in Armut und ständiger Angst.

Es gibt wohl eine Art mittelalterliche Stadtmauer, und die Tore werden von Soldaten bewacht. Das gilt aber nur für den westlichen

Teil der Stadt. Am Osten grenzt sie direkt an das Meer, und von dieser Seite aus sind unsere Chancen um Längen besser, unbeobachtet in ihr Inneres zu gelangen. Da sich auch die Bibliothek in Küstennähe befindet, werden wir es auf jeden Fall von dort aus probieren.

Nach einer Weile ragt am Horizont die Mauer der Stadt vor uns auf. Wir halten uns rechts, wie besprochen, und gehen im Schutz der Dunkelheit weiter. Die Mauer immer in respektvollem Abstand links von uns, laufen wir in Richtung Küste. Wir halten uns im Schatten der Bäume und keiner spricht ein Wort, doch jeder von uns ist wachsam und angespannt. Tinki schwebt über unsere Köpfe hinweg und behält die Lage im Blick.

»Sie werden nachlässig«, wispert sie, als sie nach einem Erkundungsflug zur Stadtmauer zurückkehrt. »Die Tore sind nur halb besetzt, eine von den Wachen schläft sogar.«

»Sie rechnen wohl nicht mehr damit, dass es noch Widerstand geben könnte«, sagt Yami. »Inzwischen haben sie ja fast alle Hexen vertrieben, und die letzte größere Rebellengruppe wurde vor einigen Wochen festgenommen.«

Ich erinnere mich dunkel an den Fernsehbericht, den ich in der Tankstelle gesehen habe.

»Ich würde es trotzdem von der Küste aus versuchen«, sagt Loth. »Ich kenne einen Weg, der vielleicht nicht bewacht wird. Und die Bibliothek ist ohnehin am Ostende.«

»Je weniger Strecke wir innerhalb der Stadt zurücklegen müssen, desto besser«, stimme ich ihm zu und wir gehen weiter.

Obwohl Sonnenmeer eine der größten Städte Luminas ist, sind wir viel zu schnell am Meer angelangt. Vielleicht kommt es mir auch nur so vor. Ich möchte unsere Mission so schnell wie möglich hinter mich bringen, gleichzeitig sträubt sich alles in mir dagegen, diese Stadt zu betreten. Sie fühlt sich an wie eine riesengroße Falle, die jeden Moment zuschnappen und uns zermalmen könnte, sobald wir nur nah genug dran sind. Die anderen drei sehen so entschlossen aus, während ich das Gefühl habe, vor Angst wie gelähmt zu sein. Mit jedem Schritt werden meine Beine schwerer, als würde Edens

Schwerkraft selbst versuchen, mich zurückzuhalten. Dennoch stehen wir kurze Zeit später an der Küste.

Frische Seeluft weht uns ins Gesicht, und das Rauschen des Wassers übertönt alle anderen Geräusche um uns herum. Die Luft ist erfüllt vom salzigen Geruch des Ozeans. Unwillkürlich fühle ich mich in die Nacht meines Geburtstags zurückversetzt. Die Wellen brechen sich mit lautem Tosen an den Klippen, in der Ferne jedoch liegt das Wasser still da. Der pinke Planet und die drei Monde – einer links von uns und fast voll, die anderen beiden auf der rechten Seite nur dünne Sicheln – spiegeln sich auf der schwarzen Oberfläche. Wäre unsere Situation nicht eine so bedrohliche, könnte ich es hübsch finden.

»Wie ist die Lage?«, fragt Yami, als Tinki von einem weiteren Erkundungsflug zurückkehrt. Sie versucht ruhig zu klingen, doch ich höre die Anspannung in ihrer Stimme. Trotz ihrer unübersehbaren Entschlossenheit ist mir klar, dass das alles für sie fast noch schlimmer sein muss als für mich. Sie ist ein Wesen des Unwaldes, sie gehört nicht hierher. All das hier muss für sie noch fremder sein als für mich. Und dennoch kommt sie mit. Ich straffe die Schultern. Wenn Yami für mich so mutig sein kann, dann schaffe ich das auch für sie.

»Es sieht gut aus«, sagt Tinki. »Es ist sehr ruhig in der Stadt. Man bekommt fast den Eindruck, dort lebt kaum noch jemand. Aber wahrscheinlich schlafen sie nur alle. Wir dürfen uns von der Stille nicht täuschen lassen. Nur die Soldaten, es ist …« Sie zögert.

»Was ist mit ihnen?«, hakt Loth nach.

»Ich weiß es nicht. Es sind unglaublich viele, Hunderte, aber sie sind … sie sehen merkwürdig aus. Verhalten sich merkwürdig. Anders. Es … ich kann es euch nicht richtig sagen, es ist einfach komisch. Wir müssen vorsichtig sein.«

»Die sind wahrscheinlich übermüdet«, sage ich.

»Oder gelangweilt«, wirft Yami ein. »So wie es hier aussieht, habe ich nicht den Eindruck, als hätten sie noch besonders viel zu tun. Ich glaube nicht, dass Raskor noch mit großen Überraschungen rechnet.«

»Seid einfach vorsichtig«, sagt Tinki.

Ich nicke. »Das sind wir. Warst du bei der Bibliothek?«

»Ja. Ist ruhig. Sieht verlassen aus. Den Weg, von dem du erzählt hast, Loth, habe ich gefunden. Er ist ziemlich zugewuchert, so wie der ganze Garten.«

»Das klingt eigentlich ganz vielversprechend«, sage ich und Loth nickt.

»Ich glaube nicht, dass wir dort hinten etwas zu befürchten haben«, sagt er. »Dieser Weg wurde früher schon kaum benutzt, und ich glaube nicht, dass Raskor auf die Idee kommt, Gärten verlassener Gebäude bewachen zu lassen. Er wird sich voll und ganz auf die Stadttore konzentrieren. Kommt, lasst uns zusehen, dass wir diesen Ring holen.«

Ich atme einmal tief durch und bete innerlich, dass Loth sich nicht täuscht.

50

Wir folgen Loth eine schmale Treppe die Klippen hinab. Grobe Stufen wurden hier in den Stein gehauen, doch alles ist so zugewachsen von Brombeersträuchern und anderen – mir teils unbekannten – Pflanzen, dass sie kaum noch zu erkennen sind. Hier scheint schon seit Ewigkeiten niemand mehr gewesen zu sein, und diese Erkenntnis ist irgendwie beruhigend.

Der Weg führt uns ein Stück hinab, macht dann eine Biegung nach links und geht in einen schmalen Pfad aus festgetretener Erde über. Um uns herum wachsen wilde Büsche und Bäume, die uns Schutz bieten. Nun gehen wir parallel zum Meer und zur Stadt; links von uns ragen verlassen wirkende Häuser in die Höhe, rechts begleiten uns die Geräusche des Ozeans. Die Luft ist feucht und schwer vom Wasser, und zum ersten Mal seit langer Zeit fröstle ich wieder. Die Temperaturen sind noch immer sommerlich, doch meine Kleidung ist klamm von der Luft.

Neugierig betrachte ich die Teile der Stadt, die ich von hier unten durch das Gebüsch erkennen kann. Die Häuser sind aus grobem Stein gebaut, doch ihre Formen sind klar und minimalistisch, fast modern. Die stumpfwinkligen Dächer sind mit einem dunklen Material bedeckt, von hier unten und im Dunkeln kann ich nicht erkennen, was es ist, doch es sieht nicht nach Ziegelsteinen aus. Viele der Bauten haben breite Glasfronten, die einen wundervollen Ausblick auf das Meer bieten müssen. Im Moment spiegeln sie die vier großen Himmelskörper wider.

Plötzlich bleibt Loth stehen.

»Hier irgendwo muss es sein«, murmelt er. Er schlägt sich nach links in die Büsche und scheint dort nach etwas zu suchen. Ich sehe ihn nicht mehr, sondern höre es nur noch rascheln. »Hier ist alles so verwildert, dass man gar nichts mehr sehen kann, aber … das ist was Gutes, nehme ich an. Es zeigt mir, dass dieser Weg schon lange nicht mehr benutzt worden ist. Ah, hier ist es!«

Ein Klicken ertönt, dann ein Quietschen. Dann Loths Stimme: »Nun kommt schon, ich habe nicht die ganze Nacht Zeit!«

Yami fackelt nicht lange und verschwindet ins Gebüsch. Tinki fliegt voraus, ich folge ein wenig zögerlich. Das hier ist der Schritt, nach dem es kein Zurück mehr geben wird, das fühle ich. Natürlich ist es Blödsinn, der Entschluss stand auch vorher schon lange. Doch plötzlich fühlt es sich so endgültig an, als wäre ich eine Gladiatorin, die in diesem Moment die Arena betritt.

Ich schiebe die Büsche beiseite und klettere hindurch, und dann kann ich endlich erkennen, was Loth gesucht und gefunden hat: ein schmiedeeisernes Tor ist hier versteckt, mit fremdartig anmutenden, filigranen Ornamenten verziert. Loth hat es bereits geöffnet und es steht uns weit offen. Links und rechts davon verläuft ein fast zwei Meter hoher Eisenzaun, doch er ist so zugewuchert, dass ich ihn vorher nicht gesehen habe.

Hinter dem Tor führt ein schmaler Weg aus Kieselstein bergauf, windet sich durch meterhohes Gras und weitere Büsche und Bäume, sodass man ihn nur sehen kann, wenn man danach sucht. Mit den Augen verfolge ich den Weg bis zu einer weiteren Steintreppe, die schlussendlich nach oben direkt zum Eingang eines monumentalen Gebäudes führt.

»Wow«, bringe ich hervor.

»Darf ich vorstellen: die Bücherei!« Loth grinst. »Wusste ich es doch, dass niemand auf die Idee kommt, den verlassenen Garten hinter dem Gebäude zu bewachen. Hier hinten hat sich schon vor dem Krieg kaum jemand rumgetrieben.«

»Das ist es?«, fragt Yami ungläubig. »Das ist alles, hier ist schon die Bibliothek?«

»Sei doch froh«, sagt Loth.

»Kommt mir ein wenig einfach vor.«

Ich kann ihr Misstrauen verstehen. Ähnlich wie in den Kusch-Bergen fühlt sich die Stille nicht wirklich beruhigend an, sondern eher bedrohlich – so als würden wir etwas Wichtiges übersehen.

»Freu dich nicht zu früh, noch sind wir nicht drin«, sagt Loth. »Aber mich wundert es nicht. Die Leute lesen doch schon lange nicht mehr, die Bibliothek war für die meisten schon vor zwanzig Jahren uninteressant. Hier war nie besonders viel los, deswegen war sie ja auch ein so gutes Versteck. Ich glaube, die Leute haben sie einfach vergessen.«

Ein wehmütiger Ausdruck hat sich auf sein Gesicht geschlichen, doch nur für den Bruchteil einer Sekunde. Dann schüttelt er ihn ab. »Wie dem auch sei, das hier ist sie. Und das ist der hintere Eingang.«

»Ich würde mich trotzdem wohler fühlen, wenn Tinki noch einmal nachsieht, ob hier wirklich keine Soldaten versteckt sind«, beharrt Yami. Ich muss ihr recht geben und Tinki fliegt los. Bereits nach kurzer Zeit kehrt sie zurück.

»Es ist wie ausgestorben hier«, bestätigt sie und Loth nickt zufrieden. »Sag ich doch.«

»Na gut, und wie sollen wir in das Gebäude kommen?«, fragt Yami widerwillig. Fast tut sie mir ein bisschen leid. Als Waldvampirin hat sie eine natürliche, tief sitzende Abneigung gegen Städte und geschlossene Gebäude, und das hier ist sogar für mich schwer. »Es ist doch bestimmt … ich weiß auch nicht, irgendwie gesichert?«

»Ob es gesichert ist, weiß ich nicht, aber ich bin ja nicht doof und habe damals Vorkehrungen getroffen«, sagt Loth und grinst. »Kommt!«

Wir folgen ihm ein Stück den Kiesweg entlang, während ich ihn leise vor sich hin murmeln höre. Nach einer altersschwachen Tanne macht er einen scharfen Schlenker nach rechts und geht mitten durch das hüfthohe Gras. Neugierig und skeptisch gleichermaßen folgen wir ihm, bis wir schließlich bei einem Brunnen ankommen. Ohne ein Wort zu sagen, bückt sich Loth und beginnt auf der Wiese umherzukrabbeln und dabei den Brunnen abzutasten.

»Was zum …?«, stößt Yami hervor. Dann wirft sie theatralisch die Hände in die Luft. »Jetzt ist er übergeschnappt. Ich wusste, dass es keine gute Idee war, ihn mitzunehmen.«

»Halt die Klappe«, ertönt Loths Stimme aus dem Gras. »Ich suche etwas, ich weiß genau, er muss hier irgendwo hinter einem losen Stein …« Ein leiser Schlag ertönt, dann ein dumpfes Plumpsen. »Hab ihn!«

Loth springt aus dem Gras und hält etwas Glänzendes in die Höhe.

»Der Ring?«, keuche ich. »Du hast ihn hier draußen versteckt?«

»Nein, sieh doch genauer hin«, sagt er. »Das ist ein Schlüssel. Für die Tür!«

»Hattest du keine Angst, dass ihn hier jemand findet?«

»Wer soll den hier denn finden?«

»Warum hast du nicht einfach den Ring hier draußen versteckt?«, stöhnt Yami. »Das ergibt doch keinen Sinn, wenn das hier ein sicheres Versteck ist, den Schlüssel zu verstecken, um zu einem weiteren Versteck zu gelangen, wo dann der Ring ist. Hättest du den Ring hier versteckt, dann …«

»Hört auf, ihr beide«, sage ich. »Wir haben also einen Schlüssel, das ist sehr gut. Jetzt gehen wir da rein und suchen den Ring!« Ich möchte das Ganze so schnell wie möglich hinter mich bringen.

Yami klappt den Mund auf, um noch etwas zu sagen, sieht Loths finsteren Blick und schließt ihn dann wieder.

»Kommt«, sagt Loth und steuert die Tür der Bibliothek an. Tinki flattert wie gewohnt über unseren Köpfen voraus, und obwohl ich natürlich nicht sehe, was sie sieht, gewöhne ich mich langsam daran und beginne dieser Maßnahme zu vertrauen.

Loth steckt den Schlüssel ins Schloss, ein leises Klicken ertönt und die massive Holztür schwingt nach innen auf. Ein Schwall Staub fliegt uns entgegen, und wir alle müssen so schlimm husten, dass es mit der Stille schlagartig vorbei ist.

»Na toll«, stöhnt Yami, als sie sich wieder beruhigt hat. »Hoffentlich hat uns jetzt niemand gehört.«

»Sieht gut aus«, ruft Tinki von oben. »Weit und breit niemand zu sehen. Die nächsten Soldaten stehen mehrere Straßen weiter.«

»Hier ist niemand«, sagt Loth noch einmal. »Was sollten sie hier auch wollen? Die Bibliothek ist für potenzielle Feinde vollkommen uninteressant.«

Vermutlich hat er recht. Ich starre durch die offene Tür in das schwarze Innere der Bibliothek. Licht können wir hier drin keins anmachen, so viel steht fest. Und die Batterien meiner Taschenlampe sind längst leer.

»Und nun?«

»Ich kann euch den Weg leuchten«, sagt Tinki, flattert in das bedrohlich wirkende Gebäude und schaltet ihre Lampe, wie ich es insgeheim nenne, wieder ein. Sofort leuchtet sie wieder wie ein etwas helleres Glühwürmchen. »Kommt ihr?«

Wir folgen ihr und Loth schließt sorgfältig die Tür hinter uns. Mit einem leisen Krachen fällt sie ins Schloss.

Es dauert ein paar Minuten, bis meine Augen sich an das Dunkel gewöhnt haben. Erst jetzt kann ich erkennen, wie schön es hier drin ist. Ich habe Bibliotheken schon immer geliebt, aber die Bücherei eines fernen Landes zu betreten fühlt sich noch eine kleine Spur magischer an. Links und rechts von mir erheben sich meterhohe Regale in die Höhe, in denen sich Buchrücken an Buchrücken reiht.

An der Decke über mir hängen gigantische Kronleuchter. Es juckt mich in den Fingern, das Licht einzuschalten, doch das geht natürlich nicht. Vielleicht hat niemand die Bücherei auf dem Schirm, aber wenn dieses verlassene Gebäude mit einem Mal hell erstrahlen würde, wären die Soldaten wahrscheinlich in Sekundenschnelle hier.

»Kommt, beeilen wir uns«, sagt Loth und durchquert den Saal mit schnellen Schritten. Wir folgen ihm, und mit Mühe reiße ich meinen Blick von den Büchern los. Wenn wir den Ring gefunden haben, könnte ich ja vielleicht noch eins davon mitnehmen? Ich beschließe, Loth danach zu fragen. Technisch gesehen wäre es trotzdem Diebstahl, aber wenn es stimmt, was er sagt, und sich niemand mehr für die Bücherei oder ihren Inhalt interessiert, sollte es auch niemanden stören. Und es ist einfach zu schade um all die schönen Bücher.

Wir sind an einer breiten Treppe angelangt, die nach oben zu einer Art Empore führt. Tinki schwebt vorneweg und leuchtet uns den Weg, Loth geht voran, Yami und ich folgen ihm. Wir gehen einmal halb das Geländer entlang, vorbei an weiteren unzähligen Regalreihen. Die hölzernen Bodendielen knarren bei unseren Schritten, und das Geräusch hallt laut in der leeren Bibliothek wider. Dann gelangen wir zu einer weiteren Treppe, die ein weiteres Stockwerk nach oben führt, zur nächsten Empore.

»Zweiter Stock, Reihe siebzehn, Regal zwölf, drittes Fach«, murmelt Loth.

»Das fünfte Buch von links«, fügt Yami hinzu.

Endlich sind wir im richtigen Stockwerk angekommen. Neugierig betrachte ich die Buchrücken, die hier aus den Regalen lugen. Je höher wir kamen, desto älter, benutzter und vergessener wirkten die Bücher, und diese hier sehen aus, als hätte sie jahrhundertelang niemand mehr in den Händen gehalten. Eine dicke Staubschicht liegt über allem, dicker noch als in den vorherigen Stockwerken.

Tinki fliegt voraus und nimmt uns damit das Licht. Wir beeilen uns, ihr zu folgen. Es dauert nicht lange, da ist sie hinter einer Regalreihe verschwunden und es ist fast dunkel um uns herum.

Mit schnellen Schritten gehen wir ihr hinterher, und als wir um die Ecke biegen, sehen wir bereits, wie sie vor dem Regal haltgemacht hat und mit schnellem Flügelschlag auf der Stelle flattert.

»Hier ist es!«, ruft sie aufgeregt.

In diesem Moment geht in der Bibliothek das Licht an.

51

Plötzlich geschehen mehrere Dinge gleichzeitig.

Ich kneife die Augen zusammen, weil mich das grelle Licht blendet. Yami und Loth fluchen, von unten ertönen wütendes Gebrüll und schwere Schritte. Jemand greift nach meiner Hand, doch anstatt mich mit sich zu ziehen, wird mir ein kalter Gegenstand in die Handfläche gedrückt und meine Faust darum geschlossen.

»Steck ihn ein«, zischt Loth in mein Ohr. Ich blinzle, als mir klar wird, was er mir da gegeben hat. Schnell lasse ich den Ring in meiner Hosentasche verschwinden. Meine Augen gewöhnen sich an das Licht, und ich suche nach Tinki, doch ich kann sie nirgends entdecken. Yami sieht sich panisch nach allen Seiten um wie ein wildes Tier in der Falle.

»Sucht sie!«, höre ich den Befehl von unten, und ein Schauer läuft mir über den Rücken. Diese Stimme würde ich überall und zu jeder Zeit erkennen. »Sie müssen hier irgendwo sein!«

»Siath«, flüstert Yami. Ihre Augen sind riesengroß vor Angst. So habe ich sie bisher nicht gesehen.

»Dieser Dreckskerl«, stoße ich hervor. Obwohl ich weiß, dass wir in ernsthaften Schwierigkeiten stecken, schaffe ich es nicht, Angst zu fühlen. Da ist nur kalte Wut auf diesen Mann, der mich so ausgenutzt hat und nun tot sehen will. Sie sammelt sich in meinem Bauch zu einem rot glühenden Ball, und ich frage mich, ob ich sie für irgendeinen bösen Zauber gegen ihn und seine Schergen nutzen kann.

»Macht schon, wir müssen uns verstecken«, drängt Loth und entreißt mich meinen Gedanken. Er schiebt Yami und mich vor sich her, und ich lasse ihn gewähren. Ich habe ohnehin keine Ahnung, wo wir uns hier verstecken könnten. Loth hat hoffentlich einen Plan.

Wir schleichen die Gänge entlang und versuchen dabei, so leise und so schnell wie möglich zu sein, während unter uns die Hölle losbricht. Es klingt, als würden sie jedes einzelne Regal in Stücke schlagen. Noch haben sie uns nicht entdeckt; dass wir hier sind, können sie nicht wissen, sie können es nur vermuten. Im Moment müssen wir Zeit gewinnen.

Loth führt uns zu einer weiteren schmalen Treppe, die vor einer kleinen Luke endet. Eine weitere Empore gibt es hier nicht, denn wir sind bereits im obersten Stockwerk angelangt. Er klettert die Stufen hinauf und öffnet die Luke; leider lässt sie dabei ein ohrenbetäubendes Quietschen hören. Das entgeht auch unseren Verfolgern nicht.

»Sie sind oben!«, schreit jemand von unten. Diesmal ist es nicht Siath, sondern eine unangenehm hohe, nasale Männerstimme. Lautes Getöse folgt und schnelle, schwere Schritte auf den hölzernen Treppenstufen. Wie viele Männer werden es sein? Fünf? Zehn?

»Los, geht da rein«, befiehlt Loth und winkt Yami und mich durch die Luke in der Decke.

»Wo ist Tinki?«, frage ich, und nun werde ich doch von der Panik gepackt.

»Keine Ahnung«, keucht Loth und schubst mich halb durch die Luke, weil ich stehen geblieben bin. Yami klettert direkt hinter mir durch das Loch.

»Wartet mal, Tinki fehlt …«, setze ich noch an und versuche zurückzuklettern, da kommt Loth bereits durch die Luke, schiebt mich zurück und verschließt die Falltür hinter uns. Diesmal quietscht sie zum Glück nicht mehr.

»Ich weiß, dass sie fehlt«, sagt er atemlos, »aber was hätten wir tun sollen? Da draußen auf Raskors Sohn und seine Leute warten? Das wäre ziemlich dumm gewesen, Mina.«

»Wir können sie doch nicht einfach zurücklassen!«, ereifere ich mich.

»Wir lassen sie nicht zurück, sie war plötzlich verschwunden«, sagt Loth. »Wahrscheinlich hat sie sich als Erste versteckt.«

»Mach dir keine Sorgen«, sagt Yami, und ich registriere am Rande, dass ihre Stimme zittert. »Sie ist klein und schnell, außerdem kann sie fliegen. Sie hat sicher ein gutes Versteck gefunden.«

Ich sage nichts mehr. Die beiden haben recht. Wir hatten keine andere Wahl, und Tinki wird schon zurechtkommen. Stattdessen sehe ich mich hier oben um. Es ist fast dunkel, nur die vier großen Himmelskörper werfen ihr Licht durch zwei Dachfenster. Wir befinden uns auf einem Dachboden, inmitten von allerlei Gerümpel. Mehrere schwere Holzkisten stehen hier, unordentlich aufeinandergestapelt; marode Bücherregale und Massen an kaputten Büchern, von denen Buchdeckel fehlen oder aus denen Seiten grob herausgerissen wurden. Weitere große Gegenstände stehen verstreut herum, viele davon von weißen Laken bedeckt.

Ich gehe zu einem der Dachfenster und werfe einen Blick nach draußen. Etwa fünfzehn Meter unter uns kann ich den Garten erkennen; in der Ferne glitzert der Ozean im Mondlicht.

Ich wende mich wieder ab.

»Wir sitzen in der Falle«, stelle ich fest.

»Wir haben Zeit gewonnen, aber nicht viel«, stimmt Loth mir zu. »Was wir jetzt brauchen, ist ein guter Plan.«

Ich lache humorlos auf. »Und wie soll der aussehen?«

»Ich habe keine Ahnung. Du kannst hexen und Yami hat Vampirfähigkeiten, ist das nichts? Wir werden doch bestimmt mit ein paar fiesen Typen fertig, oder?«

Sein Tonfall ist alles andere als zuversichtlich. Zum ersten Mal, seit ich ihn kenne, klingt er besorgt.

»Ich kann es nur mit einem, maximal zwei aufnehmen«, sagt Yami auch sofort. »Ich bin stark, aber ich habe auch nur zwei Hände. Je nachdem, wie viele es sind, schaffe ich es nicht. Und Siath ist zur Hälfte Hexer, zur Hälfte Asmandus, er ist mindestens so stark wie ich – und wer weiß, was die anderen sind.«

Ein lautes Rumpeln ertönt von unten.

»Sie kommen näher«, stellt Loth fest. »Kommt, wir suchen ein Versteck.«

Gemeinsam kriechen wir in die hinterste Ecke des Dachbodens, wo wir uns hinter einem wuchtigen Schrank verstecken. Spinnweben bleiben in meinem Gesicht und meinen Haaren hängen, und ich unterdrücke mit Mühe das Ekelgefühl. Ich bin mir sicher, auch etwas auf meinem Arm krabbeln zu spüren, will jedoch gar nicht genau hinsehen und wische das Gefühl mit einer schnellen Handbewegung fort.

»Früher oder später werden sie uns finden«, sage ich nur. »Woher wussten sie überhaupt, dass wir hier sind? Du hast gesagt, die Bibliothek wird nicht mehr genutzt!«

»Das wird sie normalerweise auch nicht«, sagt Loth, und die Staubschicht auf all den Büchern gibt ihm recht. Aber woher wussten sie es dann?

»Kannst du sie nicht einfach in die Luft sprengen?«, fragt er hoffnungsvoll. »So wie den Gefängnisberg?«

»Ich habe keine Ahnung, wie ich das gemacht habe«, sage ich, und plötzlich fühle ich mich den Tränen nahe. Da habe ich schon so eine nützliche Fähigkeit, doch keine Ahnung, wie ich auf sie zugreifen soll.

»Du hattest starke Gefühle«, erinnert er mich. »Kannst du das nicht jetzt auch machen? Fühlst du gerade nichts?«

»Doch«, sage ich. »Hass. Angst.«

»Dann versuch es!«

Ich versuche es, doch es klappt nicht. Ich schweife immer wieder ab, die Gedanken in meinem Kopf fahren Achterbahn. Und wenige Sekunden später ertönt ein lauter Schlag gegen die Luke.

»Ich wette, sie sind hier oben«, höre ich jemanden rufen. Wieder eine andere Stimme.

»Dann sitzen sie in der Falle«, sagt Siath und lacht. *Er lacht.*

Die Wut kocht wieder in mir hoch, so sehr, dass mir schlecht wird und ich meine Hände unwillkürlich zu Fäusten balle. Doch mir fehlt die Zeit, mich auf dieses Gefühl und einen Zauber zu konzentrieren. Mir fällt auch nicht ein einziger passender Spruch ein. Im nächsten Augenblick wird die Luke aufgerissen und lautes Stimmengewirr erfüllt den Dachboden.

»Seht überall nach«, befiehlt Siath. »Iakis, du bewachst die Luke. Ihr anderen, seht unter jedes Laken und hinter jede Kiste. Wir werden hier nicht rausgehen, ohne diese Bastarde gefunden zu haben!«

Yami drängt sich noch weiter in die Ecke. Loth hat sich zu ihr gesetzt und ihr einen Arm um die Schultern gelegt. Voller Erstaunen registriere ich, dass sie das nicht nur zulässt, sondern sich auch noch eng an ihn kuschelt und ihr Gesicht an seiner Halsbeuge vergräbt. Habe ich etwas verpasst?

Mir bleibt keine Zeit mehr, um über das ungewohnte Bild nachzudenken.

Eine Sekunde später wird unser Schrank mit einem Ruck zur Seite geschoben und ein bekanntes Gesicht erscheint vor meinem.

Siath geht vor mir in die Hocke und sieht mir direkt in die Augen, Schwarz in Schwarz.

»Da bist du ja«, sagt er. »Ich habe dich schon überall gesucht.«

52

Der Ring in meiner Tasche wiegt tonnenschwer, als wir aus der Bibliothek abgeführt werden. Yami hat recht behalten, wir hatten keine Chance. Sie sind zu acht. Zwei von ihnen sind Asmandi, was ich daran erkennen kann, dass sie Loth gefügig gemacht haben. Wie ein Hündchen läuft er brav zwischen ihnen, ohne sich gegen sie zu wehren oder auch nur einen Ton zu sagen. Wie eine Marionette setzt er einen Fuß vor den anderen und hat dabei auch noch ein dümmliches Lächeln aufgesetzt. Sie müssen ihn nicht einmal festhalten, was sie wahnsinnig zu amüsieren scheint. Mir wird klar, dass die beiden ihn mithilfe ihrer Gabe alles tun lassen könnten, was immer sie wollen. Sie müssten sich nicht einmal die Hände schmutzig machen. Er würde sich nicht wehren und möglicherweise noch dabei grinsen, während er sich selbst tötet.

Ich versuche, nicht genauer darüber nachzudenken, sonst wird mir wieder übel.

Was die anderen aus der Truppe genau sind, das weiß ich nicht, doch sie sind so stark, dass ich nicht glaube, dass es Menschen sind. Yami hat sich mit Händen und Füßen gegen sie gewehrt und es sogar geschafft, einen von ihnen zu beißen – doch er hat nicht einmal mit der Wimper gezuckt. Schlussendlich waren es einfach zu viele. Zu viert haben sie sie gepackt und in Ketten gelegt, woraufhin sie ein so schauerliches Jaulen ausgestoßen hat, dass mir heiß und kalt gleichzeitig wurde. Zum ersten Mal habe ich das Raubtier in ihr gesehen, und es war kein schöner Anblick. Nun trägt sie eine Art Apparatur um den Kopf, die an einen eisernen Maulkorb erinnert. Ihre Augen sind in ihrer Panik riesengroß und huschen wild in den Höhlen umher. Ich habe nicht den Eindruck, dass Yami noch irgendetwas wahrnimmt außer ihrer Furcht. Bei ihrem Anblick blutet mir das Herz.

Was mich betrifft: Ich laufe zwischen Siath und dem achten Mann. Auch mich haben sie in Ketten gelegt, und in meinem Kopf suche ich fieberhaft nach einem passenden Hexenspruch, doch mir will keiner einfallen. Das Herz schlägt mir bis zum Hals, und mein Hirn scheint völlig leer gefegt, alles, was ich in den letzten Wochen bis zum Erbrechen gelernt und geübt habe, ist fort. Dabei scheinen die beiden sich sicher zu sein, dass sie mit mir fertigwerden können – Siath hat nicht einmal versucht, mir seinen Willen aufzuzwingen.

Wir verlassen die Bibliothek durch das vordere Eingangstor, das mit all seinen goldenen Verzierungen auf dem dunklen Holz sicher einmal prunkvoll gewesen ist, inzwischen jedoch nur noch heruntergekommen aussieht.

Noch immer herrscht tiefste Nacht, doch hier, in der Stadt, brennen Fackeln und erhellen die Straßen. Erst jetzt kann ich erkennen, wie schlecht es um diesen Ort wirklich bestellt ist.

Kaum ein Stein steht hier noch auf dem anderen, dabei scheinen wir uns in einem der besseren Viertel zu befinden. Die einst noble Aufmachung der Bauten lässt zumindest vermuten, dass es hier einmal viel Reichtum gegeben hat. Davon kann man nun jedoch kaum noch etwas erkennen. An vielen der Häuser fehlen die Dächer, an jedem zweiten sind die Mauern vom Ruß schwarz gefärbt. Mehrere Brände müssen hier gewütet haben. In diesen Häusern wohnt mit Sicherheit niemand mehr. Fensterscheiben sind zersplittert, Gärten verwüstet und verwildert. Ein Blick zurück verrät mir, dass auch die Bibliothek nicht ohne Schaden davongekommen ist, was man von der Rückseite aus nicht bemerkt hat. Der Putz der Fassade ist längst abgefallen, das Dach an einigen Stellen halb eingefallen und an der linken Ecke des Gebäudes fehlt sogar ein Stück der Wand. Ein riesiges schwarzes Loch klafft dort wie das Maul eines Mantikors.

Während wir durch die zerstörten Straßen laufen und dabei immer wieder Trümmerteilen ausweichen und über Steinbrocken klettern müssen, stelle ich jedoch fest, dass diese Stadt alles andere als unbewohnt ist. Sie lauern überall. Drücken sich in den engen Gassen zwischen den Ruinen herum, beobachten uns mit in der Dunkelheit leuchtenden roten Augen aus eingeschlagenen Fenstern heraus, sogar auf den Dächern sitzen sie. Es sind Hunderte von ihnen, wenn nicht gar Tausende. Ich kann sie nicht richtig erkennen, doch Menschen können es nicht sein.

Unwillkürlich beginne ich zu zittern. Kalt war es schon die ganze Zeit, doch nun schlottern mir die Knie, meine Zähne schlagen unkontrolliert aufeinander. Ich bin mir sicher, dass es nur bedingt etwas mit den Temperaturen zu tun hat. Mein Unterbewusstsein hat mich gewarnt. Die Ruhe hinter der Bibliothek und außerhalb der Stadtmauern fühlte sich zu trügerisch an, und dennoch sind wir hier hereinspaziert, so unbedarft. Wir haben uns ihnen von selbst ausgeliefert, sie mussten nicht einmal etwas dafür tun. Wir sind mitten in ihre Falle getappt.

Doch wenn Raskor alle Hexen getötet hat, was für Wesen sind das dann hier? Wer lebt in dieser Stadt?

Während in meinem Kopf so viele Gedanken umherwirbeln, dass ich kaum einen davon zu fassen bekomme, laufen Yami und Loth wie Zombies vor mir. Sie wehren sich nicht, sie geben keinen Ton von sich, und mit einem Mal fühle ich mich wahnsinnig allein gelassen.

Siath neben mir spricht ebenfalls kein Wort. Er starrt stur geradeaus und hat die Lippen zu einem schmalen Strich zusammengepresst. Wie früher trägt er Schwarz, doch im Gegensatz zu früher ist seine Kleidung schmutzig, sein Haar wirr und von dreckigen Strähnen durchzogen. Tiefe Schatten liegen unter seinen Augen und sein Bart ist längst kein Dreitagebart mehr.

Wenn ich ihn ansehe, fühle ich so viel Hass, dass mir das Atmen schwerfällt.

»Rein da«, blafft er, als wir schließlich vor einer weiteren Ruine stehen bleiben. Verwundert sehe ich mich um. Ich dachte, dass er uns vielleicht zum ehemaligen Palast führen würde, zu seinem Vater. Sagte er nicht, die vermeintliche Retterin sollte vor das Kriegsgericht gestellt werden? Doch dieses Gebäude hier unterscheidet sich in nichts von den anderen zerstörten Häusern. Ein Haufen Steine, der jeden Moment einzustürzen droht. Ein Palast ist das mit Sicherheit nicht. Ich zögere.

»Los, mach schon«, sagt er und schiebt mich in die richtige Richtung. Mir entgeht nicht, wie sanft seine Berührung an meinem

Rücken ist, was im starken Kontrast zu seinem harschen Tonfall steht. Unwillig stolpere ich durch die zerstörte Tür und finde mich schließlich in einem stockfinsteren, nach Staub und Moder riechenden Raum wieder. Meine Augen brauchen einen Moment, um sich an die neue Dunkelheit zu gewöhnen. Dennoch erkenne ich hier drin nicht mehr als ein paar dunkle Schatten.

Die anderen kommen nach uns in den Raum. Die beiden Männer, die Loth in ihrer Mitte führen, kichern und giggeln, als wäre das alles nichts als ein großer Spaß. Yami und Loth hingegen sind so still, als stünden sie unter Drogen.

»Wo sind wir hier?«, höre ich mich fragen, noch bevor ich es zurückhalten kann. Ich beiße mir auf die Zunge. Siath sollte nicht hören, wie viel Angst ich in Wahrheit habe.

»Das hat dich nicht zu interessieren«, sagt er auch sofort. »Iakis, Licht.«

»Jawohl.« Ich höre Schritte näher kommen. Da ich nichts Genaues erkennen kann und nicht weiß, was als Nächstes passiert, klopft mir das Herz bis zum Hals. Im nächsten Augenblick jedoch erscheint eine kleine Lichtkugel vor mir. Ich blinzle zweimal und erkenne dann, dass Iakis das Licht in seinen Händen hält.

Das rötliche Schimmern, das von unten auf sein Gesicht fällt, wirft merkwürdige Schatten und lässt sein Grinsen noch unheimlicher wirken. Aber wenigstens sehen wir jetzt etwas.

Ich behalte recht: Hier gibt es nichts. Wir befinden uns in einem einfachen, halb eingestürzten Haus. Was sollen wir denn hier?

Noch bevor ich wieder eine Frage stellen kann, die ich hinterher bereuen werde, redet Siath wieder.

»Achtzehn und Neunzehn, öffnet die Luke.«

Verwirrt beobachte ich, wie zwei der Männer, die um Yami herumstanden, an mir vorbeigehen und einen Haufen Schutt und Steine aus dem Weg räumen. Hat er sie gerade mit Zahlen angeredet? Haben die Soldaten in Eden keine Namen?

Es dauert nur wenige Minuten, da wird mir klar, was Siath vorhat. Die Panik überrollt mich regelrecht.

»Nein!«, stoße ich hervor. Entsetzt blicke ich auf die Luke, die vor uns im Boden unter einem Haufen Steine versteckt war und mir nun wie ein schwarzes Loch entgegengrinst. Dann sehe ich Siath an. Das kann er doch nicht ernst meinen! Die Katakomben waren die eine Sache – aber hier in Eden lebendig begraben zu werden, das ist eine komplett andere Hausnummer. Kalter Schweiß tritt mir auf die Stirn.

Siaths Lippen verziehen sich zu einem halben Lächeln.

»O doch«, sagt er. Er blickt mich eindringlich an. Wüsste ich nicht, dass ich ihm nicht trauen kann, würde ich sagen, er möchte mir etwas mit den Augen mitteilen. So allerdings ist mir klar, dass er mich zu manipulieren versucht. Doch es klappt nicht, so wie es auf der Erde nicht richtig geklappt hat. Trotzig recke ich das Kinn.

»Du kannst mich nicht hypnotisieren«, sage ich nur und sehe ihm fest in die Augen. Meine Stimme zittert dabei allerdings so sehr, dass sie meinen harten Blick Lügen straft. Siath seufzt.

»Das muss ich auch nicht«, sagt er. »Das war keine Bitte.«

Bevor ich noch ein weiteres Wort sagen kann, hat er mich bereits um die Hüfte gepackt und hochgehoben. Ich stoße einen Schrei aus und trete mit den Füßen nach ihm, doch er schafft es, jedem meiner Tritte auszuweichen. Meine Hände kann ich nicht benutzen, denn die sind hinter meinem Rücken gefesselt. Aber vielleicht schaffe ich es irgendwie, ihm ein Knie in den Magen zu rammen.

Ich winde mich und versuche mich zu befreien oder ihn zu verletzen, doch er verzieht keine Miene. Stattdessen trägt er mich zu dem Loch. Unaufhaltsam kommt es näher.

Inzwischen ist mir so schlecht vor Angst, dass es mir jeden Moment hochkommt.

Mein Blick über Siaths Schulter sucht Yami und Loth. »Helft mir doch, verdammt!«, rufe ich, was völlig albern ist, wie sollen sie mir denn helfen? Beide stehen da wie zur Salzsäule erstarrt, beide sind vollkommen in ihrer eigenen Welt. Yami wirkt, als stünde sie unter Schock und hätte sich von ihrem Körper gelöst. Loth hat noch immer dieses dämliche Grinsen aufgesetzt, und obwohl ich weiß, dass er nichts dafürkann, würde ich es ihm am liebsten aus dem Gesicht schlagen.

»Verdammt noch mal, beruhige dich, Mina«, zischt Siath dicht an meinem Ohr. Ich höre für einen kurzen Moment auf, mich zu wehren, und sacke in seinen Armen zusammen. Er stößt einen erleichterten

Seufzer aus. Doch wenn er denkt, dass ich so einfach aufgebe, dann hat er sich geschnitten.

Ich warte, bis wir kurz vor der Luke angekommen sind, und wiege ihn solange in Sicherheit. Und es funktioniert, sein Griff lockert sich ein wenig. Unauffällig lasse ich mich wenige Zentimeter nach unten rutschen.

Erst als wir direkt vor dem Loch stehen, wage ich es ein letztes Mal. Mit einem kräftigen Ruck stoße ich mich von ihm ab und lasse mich nach hinten fallen. Das Überraschungsmoment ist auf meiner Seite, damit hat Siath nicht gerechnet. Er schafft es zwar, mich zu fangen, ich bin jetzt allerdings tief genug, dass ich ihm wehtun kann. Es muss nur schnell gehen. Mit aller Kraft, die ich habe, ramme ich ihm mein Knie zwischen die Beine.

Und es klappt. Er schreit auf und lässt mich los. Ich falle zu Boden, und da ich mich nicht mit den Händen abstützen kann, lande ich hart auf dem Rücken, schaffe es jedoch, mich halbwegs abzurollen. Irgendwie bekomme ich es sogar hin, mich hochzurappeln. Siath steht noch immer vornübergebeugt da, Achtzehn und Neunzehn haben sich wieder zu Yami gesellt. Sowohl die Vampirin als auch ihre Bewacher verziehen keine Miene und bewegen sich keinen Millimeter.

All das nehme ich innerhalb von Sekundenbruchteilen wahr.

Dann renne ich los in Richtung Ausgang.

53

Leider dauert meine Flucht nur sehr kurz. Ich habe die Tür noch nicht erreicht, da werde ich bereits gepackt und zurückgewirbelt. Es ist nicht Siath, sondern der andere Mann, der mich begleitet hat, Iakis. Und er scheint weit weniger geduldig. Sein Gesicht ist vor Wut zu einer hässlichen Fratze verzerrt.

»Es reicht«, brüllt er, und kleine Spucketropfen landen dabei auf meiner Brust. Angeekelt verziehe ich das Gesicht. Iakis greift nach meinem Arm und schleift mich grob hinter sich her. Ich verliere das Gleichgewicht und stolpere, doch es kümmert ihn nicht. Er zerrt mich bis zur Luke, wo Siath steht und sich inzwischen wieder gefangen hat. Wütend funkelt er mich an.

»Das wird Konsequenzen haben, Mina«, sagt er.

»Ach ja?« Ich spucke ihm ins Gesicht. »Andere als die, dass du mich an deinen Vater ausliefern und töten lassen willst? Du machst es ja richtig spannend!«

Ärgerlich wischt er sich mit dem Ärmel über das Gesicht und wendet sich dann seinem Freund zu. »Iakis, bring sie in die Zelle. Ich tue mir das hier nicht mehr an. Ich kümmere mich in der Zeit um die anderen.«

»Alles klar«, sagt Iakis und Siath wendet sich ab. Ich sehe noch, wie er auf Yami und Loth zugeht, dann werde ich von Iakis in dieses grauenvolle Loch gezerrt. Wie Siath vor ihm, schlingt er seine Arme um meine Hüfte, allerdings drückt er dabei so fest zu, dass ich unwillkürlich aufschreie.

»Halt die Klappe«, fährt er mich an. »Sei froh, dass ich dich nicht einfach reinwerfe und dir sämtliche Knochen breche. Am liebsten würde ich das machen, aber der Meister sagt, er will dich lebend.«

Ich erwidere nichts. Ich schaffe es nicht, den Blick von dem Abgrund zu nehmen. Die Angst schnürt mir die Kehle zu.

Iakis greift mit einer Hand nach einem Seil, das an der Wand angebracht ist und in die Tiefe führt, mit der anderen drückt er mich nach wie vor fest an sich. Dann seilt er sich mit mir gemeinsam ab wie ein erfahrener Bergsteiger. Es dauert nicht lange, da werden wir von der Dunkelheit verschluckt.

Nach wenigen Sekunden verstehe ich seine Worte. Das hier ist tief. Tiefer als irgendein Keller, tiefer als die Katakomben, tiefer als alle unterirdischen Gänge oder Räume, in denen ich jemals war. Was auch immer es früher einmal war, wofür auch immer es ursprünglich gebaut wurde, wenn man als Normalsterblicher in dieses Loch springt, stirbt man. Das merke ich, als wir nach einer gefühlten Ewigkeit noch immer klettern und kein Boden in Sicht ist. Ich werfe einen Blick nach oben und sehe die Luke nur noch undeutlich, winzig und in weiter Ferne. Mein Puls rast.

»Wie … wie tief ist das hier?«, presse ich schließlich doch hervor. Ich erwarte keine Antwort, doch ich bekomme eine.

»Zehn Meter«, sagt Iakis und grinst. Ich kann sein Gesicht nicht sehen, aber ich höre es an seinem Tonfall. Ich erwidere nichts, doch er scheint es gar nicht zu erwarten. Stattdessen redet er weiter.

»Du bist so weit unter der Erde, dass dich niemand hören wird, solltest du auf die Idee kommen zu schreien«, fährt er fort. »Ich habe wirklich nicht die geringste Ahnung, was Siath da unten mit dir vorhat, aber ich hoffe, er lässt sich schön viel Zeit dabei und ist nicht allzu zimperlich. Ich wäre es jedenfalls nicht.« Sein anzüglicher Tonfall lässt keinen Zweifel daran, was er für Gedanken hat. »Aber er hat mir ja leider verboten, dich anzurühren.«

Er stößt sich von der Wand ab und einen Augenblick später haben wir wieder festen Boden unter den Füßen. Hier setzt er mich ab. Es dauert einen weiteren kleinen Moment, da hat er wieder die kleine Lichtkugel in der Hand, und ich kann erkennen, was sich um uns herum befindet.

Dies hier sieht aus wie ein altertümlicher Gewölbekeller – nur dass es ein langer, gewölbter Gang ist, der nach einigen Metern eine scharfe Biegung macht. Ein bisschen erinnert es an die Katakomben, ein bisschen an das Gefängnis in den Bergen.

Iakis packt mich am Arm und zieht mich erneut hinter sich her.

»Vielleicht lebst du ja noch, wenn wir unsere Mission endlich beendet haben«, plaudert er weiter. »Ich werde Siath sagen, dass er mir was von dir übrig lassen soll.« Er gluckst, als hätte er einen besonders guten Witz gemacht.

So gern würde ich ihm meine Faust ins Gesicht rammen. Ich war noch nie besonders gewalttätig, Siath und seine ekelhaften Freunde bringen Seiten an mir zum Vorschein, die ich selbst noch nicht kannte.

»Und was genau ist die Mission?«, frage ich.

»Den verdammten Messias finden«, sagt er und lacht erneut.

Vor einer eisernen Tür bleiben wir stehen. Iakis öffnet sie und wenig überraschend findet sich dahinter eine Art Kerker, in den ich hineingeschubst werde. Ich gerate ins Straucheln, und da meine Hände noch immer auf dem Rücken gefesselt sind, schaffe ich es nicht, das Gleichgewicht zu halten. Hart schlage ich auf dem Boden auf und reiße mir dabei die Unterlippe auf. Den Schmerz spüre ich kaum, aber die heiße Flüssigkeit, die mir über das Kinn läuft, dafür umso mehr. Iakis lacht.

Umständlich rapple ich mich wieder auf und sehe mich um. Ein Haufen Stroh liegt in einer Ecke, in einer anderen steht ein Eimer. Ich möchte lieber nicht darüber nachdenken, wofür der gedacht ist.

»Viel Spaß in der Hölle, Schlampe«, sagt Iakis, verlässt den Raum und knallt die Tür hinter sich zu. Sein Licht ist fort und Schwärze umfängt mich.

Im Dunkeln schiebe ich mich an der Wand entlang. Das Herz schlägt mir noch immer bis zum Hals, und es kostet mich alle Kraft, nicht zu hyperventilieren. Das Gute ist, die Wand ist trocken und ich spüre keine ekligen Dinge wie Spinnweben oder Ähnliches an meiner Schulter. Nach wenigen Schritten fühle ich etwas Weiches unter meinen Sohlen und weiß, dass ich die Ecke meiner Zelle erreicht habe.

Erschöpft lasse ich mich auf das Stroh sinken und lehne mich mit einer Schulter gegen die Wand. Es dauert eine ganze Weile, bis ich eine Position gefunden habe, die in meiner eingeschränkten, gefesselten Lage halbwegs bequem ist.

Ich zwinge mich, nicht darüber nachzudenken, wie tief unter der Erde ich mich befinde. Stattdessen erinnere ich mich an Iakis' Worte:

Siath will mich. Und er will mich lebend. Ich gehe zwar nicht davon aus, dass das etwas Gutes ist, aber es bedeutet, dass ich zumindest erst mal nicht sterben soll. Und das sehe ich jetzt mal positiv, denn aktuell kann ich ohnehin nichts tun.

Er wird kommen. Irgendwann. Und dann sehen wir weiter.

Eine Sache, die Iakis gesagt hat, lässt mich allerdings stutzig werden. Er sagte etwas von einer Mission. Wie hat er es genannt? *Den Messias finden?* Was meinte er damit?

Ich erinnere mich nur noch dunkel an den Religionsunterricht in der Schule, und tatsächlich habe ich keine Ahnung davon, welchen Glauben die Bewohner Edens haben. Das spielt aber auch keine Rolle, denn ich denke nicht, dass Iakis es wörtlich gemeint hat. Da war vielmehr Spott in seiner Stimme, ähnlich wie bei Loths Vater, als er mich unwissentlich und leicht abfällig als »Erlöser« bezeichnet hat.

Kann es vielleicht sein, dass Iakis auch mich damit gemeint hat?

Und wenn ich gemeint war: Weiß Iakis etwa überhaupt nicht, wer ich bin und warum Siath mich haben will?

54

Eine ganze Weile sitze ich auf meinem Lager und starre mit weit aufgerissenen Augen in die Schwärze. Ich rechne damit, dass jeden Augenblick die Tür wieder aufgerissen wird und irgendjemand kommt – Siath selbst, vielleicht auch einer seiner Handlanger. Vielleicht schickt er mir direkt einen Henker. Ich weiß es nicht, und dass ich keine Ahnung habe, was er mit mir vorhat, macht mich fast verrückt und lässt meine Brust eng werden. Noch immer geht mein Atem schnell und flach, dabei gebe ich mir alle Mühe, mich zu beruhigen. Panik bringt mich nicht weiter, das weiß ich, doch es ist leichter gesagt als getan.

Wo hat er Yami und Loth hinbringen lassen? Wird er ihnen etwas antun? Die Sorge um die beiden treibt mich in den Wahnsinn. Wohin ist Tinki verschwunden? Haben sie sie erwischt oder konnte sie wirklich fliehen? Und wenn Letzteres – warum hat sie uns im Stich gelassen? Und kann ich ihr das wirklich zum Vorwurf machen?

Die Gedanken in meinem Kopf fahren Karussell, aber vielleicht ist das auch in Ordnung; sie hindern mich, darüber nachzudenken, was als Nächstes passieren könnte. Ich weiß, es wird nichts Gutes sein.

In meinen Gedanken suche ich nach Möglichkeiten, wie sich vielleicht doch noch alles zum Guten wenden kann. Wir haben noch immer Kasimir, Pim und Herkules dort draußen; sie wissen von unserem Plan, und wenn nicht alles total schiefgegangen ist, können sie uns vielleicht retten. Vielleicht ist Tinki zurückgeflogen, um Hilfe zu holen. Und jetzt sind sie bereits unterwegs.

Ich klammere mich an dieser Hoffnung fest, um in der Dunkelheit nicht durchzudrehen, und irgendwann beruhigt sich mein Herzschlag wieder. Das Adrenalin flaut ab, und nach einiger Zeit werde ich sogar müde. Ich nicke tatsächlich immer wieder ein. Vermutlich ist es auch das Beste, was mir in meiner Situation passieren kann, denn ich bin in der Dunkelheit zum Nichtstun und Warten verdammt. Der Schlaf ist meine Rettung, um nicht verrückt zu werden, also lege ich mich irgendwann schließlich auf das Stroh und lasse ihn gewähren.

Anfangs träume ich ziemlich wirres Zeug und schrecke immer wieder hoch. Dabei habe ich keine Ahnung, wie lange ich zwischen den kurzen Wachphasen tatsächlich schlafe, denn die Dunkelheit um mich herum raubt mir jedes Zeitgefühl. Doch die Müdigkeit lässt nicht nach, und so gehe ich davon aus, dass es nur jeweils wenige Minuten sind.

Irgendwann jedoch siegt die Erschöpfung und ich falle in einen tiefen, traumlosen Schlaf.

Ich habe keine Ahnung, wie lange ich wirklich weg war. Ich wache auf, weil das Klicken des Türschlosses ertönt. Sofort bin ich hellwach. Ich reiße meine Augen auf, doch um mich herum ist nichts als Finsternis, und ich brauche einen Augenblick, um zu begreifen, wo ich bin. Dann prasseln die Erinnerungen auf mich ein und mein Herz schlägt wieder schneller.

»Hallo?«, flüstere ich in die Dunkelheit. Da ist doch irgendwas, irgendjemand. Ich höre zwei Schritte und mein Atem beschleunigt sich. Wieso sagt er nichts? Ich schiebe mich von meinem Lager hoch und drücke mich eng gegen die Wand.

»Hallo«, ertönt es schließlich. Hass und Furcht überrollen mich.

»Siath«, presse ich hervor, und einen Moment später wird der Raum in orangefarbenes Licht getaucht. Für einen Augenblick blendet es mich, und ich muss die Augen zusammenkneifen, obwohl es nicht besonders hell ist. Als ich sie wieder öffne, ist Siath bereits bei mir und sinkt vor mir auf das Stroh. Er hat sich gewaschen und umgezogen, das fällt mir sofort auf. Jetzt trägt er eine braune Leinenhose, ein weißes Hemd und Hosenträger wie die meisten Städter, die ich hier bisher kennengelernt habe.

Er stellt eine kleine Laterne neben sich ab und streckt die Hände nach mir aus. Unwillkürlich zucke ich zurück.

»Fass mich nicht an«, fauche ich und rücke noch ein Stück von ihm weg, doch weit komme ich nicht und er ignoriert meine Beschwerde. Stattdessen greift er nach meinen Handgelenken, und mit einem leisen Klicken lösen sich die Fesseln und meine Hände sind frei. Er nimmt eine davon in seine Hand und fährt mit dem Daumen den roten Striemen nach, wo die Fessel mir ins Fleisch geschnitten hat. Bedauern liegt auf seinem Gesicht.

»Tut mir leid«, sagt er nur. »Ich musste das machen. Bitte verzeih mir.«

Wütend entziehe ich ihm meine Hand und springe auf. »Dir verzeihen? *Dir verzeihen?«* Meine Stimme überschlägt sich fast. »Was denn genau, bitte? Wo soll ich da anfangen, Siath? Damit, dass du mich belogen hast? Mich mit einer halben Armee im Rücken verfolgt hast, mich verschleppt hast, mich eingesperrt hast? Mich *umbringen* willst? Glaub mir, diese lächerlichen Handschellen sind das kleinste Problem, das ich mit dir habe.«

Die Wut ist zurück und sie kocht über – und ich bin froh darum. Sie vertreibt die lähmende Angst, die ich in den letzten Stunden verspürt habe.

Er blickt mich nur an, stumm. Er schluckt. Er scheint nach Worten zu suchen. Ihn zu sehen, wie er da so sitzt, mit dieser einfachen Kleidung vor mir im Stroh, als könnte er keiner Fliege etwas zuleide tun, das macht mich nur noch wütender. Ich werfe einen kurzen Blick zur Tür, doch natürlich hat er sie fein säuberlich hinter sich geschlossen. Mit Sicherheit ist sie abgesperrt. Doch was will er hier?

»Warum bin ich hier, Siath?« Ich stemme die Hände in die Hüften und blicke auf ihn herab, als wäre ich seine Gebieterin, nicht seine Gefangene. »Was zum Teufel willst du von mir, hier unten? Sollte ich nicht vor Gericht stehen? Oder bereits hängen?«

»Ich möchte …« Er schluckt. Dann steht er auf und streicht sich den Staub von der Hose. Er beginnt, unruhig in der Zelle umherzuwandern. »Okay, Mina, ich weiß, das klingt verrückt. Und möglicherweise glaubst du mir auch nicht, aber ich möchte dir helfen.«

Einen Moment lang kann ich nichts anderes tun als ihn anzustarren. Dann finde ich meine Sprache wieder.

»Du möchtest … *mir helfen?«*

Er bleibt stehen und nickt.

»Soll das ein blöder Scherz sein?«

Er schüttelt den Kopf.

»Und du denkst, es hilft mir, wenn du mich in einen Kerker sperrst und meine Freunde verschleppst? Ist das deine Definition von Hilfe? Dann muss ich dich leider enttäuschen, es war bisher nicht so hilfreich.«

Er nickt erneut, dann schüttelt er den Kopf. Dann räuspert er sich.

»Doch, das denke ich schon«, sagt er schließlich.

»Wenn du mir helfen willst, dann lass mich hier raus und in Ruhe. Ich möchte nichts mit dir und deinen Leuten zu tun haben.«

»Du glaubst mir nicht«, stellt er fest.

»Messerscharf erkannt. Sag mir, was du willst. Ich habe keinen Bock auf ein weiteres deiner seltsamen Ratespielchen, das haben wir bereits hinter uns. Und das nur, um am Ende zu erfahren, dass du mich von vorn bis hinten belogen hast.«

Er starrt mich einen Moment an, dann lässt er sich zu meiner Überraschung wieder ins Stroh sinken. Er lehnt sich gegen die Wand, winkelt die Beine an und versenkt das Gesicht in seinen Händen. Ich kann nichts tun, als ihn anzustarren. Was wird das jetzt wieder für eine linke Nummer?

»Ich habe dich nicht belogen«, sagt er schließlich nach einer Weile. Er hebt seinen Kopf wieder und fährt sich mit der Hand über die Stirn und durch das Haar. Auf einmal sieht er unendlich müde aus. »Ich habe dir nicht immer alles erzählt, aber ich war immer ehrlich zu dir.«

»Nein, das warst du nicht. Eine Lüge ist nicht erst dann eine Lüge, wenn man sie ausspricht. Du hast mich Dinge glauben lassen, die nicht gestimmt haben.«

»Ich … Okay, ja«, lenkt er schließlich ein. »Mina, zu dem Zeitpunkt war ich ein anderer Mensch, ich …«

Jetzt muss ich tatsächlich lauthals lachen. Was immer er auch vorhat, kein Wort glaube ich ihm.

»Ein anderer Mensch?! Siath, das Ganze ist erst ein paar Wochen her, verdammt!«

»Ja, das ist richtig. Aber ich habe meine Meinung geändert, verstehst du? Ich werde dich nicht zu meinem Vater bringen. Du bist nicht hier unten, weil ich dir etwas antun will. Sondern weil ich dich schützen will.«

»Du hast deine Meinung geändert?«, schieße ich. »Passiert das öfter? Dann wäre es nämlich total gut, wenn ich das weiß. Ich steh nicht so auf Überraschungen. Und wer garantiert mir, dass du sie nicht ein zweites Mal änderst? Dann willst du mich morgen vielleicht doch ganz plötzlich wieder umbringen. Muss ich mich darauf jetzt einstellen, Siath? Dass du je nach Lust und Laune entscheidest, ob du mich töten oder doch lieber am Leben lassen willst?«

Ich verschränke die Arme und sehe ihm auffordernd ins Gesicht. Er seufzt, als wäre ich ein dummes Kind, das nichts von der Welt verstanden hat, und dieses Seufzen bringt mich direkt wieder auf hundertachtzig. Gleichzeitig stelle ich fest, dass es mir guttut; es tut gut, mit ihm hier zu sein und zu streiten, so als wären wir zwei völlig normale Menschen, die eine kleine Meinungsverschiedenheit haben. Und nicht, als hätte er mich wochenlang verfolgt und schließlich in ein unterirdisches Verlies geschleppt. Es tut gut, ihm meine Wut nach all der Zeit endlich ins Gesicht zu schleudern. Das warme Licht der Lampe im Stroh tut sein Übriges – es ist fast gemütlich hier drin. Was für ein absurder Gedanke.

»Nein«, sagt er. »Nein, ich überlege es mir nicht mehr anders. Ich war mir noch nie bei einer Sache so sicher. Mina … Ich mache dir einen Vorschlag. Wenn du mich einfach reden lässt, dann … dann kann ich dir alles erklären. Ich verspreche dir, ich werde von jetzt an ehrlich sein. Ich werde dir alles erzählen, von Anfang an. Ich meine es ernst, ich bin hier, um dir und deinen Freunden zu helfen. Mein Stiefvater, Raskor, er liegt falsch. Er muss gestürzt werden. Aber das ist mir erst jetzt klar. Aber wenn du nicht willst … wenn du kein Interesse an meiner Hilfe und Gesellschaft hast, dann akzeptiere ich das. Ich bin nicht in der Position, in der ich von dir einen Gefallen erwarten könnte, das ist mir klar.«

»Habe ich denn wirklich eine Wahl? Was passiert, wenn ich auf deine Gesellschaft verzichte? Dann lässt du mich hier unten verrotten?«

»Himmel, nein! Natürlich nicht!«, ruft er. Dann steht er auf und greift nach dem kleinen Säckchen, das am Bund seiner Hose befestigt ist und wie ein mittelalterlicher Geldbeutel aussieht. Er löst den

Knoten, nimmt es in die Hand und öffnet es. Etwas Glitzerndes kommt zum Vorschein und spiegelt das orange Licht der Laterne wider. Einen kurzen Moment wiegt er es in seinen Händen hin und her. Dann reicht er es mir.

Erstaunt greife ich danach; es ist ein Armband. Ein schlichtes Armband aus Kupfer, gehämmert. Drei kleine Kristalle wurden in die Vorderseite eingefasst.

»Dann gebe ich dir einfach das hier und lasse dich in Ruhe«, sagt er und sieht mir dabei fest in die Augen. »Mina, ich kann dich nicht zwingen, mir zu vertrauen, und …«

»Doch, das könntest du«, antworte ich trocken, kann den Blick aber nicht von dem Schmuckstück lösen.

»Na gut, ja, ich könnte es vielleicht, kurzfristig. Es würde nicht lange anhalten, weil du, wie ich jetzt weiß, eine Hexe bist. Ich *will* dich aber nicht zwingen«, sagt er. »Ich kann dir nur versprechen, an deiner Seite zu stehen. An deiner und der deiner Freunde. Ich kann dir versprechen, dir zu helfen so gut ich kann. Ich kann dir versprechen, dass ich Wissen und Möglichkeiten habe, um euch in den Palast zu bringen, mit mir stünden eure Chancen vielleicht besser, aber … ich akzeptiere das, wenn du nicht willst. Dann nimm den Schatz des Kristallordens und lass mich wenigstens dafür sorgen, dass du und deine Freunde in Sicherheit seid. Und ich kann dich um Verzeihung bitten und darum, dir anzuhören, was ich zu sagen habe. Wenn du das nicht willst, dann geh. Du bist frei. Die Tür ist offen, die Luke auch.«

Ich stecke das Armband in meine Hosentasche zu den anderen Schmuckstücken. Wenn es wirklich der letzte von Edens Schätzen ist, dann müsste ich doch jetzt irgendetwas spüren, oder? Irgendeine ganz besondere Art von Magie, die durch meine Adern strömt, die Luft knistern und das Licht flackern lässt?

Doch ich spüre nichts. Wer garantiert mir, dass er mir den echten Schatz gebracht hat und nicht einfach nur irgendein billiges Teil, um mich hereinzulegen? Eine Attrappe?

Misstrauisch blinzle ich zu ihm hoch. Ein paar Sekunden lang betrachte ich ihn. Gut sieht er aus, noch immer. Aber auch fertig, selbst nach dem Waschen und Umziehen. Müde, ausgelaugt, erschöpft. Der

Ärmste, denke ich ironisch. Mich zu verfolgen muss ihn ja wirklich Kraft gekostet haben.

Ich überlege kurz und erinnere mich zurück an damals, zu Hause. Als ich so verzweifelt nach Conny gesucht habe und Siath mir zum ersten Mal seine Hilfe angeboten hat. Ich erinnere mich daran, dass ich sie dankend angenommen habe, obwohl mein Bauchgefühl mir davon abgeraten hat.

Und dann treffe ich eine Entscheidung.

»Ich brauche dich nicht«, sage ich. Mein Tonfall ist kalt, schneidend. »Ich will weder deine Erklärung noch deine Hilfe. Fahr zur Hölle, Siath.«

55

Ich marschiere zur Tür und rechne fest damit, dass sie abgeschlossen ist und Siath mich jeden Moment hinterrücks angreifen wird – ich traue ihm keinen Meter weit. Doch die Tür schwingt auf, als ich die Klinke drücke, und er kommt mir nicht hinterher, als ich den Gang betrete. Erst jetzt fällt mir auf, dass ich ohne Licht ziemlich aufgeschmissen bin. Der Schimmer der orangefarbenen Lampe dringt nur noch leicht nach außen, und die Stelle, an der das Seil herabschwingt, liegt noch einige Meter entfernt in völliger Dunkelheit. Allerdings kann man sich hier nicht verlaufen, schließlich geht es nur in eine Richtung, also laufe ich einfach drauflos, auch wenn ich bereits nach kurzer Zeit kaum noch etwas sehe.

Ich taste mich an der Wand entlang, bis ich mit meinen Händen nach wenigen Minuten das Seil finde. Ruckartig ziehe ich einmal kurz daran, doch es scheint zu halten; ich würde Siath auch zutrauen, dass er es oben angesägt hat, um mich in die Tiefe stürzen zu lassen. Andererseits, wieso sollte er so was tun? Wollte er mich töten, hätte er soeben die Gelegenheit dazu gehabt.

Aber was steckt hinter alldem? Eigentlich gibt es doch nur zwei Möglichkeiten: entweder er sagt die Wahrheit oder er lügt. Doch wieso sollte er mich erst verschleppen, dann anlügen und dann wieder laufen lassen? Und was tut er jetzt? Bleibt einfach in der Zelle sitzen und nimmt in Kauf, dass ich oben die Klappe zuschlage und er damit der Gefangene ist? Ich seufze. Das ergibt doch alles keinen Sinn.

Ich stoße ein genervtes Schnauben aus, schüttle die Gedanken an Siath beiseite und fange an zu klettern. Es kann mir egal sein, was er sich gedacht hat; er soll nie wieder mein Problem sein.

Während ich mich an dem Seil nach oben ziehe, versuche ich nicht darüber nachzudenken, dass ich jeden Moment abstürzen könnte. Was hatte Iakis gesagt – zehn Meter? Ich versuche den Gedanken an den Abgrund unter mir zu verscheuchen und klettere einfach weiter. Dass ich bereits nach kurzer Zeit von absoluter Dunkelheit verschluckt werde, macht es nicht besser. Weder über noch unter mir kann ich etwas erkennen.

Mein Herz schlägt schneller, doch ich zwinge mich dazu, einfach weiterzumachen. Wo soll ich überhaupt hin, wenn ich oben bin? Ich war so wütend, dass ich verpasst habe, Siath zu fragen, wo er meine Freunde hingebracht hat. Andererseits wäre seine Antwort ohnehin nichts wert gewesen; keines seiner Worte hatte jemals einen Wert.

So langsam müsste doch die Luke in Sicht kommen … vorhin hat man sie schließlich auch sehen können. Wie hoch bin ich inzwischen? Fünf Meter? Sieben Meter?

Ein neuer Gedanke schießt durch meinen Kopf, siedend heiß und eiskalt zur gleichen Zeit. Was, wenn es gar nicht stimmt, dass die Luke offen ist? Wenn ich plötzlich mit dem Kopf gegen das harte Holz stoße, erschrecke und das Seil loslasse? Was, wenn ich mich so fest stoße, dass ich das Bewusstsein verliere und abstürze?

Ohne dass ich es will, werden meine Handflächen schwitzig, und plötzlich fällt es mir schwer, das Seil richtig zu greifen. Innerlich fluche ich. Etwas rät mir, umzukehren und Siath zu sagen, dass ich es mir anders überlegt habe. Wieso war ich eigentlich so blöd, seine Hilfe direkt auszuschlagen? Er belügt mich die ganze Zeit, nichts spricht dagegen, ihn ebenfalls zu belügen. Ich hätte ihm mein Entgegenkommen doch wenigstens so lange vorspielen können, bis er mich aus diesem Loch herausgebracht hat.

Doch jetzt ist es zu spät und mein Stolz verbietet es mir zurückzugehen. Trotzdem merke ich, wie mir das Seil immer wieder fast entgleitet. Ich greife es fester, doch je fester ich greife, desto feuchter scheinen meine Handflächen zu werden, und irgendwann fühlt es sich so an, als wäre das Seil aus glitschigen Algen. Verzweifelt kralle ich meine Finger um den Strick, dennoch spüre ich, dass ich an Höhe verliere und wieder leicht nach unten rutsche. Mein Herz klopft inzwischen so hart, dass ich seinen Schlag bis in den Hals spüren kann, meine Arme beginnen unkontrolliert zu zittern. Die Nervosität lenkt mich ab, lässt mich unachtsam werden. Ich bin so auf das Tau in meinen Händen konzentriert, dass ich es verpasse, aufmerksam nach einem sicheren Tritt zu suchen. Ich hake mich mit dem rechten Fuß in einem Felsvorsprung ein, doch im Gegensatz zu den Malen zuvor teste ich nicht erst seinen Halt – sondern schiebe mich direkt mit einem Ruck nach oben. Ein Fehler, wie sich sofort herausstellt. Der Stein unter mir löst sich aus der Mauer und stürzt unter mir in die Tiefe. Ich rutsche ab, strample einen kurzen Moment mit den Füßen in der Luft, finde jedoch keinen Halt mehr. Mit den nassen Hände allein schaffe ich es nicht, mich zu halten. Das Seil entgleitet mir und ich stürze schreiend in die Tiefe.

»Du bist dir sicher, dass du alles richtig gemacht hast? Ich will dir ja nicht zu nahe treten, aber ehrlich gesagt, es sah nicht besonders professionell aus. Nichts für ungut.«

Eine Stimme dringt in mein Bewusstsein. Vage kommt mir der herablassende, leicht nörgelnde Ton bekannt vor, doch ich kann ihn nicht zuordnen. Ich versuche meine Augen zu öffnen, doch meine Lider sind so schwer, dass es mir nicht gelingt.

»Ich weiß schon, was ich tue«, knurrt eine zweite Stimme leicht genervt. Diese allerdings erkenne ich sofort. Im nächsten Moment landet etwas Nasses, Kaltes auf meiner Stirn und ich zucke zusammen.

»Sie bewegt sich!«, ruft jemand. Yami!

»Ya…« Ich versuche ihren Namen zu sagen, doch meine Zunge ist schwer wie Blei, als hätte ich viel zu viel Alkohol getrunken.

Schnelle Schritte, dann eine eiskalte Hand auf meinem Arm. »Ja, Mina. Ich bin es. Ich bin hier. Loth auch. Uns geht's gut.«

Loth. Das war also die andere Stimme. »Und Si…«, presse ich hervor.

»Ja, er ist auch da«, sagt Yami. »Er hat dich gerettet, Mina.«

Ich schaffe es, ein abfälliges Schnauben auszustoßen, zumindest hoffe ich das. Mit viel Mühe zwinge ich meine Augen auf. Ich scheine auf etwas zu liegen. Für den Boden zu weich, für ein Bett zu hart. Yami steht vor mir, über mich gebeugt. Das rote Haar fällt ihr fast wie ein

Vorhang vor das Gesicht, in ihren grünen Augen stehen Sorge, Angst und gleichzeitig Erleichterung. Die nackte Panik, die ich zuletzt in ihrer Mimik erkannt habe, ist verschwunden, dennoch sieht sie fertig aus – als wäre sie seit Tagen wach.

Ich schaffe es nicht, den Kopf zu drehen. Er schmerzt. Mein Nacken ebenfalls. Bei genauerem Nachspüren stelle ich fest, dass so ziemlich *alles* an meinem Körper vor Schmerzen schreit. Unwillkürlich stoße ich ein Stöhnen aus.

»Vorsicht«, sagt Siath. »Du solltest dich noch nicht so viel bewegen, es ist … deine Wunden sind noch ziemlich frisch. Es dauert ein bisschen, bis es wirkt.«

»Bis was wirkt?«, presse ich hervor. Immerhin, ein ganzer Satz. Mein Blick huscht im Raum umher, und ich versuche zu verarbeiten, was ich sehe. Wir befinden uns in einer Art Gewölbe, das lediglich vom Schein Siaths oranger Lampe erhellt wird.

»Siath hat dich geheilt«, sagt Yami. »Gerettet und geheilt. Du bist abgestürzt.«

»Abge…« Jetzt erinnere ich mich wieder an alles. Siaths Besuch und sein seltsames Geständnis, meine Wut, das Seil. Ich suche nach der Wut in mir, doch ich kann sie nicht mehr finden. Dort ist nur noch Leere und Erschöpfung. Als hätte ich tagelang geschlafen.

»Wie lange war ich weg?«, frage ich.

»Zwei Tage. Siath war zum Glück noch im Verlies, als es passiert ist, Mina.« Wieder ist es Yami, die spricht. Siath hält sich schön im Hintergrund, wahrscheinlich hat er Angst, dass ich mich wieder aufrege. »Er war sofort bei dir, aber es war übel, Mina. Du musst aus einigen Metern Höhe gestürzt sein, hast dir sämtliche Knochen gebrochen, es war ein Wunder, dass du …«

»… dass ich nicht gestorben bin«, presse ich hervor. »Zwei Tage!«

»Siath hat dich hierhergebracht. Er kann Heilzauber, Mina. Erinnerst du dich noch an unser Gespräch im Wald? Ich hatte recht. Siath ist …« Ich merke, wie Yami nach Worten ringt.

»Ein Hybrid«, sagt er ruhig. »Ein Mischwesen. Meine ermordete Mutter war eine Hexe und spezialisiert auf Heilzauber. Mein Vater ein Asmandus. Ich habe ihn zwar nie kennengelernt, aber es ist eindeutig.«

»Ist das … geht das denn wirklich?«, frage ich nach. Mein Kopf brummt bereits jetzt von der vielen unerwarteten Information.

»Ja, das geht«, springt Yami ein. »Es ist selten, aber es geht. Noch dazu sogar sehr gut, Hexenmischwesen haben meist besonders starke magische Fähigkeiten. Ich weiß nicht, ob eine normale Hexe es geschafft hätte, dich in deinem Zustand noch zu heilen. Siath konnte es. Wir haben Glück, dass er auf unserer Seite steht, Mina.«

Unsere Seite? Yami und Loth konnte er ja schnell um den Finger wickeln. Ein bitterer Geschmack legt sich auf meine Zunge.

Doch ich bleibe an einem anderen Wort hängen.

»Ermordet?«

Siath seufzt. »Ja, Mina. Ermordet.«

»Aber wer … ich dachte, es wäre ein Herzinfarkt gewesen?«

Siath schweigt, und erneut ist es Yami, die einspringt.

»Raskor hat Kelda gebraucht. Immerhin war sie eine Hexe. Sie hat ihn so blind geliebt, dass sie die ganze Zeit an seiner Seite stand und ihm dabei geholfen hat, so mächtig zu werden. Ohne mächtige Magier und Hexen an seiner Seite hätte er das niemals geschafft. Er ist doch nur ein einfacher Mensch.«

»Kelda hat ihm dabei geholfen, ihr Volk abzuschlachten?« Ich kann es kaum glauben. Langsam, aber sicher kehren meine Lebensgeister wieder, ich werde wacher. Versuchsweise wackle ich ein paarmal mit den Zehen, dann mit dem ganzen Bein. Es schmerzt, aber immerhin scheine ich mich ganz normal bewegen zu können. Das ist ein gutes Zeichen. Ohne Siath und in einer anderen Realität wäre ich, wenn ich diesen Sturz tatsächlich überlebt hätte, vermutlich querschnittsgelähmt.

»Nicht ganz«, sagt Yami. »Sie hat sehr lange nicht begriffen, was um sie herum geschieht, in welche Richtung sich das alles entwickelt. Oder vielleicht wollte sie es nicht begreifen. Ich kann nicht mitreden, kann es nicht verstehen, ich war noch nie ernsthaft verliebt, aber Siath sagte, wenn man verliebt ist, dann …«

»… dann macht man manchmal dumme Dinge«, beendet Siath den Satz. »Und manchmal verschließt man auch die Augen vor unschönen Wahrheiten. Wenn man verliebt ist, blendet man manchmal alles aus, was den anderen in ein schlechtes Licht rücken würde, und nimmt nur die guten Seiten wahr.«

»So wie ich es damals bei dir getan habe?«, provoziere ich ihn.

»Du warst in mich verliebt?« Ich höre ihn grinsen. »Das höre ich gern.«

»Die Betonung liegt auf *war«*, gifte ich.

»Jedenfalls«, sagt Yami, »muss es so ähnlich gewesen sein. Als der Krieg schlussendlich ausbrach und Kelda realisiert hat, was Raskor wirklich vorhat, wollte sie ihn aufhalten. Doch es ging nicht mehr, er war schon zu mächtig. Und dann hat er sie umbringen lassen.«

Ich schnappe nach Luft. »Seine eigene Frau?«

»Nun ja, sie war eine Hexe.« Siaths Tonfall ist bitter.

»Und du hast ihn nicht aufgehalten?«, empöre ich mich. Ich versuche mich aufzusetzen, doch es gelingt mir noch nicht. Als würden unsichtbare Fesseln mich an dem bettähnlichen Gegenstand halten, auf dem ich liege.

»Ich wusste es nicht«, sagt Siath. »Es hieß, dass sie krank gewesen sei. Ich habe es erst jetzt bei meiner Rückkehr erfahren, und auch nur durch Zufall. Selbst wenn ich es gewusst hätte, ich war noch ein kleiner Junge, was hätte ich ausrichten können? Mein Stiefvater war alles, was mir geblieben ist, und kurz nach ihrem Tod fing er damit an, mich für meine Mission auf der Erde auszubilden.«

»Ach ja, richtig. Du wolltest mich ja jagen und hinrichten lassen, ganz vergessen«, sage ich. »Das war dein Part in der ganzen Geschichte. Dein Vater jagt die Hexen in Eden und tötet sie, sogar seine eigene Frau, und du gehst in der Parallelwelt auf Jagd und kümmerst dich um die, die vor den Zuständen in ihrer Heimat geflüchtet sind. Wie konnte ich das nur vergessen?«

»Mina!«, sagt Yami. »So war es nicht! Zumindest nicht ganz.«

»Euch hat er ja schön um den Finger gewickelt«, sage ich. »Vor ein paar Tagen hat er euch noch verschleppen lassen, und nun steht ihr auf seiner Seite? Oder hat er euch vielleicht hypnotisiert?«

»Man kann uns Baobhan-Sith nicht einfach hypnotisieren!«, sagt Yami. Sie klingt fast ein bisschen beleidigt dabei.

»Bitte, Mina«, mischt sich jetzt auch Loth ein. »Hör dir wenigstens an, was er zu sagen hat. Nur einmal. Danach darfst du dein Urteil fällen, und wir entscheiden gemeinsam, was wir machen. Aber gib ihm eine Chance. Jeder hat doch eine zweite Chance verdient, oder?«

Unter normalen Umständen würde ich ihm recht geben, aber bei alldem, was Siath in der Vergangenheit getan hat, bin ich mir nicht mehr ganz sicher, ob ich dem zustimmen würde.

»Das trifft vielleicht auf kleine Alltagssünden zu«, sage ich. »Aber nicht unbedingt auf Mord und Verfolgung.« Wenn ich könnte, würde ich jetzt zur Unterstreichung meiner Ablehnung die Arme vor der Brust verschränken, aber die liegen immer noch schlaff wie zwei tote Fische neben mir.

Niemand antwortet. Nach einer Weile gebe ich schließlich seufzend nach.

»Also gut, Siath. Offensichtlich muss ich hier sowieso noch rumliegen, bis ich wieder komplett geheilt bin, und dass du mich gerettet hast, zeigt immerhin, dass es irgendwo tief in deinem ekelhaften Inneren etwas gibt, was auch sinnvolle Dinge tun kann. Also rede. Aber erst musst du mir eine Frage beantworten.«

56

»Alles, was du willst«, sagt er.

Ich schließe für einen kurzen Moment die Augen und atme tief durch. Etwas in mir möchte nicht fragen. Nicht nur, weil ich Siath und seinen Worten misstraue, sondern vor allem deshalb, weil ich die Antwort so sehr fürchte. Aber ich muss es wissen, mehr als alles andere. Ich räuspere mich.

»Was ist mit Conny?«, frage ich leise. »Wo ist sie? Sie ist versehentlich in Eden gelandet, oder? Noch vor mir, und zwar im Palast. Oder? Was ist mit ihr passiert? Ist sie …?« Ich schlucke schwer, schaffe es nicht, den Satz zu Ende zu sprechen. Mit einem Mal kommt mir die Frage völlig lächerlich vor. Mit einem Mal ist die Sache vollkommen klar. Natürlich ist sie tot, was auch sonst? All meine Hoffnungen waren umsonst. Sie hatte doch keine Chance, oder? Sie wusste nichts von dieser Parallelwelt und davon, wie gefährlich es hier ist, sondern wurde von einer Sekunde zur nächsten hier hineingeworfen. Sie konnte sich nicht vorbereiten wie ich, und sie hatte auch keine Verbündeten wie ich. Sie hatte keine Chance.

Zwar weiß ich, dass sie es irgendwie zu Kasimir geschafft hat, aber was ist danach geschehen? Haben sie sie verfolgt? Haben sie sie erwischt?

Ich schließe meine Augen erneut und kneife sie fest zusammen, so als könnte mich das vor der schrecklichen Wahrheit beschützen, die Siath mit nun jeden Moment erzählen wird.

»Ja«, sagt er nur, und mein Herz hört auf zu schlagen. Aber dann spricht er weiter. »Ja, sie ist vor dir hier gelandet, und ja, sie kam hier an«, sagt er. »Aber nicht direkt im Palast, sondern im Garten. Sie wurde auch ziemlich schnell gefasst, aber sie machte einen derart verwirrten Eindruck und ist ja außerdem ein Mensch, dass man sie direkt wieder gehen ließ.«

Mein Herz schlägt weiter, stolpert dabei jedoch völlig unkontrolliert herum.

»Sie haben sie gehen lassen? Aber …«

»Na ja, das ist etwas freundlich ausgedrückt. Man hat sie wohl rausgeworfen. Keiner hat sich für sie interessiert, sie war nur ein vermeintlich traumatisiertes Menschenmädchen. Von denen gibt es in Eden genug.«

»Du bist dir sicher? Woher willst du das wissen?«

»Weil es mir erzählt wurde. Als ich hier ankam, war alles in heller Aufregung. Aber da ging es nur um dich und darum, dass man dich finden müsste«, sagt er. »Für Conny hat sich niemand interessiert, das kannst du mir glauben. Ich weiß von ihrer Ankunft auch nur, weil ich das Personal im Palast gefragt habe. Sie wurde rausgeworfen und danach verliert sich ihre Spur. Ich kann dir leider nicht mehr dazu sagen, nur eins: Bei Raskor ist sie nicht, war sie nie.«

Mein Hirn rattert. Dann hat sie es geschafft? Sie kam im Palastgarten an, wurde rausgeworfen und hatte in der Stadt das Glück, auf Kasimir zu treffen und ein paar Tage zur Ruhe zu kommen. Aber danach wollte sie weiter. Kasimir hat sie in den Norden geschickt, weil es dort friedlicher ist. Ob sie das geschafft hat?

Wenn das alles hier vorbei ist, muss ich es irgendwie schaffen, ihre Spur aufzunehmen. Aber ich habe gerade keine Ahnung, wie ich das anstellen und wo ich anfangen soll.

»Okay«, sage ich schwach. »Danke. Dann darfst du mir jetzt deine Geschichte erzählen, Siath.«

Yami verschwindet aus meinem Sichtfeld, ich höre jedoch, wie sie neben mir Platz nimmt. Dann greift sie nach meiner Hand. Sie ist angenehm kühl. Zu meiner Erleichterung tritt Siath nicht vor mich, sondern bleibt sitzen, wo er ist. Schlimm genug, dass ich gezwungen werde, mir seine Lügen anzuhören – wenigstens muss ich dabei nicht auch noch seinen Anblick ertragen.

Er räuspert sich.

»Meine Mutter war Kelda«, sagt er schließlich. »Eine Hexe aus dem Obsidianzirkel, weit unten im Süden. Es ist … *war* ein kleiner Zirkel.

Inzwischen existiert er nicht mehr. Meinen Vater kannte ich nicht. Sie hat nie über ihn gesprochen. Aber uneheliche Kinder sind hier in Eden nicht so gern gesehen, es war eine kleine Schande. Und als sie Raskor kennenlernte und er ihr nicht nur einen Antrag machte, sondern auch noch anbot, den kleinen Bastard – mich – zu adoptieren, war es das Beste, was meiner Mutter passieren konnte. Zu dem Zeitpunkt galt Raskor als altmodischer Spinner, der von einem vereinten Eden träumte, einem einzigen großen Land, so wie es vor Hunderten von Jahren gewesen war. Er wurde oft belächelt, der verschrobene König von Umbria. Niemand glaubte ernsthaft daran, dass er wirklich gefährlich werden konnte. Das kam erst ein paar Jahre später, als zum ersten Mal das Gerücht umging, er wäre dabei, eine große Armee aufzubauen. Aber auch dann waren viele Leute skeptisch, denn so viele junge, kampfwillige Männer gab es in Umbria eigentlich gar nicht, die Raskors Ideologie teilten. Wie es schien, hatten sich die Leute getäuscht. Raskor bekam sehr schnell Tausende Soldaten zusammen. Aber niemand wusste, dass es keine Menschen waren.«

»Moment! Keine Menschen?« Es ist Yamis Stimme, die sich einmischt, und sie klingt verwirrt.

»Das ist mir auch neu«, wirft Loth ein. »Wenn es keine Menschen sind, was sind dann?«

»Homunkuli«, sagt Siath tonlos. »Ich habe es zuerst auch nicht begriffen, aber ich habe es mit eigenen Augen gesehen. Raskor hat euch getäuscht. Wir alle dachten, die Menschen seien auf seiner Seite, doch das ist nicht wahr. Mithilfe seiner Magier hat er es geschafft, sich eine gewaltige Homunkuliarmee aufzubauen.«

»Aber das Erschaffen von Homunkuli ist verboten!«, stößt Yami aus. Sie klingt aufgebracht.

»Ist es«, sagt Siath. »Aber wundert es dich? Nach allem, was er sonst noch getan hat?«

»Was sind Homunkuli?«, hake ich nach. Ich denke an die rot glühenden Augen in der Dunkelheit, als Siath und seine Leute uns aus der Bibliothek abgeführt haben. Ich hatte gespürt, dass es keine Menschen waren, und offensichtlich hatte ich recht.

»Künstliche Menschen«, erklärt Loth. Er fragt nicht nach, warum ich es nicht weiß. Anscheinend hat er inzwischen wohl doch kapiert, dass ich nicht von hier stamme. »Erschaffen mithilfe von schwarzer Magie. Es ist das so ziemlich größte Verbrechen, das man begehen kann. Sie sind seelenlos, leere Hüllen. Als Soldaten sind sie perfekt.«

Dann sind Raskors Leute so was wie Roboter? Unwillkürlich schaudere ich. Was für eine gruselige Vorstellung.

»Also hat er doch nicht so viele Unterstützer, wie die Leute dachten«, sage ich. »Wie viele stehen wirklich hinter dem, was er tut?«

»Tja«, sagt Loth. »Das ist die Frage.«

»Wie ging es weiter?«, frage ich an Siath gewandt. »Nachdem Raskor und deine Mutter ein Paar wurden?«

»Für meine Mutter war er am Anfang ein echter Glücksgriff«, nimmt Siath den Faden wieder auf. »Der König interessierte sich für sie, für eine einfache Hexe aus einem kleinen Zirkel. Noch dazu mit einem kleinen Kind! Besser hätte sie es nicht treffen können. Sie heirateten. Damals war ich erst fünf Jahre alt, und ich erinnere mich kaum noch an die Zeremonie. Ich erinnere mich nur noch an zwei Dinge: das strahlende Gesicht meiner Mutter und die verkniffene Miene meines zukünftigen Stiefvaters. Ich freute mich, dass meine Mutter so glücklich war, doch ich verstand nicht, warum Raskor es nicht war. Sollte man an seiner Hochzeit nicht glücklich sein?

Wir zogen zu ihm in seine Burg, die im Süden Umbrias in den Bergen liegt. Er nannte sie *Die Dunkelburg*, was ich als Kind unheimlich fand, doch zunächst war es nicht so dunkel, ganz im Gegenteil. Meine traurige Mutter blühte auf. Sie tanzte und sang den ganzen Tag. Mit Raskor sah ich sie kaum, doch mit mir verbrachte sie viel Zeit im Garten. Sie pflanzte Rosen, wir spielten Fangen und Verstecken, sie malte auf einer Leinwand in den buntesten Farben und sie brachte mir die Heilzauber aus ihrem Zirkel bei. Es waren schöne Tage voller Sonnenschein.«

Er macht eine Pause, und auch wenn ich sein Gesicht nicht sehen kann, ist mir klar, dass er sich einen kurzen Moment des Schwelgens in Erinnerungen gönnt. Bei der Vorstellung eines kindlichen Siath, der mit seiner Mutter nach einer harten Zeit endlich glaubt, das Glück gefunden zu haben, nur um dann so bitter enttäuscht zu werden, zieht sich etwas in meiner Brust schmerzhaft zusammen. Ich zwinge das Gefühl jedoch nieder. Mitleid ist das Letzte, was ich für diesen Mann empfinden will. Was ihm als Kind widerfahren ist, ist die eine Sache – was er als Erwachsener daraus gemacht hat, eine vollkommen andere. Wir haben immer eine Wahl, und er hat sich dazu entschieden, Menschen – oder Hexen, was für mich aufs Gleiche rauskommt – zu verfolgen und zu töten. Und dafür gibt es keine Entschuldigung. Meine Kindheit war schließlich auch nicht leicht.

»Mein Leben änderte sich schlagartig, als ich zehn wurde«, fährt er schließlich fort. »Wahrscheinlich würde mir jeder andere widersprechen, denn die Anzeichen häuften sich bereits in den Jahren davor. Schon vorher fing mein Stiefvater an, sich mit Schwarzmagiern abzugeben, und schon vorher wurde der Ton gegenüber den Hexen westlich des Unwaldes rauer. Und auch mit dem Aufbau seiner Armee muss er zu diesem Zeitpunkt längst begonnen haben, doch von alledem bekam ich als Kind nichts mit. Meine Mutter, wenn sie denn besorgt war, ließ sich nichts anmerken und spielte mir eine fröhliche heile Welt vor. Ich hatte keine Sorgen, bis kurz nach meinem zehnten Geburtstag. Dann geschahen zwei Dinge, die mein Leben auf den Kopf stellen sollten.«

Wieder eine kurze Pause, und ich stelle fest, dass ich gespannt auf seine Fortsetzung warte. Zwar weiß ich, auf was am Ende alles zusteuert – Yami hat mir die Geschichte des Landes schließlich schon ausführlich erläutert –, doch ihr Blick ist aus der Distanz des Unwaldes heraus, während Siath alles von Anfang an hautnah miterlebt hat.

»Meine Mutter starb«, spricht er schließlich das aus, was ich bereits vermutet habe. »Und kurz darauf marschierten Raskors Armeen in Lumina ein.«

Er scheint auf eine Regung von mir zu warten, doch ich sage nichts. Allerdings stelle ich fest, dass ich langsam beweglicher werde und die Schmerzen nachlassen. Meinen Kopf kann ich noch immer nicht drehen, doch meine Arme kribbeln und meine Finger lassen sich wieder bewegen. Ein gutes Zeichen.

Siath räuspert sich erneut. »Jedenfalls«, sagt er, »damit hat sich für mich alles geändert. Vorher war die Welt gut. Nun wurde sie dunkel und gefährlich. Das ist natürlich Blödsinn, denn die Vorbereitungen für den Krieg liefen bereits lange Zeit. Doch jahrelang hielt meine Mutter mich aus allem heraus und sorgte dafür, dass ich nicht zu viel von der Welt mitbekam. Und das hat funktioniert, denn die Dunkelburg liegt mitten im Nirgendwo. Ich hatte in meiner Kindheit niemanden als unsere Dienstboten, Raskor und meine Mutter. Erst nach ihrem Tod erfuhr ich, dass es eine Prophezeiung gab, und Raskor, der fortan für meine Erziehung zuständig war, begann mit meiner Ausbildung zum Jäger.«

»Hatte er keine eigenen Kinder?« Die Frage bricht aus mir hervor, bevor ich sie zurückhalten kann. Siath jedoch scheint sich daran nicht zu stören.

»Nein«, sagt er. »Ich habe auch schon darüber nachgedacht. Früher dachte ich, dass Raskor vielleicht keine eigenen Kinder wollte, aber heute glaube ich das nicht mehr. Ein Typ wie er würde doch sicher alles dafür geben, einen Thronfolger aus eigenem Fleisch und Blut zu haben, oder?«

Zum ersten Mal klingt seine Stimme leicht verunsichert.

»Ich meine ... Damals als Kind, da war mir das nicht klar. Er und auch meine Mutter haben mir immer wieder erklärt, dass Raskor mich lieben würde wie einen eigenen Sohn. Dass es für ihn keinen Unterschied machte, dass ich nur adoptiert war, aber es war eine Lüge. Ich war für ihn nicht wie ein Sohn. Aber ich war praktisch. Ich war jung und formbar. Ich war jemand, den er nach seinen Wünschen erziehen und gestalten konnte. Und zwar so, dass ich für ihn, wenn ich älter wäre, die Drecksarbeit erledigen würde.«

»Er bildete dich also zum Jäger aus?«

»Er hatte panische Angst vor der Prophezeiung und dem angeblichen Erlöser«, erklärt Siath. »Damals war mir das nicht so bewusst, aber heute ist es das. Er hatte Angst vor dem Hexenvolk, deswegen ließ er sie ausrotten. Angst macht etwas mit den Menschen, Mina. Wer kopflose Angst hat, ist zu den allerschlimmsten Dingen fähig.«

»Das klingt, als würdest du dich für ihn entschuldigen wollen.«

»Nein«, sagt Siath. »Nein, so ist es nicht gemeint. Es gibt keine Entschuldigung für das, was er getan hat. Ich versuche vielleicht, es zu verstehen, aber es fällt mir schwer. Jedenfalls, er hatte Angst. Zu dem Zeitpunkt war seine *Säuberungsaktion*, wie er es nannte, schon in vollem Gange, auch wenn ich als Kind keine Ahnung davon hatte. Die Hexen im Südwesten des Landes, um die Dunkelburg herum, wurden vertrieben. Viele flohen in den Osten, aber Jolanda warnte alle, dass Raskors Armeen sich ausbreiten würden, und da sie als begabte Seherin geschätzt wurde, hörten die meisten auf sie. Sie flüchteten in den Unwald. Was mich betraf: Ich wurde indoktriniert. Ich bekam Unterricht von ihm, von früh bis spät. Ich lernte Jagen, Reiten, Schießen und Spurenlesen. Mithilfe seiner Magier brachte er mir bei, wie ich mich gegen mächtige Hexenzauber wehren konnte, gegen Bannzauber und Verwünschungen. Die Zeit war hart, Mina. Wenn ich nicht schnell genug lernte oder mir seiner Meinung nach nicht genug Mühe gab, wenn ich zu verträumt war und nicht richtig aufpasste oder er mir anmerkte, dass ich gerade lieber etwas anderes täte, bestrafte er mich. Er sperrte mich in den Kerker, tagelang und ohne Nahrung. So bekam er mich mürbe.«

Wieder macht er eine kurze Pause, und ich muss schlucken. Ich wusste natürlich, dass Siath extra für diese Mission ausgebildet worden war, das hatte er mir schließlich erzählt – auch wenn er Raskor dabei als seinen Vater bezeichnet hatte –, aber irgendwie war mir nicht klar gewesen, was das für ihn bedeutet hat.

»Es waren Jahre voller Schmerz und Entbehrungen«, fährt er fort. »Ich vermisste meine Mutter, mein altes Leben. Und Raskor machte mir Angst. Er redete immer von der Prophezeiung, von dem bösartigen Magier, der für alles Elend in Eden verantwortlich war und der eines Tages kommen und uns alle ermorden würde. Er sagte mir, ich sei unsere einzige Chance.

Inzwischen ging längst das Gerücht um, dass das lumische Königspaar sein Kind zu seinem Schutz auf die Erde gebracht hätten, aber davon wusste ich nichts. Mir war nicht klar, dass er Angst vor einem *Säugling* hatte. Ich dachte, ich müsste gegen einen erwachsenen Schwarzmagier kämpfen oder so was. Ich hatte einfach nur Angst.

Aber ich war so abgeschottet von der Außenwelt, mein ganzes Leben bestand aus Training und der Vorbereitung auf die wichtige Mission, die ich erfüllen sollte. Und als ich achtzehn wurde, schickte er mich schließlich los.«

»Du bist auf die Erde gekommen und hattest keine Ahnung davon, wen oder was du suchen solltest?«, hake ich nach.

»Mir wurde erzählt, ich würde den Staatsfeind an seiner Magie erkennen«, sagt er. »In mir steckt das Blut eines Asmandus, und wir Asmandi können die Magie von anderen Wesen und magischer Artefakte über mehrere Kilometer erfühlen. Und da auf der Erde normalerweise keine magischen Wesen herumlaufen – gut, ein paar habe ich in meiner Zeit dort getroffen, aber sie sind sehr viel seltener als hier –, war es eigentlich nur eine Frage der Zeit, bis ich dich finden würde. Allerdings war mir nicht klar, dass du mit einem Verschleierungszauber belegt wurdest.«

»Das Medaillon des Onyxordens?«, frage ich.

»Nicht ganz«, sagt er. »Raskor wusste, dass du das Medaillon bei dir tragen würdest, denn es gibt nicht viele Portalschlüssel, und dieser war in lumischer Hand. Es war logisch, dass sie ihn dir mitgeben würden. Ihm war allerdings nicht klar, dass sie dich mit einem Verschleierungszauber belegen würden. Noch dazu mit einem so starken.«

»Was bedeutet das?«

»Das bedeutet, dass ich zwar auf mehrere Kilometer die Nähe des Medaillons spüren konnte, deine eigene Magie jedoch nicht. Du warst für mich praktisch unsichtbar. Ich wusste, in welcher Stadt du warst. Ich kam zur Erde und bin ziemlich lange durch die Weltgeschichte gereist, bis ich dort schließlich das Medaillon gespürt habe. Aber wo ich auch hinging, die Spur wurde nicht stärker. Es blieb einfach immer gleich. Außer wenn ich die Stadt verließ, da wurde die Spur schwächer. Es war klar, dass du irgendwo dort leben musstest, also blieb ich.«

»Du bist wegen mir in der Stadt geblieben, dann hast du mich kennengelernt und nicht erkannt? Das ist bitter.« Ohne es zu wollen, muss ich ein bisschen grinsen.

»Allerdings«, sagt er. »Dein Schutz war unglaublich stark. Und dann habe ich das Bild deiner Freundin Conny gesehen, und ihr Anhänger sah genau so aus, wie man ihn mir beschrieben hat …«

»… und du dachtest, sie sei die Gesuchte«, erinnere ich mich. »Verrückt.«

»Das war es wirklich«, sagt er. »Ein ziemlicher Schock, bis zu diesem Zeitpunkt bin ich nämlich davon ausgegangen, dass ich einem sehr viel älteren Zauberer auf der Spur sei. Und, nichts für ungut, irgendwie dachte ich auch, er sei weniger … wie du. Oder Conny.«

»Du dachtest, es sei ein Mann.« Es ist keine Frage, sondern eine Feststellung.

»Ehrlich gesagt, ja. Die Prophezeiung hat von keinem bestimmten Geschlecht gesprochen, und es wurde immer nur vom *Erlöser* geredet.«

»So kann man sich täuschen.«

»Allerdings.«

»Aber spätestens da hätte dir klar sein müssen, dass Raskor dich belogen hat«, sage ich hart. »Du hast doch gesehen, wie jung Conny war! Dir hätte doch klar sein müssen, dass jemand in diesem Alter nicht an einem Krieg schuld sein kann, der bereits vor vielen Jahren begonnen hat.«

»Jein«, wiederholt er. »Ich meine, ich war auf der Suche nach einem mächtigen Magier. Die sehen nicht immer so alt aus, wie sie sind. Schließlich können sie hexen. Und natürlich bin ich davon ausgegangen, dass er sich irgendwie tarnen würde.«

»Willst du damit sagen, du hast Conny für einen alten Hexer gehalten, der sich weiblich, jung und hübsch gezaubert hat?«

»Hätte durchaus sein können.«

Jetzt muss ich lachen. »Wenn ich ihr das erzähle, bringt sie dich um.«

»Und das habe ich wahrscheinlich auch verdient.«

»Allerdings. Erzähl mir, was nach dem Abend am Strand passiert ist. Wann hast du herausgefunden, dass ich es war?«

Er seufzt. »Ganz ehrlich? Ein paar Stunden später.«

»Wie das?«

»Ganz einfach, die ganze Zeit über habe ich das Medaillon gespürt. Kurz nach unserem Streit war es plötzlich weg, und ich erfuhr, dass du die Stadt verlassen hast. Und um ehrlich zu sein, du bist keine so gute Schauspielerin, wie du zu sein glaubst, Mina. Du warst leichenblass im Gesicht, als ich dir mein Geheimnis verraten habe, und hast fluchtartig die Bucht verlassen.«

»Na ja, ich habe mich kurz zuvor an ein übles Erlebnis erinnert, und du hast mir offenbart, dass du auf der Jagd nach meiner besten Freundin bist, also …«

»Das stimmt schon, trotzdem hat es plötzlich alles einen Sinn ergeben. Die einzige andere Möglichkeit wäre gewesen, dass Conny mit dem Medaillon zeitgleich mit dir die Stadt verlassen hätte. Das hätte zwar sein können, aber … deine Augen, Mina. Sie kamen mir die ganze Zeit vertraut vor, und plötzlich wusste ich auch warum.«

»Was ist mit meinen Augen?« Unwillkürlich hebe ich die Hand zum Gesicht und streiche mit den Fingern vorsichtig über ein Augenlid. Dabei fällt mir erst später auf, dass ich meine Arme wieder bewegen kann.

»Sie sind … schwarz.«

»Viele Menschen haben schwarze Augen«, entgegne ich.

»Das schon, aber die haben dann in der Regel auch dunklere Haut und dunklere Haare. Außerdem ist es die Größe, die Form … Du siehst anders aus. Lumisch. Es sind Hexenaugen, Mina.«

Lumisch. *Ein Mädchen mit einem starken lumischen Einschlag.*

Und an noch einen anderen Satz erinnere ich mich, von einem Mädchen aus dem Heim, der schon so viele Jahre zurückliegt: *Es ist kein Wunder, dass dich niemand haben will. Du wirst niemals adoptiert werden. Du bist hässlich. Die Leute finden dich gruselig.*

»Pechschwarze Augen, fast weißes Haar, blasse Haut«, reißt mich Siath aus meinen Gedanken, dabei klingt er, als wäre er selbst tief in Erinnerungen versunken. »Ich hätte es eigentlich schon viel früher merken müssen, aber weißt du, was?«

»Was denn?«

Er stößt einen tiefen Seufzer aus. »Nachdem du weg warst, ist mir klar geworden, dass ich es vielleicht auch schon die ganze Zeit geahnt habe und nicht wahrhaben wollte. Natürlich ist mir aufgefallen, dass du nicht irdisch aussiehst, aber ich schätze, ich wollte nicht, dass du es bist. Ich meine, dass du der Feind bist, den ich töten soll. Und du hattest kein Medaillon, und ich hatte keinen Beweis, also habe ich die Hinweise einfach ignoriert. Weil ich sie ignorieren wollte. Ich denke, als ich dich kennengelernt und es begriffen habe, sind mir zum ersten Mal Zweifel an meiner Mission gekommen. Du könntest keiner Fliege was zuleide tun, wie sollst du eine ernsthafte Gefahr darstellen? Das war und ist völlig undenkbar.«

»Nun, das stimmt nicht ganz. Ich bin entschlossen, Raskor zu töten. Irgendwann ist wohl immer das erste Mal. Was hast du dann gemacht? Nachdem ich weg war?«

»Nichts.«

»Nichts?«

»Ja, ich habe nichts gemacht«, sagt er und seufzt erneut. »Ich befand mich plötzlich in einer Situation, mit der ich absolut nicht gerechnet hatte. Nun hatte ich den Beweis, dass das Monster, das ich töten sollte, gar kein Monster war, sondern eine junge Frau, die keine Ahnung von Eden und dem ganzen Mist hat. Und wenn ich vorher schon leisen Zweifel hatte, wurde ich nun davon überrollt.«

»Das hat ja ganz schön lange gedauert«, spotte ich.

»Ja, vielleicht. Ich habe mein Leben lang an das geglaubt, was man mir erzählt hat. Ich habe mein Leben lang geglaubt, wir wären die Guten und dass Lumina der Feind ist, der meinem Stiefvater den Krieg erklärt hat. Wenn man jung ist, dann glaubt man alles, was einem die Eltern erzählen. Oder die Stiefeltern.«

»Tja, da kann ich leider nicht mitreden.«

»Jedenfalls bin ich erst mal zu Hause geblieben, ein paar Nächte«, fährt er fort. »Ich habe gewartet und nachgedacht, wie ich nun weiter vorgehen soll. Doch nach einigen Tagen wurde ich bereits abgeholt.«

»Wie?«, frage ich, weil es mich wirklich interessiert. Er sagte mir damals, er habe keine Möglichkeiten, allein nach Eden zurückzukommen, und müsse warten, bis er geholt würde. Doch wie?

»In meiner Wohnung öffnete sich plötzlich das Portal.« Er lacht. »War eine ziemliche Überraschung, obwohl ich wusste, dass es irgendwann passieren würde, es war etwas, ähm, unpassend. Ich saß gerade auf der Toilette, und auf einmal erschien ein Tor aus dem Nichts und zwei ernst guckende Feen schwebten vor mir in der Luft. Die Feen sind …«

»… die Hüter der Portale«, unterbreche ich ihn. »Ich weiß. Was ich nicht verstehe: Sie sind doch nicht auf Raskors Seite?«

»Die meisten nicht«, stimmt er mir zu. »Aber wie auch bei den dunklen Magiern und ein paar wenigen anderen magischen Wesen hat er es geschafft, ein paar von ihnen für sich zu gewinnen. Wie ihm das gelungen ist, was er ihnen dafür versprochen hat … da habe ich keine Ahnung.«

»Was sagten die beiden zu dir?«

»Dass ich versagt hätte. Dass die Gesuchte ohne mich nach Eden gelangt sei und ich zusehen soll, dass ich meine Mission erfülle, wenn mir mein Leben lieb sei. Sie hatten deine Ankunft nicht direkt mitbekommen, aber sie haben gespürt, dass der Schlüssel, das Medaillon wieder hier ist. Und da du in der Taverne im Wintersumpf gelandet bist und Dutzende Wesen gesehen haben, wie aus dem Keller ein merkwürdiges lumisches Mädchen kam, das etwas verwirrt und orientierungslos schien, war es nicht besonders schwer zu erraten. Deswegen konnte auch direkt eine ziemlich genaue Personenbeschreibung an die umbrischen Schutzwächter weitergegeben werden und man begann sofort, dich zu suchen.«

»Und dann hast du mich gejagt?«

»Nein. Ich bin zunächst nach Hause gegangen. Raskor machte mir die Hölle heiß. Er gab mir ein paar seiner Soldaten an die Hand – ihr habt sie kennengelernt – und ein halbes Jahr Zeit, um dich zu finden.«

»Sonst?«

»Das hat er nicht gesagt, aber ich kann es mir denken.«

»Also hast du beschlossen, dich auf unsere Seite zu schlagen, weil du Angst vor dem Tod hast?«, spotte ich. »Jahrelang war es für dich in Ordnung, dass ganze Völker abgeschlachtet wurden und dein Stiefvater dort draußen alles in Schutt und Asche legt, aber wenn du selbst derjenige bist, der darunter leiden soll, dann findest du es auf einmal doch nicht mehr so gut?«

»Ich … nein, so war es nicht.«

»Hört sich aber ganz danach an«, sage ich und setze mich auf. Inzwischen fühle ich mich wieder gesund und vollständig. »Das ist die mieseste Ausrede aller Zeiten, Siath.«

57

Siath schüttelt den Kopf. Erst jetzt sehe ich sein Gesicht. Er sieht müde aus. Nein, nicht nur müde, richtig fertig, um ehrlich zu sein. Und … traurig?

»Nein, das war es nicht, was mich überzeugt hat«, sagt er. »Ich bin Strafen gewohnt, glaub mir. Mir war auch vorher schon klar, dass es Konsequenzen geben würde, sollte ich mich Raskor widersetzen. Nein, was mich überzeugt hat, das waren die Wochen und Monate danach. Ich bin mit meiner Truppe durch das Land gezogen und habe vorgegeben, dich zu suchen. In Wahrheit hatte ich panische Angst davor, dich zu finden, weil ich keine Ahnung hatte, was ich dann tun würde. Aber ich habe mir in der Zeit das Land angesehen. Oder das, was davon noch übrig ist. Es war das erste Mal, dass ich mehr von Eden gesehen habe als nur die Burg, in der ich aufgewachsen bin. Ich habe mit Überlebenden gesprochen. Menschen, Hexen, Feen … und allen möglichen Bewohnern des Unwaldes. Sie alle haben mir nicht getraut, und ich kann es ihnen nicht verübeln. Ich habe ausgelöschte Hexenzirkel gefunden, Dörfer, in denen alles niedergebrannt worden war. Überall nur Tod und Zerstörung. Und mir ist klar geworden, dass ich keine Ahnung hatte. Dass ich nicht wusste, was Raskor getan hat, was er bis heute tut. Bis jetzt. Das hat mich überzeugt, Mina, nicht die Angst. Wenn ich Angst hätte, dann würde ich tun, was er von mir verlangt. Spätestens jetzt hätte ich die Chance gehabt, dich auszuliefern, aber das will ich nicht. Ich will euch helfen. Das alles muss ein Ende haben. Eden soll wieder frei sein.«

Er sieht mich an, voller Erwartung, voller Hoffnung. Erst jetzt blicke ich zu Yami und Loth, die beide still im Hintergrund stehen. Als ich meinen Blick durch den Raum schweifen lasse, diesmal richtig, stelle ich fest, dass wir noch immer in diesem unterirdischen Höhlensystem sein müssen. Der Raum sieht ähnlich aus wie die Zelle, in der ich zuerst war, nur besser ausgestattet. Es scheint, als wäre das hier so etwas wie ein unterirdischer, geheimer Konferenzraum. Was ich für eine Art Bett gehalten habe, ist in Wahrheit ein Tisch, der mit Stroh und einem Laken notdürftig zum Liegeplatz umfunktioniert worden war. Etwa zehn Stühle, die vorher wahrscheinlich darum herumstanden, sind an die Wände geschoben worden. An einer der Wände steht außerdem ein wuchtiger Schrank. Ansonsten ist der Raum leer.

»Wo sind wir hier?«, frage ich und wechsle damit das Thema. Ich brauche Zeit zum Nachdenken. Zwei Seelen kämpfen in mir, wie in Hesses *Steppenwolf*. Da ist die gutmütige, mitfühlende und großzügige Mina, die Siath nur zu gern vergeben würde. Und die sture, nachtragende Mina, der es unglaublich schwerfällt. Eins allerdings kann ich mit Gewissheit sagen: Ich glaube ihm. Er ist ein Idiot, dass er so lange dafür gebraucht hat, aber er ist kein Monster, das weiß ich. Kein gesunder, fühlender Mensch könnte bei dem, was in Eden geschieht, auf Raskors Seite stehen. Und ich weiß außerdem, dass uns Siath nützlich sein kann.

Mein Verstand hat ihm also längst verziehen. Nur mein Herz … mein Herz ist noch immer enttäuscht und verletzt, und ich weiß nicht, ob es jemals wieder anders sein wird. Aber vielleicht ist dies eine Entscheidung, die mit dem Verstand getroffen werden muss, nicht mit dem Herzen.

»Hier in Sonnenmeer gab es vor langer Zeit ein unterirdisches Tunnelsystem – ähnlich den Katakomben in deiner Heimat«, erklärt Siath. »Heute nutzt es niemand mehr. Die meisten haben wohl auch vergessen, dass es existiert. Es gibt auch nur noch zwei Zugänge. Der eine ist im ehemaligen Rathaus …«

»Ist das die Ruine, durch die dein Freund mich reingebracht hat?«

»Iakis ist nicht mein Freund«, sagt Siath hart. Er spuckt den Namen fast aus und unwillkürlich ziehe ich eine Braue in die Höhe.

»Das sah aber nicht danach aus«, sage ich.

»Natürlich nicht, ich musste den Anschein wahren. Iakis ist einer der besten Freunde meines Stiefvaters, und er hat ihn mir für meine Mission zur Seite gestellt. Um ehrlich zu sein, hatte ich eher das

Gefühl, dass er dabei ist, um mich zu überwachen. Ich war vorsichtig, doch ich glaube, Raskor traut mir nicht mehr.«

»Wo ist dieser Iakis jetzt?«

Siath windet sich. Yami grinst und zeigt dabei ihre spitzen Zähne. Mir fällt auf, dass ihre Augen wieder leuchtend grün sind. Das waren sie schon eine ganze Weile nicht mehr, sondern irgendwie blass, fast gräulich. Nun strahlen sie regelrecht. Bedeutet das etwa, dass …

»Oh!«, stoße ich hervor.

»Ähm, ja«, sagt Siath. »Es war ein echtes Problem, wir mussten ihn irgendwie … und Yami musste irgendwann …«

»Alles gut, du musst dich nicht entschuldigen«, sage ich hastig, auch wenn ich nicht verhindern kann, dass ich ein wenig schockiert bin. Ist das hier geschehen, während ich geschlafen habe? Unwillkürlich suche ich den Raum mit meinem Blick nach Blutspuren ab, doch da ist nichts. Ich schlucke.

»Jedenfalls … die anderen sind in der Zelle. Also die Homunkuli.«

»Homunkuli?«

»Ja, die vier, die Yami gepackt haben«, sagt er. »Sie stehen im Moment nur herum, leere Hüllen. Wie Roboter auf Stand-by, wenn du so willst. Sie tun nur, was man ihnen befiehlt.«

Jetzt ergibt das allerdings einen Sinn. Kein Wunder, dass es den Soldaten nicht interessiert hat, als Yami ihn gebissen hat.

»Und du hattest ihnen befohlen, Yami einen Maulkorb zu verpassen?«

»Ich konnte nicht riskieren, dass sie uns alle umbringt.«

»Wer waren die anderen?«

»Iakis war ein Mensch. Die beiden, die Loth hielten, waren Asmandi. Ich musste sie auch hier unten einsperren. Sie wussten ja, wo ihr seid, und sie hätten es Raskor sonst verraten können.«

»Also sind alle, die über deinen Verrat und unseren Aufenthaltsort Bescheid wissen, entweder tot oder hier unten weggesperrt?«, hake ich nach. Er nickt.

»Was ist mit Pim und Herkules?«

Siath sieht mich verständnislos an, doch Loth springt für ihn ein.

»Unverändert«, sagt er. »Sie sind bei Kasimir, und ich würde sagen, dort sollten sie auch bleiben. Dort sind sie in Sicherheit. Was man von unserer Gesellschaft nicht unbedingt behaupten kann.«

Ich gebe ihm recht und bin erleichtert, dass zumindest die beiden gut aufgehoben sind.

»Das Höhlensystem hat zwei Zugänge, sagtest du«, greife ich den Faden wieder auf. »Wo ist der andere?«

»Das ist das große Ass, das ich noch im Ärmel habe.« Siath grinst, doch es ist nur ein Schatten seines verschmitzten früheren Grinsens, und plötzlich wird mir schwer ums Herz. Ein kurzer Augenblick der Wehmut überfällt mich, und ich denke an die Zeit auf der Erde zurück.

»Der andere Zugang ist im Palast«, sagt Siath. »Und das Beste daran ist: Raskor weiß nichts davon.«

»Woher weißt du es dann?«, frage ich misstrauisch. »Und wie kannst du dir sicher sein, dass er es nicht weiß?«

»Raskor lebt erst seit ein paar Jahren hier, er kam her, als meine Mission auf der Erde anfing«, erklärt er mir. »Ich bin mir sicher, dass er keine Ahnung hat, sonst hätte er dieses System längst für seine Zwecke genutzt oder ließe es wenigstens überwachen. Es wurde vor Tausenden von Jahren für die einfache Bevölkerung geschaffen. Vor langer Zeit lebten sie sogar zum Teil hier unten – während die reichen Bürger der Stadt oben in der Sonne leben durften. Später wurden die Tunnel hauptsächlich von Boten benutzt, um schnell die wichtigsten Knotenpunkte der Stadt zu erreichen … und unter dem Palast wurden die Räume zuletzt noch als Dienstbotenunterkünfte genutzt. Bis vor fünfzig Jahren. Dann hat man die letzten Zugänge verschlossen und die Tunnel vergessen. Raskor weiß also ziemlich sicher nichts davon. Aber Agnesa.«

»Wer ist Agnesa?«, hake ich nach.

»Agnesa ist eine knapp siebzigjährige Frau, deren Familie der lumischen Königsfamilie über Generationen gedient hat«, sagt Siath. »Sie ist die älteste Dienerin, die noch im Palast lebt – und sie ist in den unterirdischen Unterkünften aufgewachsen. Sie hat mir davon erzählt. Und nur mir. Sie war übrigens auch diejenige, die mir von Connys Ankunft erzählt hat. Ich vertraue ihr. Sie steht auch nicht hinter Raskor, auch wenn sie das natürlich nicht öffentlich sagt.«

»Befinden sich außer Raskor noch viele Menschen im Palast?« frage ich.

»Agnesa und ein paar jüngere Angestellte, die er am Leben gelassen hat«, sagt Siath. »Ein paar seiner Freunde, zum Beispiel seine Magier. Nicht mehr als eine Handvoll. Das war's. Er ist allein. Und das wollte er sein. Ich glaube, er vertraut niemandem mehr. Je mächtiger er wurde, desto größer wurde sein Misstrauen allen anderen gegenüber, desto größer wurde seine Angst, dass irgendwer ihm in den Rücken fallen und ihn von seinem Thron stürzen könnte. Wenn du mich fragst, verrückt war er schon immer, doch inzwischen ist er vollkommen paranoid geworden. Und er hat jeden beseitigen lassen, der sich ihm in den Weg stellen könnte.«

»Eine Sache gibt es dann noch, die mich interessieren würde«, sage ich. » Wie hast du uns gefunden? Ich meine, woher wusstest du, dass wir in der Bibliothek sind? Oder war es Zufall?«

»Zufälle gibt es nicht«, sagt er. »Es war eine Mischung aus Logik und Glück. Ich bin – wie die meisten Leute, die an deine Rückkehr geglaubt haben – davon ausgegangen, dass du versuchen würdest, die verbliebenen zwei Schätze von Eden zu finden. Wo der Schatz des Kristallordens war, das wusste niemand, aber so ziemlich jeder in Eden hat die Geschichte von Loth und dem Raub des Rings gehört, also war klar, dass du versuchen würdest, zu Loth zu gelangen. Nachdem der Gefängnisberg in die Luft geflogen ist, wusste ich zwei Dinge: Erstens, du hast es geschafft. Und zweitens, du bist weit gefährlicher, als du aussiehst.«

Er schenkt mir ein schiefes Lächeln. »Ehrlich gesagt, war ich in ziemlicher Sorge um dich, ich wusste ja nicht, dass du nicht allein warst. Natürlich hätte ich mir denken können, dass du sofort Unterstützer finden würdest, aber sicher war ich mir nicht. Zwischenzeitlich bin ich fast durchgedreht vor Angst um dich, bei der Vorstellung, dass du allein in den Bergen bei den Mantikoren bist …«

Bei der Erwähnung seiner Angst um mich breitet sich vollkommen ungebeten ein warmes Gefühl in meiner Magengegend aus, und ich verfluche meinen Körper dafür. Schnell versuche ich, das unpassende Kribbeln zurückzudrängen.

»Das erklärt aber nicht, wie du auf die Bibliothek von Sonnenmeer gekommen bist«, beharre ich.

»Loth hatte damals nicht besonders viel Zeit, um den Ring zu verstecken«, sagt Siath nur und zuckt die Achseln. »Er wurde ja relativ schnell erwischt. Es war also klar, dass er an einem Ort sein musste, zu dem er schnellen Zugang hatte, denn er konnte nicht lange nach einem guten Versteck suchen. Es kamen also nur sein Zuhause und seine Arbeitsstelle infrage. Sein ehemaliges Zuhause steht nicht mehr, also habe ich auf gut Glück die Bibliothek im Auge behalten und einen Alarm eingerichtet. Das war nicht einmal besonders umständlich, denn selbst wenn der Ring nicht hier gewesen wäre, war klar, dass du irgendwann nach Sonnenmeer kommen würdest, schließlich ist hier das Ziel deiner Reise.«

»Stimmt nicht ganz, denn mir hat immer noch das dritte Artefakt gefehlt.«

»Das ist richtig, aber ich wusste, dass du es nicht finden konntest, weil ich es nämlich hatte.«

»Woher?«

»Mein Stiefvater hatte es. Und ich bin mir sicher, er wird bald merken, dass es nicht mehr da ist.«

»Du hast es Raskor gestohlen?« Obwohl ich es nicht will, bin ich beeindruckt. »Warum?«

Siath, der die ganze Zeit beim Reden im Raum hin und her gelaufen ist, bleibt vor mir stehen und sieht mir direkt in die Augen. »Weil ich wusste, dass du es brauchst. Mina, ich weiß, dass ich in der Vergangenheit Fehler gemacht habe. Ich habe Dinge getan, auf die ich wirklich nicht stolz bin, und ich verstehe, dass es dir schwerfällt, mir zu vertrauen. Himmel, an deiner Stelle würde es mir genauso gehen! Aber ich hoffe, du siehst, dass ich wirklich alles tue, um es wiedergutzumachen. Ich habe dir das letzte Artefakt gebracht und die Truppe, die Raskor mir zur Verfügung gestellt hat, ähm, eliminiert. Ich setze gerade alles auf eine Karte. Für mich gibt es keinen Plan B mehr, ich kann nicht mehr zurück. Wenn du mich nicht willst, gibt es keinen Ort mehr, an den ich gehen könnte. Das soll nicht heißen, dass ich dich unter Druck setzen will, ich verstehe das, wenn du mir nicht verzeihen kannst. Es soll nur heißen, dass es mir wirklich verdammt ernst ist. Und ich kann euch eine Hilfe sein. Ich weiß, wie wir in den Palast kommen. Ich habe nach meiner Rückkehr einige Zeit dort verbracht, ehe ich mich auf die Suche nach dir gemacht habe, ich kenne mich dort aus. Und ich habe Fähigkeiten, die die euren sehr gut ergänzen würden.«

Auch wenn ich immer noch sauer auf ihn bin, muss ich zugeben, dass er recht hat. Er kann uns wirklich eine Hilfe sein. Mein Blick wandert zu Loth und Yami. Mir entgeht nicht, dass Loth einen Arm um Yamis Taille gelegt hat. Aber das ist es nicht, was mich interessiert, sondern vielmehr der Ausdruck in ihren Gesichtern. Beide sehen mich mit großen, hoffnungsvollen Augen an. Yami deutet ein leichtes Nicken an, und mir ist klar, dass sie längst eine Entscheidung getroffen haben.

Nach allem, was war, vertrauen sie Siath. Und ich vertraue den beiden und ihrem Urteil.

Ich atme einmal tief durch und wende mich dann wieder an Siath. Doch eine Sache gibt es noch, die ich wissen muss.

»Warst du daran beteiligt?«, frage ich tonlos. »Ich meine, hast du selbst auch Hexen getötet? Hast du sie verfolgt? Verraten? Ihre Zirkel ausgelöscht?«

Siath sieht mir fest in die Augen, und mir ist klar, dass er mich nun ebenso gut belügen könnte. Aber für mein Gewissen muss ich diese Worte aus seinem Mund hören. Für mein Gewissen brauche ich die richtige Antwort, wenn wir zusammenarbeiten sollen.

»Nein«, sagt er mit Nachdruck. »Ich habe nichts dergleichen getan. Bevor ich zur Erde kam, war ich noch ein halbes Kind und habe meine gesamte Zeit beim Training oder im Palast verbracht. Als ich zurückkam und dich suchen sollte, war ich schockiert von den Zuständen hier. Unterwegs kamen wir nur an einem einzigen lebenden Zirkel vorbei, und da habe ich meine Truppe ablenken und den Hexen zur Flucht verhelfen können. Ich habe nur einen einzigen Mord zu verantworten, zumindest teilweise – und das ist der an Iakis.«

Ein Schauder läuft mir die Wirbelsäule hinab. Dann nicke ich.

»Okay«, sage ich. Und dann: »Wie ist der Plan?«

58

Der Plan ist simpel: Wir marschieren durch den unterirdischen Zugang in den Palast und töten Raskor. Mit Sicherheit ist er entsprechend geschützt; wer ein Land jahrelang mit Gewalt regiert, trifft mit sehr hoher Wahrscheinlichkeit entsprechende Vorkehrungen, denn wir sind gewiss nicht die Ersten, die auf die Idee kommen, ihn zu stürzen. Dank Loths Geschichte weiß ich ja nun, dass es sogar schon ganze Rebellengruppen gegeben hat, die es nicht geschafft haben.

Und wir sind nur noch zu viert; Tinki ist seit unserem Einbruch in die Bibliothek nicht mehr aufgetaucht, und niemand weiß, wo sie ist. Siath schwört, dass er keine Ahnung hat, und mir bleibt nichts anderes übrig, als ihm zu glauben.

Trotz allem sind wir optimistisch, nicht zuletzt wegen der Prophezeiung und den Artefakten, auch wenn wir immer noch nicht genau wissen, wie sie einzusetzen sind. Ich trage inzwischen alle an meinem Körper: Das Medaillon um den Hals, den Ring an meinem Daumen, das Kupferband am linken Arm.

»Die Prophezeiung war in diesem Punkt leider sehr ungenau«, sagt Siath, während wir durch den Tunnel gehen. Ich bin inzwischen wieder komplett fit und fühle mich wie neugeboren. Als hätte ich fünf Wochen Kur am Meer hinter mir. Er hat wirklich ganze Arbeit geleistet und ein Teil in mir – dieser dumme, gefühlsduselige und anscheinend nach wie vor verliebte Teil – himmelt ihn dafür ein bisschen an, was dem anderen Teil in mir tierisch auf die Nerven geht.

»Das Schwierigste wird ohnehin eher sein, die Armeen plattzumachen, oder?«, sage ich, um mich schnell abzulenken.

»Es geht«, entgegnet Siath. »Homunkuli sind körperlich stark, aber geistig schwach. Sie haben ja keinen Geist. Sie sind an ihre Erschaffer gebunden. Wenn der stirbt, fallen sie einfach um wie die Fliegen.«

»Dann haben wir Berge von Leichen überall im ganzen Land?«

»Sieht so aus.«

»Besser Homunkulileichen als noch mehr Hexenleichen«, wirft Loth ein. Da muss ich ihm allerdings recht geben.

»Also ist alles erledigt, wenn wir Raskor umgebracht haben«, fasse ich zusammen. »Das klingt doch gut! Fast zu einfach.«

»Vermutlich nicht ganz, denn er hat sie ja nicht allein geschaffen, sondern mit der Hilfe seiner Magier«, mischt sich Yami ein. »Ich denke, wenn wir wirklich Ruhe haben wollen, müssen wir diese bösen Hexer aus dem Weg räumen, und das stelle ich mir kompliziert vor.«

»Das wird das Schwierigste an der ganzen Geschichte sein«, stimmt Siath ihr zu.

»Wo sind diese Leute?«, frage ich. »Auch im Palast?«

»Davon gehe ich aus, ja«, sagt Siath. »Ich habe sie zwar nicht gesehen, Raskor wäre aber dumm, wenn er ohne Schutz dortbleiben würde, also müssen sie irgendwo in der Nähe sein. Und die müssen wir finden.«

»Wir haben aber keine Ahnung, wie der Schutz aussieht«, gebe ich zu bedenken.

Inzwischen laufen wir schon eine ganze Weile durch die Tunnel, und mit jedem Schritt wird das Ziehen in meinem Magen stärker. Jeder Schritt führt uns näher zum Palast, und ich weiß, dass es inzwischen nicht mehr lange dauern kann. Der Gedanke daran, dass von den nächsten Stunden unsere komplette Zukunft abhängt – und nicht nur unsere, sondern die eines ganzen Landes – und es wortwörtlich um Leben und Tod geht, schnürt mir fast die Kehle zu.

»Vielleicht sollten wir uns aufteil…«, setzt Loth an, aber Yami schneidet ihm sofort das Wort ab.

»Auf gar keinen Fall, bist du verrückt geworden?«, fährt sie ihn an. »Wir bleiben auf jeden Fall zusammen! Zusammen sind wir stark! Aufteilen war noch nie eine gute Idee!«

»War ja nur ein Vorschlag«, murmelt er.

»Wir bleiben zusammen«, sagt nun auch Siath mit fester Stimme. »Das ist sicherer. Und nur gemeinsam haben wir Kräfte, die eine Chance gegen Raskor haben.«

Je näher wir unserem Ziel kommen, desto unsicherer werde ich. Ist das Ganze denn wirklich gut durchdacht? Meine magischen Fähigkeiten sind vorhanden, das weiß ich sicher – doch sie sind launisch. Was, wenn sich alle auf mich und die Prophezeiung verlassen und ich im entscheidenden Moment gnadenlos versage, wie in der Bibliothek?

Plötzlich bricht mir der kalte Schweiß aus. Ich bleibe ruckartig stehen und packe Siath am Arm. Erstaunt sieht er zu mir runter.

»Ich kann das nicht, glaube ich«, keuche ich. Die Brust wird mir eng.

»Raskor stürzen?«

»Ja!«, sage ich. »Siath, Yami … ich habe doch keine Ahnung. Ich habe es bisher nur zweimal geschafft, zu hexen, und das war eher Zufall, und … wie sollen wir das schaffen? Unser Plan ist voller Lücken, es gab doch schon so viele andere Leute, die das versucht haben und gescheitert sind. Und die waren bestimmt besser vorbereitet, und …«

Siath dreht sich zu mir und legt mir die Hände auf die Schultern. Sie sind warm.

»Mina«, sagt er und sieht mir fest in die Augen. »Es stimmt, es haben schon andere versucht. Aber im Gegensatz zu denen haben wir einen ganz entscheidenden Vorteil.«

»Mich?«, krächze ich. »Mich und diese unsichere Prophezeiung? Nein, ich weiß nicht, das ist …«

»Nein, ausnahmsweise meine ich nicht dich und die Prophezeiung.« Er schmunzelt. »Wir halten zusammen. Das, was wir hier tun, das ist etwas absolut Neuartiges, so was hat es in der Geschichte von Eden bisher nicht gegeben.«

»Was?« Ich habe keine Ahnung, wovon er spricht.

»Dieser Zusammenhalt«, sagt er und deutet mit einer vagen Geste hinter sich, auf Yami und Loth, dann schließlich auf sich und mich. Ich verstehe immer noch nicht ganz, aber dann springt Yami ein.

»Es stimmt, Mina«, sagt sie. »Das gab es noch nie. Hier haben schon immer verschiedene Völker gelebt, und man hat sich gegenseitig toleriert, aber sie waren alle für sich. Die Rebellengruppen, die es bisher versucht haben, bestanden nur aus Menschen. Oder nur aus Hexen. Alle anderen haben sich aus der Sache rausgehalten. Es ist das erste Mal, dass eine gemischte Gruppe es versucht. Es ist das erste Mal, dass die verschiedenen Völker geschlossen zusammenhalten und ihre unterschiedlichen Fähigkeiten bündeln. Es ist das erste Mal in der Geschichte von Eden, dass eine Baobhan-Sith mit einer Hexe, einem Asmandus und einem nervigen Menschen rumhängt …«

»Das habe ich gehört!«, empört sich Loth und Yami lacht.

»Wenn das die anderen Waldvampirinnen wüssten, würden sie mich wahrscheinlich aus dem Unwald jagen oder so was … Na ja, zumindest würde mich niemand mehr ernst nehmen. Aber das ist mir egal, es geht hier schließlich um was Wichtigeres.«

»Wollt ihr damit sagen«, frage ich ungläubig, »dass es diesen Zusammenhalt vorher nicht gab? Keine gemischten Gruppen?«

»Keine gemischten Gruppen«, bestätigt Siath. »Man blieb immer unter sich. Und genau das war auch ein entscheidender Nachteil. Alle, die es bisher versucht haben, hatten nur eine einzige Waffe. Wir haben fünf. Wir haben deine Magie und meine. Wir haben Yamis Stärke und Schnelligkeit, meine Fähigkeit der Manipulation und Loths Geschick. Und als besonderen Bonus haben wir noch die Tatsache, dass ich mich im Palast auskenne. Mina, besser als wir kann man gar nicht vorbereitet sein für diese Mission. Die Prophezeiung und die magischen Artefakte sind nur das Sahnehäubchen.«

»Okay«, sage ich heiser. Mein Herzschlag beruhigt sich etwas. »Aber meine Magie ist trotzdem total unzuverlässig.«

»Ich bin mir sicher, dass wir das hinbekommen«, sagt Siath. »Ich bin mir sicher, im entscheidenden Moment wird es funktionieren.«

Ich habe zwar keine Ahnung, wie er sich da so sicher sein kann, aber langsam werde ich wieder ruhiger.

Ich sage nichts mehr und wir marschieren weiter. Der Tunnel ist das reinste Labyrinth, aber Siath führt uns sicher durch seine Windungen, und ich habe den Eindruck, dass er sehr viel besser auf diese ganze Sache vorbereitet ist, als ich es bin.

Nach einer gefühlten weiteren halben Stunde bleibt er mit einem Mal stehen. Ich sehe sofort warum. Der Tunnel geht auf der linken Seite zwar über in eine Biegung und führt wer weiß wohin, aber rechts gibt es einen weiteren Weg: Eine Art Schlot nach oben, so wie der, durch den wir von der anderen Seite gekommen sind. Und genauso wie dort, hängt ein Seil daran hinab.

»Wir sind da«, sagt Siath.

59

Es kostet mich einiges an Überwindung, den Schlot hinaufzuklettern. Zu sehr stecken mir die Erinnerungen an meinen Absturz in den Knochen, auch wenn ich mich an den Aufprall und die Schmerzen unmittelbar danach zum Glück nicht mehr erinnern kann. Mein Unterbewusstsein kann es jedoch offenbar. Kaum berühre ich mit meinen Händen das Seil und ziehe mich den ersten halben Meter nach oben, werden meine Handflächen schwitzig und mein Puls beginnt zu hämmern.

»Ich kann das nicht«, keuche ich und lasse mich wieder nach unten sinken. Dabei fühle ich mich wie die größte Versagerin. Der Kampf hat noch nicht einmal begonnen, und ich bekomme schon die Krise, bevor es losgeht.

»Doch, das schaffst du«, reden mir die anderen Mut zu und ich versuche es erneut. Schließlich braucht es einiges an gutem Zureden und das Versprechen von Loth, mich aufzufangen, falls ich stürzen sollte, bis ich mich endlich überwinden kann.

Obwohl ich sehr viel ängstlicher bin als beim ersten Mal, geht alles gut. Siath ist vor mir, Yami direkt hinter mir, und außerdem ist der Schacht dieses Mal beleuchtet.

Nach einer Weile kommen wir oben an, Siath öffnet die Luke und wir warten auf Loth, der hinterherklettert.

»Wie kann es sein, dass wir so einfach hier reinkommen?«, frage ich argwöhnisch. »Sollte der Palast nicht besser geschützt sein?«

»Er ist durch eine Art Bann geschützt«, stimmt Siath mir zu.

»Also ähnlich wie der Gefängnisberg?«

»Genau. Das gilt aber nur für den Palast selbst. Hier sind wir in einer Dienstbotenunterkunft, in einem Nebengebäude auf dem

Schlossgelände. Wie gesagt, wurden die Tunnel in den früheren Jahrzehnten nur vom einfachen Volk benutzt. Und hier war schon seit Jahren niemand mehr drin, was sollte Raskor auch hier wollen?«

Ich werfe einen Blick auf die verschlossene Luke. Man kann sie kaum noch erkennen. Ein kreisrunder heller Fleck auf dem Boden verrät mir außerdem, dass sie wohl lange Zeit von einem Teppich verdeckt worden ist.

»Warum ist nicht das ganze Grundstück vor Eindringlingen geschützt?«, hake ich nach, während ich mich umsehe. Wir befinden uns in einem sehr einfach gehaltenen, altmodischen Raum. Ein grober Eichentisch steht hier, eine Kochnische mit Kaminofen, eine Pritsche mit einer ausgeleierten Matratze. Über allem liegt eine zentimeterdicke Staubschicht, Spinnweben wuchern überall.

»Vermutlich würde es zu viel Magie kosten. Je größer der Bann, desto mehr Energie kostet es. Vielleicht reichen seine Magier dafür nicht aus.«

»Wie viele Magier bräuchte man, um auf Dauer einen Zauber in der Größe aufrechtzuerhalten?«, frage ich neugierig. Das könnte uns vielleicht einen ersten kleinen Hinweis darauf geben, wie viele Schwarzmagier Raskor hier um sich schart. Sind es zehn? Oder hundert?

»Ich habe keine Ahnung«, seufzt Siath.

»Schade.«

»Vielleicht ist es aber auch Absicht. Würde das gesamte Grundstück unter einem Bann stehen, hättest du hier nicht ankommen können. Und er hat ja darauf gewartet, dass du an deinem achtzehnten Geburtstag zu ihm kommst.«

»Das klingt logisch.«

»Ich komme jedenfalls in den Palast. Der Bann gilt nicht für mich.«

»Und wie gelangen wir hinein?«

»Indem ich euch einlade.«

»So einfach ist das?«

»Ja. Raskor bekommt auch hin und wieder Besuch, dem die Tür nicht dauerhaft aufsteht. Es wäre viel zu umständlich, den Zauber jedes Mal zu lösen, um ihn danach wieder aufzubauen. Es ist ganz einfach: Wer von einem Mitglied der Königsfamilie eingeladen wird, darf den Palast betreten. Wer nicht, kann es nicht. Und da ich offiziell noch zur Königsfamilie gehöre, ist es kein Problem.«

»Immerhin etwas«, sagt Loth und ich stimme ihm zu. Also, auf zum Palast, auf zu Raskor. Es sollte ja nicht allzu schwierig sein. Und wenn wir ihn erst einmal überwältigt haben, werden wir weitersehen. Dann müssen wir nur noch seine Magier erledigen und Eden kann wieder frei sein. Raskor ist ein einfacher Mensch. Gegen unsere Fähigkeiten kann er nichts ausrichten.

Ich stelle fest, dass es ohne Siath tatsächlich sehr viel schwieriger wäre. Langsam gewöhne ich mich sogar wieder an seine Anwesenheit.

Vorsichtig linse ich aus dem Fenster. Unten in den Tunneln hatte ich keine Ahnung, wie spät es wohl sein wird, geschweige denn, welche Tageszeit wir haben. Nun erkenne ich, dass es dämmert. Der Himmel ist orange, rosa Schlieren durchziehen die Röte. Die drei Monde und der saturnähnliche Planet stehen hoch am Firmament.

»Morgen- oder Abenddämmerung?«, frage ich.

»Abend«, sagt Siath. »Wir warten, bis es dunkel ist. Raskor geht immer um dieselbe Zeit schlafen. Er hat eine strikte Routine. Das werden wir uns zunutze machen – dann schleichen wir uns in den Palast.«

Wir warten in der kleinen Hütte, bis es draußen stockfinster ist. Dann sitzen wir im Dunkeln. Wir können das Licht nicht einschalten, weil man uns so entdecken würde. Wir unterhalten uns nur im Flüsterton, aber nach einer Weile gibt es ohnehin nichts mehr zu sagen, und so ist jeder von uns mit seinen Gedanken und der Angst vor dem, was uns erwartet, allein.

»Jetzt ist es so weit«, sagt Siath nach einer halben Ewigkeit. Mein früheres Zeitgefühl, wie ich es auf der Erde hatte, existiert schon lange nicht mehr. Dafür vergehen die Tage und Stunden hier in Eden einfach zu unterschiedlich. So habe ich keine Ahnung, ob eine Stunde vergangen ist – oder fünf.

Siath öffnet die Tür unserer Hütte und geht voran. Erneut frage ich mich, wo Tinki abgeblieben ist. Hier hätte sie uns wieder nützlich sein können, aber natürlich geht es mir nicht nur darum. Ich hoffe, ihr ist nichts geschehen.

»Die Luft ist rein«, flüstert er von draußen, und Yami, Loth und ich folgen ihm. Wir befinden uns in einem riesigen Schlosspark, der allerdings in völliger Dunkelheit vor uns liegt. Ein lauer Wind weht mir ins Gesicht. Die Nacht ist mild.

»Yami, siehst du irgendwas?«, flüstert Siath. Als ich ihn verständnislos anblicke, erklärt er: »Sie kann im Dunkeln sehen, wusstest du das nicht?«

»Nein, das wusste ich nicht«, gebe ich beeindruckt zu. Es ergibt aber Sinn, als Jägerin der Nacht.

»Nein, keine Seele hier«, flüstert Yami. Ihre Wangen sind rot, die grünen Augen leuchten. Mit einem Mal sieht sie wieder sehr viel lebendiger aus, und mir wird erneut bewusst, was für eine Qual das Eingesperrtsein unter der Erde für sie gewesen sein muss.

»Dann los«, sagt Siath und huscht über den sauber geschnittenen Rasen. Wir folgen ihm, vorbei an einem großen steinernen Brunnen, fein gestutzten Buchsbäumen und Rosenbüschen. Der Palastgarten ist so geschniegelt und gepflegt, dass nichts hier vermuten ließe, was Raskor in Wahrheit für ein Schwein ist. Sein neues Zuhause hält er schön sauber, während er den Rest dieser Welt in Schutt und Asche legt. Eine Welle des Ekels überkommt mich, wenn ich an ihn und seine widerliche Mission denke.

Wir durchqueren den halben Schlosspark, bis wir schließlich am Palast ankommen – einem riesigen Gebäude in den buntesten Farben und mit den faszinierendsten Formen. Ein bisschen erinnert es mich mit seinen Zwiebeldächern und fremdartigen Mustern an die Basilius-Kathedrale in Moskau.

Unwillkürlich suche ich in meinem Geist nach einer Erinnerung. Dies ist der Ort, an dem ich geboren wurde, an dem ich die ersten Tage meines Lebens in der Obhut meiner Eltern verbracht habe, bis sie schließlich beschlossen haben, mich fortzugeben. Ein Stich fährt durch meine Brust, als mir klar wird, dass ich mich nicht erinnern kann. Da ist nichts, nicht der kleinste Funke Wiedererkennen. Natürlich nicht.

Dies alles hier ist mir vollkommen fremd. Es ist einfach zu lange her, ich war zu klein.

Siath reißt die Tür auf; nicht den großen, zweiflügeligen Haupteingang ganz vorn, sondern einen kleinen Nebeneingang an der Seite des Gebäudes.

»Baobhan-Sith Yami, Mensch Loth, Hexe Wilhelmina. Ich lade euch hiermit ein, mir in den Palast zu folgen.«

»Was redet er denn so schwülstig?«, spottet Loth, aber Yami wirft ihm nur einen strengen Blick zu.

»Es muss offiziell sein«, sagt Siath und zuckt die Achseln. Dann verschwindet er in das dunkle Innere des Palasts und ich möchte ihm als Erste folgen. Ich setze einen Fuß über die Türschwelle und ziehe den zweiten nach, doch plötzlich bleibe ich wie angewurzelt stehen.

Ich versuche, ein Bein zu heben und weiterzugehen, doch es geht nicht. Ich bin wie festgeklebt.

»Siath«, flüstere ich panisch, »hier stimmt etwas nicht!«, doch er reagiert nicht. Mit großen Augen starre ich in die Schwärze vor mir, in der er verschwunden ist.

»Siath?« Etwas lauter, fast rufe ich es in die Dunkelheit.

»Sei doch nicht so laut, verdammt!«, beschwert sich Loth hinter mir. Er hat nach mir den Palast betreten, doch eine Sekunde später scheint er es auch zu bemerken.

»Verdammt, was ist hier los?«, flucht er. »Ich kann mich nicht mehr bewegen! Mina? Siath?«

»Was ist los mit euch beiden?«, höre ich Yami.

»Nicht!«, rufe ich über die Schulter zurück. »Bleib draußen, das ist eine Falle!«

»Falle? Wie meinst du das?«

Ihre Stimme dicht hinter mir. Ich stöhne auf.

»Du hättest draußen bleiben sollen«, sage ich. »Irgendwas stimmt hier nicht, ich glaube, etwas ist schiefgegangen. Und Siath antwortet nicht.«

In diesem Moment ertönt eine tiefe, unbekannte Stimme in der Schwärze vor mir, und ich muss ihn nicht sehen, um zu wissen, dass es Raskor ist, der spricht.

»Vielen Dank, dass du sie zu mir geführt hast, mein Sohn.«

60

Das Licht geht an.

Wir befinden uns in einer Art großen Empfangshalle, in deren Mitte eine breite Treppe nach oben zu einer Art Empore führt. Die Decke wird links und rechts davon von weißen Säulen gestützt. Der Boden vor mir ist aus schwarzem, grauem und weißem Stein, der in einem aufwendigen Muster angeordnet worden ist – vermutlich Marmor. Vereinzelt stehen verschiedene Skulpturen in der Halle, viele davon aus Gold oder mit Gold überzogen, sorgfältig ausgewählt. Schwere Samtvorhänge bedecken Teile der Wand, roter Teppich führt von der großen Eingangstür bis zur Treppe und die Stufen hinauf.

All dies bemerke ich innerhalb von Sekunden. Ich habe jedoch keine Zeit, allzu lange das Interieur zu bewundern. Mein Blick fällt sofort auf die vier Männer vor mir und bleibt dort haften. Beziehungsweise fünf. Mit Siath.

Wenige Meter vor mir steht ein etwas untersetzter älterer Mann. Er sieht harmlos aus auf den ersten Blick, und absurderweise bin ich enttäuscht. Ich weiß nicht, was ich erwartet habe, wie ich mir Raskor vorgestellt habe – wie einen Bösewicht aus einem Film vielleicht, oder den bösen Zauberer aus einer Fantasygeschichte, wie Sauron möglicherweise. Alt, aber erhaben, mit einem langen weißen Bart und irgendwie … majestätisch, trotz all seiner Bösartigkeit.

Ganz bestimmt aber habe ich nicht mit einem übergewichtigen, glatzköpfigen Mittfünfziger – nach Erdenjahren geschätzt – gerechnet, der mich aus wässrigen kleinen Augen hasserfüllt anstarrt. Dennoch muss er es sein.

Seine feine Stoffhose spannt sich über den Bauch, das Hemd ist schmutzig, und er ist bestimmt einen halben Kopf kleiner als ich. Die

Haut in seinem Gesicht ist grobporig und fleckig, unter den Augen hat er dicke dunkelblaue Ringe, auf den Wangen ungepflegte Bartstoppel. Besonders viel Schlaf scheint er nicht abzubekommen.

Und der Typ soll für all das hier verantwortlich sein? Der soll Lumina gestürzt, Tausende von Hexen verfolgt haben und nun seit Jahren ein ganzes Land unterdrücken? Ich kann es kaum glauben. Und was ich noch weniger glauben kann, ist, dass Siath uns verraten hat.

Ein zweiter Blick zu ihm allerdings verrät mir, dass dies ganz offensichtlich nicht der Fall war. Siath steht wie erstarrt neben Raskor. Er bewegt sich keinen Millimeter, nicht einmal ein Blinzeln ist zu sehen.

Jetzt erst schaue ich mir die anderen drei Typen genauer an, die hinter Raskor und Siath stehen. Die sehen schon eher so aus, wie ich mir waschechte Bösewichter vorstelle.

Sie alle sind groß, in eigenartige braune Mäntel gehüllt, Kapuzen über die Köpfe gezogen. Sie alle scheinen keine Iriden zu besitzen. In ihren Augen ist nichts als ein winziger schwarzer Punkt, die Pupille, zu erkennen. Unwillkürlich zucke ich zusammen. *Gruselig!*

Zwei von ihnen haben je eine Hand links und rechts auf Siaths Schulter gelegt. Er scheint unter einer Art Bann zu stehen. Wie Loth unter dem Zauber der Asmandi, starrt er nur stur geradeaus und scheint in seinem Körper überhaupt nicht mehr anwesend.

»Scheiße«, murmelt Loth hinter mir und reißt mich damit aus meiner eigenen Schockstarre.

»Lasst ihn los«, rufe ich und versuche mich ebenfalls loszureißen. Doch was auch immer es ist, was mich hier an Ort und Stelle hält, es ist fest. »Lasst Siath in Ruhe, er hat nichts damit zu tun.«

»Aber natürlich, sicher«, entgegnet Raskor süffisant. Er kommt einen Schritt auf mich zu, bleibt jedoch gerade so weit von mir entfernt stehen, dass ich ihn nicht mit der ausgestreckten Hand berühren könnte. Hat er etwa Angst vor mir?

Erst jetzt kann ich ihn wirklich aus der Nähe betrachten, und ich muss mein vorheriges Urteil revidieren. Er mag vielleicht klein und unscheinbar wirken, aber ein Blick in seine Augen zeigt, dass er das nicht ist. Die Augen sind der Spiegel der Seele, sagt man, und in Raskors Augen sehe ich nichts als Bosheit. Ich beginne zu zittern.

»Ich habe schon immer gewusst, dass ich es eines Tages bereuen würde, diesem Bastard vertraut zu haben«, sagt er jetzt. Seinen Mund verzieht er beim Reden zu einer hässlichen Fratze. »Ich hätte ihn ersäufen sollen, als er noch ein Kind war. Was habe ich stattdessen getan? Ihn aufgezogen wie meinen eigenen Sohn, mich um ihn gekümmert, ihm vertraut … und wie dankt er es mir? Indem er mir in den Rücken fällt.«

»Du hast dich nicht um ihn gekümmert«, spucke ich aus. »Du hast dir einen billigen Soldaten herangezogen, mehr nicht. Und den hast du. Er hat uns zu dir geführt, genau das wolltest du doch!«

Raskor lacht. Es klingt blechern und erreicht seine Augen nicht.

»Er hat euch zu mir geführt, in der Tat. Mitten in der Nacht, zu einer Zeit, in der ich normalerweise tief und fest schlafe. Was, glaubst du, hatte er vor, *Erlöserin?* Hätte er mich geweckt, was meinst du?«

Jetzt kichert er, und es klingt so durchgedreht und so vollkommen fehl am Platz, dass mir übel wird.

»Er hat uns gerade eben in der Stadt aufgegriffen«, sage ich, und meine Stimme zittert bei dieser Lüge so sehr, dass ich den Satz zweimal neu anfangen muss. »Wir haben uns nachts durch die Straßen von Sonnenmeer geschlichen, weil da die Chancen besser waren, nicht erwischt zu werden. Aber er hat uns trotzdem erwischt. Weil er ein guter Soldat ist, nehme ich an. Er hat uns befehligt. Mit seinen Fähigkeiten. Dann hat er uns hierhergebracht. Um uns auszuliefern.«

Raskor starrt mich einen kurzen Moment an. Fast glaube ich, dass er gleich wieder zu lachen beginnen wird. Stattdessen brüllt er plötzlich los.

»Lügnerin!«, schreit er. Ich zucke heftig zusammen. Seine Stimme wird schrill von den Wänden zurückgeworfen, immer wieder schallt es in meinen Ohren.

»Ich habe gehört, wie er euch eingeladen hat«, schreit er. Sein Gesicht läuft dabei knallrot an, fast sieht er aus, als würde er jeden Moment platzen. »Er ist mir in den Rücken gefallen! Er ist eine widerliche Made, ein Denunziant! Er hat sich auf die Seite des Feindes geschlagen, und ich kann froh sein, dass mein gutes Gespür mir bereits bei seiner Rückkehr gesagt hat, dass etwas nicht stimmt. Ich wusste es! Ich wusste es, und deswegen habe ich den Bannzauber ändern lassen, sodass er nicht mehr ungesehen hier ein und aus gehen kann. Líthim, Angador, Weel, tötet ihn!«

Die beiden Männer, die ihn an der Schulter gepackt haben, treten nun direkt neben ihn. Der dritte im Bunde stellt sich vor ihn, mit dem Rücken zu mir, sodass ich Siath nicht mehr sehen kann. Er wird von den drei Magiern eingekreist.

»Nein!«, schreie ich. »Nein, tötet ihn nicht, er kann nichts dafür!«

»Vielleicht wäre jetzt der passende Zeitpunkt, deine eigenen magischen Fähigkeiten auszupacken«, wispert Loth hinter mir, und ich höre die Panik in seinen geflüsterten Worten.

Aber ist ja nicht so, dass mir die Idee nicht auch schon gekommen wäre. Im Geiste gehe ich alle Zaubersprüche durch, die ich gelernt habe, probiere einen nach dem anderen aus, der uns hilfreich sein könnte, doch es passiert einfach nichts. Überhaupt nichts, als gebe es keine Magie und als hätte ich mir alles, was in den vergangenen Wochen geschehen ist, nur eingebildet. Die Angst um Siath überrollt mich, lässt mich hektisch werden.

Ich denke an die Artefakte, die ich an meinem Körper trage, warte darauf, dass sie einspringen und mir helfen werden, doch nichts dergleichen geschieht, und in meinem Magen krampft sich alles zusammen.

Die Magier rücken immer enger an Siath heran, und während ich dabei zusehe, ohne etwas zu erkennen, steigt mir die Galle hoch. Jeden Moment werde ich mich übergeben, das weiß ich. Jetzt, wo es darauf ankommt, kann ich nicht hexen, weil ich es noch nie zuverlässig konnte, und Edens Schätze lassen mich im Stich. Jetzt, wo es darauf ankommt, stehe ich nur dumm in der Gegend herum wie eine Statue, unfähig, mich zu rühren.

Alles, was ich offenbar kann, ist Raskor vor die Füße zu kotzen, was jeden Moment passieren wird. Mein Magen rebelliert immer stärker. Meine Fingerspitzen beginnen zu kribbeln.

»Stopp!«, ruft er da plötzlich, und sofort lassen die Magier von Siath ab. »Ich habe es mir anders überlegt. Lasst ihn am Leben.«

Irritiert blinzle ich ein paarmal. Wenn die drei Kerle von Raskors plötzlichem Sinneswandel ebenfalls irritiert sind, so lassen sie es sich zumindest nicht anmerken. Wie befohlen, gehen sie einen Schritt zurück und verziehen dabei keine Miene. Ihre Augen liegen unter den Kapuzen im Schatten verborgen.

Siath steht immer noch stumm da, der Blick leer. Ist er etwa bereits tot?

»Wir sollten es öffentlich machen«, erklärt Raskor. »Morgen Abend. Das ganze Land soll wissen, dass es vorbei ist. Wie damals bei Sataria. Wir werden eine große Feier ausrichten, hier am Hof, alle Menschen der Stadt sollen kommen, sie sollen es im Fernsehen übertragen, das ganze Land soll es sehen. Sie alle sollen zusehen, wie ich erst meinen Stiefsohn, dann ihre heilige Erlöserin und ihr Klüngel enthaupten und verbrennen lassen werde. Sie alle, die noch immer der Idee eines zweigeteilten Eden anhängen, sollen sehen, dass es vorbei ist und dass es sich nicht mehr lohnt, wegzulaufen oder gegen mich zu kämpfen. Sperrt sie in den Käfig, aber trennt sie voneinander! Um den Bastard kümmere ich mich!«

Einer der Männer packt mich am Arm, die anderen beiden schnappen sich jeweils Yami und Loth. Raskor packt Siath.

»Ach, eine Sache wäre da noch«, sagt er dann und wendet sich an den Magier, der mich gepackt hat. Ein wölfisches Grinsen zieht sich über sein Gesicht und lässt ihn noch wahnsinniger erscheinen als zuvor.

»Sie muss die Schätze haben«, sagt er. »Wie es in der Prophezeiung vorhergesagt wurde. Das Onyxmedaillon, das Kristallband und den goldenen Ring. Mit diesen Artefakten wollte mich das Gör besiegen. Nehmt sie ihr ab!«

61

Das, wohin der Magier mich gebracht hat, ist tatsächlich ein Käfig. Ich wurde nicht in ein Verlies gesteckt, wie ich zunächst dachte, sondern in etwas, das an eine mittelalterliche Bäckertaufe erinnert und im Schlosshof an einer Art Kran befestigt ist und über dem Gelände schwebt. In einen richtigen kleinen Käfig wie bei *Hänsel und Gretel*. In dieser Konstruktion verharre ich Stunden in gebückter Haltung; ich kann mich weder hinlegen noch richtig aufsetzen, geschweige denn aufstehen. Nach kurzer Zeit beginnen mein Rücken und mein Nacken zu schmerzen, nach wenigen Stunden wird das Hämmern in meinem Kopf schier unerträglich.

Wo die anderen sind, das weiß ich nicht.

In dieser Nacht mache ich natürlich kein Auge mehr zu, auch wenn ich so müde bin, dass ich unter anderen Umständen tagelang hätte schlafen können. Stattdessen ist mir so übel, dass ich mich tatsächlich mehrmals übergeben muss, bis ich irgendwann nur noch bittere Galle spucke.

Die Artefakte sind weg. Das, worauf mein ganzer Plan aufgebaut hat, ist weg. Und alle anderen Vorteile, die wir in unserer eingeschworenen kleinen Gemeinschaft gesehen haben, ebenfalls. Yamis und Siaths Fähigkeiten, unser Zusammenhalt.

Weg.

Ich bin allein.

Wir alle sind allein.

Voller Schmerz zieht mein Herz sich zusammen, als mir klar wird, dass ich mir selbst jegliche Chance genommen habe, mich noch einmal in Ruhe mit Siath auszusprechen. Er hat sich entschuldigt und wirklich einiges dafür getan, um all seine Fehler wiedergutzumachen, dabei konnte er nicht einmal wirklich etwas dafür. Er war ein Kind, ein Jugendlicher. Ein Mensch – oder Asmandus, was keinen großen Unterschied macht –, der nur das getan hat, was seine Eltern ihm beigebracht haben. Leute, denen er vertraut hat. Als er gemerkt hat, wie falsch sie lagen, hat er sich gegen sie gewendet und dabei riskiert, dass er sterben würde. Er hat es geschafft, alles, was er über die Welt zu wissen glaubte, infrage zu stellen und sich gegen das zu stellen, was ihm von klein auf beigebracht worden ist. Und gegen diejenigen, die es ihm beigebracht haben. Gegen die, die ihn großgezogen haben.

Eine starke Leistung, doch ich wusste sie nicht zu würdigen.

Und nun wird er sein Leben dafür geben, für diese Sache. Für mich. Und ich habe es nicht einmal geschafft, ihm wirklich zu vergeben. Dabei liebe ich ihn noch immer, dessen werde ich mir jetzt schmerzlich bewusst.

Jetzt, wo ich in diesem verdammten Käfig sitze und ihn vermutlich nie wiedersehen werde.

Ohne es zu wollen, beginne ich irgendwann zu heulen.

Als die Morgendämmerung hereinbricht, habe ich längst keine Tränen mehr. Ich fühle mich wie ausgetrocknet. Mein Gesicht ist heiß und geschwollen, mein Hals schmerzt. Ich bin durstig, doch natürlich wird es kein Wasser geben.

Aus meinem Käfig heraus kann ich beobachten, was sich an diesem Tag im Schlossgarten tut. Geschäftiges Treiben herrscht hier draußen, als Dutzende Menschen umherlaufen und eine Art Bühne aufbauen. Obwohl so viele Menschen unterwegs sind, herrscht eine unheimliche Stille im Garten, und erst nach einer Weile wird mir klar, dass es keine echten Menschen sind, sondern Homunkuli, die die Arbeit erledigen. Unwillkürlich frage ich mich, wie viele lebende Seelen es hier wirklich gibt. Sind es neben den paar verbliebenen Dienstboten am Ende nur Raskor und seine drei Schwarzmagier? Dann hätten wir vielleicht eine echte Chance gehabt, wenn wir nicht so blöd gewesen wären, in ihre Falle zu tappen.

Wir sind einmal zu siebt gewesen. Eine Fee und ein kleiner Zauberer, eine Waldvampirin, ein Asmandus, ein Mensch, ein Welthund. Und ich. Wir hätten doch so stark sein müssen, und trotzdem haben wir verloren. Gegen einen verbitterten alten Mann und ein paar Typen in Kapuzenmänteln.

Ein schaler Geschmack liegt mir auf der Zunge. Es hätte doch so einfach sein müssen.

Das erste menschliche Geräusch höre ich am Nachmittag. Es ist ein lauter, schmerzerfüllter Schrei, und alles in meinem Körper verkrampft sich dabei.

War es Siath, der geschrien hat? Oder Loth?

Es klang wie keiner der beiden, eigentlich klang es kaum noch menschlich. Aber wer oder was soll es sonst gewesen sein? Yami?

Ich versuche nicht darüber nachzudenken, was Raskor meinen Freunden antun könnte, doch es gelingt mir kaum. Die Schreie wollen nicht mehr verstummen und begleiten mich durch die nächsten Stunden.

Mein Kopfkino spielt verrückt, und dachte ich am Morgen noch, dass ich keine Tränenflüssigkeit mehr habe, laufen die Tränen nun doch wieder, gleichzeitig beginnt mein Körper unkontrolliert zu zittern und will gar nicht mehr damit aufhören. Fieberhaft suche ich in meinem Kopf nach den richtigen Zaubersprüchen, übe den Befreiungszauber, den Pim mich gelehrt hat, versuche den Käfig zu sprengen, doch nichts geschieht.

Ich erinnere mich an Yamis Worte, dass für manche Zauber starke Emotionen notwendig seien, und meine Emotionen sind stark. Ich bin so voller Angst und Verzweiflung, dass ich eigentlich tausend Zauber wirken können müsste, aber es geht nicht. Nichts passiert.

Und so verharre ich in meinem Käfig, ängstlich, verzweifelt, weinend, bis der Schlossgarten irgendwann beginnt, sich mit Menschen zu füllen, mit echten Menschen.

Etwas in mir spürt, dass sie echt sind. Vermutlich ist es irgendein Instinkt, irgendetwas in uns, das uns lebendige von toten Dingen unterscheiden lässt, ohne dass wir genau benennen könnten, woran wir es festmachen. Ich weiß es einfach, obwohl die Menschen, die in den Schlossgarten strömen, auf den ersten Blick genauso tot und leer wirken wie die Homunkuli, die überall unterwegs sind. Sie kommen mit gesenkten Köpfen und reden kaum miteinander. Mit hängenden Schultern und schlurfenden Schritten versammeln sie sich auf dem Platz, hin und wieder werfen sie einen Blick nach oben zu mir, die weit über dem Treiben hängt. Ihre Blicke sind voller Angst. Das gibt mir zumindest ein bisschen Hoffnung; es zeigt, dass sie nicht hinter Raskor und seiner Ideologie stehen, auch wenn sie nichts dagegen unternehmen.

Die Homunkuli wandern mit ihren gruselig leeren Gesichtern durch die Reihen und scheinen die Menschenmassen zu beobachten, sie zu bewachen.

Was würde wohl geschehen, wenn einer von ihnen aus der Reihe fällt?

Eine Sekunde später soll ich es bereits herausfinden. Eine junge Frau stürzt nach vorn. Sie ist einfach gekleidet, fast ärmlich, und anders als die Menschen, die ich auf der anderen Seite des Landes getroffen habe, wo die Welt noch halbwegs in Ordnung scheint. Ihr Kleid ist schmutzig und an vielen Stellen zerrissen, Dreck hängt ihr im Gesicht. Sie läuft in Richtung der Bühne, wo Raskor umgeben von seinen drei Magiern auf einer Art Kanzel steht.

»Du Monster!«, brüllt sie. »Lass das Mädchen frei, es hat nichts getan! Nur weil du an eine hirnrissige Prophezeiung glaubst, die vor Urzeiten einmal getätigt worden ist, gibt es dir nicht das Recht, dass du …«

Innerhalb von Sekunden ist sie von Dutzenden Homunkuli umzingelt und ihre weiteren Worte ersticken in der Menge. Ich stoße einen Schrei aus. Ich umklammere die Streben des Käfigs, und auch wenn ich nicht erkennen kann, was genau dort unten geschieht, schaffe ich es nicht, den Blick abzuwenden.

Die Homunkuli ziehen den Kreis immer enger. Unruhe macht sich in der Menge breit, doch niemand wagt es einzugreifen, sie alle bleiben wie festgewurzelt stehen, Hunderte, wenn nicht gar Tausende von Menschen.

Voller Entsetzen sehe ich zu, was dort unten passiert; dabei dauert es nur wenige Sekunden.

Der Kreis wird größer, löst sich schließlich auf, die untoten Soldaten treten wieder zurück und nehmen ihre alten Plätze wieder ein.

Übrig bleibt der leblose Körper der jungen Frau, der regungslos im Dreck liegt.

»Volk von Eden«, dröhnt Raskors Stimme plötzlich über den Platz. Sie wird von den Lautsprechern wiedergegeben, die am Vormittag aufgestellt worden waren. Sein Gesicht wird von unzähligen Kameras eingefangen und auf der großen Leinwand neben der Bühne gezeigt, sodass auch die Menschen in den hintersten Reihen ihn sehen können.

»Volk von Eden«, sagt er ein zweites Mal, wobei einen feierlichen Ton anschlägt, bei dem ich kotzen könnte. »Heute ist ein besonderer, ein denkwürdiger, historischer Tag. Mir und meinen Männern ist es gelungen, die größte Gefahr, die dieses Land seit Jahren bedroht hat, ausfindig zu machen und einzufangen. Die große Bedrohung, vom Feind in unseren Reihen auch gern *Erlösung* genannt, ist uns heute Nacht nach jahrelanger harter Arbeit endlich in die Falle gegangen. Dabei wurde ich von einer herben Enttäuschung nicht verschont, als ich feststellen musste, dass mein eigener Stiefsohn, Siath, mit der Staatsfeindin gemeinsame Sache macht.«

Unruhe macht sich breit, aufgeregtes Murmeln erfüllt den Platz. Mit einer einzigen Handbewegung Raskors verstummen die Menschen jedoch schlagartig wieder.

»Aber«, dröhnt es nun aus den Lautsprechern, »ich stehe zu dem, was ich gesagt habe. Ich bin ein Mann der Tat, und wenn ich meinem Volk etwas verspreche, dann soll es so sein. Für mich spielt es keine Rolle, dass Siath der Sohn meiner verstorbenen Frau war, Verräter ist Verräter und muss hingerichtet werden!«

Laute Jubelrufe erschallen über den Platz, Dutzende, Hunderte. Überrascht lasse ich den Blick über die Menschenmenge schweifen, stelle jedoch ziemlich schnell fest, dass es nicht sie sind, die jubeln. Die meisten von ihnen sehen eher schockiert aus, viele trauen sich nicht einmal aufzusehen. Es sind die Homunkuli, die auf Befehl hin in lauten Applaus ausgebrochen sind.

»Aber nicht nur mein Sohn hat sich von der selbst ernannten Erlöserin blenden lassen«, fährt Raskor fort. »Auch zwei weitere Unterstützer konnten heute Nacht gefasst werden. Abschaum, der in diesem Land nichts zu suchen hat. Aber seht selbst!«

Mit einer weiteren ausschweifenden Handbewegung fliegt der Vorhang hinter ihm auf und gibt endlich den Blick auf die Bühne frei.

Und dort sehe ich sie: Siath, Yami, Loth.

Oder das, was von ihnen übrig ist.

Mir wird schlecht und ich übergebe mich erneut.

62

Sie alle drei knien vornübergebeugt auf etwas, das wie ein breiter Holzblock aussieht. Die Arme sind hinter ihren Rücken gefesselt. Um ihre Hälse liegen breite Bänder aus Eisen. Daran ist jeweils ein Gestänge befestigt, das an der anderen Seite mit dem Holzklotz verbunden ist, sodass sie keine Chance haben, sich zu bewegen.

Yami hat ein blaues Auge, die eine Hälfte ihres Gesichts sieht geschwollen aus. Ihr Blick ist voll wilder Panik, wie bei einem Raubtier, das in die Falle gegangen ist.

Loth kniet neben ihr. Sein Blick wirkt leer. Als hätte er sich bereits aus diesem Leben und von dieser Welt verabschiedet. Auch sein Gesicht sieht geschwollen aus, das Haar ist blutverklebt.

Am schlimmsten jedoch hat es Siath erwischt, der auf der rechten Seite kniet. Von seinem Gesicht ist kaum noch etwas zu erkennen, so sehr haben sie ihn zugerichtet. Es ist komplett deformiert, die Knochen wirken irgendwie … verschoben. Seine Augen sind so zugeschwollen, dass er sie nicht mehr öffnen kann, ich bin mir nicht sicher, ob er überhaupt noch etwas sieht. Seine Lippen sind aufgerissen. Tiefe Schnitte ziehen sich über seine Wangen, sein weißes Leinenhemd ist zerfetzt und von Blut durchtränkt.

Erneut steigen mir Tränen in die Augen. Was haben sie ihm nur angetan?

»Dies sind die Begleiter der selbst ernannten Erlöserin von Eden«, dröhnt Raskors Stimme über den Platz. Sie ist so kalt, schneidend. Kein Funke Mitgefühl ist darin zu hören, kein Stück des Zweifels. »Eine Waldvampirin!«

Ein Raunen geht durch die Menge.

»Ja, ihr habt richtig gehört«, donnert Raskor. »Eure heilige Retterin lässt sich mit dem Abschaum des Unwaldes ein, und nicht nur das, sie hat ihn in eure schöne Stadt gebracht! Aber das ist nicht alles: Erkennt ihr *ihn* hier?«

Inzwischen ist er von seiner Kanzel gestiegen, und nun erkenne ich mehr von ihm als nur sein Gesicht. Er ist in eine weiße Robe gehüllt wie ein Priester, wie ein Heiliger. Nacheinander schreitet er meine Freunde ab. Nun steht er vor Loth. Mit der Spitze seines Stiefels hebt er dessen Kinn an, sodass dieser gezwungen ist, in die Menge zu sehen. Sein Blick wandert nach oben, zu mir, die über den Zuschauern schwebt, und er sieht so hilflos aus, dass es mir das Herz in tausend Stücke zerfetzt.

Plötzlich bin ich heilfroh, dass wir Pim und Herkules bei Kasimir gelassen haben. Ich suche in der Zuschauermenge, doch ich kann Kasimir nirgends entdecken.

»Ganz recht, das ist Loth!«, schreit Raskor. »Loth, der eigentlich in der großen Festung in den Kusch-Bergen sitzen sollte. Eure Erlöserin bringt nicht nur gefährliche Mörderinnen des Unwaldes in unsere Stadt, sie hat außerdem dafür gesorgt, dass sämtliche Gefangenen aus der Festung fliehen konnten, nur damit sie dieses kleine Stück Dreck mit hierherbringen konnte. Ich hoffe, euch ist jetzt klar, dass ihr euch getäuscht habt. Sie ist nicht die Rettung dieses Landes. Sie hätte sein Verderben sein können. Ich sehe Straßen voller Mörder, voller Krimineller, voller dunkler Wesen des Unwaldes. Das kann unmöglich das sein, was ihr wollt!«

Sein Blick schweift über die Menge, scannt die Gesichter der Menschen, herausfordernd, als würde er darauf warten, dass man ihm widerspricht. Das Raunen wird immer lauter, schwillt an zu einem tosenden Lärm, doch niemand tut sich hervor, keiner wagt es, sich gegen Raskor zu stellen. Zufrieden wendet er sich wieder meinen Freunden zu.

»Und zu guter Letzt«, sagt er genüsslich, »Siath. Der verlorene Sohn. Mehr als drei Jahre lang haben wir uns nicht gesehen, mir blutet das Herz, dass es solche Umstände sind, die uns schlussendlich wieder vereinen. Aber so ist das Leben manchmal, nicht immer läuft alles nach Plan. Ich kann es ihm kaum übel nehmen, diese Hexe hat ihn vermutlich verzaubert, so wie es alle Hexen tun, hat ihn mit einem Bann belegt. Doch wer so schwach ist, ist mir nicht von Nutzen. Ein schwacher Geist ist gefährlich, nicht nur für mich, sondern für unser ganzes Land. Diese drei haben ihre gerechte Strafe bereits bekommen. Der Tod soll sie nun erlösen. Was die Hexe aus der Prophezeiung betrifft: Ihre Strafe kommt zum Schluss. Und wir wollen ein Exempel statuieren, dass es niemand mehr wagen wird, sich gegen unser Volk, gegen unser Land zu richten.«

Tosender Applaus brandet über die Menge hinweg, sodass Raskor seine letzten Worte in das Mikrofon schreien muss. Doch wieder sind es nur die Homunkuli, die jubeln, nicht die Menschen.

»Weel«, schreit Raskor, und einer der Magier tritt aus dem Schatten hinter der Kanzel. »Du weißt, was du zu tun hast. Sorge dafür, dass wir diese Plage ein für alle Mal los sind. Und mach es schnell, ich will sie nicht mehr sehen. Umso eher können wir uns um die Hexe kümmern.«

Weel tritt vor meine Freunde wie in Zeitlupe. Mein Herz pocht so schnell und so laut, dass ich es bis in meinen Hals und meine Ohren spüren kann. Ich kann kaum noch etwas wahrnehmen, bis auf die Bühne und Yami, Loth und Siath, als wäre ein Scheinwerfer auf die drei gerichtet und die ganze restliche Welt läge im Schatten. Das Blut rauscht mir in den Ohren, und das Geräusch wird immer lauter, schwillt an zu einem Dröhnen, das alle anderen Geräusche ausschließt.

Ich sehe Raskor im Schatten, sehe, wie er seine Lippen bewegt und noch etwas sagt, doch ich höre es nicht. Ich sehe, wie Weel direkt vor Siath stehen bleibt und beide Arme hebt, aber ich kann nicht erkennen, was er darin hält. Wie wird er ihn töten? Mit einem Beil, einer Machete? Oder wird er sich überhaupt nicht die Hände schmutzig machen, sondern erledigt es sauber mit einem einfachen Zauberspruch?

Die Angst um mich selbst ist plötzlich wie weggeblasen, auch wenn ich genau weiß, dass das, was mir bevorsteht, möglicherweise weit schlimmer ist als das, was Raskor meinen Freunden antut. Ich habe keine Angst mehr um mich, sondern nur noch um Yami, um Loth. Um Siath.

All meine Gedanken kreisen in diesem Moment um Siath, ich sehe nur noch ihn, wie er da kniet, so allein, so zerschlagen von dem Mann, dem er jahrelang vertraut und der ihm alles genommen hat. Seine Mutter. Ein normales Leben. Frieden.

Wut und Mitgefühl vermischen sich in meinem Bauch zu einem rot glühenden Klumpen. Hitze steigt in mir auf, breitet sich in meinem Magen aus und strömt von dort nach außen, in meine Arme, meine Beine, scheint mich von innen heraus zu verbrennen. Die Luft um mich herum beginnt zu knistern, als stünde sie unter Strom, und mit einem Mal vibriert und wackelt mein ganzer Käfig. Ich schließe die Augen, presse die Lider fest zusammen und konzentriere mich nur auf dieses Gefühl.

Ich balle die Hände zu Fäusten, und wie damals in der Gefängnisfestung kommt plötzlich ein starker Wind auf, bringt den Käfig zum Schaukeln, immer stärker, immer schneller.

Nun höre ich noch etwas anderes als das ohrenbetäubende Dröhnen in meinen Ohren, und zwar die Menschenmasse unter mir. Ihr Raunen wird lauter, vermischt sich mit dem dröhnenden Geräusch, wird zu einem lauten Rauschen, das jedes andere Geräusch übertönt. Und mit einem Mal erschallt ein ohrenbetäubend lauter Knall, gefolgt von lautem Geschrei.

Ich öffne die Augen und stelle fest, dass die Fesseln meiner Freunde gesprengt wurden. Sie sind frei.

63

Yami reagiert sofort. Es dauert nur den Bruchteil einer Sekunde, und meine Augen schaffen es gar nicht, der Bewegung so schnell zu folgen. Alles, was ich erkenne, ist, dass Weel keine Chance hat. Er mag ein mächtiger Schwarzmagier sein, aber er hat sich in diesem Moment auf Siath und seinen bevorstehenden Mord konzentriert, und mit Sicherheit hat er nicht damit gerechnet, dass sich im nächsten Augenblick eine blutrünstige Räuberin auf ihn stürzen würde. Doch genau das passiert.

Mit einem riesigen Satz ist Yami auf ihn gesprungen, und mit einer einzigen ruckartigen Bewegung reißt sie ihm den Kopf ab. Blut spritzt aus dem Halsstumpf und verteilt sich auf ihr, Loth und Siath, die voller Entsetzen auf das Schauspiel starren. Das Bild wird dutzendfach vergrößert auf der großen Leinwand wiedergegeben und live im ganzen Land übertragen. Ich höre jemanden schreien und registriere einen Augenblick später, dass ich es bin.

Jetzt dreht Yami sich um, das Gesicht blutverschmiert, und grinst mit spitzen Zähnen in die Kamera. Mit der Zunge leckt sie sich über die blutverschmierten Lippen, und kurz muss ich würgen bei diesem Anblick.

Dann lässt sie Weels Kopf einfach fallen und er kullert von der Bühne, wo er neben der Leiche der aufständischen Frau schließlich liegen bleibt und mit vor Überraschung weit aufgerissenen Augen in den Himmel starrt.

Dann geschehen mehrere Dinge gleichzeitig. Ein Tumult bricht in der Menge aus, die Menschen schreien und rennen in Panik wild durcheinander. Sie haben begriffen, dass hier soeben etwas ganz und gar nicht nach Plan verlaufen ist, und können die Situation nicht einschätzen. Auch wenn sie Raskor vielleicht nicht trauen, Yami trauen sie möglicherweise noch weniger. Sie ist ein Wesen der Nacht, des Waldes, eine Mörderin, das hat sie gerade eindrucksvoll bewiesen, und sie können nicht wissen, dass sie von ihr verschont werden.

Die verbliebenen beiden Magier sind auf die Kanzel geflüchtet und murmeln irgendwas vor sich hin. Einen Augenblick später setzen sich die Unmengen an Homunkuli in Bewegung und beginnen über den Platz zu marschieren, alle in Richtung Bühne.

Raskor hat sich unterdessen die Machete geschnappt und hechtet damit auf Yami zu. Die steht in diesem Augenblick noch mit dem Rücken zu ihm und sieht ihn nicht kommen.

»Yami! Pass auf!«, kreische ich von oben aus meinem Käfig, doch es ist so laut um uns herum, dass sie mich trotz ihres Supergehörs unmöglich hören kann.

Jetzt allerdings greift Loth ein, mit den simplen Mitteln, die ihm als Mensch zur Verfügung stehen: Beherzt wirft er sich auf Raskor und ringt ihn nieder. Die Machete fliegt ihm in hohem Bogen aus der Hand und verschwindet irgendwo hinter der Bühne. Die beiden kämpfen auf dem Boden miteinander wie zwei Schuljungen, wobei Raskor eindeutig den Kürzeren zieht. Loth hat eine ziemlich starke Rechte.

Siath schafft es leider erst jetzt, sich aufzurappeln. Sie müssen ihm ganz schön zugesetzt haben.

Ich rüttle an der Tür meines Käfigs, doch sie ist noch immer fest verschlossen. Das darf doch echt nicht wahr sein! Wenn ich irgendwann mal jemanden treffe, der für diese ganze Hexensache verantwortlich ist, werde ich ein ernstes Wörtchen mit ihm oder ihr reden müssen. Wie kann es sein, dass meine Magie immer nur zu den unmöglichsten Zeitpunkten mit den unmöglichsten Einschränkungen funktioniert?

Ich beobachte von oben, wie die ersten Homunkuli die Bühne erreichen, und frage mich unwillkürlich, warum Líthim und Angador nicht versuchen, den anderen mit einem Zauber beizukommen. Stattdessen stehen sie auf der Kanzel und befehligen ihre Soldaten. Doch dann erinnere ich mich daran, dass Yami einmal gesagt hat, Hexenmagie könne gegen Baobhan-Sith nichts ausrichten. Und für die Magier ist Yami gerade die größte Gefahr.

Die ersten Soldaten erklimmen die Bühne und versuchen sich die Vampirin zu schnappen, doch sie haben keine Chance. Sie sind viele, aber jetzt wird mir klar, dass ihre Anzahl immer ihr einziger Vorteil war. Sie sind langsam und schwerfällig, und gegen unsere Gruppe kommen sie nicht an. Plötzlich wallt so was wie Stolz in mir auf.

Yami springt auf die Kanzel und nimmt sich den zweiten Magier vor. Er überlebt nicht besonders lange, der dritte schafft es jedoch zu flüchten und taucht in der Menschenmenge unter. Bereits nach wenigen Sekunden kann ich ihn nicht mehr sehen, doch Yami ist anscheinend wild entschlossen, ihn zu finden und zu erledigen, und so hechtet sie ihm hinterher in die Menge.

Die Homunkuli sind unterdessen dazu übergegangen, Loth anzugreifen, sodass er dazu gezwungen ist, von Raskor abzulassen. Er wehrt sich tapfer, und schließlich kommt Siath ihm zu Hilfe. Er packt ihn am Arm und zerrt ihn von der Bühne, ebenfalls hinab in die Massen aus Menschen und Soldaten.

Raskor rappelt sich wieder auf und stürzt mit wutverzerrter Miene zum Mikrophon.

»Líthim«, brüllt er und seine Stimme hallt schrill über den Platz, »komm sofort wieder zurück!« Doch der Magier denkt überhaupt nicht daran.

Inzwischen haben auch die meisten Menschen auf dem Platz ihre Kampflust entdeckt, und diejenigen, die noch nicht geflüchtet sind, haben angefangen, gegen die Soldaten zu kämpfen. Vielleicht haben sie jetzt endlich verstanden, dass dies hier eine echte Chance ist, diesen ganzen Irrsinn zu beenden, und dass sie ein Teil davon sein können. Dass dies hier einmalig ist, wirklich *historisch*, wie Raskor bereits angekündigt hat – wenn auch vollkommen anders als von ihm erwartet.

Ich rüttle an meinen Gitterstäben und fluche lautstark. Auf der Pro-Seite steht, dass man mich hier oben in all dem Tumult anscheinend vergessen hat.

»Warte, ich mache dir auf«, höre ich da plötzlich eine vertraute Stimme neben mir.

»Tinki?«, stoße ich überrascht hervor. »Du lebst! Du bist frei! Aber … wo? Warum …?«

»Erkläre ich dir später«, sagt sie und macht sich am Schloss meines Käfigs zu schaffen. »Erst mal gehst du da runter und erledigst Raskor, wie es die Prophezeiung vorhergesagt hat. Die anderen scheinen gerade alle beschäftigt zu sein. Yami jagt dieses Ekel von Schwarzmagier, Siath und Loth versuchen in der Menge der Soldaten nicht zu sterben und Raskor hat niemanden mehr, der ihn schützt. Das ist deine Chance. Jetzt!«

»Aber meine Magie, die Artefakte …«

Tinki lacht. »Du brauchst die Artefakte nicht. Und auch nicht deine Magie. Mach es einfach. Als Mensch.«

Damit fliegt sie davon und ich beginne blitzschnell aus dem Käfig und von dem Kran hinabzuklettern, der hinter der Bühne endet. Mit einem leisen Plumpsen lasse ich mich auf die Wiese fallen. Dort liegt auch die Machete, die Raskor zuvor aus der Hand gefallen ist. Ich hebe sie auf und betrete von hinten die Bühne.

Dort steht er mit dem Rücken zu mir, am Mikrofon, und starrt fassungslos in die Menge. Er ist so reglos, als stünde er unter Schock, und auch wenn wir sonst nichts gemeinsam haben, ich kann es irgendwie verstehen. Seine Magier sind weg, er ist allein – und er sieht gerade dabei zu, wie alles, was er sich in den letzten Jahren aufgebaut hat, wie ein Kartenhaus in sich zusammenfällt.

Im nächsten Augenblick geschieht etwas, das so absurd aussieht, dass ich zweimal hinsehen muss, bis ich es verstehe: Fast alle Menschen auf dem Platz fallen plötzlich einfach um und bleiben reglos am Boden liegen.

Ich erschrecke mich halb zu Tode, doch dann wird mir klar, dass es keine Menschen waren, die gestorben sind – sondern die Homunkuli. Yami muss den letzten Magier erwischt haben, der letzte ihrer Erschaffer ist soeben gefallen, und somit können auch sie nicht mehr existieren.

Auch Raskor muss verstanden haben, was der Sturz seiner Soldaten bedeutet. Er fällt auf die Knie und sackt in sich zusammen wie ein Häufchen Elend.

Mit der Machete fest in meiner Hand trete ich einen Schritt näher an ihn heran.

»Es ist zu Ende, Raskor«, sage ich.

64

Ich bin keine besonders gute Hexe. Wie bereits erwähnt, ist meine Magie zwar tatsächlich ziemlich stark, da sie aber gleichzeitig wahnsinnig unzuverlässig ist, nützt mir das nicht viel. Das erfahre ich einige Tage später, als wir in Kasimirs Haus sitzen, frisches Obst aus seinem Garten essen und Tahina, eine der überlebenden älteren Hexen aus dem Kristallzirkel, zu Besuch ist. Sie sieht anders aus, als man sich eine alte Hexe vorstellt – keine große Nase, kein Buckel und auch keine Warzen im Gesicht. Eigentlich ist sie ziemlich hübsch und wirkt um einiges jünger, als sie sein soll, mit ihrer dunklen Haut, den klugen braunen Augen und dem sauber geschnittenen schwarzen Bob.

»Es gibt Hexen, deren Magie eng mit einer ganz bestimmten Emotion verknüpft ist«, erklärt sie mir. »Die können tun, was sie wollen, ihre Fähigkeit ist launisch und nur dann zu gebrauchen, wenn die besagte Emotion gefühlt wird. *Wirklich* gefühlt wird. Eine Erinnerung oder ein künstliches Heraufbeschwören reichen nicht aus.«

»Kann man das nicht trainieren?«, fragt Loth mit vollem Mund.

»Schwerlich.«

»Heißt das«, sage ich, »dass ich mich niemals werde verbessern können? Dass ich jetzt mein Leben lang mit dieser unausgegorenen Gabe herumlaufen muss? Na toll.«

Siath neben mir legt mir einen Arm um die Taille und zieht mich zu sich heran. Inzwischen sehen seine Wunden schon wieder viel besser aus. Die Schnitte in seinem Gesicht und auf dem restlichen Körper haben sich verschlossen, die Schwellungen sind abgeklungen, die Blutergüsse wechseln ihre Farbe langsam zu Grün. Trotzdem sieht er noch ziemlich mitgenommen aus.

Pim und ich haben bereits mehrere Heilzauber angewandt, aber da Pims Fähigkeiten noch nicht so stark ausgeprägt und meine so unzuverlässig sind, hat es nicht so gut funktioniert, wie es nötig gewesen wäre. Leider kann Siath sich nicht selbst heilen. Wäre ja auch zu praktisch.

»Das ist doch nicht unausgegoren«, tröstet er mich. »Du hast uns alle gerettet! Ohne dich hätten wir es nicht geschafft.« Er platziert einen Kuss auf meiner Stirn, und das warme Gefühl in meiner Brust, das mir in den vergangenen Tagen so vertraut wurde, stellt sich ein.

»Na ja.« Irgendwie finde ich es trotzdem frustrierend. »Ich habe ja nicht viel gemacht von dort oben. Was passiert ist, war eher Zufall.«

»Nein, das war es nicht«, beharrt Siath. »Hättest du uns nicht helfen wollen, wäre auch nichts passiert. Ohne dich wäre ich nur Sekunden später gestorben.«

»Was ist denn dann deine Emotion?«, hakt Loth nach. »Angst?«

»Um ehrlich zu sein, ich hatte panische Angst«, gebe ich zu. »Um euch. Es war schlimm, euch da unten zu sehen und nicht helfen zu können … Aber ich glaube nicht, dass es Angst ist. Im Gefängnisberg hatte ich keine Angst.«

»Es ist vielleicht Mitgefühl«, sagt Tahina sanft. »Eine sehr starke Emotion.«

Ich denke darüber nach und es ergibt Sinn. Mitgefühl war schon immer eines meiner ausgeprägtesten Gefühle, und auch damals, als ich Conny kennenlernte, war es das, was die Magie aus mir hat herausbrechen lassen.

Apropos Conny: Zwei Tage nach dem Sturz kam hier eine kleine Fee angeflattert und hat mir einen Brief gebracht. Sie hat sich ziemlich beschwert und mir immer wieder gesagt, wie unverschämt sie es finde, zur Briefträgerin degradiert zu werden – immerhin sei sie eine Hüterin des Waldes und der Portale –, gemacht hat sie es aber trotzdem. Siath meinte, es hänge wohl damit zusammen, dass ich nun als Tochter von Azak und Lorena offiziell das Staatsoberhaupt dieses Landes sei – und wenn man der Königin einen Brief bringen soll, schlägt man das wohl nicht so einfach mal aus, auch als Hüterin des Waldes nicht.

Als ich den Brief öffnete, staunte ich nicht schlecht. Darin stand nur: *Badass, Mina!*

Und darunter eine Adresse, die, wie die anderen mir erklärten, hoch oben im Norden von Lumina angesiedelt ist. *Schattenklippe.* Klingt weniger freundlich als Sonnenmeer, aber Siath versicherte mir, dass es sich dabei um ein schönes kleines Fischerdorf an der Küste handelt, das so weit oben liegt, dass die Bewohner vom Krieg und den andauernden Hexenverfolgungen vermutlich noch nie etwas gehört haben. Die Schrift jedenfalls erkannte ich sofort und mein Herz machte einen Satz.

»Eine Sache verstehe ich nicht ganz«, sage ich zögerlich. »Die Prophezeiung sagte, dass für den Sieg die drei Schätze von Eden gebraucht werden. Wir haben sie auch gefunden, aber am Ende hatte ich die Schätze nicht. Raskor hatte sie mir abgenommen.«

Inzwischen haben wir sie natürlich wieder, was mit ein Grund dafür ist, dass Tahina überhaupt hier sitzt: Wir haben ihr das Armband ihres Zirkels zurückgegeben – und außerdem noch das Onyxamedaillon, stellvertretend für den Onyxzirkel, aus dem anscheinend niemand überlebt hat.

»Weißt du«, sagt sie, »mit Prophezeiungen ist das immer so eine Sache. Sie sind sehr schwammig und oft anders gemeint, als es auf den ersten Blick den Anschein hat. Ich kann es dir natürlich nicht genau sagen, und wahrscheinlich könnte das nicht einmal Jolanda, weil sie sich diese Prophezeiung ja nicht ausgedacht, sondern nur als eine Art Sprachrohr fungiert hat. Aber möglicherweise ging es bei den Schätzen überhaupt nicht um den letzten Kampf, sondern vielmehr um das, was zuvor geschehen ist.«

»Wie meinst du das?«, hake ich nach.

»Das, was ihr da getan habt, ist einmalig in der Geschichte unseres Landes«, sagt Tahina. »Damit meine ich nicht, dass ihr den Herrscher gestürzt habt – wobei das natürlich auch einmalig ist, so wie seine ganze verkommene Geschichte –, sondern vielmehr die Tatsache, dass ihr euch mit anderen Völkern, die eigentlich euer Feind hätten sein müssen, verbündet habt. Dass sich eine Hexe mit einem Asmandus, einer Fee, einem Menschen und einer Baobhan-Sith zusammentut … das hätte es früher nicht gegeben. Und möglicherweise diente die Sache mit den Schätzen gerade dem: dass die verschiedenen Völker aufhören, sich gegenseitig zu ächten, und stattdessen zusammenhalten.«

»Ohne die Schätze …«

»… wäre es niemals so weit gekommen«, ergänzt Loth. »Sie hat recht! Der Ring war bei einem Menschen, das Amulett bei einer Hexe und das Armband bei einem Asmandus. Uns ist gar nichts anderes übrig geblieben, als uns zusammenzutun. Und erinnert ihr euch nicht mehr, wie sehr wir uns alle am Anfang gehasst haben?«

»Bildhaft«, entgegne ich.

»Es ist nur eine Vermutung«, sagt Tahina und zuckt die Achseln. »Um ehrlich zu sein, ich habe keine Ahnung. Die Wege der Prophezeiungen sind unergründlich.«

»Wie geht es jetzt weiter mit Raskor?«, frage ich.

»Er sitzt in einer der Zellen in den Tunneln unter Sonnenmeer, und dort bleibt er auch erst mal«, erklärt Siath. »Und zwar so lange, bis hier wieder ein normales Leben stattfinden kann. Dann wird ihm der Prozess gemacht, aber ich fürchte, es sieht nicht besonders gut für ihn aus. Allein für die Erschaffung von Homunkuli gibt es unter normalen Umständen die Höchststrafe.«

»Wird er … gibt es eine Hinrichtung?«, frage ich. Trotz allem behagt mir der Gedanke nicht, eine weitere Leiche auf meinem Weg durch dieses Land mitzunehmen. Ich bin froh, dass ich ihn nicht mit der Machete töten musste, sondern dass wir ihn gefangen nehmen konnten. Im Nachhinein bin ich mir nicht einmal sicher, ob ich das überhaupt geschafft hätte.

»Wir werden es sehen«, antwortet Tahina an Siaths Stelle. »Vielleicht kommt er auch in die Kusch-Berge, sobald die Festung wiederaufgebaut worden ist. Da oben ist er sicherer verwahrt als in den Tunneln. Aber fürs Erste genügt das.«

»Er ist nur ein Mensch«, sagt Yami abfällig. »Ein verbitterter alter Mann. Was soll er schon ausrichten? Selbst wenn er es schaffen sollte, von dort unten auszubrechen, er hat keine Chance, irgendeinen Schaden anzurichten. Ohne seine Magier ist er ein Nichts und würde ohnehin gleich wieder geschnappt werden. Es ist ein Wunder, dass er überhaupt so weit gekommen ist und niemand ihn aufgehalten hat.«

Da muss ich ihr zustimmen.

In diesem Moment kommt Kasimir aus der Küche zurück und stellt eine weitere Kanne Tee vor uns ab. Er und Pim sind übereingekommen, dass Pim weiter bei ihm bleiben darf. Nicht nur der Junge ist überglücklich darüber. Sein Zirkel existiert nicht mehr, und Kasimir ist für ihn zu einer Art Vaterersatz geworden. Ich freue mich einfach nur für die beiden, dass sie nicht mehr allein sein müssen. Auch Herkules darf bleiben. Den kleinen Hund habe ich zwar sehr ins Herz geschlossen und würde ihn am liebsten mitnehmen, aber ich werde den Teufel tun und Pim seinen besten Freund wegnehmen.

Wir bleiben zunächst in Kasimirs Haus und ruhen uns aus. Ich bringe es noch nicht über mich, in den Palast zu gehen, auch wenn er nun rechtmäßig mir gehört; Siath meint, dass das alles Zeit habe. Erst mal müssen wir uns erholen, dann ein paar private Dinge erledigen. Danach können wir uns überlegen, wie es in Zukunft mit Eden weitergehen soll. Viele Hexen sind aus dem Wald zurückgekehrt, viel mehr, als wir zu hoffen gewagt haben. Siath, der nun das offizielle Staatsoberhaupt von Umbria ist, hat den Luminern ihr Land zurückgegeben, doch ich weiß gar nicht so richtig, ob ich das überhaupt will. Brauchen wir diese Grenze überhaupt? Um ehrlich zu sein, kann ich mir gerade nicht vorstellen, einen Palast zu beziehen und von dort aus das Land zu regieren. Wir denken darüber nach, ob es nicht vielleicht sinnvoller wäre, einen Rat aus verschiedenen Wesen zusammenzustellen und ihnen die Aufgabe zu übertragen, über ganz Eden zu regieren. Vielleicht ist es Zeit für einen Neuanfang in Eden – für eine Ära, in der die unterschiedlichen Völker zusammenhelfen, anstatt sich gegenseitig zu verachten.

Nach zwei Tagen beschließen wir, uns auf den Weg zu machen. Tinki hat sich bereits direkt nach unserem Wiedersehen in Kasimirs Haus verabschiedet. Wir haben erfahren, dass sie sich in der Bibliothek versteckt hat, als wir gefasst wurden. Sie hätte uns gern geholfen, wusste aber nicht, wie sie allein etwas ausrichten soll. Danach hat sie uns nicht wiedergefunden, bei der großen Zeremonie auf dem Schlossplatz allerdings ihre Chance gesehen. Wortwörtlich in letzter Sekunde.

Inzwischen ist sie wieder im Unwald, und auch Yami hält es keine Sekunde länger aus in der Stadt. Loth hingegen will nicht in den

Unwald gehen und stattdessen beim Wiederaufbau der Stadt helfen, der bereits in vollem Gang ist. Schweren Herzens müssen die beiden sich also voneinander trennen. Vermutlich ist es auch besser so, denke ich mir. Sie sind einfach zu verschieden, und Loth kann so dermaßen nervig sein, dass ich andernfalls die Befürchtung habe, Yami könnte ihn doch noch irgendwann fressen, auch wenn sie beteuert, dass das niemals passieren würde.

Vor Kasimirs Haustür werden wir Zeugen einer herzzerreißenden, fast schon übertriebenen Abschiedsszene zwischen den beiden, und als sie auch noch hemmungslos beginnen rumzuknutschen, muss ich peinlich berührt den Blick abwenden.

Siath grinst nur. »Neidisch?«, fragt er, und ich knuffe ihn in die Seite. Im nächsten Moment zieht er mich an sich und beschließt offensichtlich, den beiden Konkurrenz zu machen.

Erst als Yami und Loth weg sind und wir ins Haus zurückgehen, um uns von Kasimir, Pim und Herkules zu verabschieden, drückt Kasimir mir etwas Kaltes, Hartes in die Hand.

»Tahina hat es hiergelassen und mich gebeten, es dir zurückzugeben«, sagt er. »Als Dankeschön für alles, was du für unser Land getan hast. Verlier es nicht. Es liegt ein neuer Zauber darauf, es ist nun ein richtiger Schlüssel. Mit dem Medaillon könnt ihr von nun an zwischen den Welten reisen, an jedem Ort und so oft und so lange ihr wollt. Benutzt ihn weise.«

65

Irgendwann demnächst werden wir in unsere andere Welt zurückkehren müssen. Mein Abitur und meine Studienpläne sind noch lange nicht vom Tisch, auch wenn ich die vermutlich erst mal nach hinten schieben muss. Ich sollte mich außerdem dringend bei Dagmar melden. Sie kommt wahrscheinlich schon halb um vor Sorge um mich. Ich hoffe sehr, dass sie nicht die Polizei auf die Suche nach mir geschickt hat, und versuche den Gedanken daran zu verdrängen. Erst einmal müssen wir noch etwas anderes erledigen.

Siaths und meine Reise in den Norden dauert mehrere Tage. Den Unwald sparen wir dabei diesmal aus, stattdessen halten wir uns größtenteils in der Zivilisation auf. Diesmal müssen wir auch nicht zu Fuß oder high-fantasy-mäßig mit einem riesigen Greifvogel reisen, sondern Kasimir besorgt uns ein Auto. Ein richtiges Auto, so wie das, das die Frau damals gefahren hat, kurz nachdem ich in Eden angekommen bin. Es sieht ein bisschen so aus wie ein alter Ford Mercury in einem scheußlichen Braunton.

»Warum sieht hier eigentlich alles so aus wie bei uns in den Fünfzigern?«, frage ich lachend, während wir die Ostküste entlang gen Norden fahren. Wir haben die Fenster runtergekurbelt und frische Seeluft weht uns um die Nasen.

»Das kommt dir nur so vor«, entgegnet Siath und grinst. »In den letzten Jahren mussten die Leute wieder auf die eher einfachen Dinge zurückgreifen, aber eigentlich ist das Land ziemlich vielseitig. Wir haben auch Sachen, die eher ans irdische Mittelalter erinnern würden … und andererseits Dinge, die auf der Erde noch gar nicht erfunden worden sind.«

»Zum Beispiel?«

»Zum Beispiel selbst reinigendes Geschirr«, sagt er, und ich bin mir nicht ganz sicher, ob er mich auf den Arm nimmt.

Dreimal müssen wir anhalten und übernachten, doch zum Glück werden wir überall warmherzig empfangen. Die Leute kennen uns sogar; sie alle haben unseren *großen Auftritt,* wie sie es nennen, im Fernsehen gesehen. In der zweiten Taverne werden wir dermaßen bejubelt, als wären wir Superstars, was mir fast ein wenig peinlich ist.

»Das bist du jetzt auch, hier in Eden«, flüstert Siath mir abends im Bett ins Ohr. »Ein Superstar. Und für mich sowieso.« Er beginnt, meinen Hals zu küssen.

»Igitt, Siath, ist das schmalzig!«, rufe ich und schubse ihn lachend vom Bett. Er schafft es allerdings noch rechtzeitig, einen Arm um mich zu schlingen, und so landen wir beide auf dem Boden.

Am vierten Tag kommen wir endlich in Schattenklippe an. Es ist bereits später Nachmittag, und das Dorf ist genau so, wie es mir beschrieben wurde: Ein ruhiges kleines Fischerdorf. Während wir die schmale Straße entlangfahren, sehe ich mich neugierig nach allen Seiten um.

Hier hat man wohl auch in den letzten Jahren seine Ruhe gehabt. Die kleinen Backsteinhäuser mit ihren Reetdächern sind alle unversehrt. In der Ferne glitzert der Ozean, zwischen den Häusern hindurch kann man einen kleinen Hafen erkennen, in dem mehrere Boote leicht im Wind schaukeln.

An der Promenade scheint gerade so was wie ein Markt stattzufinden.

Schließlich halten wir vor der Adresse an, die auf meinem Brief steht.

Wir steigen aus dem Wagen, und das Herz schlägt mir bis zum Hals, als wir uns auf den Weg zur Eingangstür machen. Was, wenn ich mich getäuscht habe? Wenn der Brief gar nicht von ihr war, oder wenn es ein Versehen war, wenn er gar nicht für mich war?

Aber das ist Blödsinn, die Handschrift und vor allem die wenigen Worte auf dem kleinen Zettel waren eindeutig.

»Alles in Ordnung, Mina?«, fragt Siath besorgt. »Du siehst blass aus.«

»Alles in Ordnung«, sage ich und straffe die Schultern. »Es könnte nicht besser sein.«

Wir gehen den Weg durch einen kleinen gepflegten Garten entlang, und erst als wir direkt vor der Tür stehen, erkenne ich, was in verschnörkelten Buchstaben auf dem Schild darüber steht: *Connys Trinkstube*. Es ist eine Kneipe.

Mit einem Mal muss ich lachen und alle Anspannung und jeder Zweifel fällt von mir ab. Siath sieht mich neugierig an. »Was ist so lustig?«

»Alles«, sage ich. »Das alles! Sie wollte immer eine Kneipe haben, das ist so … das ist einfach so Conny, weißt du? Sie landet aus Versehen in einer fremden Welt, mitten im Chaos, und statt draufzugehen, wie es jeder normale Mensch tun würde, eröffnet sie ihre Kneipe eben einfach dort.«

Ich lache erneut.

Siath grinst und legt mir eine Hand auf den Rücken. Gemeinsam stoßen wir die Tür auf.

Ich sehe sie sofort, sie steht hinter dem Tresen und sieht genau so aus, wie Kasimir sie beschrieben hat. Ein bisschen dünner als früher, eine Schürze über der weißen Bluse, das blonde Haar inzwischen kurz. Aber die Frisur steht ihr, ihre Wangen sind rosig, ihre Augen, in denen noch immer der Schalk wohnt, leuchten.

Sie lacht, als sie mich sieht, und kommt mit ausgebreiteten Armen auf mich zu.

»Ich dachte schon, du kommst nie.«

ENDE

Danksagung

Die Bücher des Drachenmond Verlages füllen seit vielen Jahren einen großen Teil meines Bücherregals und an manchen Tagen kann ich immer noch nicht glauben, dass ich nun selbst ein Teil der Drachenfamilie sein darf.

Liebe Astrid, danke, dass Du mir und Mina diese großartige Chance gegeben hast.

Auch möchte ich mich bei meiner Lektorin Nina bedanken. Erst durch Deine Hilfe wurde diese Geschichte richtig rund und ich bin wahnsinnig froh, dass du so genau hingesehen und die Schwachstellen nicht nur gefunden hast, sondern auch sofort benennen konntest.

Danke an Michaela für das gründliche Korrektorat. Ich habe bei dir noch einmal viel gelernt.

Liebe Christin, vielen Dank für das wunderschöne Cover und die nette und unkomplizierte Zusammenarbeit.

Ferner möchte ich mich bei den üblichen Verdächtigen bedanken:

Bei meinem Mann, dafür, dass du mich immer ernst nimmst, dir geduldig meine Plotprobleme und Selbstzweifel anhörst, mich inspirierst, motivierst und mir genug Zeit zum Schreiben einräumst – was mit zwei Kindern und Dauerbaustelle gar nicht immer so einfach ist.

Bei meiner Schwester. Danke, dass du jedes meiner Manuskripte liest und magst.

Bei all den lieben Kolleg*innen und Blogger*innen, die ich in den letzten Jahren kennenlernen durfte. Mit vielen von euch sind gute Freundschaften entstanden, die ich nicht missen möchte.

Zu guter Letzt möchte ich mich bei allen bedanken, die dieses Buch gelesen haben. Ich hoffe, ich konnte euch mit meiner Geschichte ein paar Stunden gute Unterhaltung bescheren.

Emily Bähr

Salt & Sorcery – Ein Fluch so finster wie die Tiefe

ISBN: 978-3-95991-573-1, Klappenbroschur, EUR 15,90

»Ich hätte das ganze Königreich zu Eis erstarren lassen, wenn sich dadurch nur eine winzige Chance ergeben hätte, dich zurückzuholen, aber …«
»Es hätte nicht gereicht.«

Bei dem Versuch, einem Menschen das Leben zu retten, verliert das Selkie-Mädchen Maebh ihren magischen Mantel und damit die einzige Möglichkeit, wieder nach Hause zu gelangen. So hat sie nur bis zum nächsten Vollmond Zeit, um sich in einer ihr völlig unbekannten Welt zurechtzufinden und ihren wertvollsten Besitz zurückzuholen.

Ihre letzte Hoffnung ist Ciarán, der schweigsame Fremde, der sie überhaupt erst in diese Situation gebracht hat. Doch obwohl er alles daransetzt, sie loszuwerden, führt ihr Weg die beiden immer wieder zusammen, und Maebh erkennt, dass er hinter seiner undurchdringlichen Fassade noch viel mehr verbirgt als nur Geheimnisse. Und dass ihr Schicksal weitaus dichter mit der Menschenwelt verwoben ist, als sie glaubt …

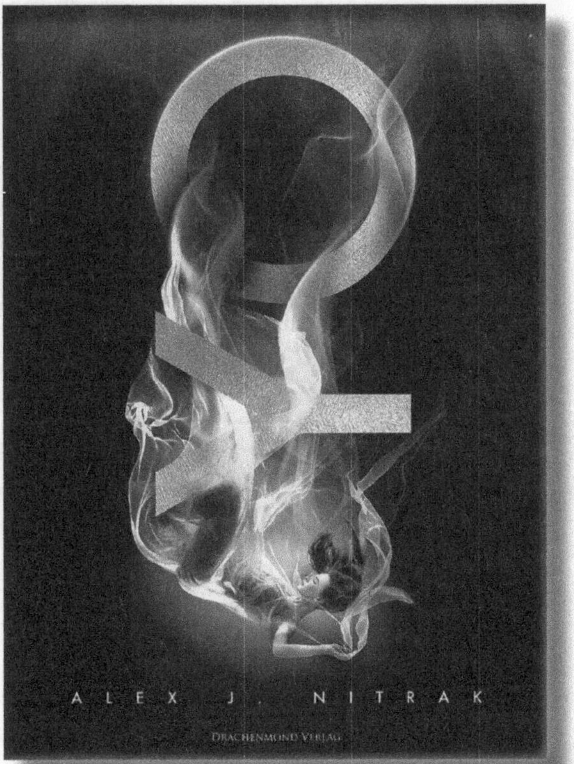

Alex J. Nitrak

YO

ISBN: 978-3-95991-230-3, Klappenbroschur, EUR 16,90

Wenn man selbst gegen das Böse kämpft, ist man dann gut?

Ich bin Yo. Eigentlich heiße ich Yosephiné – doch kaum jemand kennt diesen Namen. Meine Geschichte beginnt an meinem 23. Geburtstag. Der Tag, an dem ich verschwand. In Pardalis – einer Welt mit neuen Chancen, aber alten Problemen – herrschen fremde Regeln und Wesen. Doch auch eine schwarze Macht hat Einzug gehalten, die tödlich für die Völker ist. Laut einer Prophezeiung soll ich die langersehnte Retterin sein. Ich? Ausgerechnet ich? Die unsichere, von Ängsten verfolgte Yo? Zwischen der Liebe für einen Mann, der ganz anders ist als ich, und Freunden, die mich unterstützen oder im Verborgenen sabotieren, muss ich lernen, mir selbst zu vertrauen und zu kämpfen. Ich ahne, dass mich dieses Wagnis an meine Grenzen bringt. Doch was dahinter auf mich wartet, ist weitaus schlimmer …

Romy Wolf

Der Immerjunge

ISBN: 978-3-95991-943-2, Klappenbroschur, EUR 15,90

Peter hat keine Ahnung, warum das fremde Mädchen ihn töten will. So, wie er nicht weiß, woher er kommt, warum er ein Händchen dafür hat, offen stehende Fenster zu finden, oder dass sein Nachname Pan lautet.

Topsannah will niemanden töten. Doch Nimmerland liegt im Sterben, seit der alte Immerjunge nach London verbannt wurde. Ein neuer Immerjunge muss her, und dafür muss Peter Pan sterben.

Während Topsannah verzweifelt versucht, Peter aufzuspüren, machen in Nimmerland fürchterliche Dämonen Jagd auf die letzten Kinder, die noch vor Ort sind. Topsannah läuft die Zeit davon. Auf der Flucht vor ihr erinnert sich Peter an sein altes Leben. Doch je mehr Erinnerungen zurückkehren, desto klarer wird ihm, dass er selbst es war, der Nimmerland einst in den Abgrund riss – und dass Topsannah mehr als einen Grund hat, ihn zu töten.

Isabel Clivia

Schattensiegel

ISBN: 978-3-95991-404-8, Klappenbroschur, EUR 15,90

Wenn die letzte Hoffnung in den Schatten liegt …

Alienors Leben ist von Dunkelheit geprägt. Nachdem verbotene Experimente ihr gefährliche Schattenkräfte beschert und sie in eine unberechenbare Waffe verwandelt haben, fristet sie ihr Dasein in einem Verlies. Bis ausgerechnet der Mann, der sie dorthin gebracht hat, sie um Hilfe bittet. Ihre Magie soll der Schlüssel zur Zerstörung eines uralten Fluchs sein. Mit dem Zauberweber Thierry zusammenzuarbeiten ist das Letzte, was sie will. Allerdings ist da dieses verräterische Herzklopfen, das alles so verdammt kompliziert macht.

Im Kampf gegen einen schier übermächtigen Feind muss Alienor sich entscheiden, wer sie sein will: das Ungeheuer, für das die Leute sie halten, oder die Hoffnung eines ganzen Landes.